heyne>fliegt

FRANCESCA
HAIG

DAS FEUER ZEICHEN

ROMAN

Aus dem Englischen
von Kathrin Wolf
und Sonja Rebernik-Heidegger

heyne>fliegt

Die Originalausgabe erscheint unter dem Titel *The Fire Sermon*
bei Harper Voyager, an imprint of HarperCollins Publishers, London

FSC
www.fsc.org
MIX
Papier aus verantwortungsvollen Quellen
FSC® C014496

Verlagsgruppe Random House FSC® N001967
Das für dieses Buch verwendete
FSC®-zertifizierte Papier *Super Snowbright*
liefert Hellefoss AS, Hokksund, Norwegen.

Redaktion: Melike Karamustafa
Umschlaggestaltung: Das Illustrat GbR, München
Satz: Leingärtner, Nabburg
Druck und Bindung: GGP Media GmbH, Pößneck
Printed in Germany
ISBN 978-3-453-27013-8

www.heyne-fliegt.de

Dieses Buch ist meinem Bruder Peter
und meiner Schwester Clara gewidmet –
in aufrichtiger Liebe und Bewunderung.
Wenn man bedenkt, wie viel sie mir bedeuten,
dürfte es keine Überraschung sein,
dass mein erster Roman von Geschwistern handelt.

1

ICH HATTE IMMER gedacht, sie würden nachts kommen, stattdessen ritten die sechs Männer zur heißesten Zeit des Tages über das Flachland. Ernte. Die ganze Siedlung war früh aufgestanden und würde noch bis spät arbeiten. Das verbrannte Land der Omegas bot beileibe keine Garantie für guten Ertrag. Letztes Jahr hatten schwere Regenfälle tief in den Boden gesickerte Asche an die Oberfläche gespült. Das Wurzelgemüse war nur spärlich oder gar nicht aufgegangen und ein ganzes Kartoffelfeld nach unten gewachsen. Als wir die Knollen in der Erde aufspürten, sahen sie runzlig und geschrumpft aus. Der Junge, der nach ihnen gegraben hatte, wurde vom Untergrund verschluckt. Die Grube war nur wenige Meter tief, doch als das Erdreich unter seinen Füßen einbrach, gab es für ihn keinen Weg mehr zurück nach oben. Ich dachte darüber nach weiterzuziehen, aber über den Tälern hingen schwere Regenwolken und in Zeiten des Hungers hieß keine Siedlung Fremde willkommen. Also blieb ich – das ganze trostlose Jahr über. Die anderen erzählten sich Geschichten von der großen Dürre, als es drei Jahre hintereinander nur Missernten gegeben hatte. Ich war damals noch ein Kind gewesen, doch selbst ich erinnerte mich an die Kadaver verhungerten Viehs, welche die staubigen Felder wie knochige Flöße gesprenkelt hatten. Das alles lag inzwischen mehr als ein Jahrzehnt zurück. *Diesmal wird es nicht so schlimm wie in den Jahren der Dürre,* beschworen wir einander, als würde es durch die ständige Wiederholung wahr.

Im darauffolgenden Frühling ließen wir die Weizenhalme nicht aus den Augen. Die frühen Feldfrüchte erwiesen sich als widerstandsfähig und die langen, dicken Karotten, die wir aus der Erde zogen, brachten die jüngeren Teenager zum Lachen. Auf meinem eigenen Fleckchen Land erntete ich einen Sack Knoblauch, den ich umsichtig, als hielte ich ein Baby in den Armen, zum Markt trug. Den ganzen Frühling hindurch sah ich dem Weizen auf unseren Feldern beim Wachsen zu, wie er hoch und robust gedieh. Bienen summten um den Lavendel hinter meinem Cottage, und drinnen stapelten sich Lebensmittel in den Regalen.

Sie kamen mitten in der Erntezeit. Zunächst hatte ich ihre Ankunft nur gefühlt. Seit Monaten schon, wenn ich ehrlich war. Doch jetzt spürte ich sie mit einer Klarheit und plötzlich aufbrandenden Wachsamkeit, die ich niemandem erklären konnte, der kein Seher war. Es war, als würde sich etwas verlagern. Als würde sich eine Wolke vor die Sonne schieben oder der Wind seine Richtung ändern. Mit der Sense in der Hand richtete ich mich auf und wandte den Blick Richtung Süden. Als am anderen Ende der Siedlung Schreie ertönten, rannte ich schon. Als sie lauter wurden und sechs berittene Männer in unser Sichtfeld galoppierten, flohen auch die anderen. Es war nicht ungewöhnlich, dass Alphas unsere Omega-Siedlungen überfielen und alles plünderten, was ihnen irgendwie wertvoll erschien. Doch ich wusste, was sie wirklich im Sinn hatten. Und natürlich wusste ich auch, dass es keinen Sinn hatte wegzulaufen. Ich war sechs Monate zu spät dran, um den Rat meiner Mutter zu beherzigen. Ich duckte mich unter einen Zaun durch und sprintete auf den Rand der von Gesteinstrümmern übersäten Siedlung zu. Doch selbst in diesem Moment war mir klar – sie würden mich kriegen.

Sie mussten ihr Tempo kaum drosseln, um mich einzufangen. Einer von ihnen packte meine Füße und riss mich auf sein Pferd. Mit einem gezielten Hieb schlug er mir die Sense aus der Hand und warf mich mit dem Gesicht nach unten seitlich über den Sattel. Ich trat wild um mich, was das Pferd nur noch weiter anzutreiben schien. Immer wieder stießen meine Rippen gegen den Rücken des Tiers. Das Rütteln war noch schmerzhafter als der Hieb vorhin. Eine starke Hand ruhte in meinem Kreuz. Ich spürte den Körper des Mannes, der sich über mich beugte und sein Pferd unbarmherzig antrieb. Ich öffnete die Augen, doch angesichts der hufgepeitschten, auf dem Kopf stehenden Welt, die an mir vorbeiraste, schloss ich sie rasch wieder.

Als wir langsamer wurden und ich mich endlich wieder traute, die Augen zu öffnen, bohrte sich eine Schwertspitze in meinen Rücken. »Wir haben Anweisung, dich nicht zu töten«, sagte der Mann über mir. »Dein Zwilling meinte, wir dürften dich nicht mal bewusstlos schlagen. Aber vor allem anderen werden wir nicht zurückschrecken. Wenn du Ärger machst, schneide ich dir als Erstes den kleinen Finger ab, und glaub mir, ich werde mir nicht die Mühe machen, mein Pferd dabei anzuhalten. Verstanden, Cassandra?«

Ich versuchte ein Ja herauszupressen, brachte jedoch nichts als ein atemloses Ächzen zustande.

Wir ritten weiter. Ich hing immer noch kopfüber auf dem Pferd, und als das Ruckeln kein Ende nehmen wollte, musste ich mich übergeben – das zweite Mal auf den Lederstiefel des Mannes wie ich mit einiger Genugtuung feststellte. Fluchend brachte er sein Pferd zum Stehen, wuchtete mich in eine aufrechte Position und schlang ein Seil um mich, sodass meine Arme an meinen Oberkörper gefesselt waren. Langsam ließ der Druck auf meinen Kopf nach und das Blut floss in meinen Körper zurück. Das Seil schnitt mir in die Haut, stabilisierte mich aber wenigstens einigermaßen, weil der Mann in meinem Rücken es so entschlossen festhielt. So ritten wir für den Rest des Tages weiter. Bei Einbruch der Nacht, als die Dunkelheit wie ein Galgen über den Horizont ragte, machten wir kurz Rast, um etwas zu essen. Einer der Männer bot mir ein Stück Brot an, doch ich bekam nicht mehr als einen kleinen Schluck Wasser aus seiner Feldflasche herunter. Es schmeckte warm und modrig. Wieder wurde ich auf ein Pferd gehoben, von einem anderen Kerl diesmal, dessen schwarzer Bart mich im Nacken kratzte. Er stülpte mir einen Sack über den Kopf, was in der Dunkelheit aber kaum einen Unterschied machte.

Lange bevor das Hufgeklapper auf gepflasterte Straßen schließen ließ, spürte ich die Stadt in der Ferne. Auch mit dem Sack vor dem Gesicht drangen einzelne Lichtflecke zu mir durch. Überall um mich herum fühlte ich die Anwesenheit von Menschen, die sich noch dichter zu drängen schienen als in Haven an einem Markttag. Wahrscheinlich waren es mehrere Tausend. Die Straße wurde steiler, und wir verlangsamten das Tempo. Laut klapperten die Hufe unserer Pferde über die Pflastersteine. Als wir anhielten, wurde ich an einen anderen Mann weitergereicht – oder, besser gesagt, geworfen. Minutenlang zerrte er mich weiter und ließ mich blind hinter sich herstolpern. Wenn eine Tür aufgesperrt wurde, blieb er immer kurz stehen. Sobald wir uns in Bewegung setzten, hörte ich, wie sie hinter uns wieder abgeschlossen wurde, jeder einschnappende Bolzen wie ein Hieb in meine Magengrube. Irgendwann stieß er mich auf etwas Weiches. Ich vernahm ein metallisches Klirren, ein gezogenes Messer. Bevor ich noch aufschreien konnte, fiel das durchtrennte Seil von mir ab. Hände machten sich an meinem Nacken zu schaffen und rissen mir den Sack vom Kopf. Raues Leinen streifte meine Nase. Ich befand mich in einem kleinen Raum auf einem niedrigen Bett. Eine Zelle. Fenster gab es nicht. Der Mann, der mich von meinen Fesseln befreit hatte, schloss die Metalltür hinter sich ab.

In mich zusammengesunken, den Geschmack nach Schlamm und Erbrochenem im Mund, gestattete ich mir endlich zu weinen. Zum Teil um mich, zum Teil aber auch um meinen Zwilling. Und um das, was aus ihm geworden war.

2

AM NÄCHSTEN MORGEN weckten mich wie gewöhnlich die Feuerträume.

Als die Monate ins Land gingen, waren dies die einzigen Momente, in denen ich froh war, in der Enge meiner Zelle zu erwachen. Das Grau des Raums und die vertrauten unversöhnlichen Wände standen in einem harten Gegensatz zum erbarmungslosen Exzess der Flammen, der mich jede Nacht heimsuchte.

Von der Explosion gab es weder schriftliche Zeugnisse noch Bilder. Und was hätte das auch für einen Sinn gehabt, wo sie sich doch sowieso unauslöschbar in jede Oberfläche geätzt hatte? Sogar jetzt, ganze vierhundert Jahre nachdem sie alles zerstört hatte, sah man sie noch in jeder gesprengten Klippe, auf jedem versengten Feld und in jedem ascheverstopften Fluss. In jedem Gesicht. Die Explosion war die einzige Geschichte, die unsere Erde zu erzählen hatte – wer also hätte sie noch festhalten sollen? Eine in Asche und Knochen geschriebene Geschichte. Es hieß, vor der Explosion seien Predigten über das Ende der Welt gehalten worden. Die letzte stammte vom Feuer selbst. Danach nichts mehr.

Die meisten Überlebendenden waren damals ertaubt und erblindet, andere allein zurückgeblieben. Wenn sie ihre Geschichten weitererzählt hatten, dann nur noch dem Wind. Und selbst wenn sie noch einen Gefährten hatten – kein Überlebender hätte den Moment, in dem es passierte, in Worte fassen können. Diese neue, unbekannte Färbung des Himmels. Das Tosen, das allem ein Ende bereitete. Sobald jemand versuchte, den Vorfall zu beschreiben, strandete er genau wie ich heute in einem Raum, in dem Worte fehlten und Geräusche vorherrschten.

Die Explosion hatte die Zeit zerspringen lassen und sie in Sekundenschnelle unwiederbringlich in ein Vorher und ein Nachher gepalten. Jetzt, Hunderte Jahre später, im Nachher, gab es keine Überlebenden und keine Zeugen mehr. Nur Seher wie ich erhaschten hin und wieder einen flüchtigen Blick auf das Ereignis, in dem kurzen Moment vor dem Aufwachen oder wenn er uns in der halben Sekunde eines Wimpernschlags aus dem Hinterhalt überfiel: der Blitz, der wie Papier brennende Horizont.

Die einzigen Geschichten, die von der Explosion erzählten, stammten von den Barden. Als ich noch ein Kind war, hatte der Barde, der jeden Herbst durch unser Dorf zog, von Ländern auf der anderen Seite des Meeres gesungen, die das Feuer vom Himmel hatten stürzen lassen. Von der Strahlung und vom darauffolgenden Langen Winter. Ich muss acht oder neun gewesen sein, als Zach und ich eine ältere Bardin mit frostgrauem Haar dieselbe Melodie hatten singen hören, begleitet von anderen Worten. Der Refrain über den Langen Winter war gleich geblieben, doch andere Länder wurden keine erwähnt. Die Verse beschrieben lediglich die Flammen und wie sie alles verzehrten. Als ich meinen Vater bei der Hand nahm und mich nach dem Grund dafür erkundigte, zuckte er bloß mit den Schultern. Es gäbe viele Versionen dieses Lieds, antwortete er. Was mache das schon für einen Unterschied? Wenn es auf der gegenüberliegenden Seite des Meeres einst andere Länder gegeben habe, würden sie längst nicht mehr existieren. Die gelegentlich aufkeimenden Gerüchte eines Anderorts seien eben nur Gerüchte, denen man genauso wenig glauben dürfe wie der Mär von einer Insel, auf der Omegas frei lebten, ohne von Alphas unterdrückt zu werden. Wenn man dabei belauscht wurde, wie man über solche Fragen spekulierte, kam das einer Aufforderung zur öffentlichen Auspeitschung gleich, einer Zurschaustellung am Pranger. So wie bei dem Omega, den wir außerhalb von Haven gesehen hatten. Der so lange unter der sengenden Sonne ausharren musste, bis seine Zunge nur noch als schuppige blaue Eidechse aus seinem Mund hing. Zwei Soldaten des Rats wachten neben ihm und traten ihn von Zeit zu Zeit, um sicherzugehen, dass er noch lebte.

»Stellt keine Fragen«, sagte unser Vater. »Nicht über das Vorher, nicht über das Anderswo, nicht über die Insel. Die Menschen im Vorher haben zu viele Fragen gestellt, zu viel geforscht. Und seht nur, was es ihnen gebracht hat. Dies ist unsere Welt oder eben das, was wir von ihr wissen. Begrenzt durch das Ödland im Osten und Norden, im Westen und Süden durch das Meer.«

Es machte tatsächlich keinen Unterschied, was die Explosion verursacht hatte. Sie lag lange zurück und war genauso unbegreiflich wie das Vorher, das alles zerstört hatte und von dem nur Gerüchte und Ruinen geblieben waren.

In meinen ersten Monaten in der Zelle wurde mir ab und an das Geschenk gewährt, den Himmel zu sehen. Alle paar Wochen führte man mich zusammen mit anderen Omega-Gefangenen zu den Befestigungsmauern, wo wir ein bisschen Bewegung bekommen und frische Luft schnappen sollten. Wir liefen in Dreiergruppen und wurden dabei von mindestens ebenso vielen Wachen begleitet. Sie ließen uns nicht aus den Augen und hielten uns nicht nur voneinander, sondern auch von den Zinnen fern, die den Blick auf die Stadt unter uns freigaben. Schon bei meinem ersten Freigang lernte ich, dass ich mich den anderen nicht nähern durfte, geschweige denn mit ihnen sprechen. Damals hatte sich einer der Wachmänner über das Schneckentempo einer blonden, auf einem Bein hüpfenden Gefangenen beschwert. »Ich wäre schneller, wenn ihr mir nicht meinen Stock weggenommen hättet«, gab sie zurück. Die Männer antworteten nicht. Sie sah mich an und verdrehte die Augen. Es war kein Lächeln, aber das erste Anzeichen menschlicher Wärme überhaupt, seit ich meinen Fuß in die Verwahrungsräume gesetzt hatte. Als wir bei den Mauern angekommen waren, versuchte ich mich näher an sie heranzuschleichen, um ihr etwas zuzuflüstern. Ich war noch gut drei Meter von ihr entfernt, als mich die Wachen so fest gegen die Wand drückten, dass ich mir die Schulterblätter an dem Stein aufschürfte. Dann schleiften sie mich zurück in meine Zelle. Einer spuckte mich an. »Sprich nicht mit den anderen!«, bellte er. »Du darfst sie nicht mal ansehen, verstanden?« Da er mir die Arme auf den Rücken gedreht hatte, konnte ich mir die Spucke nicht von der Wange wischen, ihre Wärme eine einzige widerliche faulige Intimität. Die Frau sah ich nie wieder.

Einen Monat nach dem Vorfall war es Zeit für meinen dritten Freigang zu den Mauern – es sollte der letzte für uns alle sein. Ich stand neben der Tür und wartete darauf, dass sich meine Augen an das helle Sonnenlicht gewöhnten, das auf dem glatten Stein schimmerte. Zu meiner Rechten standen zwei Wachen, die leise miteinander sprachen. Ungefähr sechs Meter links von mir lehnte ein weiterer Wachmann an der Mauer und beobachtete einen männlichen Omega, der sich wohl schon länger im Verlies befand als ich. Seine Haut, die früher einmal dunkel gewesen sein musste, war von einem schmutzigen Grau. Auch seine fahrigen Hände und die Art, wie er ununterbrochen die Lippen bewegte, sprachen Bände. Er war schon die ganze Zeit auf demselben gepflasterten

Fleck vor- und zurückgegangen und hatte dabei sein rechtes verdrehtes Bein hinter sich hergezogen. Ich hörte, wie er trotz des Redeverbots Zahlen vor sich hinmurmelte: »Zweihundertsiebenundvierzig. Zweihundertachtundvierzig.« Jeder wusste, dass die meisten Seher irgendwann verrückt wurden. Dass uns die Visionen über die Jahre den Verstand verbrannten. Wenn die Visionen die Flamme waren, waren wir ihr Docht. Dieser Mann hier verfügte zwar nicht über die Gabe, aber es überraschte mich nicht, dass jemand, der zu lange in diesen Verliesen gefangen gehalten wurde, irgendwann dem Irrsinn anheimfiel. Und wenn dem so war, was für eine Chance hatte dann ich, die ich nicht nur gegen die unerbittlichen Mauern meiner Zelle kämpfte, sondern auch noch mit meinen inneren Bildern? Das könnte ich sein, dachte ich, in ein oder zwei Jahren. Auch ich werde meine Schritte zählen, als könnte die Eindeutigkeit der Zahlen Ordnung in meinen zerstörten Verstand bringen.

Zwischen mir und dem auf und ab hinkenden Mann stand noch eine Gefangene, eine einarmige Frau mit dunklem Haar und einem fröhlichen Gesicht, vielleicht ein paar Jahre älter als ich. Man hatte mich zum zweiten Mal mit ihr zusammen nach draußen gebracht. Ich hielt mich so dicht bei den Mauern, wie die Wachen es zuließen, fixierte einen Punkt jenseits der Sandsteinzinnen und überlegte, wie ich mit ihr in Kontakt treten oder ihr irgendein Zeichen geben konnte. Ich kam nicht nah genug an den Steinwall heran, um einen Blick auf die Stadt zu werfen, die sich unterhalb des Berghangs erstreckte. Die Mauern beschnitten den Horizont. Dahinter nur Hügel, grau gepinselt in der Ferne.

Das Zählen hatte aufgehört. Als ich mich umdrehte, um zu sehen, weshalb, war der ältere Omega schon auf die Frau zugestürzt und hatte sie mit beiden Händen am Hals gepackt. Da sie nur einen Arm hatte, konnte sie sich nicht wehren, und rechtzeitig geschrien hatte sie auch nicht. Ich war immer noch meterweit von den beiden entfernt, als die Wachen den Mann in Sekundenschnelle von ihr herunterzerrten. Aber es war bereits zu spät.

Ich schloss die Augen, um den Anblick ihres Körpers auszublenden, um nicht sehen zu müssen, wie sie mit dem Gesicht nach unten auf den Steinplatten lag, den Kopf in einem seltsamen Winkel zur Seite gedreht. Leider findet ein Seher keine Zuflucht hinter geschlossenen Lidern, stattdessen zeigte mir meine bebende unheilvolle Gedankenwelt, was parallel zum Moment ihres Todes geschah: Dreißig Meter über uns, im Inneren der Festung, kippte ein Glas Wein um. Die rot gefärbten Scherben verteilten sich über den Marmorboden. Ein Mann in einem Samtjackett fiel nach hinten um und rappelte sich, bevor er starb, noch einmal auf die Knie hoch, eine Hand in den Nacken gelegt.

Danach gab es keine Ausflüge mehr zu den Mauern. Manchmal glaubte ich, den verrückten Omega schreien und gegen Wände hämmern zu hören, doch es waren nur dumpfe Schläge, ein Pochen in der Nacht, von dem ich nie wusste, ob ich es wirklich vernahm oder bloß fühlte.

In meiner Zelle war es fast nie dunkel. Eine von der Decke hängende Glaskugel verströmte fahles Licht. Sie war immer eingeschaltet und summte, so leise allerdings, dass ich mich manchmal fragte, ob das Geräusch lediglich in meinen Ohren existierte. Die ersten paar Tage beobachtete ich sie nervös, immer darauf gefasst, dass sie ausbrennen und mich in totaler Finsternis zurücklassen würde. Doch das hier war keine Kerze, ja nicht mal eine Öllampe, und das Licht, das von ihr ausging, ein ganz anderes: kühl und unerschütterlich. Nur alle paar Wochen flackerte der sterile Schein für einige Sekunden, um dann zu verschwinden und mich in einer formlosen schwarzen Welt zurückzulassen. Es dauerte nie länger als ein oder zwei Minuten, bis das Licht blinkend wieder zum Leben erwachte, wie jemand, der aus einem Schlaf hochschreckte, um erneut die Nachtwache aufzunehmen. Inzwischen freute ich mich über diese unregelmäßigen Störungen, die einzigen Unterbrechungen einer ansonsten unablässigen Helligkeit. Das musste die Elektrik sein. Ich kannte die Geschichten: Dahinter steckte eine Art Magie, der Schlüssel zu fast allen technischen Errungenschaften des Vorher. Was auch immer es war – es sollte nicht mehr existieren. Man hatte jede Maschine, die nicht schon während der Explosion zerstört worden war, in der darauffolgenden Säuberung beseitigt. Alle Spuren von Technik, wegen der die Welt zu Asche zerfallen war, hatten ausgelöscht werden sollen. Jedes Überbleibsel aus dem Vorher war ein Tabu, aber keins so sehr wie die Maschinen. Und obwohl ein Tabubruch mit brutalen Sanktionen einherging, wachte schon allein die Angst über das Gesetz. Die Gefahr war in jede Oberfläche unserer verdorrten Welt und in die bizarr verrenkten Körper der Omega gemeißelt. Wir brauchten keine Drohungen, um uns davon fernzuhalten.

Und doch existierte diese Maschine, ein Stück Elektrik, und sie hing von der Decke meiner Zelle. Es war nichts Erschreckendes oder Mächtiges wie die Leute immer raunten. Keine Waffe, Bombe oder Kutsche, die sich ohne Pferde in Bewegung setzte. Nur eine Glasknolle von der Größe meiner Faust, die dort oben von der Decke ihr Licht verströmte. Ich konnte nicht aufhören, sie anzustarren, ihren gleißenden Kern, der so weiß strahlte, als wäre die Explosion selbst darin gefangen. Ich starrte sie an, bis sich ihre hellen Umrisse in das Dunkel meiner Augenlider ätzten. Sie faszinierte und entsetzte mich gleichzeitig. In den ersten Tagen war ich vor dem Licht zurückgezuckt, als könne es jeden Moment explodieren. Wenn ich es betrachtete, jagte mir nicht nur das Verbot Angst ein, sondern vor allem die Frage, was es für mich bedeutete, Zeugin eines solchen Phänomens geworden zu sein. Wenn bekannt wurde, dass der Rat einen Tabubruch beging, würde es zu einer erneuten Säuberung kommen. Der Schrecken der Explosion war noch zu real und zu tief in den Menschen verankert, als dass sie die dafür verantwortlichen Maschinen hätten tolerieren können. Das Licht da oben bedeutete lebenslänglich, das wusste ich. Jetzt, da ich es gesehen hatte, würde ich nie wieder freigelassen werden.

Mehr als alles andere vermisste ich den Himmel. Eine enge Öffnung direkt unterhalb der Decke ließ von irgendwoher frische Luft zu mir hereinströmen, aber niemals auch nur einen einzigen Sonnenstrahl. Dank des Essens, das mir zweimal am Tag unter der Tür durchgeschoben wurde, wusste ich immer ungefähr, wie viel Zeit vergangen war. Als die Monate verstrichen und mein letzter Ausflug zu den Mauern immer weiter zurücklag, merkte ich, dass ich nur noch eine abstrakte Vorstellung vom Himmel hatte. Richtig vorstellen konnte ich ihn mir nicht mehr. Ich dachte an die Geschichten vom Langen Winter nach der Explosion, als die Luft von so viel Asche erfüllt gewesen war, dass jahrelang niemand den Himmel hatte sehen können. Es heißt, in dieser Zeit seien Kinder geboren worden, die ihn nie zu Gesicht bekommen hätten. Ich fragte mich, ob sie dennoch auf seine Existenz vertraut hatten. Ob die Vorstellung vom Himmel auch für sie zu einem Akt des Glaubens geworden war.

Die Tage zu zählen war die einzige Möglichkeit, an so etwas wie einem Zeitgefühl festzuhalten, doch als die Strichliste immer länger wurde, verwandelte es sich in Folter, denn ich hatte keine Aussicht darauf, meiner eigenen Entlassung entgegenzuzählen. Die Zahlen kletterten in immer schwindelerregendere Höhen und mit ihnen das Gefühl der Vereinsamung und der Eindruck, in einer Welt aus Dunkelheit und Isolation dahinzutreiben.

Nachdem unsere Ausflüge zu den Mauern eingestellt wurden, waren die Besuche der Beichtmutter meine einzige Wegmarke. Sie kam alle zwei Wochen, um mich über meine Visionen auszufragen. Von ihr hatte ich erfahren, dass die anderen Omegas überhaupt niemanden mehr zu Gesicht bekamen. Ich wusste nicht, ob ich sie beneiden oder bemitleiden sollte.

Es hieß, die Zwillinge seien in der zweiten oder dritten Generation des Nachher aufgetaucht. Während des Langen Winters waren keine Geschwisterpaare und generell kaum Kinder zur Welt gekommen. Es waren die Jahre der geschmolzenen Körper und des missgebildeten, unkenntlichen Nachwuchses. Nur die wenigsten überlebten und noch weniger konnten sich fortpflanzen, sodass der Fortbestand der Menschheit eine Zeit lang nicht wahrscheinlich schien.

Im Kampf um die Neubevölkerung unserer Welt hatte man die Flut an Zwillingsgeburten, die darauf folgte, wohl zunächst begrüßt. So viele Babys und so viele von ihnen normal! Es wurden immer ein Junge und ein Mädchen geboren, und jeweils ein Teil des Pärchens war perfekt. Nicht nur wohlgeformt, sondern auch stark, robust und gesund. Doch bald schon trat das Fatale dieser Symmetrie zutage, denn der Preis für jedes perfekte Baby war sein Zwilling. Es gab sie in den verschiedensten Ausprägungen: mit fehlenden, verkümmerten und manchmal sogar vervielfachten Gliedmaßen. Ohne, mit zusätzlichen oder fest verschlossenen Augen. Das waren die Omegas, schattenhafte Gegenstücke der Alphas. Die Alphas nannten sie Freaks und Mutanten, behaupteten sie seien das Gift, das sie selbst im Mutterleib aus ihren Körpern vertrieben hätten. Doch wenn der Makel der Explosion schon nicht beseitigt werden konnte, so hatte er sich wenigstens auf den minderwertigen Zwilling verlagert. Omegas trugen die Bürde der Mutation, Alphas hingegen blieben unbelastet und frei. Nein, nicht ganz frei. Denn auch wenn die Verbindung zwischen den Zwillingen nicht so deutlich sichtbar war wie ihre Unterschiede, machte sie sich doch auf eine geradezu existenzielle Weise bemerkbar. Dabei tat es nichts zur Sache, dass niemand wusste, wie diese Verbindung funktionierte. Anfangs hatte man sie noch als zufällig abgetan, doch bald schon wurde der Unglaube von Tatsachen übertrumpft. Denn die Menschen kamen nicht nur im Doppelpack zur Welt, sie starben auch gleichzeitig. Wo auch immer sie sich aufhielten – wenn einer sein Leben lassen musste, galt das auch für den anderen, ganz unabhängig von der zwischen ihnen liegenden Entfernung. Auch heftige Schmerzen oder ernste Krankheiten befielen stets beide Geschwister. Wenn der eine hohes Fieber bekam, traf es bald darauf auch den anderen. Wurde ein Zwilling ohnmächtig verlor auch der andere das Bewusstsein, ganz egal, wo er oder sie sich gerade aufhielt. Harmlose Verletzungen oder Krankheiten schienen die körperliche Entfernung nicht zu überwinden. Erst, wenn sich einer eine tiefe Wunde zuzog, konnte man den anderen vor Schmerz schreien hören.

Als die Unfruchtbarkeit der Omegas bekannt wurde, nahm man eine Weile an, dass sie aussterben würden, dass sie lediglich ein vorübergehender Schandfleck seien, eine Neuausrichtung nach der Explosion. Doch seitdem verhielt es sich in jeder Generation gleich: Es kamen nur Zwillinge zur Welt, einer als Alpha, der andere als Omega.

Als Zach und ich geboren wurden und uns keinen Deut voneinander unterschieden, hatten unsere Eltern wahrscheinlich wieder und wieder nachgezählt: Gliedmaße, Finger, Zehen. Alles da. Und ganz bestimmt hatten sie es kaum glauben können. Niemand entging der Aufsplittung in Alpha und Omega. Niemand. Allerdings hatte man durchaus von Fehlbildungen gehört, die sich erst im Laufe der Zeit manifestierten: ein Bein, das nicht wie das andere wachsen wollte, Taubheit, die in der Kindheit unbemerkt geblieben war, ein Arm, der sich erst spät als verkrüppelt oder schwach herausgestellt hatte. Und dann gab es da noch das Gerücht über einige wenige Zwillingspärchen, bei denen sich kein körperlicher Unterschied manifestierte. Der Junge, der vollkommen normal schien, bis er eines Tages wie am Spieß schrie und schon Minuten, bevor der Dachbalken brach, aus dem Cottage flüchtete. Das Mädchen, das eine Woche lang um den Hund des Schäfers weinte, bis dieser schließlich von einem Karren aus dem Nachbardorf überfahren wurde. Sie alle waren Omegas, deren Mutation unsichtbar blieb – sie waren Seher.

Es gab nur wenige von ihnen. Einen unter ein paar Tausend, wenn überhaupt. Den Seher, der einmal im Monat auf den Markt nach Haven kam, in die große Stadt flussabwärts, kannte jeder. Obwohl Omegas nicht zugelassen waren, hatte man jahrelang toleriert, dass er hinter gestapelten Kisten und verdorbenem Gemüse herumlungerte. Als ich den Markt zum ersten Mal besucht hatte, war er schon alt, aber sein Gewerbe betrieb er trotzdem noch, indem er den Bauern eine Bronzemünze dafür abknüpfte, dass er ihnen das Wetter der nächsten Saison vorhersagte. Oder dafür, dass er einer Kaufmannstochter verriet, wen sie später mal heiraten würde. Dabei hatte ihm immer etwas Seltsames angehaftet. Er hatte ununterbrochen vor sich hingemurmelt, eine nicht enden wollende Beschwörungsformel. Einmal, als Zach, ich und Dad an ihm vorbeigegangen waren, hatte er gerufen: *Feuer! Feuer für immer!* Keiner der Marktleute hatte auch nur mit der Wimper gezuckt. Offensichtlich waren seine Ausbrüche an der Tagesordnung, ein Geschick, das die meisten Seher teilten. Während sie die Explosion wieder und wieder durchleben mussten, arbeiteten sich die Flammen unaufhaltsam zu ihrem Verstand vor, brannten sich dort ein und hinterließen eine sengende Spur.

Ich weiß nicht mehr genau, wann ich merkte, dass auch ich anders war. Früher war es mir ebenso wenig klar gewesen wie meinen Eltern. Denn welches Kind erwachte nicht hin und wieder schreiend aus einem Albtraum? Ich brauchte lange, um das Besondere an meinen Träumen zu verstehen. Die Beständigkeit, mit der die Bilder von der Explosion wiederkehrten. Oder dass ich einen Sturm sah, der in der darauffolgenden Nacht tatsächlich aufkam. Dass die Details und Szenerien meinen dörflichen Erfahrungshorizont bei Weitem überstiegen, seinen steinernen Brunnen und die ungefähr vierzig um Rasenflächen gescharten Häuschen. Alles, was ich je gekannt hatte, waren das flache Tal sowie die Gebäude und Holzscheunen, die ungefähr dreißig Meter vom Fluss entfernt in Grüppchen angeordnet und gerade so hoch waren, dass sie dem Schlick entgingen, der jeden Winter mit dem Hochwasser auf die Felder geschwemmt wurde. Meine Träume hingegen waren voller unbekannter Landschaften und seltsamer Gesichter. Voller Festungen, zehnmal so hoch wie unser eigenes kleines Haus mit dem grob verputzten Boden und den niedrigen Balkendecken. Städte, deren Straßen breiter waren als jeder Fluss, Städte, in denen sich Menschenmassen drängten. Als ich alt genug war, um mir darüber Gedanken zu machen, war ich auch alt genug, um zu wissen, dass Zach jede Nacht ungestört durchschlief. Auf der Pritsche, die wir uns teilten, brachte ich mir bei, meinen hastigen Atem in aller Stille zu beruhigen. Und wenn mich während des Tages Visionen überfielen, allen voran das Dröhnen der Explosion, lernte ich, nicht laut aufzuschreien. Als Dad uns zum ersten Mal flussabwärts nach Haven mitnahm, kannte ich das Gedränge auf dem Markt schon aus meinen Träumen. Trotzdem imitierte ich Zachs verblüfftes Starren und wie er zögernd nach Dads Hand griff.

Also warteten unsere Eltern. Wie alle hatten sie nur eine Pritsche für uns angefertigt, denn sie waren davon ausgegangen, ein Kind wegschicken zu müssen, sobald sich der Unterschied zwischen uns manifestierte und wir abgestillt waren. Als wir mit drei Jahren immer noch vollkommen gleich aussahen, baute Vater zwei breitere Betten. Obwohl unser Nachbar Mick im ganzen Tal für sein Schreinerhandwerk bekannt war, bat Dad ihn in diesem speziellen Fall nicht um Hilfe, sondern erledigte alles allein, verstohlen beinahe, in unserem kleinen, von Mauern umgrenzten Hof vor dem Küchenfenster. Wann immer mein windschiefes, schlecht zusammengezimmertes Bett in den folgenden Jahren unter mir knarzte, fiel mir sein Gesichtsausdruck ein, als er die Pritsche in unser Zimmer gezerrt und sie so weit weg von der anderen positioniert hatte wie es in dem engen Raum nur irgend ging.

Mum und Dad sprachen kaum noch mit uns. Es waren die Jahre der Dürre, als alles rationiert wurde und ich das Gefühl hatte, auch Worte seien Mangelware geworden. In unserem Tal, wo die niedrig liegenden Felder im Winter sonst immer geflutet wurden, verwandelte sich der Fluss in ein teilnahmsloses Rinnsal, dessen ungeschütztes Bett wie eine alte Keramik zu beiden Seiten von Rissen durchzogen war. Selbst in unserem wohlhabenden Dorf gab es nichts mehr, was man hätte sparen können. In den ersten beiden Jahren waren die Ernten schon wenig ertragreich und im dritten blieben die Feldfrüchte ganz aus, sodass wir keine andere Wahl hatten, als von den gesparten Münzen zu leben. Unsere vertrockneten Felder wurden vom staubigen Wind abgetragen. Da sich nicht mal Leute mit Münzen Futter leisten konnten, starb ein Großteil des Viehs. Es kursierten Geschichten von Menschen, die weiter östlich verhungerten. Der Rat schickte Patrouillen durch alle Dörfer, um sie vor möglichen Übergriffen der Omegas zu schützen. Es war auch der Sommer, in dem Mauern um Haven und viele andere größere Alpha-Städte errichtet wurden. Dabei sahen die meisten Omegas, die ich in jener Zeit zu Gesicht bekam, viel zu ausgemergelt und erschöpft aus, um irgendjemanden zu bedrohen.

Als die Dürre endlich vorüber war, sandte der Rat weiter Patrouillen aus. Auch Mum und Dads Wachsamkeit ließ nicht nach. Es schien, als würden sie auf jeden noch so kleinen Unterschied zwischen mir und Zach achten, ihn aufgreifen und bis ins kleinste Detail analysieren. Als wir gleichzeitig an einer Wintergrippe erkrankten, hörte ich, wie sich eine lange Diskussion zwischen ihnen entspann, wer von uns als Erster die Symptome gezeigt hätte. Ich muss sechs oder sieben gewesen sein. Durch unsere Zimmertür hörte ich, wie mein Vater unten in der Küche beharrlich behauptete, ich sei schon am Vorabend erhitzt gewesen, gute zehn Stunden, bevor Zach und ich beide mit Fieber aufgewacht seien. In diesem Moment begriff ich, dass die Skepsis, die Dad uns gegenüber an den Tag legte, nichts mit seiner üblichen Derbheit zu tun hatte, sondern mit Misstrauen. Dass sich hinter Mums Achtsamkeit etwas anderes verbarg als mütterliche Zuneigung. Früher war Zach unserem Vater überallhin gefolgt, den ganzen Tag lang, vom Brunnen zum Feld zur Scheune. Je älter wir wurden, desto ungehaltener und argwöhnischer reagierte Dad darauf. Er begann, Zach zu verscheuchen und ihn anzuschreien, er solle ins Haus zurückgehen. Doch meinem Bruder fiel immer wieder eine neue Ausrede ein, um sich so oft wie möglich an seine Fersen zu heften. Wenn Dad flussaufwärts in einem Hain herabgefallene Äste sammelte, schleifte mich Zach ebenfalls dorthin, um nach Pilzen zu suchen. Wenn Dad das Maisfeld aberntete, wollte Zach plötzlich unbedingt das Gatter der nahe gelegenen Koppel reparieren. Dabei hielt er stets eine Art Sicherheitsabstand zu unserem Vater, folgte ihm wie ein seltsam verrutschter Schatten.

Nachts, wenn Mum und Dad über uns sprachen, presste ich die Augen fest zusammen, als könnte ich so die durch die Dielen dringenden Stimmen ausblenden. Ich hörte, wie sich Zach in seinem Bett an der anderen Wand regte. Seinen gleichmäßigen Atem. Ich hatte keine Ahnung, ob er wirklich schlief oder bloß so tat.

»Du hast etwas Neues gesehen.«

Ich starrte an die graue Decke, um den Blicken der Beichtmutter zu entgehen. Ihre Fragen waren immer gleich formuliert: geradeheraus, als Feststellungen, so als wüsste sie bereits über alles Bescheid. Und ob das tatsächlich der Wahrheit entsprach ... dessen konnte ich mir nie sicher sein. Ich wusste, wie es war, die Gedanken der anderen zu lesen oder mit Erinnerungen aufzuwachen, die einem nicht gehörten. Aber die Beichtmutter war nicht nur eine Seherin. Sie setzte ihre Kraft gezielt ein. Jedes Mal, wenn sie zu mir in die Zelle kam, spürte ich, wie ihre Gedanken meine umkreisten. Ich hatte mich stets geweigert, mit ihr zu sprechen, aber wie gut ich meine inneren Bilder vor ihr verbergen konnte, wusste ich nicht.

»Nur die Explosion. Wie immer.«

Sie verschränkte die Finger und löste sie wieder voneinander. »Erzähl mir doch bitte mal was anderes als die letzten zwanzig Mal.«

»Da gibt's nichts zu erzählen. Ich sehe nur die Explosion.«

Forschend blickte ich ihr ins Gesicht, das keinerlei Wissen preisgab. Ich bin aus der Übung, dachte ich. Ich war zu lang in dieser Zelle, abgeschnitten vom Rest der Welt. Aber die Seherin hatte auch etwas Undurchschaubares. Ich versuchte, mich zu konzentrieren. Sie war fast so bleich wie ich nach den langen Monaten im Verlies. Das Brandmal auf ihrem Gesicht stach deutlicher hervor als bei anderen. Wahrscheinlich, weil sonst alles an ihr so unerschütterlich wirkte. Bis auf das satte rote Mal, das auf ihrer Stirn prangte, war ihre Haut so glatt und makellos wie ein Flusskiesel. Ihr Alter ließ sich schwer schätzen. Auf den ersten Blick hätte man meinen können, sie sei so alt wie ich und Zach, aber auf mich machte sie einen Jahrzehnte älteren Eindruck. Das musste an der Intensität ihres Blicks liegen. An den dahinterliegenden Kräften, die er kaum zu verbergen vermochte.

»Zach will, dass du mir hilfst.«

»Dann sagen Sie ihm, er soll selbst herkommen. Sagen Sie ihm, er soll mich besuchen.«

Die Beichtmutter lachte. »Die Wachen meinten, in den ersten Wochen hättest du ununterbrochen seinen Namen geschrien. Glaubst du auch jetzt noch, dass er kommen wird? Nach den drei Monaten, die du hier drin verbracht hast?«

»Er wird kommen«, erwiderte ich. »Irgendwann.«

»Du scheinst dir deiner Sache ziemlich sicher zu sein«, sagte sie und neigte den Kopf. »Aber bist du auch sicher, dass du das wirklich willst?«

Nie würde ich ihr anvertrauen, dass die Beziehung mit meinem Bruder genauso wenig eine Frage des Willens war wie die Bewegungsrichtung eines Flusses. Und wie hätte ich ihr auch erklären sollen, dass er mich brauchte, selbst wenn ich diejenige war, die in einer Zelle saß?

Ich versuchte, das Thema zu wechseln. »Ich habe keinen Schimmer, was Sie von mir wollen«, sagte ich. »Und zu was ich Ihrer Ansicht nach fähig bin.«

Sie verdrehte die Augen. »Du bist wie ich, Cass. Dementsprechend weiß ich sehr genau, zu was du fähig bist, selbst wenn du es nicht zugibst.«

Ich versuchte es mit einem strategischen Zugeständnis: »Ich habe sie in letzter Zeit öfter gesehen. Die Explosion.«

»Tja … Leider bezweifle ich, dass du uns brauchbare Informationen zu einem vierhundert Jahre zurückliegenden Ereignis liefern kannst.«

Ich spürte, wie sich ihre Gedanken in mich hineinbohrten, unangenehm wie fremde Hände auf meinem Körper. Ich versuchte, die Undurchdringlichkeit der Beichtmutter zu imitieren, mich abzuschotten.

Sie lehnte sich zurück. »Erzähl mir von der Insel.«

Sie hatte ganz ruhig gesprochen, doch es bereitete mir einige Mühe, den Schock zu überspielen, dass ich so leicht infiltriert worden war. Ich sah die Insel erst seit wenigen Wochen, seit meinem letzten Ausflug zu den Mauern. Zuerst hatte ich noch an mir gezweifelt und mich gefragt, ob das Meer und der Himmel darüber nicht eher eine Fantasie als eine Vision gewesen waren. Ein Tagtraum von einem weiten, offenen Land, der die Begrenztheit meiner täglichen Realität aufbrach, die Begrenzung durch die vier grauen Wände, das schmale Bett, den einsamen Stuhl. Doch dafür kamen die Bilder zu regelmäßig, zu detailliert, zu beständig. Ich wusste um ihre Echtheit, und mir war klar, dass ich nie über sie würde sprechen dürfen. In der erdrückenden Stille der Zelle hallte mein Atem laut in meinen Ohren wider.

»Ich habe sie auch gesehen«, sagte die Beichtmutter. »Du wirst mir alles sagen.«

Erneut bahnte sie sich einen Weg in meine Gedanken. Ich fühlte mich bloßgestellt, als würde ich Dad dabei zusehen, wie er einen Hasen häutete und sein Innerstes offenlegte. Ich versuchte, meinen Verstand abzudichten, die Bildfetzen von der Insel einzuschließen: die in einen vulkanischen Krater gebettete Stadt, Häuser, die auf steilen Abhängen übereinander standen, Wasser, unbarmherzig grau, das sich in alle Richtungen ausdehnte und von scharfkantigen Felsen durchsetzt war. All das sah ich so klar vor mir wie schon in vielen vorangegangenen Nächten. Ich versuchte mir vorzustellen, ich würde das Geheimnis in meinem Mund verschließen, so wie die Insel ihre geheime, in den Krater geschmiegte Stadt hütete.

Ich stand auf. »Es gibt keine Insel.«

Die Beichtmutter erhob sich ebenfalls. »Das wäre tatsächlich besser für dich.«

Umso älter wir wurden, desto prüfender musterte mich auch Zach wie sonst nur unsere Eltern. Für ihn war jeder Tag, an dem sich kein Unterschied zwischen uns manifestierte, ein weiterer Tag, an dem er von dem Verdacht, ein Omega sein zu können, gebrandmarkt war. Ein weiterer Tag, an dem er seinen rechtmäßigen Platz in der Alpha-Gesellschaft nicht einnehmen konnte. Und so verweilten wir – immer noch ohne sichtbare Aufsplittung – am Rande des Dorflebens. Während andere Kinder zur Schule gingen, lernten wir am Küchentisch. Während sie zusammen am Fluss spielten, hatten wir nur einander oder wir folgten ihnen in einigem Abstand, um ihre Spiele zu imitieren. Da wir uns gerade so weit von ihnen entfernt hielten, dass sie uns weder beschimpfen noch mit Steinen bewerfen konnten, erhaschte ich nur einzelne Wortfetzen. Zu Hause versuchten wir dann, ihre Liedverse nachzusingen. Die Lücken füllten wir mit eigenen Worten und Zeilen. Wir existierten in unserem ganz eigenen Kosmos, in den der Argwohn um uns herum uns gedrängt hatte. Für den Rest des Dorfes waren wir Objekte der Neugier und, später, auch Objekte unverblümter Feindseligkeit. Nach einer Weile war das Flüstern unserer Nachbarn kein Flüstern mehr, sondern ein Schreien, eine einzige bösartige Verunglimpfung: *Gift. Freak. Blender. Mutanten. Verunstaltete.* Da sie keine Ahnung hatten, wer von uns der gefährliche Part war, verachteten sie uns kurzerhand beide. Und jedes Mal, wenn ein neues Zwillingspaar geboren und aufgeteilt wurde, stach unser vereinter Zustand noch mehr hervor. Oscar, der Sohn unserer Nachbarn, dessen linkes Bein am Knie endete, wurde mit neun Monaten zu seinen Omega-Verwandten geschickt. Danach kamen wir oft an der kleinen Meg vorbei, seiner übrig gebliebenen Zwillingsschwester, die allein in dem umzäunten Hof ihres Hauses spielte.

»Bestimmt vermisst sie ihren Bruder«, sagte ich, als wir ihr zusahen, wie sie ohne Unterlass auf dem Kopf eines Miniaturholzpferds herumkaute.

»Na klar«, entgegnete Zach. »Ich wette, sie ist am Boden zerstört, dass sie ihr Leben nicht mehr mit einem Freak teilen muss.«

»Und er vermisst seine Familie bestimmt auch.«

»Omegas haben keine Familie.« Die vertrauten Worte von den Plakaten des Rats. »Abgesehen davon weißt du doch, was passiert, wenn man zu sehr an seinen Omega-Kindern hängt.«

Ja, ich hatte die Geschichten gehört. Es gab immer wieder Eltern, die gegen die Aufteilung rebellierten und versuchten, ihre Zwillinge zu behalten. Der Rat kannte kein Erbarmen mit ihnen. Das Gleiche galt für die wenigen Alphas, die eine Beziehung mit einem Omega eingingen. Es kursierten Gerüchte über öffentliche Auspeitschungen und Schlimmeres. Doch die meisten Eltern waren nur allzu gerne bereit, ihre Omega-Babys abzugeben, schienen geradezu erpicht darauf, ihren deformierten Nachwuchs loszuwerden. Gemäß den Lehren des Rats konnte es gefährlich werden, Omegas über einen längeren Zeitraum um sich zu haben. Die »Gift«-Rufe unserer Nachbarn waren nicht nur ein Zeichen von Abscheu, sondern auch von Angst. Omegas mussten aus der Alpha-Gesellschaft vertrieben werden, so wie dem Alpha-Zwilling im Mutterleib das Gift durch den Omega-Zwilling entzogen wurde. Aber da wir uns nicht fortpflanzen konnten, würden wir wenigstens nie ein Kind wegschicken müssen. Ob dies das Einzige war, von dem wir Omegas verschont blieben?

Ich wusste, es war nur eine Frage der Zeit, bis auch ich vertrieben würde. Meine Geheimniskrämerei zögerte das Unvermeidliche bloß hinaus. Manchmal fragte ich mich sogar, ob mein gegenwärtiges Dasein – das ewige Misstrauen von Seiten des Dorfes und meiner Eltern – besser war als das unweigerlich folgende Exil. Zach war der Einzige, der mein seltsames Schwellenleben verstand, denn er führte es genauso wie ich. Und doch fühlte ich den aufmerksamen Blick aus seinen dunklen ruhigen Augen in einem fort auf mir ruhen.

Auf der Suche nach weniger wachsamer Gesellschaft fing ich eines Tages drei rote Käfer aus den Scharen, die jeden Tag zu unserem Brunnen strömten, und bewahrte sie in einem Glas auf meinem Fenstersims auf. Es gefiel mir, ihrem bewegten Treiben zuzusehen und wie ihre Flügel stumm gegen das Glas flirrten. Eine Woche später entdeckte ich zu meinem Entsetzen, dass mein größter Käfer an den hölzernen Sims genagelt worden war. Aufgespießt und mit nur einem Flügel drehte er sich wieder und wieder um die Achse seiner Gedärme.

»Es war ein Experiment«, sagte Zach. »Ich wollte testen, wie lange er überlebt.«

Ich erzählte es unseren Eltern. »Ihm ist nur langweilig«, erwiderte meine Mutter. »Es macht ihn verrückt, dass ihr nicht wie vorgesehen in die Schule gehen könnt.« Die unausgesprochene Wahrheit – nämlich dass nur einer von uns je eine Schule besuchen würde – schwebte zwischen uns im Raum, Kreise ziehend wie der gepfählte Käfer.

Um seinem qualvollen Rotieren ein Ende zu bereiten, zertrat ich ihn mit dem Absatz meines Schuhs. An jenem Abend brachte ich das Glas und die beiden verbliebenen Käfer zum Brunnen zurück. Als ich den Deckel öffnete und den Behälter etwas zur Seite neigte, wollten sie sich nicht ins Freie wagen. Behutsam beförderte ich sie mithilfe eines Grashalms auf den steinernen Brunnenrand, auf dem ich saß. Einer versuchte einen kurzen Flug und landete gleich darauf auf meinem nackten Bein. Ich ließ ihn verweilen, bis ich ihn schließlich sanft pustend zum Fliegen antrieb.

Später sah Zach das leere Glas neben meinem Bett. Keiner von uns sagte ein Wort.

Ungefähr ein Jahr später – es war ein stiller Nachmittag und wir waren gerade dabei, Feuerholz am Fluss zu sammeln – beging ich den entscheidenden Fehler. Ich marschierte direkt hinter Zach her, als ich plötzlich etwas sah: den flüchtigen Eindruck einer Vision, einen Bildfetzen nur, der sich zwischen mich und die reale Welt schob. Noch bevor der Ast überhaupt zu fallen drohte, warf ich mich auf meinen Bruder und stieß ihn aus dem Weg. Eine instinktive Reaktion, die ich normalerweise unterdrückt hätte. Später würde ich mich fragen, ob meine Angst zu dieser Entgleisung geführt oder ob mich Zachs ständiger Argwohn ausgelaugt hatte. So oder so – er war in Sicherheit. Als sich der massive Ast ächzend vom Stamm löste, andere Zweige mit sich riss und schließlich genau dort landete, wo mein Bruder eben noch gestanden hatte, lag dieser bereits der Länge nach ausgestreckt unter mir auf dem Pfad. Unsere Blicke begegneten sich. Die Erleichterung in seinen Augen erstaunte mich.

»Viel hätte nicht gefehlt«, sagte ich.

»Ich weiß.« Er half mir auf und strich mir ein paar Blätter vom Kleid.

»Ich habe gesehen, dass er fällt.« Ich sprach zu schnell.

»Du musst nichts erklären«, sagte er. »Ich bin dir dankbar, dass du mich weggestoßen hast.« Zum ersten Mal seit Jahren lächelte er mich so breit und unbelastet an wie früher in unserer Kindheit. Doch ich kannte ihn zu gut, um mich zu freuen. Er bestand darauf, mein Feuerholzbündel auf seines zu schnüren und die gesamte Last allein ins Dorf zu schleppen. »Ich bin dir was schuldig«, sagte er.

In den folgenden Wochen verbrachten wir wie immer die meiste Zeit zusammen, doch seine Spiele waren weniger grob. Wenn wir zum Brunnen gingen, wartete er auf mich und wenn wir eine Abkürzung über die Felder nahmen, warnte er mich vor Brennnesselbüscheln. Er zog mich nicht an den Haaren und nahm mir nichts weg. Sein neu erworbenes Wissen gewährte mir eine Atempause von seinen alltäglichen Grausamkeiten, aber noch reichte es nicht, um uns aufzuteilen. Die Jahre voller leidenschaftlicher, nutzloser Beteuerungen hatten Zach gelehrt, dass er Beweise brauchte. Und so wartete er, dass mir ein weiterer Ausrutscher passierte, der mich endgültig verraten würde.

Doch es gelang mir noch über ein Jahr, mein Geheimnis für mich zu behalten. Denn obwohl meine Visionen stärker wurden, unterdrückte ich ein Schreien, wenn Flammen durch meine Nächte zuckten oder Bilder von fernen Orten durch meine Gedanken drifteten. Ich verbrachte zunehmend mehr Zeit allein und wagte mich weiter stromaufwärts, zu einer tiefen Schlucht, die mich vom Fluss wegführte, hin zu einem Ort, an dem verlassene Silos standen. Zach folgte mir nicht mehr, wenn ich alleine loszog. Natürlich betrat ich die Silos nie. Derartige Überbleibsel aus dem Vorher waren tabu. Unsere kaputte Welt war übersät mit Ruinen und sie zu betreten verstieß, genau wie der Besitz von Reliquien, gegen das Gesetz. Ich hatte gehört, dass ein paar verzweifelte Omegas die Trümmerhaufen nach verwertbaren Fragmenten durchsucht hatten, um sie zu plündern. Aber was sollte nach all den Jahrhunderten noch zu bergen sein? Die Explosion hatte die meisten Städte dem Erdboden gleichgemacht. Selbst wenn in den Tabuzonen noch etwas zu holen gewesen wäre – wer hätte sich das angesichts der drohenden Sanktionen getraut? Und noch viel furchteinflößender als das Gesetz waren die Gerüchte über die Ruinen selbst. Über das, was einem dort begegnen konnte. Strahlung, die sich wie ein Wespennest festgesetzt hatte. Eine alles verpestende Vergangenheit. Wenn das Vorher je erwähnt wurde, dann nur hinter vorgehaltener Hand, mit einer Mischung aus Ehrfurcht und Abscheu.

Früher hatten Zach und ich uns zu Mutproben herausgefordert, um zu sehen, wer sich näher an die Ruinen heranwagte. Eines Tages war er, wie immer der beherztere von uns beiden, zum nächstgelegenen Silo gerannt und hatte seine Hand auf die gewölbte Betonwand gelegt, bevor er, schwindlig vor Stolz und Angst, zu mir zurückgesprintet war.

In letzter Zeit hingegen saß ich nur noch allein unter einem Baum, von dem aus ich die Silos überblicken konnte. Die drei riesigen schlauchförmigen Gebilde waren intakter als so manch anderes altes Gemäuer. Die sie umgebende Schlucht und das vierte Silo, das bis auf sein kreisförmiges Fundament eingestürzt war, hatten einen Großteil der Explosion abgefangen. Aus dem Staub erhoben sich metallene Dachsparren, gierige Finger einer lebendig begrabenen Welt. Obwohl die Silos so hässlich aussahen, war ich dankbar für ihre Existenz. Sie garantierten mir, dass sich niemand hierhertrauen würde und ich wenigstens auf meine Einsamkeit zählen konnte. Anders als in Haven oder anderen größeren Städten hatte der Rat hier keine Plakate an den Mauern befestigt, die im Wind flatterten und auf denen zu lesen stand: *Vorsicht vor der Verseuchung der Omegas*, und: *Alpha-Einheit: Die Steuern für Omegas wurden erhöht.*

Seit der Dürre schien es von allem weniger zu geben – nur von den Aushängen des Rats nicht. Manchmal fragte ich mich, ob ich mich zu den Ruinen hingezogen fühlte, weil ich mich selbst in ihnen erkannte. In unserer Gebrochenheit glichen wir Omegas den verbotenen Trümmern. Wir waren gefährlich. Ansteckend. Eine fortwährende Erinnerung an die Explosion und ihr zerstörerisches Werk.

Obwohl Zach mich nicht mehr zu den Silos oder auf andere Ausflüge begleitete, wusste ich, dass er mich aufmerksamer denn je beobachtete. Kam ich müde von meinen langen Spaziergängen zurück, lächelte er mich listig an und fragte, wie mein Tag gewesen sei. Obwohl er wusste, wo ich mich rumtrieb, verlor er unseren Eltern gegenüber kein Wort darüber. Sie wären außer sich gewesen. Doch er ließ mich in Ruhe. Wie eine Schlange, die sich erst zurückzog, um dann vernichtend zuzuschnappen.

Bei seinem ersten Entlarvungsversuch klaute er meine Lieblingspuppe Scarlett. Die mit dem roten, von Mum genähten Kleid. Als Zach und ich plötzlich zwei getrennte Betten bekommen hatten, hatte ich mich nachts trostsuchend an sie geklammert. Selbst jetzt, mit zwölf, schlief ich noch mit Scarlett im Arm ein. Die derb geflochtene Wolle ihres Haars kratzte beruhigend auf meiner Haut. Als ich beim Frühstück nach ihr fragte, antwortete Zach triumphierend, dass sie in einem Versteck außerhalb der Stadt sei. Er habe sie genommen, während ich schlief. Er wandte sich an unsere Eltern: »Wenn sie rausfindet, wo sie vergraben ist, muss sie eine Seherin sein. Dann habt ihr euren Beweis.«

Unsere Mutter tadelte ihn und legte mir beruhigend eine Hand auf die Schulter, aber ich merkte, dass sie mich noch angespannter beobachtete als sonst.

Ich weinte wie geplant. Die hoffnungsvolle Aufmerksamkeit in den Augen meiner Eltern machte es mir leicht. Zu sehen, wie sehr sie danach gierten, das Rätsel zu lösen, zu dem Zach und ich für sie geworden waren, selbst wenn sie mich dafür hergeben mussten. An diesem Abend zog ich eine fremd aussehende Puppe mit seltsam schief geschnittenem Haar und einem schlichten weißen Kittel aus unserer kleinen Spielzeugkiste und entließ Scarlett damit aus ihrem Exil, zu dem ich sie vor einer Woche verdammt hatte. Ich hatte ihr das lange rote Haar abgehackt und das Kleid einer anderen, unwichtigen Puppe übergezogen. Von jetzt an saß Scarlett für jeden sichtbar auf meinem Bett und blieb dennoch ein Geheimnis. Ich machte mir nie die Mühe, flussabwärts zu der vom Blitz versengten Weide zu gehen und die Puppe mit dem roten Kleid auszugraben, die Zach dort versteckt hatte.

3

MUM UND DAD hatten schon wieder einen Streit gehabt. Heimtückisch wie Rauch drang ihr hitziges Wortgefecht aus dem unteren Stockwerk durch die Dielen zu uns.

»Das wird mit jedem Tag ein größeres Problem«, sagte Dad.

Mums Stimme war ruhiger. »Die beiden sind kein ›Problem‹, sondern unsere Kinder.«

»Nur eins davon«, erwiderte er. Ein Glas schepperte laut auf dem Tisch. »Das andere ist gefährlich. Gift. Nur dass wir nicht wissen welches.«

Zach hasste es, wenn ich ihn weinen sah, aber die heruntergebrannte Kerze spendete gerade so viel Licht, dass ich seinen Rücken unter der Decke zucken sehen konnte. Ich schlüpfte unter meinem Quilt hervor. Die Dielen knarzten leise, als ich in zwei Schritten zu ihm hinüberging und mich an den Rand seines Bettes setzte. »Er meint es nicht so«, flüsterte ich und legte eine Hand auf seinen Rücken. »Er will dir nicht wehtun, wenn er solche Sachen sagt.«

Zach setzte sich auf und schüttelte meine Hand ab. Es überraschte mich, dass er nicht mal versuchte, sich die Tränen vom Gesicht zu wischen. »Er tut mir nicht weh«, entgegnete er. »Im Gegenteil, jedes einzelne Wort ist wahr. Und da willst du mir auf die Schulter klopfen, mich trösten und so tun, als wärst du so unglaublich fürsorglich? Unsere Eltern tun mir nicht weh. Und auch die anderen Kinder nicht, die mit Steinen nach uns werfen. Hörst du das?« Er deutete auf den Boden, durch den wir unsere Eltern streiten hörten, und dann auf sein tränenüberströmtes Gesicht. »Das ist alles deine Schuld. *Du* bist das Problem, Cass, nicht sie. Wegen dir hängen wir in dieser Vorhölle fest.«

Plötzlich spürte ich die Kälte der Dielen unter meinen Füßen und wie eisig sich die Nachtluft auf meinen nackten Armen anfühlte.

»Du willst beweisen, dass ich dir wirklich wichtig bin?«, fragte er. »Dann sag die Wahrheit. Du könntest das Ganze beenden, jetzt und hier.«

»Willst du wirklich, dass man mich wegschickt? Ich bin's doch, deine Schwester. Und nicht irgendein seltsames Geschöpf. Vergiss den Rat und das ganze Gerede von wegen Ansteckungsgefahr. Ich bin's. Du kennst mich.«

»Das sagst du schon die ganze Zeit. Aber wie könnte ich glauben, dich zu kennen? Du warst nie ehrlich zu mir. Du hast mir nie die Wahrheit gesagt, sondern mich alles selbst rausfinden lassen.«

»Ich konnte es dir nicht erzählen«, antwortete ich. Selbst dieses Geständnis, hier, in der Einsamkeit unseres Zimmers, war schon riskant.

»Weil du mir nicht vertraut hast. Und jetzt tust du so, als hätten wir ein wahnsinnig enges Verhältnis. Dabei hast du mich die ganze Zeit angelogen. All die Jahre hast du zugelassen, dass ich mir so viele Fragen gestellt habe. Dass ich Angst hatte, ich könnte der Freak sein. Und jetzt meinst du, ich soll dir vertrauen?«

Ich wich zu meinem Bett zurück. Zach starrte mich immer noch an. Hätte es anders zwischen uns sein können, wenn ich ihm die Wahrheit gesagt hätte? Hätten wir einen Weg gefunden, mein Geheimnis zu teilen und uns gemeinsam durchzuschlagen? Stammte sein Misstrauen in Wirklichkeit von mir? Vielleicht war das ja das Gift, das ich in mir trug. Nicht die zerstörerische Kraft der Explosion, die allen Omegas innewohnte … sondern mein Geheimnis. Auf seiner Oberlippe saß eine Träne, die golden im Kerzenschein glänzte. Da ich nicht wollte, dass er das Gegenstück auf meinem Gesicht bemerkte, streckte ich die Hand aus und löschte mit den Fingern die Kerze auf dem Tisch.

»Das muss aufhören«, flüsterte er in die Dunkelheit, halb flehend und halb drohend.

Zachs Ungeduld wuchs, als unser Vater erkrankte. Wir waren gerade dreizehn geworden. Wie auch im Jahr zuvor hatte man unseren Geburtstag mit keinem Wort erwähnt. Unser Alter wurde zu einer zunehmend schmachvollen Mahnung unseres ungesplitteten Daseins. An jenem Abend flüsterte Zach durchs Zimmer: »Du weißt, was heute für ein Tag ist, oder?«

»Natürlich«, erwiderte ich.

»Alles Gute zum Geburtstag«, fügte er hinzu. Es war nur ein Wispern. Ich hätte nicht sagen können, ob es sarkastisch gemeint war.

Zwei Tage später brach Dad zusammen. Unser Vater, der immer so robust und kräftig gewesen war wie der Eichenholzbalken an unserer Küchendecke. Wenn es darum ging, Wassereimer aus dem Brunnen zu ziehen, war er schneller als jeder andere, und als Zach und ich noch kleiner gewesen waren, hatte er uns beide gleichzeitig tragen können. Wahrscheinlich könnte er es immer noch, dachte ich. Nur dass er uns inzwischen kaum mehr berührte. Dann, an jenem heißen Tag, fiel er mitten auf der Koppel auf die Knie. Ich saß an einer Steinmauer im vorderen Teil unseres Gartens und enthülste Erbsen, als ich die Schreie der Feldarbeiter hörte.

Unsere Nachbarn brachten Dad ins Cottage. Mum wollte seine Zwillingsschwester Alice kommen lassen, die oben im

Flachland in einer Omega-Siedlung lebte. Zach und Mick schwangen sich auf einen Ochsenkarren, um schon am nächsten Tag mit ihr zurückzukehren. Sie lag auf der Ladefläche im Heu. Wir hatten sie noch nie gesehen, und während ich sie betrachtete, kam es mir so vor, als sei das zehrende Fieber die einzige Ähnlichkeit zwischen ihr und Dad. Sie war dünn und ihr Haar dunkler und länger als seins. Der derbe braune Stoff ihres Kleids war schon einige Male geflickt worden und voller Stroh. Zwischen den Haarsträhnen, die an ihrer verschwitzen Stirn klebten, blitzte das Brandzeichen hervor: Omega.

Wir versorgten sie so gut wir konnten, doch es war von Anfang an klar, dass ihr nicht viel Zeit blieb. Auch wenn wir sie natürlich nicht ins Haus ließen, genügte ihre Anwesenheit im Schuppen, um Zachs Wut zu entfachen. Am zweiten Tag war es am schlimmsten. »Das ist widerlich!«, schrie er. »*Die* ist widerlich! Wieso kann sie einfach so hierbleiben und warum müssen wir ihr wie die Sklaven nachlaufen? Sie wird ihn umbringen! Und wenn sie ständig in unserer Nähe ist, bringt sie uns auch noch in Gefahr!«

Mum machte sich nicht die Mühe, ihm Einhalt zu gebieten, sondern erwiderte ruhig: »Wenn wir sie in ihrer schmutzigen, alten Hütte gelassen hätten, würde sie ihn noch schneller umbringen.«

Das brachte Zach zum Schweigen. Er wollte Alice loswerden, aber zugeben, was er in der Siedlung gesehen hatte – das kleine saubere Cottage, die weißgewaschenen Wände und die getrockneten Kräuterbündel, die genau wie bei uns über dem Kamin hingen – nein, das wollte er nicht.

»Wenn wir sie retten, retten wir auch ihn«, fügte Mum hinzu.

Erst tief in der Nacht, als unsere Kerze bereits erloschen war und keine Stimmen mehr aus dem Zimmer unserer Eltern drangen, berichtete Zach, was in der Siedlung passiert war. Anscheinend hatten die anderen Omegas versucht, ihn und Mick aufzuhalten, weil sie sich selbst um Alice kümmern wollten. Aber natürlich würde sich kein Omega ernsthaft mit einem Alpha anlegen. Und so waren sie bereitwillig zurückgewichen, als Mick die Peitsche geschwungen hatte.

»Ist es nicht grausam, sie ihrer Familie wegzunehmen?«, flüsterte ich.

»Omegas haben keine Familie«, erwiderte Zach und zitierte einmal mehr den Rat.

»Na ja, keine Kinder, aber es wird doch Menschen geben, die Alice am Herzen liegen. Freunde oder vielleicht ein Ehemann.«

»Ein Ehemann?« Das Wort hing zwischen uns in der Luft. Offiziell durften Omegas nicht heiraten, und der Rat erkannte eine solche Verbindung auch nicht an. Trotzdem taten sie es, das war allgemein bekannt.

»Du weißt, was ich meine.«

»Sie hat da mit niemandem zusammengelebt«, widersprach Zach. »Diese Leute waren einfach nur irgendwelche Freaks aus ihrer Siedlung, die behauptet haben, sie wüssten, was das Beste für sie ist.«

Bislang hatten wir kaum einen Omega zu Gesicht bekommen, geschweige denn, auf so engem Raum Zeit mit ihm verbracht. Den kleinen Oscar von nebenan hatte man weggeschickt, sobald er gebrandmarkt und abgestillt worden war. Und die wenigen Omegas, die es in unsere Gegend verschlug – Vagabunden, die auszogen, um in größeren Siedlungen im Süden ihr Glück zu versuchen –, blieben gerade mal eine Nacht und kampierten flussabwärts außerhalb des Dorfes. In Zeiten magerer Ernte hatten einige von ihnen die Bewirtschaftung ihres halb verödeten Lands eingestellt und sich auf den Weg zu einem Reservat in der Nähe von Wyndham gemacht. Die Reservate waren ein Zugeständnis an das fatale Band, das zwischen den Geschwisterpaaren bestand. Omegas durften nicht verhungern, da sonst ihre Zwillinge ebenfalls starben. Deshalb gab es in der Nähe jeder größeren Stadt Reservate, wo Omegas vom Rat aufgenommen, beherbergt und mit Lebensmitteln versorgt wurden. Aber nur wenige begaben sich freiwillig dorthin. Reservate waren Armenhäuser, ein letzter Ausweg, ein Ort für Hungerleidende und Kranke. Und jeder, der ihre Hilfe in Anspruch nahm, bezahlte die Großzügigkeit des Rats mit harter Farmarbeit, die er innerhalb der Anlage abzuleisten hatte, und das so lange, bis die Schulden als getilgt erachtet wurden. Deswegen war kaum ein Omega bereit, seine Freiheit gegen drei Mahlzeiten am Tag einzutauschen.

Einmal hatte ich in Mums Begleitung einer Vagabundentruppe, die zum Reservat bei Wyndham unterwegs war, übrig gebliebene Lebensmittel zugesteckt. Es war bereits dunkel gewesen. Ein Mann war vom Lagerfeuer auf uns zugekommen und hatte dabei auf seine Kehle gedeutet, um zu signalisieren, dass er stumm war. Ich versuchte, nicht auf das Brandmal an seiner Stirn zu starren. Er war so dürr, dass seine Knöchel hervortraten und die Kniescheiben der breiteste Teil an seinen Beinen waren. Elend spannte sich die Haut über seinen Knochen. Eigentlich hatte ich gedacht, wir würden uns für ein paar Minuten zu den Reisenden setzen, bis ich merkte, dass der Mann die Wachsamkeit in Mums Blick mehr als erwiderte. Ich betrachtete das Grüppchen hinter ihm. Man konnte kaum zwischen den bizarren Schatten des hell lodernden Feuers und den Missbildungen der Omegas unterscheiden. Aus der Entfernung sah ich, wie sich ein Mann nach vorne beugte und mit einem Ast im Feuer herumstocherte, den er zwischen zwei Armstümpfen hielt. Beim Anblick der dicht zusammengedrängten ausgemergelten

Gestalten konnte man die gelegentlich geflüsterten Gerüchte kaum glauben. Angeblich sollte es eine Widerstandsbewegung geben, eine Insel, auf der sich etwas zusammenbraute. Doch wie hätten diese hungernden Menschen hier auch nur davon träumen können, es mit dem Rat und seinen tausend Soldaten aufzunehmen? Die Omegas, die ich gesehen hatte, waren allesamt zu arm, zu verkrüppelt. Und ganz bestimmt hatten sie genau wie ich die Geschichten über den Aufstand gehört, der bereits ein Jahrhundert oder länger zurücklag. Natürlich hatte der Rat auch damals keine Omegas töten können, ohne gleichzeitig ihre Alpha-Zwillinge umzubringen, doch was man den Rebellen stattdessen angetan hatte, musste ungleich schlimmer gewesen sein. Folter, so hart, dass sich die betroffenen Alpha-Zwillinge schreiend auf die Erde geworfen hatten, auch jene in mehreren Hundert Kilometern Entfernung. Die Omegas wurden nie wieder gesehen, doch ihre Geschwister litten noch jahrelang an unerklärlichen Schmerzen. Nachdem der Aufstand niedergeschlagen worden war, steckte der Rat den gesamten Osten in Brand. Siedlungen standen in Flammen, auch jene, die gar nicht an dem Aufstand beteiligt gewesen waren, und mit ihnen alle Feldfrüchte und Häuser. Schon zuvor war der Osten ein durch und durch trostloses Gebiet am Rande des Ödlands gewesen, ein wahrhaft schauderhafter Ort, den kein Alpha je bewohnt hätte. Und nun kamen die Soldaten und machten alles dem Erdboden gleich, bis es irgendwann so aussah, als hätte sich das Ödland weiter ausgebreitet.

An diese Geschichten dachte ich, während ich das Omega-Grüppchen betrachtete. Die dürren Körper, die mir so wenig vertraut waren und die sich über das Bündel mit den Essensresten beugten, das Mutter ihnen gegeben hatte. Als sie mich bei der Hand nahm und rasch zurück ins Dorf brachte, schämte ich mich für meine Erleichterung. Noch über Wochen begleitete mich das Bild des stummen Omegas, der unseren Blicken ausgewichen war, als er die Lebensmittel entgegengenommen hatte.

Die Zwillingsschwester unseres Vaters hingegen war alle andere als stumm. Drei Tage stöhnte, schrie und fluchte sie ohne Unterlass. Als Dad immer kränker wurde, durchdrang der süße, milchige Geruch ihres Atems erst den Schuppen, dann unser Haus. Und kein Kraut, das Mum ins Feuer warf, konnte ihn übertünchen. Da sie sich drinnen im Cottage um Dad kümmerte, sollten Zach und ich abwechselnd bei Alice Wache halten, doch meist saßen wir in stiller Übereinkunft zu zweit an ihrem Bett.

Eines Abends, als ihr Fluchen in ein heftiges Husten übergegangen war, fragte Zach ruhig: »Was stimmt nicht mit dir?«

Sie musterte ihn. »Es ist das Fieber. Ich habe Fieber. Und dein Vater jetzt auch.«

Mürrisch erwiderte Zach ihren Blick. »Ja, aber was war davor? Was stimmt nicht mit dir?« Alice brach in schallendes Gelächter aus, hustete und lachte dann wieder. Sie bedeutete uns näherzukommen und schlug ihr verschwitztes Laken zurück.

Ihr Nachthemd reichte ihr gerade bis unter die Knie. Wir betrachteten ihre Beine. Unser Widerwille kämpfte mit Neugier. Auf den ersten Blick konnte ich keinen Unterschied entdecken. Ihre Beine waren zwar dünn, aber stark. Und ihre Füße sahen ganz normal aus. Ich hatte mal von einem Omega gehört, dessen Nägel wie Schuppen über seine Haut gewachsen waren, doch Alices Fußnägel waren nicht nur da, wo sie sein sollten, sondern auch noch ordentlich zurechtgefeilt und sauber.

Zach wurde ungeduldig. »Was? Was ist denn nun mit dir?«

»Bringt man euch in der Schule nicht bei, wie man zählt?«

Da es Zach nie über die Lippen gekommen wäre, sprach ich es aus: »Wir dürfen nicht in die Schule. Das können wir nicht ... Wir wurden noch nicht gesplittet.«

Rasch unterbrach mich Zach: »Aber wir können zählen. Wir lernen zu Hause. Zahlen, Buchstaben, alles Mögliche.« Sein Blick wanderte genau wie meiner wieder nach unten. Linker Fuß: fünf Zehen. Rechter Fuß: sieben.

»*Das* ist mein Problem, Schätzchen«, sagte Alice. »Die Zahl ergibt keinen Sinn.« Nach einem Blick in Zachs ernüchtertes Gesicht stellte sie das Grinsen ein. »Okay, schätze, da ist noch mehr. Du hast ja nicht gesehen, wie ich laufe, sondern bloß, wie ich zu deinem Karren getaumelt bin. Ich habe immer schon gehinkt. Mein rechtes Bein ist kürzer und schwächer als das linke. Ich bin eine ›Verunstaltete‹ wie die Alphas es nennen würden. Aber mein Hauptproblem sind meine Zehen. Von denen hatte ich nie eine schöne runde Zahl.« Sie lachte erneut und musterte Zach mit hochgezogener Augenbraue. »Schätzchen, wenn sich jeder von uns so drastisch von den Alphas unterscheiden würde, müsste man uns dann zusätzlich noch brandmarken?« Als er nicht antwortete, fuhr sie fort: »Und wenn Omegas doch angeblich so hilflos sind, warum hat der Rat dann eine solche Angst vor der Insel?«

Zach warf einen raschen Blick über seine Schulter. »Es gibt keine Insel«, erwiderte er so heftig, dass ich feine Spucketröpfchen auf meinem Arm spürte. »Das weiß jeder. Das ist nichts als ein Gerücht, eine Lüge.«

»Warum wirkst du dann so verängstigt?«

Diesmal ergriff ich das Wort: »Als wir letztens nach Haven gefahren sind, haben wir unterwegs eine niedergebrannte Hütte gesehen. Dad meinte, sie hätte einem Omega-Pärchen gehört, das Gerüchte über die Insel in die Welt gesetzt hat.«

»Er hat gesagt, die Soldaten des Rats hätten die beiden

mitten in der Nacht abgeführt«, fügte Zach hinzu, während er wieder zur Tür schielte.

»Und in Wyndham soll es einen Platz geben, wo Omegas, die über die Insel gesprochen haben, ausgepeitscht werden«, sagte ich. »In aller Öffentlichkeit, damit jeder es sieht.«

Alice zuckte mit den Schultern. »Dafür, dass das Ganze nur ein Gerücht ist, legt sich der Rat aber ziemlich ins Zeug.«

»Es … Es ist eine Lüge«, zischte Zach. »Und jetzt Ruhe … Du bist verrückt, du bringst uns noch in Teufelsküche! Es kann gar keinen geheimen Ort für Omegas geben. Das würden die nie schaffen. Abgesehen davon würde der Rat ihn finden.«

»Bis jetzt haben sie nichts gefunden.«

»Weil er nicht existiert«, entgegnete er heftig. »Das ist nichts als eine fixe Idee.«

»Vielleicht reicht das ja«, sagte Alice mit einem verschmitzten Lächeln. Als das Fieber ihr einige Minuten später wieder das Bewusstsein raubte, grinste sie noch immer.

Zach erhob sich. »Ich gehe mal nach Dad sehen.«

Ich nickte und drückte einen Lappen gegen Alices Stirn. »Dad geht es immer genau gleich. Er ist jetzt auch bewusstlos.«

Zach ließ die Tür des Schuppens laut hinter sich ins Schloss fallen.

Jetzt, da der Lappen das Brandzeichen auf Alices Stirn verdeckte, erkannte ich Dad in ihren Gesichtszügen. Ich dachte daran, dass er nur einige Meter von uns entfernt im Cottage lag. Jedes Mal, wenn ich meiner Tante mit dem Lappen übers Gesicht strich und eine Grimasse zog, weil mir ihr kranker Atem entgegenschlug, stellte ich mir vor, in Wirklichkeit ihn zu beruhigen. Ich legte meine kleine Hand auf ihre, eine intime Geste, die Dad uns schon seit Jahren nicht mehr gestattete.

Ich fragte mich, ob es falsch war, sich einer Fremden so nah zu fühlen. Einer Fremden, die Dads Krankheit wie ein unerwünschtes Geschenk ins Haus gebracht hatte. In Alices Kehle gurgelte es leise.

Als ich aus dem Schuppen trat, saß Zach mit überkreuzten Beinen im schräg einfallenden Licht des Nachmittags. Ich gesellte mich zu ihm. Er spielte mit einem Heuhalm und stocherte damit zwischen seinen Zähnen herum. Nach einer Weile sagte er: »Ich habe gesehen, wie er gestürzt ist.«

Das hätte ich mir denken können. Ich wusste ja, dass Zach Dad überall hin folgte, wenn es nur irgendwie ging.

»Ich habe am Ende der Koppel nach Vogeleiern in den Bäumen Ausschau gehalten«, fuhr er fort. »Da habe ich es gesehen. In einem Moment stand er noch ganz normal da und im nächsten ist er auf die Knie gefallen, einfach so.« Zach spuckte ein Stück Heu aus. »Er ist ein bisschen hin und her geschwankt, als hätte er zu viel getrunken, und hat sich auf seine Heugabel gestützt. Dann ist er ganz zu Boden gestürzt, mit dem Gesicht nach unten, sodass ich ihn zwischen dem Weizen nicht mehr sehen konnte.«

»Das tut mir leid. Muss schlimm gewesen sein.«

»Warum dir? Alice müsste es leidtun.« Er deutete auf den Schuppen hinter uns. Wir hörten, wie die kranken Lungen unserer Tante mit dem nächsten Atemzug kämpften.

»Er wird sterben, nicht wahr?«

Ihn anzulügen hatte keinen Sinn, also nickte ich nur.

»Kannst du nicht irgendwas tun?«, fragte er. Er griff nach meiner Hand. Von allen Vorkommnissen der letzten Zeit – Dads Zusammenbruch und Alices Ankunft – war dies hier das seltsamste. Zach hatte mich nicht mehr an der Hand genommen, seit wir ganz klein gewesen waren.

Als Kind hatte er einmal in einem Flussbett ein Fossil entdeckt. Einen kleinen schwarzen Stein, in den sich vor Urzeiten ein schnörkeliges Schneckenhaus gepresst hatte. Die Schnecke war zu Stein geworden und der Stein zur Schnecke. Oft dachte ich, dass es sich mit ihm und mir genauso verhielt. Wir waren ineinander verwurzelt. Und hatten diesbezüglich genauso wenig eine Wahl gehabt wie Stein und Schnecke.

Ich drückte seine Hand. »Was soll ich denn tun können?«

»Irgendwas halt. Keine Ahnung. Das ist nicht fair … sie bringt ihn um.«

»Das kannst du so nicht sagen. Sie tut es ja nicht, um ihn zu ärgern. Wenn er zuerst krank geworden wäre, wäre es ihr nicht besser ergangen.«

»Das ist nicht fair«, wiederholte er.

»Krankheiten sind nie fair, zu niemandem. Sie kommen einfach.«

»Nein, tun sie nicht. Zu Alphas jedenfalls nicht. Wir werden so gut wie nie krank. Immer sind es die Omegas. Die sind anfällig und schwach. Wegen dem Gift, das sie seit der Explosion in sich tragen. Alice ist die Gebrechliche, Verunreinigte. Und jetzt reißt sie Dad mit sich ins Verderben.«

Darüber ließ sich nicht streiten – es stimmte, Omegas waren anfälliger für Krankheiten als Alphas. »Es ist nicht ihre Schuld«, sagte ich schließlich. »Und wenn Dad in einen Brunnen gefallen oder von einem Ochsen aufgespießt worden wäre, hätte er sie auch mit sich gerissen.«

Er ließ meine Hand los. »Er kümmert dich nicht, weil du keine von uns bist.«

»Natürlich kümmert er mich.«

»Dann tu was!«, rief er und wischte sich ärgerlich eine Träne aus dem Augenwinkel.

»Ich kann nichts tun«, erwiderte ich. Ich wusste, dass Seher angeblich die unterschiedlichsten Stärken hatten. Einige konnten das Wetter vorhersehen, andere fanden Quellen auf vertrocknetem Land oder wussten instinktiv, ob jemand die

Wahrheit sagte. Aber ich hatte noch nie gehört, dass einer über Heilkräfte verfügte. Es lag nicht in unserer Macht, die Welt zu verändern, wir konnten sie nur auf viele seltsame Arten wahrnehmen.

»Ich würde es nicht verraten«, flüsterte er. »Wenn du ihm irgendwie helfen kannst, sage ich kein Sterbenswort. Zu niemandem.«

Es machte keinen Unterschied, ob ich ihm glaubte oder nicht. »Ich kann nichts tun«, wiederholte ich.

»Was hat es für einen Sinn, ein Freak zu sein, wenn man nicht mal was Sinnvolles mit den eigenen Gaben anstellen kann?«

Diesmal griff ich nach seiner Hand. »Er ist auch mein Dad.«

»Omegas haben keine Familie«, entgegnete er und riss sich von mir los.

Alice und Dad lebten noch zwei Tage. Es musste weit nach Mitternacht gewesen sein, als ich abrupt aufschreckte. Zach und ich hatten uns im Schuppen zum Schlafen gelegt, wo sich Alices keuchender Atem in unsere Träume geschlichen hatte. Ohne daran zu denken, meine Vision vor Zach geheim zu halten, schüttelte ich ihn und sagte: »Lauf zu Dad. Sofort.« Noch bevor er mich irgendeines Vergehens beschuldigen konnte, war er verschwunden. Seine eiligen Schritte knirschten über den Kiesweg. Ich erhob mich, um ebenfalls nach drüben zu gehen, wo gerade mein Vater starb. Doch dann öffnete Alice die Augen, nur kurz zunächst, dann länger. In der beengten Dunkelheit des Schuppens wollte ich sie nicht allein lassen. Also blieb ich.

Obwohl sie am nächsten Tag gemeinsam beerdigt wurden, stand auf dem Grabstein lediglich Dads Name. Mum hatte Alices Nachthemd und die fieberverschwitzten Laken beider

Betten verbrannt. Ein großer Messingschlüssel, der einzige Beweis, dass Alice tatsächlich existiert hatte, hing, verdeckt von meinem Kleid, um meinen Hals. Als meine Tante in der Nacht ihres Todes aufgewacht war und gesehen hatte, dass ich mich allein mit ihr im Schuppen befand, hatte sie sich die Kette abgestreift und sie mir überreicht.

»Unter dem Lavendel hinter meinem Cottage ist eine Truhe mit Gegenständen vergraben, die dir helfen werden, wenn du in die Siedlung ziehst.« Sie bekam einen Hustenanfall.

Ich gab ihr den Schlüssel zurück, nicht gewillt, das unerwünschte Geschenk von ihr anzunehmen. »Woher willst du wissen, dass ich diejenige bin, die dort hinzieht?«

Sie hustete wieder. »Ich weiß es nicht, Cass, ich kann nur hoffen, dass du es bist.«

»Warum?« Ich hatte mich mehr als Zach um die Frau vor mir gekümmert, um diese stinkende Fremde. Wie kam sie jetzt dazu, mir dieses Schicksal an den Hals zu wünschen?

Sie drückte mir den Schlüssel in die widerspenstige Hand. »Weil dein Bruder zu viel Angst hat. Er würde nie damit zurechtkommen, wenn das Los auf ihn fiele.«

»So viel Angst hat er gar nicht. Er ist stark.« Ich hatte keine Ahnung, ob ich Zach oder mich selbst verteidigte. »Schätze, er ist bloß wütend.«

Alice lachte auf, ein krächzender Laut, der sich nur unwesentlich von ihrem Husten unterschied. »Na gut, dann ist er eben wütend. Das kommt aufs Gleiche raus.« Als ich ihr den Schlüssel abermals zurückgeben wollte, machte sie eine unwirsche Handbewegung.

Am Ende behielt ich ihn. Und auch wenn ich ihn vor den Blicken der anderen versteckte, fühlte es sich wie ein Eingeständnis an – ein Eingeständnis vor mir selbst. Ich musterte meinen Bruder, während wir mit zusammengekniffenen

Augen auf dem Friedhof in der unbarmherzigen Sonne standen, und wusste, dass es nicht mehr lange dauern würde. Ich spürte, dass sich nach Dads Tod ein Schalter in Zachs Kopf umgelegt hatte. Der Richtungswechsel seiner Gedanken war wie ein verrostetes Schloss, das nach langer Zeit endlich nachgab. Dieselbe Entschlossenheit, dieselbe Befriedigung.

Ohne Dad schien das Haus von Warten erfüllt. Es war die Zeit, in der ich vom Feuer und dem Brandzeichen zu träumen begann. In der ersten Nacht legte ich im Traum eine Hand auf Alices Stirn und spürte, wie sich ihr Mal in meine Handfläche brannte.

Eines Tages, nur einen Monat nach dem Begräbnis, kam ich nach Hause und traf dort auf ein Mitglied des örtlichen Rats. Es war Spätsommer, und bei meinem Marsch durch die Felder hatte ich das stachelige frisch geschnittene Heu unter meinen Fußsohlen gespürt. Schon auf dem Flusspfad hatte ich die flirrende Luft über unserem Cottage gesehen und mich gefragt, weshalb Mum an einem derart heißen Tag ein Feuer im Kamin machte.

Sie warteten drinnen auf mich. In dem Moment, als ich den schwarzen Eisengriff aus den Flammen ragen sah, wirbelte ich herum und versuchte zu fliehen. Ich hörte das Zischen versengenden Fleisches, das in letzter Zeit so oft in meinen Träumen widergehallt hatte.

Es war meine Mutter, die mich fest am Arm packte. »Cass, du kennst den Ratsmann von unseren Ausflügen flussabwärts.«

Ich wehrte mich nicht. Meine Augen waren auf das Brandeisen im Feuer geheftet. Die Ausformung am Ende, die rot in den Kohlen glühte, war kleiner, als ich sie mir vorgestellt hatte. Dann dämmerte es mir – das Eisen war für Kinder gefertigt worden.

»Seit dreizehn Jahren warten wir auf eure Aufsplittung«, sagte der Ratsmann. Er erinnerte mich an meinen Vater. Diese großen Hände … »Viel zu lang. In all der Zeit war einer von euch am falschen Ort – und der andere nicht in der Schule. Abgesehen davon können wir nicht zulassen, dass unser Dorf von einem Omega vergiftet wird. Das ist gefährlich, besonders für den Zwilling. Ihr müsst euren richtigen Platz einnehmen, den Platz, der euch zusteht.«

»Das hier ist der richtige Platz für uns, genau hier! Es ist unser Zuhause!«, schrie ich.

Mum unterbrach mich eilig. »Zach hat uns alles erzählt, Cass.«

Wieder ergriff der Ratsmann das Wort: »Dein Zwilling hat mich selbst aufgesucht.«

Zach, der mit gesenktem Kopf hinter ihm stand, hob den Kopf. Ich weiß nicht, was ich erwartet hatte, in seinen Augen zu lesen. Triumph wahrscheinlich. Vielleicht auch Reue. Stattdessen wirkte er, wie so oft in den letzten Jahren, nur müde. Wachsam. Ein wenig verängstigt. Meine eigene Angst lenkte meinen Blick wieder auf das Brandeisen, auf seinen langen schwarzen Griff und die breit auseinanderlaufende Ausformung am Ende, eine Serpentine in den Kohlen.

»Woher wollen Sie wissen, dass er nicht lügt?«, fragte ich den Ratsmann.

Er lachte. »Warum sollte er? Zach hat großen Mut bewiesen.« Mit einem Schritt war er am Kamin und griff nach dem Eisen. Methodisch schlug er es zweimal gegen das Gitter, um es von überflüssiger Asche zu befreien.

»Mut?« Ich riss mich von meiner Mutter los.

Der Ratsmann trat zurück und hielt das Eisen hoch. Zu meiner Überraschung griff Mum nicht nach mir und versuchte auch nicht, mich aufzuhalten, als ich zurückwich. Der Mann hingegen war behänder, als ich es ihm angesichts seiner

Größe zugetraut hätte. Entschlossen packte er meinen Bruder am Hals und drückte ihn an die Wand neben dem Kamin. Mit der anderen Hand hielt er ihm das rauchende Eisen vors Gesicht.

Ich schüttelte den Kopf, als könnte ich so einen Sinn in die Welt rütteln. Mein Blick begegnete Zachs. Jetzt, wo das Eisen so dicht über ihm schwebte, dass es einen Schatten auf seine Stirn warf, sah ich sein triumphierendes Grinsen. Und ich bewunderte ihn, wie immer. Mein tapferer, cleverer Zwilling. Hatte er es also doch geschafft, mich zu überraschen. Würde ich es ebenfalls über mich bringen? Würde ich bei seinem Bluff mitspielen und zulassen, dass er an meiner statt gebrandmarkt und ins Exil geschickt wurde? Ich hätte mich wahrscheinlich dazu durchringen können, hätte ich unter all dem Triumph nicht diesen kleinen Splitter des Schreckens gespürt, so insistent wie das Eisen selbst. Ich zog eine Grimasse, weil ich die sengende Hitze spürte, die Zachs Gesicht einhüllte.

»Ich bin es. Ich bin die Seherin. Er wusste, dass ich die Wahrheit sagen würde.« Ich zwang mich, meine Stimme ruhig zu halten.

Der Ratsmann zog das Eisen zurück, ließ Zach aber noch nicht los. »Wenn sie wirklich die Seherin ist, warum hast du es dann nicht schon früher gesagt?«

»Ich habe es doch jahrelang versucht, aber mir hat ja keiner geglaubt«, erwiderte Zach gepresst, denn die Hand des Mannes lag noch immer an seiner Kehle. »Ich konnte es nicht beweisen. Ich konnte sie nie überführen.«

»Und wieso sollen wir dir diesmal glauben?«

Am Ende war es eine Erleichterung, alles zu erzählen. Wie mich die Bildfetzen zuerst nachts heimgesucht hatten und später auch, wenn ich wach war. Wie das gleißende Licht der Explosion im Schlaf über mich hereinbrach und wie ich manches schon gewusst hatte, bevor es passiert war – der herunterfallende Ast, die Puppe, das Brandeisen. Meine Mutter und der Mann hörten aufmerksam zu. Nur Zach, dem das alles nicht neu war, wirkte ungeduldig.

Schließlich ergriff der Ratsmann das Wort: »Da hast du uns ja ganz schön an der Nase herumgeführt, Mädchen. Und wenn dein Bruder nicht gewesen wäre, hättest du uns wahrscheinlich noch länger zum Narren gehalten.« Er rammte das Eisen so kräftig in die Kohlen, dass Funken gegen das Metallgitter stieben. »Dachtest du, du wärst etwas Besseres als der Rest von diesem Omega-Lumpenpack?« Er ließ den Griff des Eisens nicht los. »Weil du eine Seherin bist?« Er zog es aus dem Feuer. »Siehst du das?« Diesmal hielt er mich am Hals gepackt. Das Eisen, das nur noch wenige Zentimeter von meinem Gesicht entfernt war, versengte ein paar meiner Haarsträhnen. »Siehst du das?«, fragte er erneut und wedelte damit vor meinem Gesicht herum. »*Das* bist du – und nichts anderes.«

Ich schrie nicht, als er mir das glühende Eisen gegen die Stirn presste, aber ich hörte, dass Zach schmerzerfüllt aufkeuchte. Meine Hand lag auf meiner Brust und umklammerte den Schlüssel. Später, als ich nach oben gegangen war, merkte ich, dass er einen Abdruck auf meiner Haut hinterlassen hatte.

4

MAN LIESS MICH NOCH vier Tage bleiben, bis die Verbrennung langsam zu verheilen begann. Zach verstrich Salbe auf meiner Stirn und fuhr dabei zusammen. Ob vor Schmerz oder Abscheu wusste ich nicht.

»Halt still.« Seine Zunge schlüpfte in den Mundwinkel, als er ganz nah an mich herankam, um die Wunde zu reinigen. Das machte er immer, wenn er sich konzentrierte. Im Moment achtete ich besonders auf solche Details, denn ich wusste, dass ich sie bald nicht mehr sehen würde. Wieder tupfte er auf meiner Stirn herum, behutsam zwar, doch sobald er meine malträtierte Haut berührte, konnte ich nicht anders als zusammenzucken.

»Tut mir leid«, sagte er. Er meinte, dass ich Blasen auf der Haut hatte. Nicht, dass er mich entlarvt hatte.

»Meine Stirn sieht in ein paar Wochen schon wieder besser aus. Aber dann bin ich weg. Das tut dir nicht leid.«

Er legte das Tuch beiseite und blickte aus dem Fenster. »Es konnte nicht alles beim Alten bleiben. Und wir nicht länger zu zweit. Das ist einfach nicht richtig.«

»Dir ist aber schon klar, dass du ab jetzt alleine bist, oder?«

Er schüttelte den Kopf. »Wenn einer dafür gesorgt hat, dass ich alleine bin, dann du. Ich kann jetzt zur Schule gehen. Ich habe die anderen.«

»Die anderen, die mit Steinen nach uns werfen, wenn wir an ihnen vorbeigehen? Denk dran, ich habe deine Wunde verarztet, als Nick dich direkt überm Auge getroffen hat. Wer wischt dir das Blut ab, wenn ich weg bin?«

»Du kapierst es einfach nicht, oder?« Er lächelte. Zum ersten Mal, seit ich denken konnte, war er vollkommen gelassen. »Sie haben mich nur wegen dir mit Steinen beworfen. Weil du uns in eine Freakshow verwandelt hast. Aber das wird jetzt keiner mehr tun. Nie wieder.«

Auf eine gewisse Art war es erfrischend, nach all den Winkelzügen so offen miteinander sprechen zu können. In den wenigen Tagen vor meiner Abreise fühlten wir uns in der Gegenwart des anderen wohler als in all den Jahren zuvor.

»Hast du es nicht kommen sehen?«, fragte er in meiner letzten Nacht zu Hause, als er die Kerze auf dem Tisch zwischen unseren Betten ausgepustet hatte.

»Ich habe das Brandzeichen gesehen. Und das Brennen gespürt.«

»Aber du wusstest nicht, wie ich es anstellen würde? Dass ich mich als Omega ausgeben würde?«

»Schätze, ich habe nur einen flüchtigen Blick darauf erhascht, was am Ende passieren würde. Dass es mich treffen würde.«

»Wenn du nichts gesagt hättest, wäre ich gebrandmarkt worden.«

»Vielleicht.« Ich versuchte, es mir im Bett bequem zu machen. Von allen Positionen war nur die Rückenlage erträglich, weil mein Mal dann nicht das Kissen berührte. »In meinen Träumen bin immer nur ich gebrandmarkt worden.« War Schweigen nie eine Option gewesen? Hatte er so sicher gewusst, dass ich für ihn einstehen würde? Was, wenn ich es nicht getan hätte?

Am nächsten Tag brach ich noch in der Morgendämmerung auf. Zachs unverhohlene Freude war keine Überraschung, aber dass meine Mutter es so eilig hatte, mich zu verabschieden, machte mich traurig. Wie schon seit der Brandmarkung vermied sie es, mir direkt ins Gesicht zu schauen.

Ich selbst hatte das Zeichen nur ein einziges Mal gesehen, als ich mich ins Mums Zimmer geschlichen und in den kleinen Spiegel geblickt hatte, der sich darin befand. Die verbrannte Haut auf meiner Stirn war immer noch aufgequollen und voller Blasen gewesen, aber trotz des entzündeten Hofs hatte man das Omega-Zeichen klar und deutlich erkennen können. Die Worte des Ratsmanns fielen mir ein. »Das bin ich«, sagte ich zu mir selbst. Ich strich über mein versengtes Fleisch, über den unvollständigen Kreis, ein auf dem Kopf stehendes Hufeisen, und die kurze waagerecht verlaufende Linie an jedem Ende. »Das bin ich«, wiederholte ich.

Die Erleichterung, die ich zum Zeitpunkt meiner Abreise verspürte, überraschte mich. Es hatte etwas Befreiendes, all die Jahre hinter mir zu lassen, in denen ich mich immerzu hatte verstecken müssen. Und das, obwohl meine Verbrennung immer noch schmerzte und Mum mir nur ein Essenspaket in die Hand drückte, als ich versuchte, sie zu umarmen.

»Pass auf dich auf«, sagte Zach.

Beinahe hätte ich laut gelacht. »Du meinst wohl, pass auf *mich* auf.«

Er sah mich geradeheraus an, und im Gegensatz zu Mum wandte er den Blick nicht von meinem Brandmal ab. »Ja.«

Ich dachte, dass wir wahrscheinlich zum ersten Mal seit Jahren ehrlich zueinander waren.

Natürlich weinte ich. Ich war gerade mal dreizehn Jahre alt und noch nie von meiner Familie getrennt gewesen. Zwischen Zach und mir hatten niemals mehr Kilometer gelegen, als an jenem Tag, da er Alice zu uns geholt hatte. Ich fragte mich, ob es einfacher gewesen wäre, wenn man mich als Kind gebrandmarkt hätte. Dann wäre ich in einer Omega-Siedlung großgezogen worden und hätte das Gefühl, bei meinen Angehörigen und meinem Zwilling zu sein, nie gekannt. Vielleicht hätte ich sogar Freunde gehabt, auch wenn ich nicht so recht wusste, was das bedeutete. Abgesehen von Zach hatte mir nie jemand nahegestanden. Wenigstens, dachte ich, muss ich mein wahres Ich nicht länger verleumden. Das wird es einfacher machen.

Wie falsch ich doch lag. Ich hatte noch nicht mal das Dorf hinter mir gelassen, als ich an einer Gruppe Jugendlicher in meinem Alter vorbeikam. Obwohl Zach und ich nicht zur Schule hatten gehen können, kannten wir alle Kinder aus dem Ort. Früher, bevor unsere seltsame Zweisamkeit zu einem öffentlichen Ärgernis geworden war, hatten wir sogar mit ihnen gespielt. Zach hatte sich immer selbstbewusst gegeben und darauf beharrt, jeden fertigzumachen, der ihm unterstellte, kein Alpha zu sein. Im Lauf der Zeit hatten die anderen Eltern begonnen, ihre Kinder zu ermahnen, sich von dem ungesplitteten Zwillingspaar fernzuhalten. Und so verließen wir uns mehr und mehr auf die Gegenwart des anderen, auch dann noch, als Zach unsere Isolation zunehmend aufstieß. In den letzten paar Jahren hatten uns die anderen Kinder nicht nur gemieden, sondern unverhohlen verhöhnt. Sobald sich unsere Eltern außer Sichtweite befanden, warfen sie mit Steinen und beschimpften uns.

Die Jugendlichen, drei Jungen und ein Mädchen, saßen auf zwei alten Eseln und jagten sich abwechselnd hinterher. Die Tapsigkeit der Tiere mutete beinahe komisch an. Zuerst hörte ich sie nur in der Ferne, bis sie wenig später in mein Sichtfeld kamen. Ich senkte den Kopf und hielt mich am Rand der schmalen Straße.

Die Nachricht von unserer Aufsplittung hatte schnell die Runde gemacht, und als die vier Jugendlichen nah genug an mich herangekommen waren, schien sie der Anblick meines Brandzeichens in helle Aufregung zu versetzen. Die Neuigkeit hatte sich hiermit offiziell bestätigt. Sie kreisten mich ein. Nick, der größte von ihnen, begann als Erster zu sprechen, während die anderen mein Mal mit unverhohlener Abscheu musterten. »Sieht aus, als könnte Zach endlich zur Schule kommen.« Abgesehen von den zahlreichen nachgeschrienen Verunglimpfungen hatte er jahrelang kein einziges Wort mit uns gewechselt. Mein Brandzeichen schien ihn jetzt jedoch augenblicklich für Zach einzunehmen.

Ein anderer Junge sagte: »Leute wie du gehören nicht hierher.«

»Ich bin ja schon im Aufbruch«, gab ich zurück und versuchte weiterzugehen, doch Nick versperrte mir den Weg und stieß mich in den Kreis der anderen zurück, die nun ihrerseits begannen, mich hin und her zu schubsen. Instinktiv ließ ich mein Päckchen fallen, um mit den Händen meine Kopfwunde abzuschirmen. Sie hatten einen engen Ring um mich gebildet. Unter ihren Schlägen und Tritten taumelte ich von einer Seite auf die andere. Jeder Stoß wurde von einem verächtlichen Schimpfwort begleitet: »Freak.« »Verunstaltete.« »Gift.«

Die Hände immer noch vors Gesicht gepresst, wandte ich mich an Ruth, ein dunkelhaariges Mädchen, das nur ein paar Häuser von uns entfernt wohnte. »Mach, dass sie aufhören«, flüsterte ich. »Bitte.«

Ruth streckte den Arm aus. Einen Moment dachte ich, sie würde nach meiner Hand greifen, doch stattdessen schnappte sie sich meine Feldflasche und leerte sie bedächtig aus. Die Esel versuchten vergeblich, noch einen Tropfen von dem Wasser abzubekommen, das langsam in den sandigen Untergrund sickerte. »Das ist unser Wasser«, sagte Ruth. »Aus der Alpha-Quelle. Du hast es lang genug verunreinigt, du Freak.«

Sie gingen, ohne sich noch einmal umzudrehen. Ich wartete, bis sie außer Sichtweite waren, sammelte dann meine Sachen zusammen und machte mich auf den Weg zum Fluss.

Meine Flasche auszuleeren war ein harmloser Akt gewesen. Das Flusswasser mochte brackig und warm sein, doch man konnte es ohne Weiteres trinken. Dennoch war mir die Bedeutung von Ruths Geste klar, als ich am Ufer kauerte, um meine Flasche zu füllen. Für die Alphas, und vielleicht sogar für meine eigene Mutter, hatte mein ganzes bisheriges Leben auf einer Lüge gefußt, mein Platz im Dorf auf einer Täuschung.

Den Rest des Tages mied ich die Straße und schlenderte am Flussufer entlang. Ich band ein Tuch um meinen Kopf und zuckte zusammen, als es die Verbrennung an meinem Kopf berührte. Nur einmal begegnete ich einer Bäuerin, einer Alpha-Frau, die ihre Ziegen zum Fluss führte, um sie zu tränken. Schweigend und mit gesenktem Kopf hastete ich an ihr vorbei. Als ich die Schlucht erreichte, die nach Westen zu den Silos führte, blieb ich nicht stehen, sondern wanderte weiter, südlicher denn je. Mit seinem Karren hatte Zach etwas mehr als einen halben Tag gebraucht, um zu Alices Omega-Siedlung zu gelangen. Ich, die ich zu Fuß ging, Straßen mied und nie ganz mit dem Pochen in meinem Kopf Schritt halten konnte, brauchte fast drei Tage. Einige Male blieb ich stehen, um meine Stirn in den Fluss zu halten und mir ein Stück von Mums Brot abzubrechen. Ich schlief am Flussufer, dankbar für die hochsommerliche Wärme.

Am zweiten Morgen wagte ich mich wieder auf die Straße, dort wo sie sich in einem weiten Bogen vom Fluss entfernte und das Tal erklomm. Ich hatte immer noch Angst, anderen Menschen zu begegnen, aber diesmal aus einem anderen Grund:Ich befand mich im Land der Omega. Schon die Landschaft an sich war anders. Seit jeher hatten die Alphas die besten Flecken Erde für sich beansprucht. Das Tal, in dem ich aufgewachsen war, hatte aus gutem schlickdurchtränktem Ackerland bestanden. Hier oben hingegen gab es keine Spur von einem schattigen Tal, das dieses Land vor der grellen Sonne hätte schützen können, die unbarmherzig auf den felsigen Untergrund knallte. Wenn überhaupt Gras wuchs, war es trocken und blass. Brombeersträucher überwucherten den Straßenrand, auf ihren spitz zulaufenden Blättern glitzerten Spinnennetze, ein dichter, sich niemals lichtender Nebel. Und noch etwas war seltsam. Ich kam nicht drauf, bis ich meine Flasche in einem schmalen Rinnsal füllte und plötzlich merkte, dass ich zum ersten Mal im Leben den Fluss nicht hören konnte. Sein Plätschern war die Hintergrundkulisse meines ganzen bisherigen Lebens gewesen, und ich kannte es nur zu genau: das Geräusch des ansteigenden Wassers zur Flutzeit, das träge Summen der Insekten, die im Sommer über unbewegte Teiche schwirrten. Der Fluss, der von jeher das Rückgrat meiner mentalen Landkarte gewesen war. Nach Süden ging es flussaufwärts, vorbei an der Schlucht und den Silos, wo Zach und ich uns gegenseitig zu Mutproben angestachelt hatten. Dahinter lag Wyndham, die größte Stadt der Gegend und Stützpunkt des Rats. So weit war ich nie gekommen, aber ich hatte Geschichten über die Pracht und den Reichtum dort gehört. Mum hatte gesagt, selbst das Reservat außerhalb von Wyndham sei größer als jede Stadt, die ich je gesehen hätte. Flussabwärts ging es nach Norden, durch Felder und ein paar größere Dörfer. Einen Tagesmarsch entfernt befand sich dann Haven, die Marktstadt, zu der uns Dad ab und zu mitgenommen hatte, als wir klein gewesen waren. Dahinter führten die Stromschnellen an einen Ort außerhalb meines Bewusstseins.

Ich war zuversichtlich gewesen, dass ich mich auch hier, im Omega-Land, zurechtfinden würde. Normalerweise konnte ich eine Landschaft ebenso intuitiv erfühlen wie Emotionen oder Ereignisse. Doch ohne den Fluss war ich von meinen Ahnungen abgeschnitten und hatte den Eindruck, ziellos durch eine unbekannte Ebene zu wandern. Es gab bloß eine Straße, und der folgte ich, genau wie Mum es mir aufgetragen hatte. Nur einmal kam ich von ihr ab, als ich ein paar verräterischen Vögeln zu einer kleinen Quelle folgte, die aus einem klaffenden Riss in einem Felsen sprudelte. Schnell trank ich davon, bevor ich wieder zu meiner trostlosen Wegstrecke zurückeilte.

Als ich die Siedlung erblickte, senkte sich die Nacht über die Ebene. In den Fenstern hatte man erste Laternen angezündet. Das Häusergewirr dehnte sich nicht ganz so weit aus wie in meinem Dorf, doch immer noch genug, um keinen Zweifel daran aufkommen zu lassen, dass es sich um die Siedlung handeln musste. Ein zusammengewürfelter Haufen aus niedrigen Gebäuden, umgeben von Feldern, auf denen man kürzlich geerntete Nutzpflanzen zu Bündeln zusammengeschnürt hatte und große Geröllbrocken herumlagen. Ich schob das Tuch um meinen Kopf zurück und verjagte die Fliegen, die meine immer noch nässende Verbrennung umschwirrten. Das bin ich, rief ich mir in Erinnerung. Meine Hand ruhte auf dem Schlüssel an meinem Hals. Als ich mich der Siedlung näherte – eine winzige Gestalt auf einer breiten, holprigen Straße – wünschte ich, Zach wäre bei mir. Ein dummer Gedanke, schalt ich mich. Und dennoch, für mich war er wie der Klang des Flusses gewesen, allzeit gegenwärtig.

5

IN DEN FOLGENDEN JAHREN empfand ich große Dankbarkeit für Alices Cottage und die Bronzemünzen, die ich in der vergrabenen Kiste neben dem Lavendel gefunden hatte. Nach sechs Jahren in der Siedlung war nur noch wenig Geld übrig, aber immerhin hatte ich die mageren Monate der Missernte überstanden und die Eintreiber des Zehnten bezahlen können (die so oder so kamen, ganz gleich, wie die Ernte ausgefallen war). Und ich hatte ein paar Menschen helfen können, die sonst Hunger gelitten hätten. Der kleine Oscar aus dem Dorf meiner Eltern lebte auch dort. Er wurde von seinen Verwandten in der Nähe meines Cottages aufgezogen. Natürlich war er zum Zeitpunkt seiner Verbannung viel zu klein gewesen, als dass er sich noch an mich erinnert hätte. Trotzdem fühlte ich mich meinem Heimatort und allen, die ich zurückgelassen hatte, verbunden, wenn ich ihn sah. Und obwohl die anderen das Cottage immer noch »Alices Zuhause« nannten, hatte ich das Gefühl, mir nach und nach einen Platz in der Gemeinschaft zu erobern.

Die anderen Omegas gewöhnten sich langsam an mich, auch wenn sie nach wie vor Abstand hielten. Ich verstand ihre Skepsis. Mit dreizehn frisch gebrandmarkt hier aufzukreuzen, hieß, sie würden mich nie als eine der Ihren akzeptieren. Dass ich eine Seherin war, machte die Sache nicht besser. Ein- oder zweimal hörte ich, wie sie sich leise über das Fehlen jeglicher Mutationen an meinem Körper ausließen:

Die hat's ja auch einfach, raunte meine Nachbarin Claire ihrer Frau Nessa zu, als ich den beiden anbot, ihr beschädigtes Dach mit Stroh zu decken. *Sie musste nicht so kämpfen wie der Rest von uns.* Ein anderes Mal – ich arbeitete gerade in meinem Garten – hörte ich, wie Nessa Claire ermahnte, einen großen Bogen um mich zu machen: *Ich will die nicht in meiner Küche sitzen haben. Wir haben schon genug Ärger, da brauchen wir nicht noch eine Nachbarin, die Gedanken lesen kann.* Es hatte keinen Sinn, ihr zu erklären, dass die Sache so nicht funktionierte – als Seherin nahm ich zwar eine Reihe von Eindrücken wahr, aber nie eine ganze Geschichte. Die Wahrscheinlichkeit, dass ich einen Blick auf die Explosion erhaschte oder auf eine sechzehn Kilometer südlich liegende Stadt war sehr viel größer, als dass sich mir ihre Gedankenwelt offenbarte. Also fuhr ich schweigend fort, Schnecken von den Stielen meiner Ackerbohnen zu zupfen und tat, als hätte ich nichts gehört. Inzwischen hatte ich begriffen, wenn Omegas schon als gefährlich erachtet wurden, galt das für Seher gleich doppelt. Dementsprechend verbrachte ich in der Siedlung mehr Zeit allein als in meinem Heimatort, wo wenigstens Zach mir, wenn auch widerstrebend, Gesellschaft geleistet hatte.

Es hatte mich überrascht, Bücher in Alices Cottage zu finden. Da Omegas keine Schulen besuchen durften, konnten die meisten von uns nicht lesen. Und doch hatte ich neben den Münzen zwei Notizbücher mit handgeschriebenen Rezepten und eines mit Liedern gefunden. Ein paar der Texte kannte ich noch von den Barden aus unserem Dorf. Ungesplittet hatten Zach und ich beide nicht zur Schule gehen dürfen, folglich hatte Lesen einen geheimen und fast schon intimen Akt für uns bedeutet. Unter Anleitung unserer Mutter und noch öfter in vereinter Einsamkeit hatten wir Buchstaben in das lehmige Ufer des Flusses oder in den Staub unseres Hinterhofs gekritzelt. Später hatte man uns einige wenige Bücher zum Lesen gegeben: eine bebilderte Lesefibel, die unser Vater noch aus seiner Schulzeit behalten hatte, und das Gemeindebuch, das im Gemeindesaal aufbewahrt wurde und in dem die Geschichte der Region, der lokal agierenden Ratsmänner und der von ihnen überwachten Gesetze penibel verzeichnet wurde. Selbst in unserem relativ wohlhabenden Dorf waren Bücher eine Seltenheit. Andererseits musste man auch nur lesen können, um die Anleitung auf den Samenpäckchen vom Markt zu entziffern. Oder weil man die Namen von zwei umherreisenden Omegas im Gemeindebuch nachschlagen wollte, die nach dem Klau eines Schafs mit einem Bußgeld belegt und ausgepeitscht worden waren. Hier in der Siedlung, wo nur wenige lesen konnten und noch weniger diese Schwäche öffentlich zugaben, waren Druckerzeugnisse ein Luxus, den wir uns nicht leisten konnten.

Ich erzählte niemandem von Alices Büchern, dafür las und las ich sie so oft, dass sich die Seiten von ihrem Rücken lösten, während ich sie eine nach der anderen umblätterte. Abends, wenn ich nach getaner Feldarbeit in mein Cottage heimgekehrt war, verbrachte ich Stunden in Alices Küche, befolgte ihre knappen hingekritzelten Anweisungen und lernte, wie man Rosmarinbrot backte oder am effektivsten eine Knoblauchzehe schälte. Als ich die flache Seite des Messers zum ersten Mal auf die Zehe drückte und sie so mühelos aus ihrer trockenen Schale glitt wie ein Bonbon aus seinem Einwickelpapier, fühlte ich mich meiner Tante näher als irgendjemandem sonst in der Siedlung.

An jenen ruhigen Abenden dachte ich oft an meine Mutter und an Zach. Zu Beginn schrieb mir Mum noch ein paarmal im Jahr. Ihre Briefe wurden von Alpha-Händlern gebracht, die für die Lieferung nicht mal von ihren Pferden stiegen, sondern die Umschläge einfach aus ihren Satteltaschen vor die Tür schleuderten. Zwei Jahre nach meiner Ankunft in der Siedlung ließ sie mich wissen, dass Zach eine Lehrstelle beim Rat in Wyndham bekommen habe. Über ungefähr ein Jahr sickerten nach und nach weitere Neuigkeiten zu mir durch. Zach machte seine Sache anscheinend gut, er stieg in der Hierarchie auf. Weitere drei Jahre später schrieb Mum, sein Vorgesetzter sei verstorben und Zach habe den Posten übernommen. Zu diesem Zeitpunkt waren wir gerade mal achtzehn. Aber da sie oft früh starben, traten die meisten Mitglieder ihren Dienst in jungen Jahren an.

Die Rivalitäten und Unstimmigkeiten innerhalb des Rats waren legendär. Nur der Richter, der so alt war wie unsere Eltern und sein Amt, seit ich denken konnte, innehatte, stellte eine Ausnahme dar. Selbst hier in der Siedlung erreichten uns Geschichten vom Aufstieg und Fall diverser Ratsmänner. In der brutalen Welt der Wyndhamer Ratsfestung schienen Unbarmherzigkeit und Ehrgeiz mehr zu zählen als Erfahrung. Es überraschte mich nicht, dass Zach sich von dieser Welt angezogen fühlte und dass er sich in einem solchen Umfeld behauptete. Ich versuchte ihn mir inmitten der prächtigen Ratskammern vorzustellen. Ich dachte an sein triumphierendes Lächeln, als er mich entlarvt hatte, und an seine Worte. *Sie haben mich nur wegen dir mit Steinen beworfen. Aber das wird jetzt keiner mehr tun. Nie wieder.* Ich hatte Angst um ihn, aber ich beneidete ihn nicht. Nicht mal im Jahr der Missernte, als unsere gesamte Siedlung Hunger litt. Um diese Zeit waren Mums Briefe rar geworden. Ein Jahr und mehr lag zwischen ihnen. Für Nachrichten aus dem Rest der Welt war ich auf den Klatsch angewiesen, den ich weiter westlich am Omega-Markt aufschnappte oder von Reisenden hörte, die durch unsere Siedlung kamen und neben ihren Bündeln mit Habseligkeiten auch Geschichten im Gepäck hatten. Diejenigen unter ihnen, die nach Westen zogen, waren auf der Suche nach fruchtbarem Land, denn die trostlosen Felder in der Nähe des Ödlands produzierten kaum genug, um den Zehnten zu zahlen, geschweige denn um von den Erträgen leben zu können. Auf der anderen Seite berichteten alle, die von Westen her kamen, von den harten Maßnahmen des Rats. Omegas wurden aus Siedlungen vertrieben, die schon seit Ewigkeiten existierten, weil man das Land plötzlich als zu gut für sie erachtete. Alpha-Plünderer stahlen und zerstörten die Ernte. Mehr und mehr Menschen waren gezwungen, in Reservaten Zuflucht zu suchen. Immer wieder machten Gerüchte die Runde, Omegas würden noch brutaler als sonst behandelt. Auch in unserer Siedlung, wo das Land vergleichsweise fruchtbar war, spürten wir die Auswirkungen der stetig höher werdenden Zehntbesteuerung, die der Rat erbarmungslos durchsetzte. Abgesehen davon waren auch wir zweimal von Alpha-Plünderern angegriffen worden. Beim ersten Mal hatten sie auf Ben eingeprügelt, dessen Cottage sich am Rand der Siedlung befand. Sie hatten alles mitgenommen, was sie tragen konnten, auch die Münzen, die er beiseitegelegt hatte, um den Zehnten des nächsten Monats zu bezahlen. Das zweite Mal waren sie nach der Missernte gekommen. Da sie nichts zum Stehlen fanden, begnügten sie sich damit, eine Scheune in Brand zu stecken. Meine Nachbarn verdrehten bloß die Augen, als ich ihnen empfahl, das Vergehen dem Rat zu melden: »Damit sie noch mehr Soldaten schicken, die dann auch noch den Rest der Siedlung anzünden?«, fragte Claire.

»Du hast zu lang in deinem Alpha-Dorf gelebt, Cass«, fügte Nessa hinzu. »Du hast es immer noch nicht kapiert.«

Aber ich lernte. Und zwar mit jedem Bericht von Brutalität und Gewalt, der den Weg in unsere Siedlung fand. Es gab noch andere Gerüchte, die mir jedoch seltener zu Ohren kamen, weil sie verstohlener verbreitet wurden. Gemunkel über den Omega-Widerstand, Geflüster über die Insel. Wenn ich allerdings sah, mit welcher Resignation meine Nachbarn ihre Scheune wieder in Stand setzten, schien eine solche Vorstellung weit hergeholt. Der Rat hatte Hunderte von Jahren regiert. Die Annahme, es könne einen Ort jenseits seiner Kontrolle geben, war nichts als Wunschdenken. Und warum sich überhaupt über den Widerstand Gedanken machen? Das fatale Band, das zwischen Zwillingen bestand, war unser Sicherheitsnetz. Seit den Jahren der Dürre waren Omegas immer weitere Restriktionen auferlegt worden, doch während wir über die Besteuerung und das schlechter werdende Land unserer Siedlungen jammerten, wussten wir gleichzeitig, dass der Rat uns letztlich schützen würde. Denn genau dafür waren die Reservate da. Seit der Missernte dachten mehr und mehr Omegas darüber nach, dort Zuflucht zu suchen. Meine Knochen schienen sich nach jenem Winter schier durch meine Haut bohren zu wollen. Alle waren vollkommen erschöpft und abgemagert. Irgendwann zog ein Ehepaar die Konsequenz und machte sich auf den Weg nach Wyndham. Wir konnten sie nicht zum Bleiben überreden oder dazu, auf den Frühling zu setzen, der bestimmt neue Feldfrüchte hervorbringen würde. Sie hatten genug. Die ganze Siedlung stand in der Morgendämmerung beisammen und sah zu, wie sie ihr Cottage abschlossen und über die steinige Straße davonstapften.

»Keine Ahnung, warum sie überhaupt absperren«, sagte Nessa. »Ist ja nicht so, als würden sie zurückkommen.«

»Wenigstens kriegen sie dort etwas zu essen«, gab Claire zurück. »Ich finde es nur fair, dass sie dafür arbeiten müssen.«

»Für eine Weile vielleicht. Aber wenn man erst mal da drin ist, dann für immer. So heißt es seit Neuestem.«

Claire zuckte mit den Schultern. »Wenn sie gehen wollen, ist das ihre Entscheidung.«

Ich sah den beiden kleiner werdenden Gestalten nach. Auf ihren ausgemergelten Körpern wirkten die mickrigen Päckchen größer als sie eigentlich waren. Hatten sie wirklich eine Wahl gehabt?

»Und überhaupt«, fuhr Claire fort. »Du willst ja wohl nicht andeuten, dass es dir lieber wäre, die Reservate würden nicht existieren. Wenigstens würde uns der Rat dort nicht verhungern lassen.«

»Stimmt nicht«, fiel Ben, der Älteste aus der Siedlung, in die Diskussion ein. »Sie *würden* sehr wohl, aber sie *können* es nicht. Das ist ein wesentlicher Unterschied.«

Im Frühling, als wir die neue Ernte eingeholt hatten und der Hunger langsam nachließ, erreichte ein Ochsenkarren unsere Siedlung, auf dem meine Mutter saß. Ben führte sie zu meinem Cottage.

Ich wusste nicht recht, wie ich sie begrüßen sollte. Sie sah noch genauso aus wie früher, was mir einmal mehr in Erinnerung rief, wie sehr ich mich selbst verändert haben musste. Nicht nur, dass ich in den letzten sechs Jahren zwangsläufig gealtert war, nein, ich hatte die ganze Zeit als Omega gelebt. Und das hatte mehr Spuren hinterlassen, als es der Hunger je vermocht hätte.

Seit meiner Ankunft in der Siedlung waren mir einige Alphas begegnet. Gebühreneintreiber des Rats und zwielichtige Händler, die ab und an zum Omega-Markt kamen. Auch unter den Alphas gab es Ausgestoßene und Arme. Auf der Suche nach einem besseren Leben zogen sie durch Omega-Siedlungen und musterten uns voller Verachtung – das heißt, wenn sie uns überhaupt eines Blickes würdigten. Ich hatte gehört, wie sie uns nannten: *Freaks, Verunstaltete*. Doch schmerzlicher als alle Worte war ihr Verhalten – die kleinen Regungen, die ihre Verachtung preisgaben und ihre Angst, von Omegas verunreinigt zu werden. Selbst die zerlumptesten Alpha-Kaufleute, die sich dazu herabließen, mit uns Handel zu treiben, zuckten zusammen, wenn eine Omega-Hand sie berührte, um ihnen eine Münze zu reichen. Obwohl ich gebrandmarkt worden war, bevor ich das Dorf verlassen hatte, war mir nicht wirklich klar gewesen, was dieser Akt letztlich bedeutete. Mir fiel ein, wie verletzt ich gewesen war, weil meine Mutter mich zum Abschied nicht umarmt hatte. Jetzt, als sie verlegen in meiner kleinen Küche herumstand, wusste ich, dass ich gut daran tat, nicht die Arme nach ihr auszustrecken.

Wir setzten uns einander gegenüber an meinen Küchentisch.

»Ich bin gekommen, um dir das hier zu geben«, sagte sie und reichte mir eine Goldmünze. Zach, fügte sie hinzu, habe ihr sechs Stück davon geschickt, und jede einzelne sei ungefähr ein halbes Erntejahr wert.

Die Münze erwärmte sich schnell in meiner Hand, als ich sie einmal und dann noch einmal umdrehte. »Warum gibst du mir das?«

»Du wirst es brauchen.«

Ich deutete auf das Cottage um uns herum, auf die Bäume, die schwer waren von Feigen und durchs Fenster zu sehen waren. »Nein, werde ich nicht. Mir geht's gut. Und du hast dich ja vorher auch nicht um mein Wohlergehen gekümmert.«

Sie beugte sich vor und erwiderte ruhig: »Du kannst nicht hierbleiben.«

Ich warf die Münze auf den zerkratzten Tisch. Sie drehte sich ein paar Sekunden um sich selbst, um dann scheppernd umzufallen. »Was soll das heißen? Reicht es dir nicht, dass du mich aus dem Dorf gejagt hast?«

Mum schüttelte den Kopf. »Ich wollte das nicht tun. Und vielleicht hätte ich es auch nicht tun sollen. Aber du musst das Geld nehmen und gehen. Bald. Es ist wegen Zach.«

Ich seufzte. »Es ist immer wegen Zach.«

»Er hat jetzt sehr viel Macht. Und Feinde. Die Leute zerreißen sich das Maul über ihn. Darüber, was er im Rat angestoßen hat.«

»Was hat er denn angestoßen?«

»Du hast von der Generalin gehört?«

»Alle haben von ihr gehört.« Und ganz besonders die Omegas. Es war ihr Name, den man sich auf dem Markt zuraunte und zwar jedes Mal, wenn von einer neuen Anti-Omega-Strategie des Rats die Rede war. Sämtliche Steuererhöhungen der letzten zwei Jahre hatten immer von den jüngsten »Reformen« der Generalin hergerührt.

»Sie ist höchstens ein Jahr älter als du und Zach, wenn überhaupt. Ratsmitglieder machen sich Feinde, Cass. Die meisten leben nicht lange.« Und ihre Zwillinge ebenso wenig. Aber das musste sie nicht extra hinzufügen. »Du weißt, wie Zach ist. Getrieben. Ehrgeizig. Inzwischen nennt man ihn ›den Reformer‹. Er hat jede Menge Anhänger und arbeitet mit wichtigen Leuten zusammen. Es wird nicht lange dauern, bis es jemand auf dich abgesehen hat.«

»Nein.« Ich schob die Münze über den Tisch zu ihr. »Ich gehe nicht weg. Selbst wenn er Feinde hat, würde er nicht zulassen, dass sie mir etwas antun. Er würde mich beschützen.«

Sie fasste über den Tisch, um nach meiner Hand zu greifen, hielt sich jedoch im letzten Moment zurück. Wie lange war es her, fragte ich mich, dass mich jemand zärtlich berührt hatte?

»Genau davor habe ich Angst.«

Verständnislos blickte ich sie an. »Wie meinst du das?«

»Du hast doch sicherlich von den Verwahrungsräumen gehört, oder?«

Ja, das hatte ich. Dahinter verbarg sich eine der vielen Geschichten, die wie Steppenläufer durch unsere Siedlung geweht waren. Es wurde gemunkelt, in Wyndham, unter den Kammern des Rats, gäbe es einen geheimen Kerker, in dem Mitglieder ihre Zwillinge gefangen hielten. Verwahrungsräume, so nannte man sie. Angeblich ein unterirdischer Komplex, in dem Omegas auf unbestimmte Zeit eingesperrt wurden, damit ihre mächtigen Gegenspieler nicht durch einen irgendwie gearteten Angriff verwundbar gemacht werden konnten.

»Das? Das ist doch nur ein Gerücht. Und selbst wenn – so etwas würde Zach nie tun. Niemals! Ich kenne ihn besser als ihr alle.«

»Nein, du bist ihm nur sehr nahe. Das ist nicht das Gleiche. Er wird dich jagen, Cass. Und dich wegsperren, um sich selbst zu schützen.«

Ich schüttelte den Kopf. »Würde er nicht.« Versuchte ich sie oder mich selbst zu überzeugen? So oder so, sie verzichtete auf jede weitere Diskussion mit mir. Wir wussten beide, dass ich die Siedlung nicht verlassen würde.

Bevor sie aufbrach, beugte sich Mum von ihrem Karren herunter und drückte mir die Münze in die Hand. Ich spürte sie in meiner Handfläche, während das Gefährt in der Ferne verschwand.

Ich gab sie nicht aus – weder um zu fliehen, noch um mir Essen zu kaufen. Ich trug sie mit mir herum wie einst Alices Schlüssel, und immer, wenn ich sie in der Hand hielt, dachte ich an Zach. Nur durch ihn hatte ich gelernt, meine Visionen zu unterdrücken. Da er mich so unbedingt hatte entlarven wollen, war ich sehr darauf bedacht gewesen, mein Wissen nicht anzuerkennen, geschweige denn es preiszugeben. Jetzt tat ich es erneut. Und wieder für ihn. Ich weigerte mich, den Visionen Glauben zu schenken, die mir kurz vor dem Aufwachen oder auf den Feldern zuflogen, wenn ich mein Gesicht mit dem Wasser aus der Feldflasche benetzte. Statt in meine Visionen setzte ich all mein Vertrauen in ihn. Er würde es nicht tun, sagte ich mir immer wieder. Ich dachte daran, wie sanft er meine Wunde nach meiner Brandmarkung gereinigt hatte. Ich rief mir unsere gemeinsamen Tage, Monate und Jahre ins Gedächtnis, als uns der Rest des Dorfes misstrauisch beäugt hatte. Und auch wenn ich mich noch gut an seine Feindseligkeit und die vielen kleinen Grausamkeiten erinnerte, wusste ich, dass er ebenso von mir abhängig gewesen war wie ich von ihm.

Ich schuftete härter als je zuvor. Zur Ernte – seit jeher die arbeitsreichste Zeit des Jahres – waren meine Hände schwielig und die Spreu grub sich so tief unter meine Fingernägel, dass sie bluteten. Ich versuchte, mich auf die Geräusche zu konzentrieren, die mich unmittelbar umgaben. Auf das Kratzen der Sense, auf den gebündelten Weizen, der zu Boden fiel, auf die Rufe der anderen Arbeiter. Jeden Tag blieb ich auf dem Feld, bis die Nacht aufzog und ich im Dunkeln zu meinem Cottage zurückging. Es funktionierte. Fast hatte ich mir eingeredet, sie würden niemals kommen. Doch dann tauchten sie eines Tages auf, und ich merkte, dass mir die bewaffneten Reiter so vertraut waren wie die Sense in meiner Hand oder der Pfad, der zwischen den Feldern hindurch zu meinem Cottage führte.

Als mich der Reiter auf sein Pferd wuchtete, sah ich es unter mir golden schimmern. Die Münze war mir aus der Tasche gefallen und verlor sich rasch im Schlamm, den die Hufe der Pferde aufwühlten.

6

HUNDERTACHTZEHN TAGE HATTE ich gezählt, als Zach zum ersten Mal in meine Zelle kam. Zweihundertsechsunddreißig Tablett-Mahlzeiten. Acht Besuche von der Beichtmutter. Der Klang seiner Schritte war so unverwechselbar wie seine Stimme oder wie der Rhythmus seines Atems, wenn er schlief. In den wenigen Augenblicken, die er benötigte, um das Schloss zu öffnen, hatte ich das Gefühl, all die Jahre, die ich ohne ihn verbracht hatte, würden sich erneut in meinem Kopf abspulen. Ich war aufgesprungen, doch als er die Tür öffnete, hatte ich mich schon wieder aufs Bett gesetzt.

Eine Weile stand er einfach nur im Türrahmen, und während ich ihn betrachtete, sah ich ihn in zweifacher Gestalt. Als erwachsenen Mann, der direkt vor mir stand, und dann das Bild des Jungen, das sein Anblick in mir heraufbeschwor. Er war groß, sein dunkles Haar länger und hinter die Ohren geklemmt. Sein Gesicht war voller geworden und die hervorstehenden Wangenknochen und das Kinn weicher. Mir fiel ein, dass er in der Sonne oft Sommersprossen bekommen hatte, die sich über seine Nase verstreuten wie eine erste Handvoll Erde über einen Sarg. Und jetzt – keine Spur mehr davon. Sein Teint war nur ein klein bisschen weniger blass als mein eigenes kerkerhaft gebleichtes Fleisch.

Er trat ein, schloss die Tür hinter sich ab und ließ den Schlüssel in seine Tasche gleiten. »Willst du nicht irgendwas sagen?«, fragte er.

Ich wagte es nicht. Ich wollte nicht, dass meine Stimme preisgab, wie sehr ich ihn verabscheute und gleichzeitig vermisst hatte.

»Willst du nicht wissen, warum ich es tun musste?«, fragte Zach weiter.

»Ich weiß, warum du es getan hast.«

Er stieß ein halbes Lachen aus. »Ich hatte fast vergessen, wie schwer ein Gespräch mit dir sein kann.«

»Es ist ja wohl nicht meine Aufgabe, dir das hier leicht zu machen.«

Er begann, in meiner Zelle auf und ab zu gehen. Seine Stimme blieb ruhig, und seine Worte waren ebenso bewusst gesetzt wie seine Schritte. »Du willst mir nichts lassen, oder? Nicht mal eine Erklärung. Ich hatte genau im Kopf, was ich dir sagen wollte. Ich hatte es geübt. Und jetzt sitzt du hier wie damals und tust so, als wüsstest du über alles Bescheid.«

»Ich will dir nichts lassen?«, wiederholte ich. »Du hast doch bekommen, was du immer wolltest. Du durftest bleiben. Du hast Mum.« Meine Stimme brach.

»Aber es war zu spät«, erwiderte er und blieb abrupt stehen. »Alice hatte Dad schon umgebracht. Und du hattest alles bereits vergiftet. Es war, als hättest du mich angesteckt. All die ungesplitteten Jahre ... Die anderen haben mich nie akzeptiert. Nicht richtig zumindest. Es hätte das Leben sein sollen, das ich mir erträumt habe.« Er hielt mir seine leeren Hände hin, die Finger abgespreizt. »Aber du hast alles kaputt gemacht.«

»Ich hatte nichts«, sagte ich. »Es gab Tage in der Siedlung, an denen wir schrecklichen Hunger gelitten haben. Und nicht mal das Leben konntest du mir lassen. Stattdessen hast du dafür gesorgt, dass ich hier eingesperrt werde – und da glaubst du allen Ernstes, *dir* wäre Unrecht widerfahren?«

»Ich habe keine Wahl, Cass.«

»Warum versuchst du, mir das einzureden? Willst du, dass ich dich von deiner Schuld freispreche? Dir sage, dass ich dich verstehe?«

»Du hast gesagt, dass du es verstehst.«

»Ich sagte, ich wüsste, *warum* du es getan hast. Mir ist durchaus klar, was dir dabei durch den Kopf gegangen ist. Du bist jetzt der große Mann im Rat und hast dir Feinde gemacht. Du glaubst, sie könnten dir über mich Schaden zufügen. Aber das gibt dir noch lange nicht das Recht, mich einzusperren.«

»Was hättest du denn an meiner Stelle getan?«

»Seit wann kümmert es dich, was ich will oder denke?«

Jetzt wurde er richtig wütend. »Alles hing immer nur von dir ab. Mein ganzes Leben war eine einzige Warteschleife. Bevor du nicht weg warst, konnte es nicht losgehen.«

»Es war doch längst losgegangen. Wir hatten ein Leben.« Wie so oft dachte ich an unsere gemeinsamen Jahre am Rand der Dorfgemeinschaft. »Du wolltest einfach nur ein anderes.«

»Nein. Ich wollte *mein* Leben. Meins. Und das hast du unmöglich gemacht. Du weißt genau, dass ich kurz davorstehe, etwas Großes zu erreichen. Ich kann nicht zulassen, dass du mir dabei im Weg stehst.«

»Also machst du mir mein Leben kaputt, um deins zu schützen.«

»Von uns beiden kann nur einer ein Leben haben. Genau das kapierst du nicht. Du hast immer so getan, als könnten wir alles bekommen, was wir wollen. Aber so funktioniert die Welt nicht.«

»Dann tu was dagegen. Du hast immer gesagt, du willst eine bedeutende Persönlichkeit werden, die die Welt verändert. Und da ist dir nie aufgegangen, dass wir die Welt bereits verändert haben? Mit jedem einzelnen Tag, den man uns nicht gesplittet hat?«

Er verstummte. Nach einigen Augenblicken ließ er sich neben mir nieder. Er seufzte leise, als er sich zurücklehnte und die Knie anzog. So waren sie nicht viel höher als meine. Die Härchen auf seinen Armen kamen mir dicker und dunkler vor, als ich sie in Erinnerung hatte. Nicht mehr von der Sonne gebleicht wie damals. Unsere Körper hatten sich verändert, seit ich ihn das letzte Mal gesehen hatte, und doch glichen sie einander. Dieselbe alte Symmetrie. Seite an Seite saßen wir an die Wand gelehnt auf meinem Bett. Genau wie früher in unserem Dorf.

Und genau wie früher, wenn unsere Eltern im unteren Stockwerk gestritten hatten, senkte ich die Stimme zu einem Flüstern: »Du musst nicht diese Person sein, Zach.«

Er stand auf und zog seinen Schlüsselbund aus der Tasche. »Müsste ich in der Tat nicht, wenn du nicht wärst. Wenn du nicht alles von Anfang an so furchtbar schwer gemacht hättest.«

In all den Monaten, in denen ich darauf gewartet hatte, dass er mich in meiner Zelle besuchen würde, hatte ich mir genau überlegt, was ich ihm sagen würde, und ich hatte mir das Versprechen gegeben, ruhig zu bleiben. Doch als er sich jetzt in Richtung Tür wandte, verließen mich meine guten Vorsätze. Die Aussicht, wieder allein in dieser Zelle zu sein, baute sich drohend vor mir auf. Ich hatte das Gefühl, zu viel Blut in mir zu haben, als ob mein ganzer Körper ein einziger rasender Pulsschlag wäre. Ich stürzte auf ihn zu und griff nach dem Schlüssel in seiner Hand.

Er war einen halben Kopf größer als ich und nach den entbehrungsreichen Jahren, die ich in der Siedlung verbracht hatte, und nach meiner monatelangen Isolation auch unendlich viel stärker. Er packte mich am Nacken und hielt mich mühelos auf Abstand. Ich versuchte, ihn zu fassen zu bekommen, trat wild um mich und wusste gleichzeitig, dass es sinnlos war. Denn selbst wenn es mir gelänge, ihn bewusstlos zu schlagen oder ihm den Arm zu brechen, wäre ich hinterher genauso handlungsunfähig wie er. Aber in meiner Fantasie kämpfte ich nicht gegen ihn, sondern gegen die Wände meiner Zelle, gegen den Betonboden und gegen die Gleichgültigkeit der Stunden, die kamen und gingen, während ich in diesem grässlichen Raum dahinsiechte. Mit meinem ganzen Gewicht warf ich mich auf ihn. Die Knochen seiner Hand schabten über meinen Kiefer, als er mich von sich wegdrückte. Er gab selbst dann nicht nach, als sich die Haut auf seinem Unterarm unter meinen Nägeln schälte und aufplatzte.

Er beugte sich vor, sodass ich sein Flüstern über meinen gehetzten Atem hinweg hören konnte. »Eigentlich sollte ich dir dankbar sein. Die anderen im Rat sprechen immer nur über das Risiko, das von Omegas ausgeht. Über die drohende Verunreinigung. Aber sie haben es nicht erlebt. Nicht so wie ich. Sie wissen nicht, wie gefährlich du wirklich sein kannst.«

Ich merkte, dass ich zitterte. Als Zach den Arm senkte, sah ich, dass es auch ihn am ganzen Körper schüttelte. Lange blieben wir so stehen. Unser keuchender Atem erschütterte den Raum zwischen uns, lärmend wie die Nacht vor einem Sommergewitter, wenn Luft wirbelt, Zikaden fauchen und die ganze Welt in bebender Erwartung verharrt.

»Bitte. Tu das nicht, Zach.« Meine Bitte erinnerte mich daran, wie er mich eines Nachts als Kind in unserem Zimmer angefleht hatte, endlich zuzugeben, dass ich der Omega war. Hatte er sich damals genauso gefühlt?

Statt einer Antwort wandte er sich ab. Als er ging und die Tür hinter sich absperrte, warf ich einen Blick auf meine immer noch zitternden Fäuste und bemerkte das Blut, das unter den Nägeln meiner rechten Hand hervorrann.

Inzwischen war die Beichtmutter dazu übergegangen, eine Landkarte mit zu mir in die Zelle zu nehmen. Auch an diesem Tag verzichtete sie auf alle Floskeln, faltete die Karte auf meinem Bett auseinander und blickte dann zu mir auf. »Zeig mir, wo die Insel liegt.« Mit dem Finger kreiste sie ein Gebiet ein. »Wir wissen, dass sie sich entweder an der West- oder an der Südwestküste befindet. Wir nähern uns. Wir werden sie finden.«

»Wozu brauchen Sie dann mich?«

»Weil dein Bruder nicht gerade für seine Geduld bekannt ist.«

Ich versuchte zu lachen. »Was wollen Sie denn tun? Mich foltern? Mir mit dem Tod drohen? Wenn Sie mir Schmerzen zufügen, quälen Sie auch Zach.«

Die Beichtmutter beugte sich vor. »Glaubst du, wir können dir nichts Schlimmeres antun als bislang? Du hast keine Ahnung, was für ein Glück du hast. Und das wird nur so bleiben, wenn du dich endlich nützlich machst.« Wieder schob sie mir die Karte hin. Die Intensität ihres Blicks war beinahe physisch zu spüren. Sengend wie das Brandeisen, das sich vor all den Jahren in meine Stirn gedrückt hatte.

»So wie Sie sich nützlich machen? Ein Marionetten-Freak für unsere Alpha-Master?«

Sie beugte sich noch weiter vor, bis ihr Gesicht so nah an meinem war, dass ich die feinen, hellen Härchen auf ihren Wangen sehen konnte. Ihre Nasenlöcher weiteten sich, als sie erst einen und dann noch einen tiefen Atemzug tat. »Bist du sicher, dass sie über mich bestimmen?«, flüsterte sie.

Langsam tastete sie sich weiter in meine Gedanken vor. Als Kinder hatten Zach und ich mal einen großen flachen Felsbrocken hochgewuchtet. Darunter waren Würmer und Raupen zum Vorschein gekommen, aus dem Dunkel ins Licht gerissen, sich windend in ihrer fleischigen Nacktheit.

Jetzt, unter dem bohrenden Blick der Beichtmutter, fühlte ich mich wie eine dieser Raupen. Es gab nichts an mir, das sie nicht sehen, sich nicht einverleiben konnte. Nach dem ersten Schock hatte ich gelernt, meine innere Bilderwelt wie ein Auge zu schließen. Oder wie eine Faust. Ich hatte trainiert, die Beichtmutter auszusperren, gekämpft, wenigstens irgendwas für mich selbst zu bewahren. Ich wusste, ich musste die Insel vor ihr schützen. Und aus einer gewissen Selbstsucht heraus war es mir mindestens genauso wichtig, die wenigen persönlichen Erinnerungen abzuschirmen, die mein Verstand für mich verwahrte. Wie den Herbstnachmittag, als Zach und ich im Hinterhof schreiben geübt hatten und pickende Hühner um uns herum gelaufen waren. Mit Stöcken hatten wir uns auf den Boden gesetzt und ungelenke Buchstaben in den Staub gekratzt. Er meinen Namen und ich seinen. Die langen Tage am Fluss, als die anderen Kinder in der Schule saßen und Zach und ich uns die Schätze zeigten, die wir bei unseren ziellosen Streifzügen erbeutet hatten. Er den Stein mit dem Schneckenfossil und ich eine offene Flussauster, die innen aussah wie das milchig-blinde Auge eines Omega-Bettlers, dem ich bei einem Ausflug nach Haven über den Weg gelaufen war. Und dann die Erinnerungen an all die Nächte in unseren Betten, in denen wir flüsternd Geschichten ausgetauscht hatten, so wie tagsüber die Schätze am Fluss. Nachts lagen wir im Dunkeln und hörten dem gedämpft an unsere Ohren dringenden Regen zu, der auf das Strohdach fiel. Zach erzählte, wie ihn Ochsen vom Nachbarfeld angegriffen hatten, als er eine Abkürzung zum Brunnen hatte nehmen wollen, und wie er auf einen Baum geklettert war, um nicht zertrampelt zu werden. Im Gegenzug berichtete ich, dass ich über die Mauer des Schulhofs gespäht und gesehen hatte, wie die anderen Kinder eine Schaukel an der großen Eiche im Schulhof aufgehängt hatten. »Wir machen uns unsere eigene Schaukel«, erwiderte er. Und genau das taten wir, auch wenn wir uns streng genommen keine richtige Schaukel bauten, sondern einfach nur ein idyllisches Fleckchen fanden, wo eine Weide so nah am Wasser wuchs, dass wir uns an die tiefen Äste hängen und über dem Fluss hin- und herschwingen konnten. An heißen Tagen wetteiferten wir darum, wer am weitesten ausscherte, und ließen uns anschließend triumphierend ins Wasser fallen.

Abgesehen davon gab es Erinnerungen an Ereignisse, die nicht ganz so weit zurücklagen. Erinnerungen an die Siedlung. An die Abende, als ich es mir vor meinem kleinen Feuer gemütlich gemacht hatte, um Alices Rezeptbücher und ihre Liedsammlung zu lesen. Ich stellte mir vor, wie sie Jahre zuvor an genau derselben Stelle gesessen und all die Texte zu Papier gebracht hatte. Und die Münze, die warm in meiner Hand gelegen hatte, und der Versuch meiner Mutter, mich vor Zach zu warnen. Eine Winzigkeit, die ich wie einen Schatz verwahrte. Nicht mal eine Berührung, nur die Wärme einer Münze. Es war alles, was ich aus den letzten Jahren von ihr hatte. Und es gehörte mir.

All das lag nun unverhüllt vor dem leidenschaftslosen Blick der Beichtmutter. Für sie war es nichts weiter als Wirrwarr, das es, auf der Suche nach etwas Wertvollerem, zu durchstöbern galt. Und jedes Mal, wenn sie sich einer neuen Erinnerung zuwandte, tastete ich hilflos umher, um das Chaos in meinem Kopf wieder in Ordnung zu bringen.

Als sich die Beichtmutter erhob und mit der Landkarte aus meiner Zelle marschierte, hätte ich eigentlich froh sein müssen, dass es mir gelungen war, sie von der Insel fernzuhalten. Aber da ich mich so darauf konzentriert hatte, war vieles andere unverhüllt und ungeschützt geblieben. Sie hatte nach meinen Erinnerungen gegriffen, nach all den Fetzen, die von meinem Leben vor der Zelle erzählten, hatte sie gedreht und gewendet und dann achtlos aussortiert. Und auch wenn ihr all das nichts bedeutete, war nichts von dem, was sie berührt hatte, mehr frei von Makeln. Nach jedem ihrer Besuche hatte ich das Gefühl, weniger Eindrücke übrig zu haben, die sie hätte durchsehen können.

Am nächsten Tag kam Zach. In letzter Zeit waren seine Besuche seltener geworden und wenn er meine Zelle betrat, mied er meinen Blick und fummelte stattdessen an seinem Schlüssel herum. Er sprach kaum ein Wort und beantwortete die meisten meiner Fragen mit einem Achselzucken. Und dennoch – alle paar Wochen hörte ich den Schlüssel im Schloss, die Tür, die über den Boden schrammte, und dann kam er herein, mein Zwilling, mein Gefängniswärter, um sich ans andere Ende meines Betts zu setzen. Ich wusste weder, warum er kam, noch, weshalb es mich freute, seine Schritte im Korridor zu hören.

»Du musst mit ihr sprechen«, sagte er. »Sag ihr einfach, was du siehst. Oder lass sie rein.«

»In meine Gedanken, oder was meinst du?«

Er zuckte mit den Schultern. »Tu nicht so entsetzt. Du bist wie sie.«

Ich schüttelte den Kopf. »*Ich* mache so was nicht. Ich spioniere nicht in den Gedanken anderer Leute herum. Und sie soll sich zur Hölle noch mal aus meinen raushalten. Es ist das Einzige, was ich noch habe.« Ich wusste nicht, wie ich ihm das Gefühl erklären sollte, das mich überkam, wenn sie versuchte, in meine Erinnerungen einzudringen. Wie befleckt ich mir vorkam, wie ungeschützt in meinem eigenen Gehirn.

Er stieß einen Seufzer aus, der sich in ein Lachen verwandelte. »Wenn ich nicht wüsste, wie stur du bist, wäre ich beeindruckt, dass es dir gelungen ist, sie so lange auf Distanz zu halten.«

»Dann müsste dir aber auch klar sein, dass sich daran nichts ändern wird. Ich werde dir nicht helfen.«

»Das musst du aber, Cass.« Er beugte sich vor. Einen Moment lang dachte ich, er würde meine Hand nehmen. So wie damals, als unser Vater im Sterben gelegen und er mich um Hilfe angefleht hatte. Seine Pupillen weiteten sich und zogen sich wieder zusammen. Ein eigener unregelmäßiger Puls. Wenn er mir so nah war, konnte ich die blutigen Hautfetzen auf seiner Unterlippe sehen. Mir fiel ein, wie er immer darauf herumgekaut hatte, wenn Mum und Dad im unteren Stockwerk stritten oder wenn uns die anderen Kinder aus dem Dorf verspotteten.

»Wovor hast du Angst?«, flüsterte ich. »Vor der Beichtmutter?«

Er erhob sich. »Wir könnten dir noch viel schlimmere Dinge antun, als dich in diese Zelle zu stecken, verstehst du?« Er schlug gegen die Wand. Seine Hand hinterließ einen Abdruck auf dem staubigen Beton. »Dinge, die ein paar Omegas hier gerade schon durchmachen. Du kannst nur so komfortabel leben, weil du eine Seherin bist.« Er legte den Kopf in den Nacken, fuhr sich übers Gesicht und atmete mit geschlossenen Augen ein paarmal tief ein. »Ich hatte ihr versprochen, dass du dich nützlich machen würdest.«

»Und jetzt willst du, dass ich dir dankbar bin? Für das hier?« Ich deutete auf die Zelle um uns herum. Wie ein Schraubstock hatten sich die Wände um mein Leben gelegt und alles zu diesen paar Quadratmetern Grau zusammengequetscht. Auch mein Kopf fühlte sich mittlerweile wie eine Zelle an. Eingezäunt und düster. Am schlimmsten war die unerbittliche Gleichgültigkeit, mit der die Zeit verging, während ich in diesem endlosen Halbleben aus Tablett-Mahlzeiten und unablässigem Licht feststeckte.

»Du hast keine Ahnung, wie sehr ich mich um dein Wohlergehen sorge. Alles, was du isst«, er deutete auf das Tablett auf dem Boden, »lasse ich vorher von jemandem testen. Jeden Krug mit Wasser. Alles.«

»Deine Sorge rührt mich«, erwiderte ich. »Aber wenn ich mich recht erinnere, musste ich mir in der Siedlung keine Sorgen machen, ob irgendjemand versuchen könnte, mich zu vergiften. Damals, als ich noch mein eigenes Leben gelebt habe.«

»Dein eigenes Leben? Da warst du aber gar nicht so wild drauf, als du jahrelang versucht hast, meins für dich zu beanspruchen.«

»Ich habe überhaupt nicht versucht, irgendwas für mich zu beanspruchen. Aber ich wollte genauso wenig wie du fortgeschickt werden.«

Schweigen.

»Wenn du mich wenigstens so wie am Anfang hin und wieder zu den Mauern lassen würdest. Oder wenn ich mit den anderen Insassen sprechen dürfte. Ich möchte mich einfach mal wieder mit jemandem unterhalten.«

Er schüttelte den Kopf. »Du weißt, dass ich das nicht zulassen kann. Du hast doch gesehen, was damals passiert ist. Dieser Verrückte hätte genauso gut dich angreifen können.« Er sah mich mit einem Ausdruck an, den man fast als zärtlich hätte bezeichnen können. »Der Sinn dieser Zelle ist doch, dich zu beschützen.«

»Wenn wir miteinander reden dürften, wäre das nicht passiert. Dann wäre er nicht verrückt geworden. Warum sollte mir einer der anderen Omegas hier etwas antun? Sie sind in derselben Situation wie ich. Also, warum verwehrt man uns die Gesellschaft der anderen?«

»Wegen ihrer Zwillinge.«

»Aber ihre Zwillinge sind doch deine Freunde, deine Kumpanen aus dem Rat.«

»Du bist so naiv, Cass. Das sind Leute, mit denen ich arbeite.

Für die ich arbeite. Nicht meine Freunde. Glaubst du nicht, dass ein paar von ihnen ihre Zwillinge dazu bringen könnten, dich unschädlich zu machen? Um mir zu schaden?«

»Aber wo soll da die Grenze liegen? Dir zufolge müssten wir alle, Alphas wie Omegas, in gepolsterten Zellen sitzen.«

»Aber das habe ich mir doch nicht selbst ausgedacht«, antwortete er. »Wenn jemand manipuliert werden soll, greift man dafür auf Menschen zurück, die ihm nahestehen. Das war schon immer so. Auch im Vorher. Wenn jemand unter Kontrolle gebracht werden muss, entführt man seinen Ehepartner, sein Kind oder den Liebhaber. Jetzt, im Nachher, funktioniert es direkter, das ist der einzige Unterschied. Jetzt müssen wir alle auf uns aufpassen. So einfach ist das.«

»Es ist nur so einfach, weil du dein Zwillingsdasein als Belastung empfindest. Du bist paranoid.«

»Und du starrsinnig und naiv.«

»Kommst du deshalb hier runter?«, fragte ich, als er aufstand und die Tür aufschloss. »Weil du niemandem sonst da oben im Rat trauen kannst?«

»Das würde bedeuten, dass ich *dir* traue«, entgegnete er, während er die Tür hinter sich zuzog.

Ich hörte, wie sich der Schlüssel im Schloss drehte.

Meinen Berechnungen zufolge musste es mindestens ein Jahr her sein, seit ich zuletzt den Himmel gesehen hatte. In der künstlich erhellten Welt der Verwahrungsräume veränderten sich nicht nur meine Träume, sondern auch die Visionen, die mich bei Tag überfielen. Als ich anfing, die Insel zu sehen, hatte ich mich gefragt, ob es sich um eine Fantasie handelte, die den Schrecken meiner Gefangenschaft mildern sollte. Und als neue dunklere Bilder in meine Gedanken vorgedrungen waren, dachte ich lange, dahinter stecke nichts weiter als makabre Einbildung. Dass das Grauen der Isolation in meine Träume gesickert war. Die Strichliste meiner Tage in den Verwahrungsräumen war immer länger geworden, und langsam hatte ich begonnen, meinem Verstand zu misstrauen. Doch was ich sah, war zu fremdartig und beständig, als dass ich es hätte erfinden können. Die Details schienen so lebhaft, dass ich überzeugt war, sie nicht selbst geschaffen haben zu können. Die Glastanks waren durch und durch real, bis zum Staub auf den Gummidichtungen. Und dann die Drähte und die mit kleinen roten und grünen Lichtpunkten gesprenkelten Bedienfelder darüber. Die fleischfarbenen gummiartigen Rohre, die aus jedem Tank herausragten. Wie hätte ich mir so etwas ausdenken können, wenn ich nicht mal genau wusste, was ich da sah? Ich wusste nur, dass es sich, genau wie bei der Licht verströmenden Glasknolle an meiner Decke, um ein Tabu handelte. Die Rohre passten zu den Geschichten und der elektronischen Alchemie aus dem Vorher. Von den Lichtpunkten ging derselbe unnatürliche Funke aus wie von der Kugel in meiner Zelle. Und jeder von ihnen war unerschütterlich, ein hitzefreier Fleck aus purer Farbe. Demzufolge handelte es sich um eine Maschine – aber eine Maschine für was? Sie wirkte chaotischer und furchteinflößender, als ich es nach all dem Gemunkel über das Vorher vermutet hätte. Das Gewirr aus Drähten und Rohren sah unordentlich aus, improvisiert. Doch als Ganzes war dieses pulsierende Etwas aus Verbindungen, Drähten und Tanks so riesig und komplex, dass es mich trotz des Schauderns, das es in mir hervorrief, zwangsläufig beeindruckte. Am Anfang zeigte mir meine Vision nur die Tanks. Dann sah ich etwas in den Behältern schweben, Körper, schwerelos in einem zähflüssigen Sud, der alles derart zu verlangsamen schien, dass das Strömen ihrer Haare nichts weiter war als eine lethargische wellenförmige Bewegung. Aus jedem aufgerissenen Mund ragte ein Rohr. Aber das schlimmste waren die Augen. Wenn sie nicht geschlossen waren, lag ein leerer Ausdruck darin. Es waren nur noch menschliche Ruinen. Ich dachte daran, was Zach gesagt hatte, als ich mich so bitter beschwert hatte: *Wir könnten dir noch viel schlimmere Dinge antun, als dich in diese Zelle zu stecken, verstehst du?*

Wenn Zach mich besuchen kam, was nur noch selten geschah, nahm ich die Tanks am stärksten wahr. Der Tankraum war wie ein Geruch, der Zach anhaftete. Sobald ich den Schlüssel im Schloss hörte, schwebten die Körper drohend in mein Sichtfeld. Und wenn er wieder ging, bedrängten sie mich noch stundenlang mit ihren geschlossenen Augen und aufgerissenen Mündern. Sie alle waren Omegas, die in der Zeitlosigkeit dieser Glasfässer festhingen.

Je mehr Monate vergingen, desto häufiger spürte ich den Tankraum. Das Ganze war kilometerweit entfernt von einer abstrakten Erfahrung und fühlte sich nicht nur real, sondern auch erschreckend nah an. Die Vorstellung von der Kammer – vielleicht nur wenige Meter von mir entfernt – bekam eine solche drängende physische Präsenz, dass ich das Gefühl hatte, mit ihrer Hilfe navigieren zu können. Ihr Sog wurde meine Himmelsrichtung. So wie der Fluss einst zur mentalen Landkarte des Tals geworden war, so basierte meine imaginäre Karte von der Festung nun auf zwei Örtlichkeiten: meiner Zelle und dem Tankraum. Und darunter lag noch immer der Fluss. Tief unter meinen Füßen spürte ich seine Strömung. Seine unablässige Bewegung spottete über meinen Stillstand.

Eines Tages schloss die Beichtmutter auf, jedoch ohne im Anschluss hereinzukommen. »Steh auf«, sagte sie nur, während sie die Tür aufhielt.

Seit über einem Jahr hatte ich die Zelle nicht mehr verlassen. Ich fragte mich, ob sie mich verhöhnte. In den letzten paar Monaten hatte ich hin und wieder gefürchtet, verrückt zu werden. Als ich durch die offene Tür nach draußen blickte, misstraute ich sogar dem schmalen Streifen Korridor, den ich erkennen konnte. Für meine Augen, die keine Weite mehr gewöhnt waren, schien der Betonflur ebenso abwegig wie ein von der Sonne beschienenes Gebirgspanorama.

»Beeil dich. Ich will dir etwas zeigen. Aber wir haben nicht viel Zeit.«

Als ich durch die Tür trat, konnte ich meine Aufregung trotz der drei bewaffneten Soldaten auf dem Flur und der mich ungeduldig musternden Beichtmutter nicht verbergen.

Sie weigerte sich, mir zu sagen, wo es hinging oder eine meiner anderen Fragen zu beantworten. Eilig lief sie ein paar Schritte vor mir her, die Wachen dicht hinter ihr. Wie sich herausstellte, hatten wir es nicht weit. Nur bis zum Ende des Flurs, durch eine verschlossene Tür und einen Treppenlauf hinunter, hin zu einer weiteren Türreihe.

»Gehen wir nicht nach draußen?«, fragte ich, während ich die Zellen fixierte, die genauso aussahen wie meine. Der graue Stahl, der schmale Spalt für die Tabletts, das Guckloch auf Augenhöhe, das man nicht von innen, sondern nur vom Korridor her öffnen konnte.

»Wir machen hier keinen Picknickausflug«, erwiderte sie. »Aber du sollst dir etwas ansehen.« Sie ging zur dritten Tür und öffnete den Spion, der genau wie meiner lange nicht mehr bewegt worden zu sein schien. Nur widerstrebend und rostig quietschend ließ er sich zur Seite schieben. Die Beichtmutter trat einen Schritt zurück. »Komm«, sagte sie und deutete auf das Guckloch.

Ich ging zur Tür und beugte mich ein wenig vor. Drinnen war es dunkler als hier draußen. Die kleine elektrische Funzel konnte es nicht mit den im Gang aufgereihten Lichtern aufnehmen. Als sich meine Augen an die Dunkelheit gewöhnten, erkannte ich, dass es in der Zelle genauso aussah wie in meiner. Das gleiche schmale Bett, die gleichen grauen Wände.

»Schau genauer hin«, sagte die Beichtmutter. Warm spürte ich ihren Atem an der Rückseite meines Ohrs.

In diesem Moment sah ich den Mann. Er lehnte an der Wand in der dunkelsten Ecke des Raums und blickte argwöhnisch zur Tür.

»Wer bist du?«, fragte er, während er einen Schritt vortrat und die Augen zusammenkniff, um mich besser sehen zu können. Seine Stimme klang genauso eingerostet wie der Türspion. Sie kratzte, so selten schien sie in der letzten Zeit benutzt worden zu sein.

»Sprich nicht mit ihm«, sagte die Beichtmutter. »Sieh einfach nur hin.«

»Wer bist du?«, wiederholte er, lauter diesmal. Er war vielleicht zehn Jahre älter als ich. Ich hatte ihn nie gesehen, bei keinem Ausflug zu den Mauern. Aber sein langer Bart und die bleiche Haut ließen darauf schließen, dass er sich nicht erst seit Kurzem in den Verwahrungsräumen befand.

»Ich bin Cass«, sagte ich.

»Mit ihm zu sprechen bringt nichts«, sagte die Beichtmutter und klang dabei beinahe gelangweilt. »Sieh einfach nur hin. Bald passiert es. Ich spüre es seit Tagen.«

Der Mann trat noch einen Schritt vor. Jetzt war er nur noch wenige Zentimeter von der Tür entfernt und so nah, dass ich durch die kleine Öffnung nach ihm hätte greifen können. Er hatte nur eine Hand. Das Brandzeichen lugte durch sein verfilztes Haar.

»Ist noch jemand bei dir?«, fragte er. »Ich habe seit Monaten keine Menschenseele mehr zu Gesicht bekommen. Seit sie mich hergebracht haben.« Dann brach er plötzlich zusammen. Einfach so. Seine Beine gaben unter ihm nach wie ein Damm aus Sand bei heftigem Regen. Mit den Händen hielt er sich den Bauch, und sein ganzer Körper zog sich zweimal nacheinander heftig zusammen. Er gab keinen Laut von sich. Das einzige, was seinem Mund entwich, war ein Schwall Blut, der im Kerzenschein schwarz wirkte. Danach war keine Regung mehr zu erkennen.

Als er stürzte, sprang ich panisch vom Guckloch weg. Bevor ich noch einen Blick in die Zelle werfen konnte, packte mich die Beichtmutter am Arm und drehte mich zu sich herum. »Siehst du? Und da glaubst du, du seist hier in Sicherheit?« Sie drückte mich gegen die Tür. Ich spürte den kalten Stahl an meinen Armen. »Die Zwillingsschwester des Mannes dachte auch, alles sei paletti, weil er hier unten eingesperrt war. Aber sie hat sich im Rat so viele Feinde gemacht, dass selbst die Verwahrungsräume sie nicht schützen konnten. Da man ihrem Bruder nichts anhaben konnte, musste sie auf direktem Weg unschädlich gemacht werden. Und das ist gelungen.«

Das wusste ich bereits. Mein Entsetzen über den Tod des Mannes hatte sich verdoppelt, als ich im Moment seines Sturzes eine Frau auf dem Bauch hatte liegen sehen. Ihr dunkles Haar war zu einem ordentlichen Zopf geflochten, in ihrem Rücken steckte ein Messer. »Hat Zach das veranlasst?«

Herablassend schüttelte sie den Kopf. »Diesmal nicht. Und es ist auch nicht wichtig. Aber du musst endlich begreifen, dass auch er dich nicht beschützen kann. Nicht zwangsläufig zumindest. Im Moment steht er in der Gunst des Rats, aber er hat ehrgeizige Pläne. Sollten sich die anderen Mitglieder gegen ihn wenden, wird man einen Weg finden, einen von euch zur Strecke zu bringen.«

Ihr Gesicht war so dicht vor meinem, dass ich jede einzelne Wimper und die pulsierende Ader links neben ihrem Brandzeichen erkennen konnte. Als ich die Augen schloss, füllte sich die Dunkelheit mit Bildern von dem Mann hinter mir. Die Zunge hing ihm aus dem Mund. Ich bekam keine Luft.

Sie sprach sehr langsam: »Du musst Zach und mir helfen. Wenn er scheitert und sich die anderen im Rat gegen ihn wenden, kriegen sie einen von euch dran.«

»Ich werde euch nicht helfen«, sagte ich. Ich dachte an die Tanks, an das, was Zach den darin schwebenden Menschen angetan hatte. Verglichen mit der blutigen Leiche in der Zelle hinter mir schien dieses Grauen weit weg, aber es war nach wie vor vorhanden. Das unversöhnliche Gesicht der Beichtmutter befand sich noch immer dicht vor meinem. »Ich kann nicht«, sagte ich. »Ich habe Ihnen nichts zu sagen.«

Ich fragte mich, wie lange ich mich wohl noch davon würde abhalten können, in Tränen auszubrechen, als sie sich plötzlich abwandte. »Steckt sie wieder in ihre Zelle«, rief sie den Wachen über die Schulter zu, während sie sich entfernte.

Und wieder beschränkte sich meine Welt auf die Zelle, die Wände, die Decke, den Boden. Auf die Gnadenlosigkeit der Tür. Ich versuchte, mir das Leben dort draußen vorzustellen. Die Morgensonne, die scharfe Schatten auf den frisch geschnittenen stoppeligen Weizen warf. Den unendlich weiten Nachthimmel über dem Fluss. Das alles waren eher Konzepte als Realitäten. Sie schienen mir ebenso verloren wie der Geruch des Regens, das Gefühl von Flusssand unter meinen Füßen oder der vom Morgengrauen kündende Gesang der Vögel. All das war mit einem Mal weniger real als die Visionen vom Raum mit den Rohren und Tanks, in denen die Körper schwebten, ihr durchweichtes Fleisch, ihr Schweigen. Die Bilder von der Insel waren dagegen seltener geworden. Der Anblick der offenen See konnte die Zelle nicht länger durchdringen.

Die Strichliste meiner inhaftierten Tage wurde länger und länger, bis ich den Eindruck hatte, die ganze Zelle sei voll davon. Nein, eigentlich war es, als würde sich der Raum langsam mit Wasser füllen. Als bekäme ich unter der Last der verlorenen Wochen, Monate und inzwischen Jahre kaum noch Luft. Fängt es so an, fragte ich mich. Ist das der Beginn des Wahnsinns, dem Seher so oft anheimfallen? Wenn es sowieso irgendwann so weit sein sollte, würde sich der Prozess durch die Jahre in diesem Gefängnis nur noch beschleunigen. Damals auf dem Haven-Markt hatte ich gehört, wie mein Vater sagte, der Seher dort sei *nicht bei Verstand*. Eine Redewendung, die ich inzwischen wörtlich nehmen musste. Die unablässigen Nachforschungen der Beichtmutter und die Bilder von den Tanks waren so aufzehrend, dass mein Verstand keinen Platz mehr dazwischen hatte. Und ich erst recht nicht.

Zach kam noch seltener zu mir – manchmal lagen Monate zwischen seinen Besuchen. Und wenn er auftauchte, konnte ich kaum mit ihm sprechen. Mir fiel auf, wie sich sein Gesicht während meiner Jahre in den Verwahrungsräumen verändert hatte. Es war schmaler geworden und seine Lippen waren das einzig weiche darin. Ich fragte mich, ob ich mich ebenfalls verändert hatte, und wenn ja, ob er es merkte.

»Du weißt, dass es so nicht weitergehen kann«, sagte er.

Ich nickte. Ich fühlte mich wie unter Wasser. Seine Worte drangen gedämpft an mein Ohr, wie von weit her. Die engen Wände und die niedrige Decke verschworen sich gegen mich und verdoppelten jeden Laut zu einem Echo, das jedes Geräusch diffus und verzerrt klingen ließ. Inzwischen hatte ich den Eindruck, das Echo bringe die Welt um mich herum zum Schwanken. Alles verlor an Schärfe.

»Wenn es nach mir ginge«, fuhr er fort, »würde ich dich hierbehalten. Aber ich habe etwas angefangen und das muss ich zu Ende bringen. Ich dachte, ich könnte dich da raushalten, wenn du dich nützlich machst. Aber du gibst ihr nichts.« Er musste nicht präzisieren, wen er mit »ihr« meinte. »Sie macht da nicht länger mit.« Er sprach so leise, dass ich ihn kaum verstehen konnte. Es war, als wollte er das Eingeständnis seiner Furcht nicht hören. Er beugte sich vor, sodass sein Gesicht dicht vor meinem war. »Wenn es nach mir ginge, würde ich dich hierbehalten«, wiederholte er, lauter diesmal.

Ich wusste nicht, weshalb es ihm so wichtig war, mich davon zu überzeugen. Ich drehte den Kopf zur Wand.

Zunächst begriff ich nicht, weshalb mich die Träume von dem leeren Tank so erschreckten, immerhin sah ich die Behälter nun schon seit drei Jahren in meinen Visionen. Sie widerten mich zwar nach wie vor an, aber inzwischen war ihr Anblick zur Gewohnheit geworden und mein Körper zuckte nicht mehr überrascht zusammen, wenn sie mir im Traum erschienen. Ich hatte mich ebenso an sie gewöhnt wie an das Brandzeichen auf meiner Stirn. Warum zur Hölle wachte ich also ausgerechnet dann nass geschwitzt und in meine Laken verknäult auf, als ich von einem *leeren* Tank träumte? Man sollte doch meinen, er würde mich weniger erschrecken als die Bilder der vollen Behälter, die mich sonst heimsuchten. Er stand einfach nur da. Ein Glasbauch, der darauf wartete, gefüllt zu werden.

Ich träumte die vierte Nacht in Folge von besagtem Tank, der im selben trüben Licht stand wie immer, über ihm das übliche Gewirr aus Drähten und Rohren. Auch die Wölbung des Glases sah aus wie eh und je – und doch war das Bild entsetzlich falsch. Denn diesmal wölbte sich mir das Glas nicht entgegen, sondern um mich herum. Ich spürte einen Schlauch in meinem Hals, ein nach Gummi schmeckender Eindringling in meiner Luftröhre. Am Mundwinkel, wo er aus mir herausragte, war meine Haut aufgesprungen. Ich konnte den Mund nicht zumachen und nicht verhindern, dass die faulig-süßliche Flüssigkeit in mich einströmte. Auch meine Augen ließen sich nicht schließen. Die zähflüssige Masse trübte meinen Blick und verwischte alle Konturen. Beim Aufwachen schrie ich so laut, dass mein Hals ganz rau war und meine Stimme zwischen verschiedenen Tonlagen schwankte. Ich brüllte Zachs Namen, bis sich die Silbe unkenntlich verformte. In meinen ersten Wochen in den Verwahrungsräumen hatte ich gelernt, dass man mit Schreien gar nichts erreichte und niemanden an die Zellentür holte. Ich tat es trotzdem.

Sechs weitere Nächte musste ich miterleben, wie sich der Tank langsam füllte. Ich konnte mich keinen Zentimeter bewegen, während die Flüssigkeit nach und nach von meinem Fleisch Besitz ergriff und über meinem Kopf zusammenschwappte, um die Schläuche herum, die sich in meine Kehle und meine Handgelenke bohrten. Nacht für Nacht hing ich wie ein Fisch an der Angel an dem Schlauch, so lange, bis ich von meinen eigenen Schreien erwachte.

Ich konnte nichts mehr essen. Jeder Versuch zu schlucken, erinnerte mich an den Fremdkörper in meiner Kehle und brachte mich zum Würgen. Ich tat mein möglichstes, um nicht in den Schlaf zu sinken, wo mich die Bilder am häufigsten überfielen. Nachts tigerte ich in der Zelle auf und ab und zählte meine Schritte, bis die Zahlen in meinem Bewusstsein verwischten. Ich kniff mich in den Arm und begann, mir ein Haar nach dem anderen auszureißen, um wach zu bleiben und um mein Behälter-Ich von mir fernzuhalten. Nichts funktionierte. Alles geriet aus den Fugen, mein Körper, mein Verstand. Die Zeit wurde zu etwas Sprunghaftem, Zersplittertem. An manchen Tagen glitt ich durch die Stunden wie jemand, der unkontrolliert einen Abhang hinunterrutscht. In anderen Momenten hätte ich schwören können, dass die Zeit stehen geblieben war und ein einziger Atemzug ein ganzes Jahr zu währen schien. Ich dachte an den irren Seher vom Haven-Markt und an den verrückten Omega von den Mauern. So läuft das also, dachte ich. Jetzt lässt mich mein Verstand im Stich. Letztendlich kratzte ich mit einem Löffel eine Nachricht in das Tablett, das mir zu den Mahlzeiten gebracht wurde. *Zach, dringend – wichtige Vision. Für zehn Minuten im Freien bei den Mauern erzähle ich dir alles (und nur dir).*

Wie ich vorhergesehen hatte, sandte er mir die Beichtmutter. Sie setzte sich wie üblich mit dem Rücken zur Tür auf den Stuhl. Nach den vorangegangenen Tagen musste ich ziemlich fertig aussehen, doch sie verkniff sich jeden Kommentar; ich fragte mich sogar, ob sie es überhaupt bemerkte oder ob ihr scharfer Verstand jegliche äußere Beobachtung unnötig machte. »Normalerweise bist du nicht so wild darauf, deine Visionen zu teilen. Im Gegenteil. Das macht uns neugierig.«

»Wenn Zach neugierig ist, schicken Sie ihn her. Ihnen sage ich gar nichts.«

Ich wusste, dieser Teil würde am schwierigsten werden. Als sich die Beichtmutter meinem Verstand näherte, war es ein bisschen wie früher, wenn unsere Mutter Flussmuscheln aufgebrochen und als Erstes, auf der Suche nach einer Schwachstelle, mit einem Messer den Rand entlanggefahren war.

»Deine geschlossenen Augen können mich nicht aufhalten.«

Ich hatte gar nicht gemerkt, dass ich sie zugemacht hatte. Jetzt fiel mir auf, dass ich auch die Zähne zusammenbiss. Ich zwang mich, ihren Blick zu erwidern. »Sie werden nichts finden.«

»Kann sein. Möglich, dass du langsam besser wirst. Oder

vielleicht ist da auch einfach nichts. Keine spezielle Vision, kein hilfreicher Einblick.«

»Ach, dann halten Sie das hier also für eine Falle? Aber wozu? Glauben Sie, ich will mich an ein paar zusammengeknoteten Bettlaken abseilen, oder was? Nun kommen Sie schon.« Ich hielt inne. Es war schwer, zu sprechen und gleichzeitig meinen Verstand abzuschotten. »Ich möchte einfach nur den Himmel sehen. Und wenn ich mein Wissen schon preisgeben muss, warum dann nicht bei einem kleinen Tausch?«

»Wenn du nichts für uns hast, ist es kein Tausch.«

»Es geht um die Insel«, platzte ich heraus. Eigentlich hatte ich gar nicht so viel verraten wollen, aber die übermächtige Angst vor den Tanks ließ mich leichtsinnig werden.

»Verstehe. Die Insel, von der du die letzten vier Jahre behauptet hast, sie würde nicht existieren.«

Ich nickte stumm. Sie verzog keine Miene, doch ich spürte ihren wacher werdenden Verstand wie die Hände eines ungebetenen Verehrers auf mir. Konzentrierter denn je versuchte ich, meine Gedanken zu öffnen, ohne die Beichtmutter ganz in meine Innenwelt eintauchen zu lassen. Sie sollte nur ein flüchtiges Bild erhaschen, gerade genug, um zu sehen, dass meine Visionen durchaus wertvoll für sie sein konnten. Gleichzeitig wollte ich nichts enthüllen, was der Insel oder meinen eigenen Plänen irgendwie schaden könnte. Ich fixierte mich auf einen einzigen gedanklichen Ausschnitt so wie früher auf den Lichtstrahl, der durch einen Spalt in meinen Küchenvorhängen gefallen war und nichts als einen schmalen Streifen an der gegenüberliegenden Wand erhellt hatte. Nur die Stadt auf der Insel. Nur eine ihrer geschäftigen, steilen Straßen. Eine Nahaufnahme, ohne die charakteristischen Details der Landschaft. Nur die Stadt, ihr Markt im Kern und die Häuschen, die auf dem ansteigenden Untergrund wie gestapelt wirkten.

Ich hörte, wie die Beichtmutter scharf den Atem einsog.

»Genug«, sagte ich. »Sagen Sie Zach, was er zu tun hat, dann erzähle ich ihm alles.«

Doch sie hatte noch nicht genug, sie bohrte weiter – geradezu gehetzt schien sie meine Gedanken zu durchwühlen.

Eines Morgens in der Siedlung war ich aufgewacht und hatte gemerkt, dass sich ein Rabe mithilfe eines winzig kleinen Lochs im Strohdach in mein Schlafzimmer vorgepickt hatte und dann dort gefangen war. Panisch war er von einer Wand zur anderen geflogen, ein einziger Wirbelwind aus Federn, bis er endlich ein offenes Fenster gefunden hatte. Genauso fühlte sich die Präsenz der Beichtmutter in meinem Kopf an. Die gleiche Mischung aus Verzweiflung und Aggression. Doch ich sagte nichts. Stattdessen wollte ich es ihr zum ersten Mal gleichtun. Ich stellte mir die Hände meiner Mutter über der Muschelschüssel vor und versuchte, meinen Verstand wie jenes Messer zu benutzen. Bisher hatte ich einer solchen Versuchung immer widerstanden. Ich erlitt Visionen, setzte meine Fähigkeiten aber nicht bewusst bei anderen Menschen ein. Und die unangenehmen Sitzungen mit der Beichtmutter hatten mich, was das betraf, noch unwilliger werden lassen. Deshalb überraschte es mich, wie leicht es mir jetzt fiel. Als würde ich einen Vorhang beiseite ziehen. Genau wie in meinen eigenen Träumen sah ich nur Fragmente, doch das reichte. Da war ein Ort, den ich noch nie zu Gesicht bekommen hatte. Eine riesige, runde Kammer. Ohne Tanks diesmal. Nur Drähte wie die aus meiner Vision, ins Unendliche vervielfacht. Sie kletterten an gewölbten Wänden hoch, wo dicht an dicht Metallboxen hingen.

Ich spürte die Beichtmutter zurückweichen. Sie erhob sich so hastig, dass ihr Stuhl umkippte, dann beugte sie sich zu mir vor. »Versuch nicht, mich mit meinem eigenen Spiel zu hintergehen.«

Ich verbarg meine zitternden Hände, als ich ihren Blick erwiderte. »Schicken Sie mir meinen Zwilling.«

Als Zach am nächsten Morgen endlich zu mir kam, schien ihn mein Zustand zu schockieren. »Bist du krank? Hat dir jemand was getan?« Er stürzte zu mir, packte mich am Ellbogen und führte mich zu meinem Stuhl. »Wie haben sie das gemacht? Außer der Beichtmutter kann doch keiner hier rein.«

»Niemand hat irgendwas gemacht. Es ist dieser Ort hier.« Ich deutete auf die Zelle. »Du kannst ja wohl nicht ernsthaft erwarten, dass ich vor Freude strahle und wie das blühende Leben aussehe. Aber wie auch immer«, fügte ich hinzu. »Du siehst auch nicht gerade gut aus.« Ich hatte mich immer noch nicht an diesen neuen Zach gewöhnt. An dieses knochige Gesicht und an die dunklen Ringe unter seinen Augen, die sich wie Wasserflecken auf einem Tuch immer weiter auszudehnen schienen.

»Wahrscheinlich, weil ich die ganze Nacht auf war, und versucht habe rauszufinden, was du vorhast.«

»Warum so kompliziert? Ich *muss* einfach ins Freie, Zach. Nur für kurze Zeit, ich werde hier drin verrückt.« Auch wenn ich den wahren Grund für meine Angst nicht nennen konnte, war das keine Lüge. Ich war buchstäblich am Ende meiner Leistungsfähigkeit angelangt und mein zerrüttetes Äußeres bestätigte das.

»Du weißt, dass es zu gefährlich ist. Schließlich lasse ich dich nicht zum Spaß hier drin.«

Ich schüttelte den Kopf. »Denk nur mal daran, wie gefährlich es erst wäre, wenn ich verrückt würde. Ich könnte alles Mögliche anstellen.«

Er lachte nur. »Glaub mir, du bist nicht in der Position, mir zu drohen.«

»Ich drohe dir nicht. Ich biete dir etwas an. Etwas, das dir wirklich helfen könnte.«

»Und seit wann bist du daran interessiert, mir zu helfen?«

»Seit ich hier langsam aber sicher den Verstand verliere. Ich brauche das. Zehn Minuten Tageslicht. Einmal den Himmel sehen. Das ist nicht viel verlangt, wenn man bedenkt, was ich dir alles berichten kann.«

Er schüttelte den Kopf. »Hättest du uns je zuvor auch nur den kleinen Finger gereicht, würde ich dir glauben. Die Beichtmutter sagt, in ihren Sitzungen habest du dagesessen wie eine Wachspuppe. Du hast noch nicht einmal zugegeben, dass die Insel überhaupt existiert, und jetzt behauptest du plötzlich, du hättest nützliche Informationen für uns. Warum sollen wir dir vertrauen?«

Ich seufzte. »Okay. Was die Insel betrifft, habe ich gelogen.«

Er stand auf und ging zur Tür.

An seinen Rücken gewandt sagte ich: »Ich wusste, dass ich dich nur auf diese Art dazu bringen kann herzukommen. Aber dass ich etwas Interessantes zu erzählen habe, das stimmt wirklich. Und das kann ich ihr nicht anvertrauen.«

»Warum nicht? Es ist ihr Job, Informationen einzuholen.«

»Weil es um sie geht.«

Er hielt inne. Seine Hand lag bereits auf der Türklinke, in der anderen hielt er den großen Schlüsselbund, den er immer bei sich trug.

»Deshalb muss ich es *dir* sagen. Es geht um sie. Um das, was sie dir antun will.«

»Diesen Schwachsinn kaufe ich dir nicht ab«, stieß er hervor. »Sie ist die Einzige, der ich vertrauen kann.«

Ich zuckte mit den Schultern. »Du musst es mir nicht glauben. Ich sage dir nur, was ich weiß, der Rest bleibt dir überlassen.«

Er starrte mich einige Augenblicke lang an. Dann sah ich zu, wie er sich umdrehte und den Schlüssel ins Schloss steckte. Noch immer sagte er kein Wort. Schließlich ging er nach draußen und ließ die Tür offen stehen. »Zehn Minuten«, rief er, während er über den Korridor ging. »In zehn Minuten sind wir wieder da, und dann erzählst du mir alles.«

7

SPÄTER KONNTE ICH mich nicht mehr an den Moment erinnern, als ich die Zelle verließ. Ich war einfach nur blind über den langen Korridor hinter Zach hergestolpert, durch eine verschlossene Tür und eine Treppenflucht hinauf. Erst ganz oben, wo drei hohe Fenster ins Licht führten, wurde mir die Tragweite meiner Tat bewusst. Ich schirmte meine zusammengekniffenen Augen gegen die Helligkeit ab und starrte aus einem der Fenster. In diesem Moment verzog sich der Nebel der letzten Wochen aus meinen Gedanken – sie waren mit einem Mal klarer als in all den Monaten zuvor. Ich hatte das Gefühl, als wäre die Festung über unseren Gefängnissen ein physisches, mich niederdrückendes Gewicht gewesen. Jetzt, da wir aus den Tiefen des Gebäudes auftauchten, verlor ich nach und nach an Last.

Zach, der mich bisher eisern ignoriert hatte, führte mich einen langen Korridor entlang, schloss eine breite Tür auf und hielt dann in der Bewegung inne. »Ich weiß nicht, ob du so dumm bist, etwas anzustellen, aber gib dir lieber keine Mühe.«

Ich versuchte, nicht auf das Tageslicht und die frische Luft zu achten, die durch die halb geöffnete Tür hereinströmte, sondern mich auf seine Worte zu konzentrieren.

»Du weißt, dass du nicht gegen mich kämpfen kannst. Die anderen Türen, die zu den Mauern führen, sind abgeschlossen. Bleib dicht hinter mir.«

Obwohl meine Augen schmerzten, empfand ich die frische Luft als berauschend. Als ich ins Freie trat, atmete ich tief ein und blickte mich um. Die langen, schmalen Mauern sahen noch genauso aus wie vor vier Jahren in der ersten Zeit meiner Gefangenschaft, als man uns für vereinzelte Ausgänge hergebracht hatte. Wir befanden uns auf einer Terrasse, ungefähr achtzehn Meter lang, die aus der Fassade der Festung ragte. Zinnen unterteilten die steinerne Wand in ein Zickzackmuster und gaben den Blick auf den Abhang frei. Hinter uns ragte eine weitere, in den Berg gemeißelte Festungsmauer in die Höhe. Ich hörte, wie Zach die Tür, durch die wir gerade ins Freie getreten waren, hinter uns absperrte. Zu beiden Seiten der Terrasse waren zwei weitere, identisch aussehende Türen in die Mauern eingelassen. Auf dem massiven Holz kreuzten sich zwei Spaten.

Einige Minuten lang stand ich einfach nur da, den Kopf leicht nach hinten geneigt, die Sonne im Gesicht. Als ich mich den Zinnen näherte, versperrte Zach mir den Weg.

Ich lachte. »Entspann dich. Ich will nur ein bisschen was sehen, da kannst du doch wohl nichts dagegen haben. In den letzten vier Jahren hatte ich einen ziemlich begrenzten Ausblick.«

Er nickte, doch er hielt sich dicht hinter mir, als ich mich an den Rand der taillenhohen Mauer begab.

»Ich habe die Stadt noch nie richtig gesehen«, sagte ich. »Als man mich aus der Siedlung hergebracht hat, war es Nacht und ich hatte irgendwas über den Kopf gestülpt. Und wenn wir mal hier hoch durften, dann nie so nah an den Rand.«

Aus dieser Höhe sah Wyndham aus wie ein Wirrwarr aus hingeworfenen Gebäuden, zu chaotisch, um schön zu sein, aber schon die schiere Größe war beeindruckend. Die Stadt erklomm den Berg bis zur Festung und erstreckte sich in die andere Richtung über das Flachland, wo ihre Straßen zwischen den Hügeln und vor dem Horizont verblassten. Der Fluss wand sich von Süden her in unser Blickfeld, floss um die Stadt herum und verschwand dann in den Tiefen einer Berghöhle. Sogar von hier aus konnte ich das Gewimmel in den Straßen sehen. Karren, die über Straßen ratterten, Wäsche, die aus Fenstern hing und geduldig im Wind flatterte. So viele Menschen, so nah an jenem Ort, wo ich all die nicht zu unterscheidenden Tage und Nächte verbracht hatte. Allein.

Als Zach sich abwandte, tat ich es ihm gleich und lehnte mich neben ihn an die niedrige Mauer. Rechts und links ragten die Zinnen über unsere Köpfe hinaus.

»Du sagtest, außer der Beichtmutter würdest du niemandem hier trauen.«

Statt einer Antwort musterte er nur seine Hände.

»Warum sucht man sich so ein Leben aus?«, fragte ich. »Ich bin hier, weil ich nicht weg kann. Aber du schon. Du könntest einfach gehen.«

»War das Teil deines Handels? Dass wir uns aussprechen? Dem habe ich nicht zugestimmt.« Er wandte sich erneut um und blickte auf Wyndham hinab. »Wie auch immer – so einfach ist es nicht. Ich muss noch einiges tun.« Hier, im hellen Tageslicht, konnte ich sehen, wie prominent die Knochen aus seinem Gesicht hervorstanden. Er atmete aus. »Ich habe ein paar Dinge angestoßen. Projekte. Und die muss ich zu Ende bringen. Es ist kompliziert.«

»Das muss es aber nicht sein.«

»Du warst schon immer eine Idealistin. Für dich ist alles einfach.« Seine erschöpfte Stimme passte zum müden Ausdruck in seinen Augen.

»Für dich könnte es auch einfach sein. Du könntest zurück in unser Dorf gehen und mit Mum das Land bewirtschaften.«

Noch bevor er mir den Blick zuwandte, wusste ich, dass ich etwas Falsches gesagt hatte.

»Land bewirtschaften?«, zischte er. »Hast du irgendeine Vorstellung davon, wer ich jetzt bin? Was ich erreicht habe? Das Dorf ist der letzte Ort, den ich je aufsuchen würde. Selbst nach unserer Aufsplittung hat man mich dort nie wie die anderen Alphas behandelt. Ich dachte, es würde besser werden, aber das war nicht der Fall.« Er stach mit dem Finger nach mir. »Und das ist deine Schuld. All die Jahre hast du unsere Trennung verhindert. Ich kann nicht mehr zurück.« Er machte einen Schritt nach vorne, um sich zwischen mich und die Tür zu stellen.

Ich stieß mich mit den Beinen vom Boden ab, sodass ich auf der Mauer hinter mir zum Sitzen kam, und sprang gleich darauf auf die Füße. Das alles ging so blitzschnell, dass ich nur deshalb nicht nach hinten umkippte, weil meine Hände an den Zinnen Halt fanden.

Zach stürzte auf mich zu, zögerte aber, als er sah, wie nahe ich dem Abgrund war. Hilflos wie eine Marionettenpuppe hob er die Hände. »Das ist doch Irrsinn. Komm sofort da runter. Du bist verrückt«, sagte er mit hoher, durchdringender Stimme.

Ich schüttelte den Kopf. »Noch ein Wort und ich springe. Und wenn du nach einer Wache rufst, auch.«

Er atmete tief ein und legte sich einen Finger an die Lippen. Ich war nicht sicher, ob er mich oder sich selbst zum Schweigen bringen wollte. »Okay«, murmelte er. »Okay.« Und wieder war nicht ganz klar, wen von uns beiden er meinte. »Das machst du ja doch nicht. Das würdest du nie überleben.«

»Ich weiß. Und jetzt tu bloß nicht so, als würdest du dir um mich Sorgen machen.«

»Na schön, in Ordnung. Aber das würdest du mir nicht antun. Ich weiß, dass du es nicht tun würdest.«

»Bei unserer Aufsplittung hast du mich bloßgestellt. Damals habe ich dich beschützt. Noch mal werde ich das nicht tun.«

Er trat einen Schritt vor. Ich wich zurück. Nur meine Zehen und meine Fußballen hatten noch Bodenkontakt. Meine Fersen schwebten über dem Nichts unter mir. »Ich werde es tun. In dieser Zelle gibt es keinen Grund für mich weiterzuleben.«

»Dann lasse ich dich in Zukunft eben ab und an nach draußen. Das bist du doch jetzt auch, oder nicht?«

Ich wagte einen raschen Bick über meine Schulter und wandte mich dann gleich wieder um. Hoffentlich gaben meine Augen nicht zu viel von meinem Entsetzen preis. »Ich sage dir, was passieren wird.« Die steinerne Mauer links und rechts von mir fühlte sich rau und warm unter meinen Händen an. Ich fragte mich, ob dies das letzte war, was ich je spüren würde. »Geh zurück zur Tür.« Er nickte, während er langsam und mit erhobenen Händen zurückwich. Dabei nickte er immer weiter.

Mit einer Hand hob ich meinen Pullover und das Hemd an und entblößte das behelfsmäßige Seil, das ich mir im Morgengrauen um die Taille gebunden hatte. Beim Gedanken daran, was ich der Beichtmutter tags zuvor gesagt hatte, lächelte ich. Die ganze Zeit hatten mir die zusammengeknoteten Lakenstreifen in die Haut geschnitten, doch ich hatte nicht gewagt, sie zu lockern, da ich fürchtete, sie könnten sich unter meiner Kleidung abzeichnen. Es war ziemlich heikel, das Seil von meinem Körper zu lösen. Eigentlich hatte ich mich weiter mit einer Hand an der Zinne festhalten wollen, doch der bereits abgewickelte Teil des Seils hing lose zwischen meinen Beinen und drohte, sich zu verheddern. Irgendwann gab ich es auf und nahm beide Hände. Ich war ein Stück weiter nach vorne gerückt, doch meine Fersen waren trotzdem höchstens zwei Zentimeter vom Abgrund entfernt. Meine Augen ruhten auf Zach. Das länger werdende weiße Seil wanderte an der Außenwand hinter mir in die Tiefe.

Ich weiß nicht, ob ich sah, wie sich seine Muskeln anspannten oder ob ich einfach nur spürte, was er im Sinn hatte, jedenfalls hob ich die Hand, bevor er auch nur einen einzigen überhasteten Schritt auf mich zu tun konnte. »Wenn du mich jetzt aufhalten willst, springe ich oder wir stürzen beide in die Tiefe. Das kommt aufs Gleiche raus.«

Zachs Atem ging schwer, keuchend. »Du würdest das allen Ernstes tun.«

Eine Feststellung, keine Frage. Wenigstens musste ich jetzt nicht mehr nach einer Antwort suchen, die ich nicht hatte. Ich sah ihn einfach nur an, während er wieder an die gegenüberliegende Wand zurückwich. Mittlerweile hatte ich mich vollständig aus dem Seil befreit. Unten war die Zinne zu dick, aber nach oben hin wurde sie schmaler. Ich musste mich seitlich drehen und meine Wange gegen den Stein drücken, um Zach weiter im Auge zu behalten und dabei die Arme nach oben zu recken. Um das Seil von einer Hand in die andere zu übergeben, schlang ich meine Arme in einer seltsam anmutenden Umarmung um die Zinne. Am liebsten hätte ich sie gar nicht mehr losgelassen.

»Du bist verrückt«, rief Zach. »Das Seil hält nie im Leben. Du wirst abstürzen und uns beide in den Tod reißen. Und selbst wenn du lebend hier rauskommst, an den Grenzen sind überall Wachen postiert. Das hat doch keinen Sinn.«

Ich fixierte das Seil. Er hatte nicht ganz unrecht. Um das Laken länger zu machen, hatte ich es in zwei Finger breite Streifen reißen müssen und die Knoten wirkten ziemlich mickrig. Ich mochte in letzter Zeit um einiges leichter geworden sein, aber das Seil sah trotzdem nicht allzu vertrauenerweckend aus. Was Zach nicht wusste, war, dass es gar nicht die gesamte Außenwand hinabreichte. Der Abstand zwischen seinem ausgefransten Ende und der darunter liegenden Steinterrasse betrug mindestens noch einmal sechs Meter. »Hör genau zu«, sagte ich. »Du wirst jetzt durch diese Tür da gehen und sie hinter dir absperren. Wenn ich dich nach den Wachen schreien höre, springe ich. Und sollte ich auf halber Strecke sehen, wie du von oben auf mich runterguckst, springe ich auch, das schwöre ich. Du bleibst hinter der Tür und zählst bis hundert, bevor du auch nur daran denkst, sie wieder zu öffnen oder einen Mucks von dir zu geben. Kapiert?«

Er nickte. »Du hast dich verändert«, sagte er leise.

»Soll vorkommen nach vier Jahren in einer Zelle.« Ich fragte mich, ob ich ihn gerade zum letzten Mal sah. »Du könntest dich auch ändern.«

»Nein«, erwiderte er. »Das könnte ich nicht.«

»Denk daran, du hast die Wahl.«

Er wandte den Blick nicht von mir ab, als seine Hand nach der Klinke hinter ihm tastete. Um die Tür aufzuschließen, musste er sich umdrehen, aber einen Augenblick später wirbelte er schon wieder zu mir herum. Er starrte mich immer noch an, während er in den Schatten hinter sich trat und die Tür zuzog. Ich hörte, wie sich der Schlüssel im Schloss drehte und der schwere Riegel vorgeschoben wurde.

Ich begann zu zählen und stellte mir Zach vor, wie er sich von innen gegen das Holz drückte und das Gleiche tat. Im Einklang mit mir, seiner Zwillingsschwester. *Neunundvierzig. Fünfzig.* Ich merkte, dass ich weinte. Ob aus Furcht oder Trauer wusste ich nicht. *Sechsundsiebzig, siebenundsiebzig.* Ungeduldig wie Zach war, würde er bestimmt ziemlich schnell zählen und sich dann zwingen, langsamer zu werden, damit er nicht zu früh ins Freie gestürzt kam und mich zu einer Dummheit verleitete. Und ich wusste, dass er schon über den nächsten Schritt nachdachte, nämlich wo er seine Wachen positionieren und wie sie die Grenzen der Stadt schließen konnten. Er würde mich jagen, das hatte ich immer gewusst.

Neunundneunzig. Das Schloss bewegte sich nur langsam. Das rostige Quietschen verriet sein Alter. Die Beichtmutter hätte meinen Plan durchschaut. Nicht so Zach. Er sprintete zu der Stelle, wo das Seil hing. Sein Oberkörper hing über die Mauer. Gebannt starrte er in die Tiefe. Leise glitt ich hinter der Tür hervor, stürzte ins Innere der Festung und schloss hinter mir ab.

8

ICH WAR SELTSAM RUHIG. Hinter mir hörte ich Zachs Schreie und wie er gegen die Tür trat, die fest in ihrem Rahmen ruhte und nichts als ein gedämpftes Wummern zu mir durchließ.

Ich rannte. Zunächst nur den Weg zurück, den ich mit Zach gegangen war, als mich ganz plötzlich, an einem Punkt, den ich nicht genau benennen konnte, eine Art Erinnerung zu leiten begann. Mein Körper wurde zu einer Kompassnadel, die mir zuverlässig den Weg zum Tankraum wies. Ich spürte seine Präsenz stärker denn je. Er war meine größte Angst, aber auch mein Ziel. Wenn ich diesen Menschen helfen oder die Sache publik machen wollte, musste ich sie sehen, leibhaftig und mit eigenen Augen. Abgesehen davon würde Zach mich überall suchen, nur nicht dort. Ich befand mich in den Tiefen der Festung, weit unterhalb aller Ausgänge, nach denen ein Flüchtiger sonst Ausschau halten würde. Und hätte Zach auch nur ansatzweise vermutet, dass ich von den Tanks, seinem wohlgehüteten Geheimnis, wusste, hätte er mich schon vor langer Zeit genau dorthinein verbannt.

Sein schwerer Schlüsselbund, den ich eilig aus dem Schloss gerissen hatte, rasselte, während ich immer weiterhetzte. Bei jeder verschlossenen Tür, machte ich die Augen zu und ließ mir von meinem Instinkt den richtigen Schlüssel nennen. Wenn ich die Tür wieder hinter mir abgesperrt hatte, lief ich weiter, in einen anderen Flügel des Verwahrungskomplexes.

Ich hasste das Gefühl, dass sich die Festung einmal mehr über mir auftürmte, das Gefühl der Entfernung zwischen mir und dieser kurzen Kostprobe von Himmel und Licht.

Vor mir lag ein langer Korridor, schmaler als die im oberen Teil der Festung, und das Netzwerk aus Rohren, die sich hindurchzogen, machte ihn noch enger. Von der niedrigen Decke hingen Glaskugeln, die das gleiche sterile Licht ausstrahlten, das auch meine Zelle erleuchtet hatte. Am Ende des Gangs, unter einer Treppe, entdeckte ich eine letzte Tür. Mein Verstand hatte sich derart auf diesen Ort eingestimmt, dass ich nicht mal mehr innehalten musste, um nach dem passenden Schlüssel zu greifen.

In meinen Visionen war es vollkommen still im Tankraum gewesen. Als ich jetzt eintrat, überraschte mich der Lärm. Das konstante Surren der Anlage und das Plätschern von Wasser in der Dunkelheit. Darunter der donnernde Fluss. In der Zelle hatte ich ihn lediglich gespürt, doch hier war er hörbar. Beharrlich. Obwohl dieser Ort so schaurig war, tröstete mich seine Vertrautheit. Abgesehen von der lauten Geräuschkulisse sah es genauso aus wie in meinen Visionen. Die Tanks standen an den Wänden der Kammer aufgereiht. Aus jedem ragten Rohre hervor, die zu darüber schwebenden Bedienfeldern führten. Als ich meine Hand gegen das Glas eines Tanks drückte, überraschte mich seine Wärme. In dem dämmrigen Halbdunkel konnte ich die Gestalt in der zähflüssigen Masse nur mit Mühe erkennen. Irgendetwas dortdrin bewegte sich im Puls der Maschine. Eigentlich wusste ich bereits, um was es sich handelte, und blinzelte dennoch in der Hoffnung, falsch zu liegen. Als sich meine Augen an die Dunkelheit gewöhnt hatten, wurden die Gestalten sichtbar, und zwar nicht nur in dem Tank direkt vor mir, sondern auch in der ganzen Reihe daneben. Eine junge Frau schwebte mit dem Rücken zu mir, ihre drei Arme erhoben, als würde sie versuchen, nach dem Saum der Flüssigkeit zu greifen. Ein Mann hatte sich am Grunde des Behälters zu einem Fötus zusammengerollt, die handlosen Arme um die Knie geschlungen. Eine alte Frau trieb in einem seltsamen Winkel im Tank, das eine Auge unter dem Brandzeichen geschlossen. Sie alle waren nackt und jeder Körper pulsierte kaum wahrnehmbar im Rhythmus der Maschine. Die Kammer war so groß, dass man die Tür am gegenüberliegenden Ende nur undeutlich erkennen konnte. Die Reihe der Tanks schien kein Ende zu nehmen, ein sich ins Unendliche wiederholendes Grauen.

Ich hatte keine Ahnung, wo die Maschine endete und die Elektrizität begann oder ob beides ein und dasselbe war, doch ich wusste, dass es sich bei diesem seltsamen Anblick um Technologie handelte – um ein Tabu. Was für eine finstere Magie machte es möglich, all diese Menschen in einem Unterwasserschlaf gefangen zu halten? Das Tabu mochte ein Gesetz sein, doch es musste nicht extra ausgesprochen werden – ich spürte es in den Eingeweiden. Die Art, wie sich mein Magen beim Anblick dieses Übelkeit erregenden Netzes aus Rohren und Drähten zusammenkrampfte. Maschinen hatten die Welt zum Einsturz gebracht. Und als Seher hatte ich die Explosion unmittelbarer erlebt als irgendjemand sonst. Die Zerstörungswut des heißen Lichts. Selbst die Tatsache, dass ich die letzten vier Jahre unter der elektrischen Beleuchtung meiner Zelle verbracht hatte, konnte den instinktiv aufkeimenden Schrecken nicht mildern, den ich beim Anblick der Drähte, Rohre und Bedienfelder empfand. Ein Schweißfilm überzog meinen Körper, und meine Knie schlotterten unkontrolliert. Diese vielteilige rumpelnde Maschine war eine schlummernde Bestie. Auch meine Hände begannen zu zittern. Eigentlich hatte ich gedacht, die Tanks seien in meinen Visionen schon sehr lebendig gewesen, aber die Realität war schlimmer. All diese Körper, aufgespießt von Rohren. Sie ragten aus ihren Mündern und Handgelenken wie grobe Marionettenschnüre, die vom oberen Ende des Behälters herabhingen. Wenn ich es aus der Festung herausschaffte und den anderen von meiner Entdeckung erzählte, würden bestimmt auch die Alphas außer sich vor Entsetzen sein. Und wenn ich wirklich auf meine Visionen zählen konnte, dann lag irgendwo dort draußen die Insel, wo ich auf Menschen treffen würde, die mir glauben und mir vielleicht sogar helfen würden.

Noch unheimlicher als alles andere war die seltsame Ordnung, die von der Szenerie ausging. Die akkurat angeordneten Tankreihen, die sich in perfektem Einklang zum immerwährenden Wiegenlied der Maschine hebenden und senkenden Brustkörbe. Auch wenn hier die verschiedensten Deformationen zur Schau gestellt wurden, hatte der komatöse Zustand der Omegas etwas entsetzlich Einheitliches. Ich lief die Reihe ab und blieb irgendwann stehen, um meine Stirn an das Glas eines Tanks zu drücken und mich vom pulsierenden Halbdunkel beruhigen zu lassen. Ein plötzliches Beben erschütterte den Behälter und holte mich abrupt in die Gegenwart zurück. Als ich die Augen öffnete, blickte ich in ein Gesicht, das sich gegen die Glaswand drückte, an der ich lehnte. Der Junge, der an den Rand des Tanks getrieben worden war, hatte eine schaurig bleiche Haut, unter der sich seine Adern deutlich abzeichneten. Hellbraunes Haar umströmte seinen Kopf und sein halb geöffneter Mund umschloss ein Rohr. Nur ein Detail störte die Reglosigkeit des Bilds – seine weit aufgerissenen erschrockenen Augen.

Ich machte einen Satz nach hinten. Der leise Schrei, den ich ausstieß, verlor sich in der schwülen Feuchtigkeit und dem rhythmischen Surren im Raum. Um dem starren Blick des Jungen zu entkommen, blickte ich nach unten, doch als ich realisierte, dass er genau wie alle anderen nackt war, fixierte ich wieder sein schmales Gesicht. Trotz des Brandzeichens erinnerte er mich an Zach. Später fragte ich mich, ob mir der Junge deshalb so vertraut vorgekommen war. Ich hielt mich an dem Gedanken fest, dass seine Augen leer waren und der Ausdruck darin keinesfalls auf einen wachen Bewusstseinszustand schließen ließ. Mehrere der Omegas hier hatten die Augen geöffnet, aber deshalb waren sie geistig nicht weniger abwesend als die anderen. Ich machte einen Schritt zur Seite.

Wäre mir sein dunkler Blick nicht gefolgt, ich wäre weitergegangen, bis zur Tür am anderen Ende der Kammer und durch sie hindurch. Ein Teil von mir war enttäuscht, als das Gegenteil der Fall war, doch gleichzeitig wusste ich: damit, dass ich die Bewegung seiner Augen gesehen hatte, hatte ich ein Versprechen abgegeben, das ich nicht brechen konnte.

Der Tankdeckel ungefähr einen Meter über meinem Kopf schien die einzig mögliche Einstiegsstelle zu sein. Auf gleicher Höhe führte eine Plattform um die Glaswand herum, zu der man über eine Leiter in der gegenüberliegenden Ecke des Raums gelangte. Ich machte ein paar Schritte darauf zu und blickte immer wieder zurück, um dem Jungen zu versichern, dass ich nicht einfach weggehen würde. Doch in der Dunkelheit war er nichts weiter als ein verschwommener Schemen in einem Tank. Ich rannte los, zählte die Behälter und versuchte, nicht an die Gefangenen darin zu denken – und erst recht nicht an den leeren Tank ganz am Ende. Ich stieg die Leiter hinauf und fuhr zusammen, als die metallenen Stufen unter meinem Gewicht schepperten. Oben auf der Plattform begann ich wieder zu zählen und hetzte den ganzen Weg zurück. Beim zwölften Tank packte ich den Metallgriff des Deckels, der sich problemlos anheben ließ. Von hier oben, aus ungefähr einem halben Meter Höhe über ihm, konnte ich sein wallendes Haar kaum sehen. Als ich mich hinunterbeugte, nahm ich den widerlich süßlichen Geruch der Flüssigkeit wahr. Mit abgewandtem Gesicht griff ich hinein, tastete darin herum, bekam etwas zu fassen und zog zaghaft daran. Zuerst spürte ich einen leichten Widerstand, dann schnellte das Etwas nach oben. Einen furchtbaren Augenblick lang stellte ich mir einen aufgeweichten Körper vor, der in meinen Händen auseinanderfiel, doch als ich den Blick senkte, war ich über den biegsamen Gummischlauch in meiner Hand sowohl erleichtert als auch entsetzt. Dann begriff ich, dass ich ihm den Schlauch aus dem Mund gerissen hatte. Wieder tauchte ich meinen Arm in die Flüssigkeit und zuckte zurück, als er plötzlich fest umklammert wurde. Mit der anderen Hand hielt ich mich an der Plattform fest und wappnete mich innerlich, gleich mit aller Kraft nach unten gezogen zu werden. Anfangs war es noch relativ leicht, dagegenzuhalten, weil die Flüssigkeit sein Gewicht trug, doch als sein Kopf und sein Brustkorb die Oberfläche durchbrachen, wurde er zunehmend schwerer, sodass ich ihn kein Stück weiter anheben konnte. Da auch sein Handgelenk von einem Schlauch durchbohrt war, wollte ich nach seiner anderen Hand greifen, doch dann sah ich, dass ihm der linke Arm fehlte. Jetzt, ohne die dicke, gewölbte Glaswand zwischen uns, wirkte er älter als vorher, vielleicht so alt wie ich. In seinem verheerenden Zustand schwer zu sagen. Einen Moment lang verharrten wir Hand in Hand. Er wandte den Kopf, fletschte die Zähne und für einen kurzen Moment dachte ich, er wolle mich beißen. Ich war drauf und dran, ihm meine Hand zu entziehen, als er nach dem Schlauch schnappte, um sich mit einer ruckartigen Kopfbewegung davon zu befreien. Blut mischte sich mit der Flüssigkeit auf seinem Arm. Er blickte zu mir auf, und ich begann erneut zu ziehen. Ich war nicht stark genug, und der dünne Feuchtigkeitsfilm, der auf unseren ineinander verschränkten Händen lag, tat sein übriges. Ungefähr zwanzig Sekunden lang ragte er zur Hälfte aus dem Wasser, bevor er mir entglitt und zurück in den Tank rutschte. Er öffnete den Mund, als wollte er etwas sagen, doch alles, was ihm entwich, war eine blutig gefärbte Blase. Er griff erneut nach meiner Hand und hob den Blick, um mir in die Augen zu sehen. Ich ließ ihn los, machte auf dem Absatz kehrt und sprintete davon. Als ich mich umwandte, war er schon wieder unter die Oberfläche gesunken.

Ich brauchte nur ein paar Sekunden, um über die Plattform zur Leiter zurückzuhetzen, an deren Fuß ich einen Schraubenschlüssel hatte liegen sehen. Zurück auf dem Boden zählte ich die Tanks, bis ich endlich wieder bei seinem angelangt war. Er regte sich nicht mehr. Blut trat schwallartig aus seinem Mund und seinem Handgelenk. Die losen Schlauchtentakel um ihn herum hatten sich verheddert, und seine Augen waren geschlossen.

Es schien, als würde der Schraubschlüssel, den ich mit voller Wucht gegen die Glaswand donnerte, keinerlei Geräusch verursachen. Einige Sekunden passierte gar nichts. Dann, als hätte der Tank kurz den Atem angehalten, spie er seinen Inhalt mit ohrenbetäubendem Getöse aus und eine Welle aus Glas und Flüssigkeit warf mich nach hinten um. Im selben Moment, in dem ich auf dem Boden aufschlug, landete der Junge auf mir und presste mich mit seinem Gewicht auf die Scherben. Gemeinsam schlitterten wir durch die Dunkelheit und prallten gegen die Wand hinter uns, ein einziges Wirrwarr aus Gliedmaßen und Glas. Der Lärm hielt länger an, als ich es für möglich gehalten hätte. Die letzten riesigen gläsernen Bedienfelder wurden losgerissen und von der Flüssigkeit klirrend über den Boden befördert.

Endlich legte sich das Getöse, aber die Erleichterung währte nur kurz. Unmittelbar darauf ertönte ein Alarmsignal und es wurde hell im Raum. Streifen in der Decke verströmten dasselbe weiße Licht wie die Kugel in meiner Zelle, nur viel greller. Wahrscheinlich war es nicht nur die Gegenwart des nackten Jungen, sondern mindestens ebenso sehr das Licht und die Sirene, jedenfalls schaffte ich es, mich aufzurappeln. Der Junge erhob sich ebenfalls, zitternd, um dann gleich wieder nach hinten umzukippen. Ich packte ihn am Arm und zog ihn hoch. Noch während ich die näherkommenden Schritte vernahm, registrierte ich, wie seltsam es war, nach all den Jahren in den Verwahrungsräumen die Haut eines anderen Menschen zu spüren. Wir standen vor der Tür, durch die ich hereingekommen war. Ich hörte lauter werdende Stimmen vom anderen Ende der Kammer, durch zwei große Türen hindurch und sogar noch über das unnachgiebige Kreischen der Alarmanlage hinweg. Ich wandte mich nach dem Jungen um, der sich niedergekauert hatte und zwischen heftigen Hustenattacken keuchend nach Luft rang. Unmöglich, sich zu konzentrieren. Es war einfach zu laut. Die Alarmanlage, das Summen der Maschine, die näher kommenden Männer. Und unter all dem das Rauschen des Flusses. Ich versuchte, mich auf seinen Sog zu konzentrieren. Er zog genauso an mir wie damals die Strömung, wenn ich als Kind darin geschwommen war. Ich betrachtete das Netz aus Rohren über den Behälterreihen. Der zersprungene Tank sah wie ein ausgefallener Zahn aus. Am anderen Ende standen ein paar leere Gefäße. Leer nicht nur, weil keine Körper in ihnen schwammen, sondern auch, weil sich keinerlei Flüssigkeit darin befand. Als ich den Jungen halb zu der Glaskrone des zertrümmerten Tanks führte und zerrte, sah ich, dass der Fuß des Behälters im Wesentlichen aus einem Verschluss bestand, einem versiegelten, in den Boden eingelassenen Rohr, ungefähr so breit wie das Gefäß selbst. Ich stieg über senkrecht aufragende Glaszapfen in Richtung der Pfütze in der Mitte des zerschmetterten Tanks. Der Junge wehrte sich, doch ich zog ihn entschlossen hinter mir her, bis wir in den klirrenden

Überresten kauerten. Direkt vor uns erblickte ich zwei Hebel. Ich reckte den Arm über das scharfkantige Glas hinweg und bekam den ersten zu fassen. Als ich daran zog, stürzte ein Schwall klebriger Flüssigkeit aus einem Rohr hoch über unseren Köpfen auf unsere gekrümmten Gestalten herab. Ich presste die Lippen aufeinander und versuchte, meine Augen zu schützen. Der Junge hatte sich ganz klein gemacht, umgeworfen von der unerwartet über uns hereinbrechenden Flut. Ich griff nach dem zweiten Hebel und ignorierte, wie das Glas meinen Arm ritzte. Durch den Schleier der zähen Flüssigkeit sah ich, wie sich die Tür am anderen Ende der Kammer langsam öffnete. Ich spürte, wie sich der Hebel sperrte und sperrte und dann endlich nachgab. Der Boden unter unseren Füßen öffnete sich.

9

IM NACHHINEIN KAMEN mir all die Dinge in den Sinn, die hätten schiefgehen können. Wenn da zum Beispiel ein Gitter gewesen wäre. Oder wenn wir über das Entwässerungssystem nicht zurück zum Fluss gekommen wären. Wenn das luftleere Rohr länger gewesen wäre oder wir aus noch größerer Höhe in den Fluss gestürzt wären. Es war mir immer schon schwergefallen, zwischen Glück und Intuition zu unterscheiden, und ich konnte mir nie sicher sein, ob ich einen Fluchtweg nun erfühlt oder doch eher über ihn gestolpert war.

Innerhalb des Rohrs nahm ich irgendwann nur noch das drängende Bedürfnis wahr, Luft zu holen. Anfangs hatte mich die Geschwindigkeit des Falls, die Flüssigkeit, die uns in einem rasanten Rutsch nach unten beförderte, berauscht. Bald jedoch hatte die schiere Notwendigkeit, Atem zu schöpfen, jeden anderen Gedanken verdrängt, sogar meine Angst vor dem geschlossenen Raum um mich herum und den scharfen Verbindungsstücken in den Kurven. Dann, ganz plötzlich, veränderte sich unsere Umgebung. Wir befanden uns im freien Fall. Zwischen dem Ende des Rohrs und dem tiefen Teich, in den wir eintauchten, mussten gut sechs Meter gelegen haben, doch selbst in diesem Moment übertrumpfte die Wonne, endlich wieder Luft zu bekommen, jegliche Angst. Als ich auf den Körper des Jungen prallte, durchfuhren mich Schmerz und Erleichterung. Beim Auftauchen erkannte ich die Umrisse seines Kopfes in ein paar Metern Entfernung. Mit jedem hektischen Hieb seines Arms lief ein Zucken durch seinen Körper, aber irgendwie schaffte er es, sich über Wasser zu halten.

Es war gerade hell genug, um schemenhaft unsere Umgebung zu erkennen. Wir befanden uns in einer riesigen Grotte, in die in einiger Entfernung durch eine breite Öffnung an der Decke Licht einfiel. Hoch über uns ragten Rohre aus der Felswand, auch das, aus dem wir gerade eben herausgeschossen waren. In einigen hörte man Wasser rauschen, aus anderen fielen in unregelmäßigen Abständen Tropfen in den Teich, wo der Junge und ich immer noch im Wasser strampelten. Der Fluss schien hier entlangzufließen und sich zwischenzeitlich zu dieser Höhle zu verbreitern. Flussaufwärts wurde es immer dunkler, auf der anderen Seite, fünfzehn Meter in die entgegengesetzte Richtung, führte der Fluss ins helle Tageslicht.

»Werden sie uns folgen?« Zum ersten Mal richtete er das Wort an mich. Ich war erstaunt, wie normal seine Stimme bei aller Atemlosigkeit klang. Sie schien nicht recht zu der im Tank schwebenden Gestalt zu passen, und auch nicht zu dem Schlauch, den ich gerade erst aus seinem Mund gerissen hatte. »Selbst wenn sie uns gesehen haben – gehen sie das Risiko ein?«, fragte er weiter.

Ich nickte, bevor mir klar wurde, dass er mich vermutlich kaum sehen konnte. »Sie wissen, dass wir überlebt haben. Oder zumindest, dass *ich* überlebt habe. Wegen meinem Zwilling.«

»Den haben sie auch?«

»So was in der Art.« Ich warf einen Blick auf die geifernden Münder der Rohre. »Sie werden kommen. Wenn nicht durch die Rohre, dann auf einem anderen Weg. Sie kennen sich aus. Sie haben die Leitungen selbst gelegt.«

Unbeholfen schwamm der Junge zum Teichufer, hin zur Öffnung der Grotte und zum Licht.

»Stopp«, rief ich. »Sie sind zu schnell, und abgesehen davon werden sie flussabwärts nach uns suchen.«

»Dann müssen wir eben vom Fluss weg. Komm!«

»Nein. Sie sind in der Überzahl, und sie sind zu schnell. In ungefähr zehn Minuten werden sie hier sein.«

Er war im seichten Teil des Teichs angekommen. Das Wasser reichte ihm gerade noch bis zur Taille. Er sah mich an. Sein dürrer Oberkörper leuchtete bleich in der Dunkelheit. »Ich gehe nicht zurück. Ich bleibe doch nicht hier bei dir, nur, um mich dann fangen zu lassen.«

»Ich weiß. Aber es gibt noch einen anderen Weg.«

Er blieb stehen. »Du kennst diesen Ort hier?«

»Ja.« Ich konnte ihm nicht erklären, warum. Wie seltsam präsent der Lauf des Flusses in meinen Gedanken war und wie intensiv ich seine reißende Strömung und jede einzelne Verzweigung kannte. Hier, in der Grotte, wo unsere Stimmen seltsam verzerrt von den Felswänden zurückgeworfen wurden, fragte ich mich, ob mein Seherinnenhirn nicht vielleicht genauso funktionierte: Irgendein stummes Signal aus der Welt um mich herum hallte zu mir zurück, um mich Pfade und Ritzen erspüren zu lassen.

»Sie rechnen damit, dass wir die Höhle verlassen und flussabwärts flüchten«, sagte ich. »Gehen wir hingegen flussaufwärts, wird sich uns ein neuer Weg auftun. Grotten, die durch den Berg hindurchführen und ein weiterer Flussarm.«

Zweifelnd blickte der Junge in die Richtung, die ich ihm gewiesen hatte, wo der Fluss, weitab von jedem Licht, wie aus dem Nichts herauszufließen schien – aus den Tiefen der schwarzen rissigen Höhlenwände.

»Bist du sicher?«

Bedächtig sog ich den Atem ein, schloss die Augen und

fragte mich, wie ich ihn von etwas überzeugen sollte, das selbst in meinen Ohren nebulös klang. Als ich Wasser spritzen hörte, öffnete ich die Augen wieder und sah, wie er zu mir zurückgeschwommen kam.

»Du hast mich bereits so weit gebracht«, sagte er.

Während ich auf ihn wartete, fixierte ich den Spalt im Dach und den schmalen Lichtstrahl, der auf das Wasser fiel. In diesem Moment entdeckte ich sie, Knochen, die in dem trüb erleuchteten Streifen direkt vor mir trieben. Ich konnte bis auf den Grund des Teiches sehen, sämtliche Gebeine, die sich dort angesammelt hatten. Eine Knochenhand ragte wie die eines toten Bettlers zu mir empor. Ein Schädel lag verkehrt herum auf dem schlammigen Untergrund, ein Gefäß ohne Kiefer, zum Teil mit Sand gefüllt. Er war klein, nur ungefähr halb so groß wie die anderen. Der Schädel eines Babys.

Der Junge, der meinen erstickten Schrei hörte, folgte meinem Blick. Einen Moment lang dachte ich, er würde sich übergeben. »Du lieber Himmel«, sagte er. »Scheint, als wären wir nicht die ersten gewesen, die aus den Tanks gespült wurden.«

»Nein. Aber die ersten, die noch gelebt haben.« Krampfhaft strampelnd hielt ich mich über Wasser, während ich gleichzeitig versuchte, meine Beine so weit wie möglich anzuziehen, weg von dem, was bedrohlich unter uns dümpelte. Als mich der Junge endlich erreicht hatte, glich er sich meinem Tempo an, auch wenn ihn das einarmige Schwimmen etwas unkoordiniert und kurzatmig machte.

Am anderen Ende der Grotte war das Wasser aufgewühlt, weil der Fluss tief unter uns aus einem Spalt in der Felswand in die Grotte floss. Die Dunkelheit war nicht so allumfassend wie zunächst gedacht. Irgendwo unter der Wasseroberfläche konnten wir einen trüben Lichtschein ausmachen. Ich sah ihn an. »Du kannst gut genug schwimmen, oder?«

Er musterte den tiefen Teich, in den uns die Rohre katapultiert hatten. »Das fragst du jetzt?«

Die Strömung war derart stark, dass wir uns an einem zerklüfteten Felsen festhalten mussten, um nicht mitgerissen zu werden. Mit einem Mal hörte ich noch etwas anderes über das reißende Wasser hinweg. Aus der Grottenöffnung und den Rohren über uns drang ein Scheppern, dann das Geräusch von Hufgetrappel auf Schiefer. Ich hasste die Vorstellung, unterzutauchen und den Knochen noch näher zu kommen. Doch genau in diesem Moment tauchten die Silhouetten von Männern auf Pferden in der erleuchteten Öffnung auf der anderen Seite der Höhle auf. Der Junge und ich holten tief Luft und überließen uns einmal mehr den Fluten.

Hatte uns die Kraft des Wassers in den Rohren vorangetrieben, so mussten wir jetzt dagegen ankämpfen. Der Spalt, durch den sich der Fluss einen Weg durch den Berg bahnte, lag einige Meter tief. Als ich mich gegen die Strömung stemmen wollte, drückte sie mich zurück. Ich musste geradezu hysterisch treten und strampeln, um zu dem engen Tunnel zu gelangen, der auf direktem Weg ins Licht führte. Die gegen mich arbeitende Strömung trieb mich an die Decke des schmalen Spalts, wo mir der Fels unbarmherzig die Haut aufschürfte. Trotz der angreifenden Wassermassen riss ich die Augen auf. Plötzlich war die Felsdecke über mir verschwunden, und ich stieß in hell erleuchtetes Gewässer vor. Wenige Schwimmzüge später tauchte ich auf.

Er war nicht da. Ich blickte nach unten, doch die Dunkelheit, der ich soeben entkommen war, gab nichts preis. Ich verfluchte mich, während ich mich strampelnd nach allen Seiten umsah. Wie hatte ich nur glauben können, der Junge würde es in einem derart geschwächten Zustand und mit seinem unbeholfen fuchtelnden Schwimmstil durch den Tunnel schaffen? Ich hatte mich so sehr auf meine Sinne konzentriert, auf meine nicht fassbaren Instinkte, die mich zu dieser zweiten Grotte geführt hatten, dass ich vergessen hatte, meine Augen zu benutzen. Ich hatte nicht registriert, wie zerbrechlich er war mit seinem schwächlichen Arm, wie bleich und wie erschöpft von der Zeit im Tank. Doch es blieb mir nichts anderes übrig, als auf ihn zu warten.

Hier sah es ähnlich aus wie in der ersten Grotte, doch während letztere eine Öffnung gehabt hatte, einen Mund, der zu einer dahinter verborgenen Welt führte, war diese hier nach allen Seiten hin abgeschlossen. Nur durch eine schräge Öffnung ungefähr zwei Meter über mir drang etwas Licht. Von ein paar Stalaktiten fielen schwere Tropfen ins Wasser, welche die Stille durchdrangen. Sie hielten Schritt mit den verstreichenden Sekunden, in denen ich ängstlich ausharrte. Er konnte unmöglich so lange den Atem anhalten. So viel Luft konnte sich in seiner knochigen Brust doch gar nicht angesammelt haben.

Er erschreckte mich zu Tode, als er urplötzlich in ungefähr einem Meter Entfernung von mir auftauchte. Japsend und keuchend rang er nach Luft, er verschlang sie geradezu. In seinem Gesicht zeichnete sich dieselbe Panik ab wie ich sie vorhin durch die Glaswand des Tanks gesehen hatte. Er hustete und fluchte noch immer, als wir uns mit letzter Kraft auf den Felsvorsprung hievten, der um eine Seite der Grotte herumführte. Überall lagen spitze, scharfkantige Steine. Trotzdem war es ein Segen, dem nicht abreißenden Sog der Strömung zu entkommen. Bis dahin hatte ich nicht wahrgenommen, wie kalt das Wasser eigentlich war.

Als wir nebeneinander auf den Stein sanken, sah ich, dass auch sein Körper Narben von unserer abenteuerlichen Flucht davongetragen hatte. Er fing meinen Blick auf, als ich die Schürfwunden und Schnitte auf seinem Rücken und den Schultern betrachtete, und ich rief mir einmal mehr in Erinnerung, dass er nackt war. Rasch wandte ich mich ab.

Während wir dalagen, um zu Atem zu kommen, und das Licht fixierten, das durch das kuppelförmige Dach einströmte, wurde ich mir meines eigenen Körpers schmerzlich bewusst. Nach vier Jahren in den Verwahrungsräumen hatte ich ihn nicht länger als etwas Gegenständliches, für andere Sichtbares wahrgenommen. Ich war neunzehn gewesen, als man mich gefangen genommen hatte. Sahen meine Brüste jetzt, vier Jahre später, noch so aus wie damals? Und was war mit meinem Gesicht, das ich in all der Zeit kein einziges Mal gesehen hatte? Auf einmal schien meine bleiche Haut ein eigenartiges Kostüm zu sein, und auch wenn er derjenige war, der nackt neben mir lag, fühlte ich mich auf eine seltsame Art entblößt. Doch ich hatte keine Zeit, länger darüber nachzudenken. Als er die Augen schloss, rüttelte ich ihn sanft an der Schulter. »Die Männer wissen nichts von diesem Ort und werden als Erstes flussabwärts nach uns suchen. Trotzdem könnten sie uns hier aufspüren. Wir müssen weiter.« Ich streifte mir die Schuhe ab und wrang sie gründlich aus.

»Bitte sag mir, dass wir nicht noch so einen Stunt hinlegen müssen wie gerade eben.«

Lächelnd schüttelte ich den Kopf. »Kein Schwimmen mehr, versprochen. Fürs erste zumindest.« Ich war aufgesprungen. »Aber ich hoffe, du hast nichts gegen dunkle Gänge.«

Eigentlich war er derjenige, der uns führte. Er war noch etwas wackelig auf den Beinen, aber er konnte im Halbdunkeln besser sehen als ich. Als wir unterhalb des Ganges standen, hangelte ich mich einen Vorsprung entlang und kletterte dann ein paar Meter nach oben, wo ein zerklüfteter Fels den Eingang verbarg. Bevor ich eintrat, schloss ich die Augen und legte meine Stirn an den feuchtkalten Stein. In Gedanken tastete ich mich den schmalen Pfad entlang.

»Du kannst unmöglich schon hier gewesen sein.«

Ich öffnete die Augen, sah ihn an und schüttelte den Kopf.

»Trotzdem weißt du, wo wir hinmüssen.« Es war keine Frage, aber ich nickte trotzdem.

»Ich habe mir schon gedacht, dass du eine Seherin bist. Du siehst so perfekt aus.« Pause. »Also, nicht perfekt, aber ... Ich meine, du wurdest gebrandmarkt, aber ich wüsste nicht, was mit dir nicht stimmen sollte ...«

Schnell trat ich in die Dunkelheit des Ganges, um dem peinlichen Moment ein Ende zu bereiten.

Obwohl ich den Sog des Tunnels spürte, die Richtung, in die er mich ziehen wollte, kamen wir nur im Schneckentempo und in geduckter Haltung vorwärts. Hin und wieder stieß ich mit dem Kopf gegen einen vorstehenden Stein. Als ich laut fluchte, übernahm der Junge die Führung und warnte mich, wenn die Decke niedriger wurde, sodass wir endlich an Tempo zulegten. Es war nicht überall gleich finster. An einigen Punkten verzweigte sich der Tunnel in schmale Kanäle und Ausbuchtungen, durch die von oben schwaches Licht hereinfiel. Nach ungefähr einer Stunde blieben wir stehen und lehnten uns an die Wand des Gangs. Im trüben Lichtschein sahen wir Werkzeugspuren an den pockigen Wänden.

»Wahrscheinlich sind wir die ersten Menschen, die seit dem Vorher hierhergekommen sind.« Ich strich über die löchrige Felswand.

»Die Spuren stammen aus dem Vorher?«

Ich schüttelte den Kopf. »Sie dürften sogar noch älter sein.«

»Wie meinst du das?«

»Älter als das Vorher.«

Im Gegensatz zur Dunkelheit war das Schweigen allumfassend. Das Fehlen von Geräuschen in diesem Tunnel wog schwerer als jede Stille, an die ich mich erinnern konnte.

Irgendwann räusperte sich der Junge: »Äh ... Ich hätte es

wohl schon eher sagen sollen … Danke. Du hättest mich nicht aus dem Tank befreien müssen.«

»Doch, das musste ich.«

»Schön, dass du es so siehst. Ich kann mir nicht vorstellen, dass irgendjemand sonst Lust gehabt hätte, sich die Flucht von einem Fremden erschweren zu lassen. Noch dazu einem *nackten* Fremden.«

Ich lachte entwaffnet. »Dagegen sollten wir etwas unternehmen.« Ich zog den durchnässten Pullover aus, den ich über meinem Hemd und der Hose trug, reichte ihn an ihn weiter und drehte mich dann unsinnigerweise um. Als ich ihn wieder ansah, trug er den Pulli wie eine Art Rock. Er hatte die Ärmel um die Taille geschlungen und der Bund hing bis auf seine Oberschenkel herab.

»Wir sollten weitergehen«, sagte ich. Ich ließ ihn erneut vorangehen und presste mich an die Wand, als er sich an mir vorbeidrängte. »Ich weiß nicht mal, wie du heißt!«, rief ich ihm hinterher.

»Geht mir genauso.«

»Cass.«

»Nein, ich meine, ich habe auch keine Ahnung, wie ich heiße.« Er bog einige Meter vor mir in einen schmalen Gang, auf den ich vorher gedeutet hatte.

»Im Ernst?«

»Ja, so verschwiegen bin ich nicht. Wenn ich meinen Namen wüsste, würde ich ihn dir sagen. Außerdem macht es eh nicht viel Sinn, einer Seherin etwas zu verheimlichen.«

»So funktioniert das nicht. Ich kann keine Gedanken lesen. Ich kann Dinge nur erspüren. Manchmal geht es um Orte, manchmal um Menschen, aber es folgt keiner Regel.«

»Wie schade.«

»Schade? Die meisten Leute sind nicht gerade wild darauf, dass ich etwas über sie in Erfahrung bringe.«

»Ich dachte, du könntest mir etwas über mich erzählen. Etwas, das ich vergessen habe.«

»Kannst du dich wirklich an gar nichts erinnern?«

»An nichts vor dem Tank.«

Ich blieb stehen. »Nicht mal an deinen Zwilling?«

»Nein, an gar nichts.«

10

IN DEN TUNNELN verloren wir jedes Zeitgefühl. Ich wusste nur, es war lange her, dass wir an einem Lichtschacht vorbeigekommen waren, und noch viel länger, seit ich etwas gegessen oder getrunken hatte. Ich versuchte, Hunger und Durst zu ignorieren, mich langsam vorzutasten und von der niedrigen Decke und den schmaler werdenden Wänden des Gangs fernzuhalten, die immer wieder über die Wunden auf meinem Rücken und meinen Armen schrammten. Nach all den Jahren in der Zelle strengte mich sogar das Gehen an. Mein Atem ging flach, und meine Brust schien mindestens so eng wie die Tunnel. Dem Jungen setzte die Anstrengung noch mehr zu, immer wieder geriet er ins Straucheln. Aber wenigstens der Weg war einigermaßen unkompliziert. Die paar Male, die wir an eine Gabelung kamen, zögerte ich nur kurz, ehe ich mich für eine Richtung entschied. Ich hatte das Gefühl, als seien wir stundenlang bergauf gegangen, bis die Steigung endlich nachließ, und ich schlug vor, Rast zu machen.

»Ich könnte ein bisschen Schlaf vertragen«, stimmte er zu. »Aber nur kurz.«

»Schätze, die Chancen, dass wir stundenlang selig durchschlafen, stehen sowieso schlecht.« Er fegte ein paar Steine zur Seite. »Ist dir kalt?«

»Nicht besonders«, log ich. In Wirklichkeit war es stetig kälter geworden, während wir immer tiefer in die Tunnel vorgedrungen waren.

Wir lagen dicht beieinander, ohne uns zu berühren.

»Hast du Angst?«

Ich dachte einen Moment nach. »Ja. Ich habe Angst, dass sie uns kriegen oder dass wir uns verirren und für immer hier festsitzen. Aber genaugenommen wäre das auch nicht schlimmer als vorher.«

»Du warst noch nie in einem dieser Tank-Dinger, oder?«

»Nein. Nur in einem geschlossenen Raum.« Wieder rief ich mir die Behälter mit der trüben Flüssigkeit in Erinnerung. Selbst beim Gedanken an meine Zeit in der Zelle – an das Gefühl, wie der Wahnsinn seine Klauen nach mir ausgestreckt hatte, an die Enge und die Hoffnungslosigkeit –, erschien mir mein Leid geradezu unbedeutend im Vergleich zu dem, was er hatte ertragen müssen.

Eine Weile war es still. »Was ist mit dir?«, fragte ich schließlich. »Hast du Angst?«

»Na ja, ich kann nicht unbedingt behaupten, dass ich diese Höhlen-Geschichte hier genieße, aber ich habe trotzdem nicht so viel Angst, wie es wahrscheinlich angebracht wäre. Es fühlt sich irgendwie … neu an, aus dem Ding befreit zu sein.«

»Was sollen wir tun, wenn wir hier rauskommen?«

»Keine Ahnung. Aber auch das ist irgendwie okay. Es hat eine gewisse Symmetrie. Also, für mich zumindest. Ich weiß nicht, was bislang passiert ist, und ich habe keinen Schimmer, was als Nächstes passieren wird.«

»Sie werden nicht aufhören, nach uns zu suchen.«

Er seufzte und rollte sich auf die Seite. »Was mich und meine Vergangenheit betrifft, können sie nicht neugieriger sein als ich selbst.«

Wir schliefen ungefähr eine Stunde, ehe ich ihn weckte und zum Weitergehen zwang. Er hatte Schwierigkeiten, gegen die Erschöpfung anzukämpfen. Ich wiederum konnte mir nicht mal ansatzweise vorstellen, was das alles mit ihm angerichtet haben musste – seine Zeit im Tank, die plötzliche Befreiung … Sein Körper schien sich selbst nicht mehr zu kennen. In den ersten Stunden hatte er sich wie ein Betrunkener bewegt. »Lass uns schlafen«, wiederholte er alle paar Stunden, und in der merkwürdigen Zeitlosigkeit des Tunnels bekam unsere Flucht etwas von einem Traum oder einem Delirium: aufwachen, laufen, schlafen, aufwachen, laufen, schlafen.

Als ich endlich wieder Licht in der Ferne sah, konnten mich nur meine schmerzenden Augen überzeugen, dass ich nicht halluzinierte. Dichtes Gestrüpp verdeckte die schmale Tunnelöffnung, aber die Sonnenstrahlen, die ihren Weg zu uns fanden, ließen auf helllichten Tag schließen. Nur wusste ich nicht, auf welchen.

Wir traten hinaus, die Augen gegen das grelle Licht zusammengekniffen, und fanden uns auf einer steilen Böschung wieder, die zu einem breiten, reißenden Fluss hinabführte. Ich verfluchte die dornigen Sträucher vor dem Eingang der Höhle, durch die wir kriechen mussten, aber als ich die beinahe riesenhaft wirkenden Beeren an ihren Zweigen entdeckte, war ich rasch versöhnt. Ich pflückte sie so gierig und achtete dabei so wenig auf die Dornen, dass ich kaum noch zwischen dem Blut an meinen Händen und dem Beerensaft unterscheiden konnte.

Der Junge aß ebenfalls. Doch plötzlich wandte er mir den Rücken zu, stützte sich mit dem Arm gegen einen Felsen und erbrach sich.

»Zu schnell gegessen?«, fragte ich.

Er wischte sich über den Mund. »Tut mir leid. Es muss eine ganze Weile her sein. Ich meine, ich weiß, dass du auch schon lange nichts mehr zu essen bekommen hast, aber bei mir war dieser Schlauch …«

Ich nickte. »Du hast keine Ahnung, wie lange du da drinnen warst, oder?«

Er blickte an sich herab. Er war dünn, aber nicht abgemagert – im Jahr der ausbleibenden Ernte hatte ich in der Siedlung Omegas gesehen, die schlimmer ausgesehen hatten. Sein hellbraunes Haar reichte ihm bis auf die Schultern, und im grellen Sonnenlicht hatte seine Haut die Farbe von Gebeinen angenommen. Unter dem Netzwerk aus Sehnen und geschwächten Muskeln zeichnete sich sein Knochengerüst ab.

»Lang genug, um meine gesunde Bräune zu verlieren«, erwiderte er. »Wenn ich denn je eine hatte.«

Wir hielten uns so lange am Eingang der Höhle auf, dass er es noch mal in aller Ruhe mit dem Essen probieren konnte. Und tatsächlich behielt er sogar einige Beeren bei sich. Da auch unser Durst gestillt werden wollte, wagten wir den gefährlichen Abstieg zum Ufer. Dornen verhakten sich in unseren Kleidern und zerkratzten unsere Haut. Aber immerhin war es hier wärmer, in der Sonne sogar heiß.

Diesmal ließ der Junge mehr Vorsicht walten. Mit der hohlen Hand schöpfte er Wasser aus dem Fluss, um es schluckweise zu trinken, während ich auf alle viere sank und mich über den Wasserlauf beugte.

»Sind wir, vom Beginn des Tunnels gesehen, flussabwärts gelandet? Werden Sie uns hier nicht suchen?«

Ich schüttelte den Kopf. »Das hier ist nicht mehr derselbe Fluss. Er verzweigt sich flussaufwärts von Wyndham und verläuft dann entlang der anderen Gebirgsseite. Wir haben den Berg sozusagen durchquert.«

»So ist das also, wenn man eine Seherin ist? Ich meine, nicht dass ich nicht dankbar wäre. Es kommt mir nur komisch vor. Ich dachte, du könntest vielleicht meine Gedanken lesen, aber wie's aussieht, ist Erdkunde eher dein Ding.«

Ich grinste kopfschüttelnd. »Tut mir leid, wenn ich dich enttäuschen muss. Aber ich sehe nicht nur Orte, obwohl mir das in der Tat am besten gelingt. Normalerweise bekomme ich auch einen ziemlich guten Eindruck von den Gefühlen anderer Menschen und von der Zukunft. Aber das macht keinen wirklichen Unterschied – ich *fühle* lediglich, was da ist. Beispielsweise konnte ich sehen, dass wir flussaufwärts auf die Höhle stoßen würden und dann auf den Tunnel. Ich konnte es nur erspüren, weil das alles tatsächlich existiert.«

»Aber die Zukunft existiert doch noch nicht. Das ist nicht das gleiche wie ein Fluss, der immer schon da war.«

»Ich weiß. Geschehnisse existieren noch nicht, aber das werden sie und deshalb kann ich sie wahrnehmen. Man darf es sich nicht als Visionen vorstellen. Mir kommt es eher vor wie … Erinnerungen. Als würde ich mich aus der Zeit ausklinken. Ich kann mich an Dinge erinnern, die noch nicht passiert sind, nur funktioniert das nicht immer gleich gut. Manchmal kann ich etwas Unbedeutendes vorhersagen und übersehe dabei die großen Ereignisse. Und dann ist es wieder genau andersherum.«

»Kannst du dich erinnern, was uns als Nächstes passiert?«, fragte er, während er sich zurücklehnte und seine Füße ins Wasser baumeln ließ.

»Nicht so richtig. Es funktioniert ja auch nicht immer. Manchmal fällt es mir schwer zu unterscheiden, ob etwas einfach nur logisch ist, eine gute Idee, oder wieder so ein Seher-Ding. Jetzt zum Beispiel denke ich, wir sollten uns flussabwärts treiben lassen. Aber das erscheint mir einfach nur vernünftig – denn hier kommen wir wohl kaum weiter durch.« Ich deutete auf das dichte, hoch gewachsene Gestrüpp zu beiden Seiten der Uferböschung. »Außerdem können wir uns so nicht verirren und nicht von Hunden aufgespürt werden.«

Er seufzte. »Als du mich aus dem Tank geholt hast, dachte ich, ich müsste fürs erste nicht mehr in irgendwelchen Flüssigkeiten treiben.«

»Tut mir leid.«

»Ich nehme an, wir haben keine Zeit, uns kurz aufs Ohr zu legen?«

Lachend stand ich auf. »Der Nachbar in unserem Dorf hatte einen alten Schäferhund, der den lieben langen Tag schlafend vor der Haustür lag. Er hieß Kip. So werde ich dich von jetzt an nennen. Und nein, zu schlafen können wir nicht riskieren. Wir waren sowieso schon zu lange hier.«

Im Gegensatz zum Fluss bei Wyndham war das Wasser hier von einem satten torfigen Rotbraun. Gemeinsam wateten wir hinein. An den seichten Rändern war es wärmer, aber als wir uns zur Mitte vorgearbeitet hatten, ließ uns die Kälte des rasch fließenden tiefen Gewässers erschaudern.

»Was hältst du davon?«

Er zog eine Augenbraue hoch. »Im Idealfall würde ich wärmere Temperaturen bevorzugen.«

»Nein, ich meine von dem Namen.«

Er grinste, drehte sich flussabwärts und ließ sich rückwärts ins Wasser sinken. Als er mit dem Strom davontrieb, rief er mir zu: »Da du mich aus dem Tank geholt hast, darfst du mich nennen, wie du willst!«

Eigentlich hatte ich gedacht, wir würden gemächlich vor uns hintreiben, aber leider meinte es der Fluss nicht so gut mit uns. An manchen Stellen war er so seicht, dass wir auf wunden Füßen über flache Stromschnellen und glitschige Schiefersteine waten mussten. Dann wieder wurde er so tief und reißend, dass wir ans Ufer schwammen und uns die steile Böschung entlanghangelten, bis er wieder ruhiger floss. Kip stürzte zweimal und konnte sich gerade noch an einer Wurzel oder einem Felsbrocken festhalten, um der Unberechenbarkeit der Strömung zu entgehen. An manchen Abschnitten, wo das Ufer flach und grasbewachsen war, gingen wir zu Fuß, wobei ich peinlich genau darauf achtete, dass wir regelmäßig die Flussseite wechselten, um nirgends eine durchgehende Spur zu hinterlassen. Immer wieder stießen wir auf dornige Beerensträucher, und an der Unterseite eines über den Fluss ragenden Baumstamms entdeckte Kip ein paar Pilze, deren ranziger Geschmack uns nicht davon abhielt, sie gierig zu verschlingen.

Am späten Nachmittag schlug er vor haltzumachen. »Wenn wir an Land gehen, solange die Sonne noch scheint, trocknen unsere Kleider vielleicht noch.«

Ich sah ihn an. Er hatte die Kiefer aufeinandergepresst, um ein Zittern zu unterdrücken. »Gute Idee.«

Die Landschaft war mit der Zeit karger geworden. Die dichten Sträucher am Ufer waren flachem Grasland gewichen, auf dem nur vereinzelt Bäume wuchsen, und ich hatte mich im Fluss zunehmend exponiert gefühlt. Ich führte ihn die Böschung hinauf. An einigen Stellen kam ich nur weiter, indem ich mich an den Wurzeln hochzog, die sich an die beinahe senkrecht verlaufende Steigung klammerten. Unter mir hörte ich, wie Kip immer wieder abrutschte und fluchte, aber er blieb dicht hinter mir. Wenig später entdeckte er den Pfad, der, wenn auch alles andere als ausgetreten, gut sichtbar am oberen Rand der Böschung verlief. Schweigend stiegen wir zu einem Felsvorsprung hinab, der von darüber wachsenden Baumwurzeln verdeckt wurde. Von besagtem Pfad aus konnte man uns jetzt nicht mehr sehen. In unserem zerlumpten Zustand hätten wir nicht nur bei unseren Verfolgern Aufmerksamkeit erregt.

Mir fiel auf, dass Kips Rücken von der Sonne gerötet und mit Kratzern und Schnitten übersäht war. Als er mich dabei ertappte, wie ich seine wunden Schultern betrachtete, sagte er: »Du bist auch nicht gerade ungeschoren davongekommen.« Er deutete auf die Blutergüsse und Schrammen auf meinen eigenen verbrannten Schultern. »Wir geben beide keinen allzu schönen Anblick ab.«

»Du solltest nicht in die Sonne gehen.«

»Mein Teint ist mein geringstes Problem. Gefangenschaft und Folter: ja. Sonnenbrand: nicht wirklich.«

»Für jemanden, der sich mit solchen Gedanken rumschlägt, klingst du ziemlich fröhlich. Hast du keine Angst?«

Er lächelte. »Angst wieder zurückzumüssen? Nein.« Er lächelte immer noch, doch sein Blick richtete sich auf die Schlucht unter uns, auf den in der Tiefe rauschenden Fluss. »Ich würde niemals dahin zurückkehren. Auch nicht, wenn sie uns aufspüren sollten – eher springe ich.«

Obwohl wir eng aneinandergedrängt auf dem schmalen Felsvorsprung kauerten, ging die anbrechende Dunkelheit mit einem Gefühl von Anonymität einher und erleichterte uns das Reden. Ich erzählte Kip von den Verwahrungsräumen und der Zeit davor – den sechs Jahren in der Siedlung und meiner Kindheit im Dorf.

»Tut mir leid, bestimmt rede ich zu viel.«

Ich spürte sein Schulterzucken. »Tust du nicht, ich selbst habe ja nicht gerade viele Geschichten, die ich mit dir teilen könnte.« Und wirklich, das Fehlen einer eigenen Vergangenheit machte ihn geradezu gierig darauf, alles über meine zu erfahren. Immer wieder ermunterte er mich zum Sprechen und stellte Fragen, besonders über Zach.

»Bestimmt ist das am seltsamsten«, sagte ich. »Ich meine, es ist natürlich alles seltsam, aber am sonderbarsten muss es sein, sich nicht an seinen Zwilling erinnern zu können.«

»Stimmt. Der Rest … ja, der ist natürlich auch wichtig. Allerdings habe ich den Eindruck, als wäre mir ein gewisses

Gespür für meine Identität geblieben, das durch die Tatsache, dass ich nicht weiß, wie und wo ich gelebt habe, nicht zu sehr beeinträchtigt worden zu sein scheint. Aber keine Ahnung zu haben, wer mein Zwilling ist, das ist eine riesige Lücke und gibt mir in letzter Instanz eben doch das Gefühl, mich selbst nicht zu kennen. Nicht richtig zumindest.«

»Ich kann mir nicht vorstellen, wie das ist. Als wäre man nur ein halber Mensch. Als hätte man einen Arm oder ein Bein verloren.« Schweigen. »Entschuldigung. Ich meinte nicht … Du weißt schon.«

Er lachte. »Ich weiß, wie du das gemeint hast. Aber du musst kein Mitleid mit mir haben. Obwohl du deinen Zwilling kennst, hat er sich aber auch nicht gerade als Segen erwiesen.«

»Richtig. Aber wäre er nicht er selbst, wäre auch ich nicht dieselbe. Ich kann mir genauso wenig eine andere Realität herbeiwünschen, wie du dir zwei Arme. Der Gedanke, Zach nicht zu haben, ist für mich schlicht unvorstellbar.«

»Ja, das ist wohl so. Und auch wenn mein Verstand meine Zwillingsschwester vergessen zu haben scheint, gilt das nicht für den Rest von mir. Wenn sie morgen von einem Karren angefahren wird, spielt es keine Rolle, dass ich nicht weiß, wer sie ist oder wo sie sich aufhält. Mein Körper wird sich verdammt schnell an sie erinnern.«

Eine Weile saßen wir schweigend da. »Glaubst du, sie ist wie dein Zwilling?«, fragte er schließlich. »Glaubst du, sie hat mich in diesen Tank gesperrt?«

Für einen Moment vergaß ich die Dunkelheit und schüttelte den Kopf. »Ich weiß es nicht. Könnte sein, dass sie mächtig ist und dich aus dem Weg haben wollte. Aber diese Tanks – die müssen doch wahrscheinlich erst mal eine Testphase durchlaufen haben, oder? Vielleicht hattest du einfach Pech und warst nur irgendwer, den sie sich dafür geschnappt haben.«

»Du warst nicht in den Tanks. Das könnte darauf schließen lassen, dass mein Zwilling nicht mächtig ist und keinen Einfluss hat.«

»Wäre dir das lieber?«

»Keine Ahnung. Es würde zumindest bedeuten, dass mir die Gefangenschaft nicht wissentlich angetan wurde. Dass es, wie du sagst, einfach Pech war.«

»Ich verstehe, was du meinst. Allerdings glaube ich, dass ich aus einem bestimmten Grund nicht in den Tanks war – weil sie mich zu ihrem Werkzeug machen wollten, weil sie wissen wollten, was ich in meinen Visionen sehe.«

»Glaubst du, Zach hätte dich in einen Tank sperren lassen, wenn du keine Seherin wärst?«

»Das hätte er so oder so getan«, antwortete ich. Mit einem Schaudern dachte ich an die Träume, die mich während meiner letzten Tage in der Zelle gequält hatten. »Bald schon.« Ich überlegte einen Moment. »Aber wäre ich keine Seherin, wäre ohnehin alles anders gelaufen. Man hätte uns gleich zu Anfang gesplittet, und er hätte nicht die ganze Zeit gegen mich kämpfen müssen, um zu beweisen, dass er ein Alpha ist. Die Sache hätte sich anders entwickelt. *Er* hätte sich anders entwickelt.«

»Also ist es deine Schuld? Weil du eine Seherin bist?«

»Das habe ich nicht gesagt. Es ist kompliziert.« Ich rückte ein Stück von ihm ab. »Wir sollten jetzt schlafen.«

Mit einem Schrei fuhr ich aus meinem Traum von der Beichtmutter hoch. In der Finsternis brauchte ich einen Moment, um zu begreifen, wo ich war. Kip, der hinter mir lag, versuchte mich zu beruhigen, der rauschende Fluss unter uns ein Widerhall seiner besänftigenden Laute.

»Entschuldige. Ich habe schlecht geträumt.«

»Alles okay. Du bist okay.«

Ich nickte in die Dunkelheit hinein. Allmählich ging mein Atem langsamer.

»Ich meine, du bist zwar auf der Flucht vor deinem Zwilling, der dir unter Garantie eine ganze Armee seiner Anhänger auf den Hals gehetzt hat, und du liegst mit einem halb nackten Fremden, der an Amnesie leidet, auf einem Felsvorsprung – aber abgesehen davon ist alles super.«

Ich lachte. »Danke für die aufmunternden Worte.«

»Immer gerne«, erwiderte er und rollte sich auf den Rücken.

Ich tat es ihm nach. Ich konnte die Baumwurzeln erkennen, die uns wie ein Dach nach oben hin abschirmten, dazwischen den Himmel, ein etwas helleres, mit Sternen gespicktes Dunkel. Und über all dem die allgegenwärtige Beichtmutter, ihren Verstand, der unablässig nach mir suchte. Das Gewicht ihrer forschenden Blicke schien den Nachthimmel auf mich herabzudrücken, mir die Luft zum Atmen zu nehmen. »Ich träume immer wieder von der Beichtmutter«, sagte ich schließlich. »Seit unserer Flucht. Schon im Gefängnis musste ich oft an sie denken und vor ihren Besuchen habe ich mich regelrecht gefürchtet, aber jetzt spüre ich sie ununterbrochen.«

»Glaubst du, sie sucht nach dir?«

»Ich weiß es sogar. Ich kann sie spüren – wie eine Art Bewusstsein, das nach uns forscht.«

Kip stützte sich auf den Ellbogen. »Und was genau hat dieses Bewusstsein bislang rausgefunden? Weiß sie, wo wir sind?«

»Nein, ich glaube nicht. Noch nicht. Aber sie hält nach uns Ausschau. Sie ist einfach … immer da.« Wieder musste ich an die Kammer denken, die ich bei unserem letzten Verhör flüchtig gesehen hatte, als ich mir ihre Fähigkeiten zu eigen gemacht und gegen sie gerichtet hatte. Diese Kammer voller Drähte – sie hatte sie genauso in ihren Gedanken versteckt wie ich die Insel. Die in ihr aufbrandende Wut hatte nur bestätigt, wie bedeutungsvoll der Raum sein musste. Aber wozu war er gut, und warum hatte die Beichtmutter ihn so wild entschlossen abgeschottet?

Ich spürte, wie Kip sich wieder hinlegte. »Bitte versteh mich nicht falsch. Ich bin durchaus dankbar für deine Seherei, aber beneiden tue ich dich darum wirklich nicht.«

Wer beneidete schon einen Seher? Die Alphas verabscheuten uns, die anderen Omegas begegneten uns mit Misstrauen. Am schlimmsten waren die Visionen. Immerzu musste ich mit Vergangenheits- und Zukunftssplittern kämpfen, die sich in meine Tage und Nächte bohrten und mich an meinem Platz im Zeitgefüge zweifeln ließen. Und um unsere gebrochenen Seelen waren wir erst recht nicht zu beneiden. Ich dachte an den verrückten Seher in Haven, an sein nie abreißendes Gemurmel.

»Was ist mit dir?«, fragte ich. »Hast du in den Tanks geträumt?«

»Ich kann mich nur an Bruchstücke erinnern, aber ich habe mir die ganze Zeit gewünscht, dass es ein Traum wäre, aus dem ich jeden Moment erwachen könnte. Die meiste Zeit war ich bewusstlos und bin immer nur kurz zu mir gekommen. Aber auch im Traum habe ich den Tank gesehen, und wenn ich dann aufgewacht bin, war ich immer noch genau dort, am selben Fleck.« Er hielt inne. »Jetzt hingegen ist Schlaf etwas Wunderbares – da ist einfach gar nichts.«

»Warum glaubst du, warst du als Einziger wach?«

»Keine Ahnung. Und ich war es ja wie gesagt auch nicht die ganze Zeit. Aber wenn, dann hat es sich nicht wie richtiges Wachsein angefühlt. Ich konnte mich schlecht bewegen und da es meistens dunkel war auch kaum etwas sehen. Manchmal, wenn ich ganz dicht an die Glaswand herangetrieben wurde, habe ich schemenhaft die anderen Tanks erkannt und hin und wieder sogar die Menschen darin.« In der Nähe gurrte eine Taube. Nach einer Weile sagte er: »Du hast mir Angst eingejagt, als du vorhin schreiend aufgewacht bist. Das ist wohl der Nachteil am Dasein einer Seherin – die schlimmen Visionen scheinen zum Gesamtpaket dazuzugehören.«

»Du hast mir auch Angst eingejagt, als ich dich das erste Mal gesehen habe. Beziehungsweise war einfach die ganze Situation grauenerregend. Als du die Augen aufgeschlagen hast, hätte ich beinahe losgeschrien.«

»Das wäre auch schon egal gewesen. Du hast genug Lärm gemacht, als du den Tank zerschmettert hast.«

Ich lächelte und drehte meinen Kopf, sodass ich ihm ins Gesicht sehen konnte. Über der Felswand am gegenüberliegenden Ufer zog bereits die Morgendämmerung auf.

»Schlaf noch ein bisschen.« Er streckte die Hand aus, strich mir eine Haarsträhne aus dem Gesicht und rollte sich dann auf die andere Seite. Ich schloss die Augen. Nach der Einsamkeit in der Zelle war es schön, seinen Atem zu hören, der nicht ganz im Einklang mit meinem ging.

11

DIE NÄCHSTEN ZWEI TAGE folgten wir dem Pfad weiter flussabwärts. Am ersten Tag hörten wir näherkommende Reiter. Und wieder hätte ich nicht sagen können, was zuerst da gewesen war, meine Unruhe oder das entfernte Hufgetrappel. Eilig kletterten wir das Ufer hinab. Es war steil und der Fluss unter uns voller Steine und Stromschnellen, aber für Vorsicht blieb keine Zeit. Wir klammerten uns an einen Felsvorsprung, den ein umgestürzter Baum darüber verbarg. Vorbeidonnernde Hufe wühlten Schlammbrocken und Blätter auf. Noch lange, nachdem der Lärm verebbt war, rührten wir uns nicht vom Fleck.

Auch am darauffolgenden Tag waren Pferde in der Ferne zu hören, doch diesmal gab es um uns herum keine Felsvorsprünge, die uns hätten Schutz bieten können. Steile Abhänge waren grasigen Böschungen gewichen, die sanft zum gemächlich plätschernden Fluss hin abfielen. Es gab kaum eine Möglichkeit, sich zu verstecken, aber wenigstens konnten wir die näherkommenden Hufe besser hören. Sie waren nicht mehr weit weg, wahrscheinlich nicht mal ein paar Hundert Meter, und uns verbarg nichts als die Biegung des Flusses. Für Absprachen blieb keine Zeit. Wir sprinteten so schnell los, dass uns das lange drahtige Gras in die Knöchel schnitt. Just in dem Moment, als die Pferde um die Kurve preschten, warfen wir uns hinter ein paar Büsche. Wir spähten durchs Blätterdickicht und sahen zu, wie die drei Reiter ihr Tempo drosselten und sich dem Fluss näherten. Kips Griff um meinen Arm wurde fester. Ich spürte seinen Körper an meinem, wie er zitterte.

Die Männer waren so nah, dass ich die Erschütterung wahrnahm, als sie von ihren Pferden sprangen und leichtfüßig auf dem Boden aufkamen. Ratssoldaten. Auf ihren roten Uniformröcken prangte das Alpha-Zeichen. Einer von ihnen trug ein langes Schwert, das beim Gehen über das hohe Gras strich. Die anderen beiden hatten Bögen auf ihre Rücken geschnallt. Wir sahen zu, wie sie ihre Pferde zum Fluss führten, um sie zu tränken. Sogar jetzt, als ich meinen Puls in den Ohren pochen hörte und mein Körper vor lauter unterdrücktem Zittern vibrierte, faszinierten mich die Pferde. Ich war ihnen erst einmal so nahe gekommen – als man mich aus der Siedlung entführt hatte. Gesehen hatte ich Pferde natürlich schon früher. In Haven auf dem Markt oder wenn es Reisende in unser Dorf verschlagen hatte. Trotzdem waren sie eine Seltenheit. In meiner Kindheit hatte es nur Schafe, Rinder und Esel gegeben, und in der Siedlung dann gar keine Tiere mehr. Omegas durften weder Vieh halten noch Fleisch kaufen oder essen. Die einzigen Pferde, die wir dort je zu Gesicht bekommen hatten, gehörten reisenden Alpha-Händlern, Steuereintreibern und Plünderern. Neidvoll erzählten wir uns Geschichten über den Überfluss in Wyndham. Für jeden Soldaten ein eigenes Pferd. Hunde, die nicht für die Wache abgerichtet, sondern als Haustiere gehalten wurden. Jede Woche Fleisch zu den Mahlzeiten.

Im Vorher soll es mehr Tiere gegeben haben. Sie seien etwas ganz normales gewesen, hieß es, und hätten in allen erdenklichen Gattungen existiert, variantenreicher, als wir es uns je vorstellen könnten. Einmal, als Zach mit unserem Vater in Haven gewesen war, hatte er nur noch von einem Gemälde sprechen können, das er dort gesehen hatte. Ein reisender Kaufmann hatte es heimlich in einer abgelegenen Gasse verkauft und behauptet, es stamme aus dem Vorher. Hunderte unterschiedlicher Vögel waren darauf abgebildet gewesen, nicht nur die blassen Hühner, die wir bereits kannten, die plumpen grauen Tauben oder die Möwen, die hin und wieder aus westlicher Richtung vom Meer her zu uns kamen. Zach erzählte, auf dem Gemälde seien Vögel zu sehen gewesen, die kleiner waren als ein Hühnerei, und dann wieder solche mit einer Flügelspannweite breiter als unser Küchentisch. Er konnte mir die Geschichte nur zuflüstern, wenn wir allein in unserem Zimmer lagen und die Kerze zwischen uns ausgepustet hatten. Er stecke jetzt schon in Schwierigkeiten, erklärte er. Dad habe ihn von der Menschentraube um den Verkaufsstand weggezerrt. Reliquien aus dem Vorher waren ein Tabu und gerade unser Vater zeigte sich besonders ungeduldig, wenn Mutmaßungen über die Vergangenheit angestellt wurden.

Doch egal, wie viele Tiere es im Vorher gegeben haben mochte, nur wenige hatten die Explosion überlebt und noch weniger die Hungerdekaden des Langen Winters. Die Tiere, die sich nicht wie wir Menschen an die veränderten Bedingungen hatten anpassen können, waren überwiegend ausgestorben, und unter den Arten, die überlebt hatten, hatten sich zahlreiche Deformationen ausgebildet. Eine dreibeinige Taube war nichts Ungewöhnliches oder eine ganze Herde von Schafen ohne Augen, die dem Klang einer Hirtenglocke folgte. Erst heute Morgen hatten Kip und ich eine zweiköpfige Schlange gesehen, die am Flussufer auf einem Stein gelegen und uns aus zwei tückischen Augenpaaren gemustert hatte. Wahrscheinlich gab es auch deformierte Pferde, nur hatte ich noch keine gesehen. Genaugenommen hatte ich nicht mal gewusst, dass sie auch verschiedene Fellfarben aufweisen konnten. Die wenigen Exemplare, die ich bislang zu

Gesicht bekommen hatte, waren braun gewesen. Aber die drei, die in gerade mal zehn Metern Entfernung von uns geräuschvoll aus dem Fluss tranken, hatte eine Graufärbung und ihre Mähnen waren von einem gelblichen Weiß. Es machte mich nervös, dass sie so unglaublich riesig aussahen, so laut schlürften und wieherten. Die Männer führten sie weg vom Fluss, weiter in unsere Richtung. Als sich einer der Männer – er trug gut sichtbar ein riesiges Schwert am Gürtel – nach vorne beugte, um einen Steigbügel zu richten, war sein Kopf auf einer Höhe mit uns, keine drei Meter von unserem Versteck entfernt.

Ich schloss die Augen, wie um mich unsichtbar zu machen. Als ich sie wieder öffnete, entdeckte ich etwas, das mich noch viel mehr erschreckte als das gewaltige Schwert. Auf dem grasbewachsenen Pfad, direkt vor den Vorderbeinen des Pferds, prangte ein nasser Fußabdruck im Schlamm. Jetzt, da ich ihn gesehen hatte, stach er mir geradezu leuchtend ins Auge, überdeutlich und unverwechselbar. Mein ganzer Körper wappnete sich für einen Sprint. Aber welche Chance hatten wir gegen drei bewaffnete Soldaten auf Pferden? Mein Atem ging so gehetzt und flatterig wie der einer Motte.

Der Mann trat einen Schritt zurück, und für einen Augenblick dachte ich schon, er habe den Abdruck vielleicht nicht gesehen – doch dann bückte er sich erneut. Tiefer diesmal. Ich schloss die Augen und packte Kip am Arm. Es war vorbei. Schon jetzt spürte ich, wie sich der Tank um mich schloss – um uns beide.

Als ich die Augen wieder öffnete, verharrte der Soldat immer noch in gebückter Haltung und inspizierte die Hufe seines Pferds, einen nach dem anderen. Dann kratzte er einen Kiesel heraus, richtete sich auf und spuckte aus. Die Männer sprangen mit beiläufiger Eleganz in ihre Sattel und verschwanden so schnell wie sie gekommen waren.

Ab diesem Zeitpunkt mieden wir den Pfad. Kip wirkte den ganzen Nachmittag einsilbig und ängstlich. Während ich den gierig-forschenden Blick der Seherin schon vom Moment unserer Flucht an gespürt hatte, war die Verfolgungsjagd für Kip erst durch die Soldaten spürbar real geworden.

»Sie werden nie aufhören, nach uns zu suchen«, sagte er an jenem Abend. Da es keine Frage war, antwortete ich nicht. »Wo sollen wir denn nur hin? Bis jetzt wollte ich einfach nur so weit wie möglich von Wyndham weg. Aber weit weg ist nicht unbedingt ein Ziel.«

»Wir sind nicht nur auf der Flucht«, erwiderte ich. »Wir sind auf dem Weg zur Insel.« Ich hatte es selbst nicht begriffen, ehe ich es nicht laut ausgesprochen hatte. Und dass Kip mich begleiten würde, war mir ebenfalls nicht klar gewesen. Aber wenn ich nicht gerade von der Beichtmutter träumte, sah ich einen Zacken aus dem trüben Meer ragen. Seit wir Wyndham verlassen hatten, waren wir nach Südwesten gezogen, in Richtung der weiter entfernt liegenden Küste. Ich konnte nicht ausmachen, ob es Zufall war oder ob ich uns die ganze Zeit schon unbewusst dorthin geführt hatte.

Auch Kip hatte von der Insel gehört. Nach und nach kristallisierte sich heraus, dass er ziemlich viel über unser gegenwärtiges Leben wusste. Nur in Bezug auf seine Vergangenheit und seine Identität hatte der Tank eine frustrierende Leere in seinem Kopf hinterlassen. Dementsprechend wusste er zwar von der Insel, aber nur so viel wie auch ich von ihr gehört hatte, ehe sie in meinen Visionen aufgetaucht war. Er war genau wie ich davon ausgegangen, dass es sich um einen Mythos handelte – um verstohlenes Gemurmel von einem Zufluchtsort für Omegas, so diffus und unwahrscheinlich wie das Anderswo. Um andere Länder jenseits des Meeres, die seit der Explosion für uns verloren waren. Als ich ihm sagte, dass mir meine Visionen Bilder von der Insel zeigten, rührte es mich, dass er nicht an meinen Worten zweifelte.

»Dann sucht der Rat also nach ihr?«, fragte er. »Schon seit einer Weile?«

Ich nickte. Die Verhöre der Beichtmutter kamen mir in den Sinn und meine Kiefermuskeln spannten sich an. Unter ihrem unverwandten Blick hatten sich ihre Gedanken um meine geschlungen wie ein Strick um den Hals eines Hasen.

»Nachdem der Rat sowieso schon hinter uns her ist – glaubst du, es ist klug, genau an den Ort zu pilgern, nach dem auch seine Leute suchen?«

Ich zog die Nase kraus. »Ich weiß, es klingt gefährlich, aber wäre die Insel nicht von Bedeutung, würde man sie auch nicht aufspüren wollen. Wenn uns jemand sagen kann, was der Rat mit den Tanks vorhat und was genau dir zugstoßen ist, dann nur die Leute dort.«

In jener Nacht drang die Beichtmutter erneut in meinen Traum ein. Plötzlich war sie da, so real wie der umgestürzte Baum, unter dem Kip und ich uns aneinandergekuschelt hatten. Vom moosbewachsenen Ufer aus blickte sie auf uns herab. In ihrer Miene spiegelte sich jene absolute Gleichgültigkeit, die ich so gut aus den Verwahrungsräumen kannte. Das Brandzeichen war der einzige Makel auf ihrer perfekten Haut. Sie war hier, sie ragte über uns auf, ihr Gesicht von einem eilfertigen Mond beschienen. Weglaufen hatte keinen Sinn, Schreien auch nicht. Ihre Gegenwart hatte etwas Umfassendes, als sei sie schon immer da gewesen und wir nur zu töricht, um sie zu bemerken. Unsere Blicke begegneten sich. Mein Blut fühlte sich dick an, halb gefroren, als würde es stockend und klumpig durch meine Adern rinnen.

Nicht Kips Griff weckte mich und auch nicht seine Stimme, die nach mir rief, sondern der Schmerz in meinen Händen. Als ich zu mir kam, wühlte ich im Schlamm der verrotteten

Feuerstelle, neben die wir uns gelegt hatten, und hatte bereits ein ungefähr fünfzehn Zentimeter tiefes Loch gegraben. Wenn meine Fingernägel nicht abgebrochen waren, starrten sie vor Dreck und waren voll splittrigem Holz. Während ich aus meinem Traum auftauchte, schrie ich aus voller Kehle, ein animalischer Laut, der selbst in meinen Ohren eigenartig klang.

Kip saß über mich gebeugt und hielt meine Schultern. Er zog mich an sich, halb, um mich zu trösten, halb, um mich endlich zum Schweigen zu bringen.

Langsam atmete ich aus, zwang meinen Körper, ruhig zu werden und presste meine Stirn an seine, um das Zittern zu unterdrücken. Ich spürte unsere Brandzeichen, zwei sich spiegelnde Narben.

»Ist schon gut, schsch, ist gut«, murmelte er.

»Das war sie. Sie war hier, in meinem Traum. Genau hier.«

»Und du wolltest dich in Sicherheit graben?«

Unter seinem ironischen Blick wirkte mein Vorhaben in der Tat absurd. Doch auch wenn mir ein schwaches Lachen gelang, zitterte ich immer noch am ganzen Körper.

»Es war nur ein Traum«, sagte er.

»Das ist es nie«, erwiderte ich. »Nicht bei mir.«

Die Realität war sowohl besser als auch schlimmer. Besser, weil niemand am Ufer stand und nichts den Anblick des Mooses und der herabgefallenen Blätter störte. Schlimmer, weil die physische Abwesenheit der Beichtmutter keine Bedeutung hatte. Ob sie nun hier war oder nicht, ihrem forschenden Blick entkam man nicht. Nicht, indem man weglief, nicht, indem man sich versteckte, und schon gar nicht, indem man idiotisch im Dreck rumwühlte. Sie suchte nach uns, und es gelang mir nicht, sie abzuschütteln. Der gesamte Nachthimmel wurde zum Spion, mit mir darunter, hilflos von ihrem Blick aufgespießt wie der Käfer damals von Zachs Nadel.

Am nächsten Tag zogen wir mit neuem Antrieb weiter. Ich nahm die Beichtmutter beinahe physisch wahr, als chronischen Schmerz. Ich trug sie bei mir. Jeder Ort, den wir passierten, war von ihrer Gegenwart befleckt. Die Alphas wurden nie müde zu betonen, dass wir Omegas die Verunreinigung der Explosion in uns trugen. Doch jetzt hatte ich das Gefühl, als sei die Beichtmutter das Gift in mir, als verätze sie mein Blut, als sickerte sie in die Landschaft, die Kip und ich durchquerten. Doch wenigstens hatten wir jetzt ein Ziel. Ich wusste, dass die Insel noch Hunderte von Kilometern entfernt war, aber jetzt, da wir laut über sie gesprochen hatten, schien sie irgendwie näherzurücken.

Weiter westlich verließen wir den Flusspfad. Zuvor tranken wir noch einmal gierig, denn wir hatten keine Ahnung, wann wir das nächste Mal auf Wasser stoßen würden. Am wichtigsten war es, unseren Hunger zu stillen. Meistens konnten wir ein paar Beeren oder Pilze auftreiben, aber da uns am zweiten Tag schrecklich schlecht davon geworden war, hatten wir auf letztere keine große Lust mehr. Einen Tag, nachdem wir den Fluss hinter uns gelassen hatten, benutzte Kip meinen Pullover als Netz, um in einem kleinen Tümpel eine Handvoll Fische zu fangen, winzige Silberschnipsel, nicht größer als mein kleiner Fingernagel, die wir roh hinunterschlangen. Unser Hunger siegte über unsere Zimperlichkeit. Doch mir war klar, dass wir nicht mehr lange so weitermachen konnten.

Kip kam besser zurecht, als ich gedacht hatte. In den ersten Tagen nach seiner Befreiung war sein Körper irgendwie formlos gewesen. Alles an ihm war mir weich vorgekommen, weil es so lange nicht benutzt worden war, und seine Haut war noch aufgedunsen gewesen von der Flüssigkeit. Doch dann war es, als würde er langsam wieder Gestalt annehmen, und das, obwohl seine Muskeln deutlich abgebaut hatten. Sie schienen unter seiner inzwischen von der Sonne und vom Schlamm gebräunten Haut schwächlich und verspannt. Anfangs war alles an ihm noch ungeheuer zart und zerbrechlich gewesen. Seine Fußsohlen bestanden fast vollständig aus Blasen, einem ganzen Netzwerk davon, sodass wir oft stehen bleiben und Rast machen mussten. Auch jetzt wirkte er noch unbeholfen, als müsse er seinen Körper neu entdecken. In seinen Bewegungen lag ein Zögern, das nie ganz verblasste. Wenigstens stolperte er jetzt weniger, er lief teilweise sogar vor mir her und erklomm Aussichtspunkte. Hin und wieder wollte ich ihm nachrufen, langsamer zu machen und seine Energie zu sparen, aber ich brachte es nicht über mich, die Freude an seinem Körper zu dämpfen. An dem Körper, der endlich wieder ihm gehörte. Was mich betraf, fühlte ich mich schwerfällig, obwohl ich wusste, dass ich jeden Tag an Gewicht verlor. Nachts, wenn wir uns in Gräben oder verloschene Feuerstellen betteten, hielten mich Bilder vom Essen wach. Bilder und meine spitzen Knochen, die sich in die Erde bohrten. Doch egal wie hungrig ich auch war, nach den Tablett-Mahlzeiten der Verwahrungsräume sehnte ich mich nie.

Drei Tage nachdem wir uns vom Fluss entfernt hatten, erreichten wir das erste Dorf. Es sah ein bisschen aus wie Zachs und meine Heimat, nur kleiner. Gerade mal fünfzehn Häuser gruppierten sich um einen Brunnen. Drumherum Felder und Obstgärten. Neben einer großen Scheune entdeckten wir Menschen bei der Arbeit. Mittsommer musste bereits vorüber sein, denn die Felder waren gerade erst gemäht worden. Die Gärten boten uns genug Schutz, dass wir unbemerkt näherkommen konnten. Hier und da lag ein Apfel im Gras, geschrumpft und braun, die Haut runzlig vom Alter. Jeder von uns aß drei Stück, in vollkommener Stille, nur hin und wieder spuckten wir die Kerne aus.

»Alpha oder Omega?«, fragte Kip, während er das Dorf hinter den Bäumen betrachtete.

Ich deutete auf die umliegenden Felder und das Obst.

»Wir haben es mit fruchtbarem Land zu tun. Alpha würde ich sagen.«

»Und sieh nur dort bei dem großen Haus.« Er deutete auf die schmale Scheune, die in Teilbereiche untergliedert und mit Türen versehen war, deren Ober- und Unterteil man unabhängig voneinander öffnen konnte.

»Was ist damit?«

»Das ist ein Pferdestall.«

»Wie kann man so was wissen und gleichzeitig seinen eigenen Namen nicht kennen?«

Irritiert zuckte er mit den Schultern. »So wie ich auch reden oder schwimmen kann. Es ist einfach da. Nur meine persönlichen Erinnerungen sind weg. Egal, wenigstens wissen wir jetzt, dass wir uns auf Alpha-Territorium befinden.«

»Dann lass uns so viele Äpfel wie möglich sammeln und zusehen, dass wir weiterkommen.«

Er nickte, rührte sich jedoch nicht vom Fleck. An einem der Häuser im hinteren Teil des Dorfes wurde eine Tür geöffnet. Die Stimme einer Frau wurde durch die milde Nachmittagsluft zu uns herübergetragen.

Ich zog ihn am Arm. »Kip? Wir müssen gehen.«

Er wandte sich zu mir um. »Kannst du reiten?«

Ich verdrehte die Augen. »Omegas dürfen nicht reiten.«

»Aber du hast doch gesehen, wie's geht. Bei den Männern am Fluss.«

»Ich weiß, wo bei einem Pferd vorne und hinten ist, wenn du das meinst.« Und ich hatte auf einem Pferderücken gelegen, als mich Zachs Männer aus der Siedlung entführt hatten, aber das zählte wohl eher nicht. »Du selbst kannst auch nicht reiten, oder?«

»Nein. Glaube ich zumindest nicht.« Er lächelte mich an. »Aber ich hätte nichts dagegen, es auszuprobieren.«

Wir warteten. Von einem Hochsitz aus beobachteten wir am Nachmittag zehn aus einem Schulgebäude strömende Kinder, die auf einer Wiese um den Brunnen herum zu spielen begannen.

»Na, macht dich das nostalgisch?«

Ich schüttelte den Kopf. »So war unser Leben nicht. Höchstens vielleicht, als wir ganz klein waren. Aber wir wurden nicht gesplittet und konnten daher auch nicht zur Schule gehen. Die anderen Kinder haben sich meistens von uns ferngehalten. Also gab es nur Zach und mich. Uns beide allein.«

»Ein Wunder, dass du nicht irgendwie eigenartig geworden bist. Mal ganz abgesehen von dieser ganzen Seherin-auf-der-Flucht-Sache, meine ich.«

Ich lächelte. »Und du? Nostalgisch?«

»Na ja, wenn man sich an nichts erinnert, kann man schlecht nostalgisch werden, oder?«, sagte er. »Schätze, eine Amnesie hat auch ihre Vorteile.«

Auf der anderen Seite des Gartens hörten wir die Kinder lachen und schreien. »Sieh sie dir nur an, kein einziger Makel, kein einziges fehlendes Glied. Perfekte kleine Alphas in einem perfekten kleinen Leben.«

»Es ist nicht ihre Schuld. Es sind nur Kinder.«

»Ich weiß. Aber sie leben in einer anderen Welt.«

»Du klingst schon wie Zach.«

»Ich glaube kaum, dass er und ich viel gemeinsam haben.«

»Wahrscheinlich nicht. Aber was du über die andere Welt gesagt hast ... das hört sich nach ihm an. Dieses ganze Alpha-Geschwafel über Aufsplittung ...«

»Aber das ist doch eine Tatsache. Schau sie dir an – siehst du irgendwelche Deformationen oder Brandzeichen? Jedes dieser Kinder hat einen Zwilling, der von seinen Eltern fortgeschickt wurde. Und wenn ich mich richtig entsinne, hatte deine Alpha-Familie in ihrer Welt auch nicht allzu viel Zeit für dich, oder?«

Ich wandte den Blick ab. »Es gibt nur eine Welt.«

Kip deutete auf das Dorf. »Wenn du rübergehen, dich vorstellen und denen das klarmachen willst, bitte.«

Als die Nacht heraufzog, entfernten sich die Arbeiter von der Scheune. Neben dem Brunnen hängten eine Frau und ein Junge Kleider auf eine Leine. Wenig später näherte sich von Osten her ein mit Holzscheiten beladener Karren, der von zwei braunen Pferden gezogen wurde. Kip stupste mich an. Auf dem Karren saß ein Mann, der absprang, um die Pferde am Zügel zu führen. Ein Mädchen rannte auf ihn zu und begrüßte ihn. Gemeinsam koppelten sie den Wagen ab. Ich beobachtete die beiden genau. Es beeindruckte mich, wie ruhig sie mit den riesigen Tieren umgingen. Das Mädchen führte die Pferde ganz allein in den Stall, und der Mann gab dem größeren von beiden einen Klaps auf das Hinterteil. Einige Zeit später kam das Mädchen zurück, um im nächstgelegenen Gebäude zu verschwinden. Auch die anderen Kinder hatten sich inzwischen verstreut. Langsam verebbten die Geräusche des Dorfes, während sich die Menschen in ihre Häuser zurückzogen. Aus den Schornsteinen kräuselte Rauch empor.

Kip wurde ungeduldig, doch ich überredete ihn zu warten, bis es ganz dunkel war und nach und nach die Lichter hinter den Fenstern erloschen. Seit unserer Flucht waren wir für das schöne Wetter dankbar gewesen, aber als wir aus dem Schutz der Bäume traten, wünschte ich, Regen oder Nebel würden uns weniger sichtbar machen. Als wir am Brunnen vorbeikamen, mussten wir uns unter der Wäscheleine durchducken. Ich spürte, wie etwas an meinem Hemd zupfte und drehte mich um.

Kip deute auf die Kleider. Seine Lippen formten die Worte: »Sollen wir die klauen?«

»Wir nehmen doch schon die Pferde. Ich glaube kaum, dass uns zwei Hosen bei der Flucht weiterhelfen.« Inmitten des schlafenden Dorfes klang unser Geflüster durchdringend und laut in meinen Ohren. Ich zog eine Grimasse. »Wenn wir was brauchen, dann Pferde.«

»Du musstest in den letzten zwei Wochen ja auch nicht in einem improvisierten Rock durch die Gegend laufen. Wo auch immer es uns hinverschlägt – ich werde auffallen.«

»Na gut. Aber beeil dich.« Ich machte eine Kopfbewegung Richtung Stall. »Wir treffen uns da drin.«

Meine Augen brauchten einige Zeit, um sich an die Dunkelheit zu gewöhnen. Wieder war ich überwältigt von der Größe der Pferde, zwei riesenhafte schwarze Silhouetten in der Dunkelheit. Sie standen in abgetrennten Boxen und gaben Geräusche von sich, die mir mehr als fremd waren. Ein Schnauben, eine Verlagerung des Gewichts. An der Wand hing Zaumzeug und über einem niedrigen Balken bei der Tür lagen ein paar Sättel. Da ich keine Ahnung hatte, wozu die vielen Riemen und Schnallen gut sein sollten, griff ich nach zwei Seilen, die mir von der Länge her akzeptabel schienen, und näherte mich dem kleineren der beiden Pferde. Als ich vor der Boxentür stand, hörte ich, wie es mit den Hufen gegen die Hinterwand stieß, und zuckte zusammen. Das Pferd kam nach vorne, schob mich mit dem Kopf nach links und begann, an meiner Hüfte zu knabbern. Einen Schrei unterdrückend, taumelte ich rückwärts. Als ich die Stelle befühlen wollte, wo es mich mit seinen Zähnen erwischt hatte, ertastete ich das Obst in meiner Tasche. Langsam atmete ich aus und trat, einen verschrumpelten Apfel in der ausgestreckten Hand, erneut einen Schritt vor. Das Pferd nahm ihn entgegen, ohne mich auch nur eine Andeutung seines Gebisses spüren zu lassen. Die Weichheit seiner Lippen war vollkommen unerwartet. Während es gemächlich kaute, schlang ich das Seil um seinen Hals und gab ihm einen festen Klaps, so wie ich es bei dem Mann mit dem Karren gesehen hatte. Ich hoffte, eine Autorität auszustrahlen, die ich eigentlich gar nicht besaß. Mit dem zweiten Pferd hatte ich es leichter. Es lauerte schon gierig auf den nächsten Apfel, den ich aus meiner Tasche fischte, und ließ sich beim Kauen geduldig über den Hals streicheln.

Ich brauchte einige Zeit, bis es mir gelang, die Stalltür aufzuhalten und dabei die Pferde nach draußen zu befördern. Ich dachte, sie würden sofort aus ihren Boxen stürmen, stattdessen schienen sie nur mäßig begeistert und folgten mir erst, nachdem ich einige Male kräftig an den Seilen gezerrt und sie mit einem Apfel gelockt hatte. Ihr Seufzen erinnerte mich an Kip, wenn ich ihn bei Tagesanbruch weckte. Als ich die beiden aus dem Stall führte, fiel mir ein, wie laut man das Hufgetrappel auf dem Schiefer der Höhle gehört hatte. Ich machte mich auf ein ziemliches Getöse gefasst. Zum Glück jedoch war der Boden weich und voller Heu.

Im ersten Moment erschreckte mich die Gestalt, die in der Dunkelheit auf mich wartete. Dann erkannte ich, dass die Person in den fremden Kleidern Kip war. Er musterte die Pferde, die mir gehorsam folgten. »Noch so eine deiner Seher-Fähigkeiten?«, fragte er. »Kannst du mit ihnen kommunizieren?«

»Sei nicht albern«, schnaubte ich. »Ich habe ihnen einen Apfel gegeben.« Ich überreichte ihm das Seil des größeren Pferds.

»Sollten wir nicht Sättel und so Zeug haben?«

Ich zog die Augenbrauen hoch. »Manchen Leuten kann man es auch nie recht machen. Und jetzt komm.«

»Schau mal, ich habe sogar Schuhe abgestaubt«, sagte er

und streckte ein Bein aus, damit ich die dreckverkrusteten Stiefel bewundern konnte. »Die standen vor der Tür von dem großen Haus. Sie passen nicht hundertprozentig, aber ich wollte jetzt auch nicht anklopfen und nach der richtigen Größe fragen.«

Wir befanden uns auf einer kleinen Grünfläche zwischen den Ställen und dem Brunnen. Kurz entschlossen führte ich mein Pferd zu einer niedrigen Mauer und stieß mich ab – nur um gleich wieder hinunterzurutschen.

»Und du bist sicher, dass du weißt, wo vorne und hinten ist?«, fragte Kip, während sein Pferd glücklich an dem Gras zu seinen Hufen zupfte.

»Halt die Klappe.« Mehr schlecht als recht schaffte ich es, meine Arme um den warmen Hals des Tiers zu legen. Nach ein paar unbeholfenen Anläufen gelang es mir, ein Bein über seinen Rücken zu schwingen. Es gab ein mürrisches Wiehern von sich. Das andere hob den Kopf und tat es ihm gleich.

Auch Kip wollte sein Pferd nun zur Mauer führen, doch statt zu gehorchen, riss es sich los und blieb ein paar Meter weiter stehen, um wieder in aller Seelenruhe zu fressen. Ich sah zu, wie er sich dem Tier erneut näherte, nach dem Seil griff und etwas sanfter daran zog. Es schnaubte, rammte einen Huf in den Boden und ließ sich keinen Millimeter vorwärts bewegen. Kip versuchte nun, vom Boden aufzuspringen, rutschte jedoch gleich wieder ab. Das Pferd tänzelte rückwärts und stieß gegen meines, das wiehernd nach hinten austrat.

Im Haus hinter uns hörte ich einen Schrei. Eine Petroleumlampe wurde angezündet. Ein Mann stürzte aus der Tür, seine Laterne ein hin und her schaukelnder Lichtpunkt in der Finsternis. Ein anderer Mann mit einer hell lodernden Fackel folgte ihm.

Die ganze Zeit hatte ich mich gefragt, wie ich es anstellen sollte, mein Pferd zu bewegen. Immerhin löste die Fackel dieses Problem. Das aufgeschreckte Vieh galoppierte in einem Affenzahn über die Wiese. Als es unter der Wäscheleine durchpreschte, um sich auf der anderen Seite des Brunnens in Sicherheit zu bringen, musste ich mich eng an seinen Hals drücken.

Die Männer waren nur noch ungefähr vier Meter von Kip entfernt, der immer noch hilflos an seinem Seil hing. Auch sein Pferd schreckte vor den flammenden Lichtern zurück und setzte zu einem wilden Galopp an. Um Schritt zu halten, musste Kip halb rennen und sich halb mitschleifen lassen. Dann nahm mir ein großes weißes Leinentuch die Sicht auf ihn.

Die hektisch zuckenden Lichter der Lampen verwandelten die Szene vor meinen Augen in ein gespenstisches Schattenspiel. Die näherkommenden Männer ... die Rufe der Leute in ihren Cottages ... »Diebe!«, schrie eine Frau. Als immer mehr Fackeln die Umgebung erhellten und Kip anscheinend deutlicher zu erkennen war, folgte noch ein: »Omegas!«

Obwohl ich nur Silhouetten ausmachen konnte, wusste ich, dass die rasant anschwellende Menge bewaffnet war. Diejenigen, die keine Fackeln trugen, hielten Rebmesser oder Sicheln in der Hand.

Ein Mann mit einem langen Seil in der Hand sprintete entschlossen auf Kip zu. Ich versuchte, mein Pferd zur Umkehr zu bewegen, doch es tänzelte nur widerstrebend auf der Stelle. Der Mann zielte mit dem Seil auf Kips Pferd, das gerade noch rechtzeitig zurückweichen konnte. Als es am Brunnen vorbeitrabte, sprang Kip kurzerhand auf das kleine Mäuerchen und schwang sich von dort aus auf den Rücken des Tiers. Ich hörte ein Krachen – lose Ziegel, die in den tiefen Schacht fielen. Durch das weiße Laken erkannte ich Kips Umrisse. Wie durch ein Wunder war er nicht vom Pferd gefallen. Als er auf mich zugeprescht kam, riss er das Leinentuch mit sich, nun eingehüllt in den weißen Stoff und eng an den Hals seines Pferdes gepresst.

Es gab kein Entrinnen. Mir schien, als würden aus jedem Haus Menschen stürzen. Überall um die Wiesen herum leuchteten Laternen und Fackeln. Panisch hetzten die Pferde geradeaus, stießen zusammen, jagten sich. Kip hatte Mühe, sich von dem Leinentuch zu befreien und dabei die Mähne des Tiers nicht loszulassen.

Immer enger schloss sich der Flammenring um uns. Ein Mann mit einer Fackel zog mit uns gleich und packte meinen Knöchel, ein Griff wie ein Schraubstock, aus dem ich mich durch kein Manöver befreien konnte. Die Hitze der Flamme versengte mein Knie. Plötzlich wurde der Mann von dem Laken zugedeckt, das Kip geistesgegenwärtig nach ihm geworfen hatte. Ich trat nach dem Stoff, der bereits lichterloh in Flammen stand. Wie aufs Stichwort legte mein Pferd an Tempo zu. Als ich auf die Fackeln zuraste, sah ich nichts als näherkommende schwarze Gestalten. Dann, in letzter Minute, ein verschwommenes Lichtermeer. Laut wie meinen eigenen Herzschlag vernahm ich das andere Pferd hinter mir. Ich wagte nicht mich umzudrehen, um zu sehen, ob Kip noch da war. Ich konnte nur seinen Namen rufen. Als er mir über die donnernden Hufe hinweg zurief, dass er hinter mir sei, hörte ich meinen Körper antworten – ein Laut, halb Lachen und halb Schluchzen.

12

IN DEN ERSTEN MINUTEN unseres wilden Galopps hatte ich Angst, dass wir nicht mehr anhalten könnten, doch nur wenig später wurde uns klar, dass Pferde im Grunde genommen sehr faule Kreaturen waren. Nachdem sich ihre erste Panik gelegt hatte und die Lichter des Dorfes hinter uns verschwanden, wurden sie langsamer und konnten nur noch mit kräftigen Tritten dazu gebracht werden, sich schneller zu bewegen. So ritten wir den größten Teil der Nacht weiter: ein kurzer widerstrebender Galopp und dann wieder eine lange Strecke im Schritt. Ich hatte keine Ahnung gehabt, dass Reiten so ermüdend sein konnte. Ich hatte immer angenommen, es sei praktisch wie sitzen, dabei war es schon anstrengend, sich einfach nur auf dem Tier zu halten, ganz zu schweigen davon, es immer wieder anzutreiben. Meine Hüften und Beine schmerzten. Immer wieder wollte mein Pferd zum Grasen stehen bleiben, und ich konnte es nur durch einen entschlossenen Ruck am Seil davon abhalten. Und wenn ich es dann endlich dazu gebracht hatte, schneller zu laufen, wurde ich so sehr hin und her geworfen, dass ich dachte, meine Zähne müssten gleich ausfallen.

Ich wusste – oder spürte – dass wir immer noch nach Südwesten ritten, obwohl wir die Straße bereits kurz hinter dem Dorf verlassen hatten. Als der Morgen langsam die Nacht vertrieb, erblickten wir weites Flachland um uns herum, nur unterbrochen von moorigen Tümpeln und Grasbüscheln. Wieder wurden die Pferde langsamer. Ich unternahm nichts, als sie wieder anfingen, lange Grashalme aus dem durchweichten Boden zu zupfen.

Kip kam neben mir zum Stehen und ließ seinen Blick über die Ebene schweifen. »Wenn wir jetzt absteigen, kommen wir nie wieder auf die Gäule drauf.«

»Ohne den wütenden Mob um uns herum dürfte es leichter sein«, erwiderte ich. »So oder so, ich glaube nicht, dass ich mich noch lange hier oben halten kann.«

»Weißt du denn, wie man absteigt?«

Ich zuckte mit den Schultern. »Das sollte kein Problem sein. Immerhin versuche ich ja schon die halbe Nacht krampfhaft, nicht runterzufallen.« In einigen Metern Entfernung entdeckte ich ein paar Sträucher. »Dort hinten wäre ein guter Schlafplatz.«

»Ich glaube, ich könnte gerade überall schlafen.«

Ich schwang mein Bein über den Rücken des Pferds und glitt an seinem Körper entlang nach unten. Als ich auf dem Boden aufkam, taumelte ich rückwärts, meine Beine ächzten protestierend. Neben mir schüttelte das Pferd glücklich seinen Hals. Auch Kip kam weich am Boden auf und zuckte angesichts seiner schmerzenden Muskeln zusammen.

Es brauchte einige Überredungskunst – und noch mehr Ziehen und Zerren –, um die Tiere wieder in Bewegung zu setzen. Wenig später erreichten wir die Sträucher. Ich schlang die Seile um einen Ast, während die Pferde aus einem sumpfigen Teich tranken.

Dort, wo der Untergrund einigermaßen trocken war, setzte sich Kip ins stachelige Gras. Angewidert deutete er auf sich: »Da beschaffe ich mir endlich ein paar hübsche saubere Klamotten und dann stinken sie nach Pferd.«

»Ich denke nicht, dass wir selbst so viel besser riechen«, antwortete ich. Ich setzte mich neben ihn, fischte die letzten zwei Äpfel aus meinen Taschen und reichte ihm einen.

»Wie weit, glaubst du, sind wir gekommen?«

»Weit. Sehr viel weiter als wenn wir tagelang zu Fuß gegangen wären, würde ich sagen.« Ich wusste, dass wir die Tiere nicht den ganzen Weg bis zur Küste behalten konnten – zwei Omegas auf Pferden würden überall Aufmerksamkeit erregen. Andererseits brachten sie uns jeden Tag näher zur Insel.

Kip spuckte ein Apfelstück aus. »So weit, dass Zach seine Suche endlich einstellt?«

Ich schüttelte den Kopf. »Es geht ja nicht nur um ihn.« Die ganze Nacht hatte ich die Beichtmutter gespürt, ihre Gedanken, die wie ein heller Strahl auf uns gerichtet waren. »Nicht, dass er je aufhören würde, nach uns zu suchen, aber ich spüre hauptsächlich sie. Ich habe keinen Schimmer, warum wir ihr so wichtig sind und sie so darauf bedacht ist, Zach zu schützen.«

Kip lehnte sich zurück. »Sie arbeitet doch für ihn, oder?«

»Ja, schon irgendwie«, sagte ich. »Ich meine, sie ist eine Omega und er ein Mitglied des Rats, also ja. Aber eigentlich kann man sich nur schwer vorstellen, dass sie irgendjemandem verpflichtet ist.« Ich dachte an ihre herrisch geschwungenen Augenbrauen.

Kip setzte sich auf. »Das habe ich ganz vergessen … Ich glaube, der hier gehört dir.« Er zog den gestohlenen Pullover über den Kopf und ein zweiter kam zum Vorschein – der, den ich ihm am ersten Tag gegeben hatte.

Dankbar zog ich ihn über mein Hemd. Er war schmutzig und am Halsausschnitt seltsam verformt. Lachend blickte ich an mir herab.

»Entschuldigung«, sagte er, während er sich den anderen Pullover wieder überstreifte. »Schätze, ich habe ihn ruiniert.«

»Das macht doch nichts. Kleider sind meine letzte Sorge, ganz egal, wie lächerlich ich aussehe.«

»Du siehst überhaupt nicht lächerlich aus. Du siehst schön aus.« Es klang seltsam nüchtern.

Ich wusste nicht, was ich antworten sollte, doch Kip hatte sich sowieso schon zum Schlafen auf die Seite gerollt.

»Natürlich auch ziemlich dreckig. Und du stinkst nach Pferd. Aber du siehst schön aus.«

Alles in allem waren unsere neuen Fortbewegungsmittel ein zweifelhafter Segen. Zwar kamen wir schneller voran als vorher, aber wir waren auch besser zu sehen, als wenn wir zu Fuß unterwegs gewesen wären. Zwei Jugendliche auf Pferden würden jedermanns Aufmerksamkeit erregen, nicht nur die der Ratssoldaten. Und zwei Omegas erst recht. Wir einigten uns darauf, sie nur noch ein paar weitere Tage zu behalten, um die sumpfigen Ebenen zu durchqueren, und sie freizulassen, sobald wir in eine besiedelte Gegend kamen.

Das Reiten fiel mir zusehends leichter. Ich fand heraus, dass mein Pferd besser reagierte, wenn ich die Beine in seine Flanken drückte. Am Seil zu zerren war eher nutzlos. Da er nur einen Arm hatte, bereitete Kip das Aufsteigen immer noch Schwierigkeiten, aber das Reiten selbst lernte er schnell. Auf dem Rücken des Pferds war seine motorische Unsicherheit kaum mehr wahrnehmbar. Er machte eine Riesenshow aus seiner neu erworbenen Fähigkeit, ritt um mich herum und wechselte fachmännisch zwischen den Gangarten.

Wir kamen gut voran. Das Gefühl, der Insel mit jedem Tag näher zu kommen, trieb uns an. Meine Visionen waren klarer denn je, als würden sie aus einem diffusen Nebel heraustreten. Ich sah schwarz glänzende Muscheln, die sich am Rande eines Wassersaums an Felsen klammerten, und roch die von Salz gereinigte und vom scharfen Geruch nach Vogelkot durchsetzte Luft.

Meine Beine schmerzten noch immer, trotzdem hatte ich

mein Pferd inzwischen lieb gewonnen. Abends lehnte ich mich oft an seinen Hals, eine Hand auf seiner Schulter und die andere zwischen den weichen, sich blähenden Nüstern. Trotz meines Protests konnte Kip sich nie ganz von der Vorstellung lösen, dass ich irgendwie mit den Tieren kommunizierte. In Wirklichkeit aber war genau das Gegenteil der Fall. Eine Tatsache, die ich von Anfang an als unglaublich entspannend empfunden hatte. Schon allein aufgrund ihrer Größe waren die Pferde von einer beharrlichen Präsenz, doch das Ganze hatte nichts von der pochenden Aufmerksamkeit, die ich in der Gegenwart von Menschen empfand. Wenn ich an seinen Hals gelehnt dastand, schloss ich die Augen und dachte, dass sich so ein Nicht-Seher fühlen musste, wenn er Gesellschaft hatte. Es war einfach nur das, was es war – ein warmer Körper. Nachts, wenn ich neben Kip einschlief, fragte ich mich, ob die Abwesenheit seiner Erinnerungen eine Erklärung dafür war, warum ich mich sonst nur mit ihm so wohlfühlte. Vielleicht war seine Gesellschaft so angenehm für mich, weil kaum Aufruhr in seinem Kopf herrschte.

Er sprach nicht oft darüber, was ihm zugestoßen war, und ich war überrascht, wie glücklich er wirkte. Die Welt schien etwas Neues für ihn bereitzuhalten, was ihn trotz Hunger und Erschöpfung ausgesprochen fröhlich machte. Als wir eines Nachts aneinandergekuschelt im Gras lagen, die Pferde in der Nähe festgebunden, versuchte er es mir zu erklären. »Als du den Tank zertrümmert hast, war es wie zum Zeitpunkt der Explosion. So zumindest denke ich, muss es sich angefühlt haben. Nicht auf eine schlechte Art, eher als würde sich alles in ein Vorher und ein Nachher aufteilen. Der Moment, in dem das Glas splitterte. Das war wie die Explosion für mich, bis hin zum aufbrandenden Lärm.«

Die Erinnerung ließ mich zusammenzucken. Ich hatte mit

dem Schraubenschlüssel ausgeholt und die Stille des Tankraums mit einer gigantischen Geräuschexplosion zunichtegemacht.

Er fuhr fort: »Alles aus der Zeit davor ist verloren. Natürlich ist das traurig. Und natürlich wünschte ich, ich wüsste Bescheid. Aber die Zeit seit der Zerstörung des Tanks ist das Nachher, und das lässt sich nicht ändern. Mehr habe ich nicht, und auf eine gewisse Art ist das auch sehr aufregend – und neu.«

Ich seufzte. »Ich persönlich könnte ein bisschen weniger Aufregung vertragen.« Natürlich verstand ich, was er meinte. Und ich wusste auch, dass ich dafür verantwortlich war. Ich war die Tank-Zertrümmerin, die Explosionsverursacherin. Ich hatte keine Ahnung, ob ich nun die Apokalypse seiner alten Welt war oder die Prophetin seiner neuen. Oder beides. So oder so war mir klar, dass wir aneinander gebunden waren, seit ich den Schraubenschlüssel in den Tank gerammt hatte. Vielleicht sogar schon, seit wir uns zum ersten Mal durch die Scheibe in die Augen gesehen hatten.

Wir trafen nur auf eine einzige Siedlung. Schon aus der Ferne sahen wir den Hügel, der sich aus dem Sumpf erhob, die Umrisse der Gebäude, die Abhänge mit den wuchernden Nutzpflanzen. Es musste sich um einen Omega-Ort handeln, denn er lag vollkommen isoliert. Wir machten dennoch einen weiten Bogen um ihn, um nicht von den Bewohnern gesehen zu werden. Es gab keinen einzigen Baum, geschweige denn ein Wäldchen, das uns Schutz hätte bieten können, aber ungefähr achthundert Meter weiter westlich wuchs Schilfrohr, das so hoch war, dass es sogar unsere Pferde überragte. Dort ließen wir uns für die Nacht nieder.

Eigentlich hatten wir geplant, uns von der Siedlung fernzuhalten und noch vor Sonnenaufgang aufzubrechen, doch dann vernahmen wir Musik, die uns unwiderstehlich anzog.

Als wir die Pferde festmachten und der Wind sich legte, wurden leise Gitarrenklänge zu uns herübergetragen. Ich hatte seit meinen Jahren in der Siedlung keine Musik mehr gehört; dort hatte Sara, die Schmiedin, nach der Ernte am Wintersonnwendfeuer immer Flöte gespielt. Hin und wieder hatten uns Omega-Barden einen Besuch abgestattet, in den letzten Jahren allerdings immer weniger, denn wir hatten keine Münzen und das Einzige, auf das sie hatten hoffen können, war eine magere Mahlzeit gewesen. Als wir an jenem Abend Rast machten, schienen die Klänge nicht einfach nur aus der Dunkelheit an unser Ohr zu dringen, sondern aus einer weit entfernten Vergangenheit. Halb gehörte und halb erinnerte Melodien.

Es hing nur eine schmale Mondsichel am Himmel. In der Dunkelheit war es nicht leicht, den Weg zur Siedlung zu finden – Kip und ich standen abwechselnd knietief im Wasser. Der Hunger hatte alle Bedenken, die Omegas zu bestehlen, verstummen lassen. Allerdings verhießen uns die maroden Gebäude und die stinkenden, durchweichten Felder, dass es dort nicht viel zu holen gab. Aber im Grunde genommen wollte ich auch nur die Musik. Wir arbeiteten uns durch die sumpfigen Felder, bis wir endlich bei den Häusern ankamen.

Die Melodie drang aus einem von Laternen erleuchteten Schuppen auf der Südseite des Hügels. Durch die offen stehende Tür sahen wir mehrere Gestalten, die auf Heuballen saßen oder sich im Rhythmus der Melodie wiegten. Da es sich um eine Omega-Siedlung handelte, mussten wir wenigstens nicht damit rechnen, von kläffenden Hunden verraten zu werden. Vorsichtig schlichen wir zur Hinterseite des Schuppens, wo man die Musik lauter hörte. Durch die vielen Ritzen in der Wand konnten wir einen Blick hineinwerfen. Das Licht der Laternen schien im Takt der Musik zu flackern. In der Mitte, auf einer provisorischen, aus Heuballen gebauten

Bühne spielten zwei Männer Flöte und eine Frau Gitarre – ihrem Aussehen nach zu urteilen, handelte es sich um reisende Barden. Sie trugen abgewetzte, aber kunstvoll verziert Kleider. Bestimmt war ihr Besuch ein willkommener Vorwand für die Feier. Um sie herum standen die Dorfbewohner, ausgemergelt, aber fröhlich. Einige von ihnen waren bereits betrunken und taumelten im Takt der Musik durch den Raum.

»Komm«, sagte Kip und zog mich am Ellbogen.

»Aber bei dem Licht drinnen sehen sie uns hier draußen doch nicht«, flüsterte ich und presste mein Gesicht gegen das raue Holz. Im Schuppen wirbelte ein Mann gerade ein junges Mädchen an den Armen herum. Sie warf ein Bein in die Luft, während sie ihn laut lachend umkreiste.

»Das meine ich nicht.«

Ich wandte mich zu ihm um.

Er trat einen Schritt zurück, deutete eine Verbeugung an und streckte den Arm aus. »Darf ich bitten?«

Ich verbiss mir ein Lachen. Die Situation war einfach zu absurd. Er grinste mich an. »Lass uns bitte ein paar Minuten so tun, als wären wir nicht auf der Flucht. Sondern zwei ganz normale Menschen, die sich beim Tanzen amüsieren.«

Ihm musste klar sein, wie unmöglich sein Vorschlag war. Wir konnten jeden Moment entdeckt werden. Sogar hier, unter unseresgleichen, wagten wir nicht, uns zu zeigen. Bestimmt hatte sich die Nachricht unserer Flucht längst von Wyndham aus verbreitet. Und vielleicht auch von dem Dorf aus, wo wir die Pferde gestohlen hatten. Eine Horde Soldaten war hinter uns her und man hatte ein Kopfgeld auf uns ausgesetzt, dem die knochigen Gesichter dort in der Scheune sicher nur schwer widerstehen könnten. Und irgendwo da draußen war immer noch die Beichtmutter und tastete mit ihrem rasiermesserscharfen Verstand den Nachthimmel ab.

Doch hier im Dunkeln, zu den Klängen der Musik, die durch die Ritzen des Schuppens drang, und beim Geruch nach Rauch und Ale war es leicht, Kips Hand zu nehmen. Das Licht malte dunkle Schatten auf sein Gesicht. Ich legte die andere Hand an seine Taille und gemeinsam wirbelten wir über die Wiese. Es war ein Ausblick auf ein anderes Leben. Ein Leben, in dem wir mit unseren Freunden in der Scheune tanzen würden, anstatt uns hier draußen im Dunkeln zu verstecken. Ein Leben, in dem eine magere Ernte oder ein undichtes Dach unsere größte Sorge wären und nicht ein Raum voller Tanks oder eine Armee, die sich an unsere Fersen geheftet hatte. Ein Leben, in dem keine Explosionen meinen Schlaf störten, sondern allenfalls ein Traum von einem gut aussehenden Jungen, der mir auf dem Markt begegnet war.

Wir tanzten zu mehreren Liedern, wirbelten einander herum, erfanden extravagante Bewegungen und Figuren. Wir trauten uns nicht zu lachen oder zu sprechen, das übernahmen die Tänzer auf der anderen Seite der Mauer für uns. Ihre Rufe und das Gelächter schwollen mit der Musik immer mehr an.

Es begann zu nieseln. Eigentlich war es so warm, dass uns der Regen nicht hätte kümmern müssen – seit wir das Marschland überquerten, waren wir sowieso ständig vollkommen durchnässt –, aber er erinnerte uns daran, dass wir uns auf der falschen Seite der Wand befanden. Dass wir immer noch einem Leben Zeit abluchsten, das uns gar nicht gehörte. Wahrscheinlich hatte ich das damals in unserem Dorf schon getan, als Zach und ich noch Kinder gewesen waren.

Wir sagten kein Wort, als wir uns, verfolgt von den heiteren Klängen, in die Nacht, zurück in die grasbewachsene Marschlandschaft, schlichen.

Die Tage vergingen und wir begannen, den Pferden ihr Gras zu neiden. Auf den sumpfigen Feldern gab es nur wenig, was wir hätten erbeuten können. In den trüben Tümpeln schwammen allenfalls ein paar Garnelenschalen herum, fleischlose gräuliche Hüllen. Immerhin gab es genug Wasser und der unwirtliche Boden war eine Garantie dafür, dass sich hier keine Menschen angesiedelt hatten. Einerseits waren wir erleichtert, andererseits konnten wir so auch nichts zu essen ergattern. Kip riss immer weniger Witze. Nachts, wenn wir nebeneinandersaßen und die Pferde betrachteten, merkte ich, wie mein leerer Mund ihre Kaubewegungen imitierte.

»Hast du dich nie gefragt, warum Pferde – oder andere Tiere – keine Zwillinge haben?«, fragte ich ihn.

»Aber das haben sie doch manchmal«, entgegnete er.

»Na ja gut, es gibt Mehrlingsgeburten. Aber echte Zwillinge nicht. Keine, die durch ein Band miteinander verbunden sind wie die Menschen.«

Er zuckte mit den Schultern. »Tiere sprechen auch nicht, und sie bauen keine Häuser. Sie sind eben anders als wir. Die Strahlung der Explosion hatte nicht die gleiche Wirkung auf sie wie auf uns, das ist alles. Und es ist ja nicht so, als wären sie davon unberührt geblieben. Man sieht die ganze Zeit irgendwelche deformierten Exemplare. Sie haben sich einfach nur anders an die Umstände angepasst.«

Ich nickte. Das war eine allgemein akzeptierte Erklärung. Allerdings hatte ich Schwierigkeiten, die Paargeburten als Anpassung zu sehen und nicht als etwas, das es schon immer gegeben hatte. Eine Welt ohne Zwillinge schien mir unnatürlich und schlichtweg nicht möglich. Dabei kam gerade Kip einer solchen Vorstellung so nah wie es das Nachher nur erlaubte. Doch selbst das war lediglich eine Illusion. Denn auch, wenn er sich nicht mehr an seine Schwester erinnerte, lief sie irgendwo da draußen herum. Die beiden waren wie die zweiköpfige Schlange, die wir vor einer Woche am Fluss gesehen hatten. Jeder Kopf mochte sich für eigenständig halten, aber ihren Tod würden sie trotzdem teilen.

Am nächsten Tag spürte ich, wie sich der Sumpf langsam zurückzog, und nur wenig später veränderte sich die Landschaft. Die Erde war weniger durchweicht, und wir kamen besser voran. Weiter westlich entdeckten wir eine Bergkette und gegen Abend sahen wir Rauch in der Ferne aufsteigen.

Als wir die Seile von den Hälsen der Pferde lösten, brauchten sie einige Zeit, bis sie ihre neu gewonnene Freiheit realisierten. Dass sie sofort zu grasen begannen, brachte mich zum Lachen. »Das wäre doch typisch für uns, wenn wir sie jetzt nicht mehr loswürden, oder?« Statt mich sofort abzuwenden, gestattete ich mir, meinem Pferd ein letztes Mal den Hals zu tätscheln.

»Glaubst du, sie kommen klar?«

Ich nickte. »Wahrscheinlich werden sie irgendwann wieder eingefangen. Und bis dahin machen sie eben ein bisschen Ferien.« Ich trat einen Schritt zurück. Als das Pferd immer noch keine Anstalten machte, sich zu bewegen, gab ich ihm einen kräftigen Klaps auf das Hinterteil. Es machte ein paar zaghafte Schritte. Kips Pferd tat es ihm gleich. Keine sechs Meter weiter blieben die beiden jedoch erneut stehen und begannen zu grasen.

»Eigentlich hätte ich gedacht, sie würden in wildem Galopp verschwinden.«

Kip zuckte mit den Schultern. »Dafür sind die viel zu faul. Genau genommen habe ich sie seit der ersten Nacht nicht mehr richtig galoppieren sehen.« Er hielt die Seile hoch. »Brauchen wir die noch?«

»Ich wüsste nicht wozu.«

Kip sah mich an. »Sie werden dir fehlen, oder?«

»Irgendwie schon. Zumindest manches an ihnen.«

»Mir auch. Reiten macht Spaß. Und ich mag es, sie in meiner Nähe zu haben.« Er setzte sich in Bewegung. »Wenn's dich tröstet – wir werden wahrscheinlich noch ziemlich lange nach ihnen riechen.«

Wir saßen auf einem großen Felsblock am Rande des Marschlands und betrachteten das Netz aus Straßen, das sich zu einer Stadt verdichtete. Sie war groß, größer als jeder Ort, den ich bisher gesehen hatte. Außer Wyndham vielleicht. Die Stadt schien sich regelrecht über den Hügel zu ergießen, auf dem sie erbaut worden war. Weiter unten verteilten sich die Häuser bis zu den Randgebieten, weiter oben hingegen drängten sie sich dicht aneinander. Im Süden erstreckte sich ein dichter Wald.

»Omega«, sagte ich mit zusammengekniffenen Augen. Hinter der Stadt ging langsam die Sonne unter.

»Woher weißt du das?«

»Schau doch hin.« Ich deutete auf die provisorisch zusammengezimmerten Häuser, das umliegende Marschland und die Baracken im Randgebiet.

»Ein paar Alphas werden wir wohl trotzdem begegnen.«

»Patrouillierenden Soldaten vielleicht. Händlern und Reisenden. Zwielichtigen Typen.«

»Meinst du, die suchen dort nach uns?«

Ich saugte an meiner Oberlippe. »Keine Ahnung. Wir sind weit gekommen. Weiter als Zach wahrscheinlich gedacht hätte.«

»Auch weiter als ich gedacht hätte, um ehrlich zu sein.«

»Trotzdem, bestimmt hat er die Nachricht von unserer Flucht verbreiten lassen. Aber ich schätze, wir haben keine andere Wahl.« Ich betrachtete meine knochigen Arme. Die Fingerknöchel spannten spitz wie Gräten die Haut auf meiner Hand. »So geht's jedenfalls nicht weiter. Selbst wenn sie nach uns suchen – wir können nur in Städten wie diesen etwas Essbares auftreiben.« Ich dachte daran, wie ich meine Puppe Scarlett für alle sichtbar zwischen meinen anderen Puppen in der Spielzeugkiste versteckt hatte. »Und wahrscheinlich gibt es sowieso keinen sichereren Ort als diesen hier. Dort sind wir nur zwei unter Tausenden.«

Kip drehte sich zu mir um. »Und sie halten nach einer Seherin und einem einarmigen Jungen Ausschau, nicht wahr?«

13

KIP SCHLUG VOR, mir den linken Arm an den Bauch zu binden. Unter dem ausgeleierten Stoff des Pullovers war nach all den entbehrungsreichen Wochen genug Platz. Bei Kip selbst gestaltete sich die Sache schon schwieriger. Wir versuchten, seinen leeren Ärmel mit Gras auszustopfen, doch das ließ ihn nur wie eine Vogelscheuche aussehen. »Egal«, sagte er. »In der Stadt werden Hunderte einarmiger Männer rumlaufen. Das Problem bist du.«

»Na, vielen Dank«, erwiderte ich, obwohl ich wusste, was er meinte. Es gab nicht viele Seher – die Beichtmutter und der Verrückte in Haven waren die einzigen, die ich bisher zu Gesicht bekommen hatte, auch wenn ich natürlich von anderen gehört hatte. Mein gesunder Körper war hier so anormal wie der von Kip in einer Alpha-Stadt. Keiner von uns erwähnte die Vorsichtsmaßnahme, die wir am ehesten hätten treffen müssen – uns zu trennen. Aber die Vorstellung, mit einem festgebundenen Arm allein in der Stadt herumzuirren, war zu viel für mich.

Auf dem Weg zur Hauptstraße musste mich Kip mehrere Male stützen, weil ich ins Straucheln geriet. »Deinen echten Namen solltest du besser nicht verraten«, meinte er.

»Gute Idee.« Ich dachte kurz nach. »Dann heiße ich ab jetzt Alice. Und du?«

Er hob eine Augenbraue.

»Ach ja, natürlich«, sagte ich lachend. In den letzten paar

Wochen hatte ich mich so an seinen Namen gewöhnt, dass ich ganz vergessen hatte, dass er meine Erfindung war.

Langsam bewegten wir uns auf die Stadt zu. Wir waren nicht allein unterwegs. Je weiter der Abend voranschritt, desto mehr Leute strömten von den umliegenden Feldern in ihr Zuhause zurück. Neben uns schob ein Mann einen Karren voller Kürbisse. Eine Frau hatte sich ein Stoffbündel über die Schulter geworfen. Niemand würdigte uns eines Blickes. Wir waren einfach nur ein Teil der mit der Nacht einsetzenden Flut von Menschen.

Wir erreichten das Zentrum, wo enge Straßen von dicht aneinandergebauten Häusern gesäumt wurden. Eigentlich hatte ich gedacht, wir würden aus der Masse herausstechen, weil wir so unglaublich schmutzig waren, doch die meisten Leute, die sich an uns vorbeidrängten, sahen nicht viel besser aus.

Ich zog Kip am Pullover und deutete auf eine Seitenstraße. »Hier lang«, sagte ich.

»Ist das schon wieder eins deiner Geografie-Kunststückchen?«

Ich lachte. »Nein, ich rieche Essen.« Und tatsächlich, die Straße mündete auf einen Platz mit einem Markt, von dem um diese Uhrzeit allerdings nichts mehr übrig war außer dem Geruch nach Gebäck, überreifem Gemüse und Kohlblättern, die sich im Matsch festgetreten hatten. Die letzten Händler waren gerade dabei, ihre Waren auf Fuhrwerken zu verstauen und sich auf den Heimweg zu machen.

»Tut mir leid, scheint, als wären wir zu spät. Aber wir hätten ja sowieso kein Geld gehabt.«

»Wir hätten eins der Pferde essen sollen«, erwiderte Kip halb im Scherz.

»Wir müssen uns eine Arbeit suchen.«

»Oder irgendwas mitgehen lassen«, erwiderte er, während

er eine Marktfrau dabei beobachtete, die gerade eine Kiste Pasteten wegtrug.

»Ich weiß nicht. Diesmal können wir nicht einfach davonreiten. Und es fühlt sich irgendwie schäbig an, unsere eigenen Leute zu beklauen.«

»Ach, und was ist mit ›es gibt nur eine Welt‹?«, zog er mich auf. »Aber okay, ich weiß, was du meinst. Und ich würde auch lieber arbeiten. Ich habe nur keine Ahnung, zu was wir uns eignen würden, das ist alles.«

In diesem Moment überquerten zwei Männer den Marktplatz und kamen auf uns zu. Einer von ihnen, ein fetter Typ, der sich auf einen Stock stützte, blieb neben uns stehen und beugte sich vor, sodass ich seinen heißen, süßen Atem riechen konnte. An Kip gewandt, sagte er: »Eine Bronzemünze, wenn du mir deine hübsche Freundin für eine Stunde ausleihst.«

Noch ehe Kip antworten konnte, hatte ich dem Kerl bereits ins Gesicht geschlagen. Die Stoppeln an seinem Kinn kratzten auf meiner Hand. Ich sprintete los und warf einen Blick zurück, wo Kip nach dem Stock des Mannes trat und dann hinter mir her rannte.

Der Dicke versuchte gar nicht erst, uns zu folgen. Wir hörten, wie er laut fluchend durch die Zähne pfiff. Sein Freund lachte.

Mit meinem festgebundenen Arm war ich ziemlich langsam. Als wir den Marktplatz hinter uns gelassen hatten, zog Kip mich in einen Hauseingang.

»Ich dachte, wir wollten uns unauffällig verhalten«, zischte er.

»Hätte ich mit dem Kerl mitgehen sollen, oder was?«

»Nein, natürlich nicht. Aber wir hätten ihn einfach stehen lassen können. Du musst nicht immer gleich einen Streit vom Zaun brechen und alle Welt auf uns aufmerksam machen.«

Ich bohrte meinen Fuß in den Schlamm. »Der Typ war ekelhaft.«

»Ja, klar war er das. Aber er wird nicht der letzte Widerling sein, dem wir begegnen, und wir dürfen uns nicht ständig in Schwierigkeiten bringen.«

Ich schwieg.

»Warte nächstes Mal wenigstens, bis er mir das Geld gegeben hat, dann kannst du immer noch losrennen.«

Ich musste meinen ganzen Körper drehen, um ihn mit der freien Hand in die Schulter zu boxen.

Wir gingen bergauf die Gasse entlang, in die wir geflüchtet waren. Hinter geschlossenen Fensterläden sahen wir den Schein eines Feuers oder das Licht einer Laterne. Als der Weg in eine größere Straße mündete, waren wir schnell wieder von Menschen umringt. Jetzt, nach unserer Begegnung auf dem Marktplatz, war das tröstliche Gefühl, das ich in der Menge verspürt hatte, verschwunden. Der Mann war der erste gewesen, der seit unserer Flucht das Wort an uns gerichtet hatte, es sei denn, man wollte die Schmähungen der Alpha-Leute dazurechnen, denen wir die Pferde gestohlen hatten. Bis jetzt hatte ich nicht darüber nachgedacht, wie wir uns wieder in die Welt einfügen würden. Hier, in den belebten Straßen der Stadt, hatten wir immer noch Hunger und wir wurden wieder verfolgt. Die aus den Häusern dringenden Essensgerüche machten die Sache nicht besser. Wenigstens lief uns keiner von Zachs Leuten über den Weg. Nur an den Mauern waren ihre Plakate angebracht: *Ratssoldaten: Sie schützen eure Gemeinden. Reservate: Der Rat sorgt für euch. Nicht gezahlte Steuern werden mit Gefängnisstrafen geahndet. Berichtet uns von illegalen Omega-Schulen (gegen Belohnung).* Wir mussten grinsen. Da arbeitete der Rat also mit schriftlichen Warnungen, obwohl er doch behauptete, alle Omegas seien Analphabeten. Wir sahen, dass einige

Plakate beschmiert worden waren. Andere hatte man heruntergerissen, sodass nur noch vereinzelte Fetzen an den Nägeln hingen.

Bergab wurde die Straße von einem großen Gebäude mit offenen Fensterläden dominiert. Aus dem Schornstein stieg Rauch auf. Neben der Tür hing eine Laterne und darunter saß eine Pfeife rauchende Frau auf einem umgedrehten Eimer. Ich sah Kip an. Er nickte und ging langsam hinter mir her.

»Entschuldigen Sie bitte«, sagte ich. Statt einer Antwort blies die Frau eine Rauchwolke aus. »Sind Sie die Besitzerin dieses Gasthauses? Könnten wir gegen eine Mahlzeit und ein Plätzchen zum Schlafen bei Ihnen arbeiten? Nur für eine Nacht.«

Die Frau schien mit einer weiteren Rauchwolke Zustimmung auszudrücken. Ich versuchte, nicht zu husten. Sie stand auf und nahm die Pfeife aus dem Mund. »Das hier ist kein Gasthaus«, sagte sie. »Aber es gehört mir, und wir können eure Hilfe gut gebrauchen.« Trotz ihrer verkrümmten Beine bewegte sich die Frau erstaunlich flink. Der Flur mit der niedrigen Decke, durch den sie uns führte, wurde von Kerzen erleuchtet. Sie öffnete die Tür zu einem Nebenzimmer und bedeutete uns einzutreten. »Dann mal los. Zieht euch aus.«

Kip machte einen Schritt auf sie zu. »An diese Art Arbeit hatten wir nicht gedacht. Tut mir leid, wenn wir uns missverstanden haben.«

Die Frau lachte nur, als er mich bei der Hand nahm und sich an ihr vorbeidrängen wollte. »Seid nicht albern. Das hier ist kein Bordell. Aber wenn ihr glaubt, dass ich euch in diesem Zustand in die Nähe meiner Küche lasse, haben wir uns in der Tat missverstanden. Und jetzt rein mit euch. Meine Köchin wird euch Wasser bringen.« Die Tür fiel hinter ihr ins Schloss.

Kip sah mich an. »Sie ist nicht abgeschlossen. Wir könnten gehen.«

Ich schüttelte den Kopf. »Ich denke, sie ist in Ordnung. Das alles fühlt sich richtig an.«

»Aber du hast auch keine Ahnung, wo wir hier sind, oder?«

Ich schüttelte den Kopf. »Aber solange wir etwas zu essen bekommen, ist mir das auch ziemlich egal.«

Wir hörten, wie hinter der Tür laute Anweisungen gegeben wurden. Nur wenige Minuten später trat eine junge Frau mit einem roten Kopftuch und einem Eimer in das Zimmer. Noch dreimal kam sie mit frischem Wasser zurück, das sie in eine runde Holzwanne neben dem Feuer kippte. Mit der letzten Fuhre warf sie Kip ein Stück Seife zu. »Die Chefin sagte, ihr würdet es brauchen, und wenn ich euch so anschaue, muss ich ihr recht geben.«

Die Aussicht, endlich wieder sauber zu werden, war zu verführerisch, als dass wir uns geduldet hätten, bis das Wasser die richtige Temperatur angenommen hatte. Kip reichte mir die Seife und wandte mir den Rücken zu, während ich meine Kleider ablegte und in das lauwarme Wasser glitt. Als ich mich auf den Rücken legte und die Knie anzog, konnte ich sogar mit dem Kopf untertauchen. Am liebsten wäre ich ein paar Minuten liegen geblieben, aber als meine spitzen Knochen schmerzhaft über das raue Holz schabten, ging ich schnell dazu über, mich zu waschen. Im lauwarmen Wasser schäumte die Seife kaum, aber ich schrubbte so lange, bis ich alle Schmutzschichten entfernt hatte und meine Haut ungewohnt pink glänzte. Dann machte ich mich daran, mein Haar so gründlich zu reinigen, bis die Haut an meinen Fingern aufzuquellen begann.

Wieder wurde die Tür geöffnet. Ich stieß mir den Kopf an, als ich versuchte, mich ganz klein zu machen. Doch diesmal kam das Mädchen nicht herein, sondern warf lediglich ein paar Handtücher und frische Kleider ins Zimmer, um die Tür sofort wieder ins Schloss fallen zu lassen.

Ich unterdrückte ein Lachen, als Kip umständlich beiseitetrat und mir selbst dann noch den Rücken zuwandte, als er mir eins der Tücher angereicht hatte. »Du liebe Güte. Vor dir muss ich meinen Körper nicht verstecken«, sagte ich, während ich aus der Wanne stieg. »Du weißt, dass ich zwei Arme habe. Und der Rest dürfte dich auch nicht allzu sehr überraschen.«

»Entschuldigung«, murmelte er, doch als ich die Kleider durchsah, die uns das Mädchen gebracht hatte, hatte er seinen Blick immer noch abgewandt. Irgendwann stand ich ihm in Hemd und Hose gegenüber und bat ihn, mir beim Fixieren meines Arms zu helfen. Wir benutzten mein altes Hemd, das anschließend unter dem dicken Pullover verschwand.

Kip griff nach dem zweiten Handtuch und warf einen Blick in die Wanne.

»Tut mir leid, dass es so eine Brühe ist«, sagte ich verlegen. »Aber inzwischen dürfte es durch das Feuer ein bisschen wärmer geworden sein.«

Obwohl ich ihn zuvor geneckt hatte, wandte auch ich mich ab, als er sich auszog und in die Wanne kletterte. Allein die Geräusche hatten etwas seltsam Intimes an sich. Ich hörte Wasser spritzen und seine Ellbogen und Schulterblätter über das Holz rutschen, wie das Handtuch über seine Haut rubbelte und er sich die Kleider überstreifte.

Ohne anzuklopfen, trat die Frau mit der Pfeife ins Zimmer. Wir waren gerade dabei, unsere Schuhe zuzubinden. Sie musterte uns eingehend. »Schon besser. Und jetzt kommt mit in die Küche. Lasst eure schmutzigen Sachen hier, die gebe ich in die Wäsche. Das ganze Pferdehaar sollte schnellstmöglich verschwinden, bevor irgendjemand anfängt, Fragen zu stellen.«

Kip und ich wechselten einen Blick und folgten ihr dann über einen langen Flur in einen Raum, aus dem geschäftige

Kochgeräusche drangen. Unter einem Bratrost loderte ein Feuer. In ein paar kleinen Töpfen blubberte es verheißungsvoll. Das Mädchen mit dem roten Kopftuch schnitt Karotten. Ihr Messer klopfte einen schwungvollen Rhythmus auf dem Schneidebrett.

Wieder musterte uns die Frau – diesmal eher abschätzend. »Ihr beide könnt gerade mal so viel arbeiten wie einer allein. Und wahrscheinlich nicht mal das, wenn ihr nicht erst etwas esst. Sofern ihr überhaupt noch wisst, wie das geht.« Sie schien den Anblick unserer mageren Körper geradezu als persönliche Beleidigung aufzufassen. Dann griff sie nach einem Tuch, hob den Deckel eines großen Topfes an, schöpfte etwas Eintopf in zwei Schalen und legte jeweils einen Löffel hinein. »Wenn ihr fertig seid«, sagte sie, »könnt ihr die Kartoffeln waschen. Keine von denen ist so dreckig wie ihr, als ihr hier reingeschneit seid.«

Sie entfernte sich. Wir setzten uns auf eine niedrige Bank an der Wand und aßen so schnell, wie das dampfende Essen es zuließ. Obwohl die plötzliche Nahrungsattacke meinen Magen in Aufruhr versetzte, verschlang ich jedes noch so kleine Gemüsestück und kratzte die Schüssel bis auf den letzten Löffel aus. Kip, der sie zwischen die Knie geklemmt hatte, tat es mir gleich.

Die junge Frau nahm uns das Geschirr ab. Unterhalb ihres roten Halstuchs, in der Mitte ihrer Stirn, prangte ein Auge. Sie hatte dunkelbraune Haut und war etwas rundlicher als die alte Frau. Ihr Name sei Nina, sagte sie. Ich stellte mich als Alice vor, was sich nicht annähernd so unnatürlich anfühlte, wie ich erwartete hätte. In den ersten ein, zwei Monaten in der Siedlung war ich nur »Alices Nichte« gewesen, und selbst später hatten immer noch alle von »Alices Zuhause« gesprochen.

Nina zeigte uns die Kartoffeln, zwei Säcke, ungefähr halb so groß wie ich selbst, die an einer Wand lehnten. Ich kniete mich über einen Eimer Wasser und kam mir mit meinem über den Bauch gebundenen Arm schrecklich ungeschickt vor. Mit nur einer Hand bekam ich die Kartoffeln nicht sauber, also teilten Kip und ich uns die Arbeit. Ich hielt jeweils eine Knolle fest und drehte sie hin und her, während er sie mit einer kleinen Bürste putzte und anschließend im Eimer abwusch. Wir arbeiteten konzentriert, und der Stapel mit den sauberen, gelblich-weißen Kartoffeln wurde größer und größer. Das Essen und die Hitze des Feuers machten mich schläfrig, doch ich genoss die einfache Tätigkeit und das Gefühl, im Einklang mit Kip zu arbeiten. Wie zwei Hälften desselben Körpers.

Auch Nina arbeitete still vor sich hin, und so blieben wir von gefürchteten Fragen verschont. Die Geräuschkulisse verhinderte, dass das Schweigen unangenehm wurde.

Irgendwann brach Kip die Stille und erkundigte sich, um was für ein Haus es sich bei unserer neuen Arbeitsstelle handelte.

Nina hob eine Augenbraue. »Das wisst ihr nicht?«

Wir schüttelten den Kopf.

»Ihr habt doch wohl nicht gedacht, das ganze Essen sei für mich und die Chefin?« Sie lachte.

Wieder schüttelte Kip den Kopf. »Aber außer uns ist keiner da. Wie ein Gasthaus sieht es hier nicht aus.«

»Zumindest keins, wo man gegen Geld unterkommt.« Sie wischte sich die Hände an ihrer Schürze ab. »Kommt mit.«

Wir folgten ihr durch die Küche in einen Hof auf der Rückseite des Hauses, in den über die umgebende Mauer hinweg die nächtlichen Geräusche der Stadt drangen. Als wir auf der anderen Seite angelangt waren, drehte sich Nina zu uns um, legte einen Finger an die Lippen und öffnete eine Tür.

Wir betraten einen Raum, der noch einmal genauso lang war wie der ganze Hof und ungefähr dreimal so groß wie die Küche. Die meisten Kerzen waren bereits niedergebrannt, nur zwei spendeten ein schwaches Licht. Ordentlich aufgereihte Betten und Pritschen säumten eine Wand.

Kip und ich schritten die schier endlos wirkende Reihe ab. Die schlummernden Gestalten waren noch Kinder, die ältesten vielleicht zwölf und die kleinsten noch Babys, unglaublich verwundbar in ihrem tiefen Schlaf. Einigen von ihnen stand wie jungen Vögelchen der Mund offen. In einem Bett neben mir hatte sich ein kleines Mädchen von seinen Laken freigestrampelt und lag Daumen lutschend auf der Seite. Auf jedem einzelnen Gesicht konnte man das Brandzeichen erkennen.

14

DIE TÜR AUF der gegenüberliegenden Seite des Schlafsaales ging auf, und die ältere Frau kam mit einem schlafenden Kind auf dem Arm herein. Sie legte es in ein Gitterbett und breitete sorgfältig eine Decke über das schlafende Bündel. Dann trat sie neben uns und gab uns mit einem Kopfnicken zu verstehen, dass wir ihr folgen sollten. Im Innenhof flüsterte sie Nina einige Anweisungen zu, die daraufhin wieder im Schlafsaal verschwand, während uns die krummbeinige Frau zurück in die Küche führte.

»Dann ist das hier also ein Waisenhaus?«, fragte Kip die Frau, die währenddessen in den großen Töpfen über dem Feuer rührte.

Bevor sie antworten konnte, sagte ich: »Es sind keine Waisen.«

Die Frau nickte. »Das ist richtig. Es sind Omega-Kinder, deren Eltern keinen besseren Platz für sie finden konnten. Wir sind ein Notquartier.«

»Und wie kommen die Kinder hierher?«, fragte Kip.

»Früher wurden die Omega-Kinder einfach direkt in die nächstgelegenen Siedlungen gebracht. Oft kam es aber auch vor, dass die Alphas in Kontakt mit ihren Zwillingen blieben und ihr Omega-Kind zu ihnen schickten, wenn es an der Zeit war. Es wurde dann von seiner Tante oder seinem Onkel aufgezogen. Doch in letzter Zeit wagen sich immer weniger Alphas in die Nähe der Omega-Siedlungen und weigern sich, ihre Zwillinge anzuerkennen, geschweige denn, mit ihnen in Kontakt zu bleiben. Und die Siedlungen werden in immer unfruchtbarere Landstriche verdrängt. Dadurch, und auch aufgrund der höheren Steuern, können die Omegas kaum noch sich selbst ernähren und schon gar kein Kind bei sich aufnehmen. Und keine Alpha-Familie behält ihr Omega-Kind so lange bei sich, dass es für sich selbst sorgen könnte, wie es früher manchmal der Fall war.« Sie sah sich in der Küche um, in der sich Unmengen an Schüsseln auf den offenen Regalen stapelten. »Also kommen sie hierher.«

»Und die Alphas setzen sie einfach hier aus?«

»Es ist nicht so schlimm, wie es klingt, mein Junge. Sie können es sich natürlich nicht leisten, dass den Kindern Unheil geschieht, deshalb hinterlegen sie üblicherweise auch genug Geld, damit wir uns um sie kümmern können. Es ist nur so, dass die Netzwerke, auf die sich die Menschen früher verlassen konnten, wenn es darum ging, ihre Omega-Kinder zu versorgen – Verwandte, Nachbarn, ja sogar Freunde – mittlerweile immer schwächer werden. Die Dürrejahre waren der Wendepunkt. Ich habe immer schon gesagt, dass nichts die Leute so sehr gegeneinander aufbringt wie Hunger. Und nach all den Gerüchten und Bösartigkeiten, die der Rat über Verseuchung und Ansteckung verbreitet, trauen sich die Alphas heutzutage kaum noch, überhaupt mit einem Omega zu sprechen. Wenn also die Zeit kommt, den einen Zwilling abzugeben, haben sie außer uns niemanden mehr.«

»Und die Kinder bleiben für immer hier?«, fragte ich.

»Nein, nur einige – ihr werdet sie morgen kennenlernen. Diejenigen, die niemand aufnimmt. Aber für die meisten finden wir im Laufe der Zeit einen Platz in einer Omega-Familie. Wir tun nur das, was früher die Alpha-Eltern selbst erledigten. Es wurde schon immer von Verseuchung gesprochen. Es scheint nur so, dass die neuen Kräfte im Rat felsenfest davon überzeugt sind, strikt nach den radikaleren Regeln zu handeln.« Sie sah uns abschätzend an. »Ihr müsst vom Land kommen, vielleicht aus dem Osten, wenn das alles neu für euch ist.«

Ich wollte ihr nichts von unserer Herkunft erzählen, also antwortete ich nur: »Ich bin Alice, und das ist Kip.« Als die Frau nichts erwiderte, sagte ich: »Sie haben uns noch nicht verraten, wie Sie heißen.«

»Und ich hoffe, ihr besitzt genug Verstand, mir nicht eure richtigen Namen verraten zu haben. Ich bin Elsa. Ihr könnt mich duzen. Und jetzt solltet ihr beide zu Bett gehen. Ich brauche morgen früh zeitig eure Hilfe in der Küche.«

Sie entzündete eine Kerze und drückte mir den Leuchter in die Hand, bevor sie uns durch den Innenhof zu einem kleinen Zimmer auf der Rückseite des Gebäudes führte, in dem vier leere Betten an den Wänden standen. »Die Betten sind klein, sie sind für Kinder gebaut, aber ich nehme an, ihr seid in letzter Zeit weit Schlimmeres gewohnt gewesen.«

Kip bedankte sich bei ihr, während ich die Kerze auf den Boden stellte.

Bevor Elsa die Tür schloss, sagte sie noch leise: »Die andere Besonderheit dieses Zimmers ist, dass man mit nur einem kleinen Sprung aus dem Fenster auf das Dach des Nebengebäudes gelangt, von wo aus man ungesehen durch die Hintergassen verschwinden könnte. Nur für den Fall, dass zum Beispiel ein Feuer ausbricht, oder wir Besuch von unseren Alpha-Freunden bekommen.« Die Tür fiel hinter ihr ins Schloss, bevor wir noch etwas sagen konnten.

Als ich Kip bat, mir zu helfen, meinen Arm auszuwickeln, fragte er: »Was, wenn sie in der Nacht ins Zimmer kommt?«

»Das wird sie nicht«, sagte ich. »Und ich glaube, dass sie ohnehin nichts überraschen würde, selbst wenn sie es täte.

Außerdem kann ich so eingeschnürt nicht schlafen – es war tagsüber schon schlimm genug.«

Die Hemdsärmel, die wir um meinen Körper geschlungen hatten, hatten sich fest zusammengezogen, und wir brauchten einige Minuten, bis wir den Knoten gelöst und mich befreit hatten. Ich streckte mich und genoss den Luxus, mich wieder frei bewegen zu können, als ich bemerkte, dass Kip mich beobachtete.

»Was ist los?« Ich kletterte in das Bett gleich neben der Tür und zog die Decke über mich.

»Nichts.« Er legte sich auf die Pritsche daneben. »Es ist nur … dein Arm. Als wir heute in der Küche miteinander gearbeitet haben, fühlte es sich an, als wären wir gleich. Ich würde dir das natürlich nie wünschen, aber als ich dir zugesehen habe, wie du deinen Arm ausgewickelt hast, hat es mich daran erinnert, dass ich nicht dasselbe tun kann, das ist alles.« Das Kerzenlicht war hell genug, um zu erkennen, wie er zur Decke starrte.

Elsa hatte recht gehabt, was die Betten betraf. Ich musste schräg darin liegen, und selbst dann stießen meine Zehen noch gegen das Gitter am Fußende; Kips Beine ragten sogar durch die Stäbe. Doch die weiche Matratze und die sauberen Laken waren ein beinahe vergessener Luxus. Ich leckte über Zeigefinger und Daumen und löschte die Kerze zwischen unseren Betten.

Die körperliche Nähe, die sich in den letzten Wochen auf der Flucht fast unbemerkt zwischen uns entwickelt hatte, wurde in dieser häuslichen Umgebung plötzlich greifbar. Die letzten zwei Wochen hatten wir uns jede Nacht eng aneinandergeschmiegt, während wir in Dickichten, flachen Höhlen oder unter umgestürzten Bäumen übernachtet hatten. Und hier in diesem sauberen, ungewohnt bequemen Zimmer lagen wir plötzlich in zwei getrennten Betten.

Schließlich traute ich mich, es auszusprechen: »Kann ich zu dir rüberkommen?«

Er seufzte. »Weil mein Bett nicht ohnehin schon klein genug ist?« Ich hörte, wie er die Decke zurückschlug. »Komm schon.«

Ich kletterte neben ihn. Er lag auf dem Rücken, und ich kuschelte mich an seine Seite. Ich drehte ihm mein Gesicht zu und schlang einen Arm um ihn, und er nahm meine Hand, sodass unsere ineinander verschränkten Finger auf seinem Bauch lagen.

Draußen gab eine Taube ein leises, schläfriges Gurren von sich, während ich die Seife auf unseren Körpern roch und Kips warmen, rhythmischen Atem auf meiner Stirn spürte, der mir verriet, dass er schon fast eingeschlafen war.

Als uns die Tauben auf dem Dach weckten, wickelten wir schnell meinen Arm ein, bevor wir über den Innenhof in die Küche gingen. Nina begrüßte uns mit einem abwesenden Nicken und führte Kip zu einem Stapel Kupfertöpfe, die gewaschen werden mussten.

Der Innenhof versank im Lärm, als schließlich die Kinder auftauchten. Wir hörten Elsas Stimme, die sie zur Ruhe ermahnte und dann eilige Schritte vor der Küchentür.

Nina und ich mussten den großen Topf mit Haferbrei gemeinsam durch den Flur in den Speisesaal tragen, wo sich etwa dreißig Kinder auf den Bänken entlang zweier langer Tische drängten, auf denen Löffel und Blechschalen bereitgelegt waren. Die Kinder waren gut genährt und sauber, sahen jedoch im Tageslicht zum Teil noch jünger aus als in ihren Betten in der vergangenen Nacht. Die meisten Beine, die von den Bänken baumelten, berührten noch nicht einmal den Fußboden und einige der größeren Kinder hielten die kleineren auf dem Schoß. Viele sahen so aus, als würden sie noch schlafen. Ein Mädchen lutschte verträumt an einem Löffel, während alle darauf warteten, dass der Haferbrei serviert wurde.

Elsa hatte Kip mitgenommen, damit er ihr half, die Babys zu füttern, die im Schlafsaal geblieben waren, Nina und ich verteilten den Haferbrei. Die Kinder schienen nicht überrascht von meiner Anwesenheit, vermutlich waren sie es gewohnt, dass fremde Menschen um sie herum kamen und gingen. Sie stellte sich in einer Reihe vor mir auf, während ich den dicken Haferbrei in die ausgestreckten Schüsseln schöpfte. Nina ging inzwischen mit einer Haarbürste von einem zum anderen. Mir fiel auf, dass jedes Kind einen Kuss auf die Stirn oder ein Schulterklopfen erhielt, während sie ihnen mit ein paar Strichen die Haare kämmte. Die Kinder waren höflich und bedankten sich bei mir, wenn auch noch ein wenig schlaftrunken. Zwei von ihnen schienen stumm zu sein, doch sie nickten mir zu, als sie ihre Schüsseln entgegennahmen. Ein Mädchen ohne Beine saß in einem kleinen Karren mit Rädern, der von einem der älteren Jungen gezogen wurde, ein anderes Mädchen trug zwei Schüsseln, von denen eine dem Jungen neben ihr gehörte, der keine Arme hatte. Ein groß gewachsenes Mädchen ohne Augen bewegte sich selbstbewusst entlang der Wände durch den Raum. Ich fragte mich, welche von ihnen wohl keine Familie finden würden.

Mittlerweile war der Topf nicht mehr so schwer, und ich trug ihn alleine zurück in die Küche. Wie Nina es mir aufgetragen hatte, füllte ich mir selbst eine Schüssel und aß sie neben dem Feuer. Die regelmäßigen Mahlzeiten machten mich müde, und als Kip zurückkam, war ich auf der Bank eingeschlafen, den Kopf und die Schultern an die Steinmauer gelehnt. Ich regte mich ein wenig, als er sich neben mich setzte, spürte seine Wärme und hörte seinen Löffel über die Schüssel kratzen, aber ich wachte erst richtig auf, als Nina mit dem leeren klappernden Geschirr der Kinder den Raum betrat.

Wir waren den ganzen Vormittag über in der Küche beschäftigt. Es war angenehm warm und Nina schien sich gerne mit uns zu unterhalten, stellte jedoch keine Fragen. Nachdem hier ständig Kinder kamen und gingen, hatte sie vermutlich genug für ein ganzes Leben gehört. Wir hingegen waren ganz versessen auf Neuigkeiten. Ninas Geschichten hatten alle mit den Jungen und Mädchen zu tun, die hier gelebt hatten, und den Familien, die sie abgeliefert hatten: Babys, die die Familie verlassen mussten, noch bevor sie abgestillt waren. Ein Kleinkind, das mitten in der Nacht auf der Türschwelle zurückgelassen und erst am nächsten Tag gefunden wurde, halb stranguliert von dem Beutel mit Silbermünzen um seinen Hals. Und jedes Jahr wurden es mehr. »Früher hatte Elsa zehn, vielleicht auch fünfzehn Kinder gleichzeitig hier«, sagte Nina. »Aber in den drei Jahren, seit ich hier arbeite, waren es kaum je unter dreißig. Und wir sind nicht das einzige Notquartier in New Hobart – am westlichen Stadtrand gibt es ein zweites, das aber nicht so groß ist.«

Die Geschichten, die sie uns erzählte, gaben uns jedoch auch einen Einblick in die Geschehnisse der Welt draußen. Die Omega-Familien konnten nicht mehr so einfach Kinder aufnehmen, da die Steuern immer weiter stiegen, und die Beschränkungen auf Land, Handel und Reisen machten es den Leuten immer schwerer, ihren Lebensunterhalt zu verdienen. Ratserlasse bestimmten immer öfter das Leben der Omegas. Einige der Namen kannte ich aus der Zeit vor meiner Gefangenschaft: Der Richter saß scheinbar noch immer dem Rat vor, wie er es bereits in meiner Kindheit getan hatte. Auch von der Generalin hatte ich schon gehört, und Nina bestätigte mir, dass sie stets eine der aggressivsten Gegnerinnen der Omegas im Rat war und ist. Die neuen Gesetze, die uns auf unfruchtbareres Land trieben und Siedlungen in der Nähe von Flüssen oder an der Küste verbaten, stammten von der Generalin. »Wir hatten gedacht, dass sie das Schlimmste ist, was uns passieren kann«, fuhr Nina fort. »Aber in den letzten Jahren sind andere junge Alphas dem Rat beigetreten. Die Neuen sind immer die Schrecklichsten.« Sie schrubbte energisch einen der Töpfe. »Die Jungen – der Dompteur und der Reformer – sind grausamer als alle anderen.«

Sie schien nicht bemerkt zu haben, dass ich das Küchentuch fallen gelassen hatte, als sie Zachs Ratsnamen ausgesprochen hatte. Warum hatte er den falschen Namen nicht abgelegt, nachdem er mich sicher in den Verwahrungsräumen gewusst hatte? Andererseits hatte ich noch nie von einem Ratsmitglied gehört, das unter seinem richtigen Namen arbeitete. Es war nicht nur deshalb, weil sie ihre wahre Identität nicht preisgeben wollten, sondern auch aus einer Art Eitelkeit heraus und aus Angst, dass ihr echter Name sie mit ihrem Zwilling in Verbindung bringen könnte.

Nina fuhr fort, während sie mir die nächste Schüssel zum Abtrocknen reichte: »Zusammen mit der Generalin haben diese beiden mehr Schaden angerichtet, als der Richter es jemals vermocht hat. Es ist nicht nur die Tatsache, dass es immer mehr öffentliche Auspeitschungen gibt; inzwischen müssen sich alle Omegas registrieren. Dabei geht es nicht nur um ihren Namen, den Geburtsort und ihren Zwilling – sie haben auch die Pflicht, den Rat zu verständigen, wenn sie verreisen oder umziehen. Jedes Mal, wenn wir ein Zuhause für eines der Kinder finden, müssen wir das dem Ratsbüro melden. Es gibt Gerüchte, dass es in manchen Gebieten Ausgangssperren für Omegas gibt. Und einige Siedlungen wurden sogar vollkommen abgeschottet. Die Ratssoldaten lassen niemanden hinein oder hinaus, sie übernehmen einfach die Kontrolle.« Sie hielt inne und warf einen Blick zur Tür, bevor sie mit leiserer Stimme weitersprach: »Und dann gibt es noch Geschichten darüber, dass Menschen entführt werden, dass sie einfach mitten in der Nacht verschwinden.«

Ich wagte es nicht, etwas darauf zu sagen und nickte bloß, doch Kip sprang für mich ein.

»Und was passiert mit ihnen?«

Nina schüttelte den Kopf. »Das weiß niemand. Wie auch immer, es ist nur ein Gerücht. Erzählt nie jemandem davon. Ihr erschreckt bloß die Kinder.« Aber eigentlich war es vor allem sie selbst, die erschrocken wirkte, und sie wechselte schnell das Thema.

Wir aßen unser Mittagessen zusammen mit den Kindern; danach rief uns Elsa in den Schlafsaal, wo sie gerade dabei war, die Kleinsten mit der Flasche zu füttern. Ein weinendes Baby lag auf ihrer Schulter, und sie klopfte ihm mit einer Hand auf den Rücken, während sie uns musterte. »Ich könnte mir vorstellen, dass ihr beide euch doch sicher den Nachmittag über ein wenig in eurem Zimmer ausruhen wollt.«

Ich widersprach und versicherte ihr, dass wir sehr gerne weiterarbeiten oder einfach mit den Kindern spielen würden, doch Elsa unterbrach mich. »Am Nachmittag haben wir für Besucher geöffnet. Es kommen Familien vorbei, um sich die Kinder anzusehen, und Alphas, um sie hier abzuliefern. Also denke ich, dass ihr beiden euch besser ein wenig in eurem Zimmer ausruht – und dabei die Fensterläden zum Innenhof schließt.«

Ich räusperte mich. »Danke. Wir … wir wollen dich mit unserer Anwesenheit hier nicht in Schwierigkeiten bringen.«

Elsa lachte laut und nahm das Baby herunter. »Ich bin eine Frau mit krummen Beinen, einem toten Ehemann und dreißig Kindern in meiner Obhut, die jeden Tag mehr werden. Glaubt ihr, ich wäre Schwierigkeiten nicht gewohnt? Und jetzt verschwindet. Ich rufe euch, wenn ich das Tor hinter unseren

Besuchern zugesperrt habe.« Sie zog eine große Schere aus ihrer Schürzentasche. »Und nehmt die hier mit, um euch die Haare zu schneiden. Ich kann euch damit nicht im Haus herumlaufen lassen, eure Köpfe sind die reinste Läusefalle. Und die Leute könnten euch vielleicht für Pferdediebe halten.«

Nachdem wir zurück in unserem Zimmer waren und ich meinen Arm befreit hatte, setzte sich Kip auf einen Stuhl. Ich wickelte ein Handtuch um seinen Hals und stellte mich hinter ihn. Seine Haare waren bereits im Tank lang gewesen, doch mittlerweile reichten sie ihm bis über die Schultern. Ich hob eine Strähne und schnitt sie so nahe wie möglich am Kopf ab. Er zuckte zusammen, als die stumpfen Scherenblätter an seinen Haaren rissen.

»Weißt du überhaupt, wie man das macht?«

»Ich habe während der letzten Jahre im Dorf immer Zachs Haare geschnitten.«

»Und er hat es ja auch wirklich zu etwas gebracht.«

Ich lachte, doch ich sah noch immer Ninas angsterfülltes Gesicht vor mir, als sie von den Gerüchten rund um den Reformer erzählt hatte. Es war schwer, den Zach meiner Erinnerung – meinen vorsichtigen, wachsamen Zwillingsbruder – mit dieser angsteinflößenden Person in Einklang zu bringen. Zu wissen, dass er nicht nur für das verantwortlich war, was Kip in den Tanks widerfahren war, sondern auch für so viele andere schlimme Dinge, von denen Nina erzählt hatte. Am schrecklichsten war jedoch die Gewissheit, dass ich zum Teil Schuld an der Zerstörung trug, die er anrichtete. Ich könnte ihm jetzt sofort Einhalt gebieten, dachte ich, und warf einen Blick auf die Schere hinunter. Sämtliche Ratssoldaten in Wyndham würden ihm nichts nützen, wenn ich diese stumpfe Klinge über meine Handgelenke zog – wenn ich den Mut dazu hätte.

Kip wandte sich um und sah zu mir hoch. »Dein langes Schweigen erfüllt mich nicht gerade mit Zuversicht. Bist du dir sicher, dass du nicht mein jugendlich gutes Aussehen ruinierst?«

Ich lachte und griff nach der nächsten Strähne. Dort, wo sie sich an seinen Hals geschmiegt hatte, fühlte sie sich warm in meiner Hand an. Ich hielt sie einige Sekunden lang fest, bevor ich weitermachte.

Seine Haare waren so lang, dass es eine Weile dauerte, bis ich sie geschnitten hatte. Es sah nicht perfekt aus, aber schließlich lag ein Haufen brauner Zottel auf dem Fußboden, und seinen Kopf zierten kurze Stoppeln, die mich an die Maisfelder in unserem Dorf gleich nach der Ernte erinnerten.

Ich bestand darauf, mir selbst die Haare zu schneiden, auch wenn er protestierte, und ließ mir nur am Hinterkopf von ihm helfen. Ich hatte nicht bemerkt, wie lang sie geworden waren, und nachdem ich sie auf Kinnlänge abgeschnitten hatte, schüttelte ich immer wieder den Kopf, der sich ungewohnt leicht anfühlte.

Wir fegten die Strähnen zusammen und schüttelten sie mit dem Handtuch zum hinteren Fenster hinaus. Dann standen wir nebeneinander am Fenster und sahen zu, wie die Locken auf die Straße unter uns sanken.

Kip fuhr sich immer wieder mit der Hand über seinen frisch geschorenen Kopf. »Es dauert doch Monate, dass Haare so lang wachsen, oder?«

Ich lehnte mich an ihn. »Normalerweise ja. Aber es gibt viele Dinge, die wir nicht wissen.«

Er hob eine Augenbraue. »Das ist in meinem Fall wohl noch eine ordentliche Untertreibung.«

»Ich meinte, was die Tanks betrifft. Wie sie funktionieren, und ob Dinge darin überhaupt wachsen. Wir wissen nicht, wie lange deine Haare waren, als sie dich hineinsteckten, oder ob die Alphas sie vielleicht zwischendurch geschnitten haben.«

»Ich weiß, dass das alles bloß Vermutungen sind.« Er fuhr sich wieder mit der Hand über den Kopf. »Und dass es uns vermutlich nirgendwohin führt. Aber ich kann einfach nicht aufhören, darüber nachzudenken.«

Wir hatten vorgehabt, nur kurz zu bleiben, gerade lange genug, um wieder etwas zu Kräften zu kommen. Doch Elsa stellte keine Fragen und schien dankbar für die zusätzliche Hilfe, weshalb immer mehr Tage vergingen, und als schließlich die dritte Woche anbrach, hatten wir uns in einer gemütlichen Routine eingefunden. Wir arbeiteten jeden Vormittag und jeden Abend und am Nachmittag zogen wir uns für einige Stunden in unser Zimmer zurück, was mir die Möglichkeit gab, meinen Arm für ein paar Stunden auszuwickeln. Einige Male überstieg die Neugier die Vorsicht, und ich ließ meinen Arm so wie er war, um einen kleinen Nachmittagsausflug in die Stadt zu unternehmen. Nach meiner langen Isolationshaft in den Verwahrungsräumen fand ich es immer noch verwirrend, unter so vielen Menschen zu sein, wohingegen Kip das Gedränge genoss. Obwohl wir kein Geld hatten, liebte er es, über den Markt zu schlendern, die gerösteten Nüsse und den Gewürzwein zu riechen und dem Geplapper der Leute zuzuhören. Kurze Zeit konnte ich mir sogar vorstellen, wir wären ganz normale Menschen und niemand wäre hinter uns her. Doch selbst in einer Omega-Stadt trieben sich immer wieder Alphas herum: Steuereintreiber, Soldaten, Händler auf der Durchreise. Ab und zu sahen wir ein Gesicht ohne Brandzeichen oder die leuchtend rote Uniform eines Ratssoldaten und wir drehten schnell um, verschwanden in der nächsten Gasse und machten uns durch die schmalen Straßen auf den Heimweg.

Als wir eines Morgens wieder einmal auf den Marktplatz kamen, sahen wir, dass sich vor dem Brunnen in der Mitte eine

Menschenmenge versammelt hatte. Zwei Ratssoldaten standen auf einer Plattform, weshalb wir etwas zurückwichen, doch selbst vom Rand der Menge aus, versteckt hinter einer Schubkarre voller Melonen, sahen wir, was gerade vor sich ging.

Ein Mann, vielleicht zehn Jahre älter als ich, war an einen Pfahl gefesselt, und einer der Soldaten peitschte ihm den nackten Rücken aus. Der Mann schrie bei jedem Hieb, aber die Geräusche der Peitsche waren beinahe noch schlimmer: das Pfeifen, wenn sie die Luft durchschnitt, und das markerschütternde Klatschen, wenn sie auf das Fleisch traf.

Der zweite Soldat stand einige Schritte entfernt und las laut etwas von einem Blatt Papier ab. Er musste brüllen, um sich über die Peitschenhiebe und die Schreie des Gefangenen hinweg Gehör zu verschaffen. »... für dieses Vergehen zehn Peitschenhiebe. Nach der Verhaftung wegen illegaler Entfernung eines Informationsplakates des Rates, erfolgte die Feststellung, dass der Omega-Gefangene dem Rat seine Adressänderung vorenthalten hatte. Das macht zehn weitere Peitschenhiebe, plus fünf zusätzliche, weil er während der drei Monate in seinem neuen Haus die Steuern säumig blieb.«

Der Soldat hatte seine Ansprache beendet, doch die Auspeitschung ging weiter. Die Menge schwieg, doch bei jedem Hieb zuckten zahllose Schultern zusammen. Der Rücken des Gefangenen, auf dem man anfangs noch einzelne blutige Striemen hatte erkennen können, war mittlerweile nur noch eine durchgehend fleischig-rote Masse. Das Blut hatte den Bund seiner Hose dunkel gefärbt.

Ich zog Kip hinter mir her – weg vom Marktplatz –, doch selbst nachdem wir in eine Gasse geflüchtet waren, hörten wir noch die letzten Peitschenhiebe.

»Und was ist mit seiner Alpha?«, fragte Kip, während wir zurück zum Quartier eilten. »Sie muss das doch sicher auch spüren.«

»Ich vermute, dass es dem Rat egal ist«, sagte ich. »Es ist ein Preis, den sie gerne zu zahlen bereit sind. Irgendwo, kilometerweit entfernt, schreit eine Frau vielleicht ein paar Stunden lang, aber sie haben vor Hunderten Anwesenden ein Exempel an ihrem Bruder statuiert. Und der Rat hat so gute Arbeit geleistet, wenn es darum ging, Zwillinge voneinander zu trennen, dass sie vermutlich nie erfahren wird, was die Schmerzen verursacht hat. Es wird dem System keine weiteren Schwierigkeiten bereiten.«

»Und wenn sie es doch herausfindet? Würden die Alphas das akzeptieren? Würden sie nicht wütend werden, wenn der Rat unschuldigen Menschen Schmerzen zufügt?«

Ich blieb stehen und sah ihn an. »Dieser Mann – der Mann, der gerade ausgepeitscht wurde – glaubst du wirklich, er ist weniger unschuldig als seine Alpha-Zwillingsschwester, weil er ein Plakat abgerissen hat oder es sich nicht leisten konnte, Steuern zu zahlen?«

»Natürlich nicht. Ich weiß so gut wie du, dass diese Anklagen erfunden und völliger Unsinn sind. Aber wenn sie die Leute so schlimm verprügeln, dass es ihre Zwillinge spüren, bereitet ihnen das denn keine Probleme in den eigenen Reihen? Die Alphas müssten doch wahnsinnig wütend werden.«

»Das werden sie sicherlich auch – aber nicht auf den Rat. Ich glaube, wenn sie es herausfinden, machen sie ihren Omega-Zwilling, den sogenannten ›Kriminellen‹, dafür verantwortlich. Wenn sie die Gerüchte schlucken, die der Rat verbreitet, dann werden sie alle der Meinung sein, dass er sich das selbst zuzuschreiben hatte. Genauso wie sie denken, dass die Omegas hungern, weil sie zu faul oder dumm sind, um ihr Land ordentlich zu bewirtschaften, und nicht wegen der hohen Steuern und der schlechten Qualität des Bodens.«

Danach waren wir vorsichtiger, wenn wir unterwegs waren, und verließen das Quartier nur noch gelegentlich, meistens am frühen Morgen an einem Markttag, wenn wir uns ungesehen unter die geschäftige Menschenmenge mischen konnten. Aber es war einfacher im Haus, in der abgeschiedenen Welt hinter Elsas Mauern zu bleiben, wo wir Zeit mit den Kindern verbringen und dabei versuchen konnten, zu vergessen, dass es draußen eine Stadt mit Ratssoldaten auf den Straßen und blutverschmierten Pfählen gab, an denen Menschen ausgepeitscht wurden.

Mit der Zeit lernten wir alle Kinder kennen. Louisa, ein süßer dreijähriger Zwerg, war ganz auf mich fixiert, und ein etwas älterer Junge namens Alex folgte Kip überallhin. Elsa erzählte uns, dass Alex vor fünf Jahren als Baby zu ihr gekommen war. Er hatte keine Arme und saß bei den Mahlzeiten auf Kips Schoß, während der ihn aus seiner Schüssel fütterte und sie abwechselnd jeweils einen Bissen nahmen. Alex' Kopf passte genau unter Kips Kinn und wippte leicht, wenn Kip kaute. Wenn ich die beiden beobachtete, fiel mir auf, dass sein Gesicht inzwischen nicht mehr so abgemagert aussah, seine Wangenknochen weniger stark hervortraten. Ich wusste, dass auch ich mittlerweile etwas mehr Fleisch auf den Rippen hatte und nicht mehr so knochig wirkte. Und ich war kräftiger geworden. Selbst mit einem Arm konnte ich mittlerweile die größten Töpfe ohne Hilfe über das Feuer heben oder die kleineren Kinder über lange Strecken auf meiner Hüfte mit mir herumtragen, wenn sie nach Zuneigung verlangten.

Ich hatte noch nie viel über Kinder nachgedacht. Die meisten Omegas taten es nicht, denn welchen Sinn hatte es schon? Bestenfalls konnte man darauf hoffen, sich eines Tages um das Omega-Kind einer Alpha-Familie kümmern zu dürfen, das ein Zuhause brauchte. Seit ich das Brandzeichen trug, war ich die Beschimpfungen der wenigen Alphas, die durch die Siedlung gekommen waren, gewöhnt: *Verunstaltete. Freak. Monster.* Doch wenn ich Kip nun mit Alex beobachtete oder die kleine Louisa sah, die ihre verkürzten Ärmchen nach mir ausstreckte, wann immer ich vorbeikam, verletzte mich die Tatsache, dass ich keine Kinder bekommen konnte, mehr, als alle Beschimpfungen zusammen. Es war einfach, mich selbst davon zu überzeugen, dass wir keine Freaks oder Monster waren. Elsas und Ninas Güte oder der Einfallsreichtum der Kinder, wenn es darum ging, ihre körperlichen Einschränkungen zu überwinden, waren Beweis genug. Doch ich konnte nichts dagegen tun, dass wir nun einmal keine Kinder bekommen konnten. Egal, welche Deformationen die anderen Omegas hatten, das hatten wir alle gemeinsam. Wir waren unfruchtbar.

Die anderen nach der Insel zu fragen hatte sich ebenfalls als wenig fruchtbar herausgestellt. Nach einigen Wochen versuchte ich, Elsa und Nina etwas über die Widerstandsbewegung zu entlocken. Wir waren in der Küche, alle Töpfe waren gespült, und wir genossen die kurze Ruhepause, bevor die Vorbereitungen für das Mittagessen begannen. Elsa stand am Fenster und sah zu, wie Kip mit den Kindern im Innenhof spielte, während Nina und ich auf der Küchenbank saßen.

Wir hatten Nina ein wenig wegen eines jungen Weinverkäufers am Marktplatz aufgezogen, der ihr schon seit Wochen den Hof machte. Sie bestritt es zwar, aber es war auffällig, dass sie sich in letzter Zeit oft freiwillig für die morgendlichen Einkäufe meldete und dabei immer ihr bestes Kleid trug.

»Und woher kommt dein Liebster nun?«, fragte ich.

»Er ist nicht mein Liebster«, sagte sie und gab mir einen Klaps aufs Bein. »Aber er stammt von der Küste, weiter im Westen.«

»Und wieso hat es ihn hierherverschlagen?«

Sie zuckte mit den Schultern. »Du weißt ja, wie das ist. An der Küste ist es schwieriger. Mehr Kontrollen durch Ratssoldaten, Siedlungen, die abgeschottet werden.«

Elsa wandte sich vom Fenster ab und sprach ein wenig zu schnell. »Jedenfalls ist es gut für uns alle, dass er hierher kam, welchen Grund auch immer er dafür hatte. Nina beschwert sich nur noch halb so oft über die Arbeit, seit sie so gut gelaunt ist.«

Ich zögerte. »Das harte Durchgreifen entlang der Küste – geschieht das wegen der Insel?«

Nina war ein wenig rot geworden, doch nun wich sämtliche Farbe aus ihren Wangen. Sie stand so schnell auf, dass sie einen Korb Zwiebeln von der Bank stieß und nicht einmal innehielt, um sie einzusammeln, bevor sie aus der Küche stürzte.

Elsa sprach so leise, dass ich sie über den Lärm im Innenhof hinweg kaum hören konnte: »Wir haben Kinder hier. Pass auf, was du sagst!«

Ich kniete mich hin, um die verstreuten Zwiebeln aufzuheben, und vermied es, Elsa anzusehen. »Aber du weißt etwas über die Insel. Was hast du gehört?«

Sie schüttelte den Kopf. »Mein Ehemann hat auch immer Fragen gestellt, Alice.«

»Du hast mir nie erzählt, wie er starb.«

Sie antwortete nicht.

»Bitte. Sag mir, was du über die Insel weißt.«

»Genug, um zu wissen, dass es gefährlich ist.« Sie kniete sich neben mich und half mir mit den Zwiebeln. »Selbst wenn man nur davon redet. Ich habe bereits meinen Mann verloren. Ich kann dieses Risiko nicht noch einmal eingehen. Ich muss mich um Nina und die Kinder kümmern.«

Wir knieten auf dem Boden, bis wir auch die letzten

Zwiebeln wieder in den Korb gelegt hatten. Elsa schien nicht wirklich wütend, doch sie sprach nie wieder davon, und Nina ging mir ganze drei Tage lang aus dem Weg.

Jede Nacht führten Kip und ich in unserem Zimmer lange Diskussionen darüber, wann wir weiterziehen sollten. Ich wusste, dass er gerne geblieben wäre, und ich konnte die Versuchung nachvollziehen: in New Hobart und innerhalb der Mauern des Notquartiers erlebten wir endlich wieder so etwas wie ein normales Leben. Doch meine Träume und Visionen wurden noch immer von zwei Dingen bestimmt: der Insel und der Beichtmutter. So sehr ich mich auch danach sehnte, in der geschäftigen Behaglichkeit des Notquartiers zu bleiben, spürte ich immer noch die Anziehungskraft der Insel, die jetzt, da ich wusste, dass wir nur noch wenige Wochenmärsche von der Küste entfernt waren, noch an Dringlichkeit gewonnen hatte.

In der Nacht spürte ich nach wie vor, wie die Beichtmutter nach mir suchte, wie ihr Verstand an den dunklen Schichten der Nacht kratzte, um mich zu finden. In meinen Träumen streckte sie die Hand nach meinen Gedanken aus, und meine Geheimnisse fielen so widerstandslos hinein wie überreife Himbeeren von einem Strauch. Als ich aufwachte, erzählte mir Kip, dass ich mir die ganze Nacht die Hände vors Gesicht gehalten hatte wie ein Kind, das sich verstecken will. Ich konnte die Vorstellung nicht ertragen, sie hierher an diesen Ort zu führen. Zu Elsa, Nina und den Kindern.

»Wir können nicht bleiben«, sagte ich zum hundertsten Mal zu Kip, als wir erneut dieselbe Unterhaltung führten.

»Wir könnten Elsa und Nina die Sache mit deinem Arm erklären. Sie würden es verstehen. Sie würden es niemandem verraten.«

»Das ist es nicht. Ich vertraue ihnen. Es ist etwas anderes.« Ich konnte ihm das Gefühl nicht erklären. Es war wie eine

Schlinge, die sich langsam zuzog. Es erinnerte mich an das Gefühl, dass ich während der letzten Monate im Dorf gehabt hatte, als ich darauf wartete, dass Zach mich aufspürte. Oder an den hektischen Moment, als Kip und ich die Pferde gestohlen hatten und uns plötzlich in einem immer kleiner werdenden Fackelkreis wiederfanden. Etwas hatte uns eingekesselt und näherte sich unaufhaltsam.

Als ich versuchte, es ihm zu erklären, zuckte er mit den Schultern. »Ich kann nicht weiter mit dir diskutieren, wenn du den Seherinnen-Kram auspackst. Das ist dein Ding. Aber es wäre hilfreich, wenn du etwas präziser sein könntest.«

»Ich wünschte, ich könnte es. Aber es ist nur ein vages Gefühl. Als wäre das hier zu schön, um von Dauer zu sein.«

»Vielleicht haben wir es uns verdient. Vielleicht sind wir nun einmal an der Reihe, etwas Gutes zu erleben.«

»Seit wann bekommen die Menschen, was sie verdienen?« Ich hielt inne und wünschte, ich hätte nicht so wütend geklungen. »Es tut mir leid, ich kann nichts dagegen tun. Ich habe einfach ein schlechtes Gefühl.«

»Nun, und ich habe ein gutes. Und weißt du, woher es kommt? Von den drei Mahlzeiten am Tag und der Tatsache, dass wir nicht mehr unter Bäumen schlafen müssen.«

Ich wusste, was er meinte. Aber mir war klar, dass wir vor allem auch wegen ihm hier fortmussten. In New Hobart würden wir nicht die Antwort auf die Frage nach seiner Vergangenheit finden. Und dann waren da noch die anderen – andere Gesichter, die im Wasser trieben und mich noch immer in meinen Träumen verfolgten. War es denn kein Verrat, wenn ich mich hier meinem behaglichen neuen Leben hingab, während sie stumm hinter dem Glas der Tanks auf Rettung warteten?

Ich versuchte es noch einmal: »Du hast doch gehört, was Nina über den Reformer erzählt hat. Und wir beide wissen noch viel mehr über das, was Zach gerade alles Schreckliches tut.«

»Und was macht dich so sicher, dass es uns gelingen würde, ihn aufzuhalten, wenn wir es überhaupt irgendwie auf diese angebliche Insel schaffen?«

Ich verstand seinen Standpunkt. Für mich war die Insel lebendig und real. Ich sah sie jede Nacht. Ich kannte ihre genauen Umrisse, die sich vor dem Morgenhimmel oder durch den Nebel eines regnerischen Abends abzeichneten, und die Beschaffenheit der schwarzen Steine, die am Fuße der Klippen das Wasser durchschnitten. Noch wichtiger war jedoch, dass ich wusste, was die Insel darstellte – eine Alternative. Den Omega-Widerstand. Einen Ort, wo wir nicht länger davonlaufen und uns verstecken mussten. Mir war jedoch klar, dass die Insel für Kip eine abstrakte, ungewisse Vorstellung war, vor allem im Vergleich zu der vermeintlich sicheren Realität unseres Alltags bei Elsa.

Unsere Diskussionen fanden kein Ende, und obwohl ich mich unwohl fühlte, war ich froh, dass er mich stets zum Bleiben überredete und mir damit eine Entschuldigung gab, noch nicht aufzubrechen. Nur noch einen Tag, sagte ich jeden Abend zu mir selbst. Und in der Nacht, wenn ich mich in dem kleinen Bett neben Kip zusammenrollte, gab ich mein Bestes, um die Bilder zu verdrängen, die sich immer wieder in meine Träume schoben. Vor allem versuchte ich, das Gefühl, das mich die Beichtmutter suchte, zu ignorieren, obwohl es so offensichtlich und unausweichlich war wie ein durchdringendes Klingeln in meinen Ohren.

Letzten Endes nahm uns Elsa die Entscheidung ab, als sie eines Nachmittages mit einem Beutel in der Hand in unser Zimmer stürzte. Ich saß gerade auf dem Bett und mein Arm war nicht eingewickelt, weshalb ich hektisch versuchte, mich unter einer Decke zu verstecken, doch sie winkte ungeduldig ab.

»Verschwende keine Zeit. Glaubst du, ich weiß nicht, dass ein knochiges Mädchen wie du nicht so breit um die Mitte sein kann? Und du stellst dich mit einem Arm wahnsinnig tollpatschig an. Nicht, dass er viel besser wäre«, sagte sie und deutete mit der Hand auf Kip.

Ich ließ die Decke sinken. »Warum hast du nie etwas gesagt?«

»Weil es keine schlechte Idee war und wegen der Kinder. Wir können nicht zulassen, dass sie ausplaudern, dass wir eine Seherin hier bei uns haben. Nicht nur, weil es selten ist. Du weißt ja, wie die Leute – selbst die Omegas – reagieren, wenn es um Menschen wie dich geht.« Ich nickte und dachte an die Kommentare der Bewohner der Siedlung hinter meinem Rücken. »Die Sache mit dem Arm funktioniert sicher gut draußen auf der Straße, wenn die Leute nur einen kurzen Blick darauf werfen«, fügte Elsa hinzu.

Ich schloss die Augen. »Es tut mir leid, dass wir dir nicht die Wahrheit gesagt haben.«

Wieder wedelte Elsa die Worte mit einer hastigen Handbewegung zur Seite. »Es war gut, dass ihr beiden eure Geheimnisse für euch behalten habt. Ihr habt gute Arbeit geleistet. Ich wünschte, ihr könntet länger bleiben. Aber ihr müsst gehen, bevor es dunkel wird.« Noch während sie sprach, stopfte sie bereits Kips Decke in den Beutel.

Er stand auf. »Was ist passiert?«

»Heute kamen Ratssoldaten auf den Marktplatz. Das ist zwar nicht ungewöhnlich, aber es waren mehr als üblich, und man hört das Gerücht, dass die Stadt unter Beobachtung steht. Sie bauen Sperren. Sie haben unserem Stadtvorsteher gesagt, es sei zu unserer eigenen Sicherheit.« Sie lachte. »Angeblich gibt es Probleme mit Dieben, und die Alphas sind so sehr in Sorge um uns, dass sie uns persönlich beschützen wollen.«

»Wie lange wird es dauern, bis sie die Stadt abgeschottet haben?«, fragte ich.

Sie zuckte mit den Schultern. »Ich weiß es nicht. Sie haben bereits Wachen an den Hauptstraßen stationiert, aber der Wall, den sie um die Stadt bauen, ist noch nicht fertig. Bis dahin werden sie versuchen, die Stadt mit Patrouillen zu umrunden. Es kommt darauf an, wie viele Soldaten sie hergeschickt haben.«

Ich stand auf. »Sie kommen mit Hunderten Männern. Sie werden versuchen, uns einzukesseln. Ich hätte es wissen müssen.«

Elsa nickte. »Das hat der Bäcker auch gesagt. Es patrouillieren bereits Soldaten in den Außenbezirken, während andere den Wall errichten. Und das ist nicht alles.« Sie zog ein zusammengeknülltes Blatt Papier aus ihrer Schürzentasche und gab es mir.

Kip sah mir über die Schulter, während ich den Zettel auf dem Bett glattstrich, auf dem unsere Gesichter zu sehen waren.

GESUCHT – PFERDEDIEBE.

Zwei Diebe (Seherin, Mann mit nur einem Arm)
schuldig eines Überfalls auf ein ungeschütztes Alpha-Dorf.
Bei Sichtkontakt sofort Ratsbeamte verständigen.
Beträchtliche Belohnung.

Elsa schnaubte. »Es ist verblüffend, nicht wahr? Wie gut sie die Gesichter zweier Pferdediebe einfangen konnten, und das nur nach den Beschreibungen einiger Dorfbewohner, die die beiden in der Dunkelheit gesehen haben.«

Ich sah zu ihr hoch. »Es tut mir leid, dass wir dich in Schwierigkeiten gebracht haben – und New Hobart.«

Sie griff nach dem Zettel, zerknüllte ihn und steckte ihn wieder in ihre Schürzentasche. »Nimm dich bloß nicht so wichtig. Das hier geschieht auch anderswo – Alphas, die die Kontrolle über Omega-Siedlungen an sich reißen. Selbst über so große Städte wie diese hier. Sie verwandeln sie in Gettos. Es war nur eine Frage der Zeit.«

»Und du hast nicht daran gedacht, uns zu verraten?«, fragte Kip.

Elsa lachte erneut. »Um ehrlich zu sein, brauche ich die Belohnung nicht. Wenn es etwas gibt, wofür Alphas gerne zahlen, dann dafür, ihre Omega-Kinder loszuwerden. Wir werden es überstehen, macht euch keine Sorgen.«

»Aber die Sache mit den Pferden«, sagte ich. »Es ist nicht so, wie es aussieht.«

Sie brachte mich zum Schweigen. »Glaubt ihr, ich habe euch aufgenommen, weil ich unbedingt zwei halb verhungerte, einarmige Küchenhilfen brauchte? Hört zu, wir haben einmal ein paar Kinder verloren, vor ein paar Jahren, bevor Nina hier zu arbeiten begann. Die Männer kamen mitten in der Nacht und hatten Schwerter dabei. Sie trugen keine Uniformen, aber ich wette bei meinem Leben, dass es Ratssoldaten waren. Sie haben fünf Kinder mitgenommen. Drei waren noch Babys, zwei wesentlich älter.« Ich hörte, wie Kip scharf die Luft einzog, als Elsa weitersprach. »Und das Einzige, dass wir je wieder von ihnen gehört haben, war, als die Familien zwei Wochen später vorbeikamen und mich beinahe an die Wand genagelt hätten, weil ihre Alpha-Kinder plötzlich gestorben waren, und zwar alle drei innerhalb eines Tages.«

Ich dachte an die Schädel auf dem Boden der Grotte, nachdem wir aus Wyndham geflohen waren.

»Ich habe keine Ahnung, was sie mit den drei Kindern angestellt haben, oder was mit den zwei anderen passiert ist, die sie entführt haben. Aber ich weiß, dass es viele Gründe gibt, vor den Alphas auf der Flucht zu sein, und dabei geht es nicht darum, ob man Pferde gestohlen hat.« Sie gab Kip den

Beutel. »Hier drin ist genügend Essen für ein paar Tage und Wasser. Dann noch die Decke, ein Messer und andere Dinge, die euch nützlich sein könnten. Ihr solltet euch an die Nebenstraßen halten, die sie noch nicht unter Kontrolle haben. Es wäre sicherer, wenn ihr euch trennen würdet, aber ich weiß, dass ihr das sowieso nicht tut. Alice, du solltest deinen Arm wieder verstecken.«

Ich verbarg meinen Arm unter dem Pullover, winkte aber ab, als Kip mir helfen wollte, ihn wieder einzuwickeln. »Nein, wenn ich fliehen oder kämpfen muss, dann muss ich ihn schnell freibekommen.«

»Sollten wir nicht warten, bis es dunkel ist?«, fragte er.

Ich schüttelte den Kopf und wollte antworten, doch Elsa war schneller: »Nein, geht sofort. Jetzt sind Leute auf den Straßen unterwegs, und sie haben die Stadt noch nicht vollständig abgeschottet. Schlagt euch zur südlichen Stadtgrenze durch, weg vom Marktplatz. Ich gehe jetzt wieder dorthin zurück. Viele Stadtbewohner, die nicht gerade glücklich mit dem sind, was hier gerade passiert, sind da. Wir werden nicht gegen die Soldaten kämpfen – wir sind schließlich nicht dumm –, aber uns versammeln und bei Sonnenuntergang losmarschieren und ein wenig für Wirbel sorgen. Das wird genug Aufsehen erregen, um einige der Soldaten in unsere Richtung zu locken. Bei Sonnenuntergang – vergesst das nicht. Und jetzt geht!«

Sie deutete auf das Fenster, doch ich konnte sie nicht verlassen, ohne ihr eine letzte Frage zu stellen. »Weißt du etwas über die Insel?«

Sie schüttelte den Kopf, doch dieses Mal wich sie meinem Blick nicht aus. »Nur Gerüchte. Dasselbe, was du vermutlich auch schon gehört hast. Ich weiß nicht einmal, ob sie wahr sind. Aber um euretwillen hoffe ich es. Ich verstehe nicht, warum uns der Rat so behandelt. Niemand tut das. Wenn es so weitergeht, werden die Reservate bald nicht mehr genügen. Es kann so nicht weitergehen.«

Ich drückte ihre Hand, bevor ich mich abwandte. Sie war schwielig von den Jahren, die sie Töpfe geschrubbt, Besen geschwungen und Kinder hochgehoben hatte.

»Sagst du bitte auf Wiedersehen zu Nina und den Kindern? Vor allem zu Alex?«, fragte Kip.

Elsa nickte.

Kip stand zögernd vor dem Fenster, während ich bereits auf dem Sims hockte. »Komm schon«, sagte ich. »Frag sie.«

Er sah Elsa in die Augen. »Du erkennst mich nicht wieder, oder? War ich eines der fünf Kinder, die entführt wurden?«

Sie streckte die Hand aus und ließ sie einen Moment lang an seiner Wange ruhen. »Es tut mir leid.«

Er wandte sich ab und kletterte neben mich auf die Fensterbank.

»Wir können dir gar nicht genug danken«, sagte ich zu Elsa.

Sie sah mich spöttisch an. »Warum seid ihr dann noch hier? Verschwindet, und zwar alle beide.«

15

NACH ELSAS NEUIGKEITEN und dem hastigen Aufbruch, war es fast schockierend, dass New Hobart mehr oder weniger wie immer wirkte. Vom Marktplatz drangen die Geräusche der sich versammelnden Menschen zu uns herüber und man hörte den einen oder anderen Schrei. Es waren so viele Menschen dorthin unterwegs, dass wir uns verdächtig vorkamen, weil wir in die andere Richtung gingen. Doch es gab auch andere, die wie immer ihre täglichen Arbeiten erledigten. Einmal hörte ich ein lautes Krachen über mir und fuhr zusammen, doch als ich hinaufsah, entdeckte ich bloß einen Mann, der auf einem Balkon voller gewaschener Wäsche stand und gerade ein Laken ausgeschüttelt hatte.

Kip trug den Beutel, und obwohl wir uns nicht trennen wollten, kamen wir überein, dass ich etwa fünfzehn Meter vor ihm ging, sodass es auf den ersten Blick nicht so wirkte, als würden wir zusammengehören. Wir hielten uns an die schmalen Gassen und mieden die Hauptstraßen und Menschenmengen. Wir kamen an mehreren Plakaten mit unseren Gesichtern vorbei. Nachdem wir uns versichert hatten, dass uns niemand beobachtete, riss ich sie ab und stopfte sie in den Beutel. Der Lärm, der vom Marktplatz im Norden zu uns drang, wurde lauter, obwohl wir uns immer weiter davon entfernten, und ich musste mich konzentrieren, um zwischen Kips Schritten hinter mir und den Geräuschen der Stadt unterscheiden zu können.

Die ersten Ratssoldaten, die wir sahen, waren Reiter, die in den engen Straßen vollkommen unpassend wirkten. Wir hörten das Klappern der Hufe auf den Pflastersteinen, lange bevor sie in Sichtweite kamen, und hatten uns bereits in einem Eingang versteckt, als sie am Ende der Gasse an uns vorbeiritten. Danach waren wir noch vorsichtiger und bewegten uns langsamer durch die Straßen, bis wir am anderen Ende der Stadt angekommen waren; von hier aus konnten wir nicht einmal mehr die Geräusche vom Marktplatz hören.

Als wir in die Außenbezirke der Stadt vordrangen und die vielen Soldaten sahen, machte sich ein düsteres Gefühl des Wiedererkennens in mir breit. Die Vorahnung, die mich seit Wochen geplagt hatte und in der ich gesehen hatte, wie uns jemand einkreist, wurde nun Realität. Von meinem Versteck hinter einer Eibe in einer Seitenstraße sah ich die Patrouillen – jeweils vier Soldaten – alle paar Minuten vorbeimarschieren, während sie die unregelmäßige Außengrenze der Stadt umrundeten. Immer wieder tauchten berittene Männer auf, die so schnell galoppierten, dass die Stadtbewohner zur Seite springen mussten, wenn die Reiter an ihnen vorbei durch die kurvigen Straßen preschten. Auf der Hauptstraße Richtung Süden hatten sie bereits ein Tor errichtet, von dem aus sich zu beiden Seiten ein Wall aus Holz erstreckte. Sie mussten schon im Morgengrauen, vielleicht sogar noch in der Nacht, mit dem Bau begonnen haben, wenn man bedachte, wie viele Pfähle bereits gesetzt worden waren. Immer wieder kamen offene Karren mit frischem Holz durch das neue Stadttor. Omegas konnten die Sperre zwar nach wie vor in beide Richtungen passieren, doch die Wachen überprüften alle äußerst genau.

»Es ist schlimmer, als Elsa vermutet hat.« Kip hatte mittlerweile zu mir aufgeschlossen. Er atmete tief ein, während er über meine Schulter spähte. »Du kennst nicht zufällig irgendwelche geheimen Flüsse oder versteckte Tunnel hier in der Nähe, oder?«

Ich verdrehte die Augen.

Über eine Stunde bewegten wir uns an der Stadtgrenze entlang, doch der Anblick war stets derselbe: das regelmäßige Vorbeimarschieren der Soldaten und die unablässigen Schläge mit den Holzhämmern, die immer neue Zaunpfähle in die Erde trieben. Es war bereits später Nachmittag, als wir erneut an den Punkt zurückkehrten, von dem aus wir das Haupttor zum ersten Mal gesehen hatten.

»Sollen wir uns trennen und versuchen, uns durchzuschwindeln?« Selbst während ich es aussprach, wusste ich, dass es ein sinnloser Vorschlag war.

»Irgendwie glaube ich nicht, dass sie all die Mühe auf sich nehmen, bloß um sich dann von einem falschen Namen und kürzeren Haaren täuschen zu lassen.«

»Ich weiß.« Ich kaute auf meiner Unterlippe herum. »Wie wäre es mit einfach loslaufen?«

Er schüttelte den Kopf. »Selbst wenn wir es irgendwie an den Patrouillen vorbeischaffen, gibt es dahinter keine Deckung. Es sind vermutlich fast zwei Kilometer bis zu dem Wald dort hinten.« Er deutete auf die dichte grüne Wand am Rand der Ebene. »Sie würden uns sicher sehen. Sollen wir zurück zu Elsa gehen?«

»Und warten, bis sie mit dem Wall fertig sind, und beginnen, jedes Haus zu durchsuchen?«

Unter uns, am südlichsten Punkt des sich immer weiter ausbreitenden Grenzzauns, hörten wir ein Krachen, als einige Holzstämme von einem Karren fielen, der umgekippt war. Wir sahen zu, wie sie das Gefährt wieder hinter die vier Pferde spannten, die es daraufhin langsam durch das Tor und in Richtung Wald zogen. Selbst aus dieser Entfernung waren die unablässigen Axthiebe zu hören, die klangen wie ein nicht enden wollender Applaus.

Kip stupste mich an. »Sieh nur!«

»Du schlägst jetzt aber nicht vor, dass wir noch einmal ein kleines Abenteuer als Pferdediebe starten, oder? Das erste Mal war schon schlimm genug.«

»Nicht die Pferde«, sagte er. »Ich meine die Karren.« Die Straße zwischen dem Wald und New Hobart war voller Fuhrwerke. Die einen fuhren mit einer Ladung Holz in Richtung Stadt, die anderen kehrten leer wieder zurück. Auf jedem Kutschbock saß ein Soldat.

Wir schlichen so dicht wie möglich an den immer höher werdenden Grenzzaun heran. Wir waren so nah, dass wir jedes Mal, wenn eine weitere Patrouille vorbeimarschierte, das Knallen ihrer Säbel hörten, die bei jedem Schritt gegen ihre Stiefelschnallen schlugen. Wir versteckten uns zwischen zwei riesigen leeren Kisten, die nach verdorbenem Gemüse stanken und blinzelten durch die Latten. Wir sahen zu, wie ein weiterer Karren ankam und entladen wurde. Es dauerte beinahe zehn Minuten, bis er geleert worden war. Vier Soldaten luden gemeinsam das Holz ab und warfen es krachend auf größere Haufen. An manchen Stellen glich die Befestigung nur einem groben Sichtschutz aus zusammengebundenen Ästen, an anderen Stellen war sie jedoch solider gebaut und die Pfähle tief in der Erde versenkt. Und immer wieder kamen Patrouillen vorbei, manche auf Pferden, andere zu Fuß – es vergingen kaum ein paar Minuten zwischen ihnen.

Es dauerte nicht mehr lange bis Sonnenuntergang, doch mein Magen zog sich immer weiter zusammen, während wir zusahen, wie der Wall Gestalt annahm. Ab und zu sprachen wir flüsternd miteinander, und nach einer Weile zog Kip eines der Plakate heraus, die ich in den Beutel gestopft hatte, und strich es auf einem der Pflastersteine glatt. »Pferdediebe – echt jetzt?«

Ich zuckte mit den Schultern. »Was wäre dir denn lieber gewesen?«

»Ich weiß auch nicht. Aber denk doch mal nach, was wir alles getan haben, und dann schreiben sie ausgerechnet das auf ein Plakat?«

»Was sollten sie denn deiner Meinung nach stattdessen schreiben? Aus den Verwahrungsräumen und unseren streng geheimen Tanks geflohen?«

Er wollte das Plakat gerade wieder zusammenfalten, als er plötzlich innehielt. »Es sei denn, sie wissen etwas über mich. Ich meine über meine Vergangenheit vor dem Tank.« Wir kauerten bereits dicht nebeneinander, doch jetzt umklammerte Kip in seiner Aufregung zusätzlich mein Knie. »Wer ich war.«

»Ein Pferdedieb?«

Seine Stimme klang gehetzt, während er seiner Idee hinterherjagte. »Und deshalb haben sie mich in den Tank gesteckt.«

»Glaubst du nicht, dass dafür ein triftigerer Grund notwendig war? Sie fangen doch ständig Pferdediebe, und die werden auch nicht alle zu geheimen Experimenten herangezogen.«

»Aber das würde erklären, warum ich reiten konnte.«

Ich lachte, brachte mich aber rasch selbst zum Schweigen. »*So* gut warst du auch wieder nicht.«

Er steckte das Plakat wieder in den Beutel. »Ich meinte ja bloß, dass es vielleicht etwas zu bedeuten hat.«

Ich sah ihm zu, wie er das Zugband der Tasche festzog. »Hör zu. Ich mache dir keine Vorwürfe, weil du etwas über deine Vergangenheit herausfinden willst. Aber das hier ist für mich einfach nicht der alles entscheidende Hinweis, den du gerne hättest. Außerdem bin ich für sie ebenfalls eine Pferdediebin.«

Er nickte einlenkend, gab mir den Beutel zurück und verfiel wieder in Schweigen.

Der Himmel im Westen verfärbte sich bereits gelb. Am Rand des Waldes, aus dem noch immer die Axthiebe klangen, sah man das Flackern der Flammen, als die ersten Fackeln entzündet wurden. Dann ging plötzlich alles sehr schnell. Die Geräusche vom Marktplatz drangen nicht bis zu dieser Seite der Stadt vor, doch mit einem Mal kamen uniformierte Reiter aus dem Osten herangaloppiert, hielten am Tor unter uns, berieten sich rasch mit den Wachen und galoppierten wieder davon, gefolgt von zahlreichen weiteren Soldaten, die eilig aufgestiegen waren. Männer schrien einander entlang des Walls etwas zu, und die Geräusche und Befehle waren wie eine Welle, die sich vom Südtor aus entlang der Begrenzung nach Osten und Westen ausbreitete. Innerhalb weniger Minuten waren plötzlich erheblich weniger Soldaten zu sehen. Die Patrouillen marschierten immer noch auf derselben Route, doch sie kamen seltener vorbei, und viele der Wachen, die beim Abladen oder beim Bau des Walles geholfen hatten, verschwanden die Hauptstraße hinunter in Richtung Stadtkern. Überall herrschte Lärm, alles war in Bewegung.

Ich hielt Kips Hand, als wir hinunter ans Ende der Straße glitten, wo der Wall in einem Haufen Holz endete und gerade ein Karren wartete. Die Pferde standen mit dem Kopf in Richtung Tor, das sich einige Hundert Meter weiter links befand. Mittlerweile wurde es immer schneller dunkel. Entlang der Befestigung waren in einigem Abstand Fackeln entzündet worden. Eine Türöffnung gab uns ein wenig Deckung, während wir beobachteten, wie sich der Fahrer zu unserer Linken von uns fortbewegte, um zu den vier Pferden zu gehen, die vor den Wagen gespannt waren. Er hatte uns den Rücken zugewandt.

Ich zog meinen linken Arm aus seinem Versteck und schlüpfte in den Ärmel.

»Bist du dir sicher?«, flüsterte Kip.

»Wenn sie sehen, wie wir zum Karren laufen, ist es ohnehin zu spät, und der Arm macht keinen Unterschied mehr. Wichtiger ist jetzt, dass ich schnell bin.«

Wir wollten gerade hinaus auf die offene Straße in Richtung des leeren Pferdefuhrwerks treten, als ich Kip so plötzlich zurückzerrte, dass er beinahe auf mich fiel.

»Was?« Er kämpfte sich frei und blickte aus der Türöffnung, in die wir uns wieder gehockt hatten.

»Warte«, flüsterte ich. Dann hörten wir von links die Schritte der nächsten Patrouille. Die Männer kamen vom Haupttor und waren sehr nahe – vielleicht zehn Meter von uns entfernt –, doch ich fixierte weiterhin den Karren. Er bewegte sich nicht. Ich hörte, wie der Fahrer fluchte und das Metall klirrte, als er sich am Geschirr zu schaffen machte. Eines der Pferde protestierte mit einem Schnauben. Dann machte der Mann einen Schritt zurück, und wir sahen, wie er sich auf den Kutschbock schwang und den Soldaten der Patrouille einen Gruß zurief, als sie an ihm vorbeigingen. Der Wagen setzte sich in Bewegung, doch die Patrouille war noch immer nicht außer Sichtweite, sondern gerade eben erst an uns vorbeimarschiert.

Mir war nicht bewusst gewesen, dass ich den Atem angehalten hatte, bis ich spürte, wie Kip neben mir erzitterte, als er stoßweise ausatmete. Die Patrouille hatte erst etwa fünfzehn Schritte hinter sich gebracht, während sich der Karren mit jedem Augenblick weiter entfernte.

Kip wandte sich mit erhobenen Augenbrauen zu mir um. Ich sagte nichts, sondern nickte bloß. Wir liefen gebückt über die Straße hinter dem Wagen her, der sich ruckartig aber beständig vorwärtsbewegte. Ich fühlte mich vollkommen ausgeliefert, als wir uns immer weiter von unserer Deckung entfernten, und der Karren schien nicht näherzurücken. Die Patrouille wird sich jeden Moment umdrehen, dachte ich, oder andere Soldaten werden um die Ecke biegen, oder die Wachen am Tor werden die huschende Bewegung bemerken. Das Pferdefuhrwerk gelangte immer mehr außer Reichweite.

Ich versuchte, einen Blick nach hinten zu werfen, um nachzusehen, ob wir uns vielleicht wieder zurückziehen konnten, oder ob uns die Patrouille bereits gesehen hatte. Doch als ich mich umwandte, stolperte ich. Mein Knie und die Handflächen knallten hart auf den Boden, und ich wartete auf das Brüllen, das uns verriet, dass wir entdeckt worden waren.

Doch Kip packte mich am Arm und zog mich hoch. »Das ist unsere einzige Chance«, zischte er und hielt meine Hand umklammert, während wir weiter dem Karren hinterherjagten.

Die Wachen blieben stumm. Ich weiß nicht, ob das Fuhrwerk vor dem Tor ein wenig langsamer wurde, oder ob Kips Hand auf meiner mir den letzten Impuls gab, doch als wir zusammen lossprinteten, kam der hintere Teil des Gefährts immer näher. Ich konnte inzwischen sogar die Schweißflecken sehen, die sich unter den Achseln des Fahrers ausgebreitet hatten und beinahe bis zur Mitte seines gebeugten Rückens reichten. Und ich erkannte die grobe Textur des Sackleinens, das über den Boden der Ladefläche gebreitet war.

Wir sprangen auf und zogen hastig die Abdeckung über uns. Kleinere Holzscheite flogen von der Ladefläche und ich wartete erneut auf die Rufe, dass wir entdeckt worden waren. Doch die anderen Geräusche waren genauso laut wie wir: das Knarren der Räder, die Hufschläge, das ständige Hin- und Herrutschen des Fahrers auf dem Kutschbock und seine gemurmelten Ermahnungen an die Pferde.

Durch die Abdeckung hindurch sah ich über die niedrigen Seitenwände des Karrens hinweg die Umrisse der Flammen, als wir an den Fackeln vorbeiratterten, die auf Pfählen entlang des Walls befestigt waren. Mittlerweile näherten wir uns dem Tor und wurden tatsächlich langsamer. Ich zwang mich, vollkommen stillzuliegen, und presste meine Wange fest gegen den Holzboden. Ich konnte Kip atmen hören, und jeder meiner eigenen Luftzüge klang furchtbar laut.

Doch am Tor angekommen blieb der Karren nicht einmal stehen. Lediglich ein weiterer Gruß wurde ausgetauscht. »Ich sehe zu, dass ich hier fortkomme, bevor mir noch ein zweiter Kopf wächst«, rief der Fahrer den Wachen zu. Jemand lachte, und dann veränderte sich das Rumpeln der Räder unter uns, als wir die Kopfsteinpflasterstraßen von New Hobart hinter uns ließen und auf die ausgefahrene Lehmstraße in Richtung Wald hinausfuhren.

Ich hatte nicht erwartet, dass die Fahrt so schmerzhaft werden würde. Der Karren geriet bei jeder Furche ins Schlingern, und immer wieder prallte ich gegen die hölzernen Seitenwände, sodass ich mir sämtliche Knochen anstieß. Meine aufgeschlagenen Hände und das Knie brannten, aber meine größte Angst war, dass sich das Sackleinen durch einen der Stöße lösen und uns der Fahrer oder eine aufmerksame Wache am Tor plötzlich sehen würde. Ich wagte es nicht einmal, die zahlreichen kleinen, abgebrochenen Äste zur Seite zu schieben, die sich bei jeder Unebenheit in mich bohrten.

Nach etwa fünf Minuten langsamer Fahrt wurde der Lärm der Äxte lauter, was bedeutete, dass wir uns dem Wald näherten. Die Straße war hier noch holpriger, und wir wurden noch erbarmungsloser hin und her gestoßen. Als ich unter der Abdeckung hervor nach draußen spähte, sah ich, dass die Dunkelheit immer undurchdringlicher wurde.

Wir hörten Stimmen und Axthiebe. Die schwarze Nacht,

in die der Karren fuhr, wurde von zahlreichen Fackeln erhellt, deren Licht durch das Sackleinen schimmerte.

Als ich die Hand nach Kip ausstreckte, griff er nach ihr und drückte sie. Als er das Zeichen zum dritten Mal gab, stemmten wir uns beide gleichzeitig auf die Fersen und sprangen vom Wagen. Es war nur ein kurzer Fall, doch der Boden war voller Schlaglöcher, und wir landeten halb liegend und halb kauernd im Graben der schmalen Straße, die tiefer in den Wald führte. Einen Moment lang erstarrten wir beide, doch das Fuhrwerk hielt nicht an. Der Fahrer schien uns nicht bemerkt zu haben, er kehrte uns immer noch den Rücken zu. Vor dem hellen Leuchten, auf das er zufuhr, zeichnete er sich nur noch als Umriss ab.

Einen Moment lang kam mir alles sehr bekannt vor. Dann erkannte ich, dass mich die Umgebung an eine kleinere Version der Explosion erinnerte, die ich so oft in meinen Visionen gesehen hatte. Die Flammen, das Dröhnen, das Geräusch der fallenden Bäume. Doch das hier war langsamer und unendlich viel kleiner. Anstatt einer ungezähmten Feuerwand gab es zahllose Fackeln. Und die Äxte, die von Hunderten Soldaten geschwungen wurden, hoben und senkten sich im Schein der Flammen wie eine schreckliche Maschine.

Wir warteten nur einige Sekunden ab, bevor wir zu laufen begannen und schließlich von der Straße in das dichte Buschwerk krochen. Kip trug den Beutel, den ich bei unserem Sprung vom Wagen fallen gelassen hatte. Wir liefen gebückt, doch angesichts der misstönenden Symphonie aus Axthieben, krachenden Bäumen und Schreien machten wir uns keine Sorgen um den Lärm, den wir verursachten, sondern schoben uns nur hektisch durch das Gebüsch und sprangen über heruntergefallene Äste.

Ich wies uns den Weg, doch mein einziges Ziel war, so weit wie möglich von den Soldaten, dem Lärm und den Flammen fortzukommen. Erst als wir bereits zehn Minuten lang gelaufen waren, und die Geräusche und das Licht versiegten, wurde ich langsamer und versuchte, mich zu orientieren. Wir hatten ohnehin keine andere Wahl, als das Tempo zu drosseln, denn sowohl der Wald als auch die Dunkelheit waren mit der Zeit immer undurchdringlicher geworden. Abseits des höllischen Scheins der Fackeln war es einfach zu finster, um noch etwas zu erkennen.

Wir standen dicht nebeneinander, doch keiner von uns sagte ein Wort, während wir uns bemühten, über unseren keuchenden Atem hinweg Geräusche auszumachen, die darauf hindeuteten, dass wir verfolgt wurden.

Schließlich flüsterte Kip: »Nichts?«

Ich nickte, bevor mir einfiel, dass er mich in der Dunkelheit nicht sehen konnte. »Nichts. Und ich spüre auch nicht, dass uns jemand verfolgt.«

Er seufzte laut und bebend. »Weißt du, in welche Richtung wir müssen? Nicht, dass es mich kümmert, solange es so weit fort wie möglich von denen da ist.«

»Ich denke, wir sollten noch einmal zurück.«

Er lachte. »Natürlich. Weil nichts über ein paar Hundert Feinde mit Äxten in den Händen geht.«

»Ich meine es ernst.«

Er schnaubte. »Darf ich meinen Einwand mit den Äxten noch einmal wiederholen? Außerdem gibt es dort auch brennende Fackeln. Das hatten wir doch schon einmal, als wir die Pferde gestohlen haben«

»Genau die habe ich gemeint – die Fackeln.«

Er seufzte. Ich hörte, wie er sich auf einen Baumstamm setzte. »Bitte sag mir, dass das nicht nur eine blöde Idee ist, sondern eines dieser Seher-Dinge –, und zwar aus einer verlässlichen Quelle.«

Ich tastete mich bis zum Baumstamm vor und setzte mich

neben ihn. »Der Unterschied ist nicht immer so leicht zu erkennen. Hast du den Beutel noch?«

Ich hörte, wie er ihn mit dem Fuß in meine Richtung schob. Ich öffnete ihn und wir sprachen eine Minute lang nicht miteinander, während ich darin herumwühlte. Eingewickelt in die Decke ertastete ich einen Laib Brot, die Wasserflasche, ein Messer in einer Scheide und schließlich eine in Wachspapier eingewickelte kleine Schachtel, die klapperte, wenn ich sie schüttelte.

»Wann hat es zuletzt geregnet? Das ist doch Wochen her, oder nicht?«

»Willst du jetzt übers Wetter reden?«

»Hör zu«, sagte ich ruhig. »Wir müssen ein Feuer legen. Den Wald niederbrennen.«

»Nein, das müssen wir nicht. Wir müssen so schnell und weit wie möglich fort von hier. Wir hatten Glück, dass wir es überhaupt so weit geschafft haben. Und wenn wir jetzt anfangen, Dinge niederzubrennen, dann wissen sie, dass jemand hier draußen ist, und werden uns verfolgen.«

»Deshalb müssen wir ja dorthin zurück, wo die Soldaten sind, und das Feuer dort legen, damit sie glauben, es käme von ihren eigenen Fackeln.«

»Wir haben es gerade eben so aus der Stadt geschafft. Warum sollten wir uns jetzt noch Ärger einhandeln?«

»Weil es hier nicht nur um uns geht. Du hast doch gehört, was Elsa gesagt hat. Sie werden sie alle in der Stadt einsperren. Noch härter vorgehen. Jede einzelne Registrierungskarte überprüfen. Es wird keine Stadt mehr sein, sondern ein Gefängnis.«

»Du glaubst, die Registrierungen sind es wert, dass wir unser Leben riskieren? Es ist doch nur eine Methode, um die Dinge im Auge zu behalten.«

»Sei nicht so naiv. Was glaubst du denn, behalten sie im

Auge? Menschen wie mich mit mächtigen Zwillingen, damit sie uns einsperren können. Menschen wie die Kinder, die aus Elsas Haus entführt wurden, die für sie wertlos sind und mit denen sie experimentieren können. Menschen, die sie in die Tanks stecken, wie dich. Kapierst du es denn nicht?«

In der undurchdringlichen Dunkelheit konnte ich kaum Kips Gesicht erkennen. Ich wartete und lauschte dabei meinem Atmen, der sich nach dem Laufen langsam wieder beruhigt hatte.

»Es ist beinahe Herbst«, sagte er schließlich. »Es war trocken, aber es herrscht nicht gerade Buschfeuerwetter.«

»Ich weiß. Und vielleicht nimmt das Feuer auch nicht richtig Fahrt auf. Aber im schlimmsten Fall lenken wir sie ab und halten sie ein wenig auf. Im besten Fall verzögern wir ihr Vorankommen erheblich, zerstören ihren praktischen kleinen Holzvorrat und zögern den Bau des Walls hinaus. Und geben damit vielleicht anderen die Chance, aus der Stadt zu fliehen.«

»Im schlimmsten Fall werden wir erwischt, Cass. Das Schrecklichste wäre, wenn sie mich wieder in den Tank und dich in die Zelle sperren.«

Ich stand auf. »Nein, das wäre es nicht. Versteh mich nicht falsch – ich habe nicht vor, mich erwischen zu lassen. Und ich will auch nicht, dass dir etwas passiert. Aber es geht nicht nur um uns beide. Wir wissen nicht genau, was der Rat noch alles mit den Omegas vorhat, aber wir können sicher sein, dass es nichts Gutes ist. Und die Abschottung New Hobarts ist ein weiterer Schritt in diese Richtung.«

Eine Zeit lang waren nur die misstönenden Axthiebe aus weiter Ferne zu hören. Kip hatte sich nach vorne gebeugt und das Kinn auf seine Hand gestützt. Schließlich sah er wieder zu mir hoch. »Hast du denn keine Angst?«

»Natürlich.«

Er wühlte mit dem Fuß in einem Haufen trockener Blätter und Zweige. »Und wir müssen das Feuer wirklich dort legen?«

»Wenn wir es nicht tun, werden sie wissen, dass es kein Unfall war. Und der Wind weht in diese Richtung, weg von New Hobart. Wenn wir nicht zurück an den Waldrand gegenüber der Stadt gehen, würde das Feuer die Männer mit den Äxten nicht einmal erreichen, es würde sie nicht aufhalten und auch nicht ihre unmittelbaren Holzvorräte vernichten.«

»Das wäre meine nächste Frage gewesen. Es besteht also nicht die Möglichkeit, dass wir aus Versehen die Stadt niederbrennen?«

Ich schüttelte den Kopf. »Nicht, solange sich der Wind nicht dreht.«

Er stand auf, warf sich unsere Tasche über die Schulter und machte sich auf den Weg in die Richtung, aus der wir gekommen waren. Nach ein paar Schritten wandte er sich zu mir um. »Aber dieses Mal trägst du den Beutel.«

16

DER RÜCKWEG DAUERTE wesentlich länger. Die Dunkelheit war mittlerweile so undurchdringlich, dass ich die Hand ausstrecken musste, um mir meinen Weg zu ertasten und die tief hängenden Äste zur Seite zu schieben. Manchmal konnten wir uns nur kriechend fortbewegen. Zumindest musste ich mir keine Gedanken machen, in welche Richtung wir gingen – wir hielten einfach auf den Lärm der Holzfäller zu, der immer lauter und lauter wurde.

»Glaubst du, dass sie die ganze Nacht durcharbeiten werden?«, flüsterte Kip.

»Auf jeden Fall. Vermutlich arbeiten sie schichtweise und machen so lange weiter, bis der Wall fertig ist.«

Mittlerweile war das rote Leuchten wieder deutlich zu erkennen, und der Wald vor uns hob sich als Silhouette vor dem Licht der hohen Fackeln ab, die man am Rande der Lichtung in die Erde geschlagen hatte. Als wir näher heranschlichen, konnten wir schließlich durch die Bäume hindurch die Umrisse der Männer und die unablässige Bewegung ihrer Äxte erkennen. Einige Soldaten waren auf Bäume geklettert, um Seile zu befestigen, und ganze Gruppen von Männern standen am Boden und zogen an den angeschlagenen Stämmen.

Die Straße führte von der immer größer werdenden Lichtung nach links zum Waldrand. Dahinter sah man New Hobart, das von kleinen Lichtpunkten umgeben war, von denen sich immer wieder einige bewegten, wenn die Patrouillen weitermarschierten.

Wir hielten uns etwa hundert Meter von den Fackeln entfernt und bewegten uns nach rechts von der Stadt fort, um die Lichtung im Schutz des Waldes zu umrunden. Ich hatte geglaubt, ich würde mich irgendwann an den Lärm gewöhnen, doch je länger wir dort waren, desto lauter und schier unendlich erschien er mir. Immer wieder kündigten Schreie und laute Befehle an, dass bald wieder ein Baum zu Boden gehen würde, und die Männer zogen sich eilig zurück. Dann ertönte ein langes qualvolles Krächzen, wenn der Stamm langsam zu brechen begann, gefolgt von einem Krachen, wenn er so hart auf dem Boden aufschlug, dass die Erde bebte.

Als wir die gegenüberliegende Seite der Lichtung erreicht hatten und uns näher heranschlichen, war ich jedoch froh über den Lärm. Hinter uns lichtete sich der Wald bereits und ging langsam in die Ebene über, die hinauf nach New Hobart führte. Der Lärm bot uns ebenso Schutz wie die Bäume. Die Geräusche ließen die Luft regelrecht vibrieren. Vor uns, am Rande der Lichtung, loderten die Fackeln. Ich beruhigte mich selbst mit dem Gedanken, dass Kip und ich uns hinter dem Kreis der Flammen höchstens als zwei undeutliche Schatten abzeichneten.

Ich öffnete den Beutel und griff nach den Zündhölzern. Hätte uns jemand von der Lichtung aus beobachtet, hätte er nur das kurze Aufflammen eines kleinen Lichtpunktes im Schatten gesehen, dem eine kleine Flamme folgte, die weiter unten als die an Pfosten befestigten Fackeln zu flackern begann. Dann teilte sich die Flamme und zwei Lichtpunkte bewegten sich am Rand der Lichtung entlang, schnell und dicht am Boden, wobei sie immer wieder innehielten. Überall wo wir stehen blieben, züngelten die Flammen weiter und griffen stetig um sich, egal ob auf dem Boden oder an den tief hängenden Ästen. Das Feuer breitete sich wie ein Flüstern entlang des nördlichen Randes der Lichtung aus. Die beiden auf und ab hüpfenden Flammen bewegten sich jedoch über ihr Ende hinaus aus, wo das niedere Buschwerk beinahe wie von selbst in Flammen aufging und das Feuer fröhlich Fahrt aufnahm.

Mir wurde klar, dass es nun nichts mehr für uns zu tun gab. Die etwa vierhundert Meter lange Spur, die wir gelegt hatten, verdichtete sich, und die Flammen griffen ineinander über und bildeten eine durchgehende Wand, die immer höher wurde und sich über das niedrige Buschwerk bis zu den Blättern der Bäume emporarbeitete. Obwohl Kip und ich der Feuerwand vorausliefen, griff das Feuer rasanter um sich, als wir es legen konnten. Das Flüstern der Flammen wurde lauter und lauter, als sie sich immer schneller ausbreiteten. Angetrieben von dem aufkeimenden Nordwind griffen sie bald auf den Ring der Fackeln über und verschluckten ihn.

Ich hatte geglaubt, der Lärm auf der Lichtung sei durch nichts zu überbieten, doch das Feuer entwickelte eine eigene Stimme, ein raues, tiefes Dröhnen, das selbst die Äxte zum Schweigen brachte. Noch immer hörte man Schreie, doch jetzt gewannen sie an Dringlichkeit und breiteten sich wie das Feuer unter den Männern aus.

Wir wagten es nicht, noch länger zu warten. Als wir schließlich losrannten, fühlte es sich an wie kurze Zeit zuvor, als wir von Angst getrieben durch den Wald gestürzt waren, doch dieses Mal war die Gefahr, die vorhin nur in unseren Köpfen existiert hatte, real, und der heiße Wind, der uns verfolgte, erinnerte uns ständig an das Feuer, das er mit sich brachte. Im Wald war es mittlerweile dunkel und hell zugleich. Die Dunkelheit der Nacht wurde durch den Rauch noch verstärkt, doch gleichzeitig verbreitete das herannahende Feuer ein rotes Glühen. Kip fiel immer wieder zurück, und wenn ich mich zu ihm umsah, musste ich daran denken, dass ich es war, die ihn hierzu überredet hatte. Doch jedes Mal, wenn er wieder so weit aufgeschlossen hatte, dass ich nicht nur seine Silhouette, sondern auch sein Gesicht sehen konnte, entdeckte ich darauf ein fröhliches Leuchten.

Ich hatte vorgehabt, nach Süden zu laufen, doch als sich der Wald schließlich lichtete, erkannte ich, dass wir in südwestliche Richtung gestolpert waren. Hinter uns, gegen Osten, war der Wald ein einziges Flammenmeer und der Rauch und die Entfernung, die wir bereits zurückgelegt hatten, versagten uns jeden Blick zurück auf New Hobart. Ich wusste nicht, ob es meine seherischen Fähigkeiten oder bloßes Glück gewesen war, dass wir uns nun am westlichen Waldrand befanden. Ich sah zu, wie der Horizont von den Flammen verschluckt wurde, und mir wurde klar, dass wir dem Feuer nicht hätten entkommen können, wären wir noch länger im Wald geblieben. Draußen auf der Ebene jedoch, die bald in eine Moorlandschaft überging, wie wir sie bereits von östlich der Stadt kannten, tat sich das Feuer schwerer. Immer wieder gingen kleine Flecken mit hohem Gras am Waldrand in Flammen auf, doch sie konnten sich nicht weiter ausbreiten.

Nachdem wir den Wald etwas mehr als einen Kilometer hinter uns gelassen hatten, legten wir eine Pause ein. Wir wateten knietief in einen der Tümpel, tranken und wuschen uns. Kips Gesicht war voller Asche und Ruß, und als ich den Blick senkte, sah ich, dass das Wasser, das meine Arme hinunterlief, ebenfalls pechschwarz war. Obwohl wir das Feuer mittlerweile weit hinter uns gelassen hatten, erschwerte der Rauch uns das Atmen. Ich wusch noch einmal meine Hände und das Knie, das ich mir bei meinem Sturz aufgeschlagen hatte, und entfernte einige hartnäckige kleine Steinchen aus der Wunde. Dann zog ich das Messer aus dem Beutel und schnitt oben am Rand zwei Streifen aus dem Stoff. Ich befeuchtete sie und schlang mir einen ums Gesicht, bevor ich mich zu Kip umdrehte und ihm den anderen Stoffstreifen umband. Obwohl sein Mund nun verdeckt war, sah ich, dass er grinste.

»Warum so übermütig? Du warst doch am Anfang gar nicht so scharf darauf, Feuer zu legen.« Meine Stimme klang gedämpft, doch durch das feuchte Tuch hindurch fiel wenigstens das Atmen leichter.

»Ich weiß«, sagte er und schulterte den Beutel, während wir uns parallel zu dem rauchenden Waldrand wieder auf den Weg machten. »Aber es fühlte sich gut an, endlich etwas zu tun.«

»Aber wir waren doch die letzten paar Monate auch nicht gerade untätig.«

»Ja, aber das war etwas anderes – wir waren auf der Flucht und haben bloß versucht, uns nicht erwischen zu lassen. Doch dieses Mal war es anders. Wir haben ihnen Schaden zugefügt. Und zwar ziemlich spektakulären.«

Ich lachte. »Vorhin, als ich dich überreden wollte, fandst du das alles aber nicht wirklich toll.«

Er lachte ebenfalls. »Das war wohl, bevor ich zu einem abgebrühten Saboteur geworden bin.«

Ich verpasste ihm einen leichten Schubs und drängte ihn vom Gras in das seichte Wasser. Er spritzte mich mit einem kräftigen Tritt nass.

Vor einer riesigen Wand aus Rauch und Feuer bewegten sich unsere beiden kleinen Silhouetten immer weiter vorwärts und bahnten sich ihren Weg durch die Sumpflandschaft.

Das Feuer verfolgte uns noch drei Tage lang. Zunächst als beißende Rauchwolke und roter Schein am Himmel, dann als schwarzes Leichentuch, das sich über den Horizont breitete, als würde die Dämmerung zu früh aufziehen. In der dritten Nacht kam schließlich Regen aus dem Westen, und als ich am Morgen danach aufwachte, erkannte ich, dass er alle Spuren des Feuers fortgewaschen hatte und der schmierige Streifen am Horizont nicht mehr zu sehen war.

Seit dem Feuer spürte ich die Insel deutlicher. Ich wurde jeden Tag stärker von ihr angezogen. Sie glich einem Holzsplitter, der sich immer tiefer in meine Haut bohrte. Doch ich spürte auch, dass die Beichtmutter noch immer nach mir Ausschau hielt. Sie brachte mich dazu, sogar dem Himmel selbst zu misstrauen, und ich zuckte jedes Mal zusammen, wenn während einer Rast ein Insekt meine Haut berührte.

Als ich im Morgengrauen schreiend erwachte, fragte mich Kip schläfrig: »Was war es dieses Mal?«

»Was meinst du?«, fragte ich und setzte mich auf.

»Es ist immer entweder die Insel, die Beichtmutter oder die Explosion. Aber nachdem du geschrien hast, nehme ich an, es war eines der beiden letzten.«

»Es war wieder sie«, sagte ich. Wenn ich die letzten Tage von ihr geträumt hatte, war ihr Suchen jedes Mal voller Wut gewesen. Es zerschnitt die Nacht wie die Peitsche die Haut des Mannes, der in New Hobart bestraft worden war. Ich legte mich wieder schlafen, dieses Mal näher bei Kip, und war froh, das stachelige Sumpfgras unter mir zu spüren, denn es kratzte und juckte so sehr, dass es mir leichter fiel, in meinem richtigen Körper zu verweilen und nicht wieder in einen schrecklichen Traum abzugleiten.

»Ich hätte es wissen sollen«, sagte Kip, während er die Decke über mich breitete, die ich während meines Albtraumes zur Seite getreten hatte. »Du schreist immer am lautesten, wenn du von ihr träumst.«

»Es tut mir leid. Ich weiß, dass es uns verraten könnte.«

Ich spürte, wie er mit den Schultern zuckte. »Deine Visionen haben uns bis hierhergeführt. Deine gelegentlichen Schreianfälle sind eine Nebenerscheinung, die ich dafür gerne in Kauf nehme.« Einige Sekunden hörten wir nichts, außer dem Summen der Moskitos. »Aber irgendwie ist es seltsam. Ich weiß, dass die Beichtmutter kein Zuckerlecken war, aber wieso jagen dir diese Visionen mehr Angst ein als die Explosion? Das Ende der Welt ist doch sicher um einiges schlimmer.«

Es fiel mir schwer, es zu erklären, sogar gegenüber Kip. Die Explosion löste eine eigene Art Schrecken in mir aus. Die Zerstörung, die ihr folgte, war absolut und unumkehrbar. Sie verschluckte die Welt und verwandelte sie in einen Feuerball. Die Beichtmutter war nicht schlimmer als die Explosion, nichts konnte jemals schlimmer sein. Doch während der Schrecken der Explosion wahllos alle Menschen getroffen hatte, war der Hass der Beichtmutter konkret und traf mich persönlich. Sie durchstreifte die Welt auf der Suche nach mir. Die Explosion kannte keinen Hass – sie war die schiere Zerstörung. Sie verwandelte ihn und alles andere in Flammen. Doch der Hass der Beichtmutter war ein pulsierendes Etwas. Ich spürte ihn mittlerweile ständig, deutlicher noch als jemals zuvor in der Zelle. Damals war sie mir mit Verachtung und manchmal auch mit Frustration gegenübergetreten. Als ich es gewagt hatte, ihren Blick umzukehren und in ihr Inneres zu sehen, und als ich dabei die verkabelte Kammer gesehen hatte, war sie wütend gewesen, doch selbst diese Wut konnte es nicht mit dem Hass aufnehmen, den ich nun fühlte. Seit ich aus Wyndham geflohen war, war er so allgegenwärtig wie die Sumpfmoskitos. Und ich hieß ihn wie einen alten Bekannten willkommen. Es war derselbe Hass, den ich früher auch in Zachs Augen gesehen hatte.

Am selben Tag kamen sechs Reiter aus dem Westen auf uns zu. In der Weite der Moorlandschaft waren die weißen Pferde und die roten Tuniken der Soldaten bereits aus großer

Entfernung zu sehen. Als Kip sie entdeckte, ließen wir uns auf den Boden fallen und krochen auf Händen und Knien zu einem Schilfgürtel nahe eines kleinen Teichs, um uns darin zu verstecken.

»Sie können uns doch sicher nicht sehen, oder? Nicht aus dieser Entfernung?«, fragte Kip.

»Nicht, wenn wir absolut stillhalten. Und wenn wir Glück haben.«

Wir standen bis zur Hüfte in dem brackigen Wasser, dessen Oberfläche mit grünem Schaum überzogen war.

»Ich weiß ja nicht, wie es dir geht«, sagte Kip und rümpfte die Nase, als er einen Blick auf die schmutzige Brühe um uns herum warf, »aber mir kommt es im Moment nicht so vor, als hätten wir sonderliches Glück.«

Die Reiter kamen auf dem morastigen Untergrund nur langsam voran, weshalb wir beinahe den ganzen Vormittag über festsaßen und den Pferden dabei zusahen, wie sie sich entlang des Horizontes ihren Weg durch die Sumpflandschaft bahnten.

»Sie kommen nicht in unsere Richtung«, sagte Kip, und es klang weniger wie eine Feststellung als wie ein Stoßgebet. »Sie sind auf dem Weg zur Küste.«

Am nächsten Tag entdeckten wir, dass die Soldaten auf ihrem Weg einen Zwischenstopp eingelegt hatten. Wir kamen an einer kleinen Siedlung vorbei, wo sich eine Handvoll Hütten dicht an dicht in einer feuchten Mulde neben einem kleinen Waldstück drängten. Wir hielten uns von dem Dorf fern und bahnten uns im Schutz des hohen Schilfgürtels einen Weg daran vorbei, doch selbst von dort aus konnten wir den Galgen sehen. Er sah neu aus. Das Holz war frisch geschlagen und es war der einzige gerade Pfosten in der ganzen Siedlung, der noch nicht dem morastigen, sich ständig in Bewegung befindlichen Untergrund nachgegeben hatte, der die älteren Bauwerke windschief hatte werden lassen. In den oberen Balken war das Alpha-Symbol gebrannt worden, darunter befand sich eine Kette, an der ein Drahtgeflecht baumelte, das wie ein grotesk überdimensionierter Vogelkäfig aussah. Im Vergleich zu dem unbeugsamen aufrechten Galgen wirkte der Körper, der hinter den Gitterstäben zusammengesackt war, noch zerbrechlicher. Sie hatte nur ein Bein, und selbst aus der Entfernung konnten wir sehen, dass die Peitschenhiebe ihr Hemd zerfetzt hatten und ihr Rücken voller Blut war. Der Wind, der über das Moor wehte, und die gelegentlichen Bewegungen der Frau ließen den Käfig vor und zurück schaukeln, sodass es aussah, als würde sie mit geschlossenen Augen den Himmel absuchen.

Den Rest des Tages legten wir unseren Weg abwechselnd laufend und gehend zurück, doch selbst als wir die Siedlung bereits aus den Augen verloren und auch das Moor hinter uns gelassen hatten, glaubte ich immer noch, das Geräusch der im Wind baumelnden Kette zu hören.

»Wir müssen ab jetzt in der Nacht weitermarschieren«, sagte ich. »Und untertags halten wir abwechselnd Wache.« Mittlerweile war es nicht nur der Wunsch nach Antworten, der mich zur Insel trieb. Es war schiere Angst. In dieser verbrannten Welt gab es keinen Ort mehr, wo wir in Sicherheit waren. Nicht in New Hobart und nicht einmal in diesem einsamen Moor.

»Und wenn wir erst einmal auf der Insel sind? Was glaubst du, werden wir dort finden? Was, wenn es die Aufständischen, die du dort erwartest, gar nicht gibt?«

»Ich weiß nicht, ob die Menschen auf der Insel kampfbereit oder bloß Einsiedler sind, oder vielleicht irgendetwas dazwischen. Aber es ist ein Ort, der nicht unter der Herrschaft der Alphas steht. Dort gibt es nur Omegas. Das alleine reicht schon, um die Insel zu einer Gefahr für den Rat zu machen.

Du hast doch die Menschenmenge in New Hobart gesehen. Wie sie bei der Auspeitschung auf dem Marktplatz zugesehen und sich nicht getraut haben, auch nur ein Wort zu sagen. Es gab nie eine Alternative, die Alphas haben immer schon über uns geherrscht. Und darum hat der Rat Angst vor der Insel. Es ist die Vorstellung, dass die Dinge auch anders laufen könnten.«

»Aber dem Rat ist es all die Jahre nicht gelungen, sie zu finden. Warum glaubst du, wir könnten es schaffen?«

Ich zuckte mit den Schultern. »Es ist dasselbe Gefühl, aus dem ich mit Sicherheit wusste, dass es die Höhlen und Tunnel unter Wyndham gibt.«

Er musterte mich aufmerksam. »Ich denke, das genügt mir als Antwort.«

»Sei dir nur mal nicht zu sicher«, sagte ich. »Ich weiß vielleicht, wo wir hinmüssen, aber tatsächlich dorthin zu gelangen, ist eine ganz andere Sache. Wenn ein Sturm aufzieht, stehen unsere Chancen vermutlich schlecht. Vom Festland zur Insel ist es ein weiter Weg und das Wetter ist unvorhersehbar, selbst für mich. Außerdem bin ich noch nie mit einem Boot gefahren.«

Er seufzte. »Dann lass uns hoffen, dass ich vor der Zeit im Tank ein hervorragender Segler war.« Doch dieses Mal fehlte das Lachen in seiner Stimme, an das ich mich so gewöhnt hatte. Es war im Moor zurückgeblieben und baumelte dort an einem Galgen.

Wir benötigten beinahe zwei Wochen, um von New Hobart zur Küste zu gelangen. Wir gingen die ganze Nacht und manchmal auch den halben Tag lang. Zu Beginn hatten wir zumindest den Proviant, den Elsa uns mitgegeben hatte, und nachdem wir das Moor hinter uns gelassen hatten, und über leicht bewaldete Ebenen unterwegs waren, kamen wir leichter voran. Das Essen reichte für fünf Tage, obwohl das Brot bereits nach zwei Tagen zäh und hart geworden war. Danach suchten wir uns unsere Nahrung selbst. Ein Nest voller Eier, das wir auf einem tief hängenden Ast entdeckt hatten, war ein Festessen, das wir langsam auf einem nur zögerlich brennenden Feuer brieten und das zwei weitere Tage vorhielt.

Je weiter wir uns von dem Moor entfernten, desto weniger Pilze gab es, doch wenn wir welche fanden, waren sie größer und weniger feucht. Als wir uns der Küste näherten, wurde die Landschaft karger, doch nach dem feuchten, weiten Moor genoss ich die Trockenheit der felsdurchsetzten Hügel. Untertags suchten wir Schutz unter schweren weißen Felsbrocken, hielten jedoch abwechselnd Wache. Aber niemand schien uns zu folgen.

Am Morgen des zehnten Tages, als die Schrammen an meinen Händen und auf meinem Knie bereits vollständig verheilt waren, rochen wir schließlich das Meer. Wir wussten zwar nicht, dass es das war, aber wir vermuteten, dass der salzige, scharfe Geruch in der Luft ein Zeichen dafür war, dass wir uns der Küste näherten. Nachdem wir den Gipfel eines kleinen Berges umrundet hatten, sahen wir es schließlich zum ersten Mal. Es war so nah, dass wir sogar die Gischt der Wellen an einigen niedrigeren Klippen aufspritzen sehen konnten.

»Denkst du, du hast das hier schon einmal gesehen?«, fragte ich, als wir uns in das hohe Gras sinken ließen und dorthin hinuntersahen, wo die Klippen endeten und die wogende blaue See begann.

Kip starrte blinzelnd zum Horizont. »Ich weiß es nicht.«

Falls er es schon einmal gesehen hatte, schien es ihm nicht mehr vertraut zu sein. Er sah genauso erstaunt aus wie ich. Falls er das Meer aus seinem früheren Leben kannte, war es nur eine weitere Erinnerung, die der Tank ihm genommen hatte.

Ich lehnte mich an ihn. So saßen wir über eine Stunde da und sahen zu, wie die Wellen an die Küste schlugen. Irgendwo dort draußen, in der riesigen Weite des Ozeans, befand sich die Insel. Und hier sind wir nun, dachte ich bei mir. Zwei abgemagerte, dürre Gestalten, ohne jede Ahnung vom Segeln, auf der Suche nach der Insel, dem Geheimnis des Ozeans.

Am nächsten Tag stießen wir auf ein Fischerdorf. Es war kühler geworden, und die rauchenden Kamine waren kilometerweit zu sehen. Das Dorf war ziemlich groß – etwa sechzig Häuser drängten sich auf einer der Klippen zusammen. Die schwarz-weißen Kühe, die in der Nähe grasten, verrieten uns sofort, dass es sich um eine Alpha-Siedlung handelte, auch wenn das Holzschild mit dem Alpha-Zeichen fehlte, das üblicherweise stolz neben dem Hauptzufahrtsweg zu ihren Siedlungen prangte. Im Süden, wo die Klippe steil zu einer kleinen Bucht abfiel, verlief ein Pfad entlang der Felsen. Einen ganzen Tag lang beobachteten wir die Dorfbewohner, die bereits früh am Morgen den Pfad zu ihren Booten hinunterstiegen und am Nachmittag wieder zurückkehrten, wobei sie von den Ältesten und den Kindern begrüßt wurden, die mithalfen, die Netze voller Fische zu entladen. Das war das Schlimmste – von dem Felsvorsprung über ihnen zusehen zu müssen, nahe genug, um das Glänzen der Fischschuppen erkennen zu können. Mittlerweile hatten wir seit eineinhalb Tagen nichts mehr gegessen und die Wucht des Hungers konnte es beinahe schon mit dem ständigen Gefühl aufnehmen, verfolgt zu werden. Wir mussten jedoch warten, bis es dunkel wurde, bevor wir uns auf den Weg hinunter zum Hafen machen konnten.

Es war gerade noch hell genug, dass wir ohne Licht auskamen, und so stiegen wir langsam den Pfad hinab, wobei wir bei jedem Stein, der sich löste und zur Küste hinunterkullerte, zusammenzuckten. Am Ende des Anlegestegs drängten sich Möwen um einen großen Korb aus geflochtenem Schilf und hackten auf den Fischabfällen herum. Als wir näher kamen, begannen die Vögel so laut zu kreischen, dass ich sicher war, sie würden binnen Sekunden das ganze Dorf wecken. Doch mittlerweile war es mir beinahe egal, denn nachdem die Möwen aufgeflogen waren, sahen wir, dass der Korb knietief mit Fischen und Innereien gefüllt war. Wir rümpften die Nasen, als wir die obere Schicht zur Seite schoben, an der sich die Vögel bereits zu schaffen gemacht hatten, doch darunter stießen wir schließlich sogar auf einige unbeschädigte Fische. Sie waren winzig, manche nicht größer als mein kleiner Finger, aber das Fleisch war noch fest und nicht verdorben. Wir trugen unseren Schatz die steinige Küste entlang, bis wir außer Sichtweite des Hafens waren, und riskierten es, ein kleines Feuer zu entfachen, über dem wir die Fische brieten.

Ich genoss jeden Bissen. Ich fand sogar Vergnügen daran, die scharfen Gräten aus meinen Zahnzwischenräumen zu pulen und meine öligen Finger abzulecken. Kips Wange glänzte silbern, wo einige Schuppen kleben geblieben waren. Der Schein des Feuers spiegelte sich in ihnen, während wir, die kleine Portion Fische zwischen uns, auf dem steinigen Boden saßen und aufs Meer hinausblickten.

»Wir könnten einfach hierbleiben«, sagte er. »Es wäre gar nicht so schlecht.«

Ich ließ meine Zunge auf der Suche nach Fischgräten über meine Zähen gleiten. »Unter einem Felsen schlafen und jede Nacht zum Meer hinunterschleichen, um sich mit den Möwen um die Abfälle der Alphas zu streiten?«

»Es müsste ja nicht immer so weitergehen. Wir könnten weiter die Küste rauf ziehen. Selbst Fische fangen. Uns ein kleines Häuschen bauen.«

Ich schüttelte den Kopf. »Glaubst du wirklich, sie würden uns nicht finden?« Ich dachte an das Gefühl, das ich nie abschütteln konnte, dass ständig jemand in unserer Nähe war, und an die suchenden Augen der Beichtmutter. An die roten Reiter im Moor. Und an die ausgepeitschte Frau in dem baumelnden Käfig. Sie hatten die Verfolgung bereits aufgenommen. »Und selbst wenn sie nicht hinter uns her wären, glaubst du, Omegas wäre es erlaubt, an einem Ort wie diesem zu leben? Gleich neben der Küste, mit so vielen Fischen zur freien Verfügung? Selbst wenn uns Zachs Männer nicht erwischen, würden uns die Bewohner der Siedlung ganz sicher bald verjagen.«

Er schleuderte einen kleinen Stein ins Wasser. »Vielleicht hast du recht. Ich dachte, ich erinnere mich zumindest an solche Dinge. Daran, wie die Welt funktioniert, selbst wenn ich meinen Platz in ihr nicht kenne. Aber ich kann mich nicht daran erinnern, dass es so schwierig war.«

Ich zuckte mit den Schultern. »Es liegt nicht nur an dir. In letzter Zeit wurde es mit jedem Jahr schwerer. Wir wissen nicht, wie lange du in diesem Tank warst. Die Steuern wurden erst in den Dürrejahren erheblich angehoben. Und das Gesetz, dass sich Omegas nicht in der Nähe von Bächen oder an der Küste ansiedeln dürfen, wurde noch später erlassen. Damals, als die Generalin in den Rat einzog, hat Nina mir erzählt. Dazu die ganzen anderen Beschränkungen und die Abschottung von Omega-Städten – das alles ist genauso neu für mich wie für dich.«

Er ließ einen Stein in seiner Hand hin und her rollen, als wollte er ihn wiegen. »Was ist mit Anderswo?«, fragte er.

»Es ist überall dasselbe – mittlerweile offensichtlich sogar im Osten.«

»Ich meinte nicht anderswo hier in der Nähe. Ich meine das *Anderswo* – wie in den Geschichten. Diesen anderen Ort, auf der anderen Seite des Meers. Glaubst du, die Geschichten sind wahr? Gibt es einen Ort, wo alles anders ist?«

Ich sah hinaus auf den unendlichen Ozean. Es war schwer vorstellbar, dass irgendetwas dahinter existierte. Dann zuckte ich mit den Schultern. »Vielleicht gab es da einmal etwas«, sagte ich. »Im Moment erscheint mir die Insel jedoch weit genug entfernt. Wir müssen unbedingt dorthin. Wir müssen die aufständischen Omegas finden und ihnen erzählen, was wir wissen.«

»Was wir *wissen?*«, fragte er. »Manchmal habe ich das Gefühl, dass wir nichts Neues erfahren haben, seit wir aus Wyndham fort sind, abgesehen davon, welche Pilze man lieber nicht essen sollte. Wir haben noch immer nichts über meine Vergangenheit herausgefunden. Oder über die Tanks.«

Ich verstand, warum er so frustriert war, dennoch schüttelte ich den Kopf. »Ich glaube, wir wissen mehr, als uns bewusst ist. Denk nur an Zach und die Projekte, die er an dem Tag erwähnt hat, als mir die Flucht gelang. An das scharfe Vorgehen gegen die Omegas. Die Meldepflicht. Daran, dass sie nun alle Omegas ständig im Auge behalten wollen.«

»Sicher, wir haben all das erfahren. Aber es ergibt trotzdem keinen Sinn«, sagte Kip. »Zach mag vielleicht verrückt sein, aber er ist nicht dumm. Warum sollten sie uns beinahe in den Hungertod treiben? Trotz der Reservate wäre das System so kaum aufrechtzuerhalten.« Er rieb sich mit dem Handrücken über die müden Augen. »Zuerst nehmen sie uns langsam aber sicher alles weg. Und jetzt fangen sie an, Menschen zu foltern, sie auszupeitschen. Und das alles, um ihre Botschaft deutlich zu machen.« Er musste nicht aussprechen, wovor wir beide am meisten Angst hatten. Es war die Bürde, die wir mit uns herumschleppten, seit wir den Käfig von dem Galgen baumeln gesehen hatten – die Nachricht hatte uns gegolten.

Kip schleuderte den Stein ins Meer. »Ich verstehe die Welt nicht mehr.«

Ich warf einen Stein hinterher und vermied es ihn anzusehen. »Gibst du mir die Schuld an dem, was Zach treibt?«

Nun war er es, der mit den Schultern zuckte. »Er hat mich in den Tank gesteckt, du hast mich wieder herausgeholt. Also seid ihr quitt.«

»Im Ernst.«

Er sah mich an. »Ich gebe *Zach* die Schuld daran. Du glaubst zwar, dass es auf dasselbe hinausläuft, aber das stimmt nicht. Wie auch immer seine Pläne aussehen, es sind *seine*. Du und dein Bruder seid nicht ein und dieselbe Person.«

»Da würde er dir sicher zustimmen.«

Im Rhythmus der Wellen atmete das Meer ein und aus, und die Gischt benetzte unsere Füße.

Ich dachte oft an Zach. Ich fragte mich, was er wohl tat und wo er gerade war. Noch öfter dachte ich jedoch an die Beichtmutter. Ich spürte ihre Anwesenheit am Nachthimmel, fühlte, wie sie unablässig nach mir suchte.

In dieser Nacht stahlen wir ein Boot. Ich hatte Angst, im Dunkeln loszufahren, doch der aufgehende Mond leuchtete immer heller und wies uns den Weg. Wir sahen uns einige der größeren Kutter mit den Angelrollen und Fischernetzen an Bord an. Ich war der Meinung, dass ein größeres Schiff auf offener See sicherer gewesen wäre, doch Kip wandte ein, dass wir mit insgesamt nur drei Armen Schwierigkeiten haben würden, mit dem Wirrwarr aus Seilen und Rollen zurechtzukommen.

»Kommen dir nicht vielleicht ein paar Erinnerungen in den Sinn, die uns helfen könnten, das Boot zu steuern?«, fragte ich halb im Scherz, und als Kip gestand, dass er dem Durcheinander aus Seilen und Klampen genauso ratlos gegenüberstand wie ich, entschieden wir uns für das kleinste

Boot. Es war eine rote Jolle mit zwei ordentlich verstauten Rudern, einem Eimer neben der Pinne und einem kleinen weißen Segel, das um den Mast gewickelt war.

»Ich nehme an, du akzeptierst das hier nicht als Ausrede, mit der ich mich vor dem Rudern drücken kann?«, fragte Kip und warf einen Blick hinunter auf seinen leeren linken Ärmel, während er die Leiter hinunterstieg, die vom Anlegesteg auf das Boot führte.

»Da hast du allerdings recht«, sagte ich und hielt den Kahn dicht am Steg, während Kip hineinkletterte. Ich nahm ihm das Seil ab, das er vom Pier losgebunden hatte. »Eigentlich müsste ich dich sogar die ganze Arbeit machen lassen, wenn man bedenkt, dass ich die Navigation übernehme, aber nachdem wir ja nicht bloß im Kreis rudern wollen, muss ich wohl ebenfalls ran.« Ich warf das Seil auf den Boden der Jolle, wo es vor Kips Füßen liegen blieb. »Wie auch immer, wenn der Wind stärker wird und wir herausfinden, wie es funktioniert, dann können wir auch das Segel benutzen.«

»Sei vorsichtig mit dem, was du dir wünscht. Wenn du mich fragst, gilt in diesem winzigen Boot, je weniger Wind desto besser.«

»Mal sehen, ob du nach einer Stunde rudern immer noch derselben Meinung bist.«

Ich war neben einem Fluss aufgewachsen und hatte das Wasser immer schon geliebt. Doch nun fühlte es sich irgendwie anders an. Obwohl die Nacht ruhig war, wirkte das ständige Anschwellen des Ozeans unter uns eindringlicher und kraftvoller als jede Flussströmung.

Die Geräusche, die wir verursachten, als wir zwischen den anderen Booten hindurchmanövrierten und an ihnen entlangschrammten, erschienen mir laut und dröhnend. Doch auf dem Pfad an den Klippen über uns waren weit und breit keine Lichter zu sehen, und nachdem wir einige Minuten gerudert waren, gelangten wir schließlich zur Hafenausfahrt, wo der Wellengang stärker wurde.

Ich dachte erneut an Zach und den Fluss. Wir hatten oft zum Spaß offene Samenhülsen von der Brücke aus ins Wasser geworfen, um zu sehen, welche davon das Rennen flussabwärts gewinnen würde. Nun hatte ich das Gefühl, als säßen Kip und ich in einer dieser winzigen Hülsen – verloren in den Weiten des Ozeans.

17

DAS GEFÜHL, DAS mich dazu verleitet hatte, noch in dieser Nacht loszufahren, war richtig gewesen. Das gute Wetter hielt und das Mondlicht war so hell, dass die Küste hinter uns noch Stunden nach dem Ablegen zu sehen war. Später, als das Festland schließlich außer Sichtweite war, erhoben sich die Wellen hüfthoch über das Boot, doch der Seegang war regelmäßig und beständig. Wir fanden heraus, dass wir das Boot geradewegs auf die Wellen zusteuern mussten und uns nicht zur Seite treiben lassen durften, und so kamen wir recht gut voran. Nach einigen Schwierigkeiten schafften wir es auch, das Segel zu setzen und lernten schnell, wie wir den Wind im Zick-Zack-Kurs am besten nutzen konnten. Kip blickte immer wieder zu dem Punkt zurück, an dem die Küste hinter dem Horizont verschwunden war, doch die Sicherheit, mit der ich uns den Weg wies, schien ihn einigermaßen zu beruhigen.

Etwa eine Stunde vor Tagesanbruch forderte ich ihn schließlich auf, das Tempo ein wenig zu drosseln. »Ganz in der Nähe ragt ein Fels aus dem Wasser – wir wollen ja nicht darauf auflaufen.« Es war nur ein Gefühl, als hätte ich eine Wimper im Auge oder ein Kieselsteinchen in meinem Schuh, kaum vorhanden, aber dennoch unmöglich zu ignorieren.

Selbst im hellen Mondlicht konnten wir nichts erkennen. Wir reckten die Köpfe in alle Richtungen, während wir versuchten, das Boot weiterhin mit dem Bug voran über die hohen

Wellen zu manövrieren. Dann schrie ich Kip plötzlich an, er solle die Pinne nach links reißen und stieß mein Ruder ins Wasser, um den Richtungswechsel zu unterstützen. Als das Boot abrupt nach rechts wendete, sahen wir den Felsen, nicht einmal einen Meter vom Rumpf des Bootes entfernt auf der anderen Seite. Nur zu erkennen als eine andere Art Schwärze in dem dunklen Wasser. Er wurde von der nächsten Welle verschluckt, doch als sie sich zurückzog, sahen wir erneut seine messerscharfen Umrisse.

Daraufhin hörte Kip auf, mich ständig zu fragen, wie weit es noch war, und überließ mich meiner tiefen Konzentration. Wir segelten den ganzen folgenden Tag und teilten das Wasser in kleine Rationen ein. Dann brach erneut die Nacht herein und gönnte uns eine kleine Verschnaufpause von der Sonne – obwohl die unheimliche dunkle und riesige Masse, zu der der Ozean um uns herum anschwoll, auch nicht wirklich besser war. Mittlerweile war das Wasser aufgebraucht. Unser einziger Trost war der Mond, der so hell schien, dass man wenigstens gerade etwas erkennen konnte. Als der nächste Morgen dämmerte und die Wellen sanfter wurden, versuchten wir, abwechselnd zu schlafen.

Ich war zuerst an der Reihe, doch ich konnte nicht einmal die mir zugedachte Zeit nutzen. Ich hatte gehofft, dass mich der Schlaf von meinem Durst ablenken würde, doch als ich die Augen schloss, fühlte sich mein Mund trockener an als je zuvor, und meine Zunge schien so groß, dass sie keinen Platz mehr darin zu finden schien.

Als Kip schließlich an der Reihe war, erging es ihm nicht besser. Er versuchte, sich auf dem Boden des Bootes auszustrecken, wälzte sich dort jedoch nur unruhig hin und her. »Selbst die schlimmsten Moorböden, auf denen wir während unserer Flucht geschlafen haben, haben nicht so hin- und hergeschwankt wie das hier«, sagte er. »Ich kann kaum noch die Augen aufhalten, aber ich kann verdammt noch mal auch nicht einschlafen. Rutsch zur Seite.« Und so setzte er sich wieder neben mich, und wir ruderten weiter, während die Sonne hinter uns immer höher stieg.

Es war bereits der Nachmittag des zweiten Tages, und meine Lippen waren spröde von der salzigen Gischt, als wir schließlich das Riff entdeckten. Ich hatte es bereits in meinen Visionen gesehen, doch mir war nicht bewusst gewesen, wie beängstigend es in der Realität wirken würde. Eine riesige Wasserfläche, aus der überall unheilvolle Felsen hervorragten. Einige standen etwa zwei Meter aus dem Wasser, andere befanden sich knapp unter der Oberfläche, sodass ihre scharfen Umrisse nur in den Wellentälern erkennbar waren. Das Riff breitete sich aus, soweit das Auge reichte, und erinnerte mich an die mit Felsen durchsetzte Ebene, die Alices Hütte und die Siedlung umgeben hatte.

Der Wind war schwächer geworden, dennoch war es schwierig, das Boot präzise zu steuern, und mit gehisstem Segel sogar unmöglich, weshalb wir es einholten und vorsichtig zwischen den wellenumspielten Felsen hindurchruderten. Manchmal waren die Zwischenräume zwischen den Felsen so schmal, dass wir die Ruder einholen mussten. Wenn meine Konzentration für einen Moment nachließ, griffen die Steine sofort mit ihren scharfen Pranken nach dem Rumpf des Bootes.

Nach zwei schier endlosen Stunden tauchte schließlich die Insel auf. Die Klippen waren so schroff wie die Felsen im Riff, doch sie waren breiter und ragten höher in den Himmel. Jetzt, da wir das Ziel direkt vor der Nase hatten, wurde die Steuerung nur noch frustrierender, denn wir konnten nicht direkt darauf zuhalten, sondern waren gezwungen, uns weiter mühsam den Weg durch das Riff zu bahnen und einer verzweigten Route zu folgen, die uns oftmals eher von der Insel fort als zu ihr hin zu führen schien.

Nach stundenlangem Manövrieren verlor ich schließlich die Orientierung. Ich spürte die Felsen unter dem Boot, doch ich schien von dem Weg, der mich bis hierher geführt hatte, abgekommen zu sein. Ich lehnte mich über den Bug des Bootes, eine Hand auf der Meeresoberfläche und tastete mich durch die Landschaft, die das Wasser in meinem Kopf formte.

Mehr als eine Stunde lang trieben wir ziellos umher. Kip stocherte nervös mit dem Ruder im Wasser herum und hielt die Felsen, die immer wieder durch die Wasseroberfläche brachen, auf Abstand. Das Kratzen des Gesteins am Boden des Bootes ähnelte einem endlosen Zähneknirschen. Obwohl der Rumpf aus mehreren Zentimeter dickem Holz bestand, erschien er uns jetzt wie eine zarte Membran, viel zu dünn, um einer Welt aus Felsen und dunklem Wasser Widerstand zu leisten. Ich versuchte, mich wieder zu konzentrieren, doch meine körperlichen Bedürfnisse lenkten mich zu sehr ab. Die Sonne brannte grausam auf uns herab, und mein Kopf schien im Einklang mit den Wellen vor Schmerzen zu pulsieren. Meine Lippen waren so spröde, dass sie bei jeder Bewegung aufsprangen, doch das Blut vermochte meinen Durst nicht zu stillen.

Als uns eine größere Welle zur Seite schleuderte, schob sich der Bug auf einen Felsen, der kaum aus dem Wasser ragte. Die Vorderseite des Bootes stand in die Luft, das Heck wurde nach unten gedrückt. Kip war schnell aufgesprungen, doch das Wasser reicht ihm bereits bis zu den Waden und mit jeder Welle schwappte mehr davon ins Boot. Unsere Jolle hing ächzend auf dem Felsen, und Kip kletterte schnell zu mir nach vorne. Wir stemmte uns beide mit den Rudern gegen einen Felsvorsprung zu unserer Linken, um das Boot zu befreien. Als wir es endlich schafften, war es jedoch bereits zur Hälfte geflutet und lag tief im Wasser. Jede neue Welle schleuderte es wieder und wieder gegen die hungrigen Felsen.

Ich versuchte krampfhaft, einen klaren Kopf zu bekommen und das Wasser um meine Knöchel und das Kratzen der Felsen am Rumpf zu ignorieren. Dann fiel mir ein, wie ich meine Gedanken in den Verwahrungsräumen unter Kontrolle gebracht hatte, wenn mich die Beichtmutter verhörte. Ich dachte an das Muschelmesser, das meine Mutter vor all den Jahren in den Händen gehalten hatte. Meine Gedanken wurden zu diesem Messer. Und plötzlich sah ich es. Der Weg lag wieder klar vor mir, schlängelte sich in meiner Vorstellung durch das Riff.

Als ich mein Ruder aufnahm, um das Boot erneut zu steuern, hörte ich, wie Kip erleichtert aufatmete. Dann nahm er den Eimer und begann, Wasser aus dem Boot zu schöpfen.

Selbst als wir bis zum Inneren des Riffs vorgedrungen waren und die Insel schließlich wieder vor uns in den Himmel ragte, war es schwierig, einen Anlegeplatz auszumachen. Die Insel wuchs steil aus dem Meer, und die Klippen wirkten glatt und schwarz. Es gab keine Anzeichen einer Besiedlung und keinen Hinweis auf ein Fleckchen, wo wir uns dem Ufer gefahrlos nähern, geschweige denn anlegen konnten. Ich quälte meinen erschöpften Verstand eine weitere Stunde lang, bis ich uns zur westlichen Seite der Insel geführt hatte, wo wir, als wir näher heranruderten, eine schmale Kluft in den steilen Felsen ausmachen konnten, die erst aus etwa zehn Metern Entfernung sichtbar war. Wir ruderten langsam durch ein natürliches Portal in den Schatten der steilen Felswände. Dahinter weitete sich die Kluft zu einem kleinen Hafenbecken, in dem zahllose Boote in den unterschiedlichsten Farben der Reihe nach vertäut waren. Die Bucht war von einem steinigen Strand umgeben, auf dem ein schmuckloser, gedrungener Turm stand. Auf dem Steg spielten zwei Kinder im Licht der späten Nachmittagssonne.

Kip wandte sich zu mir um. Sein Gesicht war vom Sonnenbrand und den Salzflecken braun-weiß gefleckt und seine Lippen aufgesprungen. Er sah kaum noch aus wie er selbst, bis er zu grinsen begann. »Es gibt sie also wirklich«, sagte er.

Selbst für mich war es eine Reise durch die Hölle gewesen, obwohl ich gewusst hatte, dass die Insel tatsächlich auf uns wartete. Nun dämmerte mir langsam, was für ein Akt des Vertrauens es für Kip gewesen sein musste, mir zu folgen. Vertrauen in die Insel. Und in mich.

Wir dümpelten im Hafenbecken, und ich sah hinauf zum höchsten Punkt der Insel, der trotzig in den Himmel ragte. Ich erwiderte Kips Lächeln, das bald in ein Lachen überging, und bald schon lachten wir gemeinsam. Unsere Stimmbänder waren rau vom Salz, doch wir hielten uns nicht zurück. Zum ersten Mal seit unserer Flucht aus Wyndham war es uns egal, ob man uns hörte. Die Möwen, die auf den Masten der vertäuten Boote saßen, flogen auf, und die Kinder wandten sich um und starrten uns an.

Als wir zum Anlegesteg ruderten, fiel mir auf, dass mit diesen Kindern etwas nicht stimmte. Sie waren nahe zusammengerückt und starrten uns schweigend an. Es waren nicht die körperlichen Makel der Kinder, die mir seltsam vorkamen. Sie waren offensichtlich, aber nicht ungewöhnlich. Der kleine Junge war zwergwüchsig und seine Gliedmaßen wirkten zu kurz im Vergleich zu seinem starken Oberkörper. Das Mädchen, das eine Angelschnur umklammert hielt, hatte Schwimmhäute zwischen den Fingern und den nackten Zehen. Ich hatte diese Dinge schon oft gesehen. Warum beunruhigte mich der Anblick der Kinder also so? Erst als wir das Anlegeseil um den Pier schlangen, die Metallleiter emporkletterten und das kleine Mädchen schließlich eine Hand zu ihrem Gesicht hob, um eine Fliege zu verscheuchen, sah ich, dass diese Kinder kein Brandzeichen trugen. Das Glücksgefühl, das mich überkam, als ich ihre makellose Haut sah, ließ mich meinen Durst vergessen. Ich blickte zu Kip und erkannte, dass er es ebenfalls bemerkt hatte. Seine Hand tastete unbewusst nach seinem eigenen Brandzeichen, während er die Kinder anstarrte.

»Seid ihr fremd hier?«, fragte der Junge.

Kip kniete verschwörerisch neben ihm nieder und deutete mit dem Kopf in meine Richtung. »Nun, ich wirke vielleicht ein wenig fremd, aber sie dort ist sicher befremdlicher.«

Das Mädchen lachte, doch das Gesicht des Jungen blieb ernst. »Wenn ihr Fremde seid, dann müssen wir Owen Bescheid sagen.«

»Das ist eine gute Idee«, sagte ich. »Warum bringt ihr uns nicht zu ihm?«

Die Kinder führten uns zu einem steilen Pfad, der die Klippen hinaufführte, doch wir waren erst einige Meter weit gekommen, als wir drei Männer in Blau entdeckten, die vom Turm aus den Pfad entlangeilten.

Kip hob seinen Arm zum Gruß, doch die Männer liefen nur immer schneller, und ich erkannte erschrocken, dass sie Schwerter in den Händen hielten. Kip wandte sich entsetzt zu mir um.

»Wir können nirgendwohin«, sagte ich. Ich war so erschöpft, dass ich nicht einmal weinen konnte. Also warteten wir.

Kip hielt den Arm noch immer erhoben, doch mittlerweile war es kein Gruß mehr, sondern ein Zeichen der Kapitulation.

18

DIE MÄNNER HATTEN uns schnell erreicht. Ich hob ebenfalls die Hände, doch ich wurde wie Kip zu Boden gerungen, wo mich schließlich einer der Männer mit dem Knie im Rücken fixierte. Der größte in der Gruppe drehte meinen Kopf zur Seite und ließ seinen Finger schnell über mein Brandzeichen gleiten, während ich Sand hustete. Kip, der neben mir lag, entging der Untersuchung, sein leerer Ärmel sprach für sich. All das geschah in vollkommener Stille, in der nichts außer dem Keuchen der Männer zu hören war.

Dann begann der große Mann zu sprechen, doch er richtete seine Worte an die Kinder. »Wie oft hat man euch schon vor Fremden gewarnt? Ihr müsst die Wachmänner rufen, sobald ihr ein Boot oder Menschen seht, die ihr nicht kennt.«

»Wir wollten euch gerade holen«, protestierte der Junge. »Ich wusste, dass sie Fremde sind.«

»Er ist vielleicht fremd. Aber sie ist befremdlicher«, ergänzte das kleine Mädchen hilfsbereit.

Die Unbekümmertheit der Kinder schien den Mann zu beruhigen. »Wir haben sie von unserem Aussichtsturm aus gesehen«, erklärte er dem Mädchen. Dann wandte er sich endlich an uns. »Und wir haben es uns zur Aufgabe gemacht, Fremde zu empfangen.« Er gab Kip mit einem Nicken zu verstehen, dass er aufstehen solle.

Er richtete sich auf, wobei er halb von dem starken Griff einer der anderen Männer hochgezogen wurde.

»Habt ihr den ganzen Weg vom Festland in diesem Ding hier zurückgelegt?« Der Mann warf einen Blick auf unsere Jolle. »Und wie seid ihr durch das Riff gekommen?«

Kip warf einen Blick auf mich hinunter. Mein Kopf wurde immer noch seitwärts auf den Boden gedrückt, doch ich schaffte es, schwach zu nicken.

»Sie kannte den Weg.«

»Wer hat ihn euch verraten?«, wollte der Mann wissen. »Wer hat euch die Karte gegeben?«

»Niemand«, sagte ich.

Einer der Männer öffnete den Beutel, der mir von der Schulter gerutscht war, und schüttelte seinen Inhalt auf den Boden. Mit dem Fuß schob er die Sachen herum: die leere Wasserflasche, das Messer und die Zündhölzer. Außerdem die Decke, die noch feucht war, weil sie auf dem Boden des Bootes gelegen hatte.

Der große Mann beugte sich zu mir herunter und zog mich hoch. Dann musterte er mich neugierig, während ich mir den Sand aus dem Gesicht wischte.

Die Männer waren allesamt Omegas und trugen das Brandzeichen. Einer war ein Zwerg wie der kleine Junge, und der Dunkelhaarige hielt ein Schwert in seiner missgebildeten Hand, an der alle Finger – bis auf den Daumen – zusammengewachsen waren. Der größte von ihnen hatte einen verdrehten Fuß, der ihn offensichtlich jedoch kaum behinderte. Ich merkte, dass er nach meiner Missbildung suchte.

»Du bist eine Seherin«, sagte er schließlich. Es war keine Frage gewesen.

»Ich habe von der Insel geträumt«, erklärte ich ihm.

»Träume sind die eine Sache, aber gleich den Weg durch das Riff finden? Träumst du von Landkarten?«

Ich konnte ihm nicht erklären, wie es genau funktionierte. Ich erinnerte mich, dass Mum eines Tages einen Nagel in die

Küchenwand hatte schlagen wollen, um zusätzliche Töpfe aufzuhängen. Sie klopfte die nackte Wand ab, bis sich das Geräusch änderte und das Fehlen des Nachhalls ihr verriet, dass sich ein Holzbalken hinter dem Putz verbarg. Genauso hatte es sich angefühlt, als mein Verstand das Wasser und das Riff abgetastet hatte. Aber wie sollte ich, ausgedörrt und zitternd, das alles diesen Männern erklären, die mit gezogenen Waffen vor uns standen?

Irgendwann schien unsere Erschöpfung so offensichtlich, dass sie ihre Befragung beendeten. Ich stolperte über meine eigenen Worte. Und neben mir stand Kip, der vor Müdigkeit und Durst wie weggetreten wirkte. Der dunkelhaarige Mann stieß den anderen in die Seite und murmelte leise: »Heute werden wir nichts mehr aus ihnen herausbekommen.«

Der große Mann betrachtete uns einen Moment lang, dann antwortete er: »In Ordnung. Wir sperren sie erst einmal ein, schicken eine Nachricht zur Festung und bringen sie im Morgengrauen hinauf. Aber ich will, dass wir heute Nacht zusätzliche Wachen aufstellen. Auf allen Posten!«

Wir hatten nicht die Kraft zu widersprechen, als man uns in eine niedrige Hütte am Fuße des Turms sperrte. Sie hatten unseren Beutel an sich genommen, doch zumindest hatten wir etwas zu essen und frisches Wasser bekommen, das wunderbar süß über unsere vom Salz ausgedörrten Zungen rann. Als schließlich die Kerze hinuntergebrannt war und sich die Möwen auf dem Dach niedergelassen hatten, legten wir uns auf die Strohmatte und breiteten die einzige Decke, die in der Hütte zu finden war, über uns aus. Wir genossen die Stille und dass das Schaukeln des Meeres endlich ein Ende gefunden hatte. Draußen im Hafen führten die Boote ihre abendliche Unterhaltung – die Bugbretter knarrten, und die Bojen ächzten.

»Ich habe wirklich geglaubt, wir wären hier in Sicherheit«, flüsterte ich. »Es tut mir leid.«

»Ich bin bloß froh, dass wir endlich von diesem verdammten Boot runter sind.«

Ich lächelte. Ich hatte so oft von der Insel geträumt, dass sie sich für mich gar nicht mehr fremd anfühlte. Trotz der versperrten Tür und dem vergitterten Fenster merkte ich, wie der Schlaf mich langsam zu übermannen drohte. »Aber es war schön, oder?«, fragte ich leise. »Diese Kinder ohne Brandzeichen zu sehen.«

»Vielleicht würde ich mich hier eher wie im gelobten Land fühlen, wenn wir nicht eingesperrt wären«, gab er zu bedenken. »Aber es ist wirklich reizend, dass du dich so für einen Ort begeistern kannst, wo wir von bewaffneten Männern empfangen wurden, die uns unverzüglich gefangen nehmen.«

Ich lachte. »Zach meinte immer, ich sei naiv.«

»Es liegt mir fern, deinem Bruder in irgendeiner Hinsicht zuzustimmen.«

Die Erschöpfung, aber auch eine Mischung aus Angst und Erleichterung machte uns beide schwindelig vor Müdigkeit. Wir hatten es bis auf die Insel geschafft, die bis jetzt nicht mehr als ein Gerücht, ein Traum gewesen war. Dennoch waren wir hier wieder nur inhaftiert und verhört worden.

Ich wusste, dass meine Lippen immer noch rissig und trocken waren, doch als Kip sich zu mir drehte, mir die Haare aus dem Gesicht strich und einen Arm um mich schlang, war ich zu müde und verwirrt, um zu protestieren. Seine Lippen waren ebenfalls aufgesprungen und seine Hände waren rau vom Rudern, doch als er mich küsste, spürte ich all das nicht mehr. Doch, ich spürte es, aber darüber hinaus vor allem eine tiefe Befriedigung und eine Dringlichkeit, die mich jeden Schmerz vergessen ließ, sodass ich meine Lippen energisch auf seine presste. Ihn nach all der Zeit zu küssen, war, wie auf der Insel anzukommen. Dieselbe Angst und gleichzeitig das Gefühl, endlich das sichere Ufer erreicht zu haben.

Ich hörte den Namen Piper zum ersten Mal von den Kindern. Sie spielten vor der Hütte im Freien und weckten mich, als sie laut darüber stritten, wer Pipers Rolle, also die des Pfeifers, übernehmen durfte. Ich dachte zuerst, es sei bloß ein Kinderspiel, wie Verstecken – wie eines der Spiele, an denen Zach und ich damals im Dorf nie teilnehmen durften. Doch dann erwähnten die Männer, die an diesem Morgen unsere Tür öffneten, den Namen ein weiteres Mal. »Wir bringen euch jetzt zu Piper.«

»Zum Pfeifer?«, fragte Kip.

»Nein, das ist sein Name. Piper«, erkläre der große Mann, der auch schon die Nacht zuvor da gewesen war. »Er wird entscheiden, was wir mit euch machen. Ob ihr hierbleiben könnt.«

Er gab uns unseren Beutel zurück, wobei mir auffiel, dass das Messer verschwunden war. Er und drei andere Männer führten uns vom Turm fort. Sie trugen zwar Schwerter bei sich, schienen uns gegenüber aber nicht feindselig eingestellt.

Wir stiegen einen schmalen Pfad hinauf auf den Berg in der Mitte der Insel. Der Weg erschien mir, müde, wie ich war, noch steiler als er tatsächlich war. Es beruhigte mich jedoch, dass er Kip trotz des anstrengenden Marschs, keine Probleme mit seiner Atmung zu bereiten schien. In den Monaten seit unserer Flucht hatte er sich sehr verändert. Seine Haut war nicht mehr so blass und glänzend wie Wachs. Obwohl er sicher immer schlank bleiben würde, wirkte er mittlerweile eher sehnig und stark als dünn. Er stellte sich noch immer ungeschickt an, wenn er etwas tat, wofür zwei Arme notwendig waren, doch ich vermutete, dass sich das legen würde, so wie ich hoffte, dass auch seine Erinnerung wiederkehren würde.

Der große Mann hatte sich uns inzwischen als Owen vorgestellt. Er wirkte noch immer kurz angebunden, doch langsam gewann seine Neugier überhand. »Was gibt es Neues im Rat?«, fragte er. »Und in den Siedlungen im Osten?«

Ich sah Kip an, der mein Lächeln erwiderte. Wir wussten beide zu wenig und gleichzeitig zu viel.

»Es tut mir leid«, sagte ich. »Aber wir sind die Letzten, die dir mit deinen Fragen weiterhelfen können.«

»Habt ihr euch zu lange versteckt gehalten, um den Neuigkeiten zu folgen? Oder habt ihr bloß zu weit von den Siedlungen entfernt gelebt?«

Ich zuckte zusammen, als mir bewusst wurde, wie absurd die Wahrheit wohl klingen würde. Also sagte ich ausweichend: »Wir waren ... untergetaucht. Für lange Zeit. Bei mir waren es einige Jahre, bei Kip womöglich mehr. Vermutlich sogar.«

Owen zog eine Augenbraue hoch. »Vielleicht solltet ihr euch noch eine bessere Geschichte zurechtlegen, bevor ihr Piper trefft. Er ist nicht zu Scherzen aufgelegt.«

»Es gibt keine Geschichte zu erzählen«, sagte ich. »Oder vielleicht gibt es sie, aber wir kennen sie nicht. Zumindest nicht die ganze.«

»Und in meinem Fall bloß einen winzigen Teil davon«, ergänzte Kip.

Owen blieb abrupt stehen, und ich befürchtete schon, er wolle noch weiter nachhaken, doch stattdessen wandte er sich zu der steilen Felswand neben dem Pfad und schob den dichten Blauregen zur Seite, der dort bis zum Boden reichte. Dahinter war eine Tür in den Stein gehauen, das rostige Metall hatte beinahe die gleiche Farbe wie der rote Sandstein der Klippen. Ein weiterer Mann trat mit einem Schlüssel nach vorne, und erst zu zweit gelang es ihnen, die Tür aufzustemmen.

Dahinter befand sich ein schmaler Gang, der über Treppen steil nach oben ins Dunkel führte. Ich versteifte mich bei dem Gedanken, diesen Tunnel zu betreten, der so eng war, dass Owens Schultern beide Wände streiften, als er eintrat.

Doch Kip war ihm bereits gefolgt, also blieb mir keine Zeit, um zu zögern. Die Männer hinter mir versperrten die Tür so schnell, dass Owen noch nicht einmal die Fackel entzündet hatte, die er einer Verankerung an der Wand entnommen hatte. Wir folgten dem Licht die Treppe hoch. Ich zählte die Stufen, verlor jedoch den Faden, als Kip vor mir stolperte und sein Fluchen laut in dem engen Raum widerhallte. Der Tunnel führte steil bergauf und war so lang, dass ich mich konzentrieren musste, um nicht in Panik zu geraten. Doch schließlich verblassten die Schatten der Fackeln langsam und es wurde heller.

Owens Silhouette erschien im Tageslicht vor uns, und ich hörte Stimmen, die ihn willkommen hießen. Er wandte sich zu uns um, bevor er aus dem Tunnel trat. »Er wartet bereits auf euch. Aber überlegt euch genau, was ihr sagt. Erzählt ihm, was er wissen will. Piper ist nicht wie du«, sagte er, mit einem Nicken in meine Richtung, »aber er weiß genau, wann ihn jemand für dumm verkaufen will.«

Ich dachte an die Beichtmutter. Die Erinnerung an die Sitzungen in der Zelle versetzte mich in eine Angst, die selbst unsere bewaffneten Begleiter nicht auszulösen vermocht hatten. War es das, was uns erwartete? Ein weiteres Gefängnis, ein weiterer Beichtvater?

Wir standen mittlerweile im Tageslicht, und ich blinzelte einen Moment lang, so hell war es. Das Meer lag hinter dem Krater, der die Stadt umgab, vollkommen verborgen. Die Treppe, die wir hochgestiegen waren, führte durch diese natürliche Festungsmauer hindurch und hatte uns den halben Weg die Felsen hinauf zu dem Einsturzkrater in der Mitte der Insel gebracht. Ich machte einen Schritt nach vorne, und dann sah ich sie. Oder besser gesagt, ich sah sie *wieder*. Die Stadt, die in der Mulde zwischen den steilen Felsen lag. Alles war so vertraut. Der See in der Mitte des Kraters, die dicht gedrängten Häuser auf der gegenüberliegenden Seite. Die blassgraue Festung, die ich so oft in meinen Träumen gesehen hatte.

Owen und seine Männer waren bereits wieder die Treppe hinunter verschwunden, und ihr Platz war von zwei Frauen und einem Mann eingenommen worden, die ebenfalls blaue Uniformen trugen. Sie sagten kein Wort, als sie Kip und mich in ihre Mitte nahmen und uns den schmalen Weg entlangführten, der sich durch die Stadt schlängelte.

Kip sah sich immer wieder um. Ich musste mir ins Gedächtnis rufen, dass er diesen Ort noch nie zuvor gesehen hatte. Mehrmals musste ich ihn weiterschubsen, weil er stehen geblieben war, um die Stadt um uns herum zu betrachten.

Über uns hängte ein Mann gerade Wäsche an einer Leine auf, die an seiner Fensterbank befestigt war, in der Mitte seiner Stirn prangte ein drittes Auge. Eine Frau ohne Arme und Beine saß in einer Türöffnung, eine Zigarette zwischen den Lippen. Die Erwachsenen trugen Brandzeichen, doch viele der Kinder waren nicht gezeichnet. Die Menschen erwiderten Kips Neugier nicht, obwohl einige von ihnen in meine Richtung starrten, während wir den Hügel hinaufmarschierten. Unsere Wachen schienen keine Gefahr zu spüren und behielten ihre Schwerter an den Gürteln. Sie bewegten sich so schnell die kurvige Straße hinauf, dass wir beinahe rennen mussten, um mit ihnen Schritt zu halten, und ich war froh, dass wir uns ab und zu den Weg durch eine Menschenmenge bahnen mussten, die unseren Aufstieg verlangsamte.

Wir passierten einige der äußeren Festungsmauern, bis wir schließlich im innersten Kreis anhielten, nur einige Meter unter dem Rand des Kraters. Eine eisenbeschlagene Tür versperrte den Durchgang am Fuße der eigentlichen Festung, die vor uns in den Himmel ragte. Dahinter warteten weitere Männer in blauen Uniformen. Sie öffneten eine kleinere

Seitentür und führten uns hindurch. Die Geräusche der Stadt wirkten hier gedämpft, waren aber immer noch zu hören: spielende Kinder, Händler, die ihre Waren anpriesen, Menschen, die sich von ihren Fenstern aus über die schmalen Straßen etwas zuriefen. Der Innenhof, in dem wir uns nun befanden, wurde zu drei Seiten von einem hohen Gebäude umgeben, das halb Festung und halb Palast war. Unsere Wachen, sechs schweigende Männer, führten uns durch das Haupttor hindurch und mehrere Treppen empor, bis wir vor einer dunklen Holztür standen.

»Er wartet bereits auf euch«, sagte einer von ihnen. Es war dieselbe Phrase, die auch Owen benutzt hatte.

Ich warf Kip einen Blick zu, und er holte tief Luft. Ich hätte gerne seine Hand genommen, doch ich stand zu seiner Linken, wo der Ärmel leer hinunterbaumelte, also legte ich ihm meine Hand auf die Schulter und spürte, wie er sie in einer stummen Antwort leicht anhob.

Die Tür wurde von innen geöffnet. Unsere Begleiter traten zurück, und Kip und ich gingen alleine hindurch, vorbei an den beiden Wachen, die uns geöffnet hatten. Licht flutete durch ein großes Fenster auf der gegenüberliegenden Seite in den Raum. Davor stand ein Stuhl mit hoher Lehne auf einem Podest. Wir traten gemeinsam näher und blieben vor dem Podium stehen. Ich blickte blinzelnd hinauf ins Licht und brauchte einige Sekunden, um zu erkennen, dass der Stuhl leer war. Ich drehte mich wieder zur Tür, richtete den Blick auf den am nächsten stehenden Wachmann, der wieder seinen Platz eingenommen hatte, und hob eine Augenbraue. »Wir sind hier, um mit Piper zu sprechen.«

Der Mann grinste. Mir fiel auf, dass er beinahe noch ein Junge war, etwa so alt wie ich oder vielleicht ein wenig älter. »Er ist sehr beschäftigt. Warum sollte er mit euch sprechen wollen?«

Er war groß, sogar noch größer als Owen. Sein rechter Arm war muskulös und ruhte auf dem Griff eines langen Messers, doch sein linker Arm fehlte. Der Ärmel hing jedoch nicht wie bei vielen anderen lose herab, sondern war einfach abgetrennt worden. Danach hatte man das Loch an der Schulter vernäht. Hier brauchte sich niemand für einen fehlenden Arm zu entschuldigen. Er war genauso muskulös und bewegte sich auf dieselbe kraftvolle Weise wie die Wachen, die uns hierhergebracht hatten. Auf dem Festland hatte ich kaum jemals Omegas gesehen, die sich trotz ihrer versehrten Körper so selbstbewusst bewegten.

»Ich muss ihm ein paar Dinge erzählen. Wichtige Dinge, wie ich meine. Und wir würden gerne hierbleiben. Zumindest eine Weile.«

»Und warum sollte er euch das erlauben? Oder den Neuigkeiten Glauben schenken, die ihr mitbringt?«

Er trat einen kleinen Schritt auf uns zu, lächelte jedoch immer noch. Kip machte ebenfalls einen Schritt nach vorne und legte die Hand auf die Hüfte, als wollte er es dem Wachmann gleichtun. Da er keine Waffe bei sich trug, blieb seine Geste jedoch ohne Wirkung.

»Wir sprechen nur mit Piper und nicht mit dir. Er hat uns hierherbestellt.«

Das Grinsen des Mannes wurde breiter. »Ja, das hat er tatsächlich. Aber jetzt werdet ihr dennoch mir Rede und Antwort stehen.« Er setzte sich an den niedrigen Tisch neben der Tür, auf dem ein Dame-Spielbrett und zwei Krüge Bier standen. »Setzt euch und erzählt mir, was ihr wisst.«

Er schickte den anderen Wachmann mit einem kleinen Kopfnicken aus dem Raum. Der Mann verbeugte sich beiläufig und schlüpfte aus der Tür. Wir standen verloren zwischen der Tür und dem Podest.

Der Wachmann warf einen Blick hinauf zu dem leeren

Stuhl. »Ach, dieser schicke Thron … Mein Vorgänger hatte mehr für Pomp übrig als ich, denke ich. Die fürchterlichen Wandteppiche gehen ebenfalls auf sein Konto. Ich bin Piper.«

Ich musterte ihn. Er trug dieselbe blaue Kluft wie die anderen Wachmänner. »Und die Uniform?«

»Ich bin ein Wachmann, genauso wie die anderen auch. Der einzige Unterschied ist, dass mein Wort mehr Gewicht hat. Es ist meine Aufgabe, über uns alle zu wachen. Über die Insel.« Er lehnte sich zurück, und als wir näher traten, schob er einen Stuhl mit dem Fuß in meine Richtung. Immer wenn er sich bewegte, klimperten die kleinen Wurfmesser, die er hinten an seinem Gürtel trug, leise.

»Ich dachte, du wärst älter. So, wie die anderen von dir gesprochen haben.« Ich musterte ihn erneut. Er war mir vollkommen unbekannt, ich hatte diesen Mann mit dem breiten Mund und der dunklen Haut nie zuvor in meinen Träumen gesehen. Sein selbstbewusstes Auftreten wirkte so selbstverständlich, dass ich es nur schwer mit dem Brandzeichen auf seiner Stirn in Einklang bringen konnte. Ihm fehlten nicht nur die hohlen Wangen der meisten Omegas auf dem Festland, von denen die Ärmsten so dünn waren, dass sich ihre Haut scheinbar nur noch über die hervorstehenden Schädelknochen spannte. Es war auch die Art, wie er dasaß – weit zurückgelehnt, Beine gespreizt, den Kopf leicht in den Nacken gelegt. Auf dem Festland hatten wir Omegas gelernt, nicht zu viel Platz in Anspruch zu nehmen. Auf den größeren Straßen in der Nähe der Handelsstädte gingen wir immer mit gesenktem Kopf nahe dem Straßengraben, außer Reichweite der Fußtritte und Beschimpfungen der Alphas auf ihren Pferden. Wenn die Soldaten des Rates den Steuereintreiber in die Siedlungen begleiteten, stellten wir uns stumm in einer Reihe auf, um ihnen zu geben, wonach sie verlangten, und achteten darauf, den Blicken der Soldaten und den Peitschenhieben auszuweichen, die womöglich damit einhergingen. Doch hier in diesem großen Raum saß Piper vollkommen entspannt da und schien alles unter Kontrolle zu haben. Es schien kaum erwähnenswert, da es doch nur die Körperhaltung eines einzelnen Mannes war. Dennoch war es ein fast ebenso herausragendes Zeichen wie die Insel selbst. Das unterwürfige Leben, das wir auf dem Festland führten, erschien wie eine Schande beim Anblick dieses Mannes mit den stolzen Gesichtszügen, dessen breites Lächeln bis zu den Falten um seine Augen zu reichen schien. Und auch sein Körper, der so offensichtlich stark und gut genährt war, erschien eine ganz eigene verwegene Aussage zu transportieren. Auf dem Festland wurde uns ständig erzählt, dass wir gebrochen, missgebildet, unnütz waren. Pipers Schönheit war jedoch eine reine Freude. Die glatte Haut auf seinem Arm und seine muskulösen Schultern. Die weit auseinanderstehenden, wachen Augen, die sich leuchtend von seiner dunklen Haut abhoben. Die Selbstverständlichkeit, mit der er sich seines Körpers bewusst war, wäre schon beeindruckend gewesen, hätte es sich um einen Alpha gehandelt, bei einem Omega war sie schlichtweg schockierend. Während die meisten Omegas ihre Haare so lange wachsen ließen, dass sie ihre Brandzeichen verdeckten, war Pipers dicker schwarzer Schopf kurz geschnitten, sodass sein Brandzeichen deutlich zu sehen war. Er trug es fast stolz wie eine wehende Fahne.

Ich erinnerte mich, wie ich mein Brandzeichen untersucht hatte, kurz nachdem ich es bekommen hatte. *Das ist, was ich jetzt bin,* hatte ich ständig wiederholt; es war für mich zu einem Mantra der Resignation geworden. Piper jedoch trug es wie eine Kampfansage, für ihn war es eine Herausforderung.

»Ich treffe mich nicht mit allen Neuankömmlingen«, sagte er. »Das könnte ich gar nicht – mittlerweile sind es zu viele. Doch sie werden alle von uns auf diese Insel *gebracht.* Ihr seid die ersten, die alleine hierhergefunden haben. Und das bereitet mir Sorgen.«

»Sie werden hierhergebracht? Aber wie? Es ist keine einfache Überfahrt.«

»Das ist noch untertrieben. Aber wir brauchen Neuankömmlinge – eine Insel voller Omegas würde immerhin bald aussterben. Wir haben ein Netzwerk aus Kontakten auf dem Festland. Menschen spüren uns auf. Und wenn wir beschließen, dass wir ihnen vertrauen können, dann bringen wir sie mit dem Boot hierher. Und manchmal, wenn es gefahrlos möglich ist, gehen wir in Alpha-Städte und nehmen Omega-Kinder mit, die noch nicht gebrandmarkt wurden. Die Alphas nennen es Überfallkommando, aber mir gefällt die Bezeichnung nicht. Ich bevorzuge den Begriff ›Rettungsaktion‹.«

»Ihr nehmt sie ihren Eltern weg?«

Piper hob eine Augenbraue. »Den Eltern, die sie brandmarken lassen werden? Die sie fortschicken, um ihr Leben zusammen mit anderen Ausgestoßenen zu fristen, auf einem Boden, den kein Alpha je bewirtschaften würde? Diesen Eltern?« Er beugte sich vor, sein Blick war ernst geworden. »Aber ihr beide dürft solche Fragen stellen. Denn ihr habt andere Erfahrungen gemacht, wie ich annehme.«

Kip und ich sahen einander an. Ich sprach zuerst.

»Glaubst du etwa, ich hatte es leicht? Ich wurde auch weggeschickt. Etwas später als die meisten, aber dennoch. Und ich habe solche Überfallkommandos miterlebt. Vielleicht nicht jene, die ihr hier veranstaltet, aber ich weiß, wie es ist, wenn sie dich holen kommen. Wenn du einfach mitgenommen wirst.«

»Dir gefallen also unsere Methoden nicht. Wir werden noch genügend Zeit haben, um uns über diese Dinge zu unterhalten. Aber nun will ich deine Geschichte hören. Und deine auch«, fügte er hinzu und sah Kip an. »Sieh her.« Er lehnte sich über den kleinen Tisch und schob mir die Haare aus der Stirn, um mein Brandzeichen nachzuzeichnen. »Du kannst ruhig behaupten, du wüsstest, was es bedeutet, ein Omega zu sein. Aber du hast definitiv andere Erfahrungen gemacht. Das Brandzeichen wurde für Säuglinge oder allerhöchstens Kleinkinder angefertigt. Aber deine Narbe hat sich kaum gedehnt und ist noch nicht verblasst. Du musst beinahe erwachsen gewesen sein, als das hier geschah.«

Ich griff nach oben und schob seine Hand von meiner Stirn, doch er fixierte mich noch immer mit einem neugierigen Blick aus seinen hellen Augen.

»Dreizehn. Dann haben sie mich weggeschickt.«

Er lächelte wieder. »Dreizehn? Ich habe schon von Sehern gehört, die es geschafft haben, ihre Fähigkeiten eine Zeit lang zu verstecken – manchmal sogar für Jahre –, aber noch nie, dass es jemandem so lange gelungen ist. Das ist eine ziemliche Leistung. Du bist also das Mädchen, das alle hinters Licht führt.«

»Nicht alle«, sagte ich und dachte an Zach und seine Wachsamkeit.

Dann wandte sich Piper an Kip. »Und du? Wie hast du es geschafft?«

»Was geschafft?«

Piper streckte die Hand aus, um Kips Brandzeichen zu berühren.

»Dem Brandzeichen so lange zu entgehen. Du bist kein Seher. Und für Leute wie dich und mich ist es schwerer, sich zu verstecken.« Er zuckte mit der linken Schulter und warf einen verschwörerischen Blick auf Kips leeren Ärmel. »Deshalb frage ich mich, wie es jemand wie du wohl geschafft hat, sein halbes Leben dem Brandmal zu entkommen?«

Mit der Hand berührte ich meine Stirn, und neben mir tat Kip dasselbe. Ich wandte mich zu ihm um und gab einen Laut

von mir, der halb Lachen, halb Stöhnen war. »All die Wochen«, sagte ich. »All die Wochen haben wir jede Nacht zusammengesessen und versucht, Hinweise auf deine Vergangenheit zu finden. Dabei war einer davon die ganze Zeit da, mitten auf deiner Stirn. Wir sind solche Idioten.«

»Du vielleicht. Immerhin bist du die Seherin.«

Trotz seines flapsigen Tonfalls nahm er die Hand nicht von der Stirn. Ich fragte mich, ob er wohl gerade an dieselbe Begebenheit dachte wie ich. An jene Nacht, kurz nach unserer Flucht aus Wyndham, als ich panisch aus einem Traum über die Beichtmutter aufgewacht war und Kip mich umarmt hatte. *Ist schon gut, ist gut,* hatte er gesagt und ich hatte meine Stirn an seine gepresst. Ich konnte noch immer fühlen, wie seine Narbe genau mit meiner übereinstimmte. Dieselbe Größe.

»Es ist zwar nicht viel, was wir wissen«, sagte Kip, »aber es ist nicht normal, oder? Vielleicht können wir etwas daraus ableiten. Vielleicht haben sie ...«

Piper unterbrach ihn. »Scheinbar weißt du genauso wenig über deine Vergangenheit wie ich. Oder vielleicht sogar noch weniger.«

Kip sah Piper in die Augen. »Meine Vergangenheit begann erst vor einigen Monaten, als ich Cass zum ersten Mal sah.« Piper verdrehte die Augen, doch Kip sprach bereits weiter. »Das hat nichts mit Sentimentalität zu tun. Mein Gedächtnis setzt buchstäblich erst zu diesem Zeitpunkt ein. Davor ist nichts – außer vereinzelte Erinnerungen an den Tank.«

Dann erzählten wir Piper alles – von den Verwahrungsräumen, den Tanks und unserer Reise. Ich wollte unbedingt jedem von den Tankräumen erzählen, aber ich zögerte, zu viel von meiner eigenen Vergangenheit preiszugeben. Kip und ich unterbrachen einander immer wieder, nur um plötzlich beide zu schweigen, wenn die Sprache auf die Identität meines

Zwillingsbruders kam. Am Ende verschwieg ich alles, was mit Zach zu tun hatte, ansonsten erzählte ich ihm jedoch die ganze Geschichte.

Piper bat uns, Bilder und Karten zu zeichnen. Von der Kammer, den technischen Geräten, dem Licht in meiner Zelle, dem Weg, den wir nach unserer Flucht eingeschlagen hatten. Ich machte mir Sorgen, dass Kip sich vielleicht unwohl fühlen würde, wenn ich die Kabel und Fässer im Tankraum erwähnte, doch er schien geradezu erleichtert, endlich jemandem seine Geschichte erzählen zu können, und so nickte er zustimmend, als ich die Details beschrieb.

Ich berichtete Piper auch von der Beichtmutter, doch es war offensichtlich, dass er bereits von ihr gehört hatte. »Dem Vernehmen nach ist sie eine beeindruckende Persönlichkeit. Ich wünschte, ich hätte sie auf unsere Seite gezogen, bevor es der Rat getan hat.«

»Vertrau mir«, sagte ich. »Du willst sie sicher nicht auf deiner Seite haben.«

»Vielleicht nicht. Aber ich will sie auch nicht zur Feindin haben – das ist das Problem.«

Ich erzählte ihm, wie ich versucht hatte, mich gegen sie zu wehren, indem ich in ihre Gedanken eingedrungen war. Von der riesigen Kammer voller Kabel, die ich dort gesehen hatte und von ihrer wutentbrannten Reaktion.

»Und es war nicht bloß ein anderer Teil des Tankraumes?«

»Nein, es war etwas vollkommen anderes.« Ich dachte erneut an die Kammer, an die gewundenen Kabel, die nach oben hin um die Metallgehäuse herum und die geschwungenen Wände empor verliefen. Es war nicht bloß die Tatsache, dass ich so etwas noch nie zuvor gesehen hatte. Es war ihre Reaktion, so schnell und scharf wie ein Messerstich. Was immer ich auch gesehen hatte, es war sehr wichtig für sie.

Als wir ihm schließlich von unserer Flucht aus New Hobart

und dem am Galgen baumelnden Käfig draußen in der Siedlung im Moor erzählten, nickte er bloß.

»Das überrascht dich nicht?«, fragte Kip.

»Ich wünschte, das würde es. Aber eines unserer Schiffe kam vor zwei Tagen zurück und brachte uns dieselben Nachrichten.«

»Sie waren ebenfalls dort, in derselben Siedlung?« Es schien ein unwahrscheinlicher Zufall zu sein, wenn man bedachte, wie groß das Moor war, und dass die einzigen Menschen, die wir zu Gesicht bekommen hatten, die Soldaten auf ihren Pferden gewesen waren.

Piper schüttelte den Kopf. »Nein, unsere Kundschafter waren nördlich von New Hobart unterwegs.« Übelkeit stieg in mir hoch, als er innehielt. Ich wusste, was jetzt kommen würde. »Dort waren es zwei Siedlungen, und näher an der Küste gab es noch eine weitere. Auch durch sie waren Soldaten hindurchgezogen. Sie haben überall jeweils eine Person ausgepeitscht. Davor haben sie sich nicht einmal die Mühe gemacht, irgendeine Anklage zu erheben, wie sie es üblicherweise tun, sie haben nur die Registrierungskarten überprüft, um sicherzustellen, dass ihre Zwillinge keine wichtige Position innehatten. Dann haben sie sie ausgepeitscht und sichergestellt, dass sie danach auch ja alle sehen konnten.«

Das Entsetzen in unseren Gesichtern schien offensichtlich.

»Vielleicht wart ihr der Grund dafür«, sagte er unverblümt. »Ich möchte euch keine falsche Hoffnung machen, aber wir haben auch gehört, dass es in New Hobart einen Aufstand gab, nachdem der Rat begonnen hatte, die Stadt abzuriegeln.« Ich dachte an Elsa und Nina. »Es ist nicht viel passiert – es wurden Steine geworfen, marschiert und geschrien – aber selbst das hat es zuvor noch nie gegeben. Es gibt mittlerweile viele Gründe, aus denen der Rat ein Exempel statuieren möchte.«

Ich dachte an die kleine Siedlung, wo Kip und ich uns an den Schuppen herangeschlichen und zu der Musik des Barden getanzt hatten. Stand dort mittlerweile ebenfalls ein Galgen, von dem ein Käfig baumelte? Ich spürte das Blut in meinen Adern gefrieren. Es bewege sich so träge wie kleine kalte Kieselsteine. Ich wollte nach Kips Hand greifen, doch selbst der Trost der Berührung war mehr, als ich mir im Moment zugestehen wollte. Auf Kips Gesicht spiegelte sich ein Entsetzen, wie ich es noch nie zuvor bei ihm gesehen hatte. Nicht, als wir von dem Feuer geflohen waren und auch nicht, als wir gegen das Wasser im Riff angekämpft hatten.

Erst als Piper uns drängte fortzufahren, fanden wir unsere Stimmen wieder. Ich rang um Worte, es fühlte sich an, als müsste ich das Quietschen der von dem Galgen baumelnden Kette in meinem Kopf übertönen.

Als wir schließlich unsere Fahrt zu der Insel beschrieben, hörte Piper besonders aufmerksam zu. Wir erzählten ihm, dass wir zwei Tage und zwei Nächte gebraucht hatten, und er nickte. »Das ist gute zwanzig Stunden länger als üblich. Aber das gilt für erfahrene Seeleute, die auf direkter Route vom Festland über den Ozean und sicher durch das Riff navigieren. Von uns hat noch niemand in einem so kleinen Boot übergesetzt.«

Er bat mich, eine Karte zu zeichnen, doch nach mehreren Fehlversuchen schob ich das Papier zur Seite. »Ich sehe es nicht vor mir, so funktioniert das nicht.«

»Versuch es noch mal. Die Reise ist noch nicht so lange her, du musst dich doch erinnern können.« Piper schob das Blatt Papier wieder in meine Richtung.

Kip legte entschieden seine Hand darauf. »Genug! Lass es gut sein. Ihr müsst doch ohnehin eure eigenen Karten haben.«

»Natürlich«, sagte Piper. »Die haben wir, wenngleich wir sie sehr sorgsam bewachen. Aber es ist noch nie jemandem

gelungen, ohne Karte hierherzugelangen. Nicht einmal den Sehern. Wir hatten schon zwei von ihnen auf der Insel, aber sie wurden beide hergebracht. Keiner von ihnen hat den Weg alleine gefunden.«

»Ich Glückliche«, sagte ich. »Ich habe es bis hierher geschafft, bloß um wieder verhört zu werden.«

Piper ging nicht weiter auf meinen verärgerten Tonfall ein, doch er streckte immerhin die Hand aus und zog das Blatt Papier zu sich heran. »Ihr beide müsst verstehen, dass unsere Lage zu den Dingen zählt, die unsere Insel schützen. Sie wissen seit langer Zeit, dass wir irgendwo einen Stützpunkt haben. Unsere Rettungsaktionen finden meistens im Westen statt, weil dieser für uns am einfachsten zu erreichen ist – der Rat weiß also vermutlich, dass wir uns irgendwo vor der Westküste befinden. Aber wir sprechen hier von einer Länge von sechshundert Kilometern. Das, was Cass mir über die Beichtmutter erzählt hat, lässt mich vermuten, dass sie den Küstenabschnitt inzwischen eingegrenzt haben. Aber die weite Entfernung, das Riff und der Krater, das sind unsere Vorteile, unser Schutz. Niemand, der nicht von uns hierhergebracht wurde, hat je einen Fuß auf diese Insel gesetzt – außer euch beiden.«

Kip erhob sich. »Dann glaubst du also, wir sind eine Gefahr für euch?«

Piper stand ebenfalls auf, doch nur, um zu einer Vitrine an der Wand zu gehen und einen Schlüssel zu holen, der dort hing.

»Nein. Ich denke, ihr beide seid ein Geschenk. Ich glaube, du bist die mächtigste Waffe, die uns je zur Verfügung stand.« Dabei sah er mich an. »Ich muss jetzt gehen. Ich werde mit der Versammlung sprechen, ihnen berichten, was ihr mir erzählt habt. Wir unterhalten uns bald wieder. In der Zwischenzeit gebe ich euch den hier.« Er reichte mir den Schlüssel.

»Der ist für das Tor zur Festung. Meine Wachen werden euch eure Unterkunft zeigen.« Er wandte sich an Kip und streckte den Arm aus. Sie schüttelten sich die Hände. Obwohl sie so unterschiedlich groß waren, verblüffte es mich, wie symmetrisch ihre Bewegungen wirkten.

Auf unserem Weg nach draußen hielt ich in der Tür inne. »Dein Vorgänger – der Kerl mit dem schicken Stuhl – was ist mit ihm passiert?«

Piper sah mir in die Augen. »Ich habe ihn getötet. Er war ein Verräter. Er hat den Flüchtlingen Geld abgenommen, damit sie hier – in Sicherheit – bleiben konnten. Und er plante, die Insel an die Alphas zu verraten.«

»Und seine Zwillingsschwester?«

Dieses Mal hob Piper nicht einmal den Blick von den Karten, die auf dem Tisch vor ihm ausgebreitet lagen. »Die habe ich wohl auch getötet, nehme ich an.«

19

AM NÄCHSTEN TAG hatten wir gerade das Brot zu Ende gegessen, das man uns zum Frühstück gebracht hatte, als eine der Wächterinnen zur Tür hereinblickte. »Piper wartet im Versammlungssaal.« Kip und ich standen beide auf, doch sie deutete auf mich: »Nur du.«

In der großen Halle, die am Tag zuvor beinahe leer gewesen war, herrschte Hochbetrieb. Das Gerücht über unsere Ankunft hatte sich offensichtlich schnell verbreitet. Als ich mir den Weg durch die Gruppen von Menschen hindurchbahnte, zeigten einige mit dem Finger auf mich, während andere mich nur anstarrten. Auch einige Fetzen ihrer nicht gerade im Flüsterton gehaltenen Gespräche schnappte ich auf: »Sie hat uns selbst gefunden.« »Seherin.« »Sie hatte keine Karte, behauptet sie zumindest.«

Piper saß am selben Tisch wie am Tag zuvor. Er schickte die Frau, mit der er sich gerade unterhalten hatte, fort, und bedeutete mir, mich zu setzen. Er hielt sich nicht mit langen Vorreden auf. »Die Tanks«, sagte er. »Wie funktionierten sie? Wie schaffen es die Ratsmitglieder, ihre Omega-Zwillinge dort bewusstlos zu halten und selbst nicht ohnmächtig zu werden?«

»Sie sind nicht bewusstlos. Zumindest nicht so, als hätten sie einen Schlag auf den Kopf bekommen.« Ich bemühte mich, die richtigen Worte für das zu finden, was ich im Tankraum gesehen hatte. Für den Schwebezustand, in dem sich diese Menschen befunden hatten. »Der Rat hat irgendwie eine Möglichkeit gefunden, sie mithilfe der Maschinen in einer Art Zwischenwelt gefangen zu halten. Sie schlafen nicht und sind auch nicht tot. Ich denke, genau das ist das Schreckliche an diesem Ort. Es ist schlimmer als der Tod, denn sie sind in gewisser Weise immer noch hier, gefangen in ihrem eigenen Körper.« Ich konnte es nicht richtig erklären. Manchmal, wenn ich mit Zach im Fluss nach Muscheln gesucht hatte, war ich zu tief getaucht oder zu lange unter Wasser geblieben, weil ich eine widerspenstige Schale von einem Stein lösen wollte. Es gab einen Moment, wenn ich zurück zur Oberfläche schwamm und merkte, dass ich beinahe keine Luft mehr bekam und das Licht, das von oben herabfiel, unerreichbar weit entfernt zu sein schien. Genauso stellte ich mir die Vorhölle vor, in der die Menschen in den Tanks für immer und ewig gefangen gehalten wurden. Dabei fiel mir wieder ein, was Zach eines Nachts zu mir gesagt hatte, als sich Mum und Dad im unteren Stockwerk wieder einmal wegen uns stritten. *Du bist das Problem, Cass. Wegen dir hängen wir in dieser Vorhölle fest.*

Als Piper schließlich das Wort ergriff, war ich froh, dass meine Gedanken an Zach jäh unterbrochen wurden. Es war sicherer, Zach aus meinem Kopf zu verbannen, ihn zu verstecken, damit unsere Verbindung nicht ans Licht kam. Wenn Piper herausfand, wer mein Zwillingsbruder war, dann konnte er es gegen mich verwenden, das wusste ich.

»Aber abgesehen von Kip hat sich niemand bewegt?«, fragte er. »Gab es Anzeichen, dass sie bei Bewusstsein waren?«

»Einige hatten die Augen geöffnet«, antwortete ich. »Aber er war der einzige, der wach war, der mich erkannt hat. Seine Pupillen bewegten sich. Aber ich konnte die Anwesenheit der anderen spüren – jedes einzelnen.«

»Wenn es stimmt, was du sagst …«

»Das tut es.«

Er lehnte sich in seinem Stuhl zurück. Er gab sich nicht die Mühe zu verbergen, dass er versuchte, mich abzuschätzen. Er musterte mich mit einem intensiven Blick aus seinen hellen Augen. »Ja«, sagte er schließlich, »ich glaube, das tut es tatsächlich. In diesem Fall bestätigt es unsere schlimmsten Befürchtungen, was den Rat und seine Pläne betrifft.«

»Es tut mir leid.«

Er lächelte, und die Falten um seine Augen wurden tiefer. Immer wieder huschte ein Lächeln über sein Gesicht, leicht wie der Flügelschlag eines Wasservogels, der für ein paar Sekunden auf einem See landet. Doch trotz seiner freundlichen Miene wirkte er entschlossen. »Es tut dir leid, weil du uns schlechte Nachrichten bringst? Oder weil dein Zwillingsbruder darin involviert ist?«

Ich wandte den Blick ab, doch er fixierte mich weiter. Schließlich sah ich ihm wieder in die Augen. »Du hast mich noch nicht gefragt, wer er ist.«

Er hob eine Augenbraue. »Wenn ich es täte, würdest du es mir verraten?«

»Nein.«

»Eben. Und ich bin es nicht gewohnt, Zeit zu verschwenden.« Er wirkte nicht, als wollte er mir drohen, es war nur eine Feststellung. Dann beugte er sich vor und senkte die Stimme. »Wir wissen, dass er dem Rat angehört. Wir wissen, dass du Angst hast, uns zu verraten, wer er ist. Aber wir werden es herausfinden.«

Ich hatte erwartet, wütend zu werden, doch abermals spürte ich nur Erschöpfung. Selbst hier, auf der Insel, von der ich jahrelang geträumt hatte, setzte Zach mein Leben aufs Spiel. »Wir sind hierhergekommen, weil wir Zuflucht suchten«, sagte ich. »Genauso wie alle anderen Omegas, die hier sind.

Sollte diese Insel nicht ein Ort sein, wo mein Zwillingsbruder nicht gegen mich verwendet werden kann?«

»Ich wünschte, es wäre so«, sagte Piper. Ich betrachtete sein Gesicht und glaubte ihm. »Aber in dem Moment, als du hier ankamst, hast du die Insel verändert. Die Art, auf die du hergefunden, und die Neuigkeiten, die du mitgebracht hast – diese Dinge bringen Konsequenzen mit sich. Für jeden einzelnen Menschen hier auf der Insel.«

Gift, dachte ich. Es war genau so, wie Zach es damals in der Zelle zu mir gesagt hatte: *Du hast alles vergiftet.*

»Langsam fühle ich mich wie dein Dienstmädchen.« Kip reichte mir ein Stück Brot und hockte sich wieder auf das Fensterbrett, wo er auf mich gewartet hatte.

»Für ein Dienstmädchen bist du viel zu unordentlich«, sagte ich und deutete auf das ungemachte Bett, während ich mich zu ihm auf den breiten Steinsims gesellte. Wir saßen einander gegenüber, den Rücken an die Mauer gelehnt, sodass sich unsere Füße in der Mitte der Fensterbank berührten.

»Du weißt, was ich meine. Du sitzt den ganzen Tag mit Piper und den Versammlungsmitgliedern im Saal, und ich hänge hier herum wie das fünfte Rad am Wagen.« Er lehnte seinen Kopf an den Fensterrahmen. »Wie war es?«

Seit unserem ersten Treffen mit Piper waren drei Tage vergangen, und seitdem hatte er mich jeden Tag rufen lassen. Kip wurde jedoch nie zu ihm beordert. Wir verbrachten die Vormittage zusammen, doch am Nachmittag suchten mich die Wachen auf und schickten mich in den Saal. »Nur sie«, sagten sie jedes Mal. Am dritten Tag hatte Kip versucht, mich zu begleiten, doch die Wachen vor der Tür zum Versammlungssaal schickten ihn zurück. Sie waren nicht unfreundlich, aber deutlich. »Nach dir wurde nicht gerufen«, sagte der ältere Wachmann und stellte sich ihm in den Weg.

»Ich möchte, dass er mitkommt«, wiedersprach ich.

»Piper hat nicht nach ihm gerufen«, wiederholte der Wachmann ungerührt und schlug Kip die Tür vor der Nase zu.

Als ich Piper fragte, warum Kip nicht mitkommen durfte, hob er bloß eine Augenbraue. »Er kennt nicht einmal seinen Namen, Cass. Was könnte er mir schon erzählen?«

Während ich mich mit Piper und den anderen Versammlungsmitgliedern zurückzog, verbrachte Kip die Nachmittage damit, die Insel zu erkunden. Wenn ich abends zurückkam, erzählte er mir von den Dingen, die er gesehen hatte. Von dem alten Boot, dass sie Stück für Stück vom Hafen hinaufgetragen hatten, um es im Westen der Stadt wieder aufzubauen, damit die Kinder Seefahrer spielen konnten. Von den versteckten Aussichtsposten am Rand des Kraters, die Tag und Nacht besetzt waren. Von dem Haus am Rand der Stadt, wo ihm eine alte Frau ihre sechs Bienenstöcke auf dem Balkon gezeigt hatte, in denen es laut summte. Doch obwohl es so viel zu entdecken gab, war er neugieriger darauf, was ich mit Piper und der Vollversammlung besprochen hatte.

»Glaub bloß nicht, dass sie sich nicht für dich interessieren«, erklärte ich ihm. »Die Hälfte der Zeit fragen sie nach dir.«

»Aber warum sprechen sie dann nicht direkt mit mir? Ich fühle mich, als würde ich um jeden kleinen Brotkrumen betteln und den ganzen Tag nur herumhängen, bis ich schließlich die abgekauten Neuigkeiten von dir hingeworfen bekomme. Wenn sie etwas über mich wissen wollen, warum fragen sie mich nicht selbst?«

»Was könntest du ihnen schon erzählen?« Ich zuckte zusammen, als ich merkte, dass ich Pipers Satz wiederholt hatte.

»Was kannst *du* ihnen denn erzählen? Wenn du irgendetwas Neues über meine Vergangenheit herausgefunden hast, würde ich es nur zu gerne hören.«

Ich versetzte ihm einen leichten Fußtritt. »Sei kein Dummkopf. Sie wollen nur erfahren, wie ich von dir wissen konnte – von dir und den anderen. Die Visionen von der Kammer. All die Dinge, die ich dir schon erzählt habe.«

»Also glaubst du nicht, dass es nur ein Vorwand ist, damit er mehr Zeit mit dir verbringen kann?«

Ich lachte. »In dem intimen, romantischen Ambiente der Versammlungshalle mit allen ihren Mitgliedern um uns herum?«

»Es wäre eine Möglichkeit für ihn, sich selbst eindrucksvoller zu präsentieren.«

»Komm.« Ich sprang auf und wartete, dass er es mir gleichtat. »Gehen wir raus. Du hast mir immer noch nicht den westlichen Teil der Insel gezeigt. Außerdem hat Piper mir erzählt, dass heute Abend ein Markt stattfindet.«

»Hast du ihm denn auch gesagt, dass wir kein Geld haben?«

»Das musste ich nicht.« Ich zog einen kleinen Beutel mit Münzen aus der Tasche. »Von Piper. Für uns beide.«

»Jetzt bin sogar ich beeindruckt«, erwiderte Kip.

Ich warf ihm den Beutel zu. »Deine Loyalität ist ja leicht zu erkaufen.«

»Für ein paar weitere Münzen würde ich sogar eine seiner hübschen blauen Uniformen anziehen.«

Von unserem Zimmer direkt über dem Innenhof war es nur ein kurzer Spaziergang zum Marktplatz. Die Wachen kannten uns mittlerweile, nickten uns zu und hielten uns das Tor auf, damit wir die Festung verlassen konnten.

Ich beobachtete, wie sich Kip durch die Straßen bewegte, und mir fiel wieder ein, wie sehr er Lärm mochte. In New Hobart hatte er immer die Fensterläden geöffnet und die

Geräusche genossen, die von der geschäftigen Straße heraufdrangen. In den ersten Tagen, nachdem ich ihn aus dem Tank befreit hatte, war mir aufgefallen, dass er oft den Kopf von einer Seite zur anderen schüttelte und sich mit dem kleinen Finger in die Ohren fuhr, überzeugt, dass dort noch immer Spuren der zähen Flüssigkeit zu finden waren. Er schien jegliche Art von Stille mit seiner Zeit im Tank zu verbinden oder vielleicht auch mit der noch größeren Stille, in der seine Vergangenheit versunken war. Seit wir auf der Insel angekommen waren, beschwerte ich mich über den ständigen Lärm in der Stadt, der mich die ganze Nacht wach hielt. Kip hingegen genoss ihn. Er saß mit geschlossenen Augen auf dem Fensterbrett und sog die Geräusche des Insellebens ein: die Schritte der Wachmänner im kieselbestreuten Innenhof und über uns auf dem steinernen Wall, die Tauben, die sich auf dem Fensterbrett versammelten und sich gegenseitig beschimpften. Das Geklapper der Esel auf den Steinplatten, die singenden Kinder.

Wir gingen in Richtung Markt, und als ich sah, wie er grinste, gönnte ich ihm den Lärm von ganzem Herzen. Wir folgten den Geräuschen: den Rufen der Budenbesitzer, die Stoffe, Melonen und Zwiebeln verkauften. Den schreienden Kindern, die zwischen den Beinen der Marktbesucher umherliefen. Und denen der Tiere. Hier gab es Schweine, die man in wackelige Käfige gesperrt hatte, und Hühner, die in Körben von den Steinmauern hingen. Aufgrund der steilen Kraterwände ging die Sonne in der Stadt spät auf und früh unter. Abgesehen von der Mittagszeit, wenn die Sonne im Zenit stand, war sie vor der Hitze geschützt. Mittlerweile war es früher Abend und der immer dunkler werdende Himmel wurde von dem funkelnden Leuchten der Fackeln in den Halterungen an den Wänden und den Kerzen in den Fenstern erhellt. Auf einem winzigen Wiesenfleckchen zwischen zwei Häusern graste eine festgebundene Ziege traurig vor sich hin.

»Piper meinte, die Tiere seien ein Albtraum«, erzählte ich Kip. »Es ist ziemlich schwierig, sie auf dem Boot hierherzubringen. Und als Nahrungsquelle sind sie viel unzuverlässiger als der Ackerbau. Vor allem bei dem begrenzten Platz. Aber die Menschen wollen sie hierhaben, schon alleine deshalb, weil sie auf dem Festland nicht erlaubt sind.«

»Ich bin mir nicht sicher, ob das geheime Halten von Ziegen eine effiziente Form des Widerstandes ist.«

»Er hat erzählt, dass sich einmal eine Ziege auf der Überfahrt hierher losgerissen hat. Sie wären bei dem Versuch, sie einzufangen, beinahe gekentert.«

»Ich dachte, bei euren täglichen Treffen ginge es um hoch komplizierte Strategiebesprechungen. Stattdessen nutzt er die Gelegenheit, um dich mit amüsanten Ziegen-Anekdoten zu beeindrucken.«

»Ja genau, der Mann, der diese Insel und den gesamten Omega-Wiederstand anführt, muss auf solche Geschichten zurückgreifen, um mich zu beeindrucken.«

Er verdrehte die Augen und griff nach meiner Hand.

Die Marktstände nahmen die ganze Straße ein. Wir kauften zwei Pflaumen, deren Haut so tiefviolett war, dass sie beinahe schwarz wirkte. »Ich habe so etwas noch nie gegessen«, sagte ich und biss in das saftige Fruchtfleisch.

Kip grinste. »Willkommen in meiner Welt.«

»Aber das hier kann doch alles nicht wirklich neu für dich sein, oder? Du kennst so viel, kannst lesen und weißt, wie man sich die Schnürsenkel bindet. Du bist nicht wie ein Kind, dass alles zum ersten Mal sieht.«

Er blieb vor einem Tisch stehen und begutachtete die kleinen Holzkisten darauf. Er hob einen Deckel an und bewunderte, wie genau er sich wieder schließen ließ. »Ja, aber das macht die Situation nicht einfacher, sondern bloß noch eigenartiger. Ich weiß, wie man aufs Töpfchen geht, aber ich kenne nicht einmal meinen eigenen Namen.«

»Aber du hast doch einen Namen.«

»Klar«, sagte er. »Und es ist ein hübscher. Aber du weißt schon, was ich meine.«

Mittlerweile waren wir am Ende des Marktes angelangt, der auf einen Platz mündete, wo wir uns auf eine Steinbank setzten, von der aus wir das bunte Treiben beobachten konnten.

»Wenn ich an meine Vergangenheit denke, dann erinnere ich mich hauptsächlich an Zach. Ich kann mir schon irgendwie vorstellen, wie es sein muss, wenn man sich an nichts erinnert, aber ich kann mir absolut nicht vorstellen, dass du nichts über deine Zwillingsschwester weißt. Sie ist doch immerhin so etwas wie ein Teil von dir.«

»Da würden dir die Alphas aber nicht unbedingt zustimmen.«

»Aber das müssen sie. Sie hätten nicht solche Angst vor uns, wenn sie nicht wüssten, wie ähnlich wir ihnen sind.«

»Angst vor uns? Das soll wohl ein Scherz sein. Weshalb verstecken wir uns dann hier? Und all die anderen Menschen auch?« Er deutete auf die Menge auf dem Marktplatz. »Die Alphas zittern sicher vor Angst mit ihrer riesigen Armee, den Festungen, dem Rat.«

»Sie würden nicht so vehement versuchen, die Insel zu finden, wenn sie sie nicht fürchten würden.« Ich dachte erneut daran, wie beharrlich die Beichtmutter mich immer und immer wieder nach der Insel gefragt hatte. Das Klopfen ihres Fingers auf den Landkarten, das Bohren in meinem Kopf.

Kip sah sich um. »Aber warum? Trotz des ganzen Getues

und den uniformierten Wachen ist Piper doch nicht wirklich eine Gefahr für den Rat. Was soll er schon machen? Mit einer Armee einarmiger Soldaten in Wyndham einmarschieren?«

»Das muss er nicht. Es reicht, dass es die Insel gibt. Ich bin mir sicher, der Rat folgt praktischen Überlegungen. Er bekommt zum Beispiel keine Steuern von den Menschen, die es bis hierher geschafft haben, und sie sind auch nicht registriert. Aber was ihnen wirklich Sorgen bereitet, ist die Tatsache, dass sich dieser Ort ihrer Kontrolle entzieht.« Ich dachte an das, was Alice vor ihrem Tod zu mir gesagt hatte. »Die Vorstellung, dass es eine Insel gibt, hat genauso viel Gewicht wie die Insel an sich.«

»Die Insel an sich reicht mir«, sagte er und lehnte sich grinsend zurück, während er hinauf zu dem hoch über uns aufragenden Rand des Kraters blickte, der den Horizont umschloss.

Ich sah ebenfalls empor und legte wie er den Kopf in den Nacken. »Ich weiß. Obwohl ich sie so oft in meinen Visionen gesehen habe, ist es etwas anderes, wirklich hier zu sein. Das Gefühl zu haben, ein Teil von ihr zu sein.«

»Hast du wirklich das Gefühl ein Teil davon zu sein?«

»Du nicht?«

»Ich würde gerne glauben, dass ich es bin.« Er spuckte seinen Pflaumenkern aus und beobachtete, wie er zwischen den Pflastersteinen landete. »Dass wir hierbleiben können.«

»Aber du bist dir nicht sicher?«

»Mir fällt schwer, daran zu glauben. Und dass Piper mich ignoriert, hilft nicht gerade. Es ist, als wären sie alle der Meinung, dass ich nach dem, was mir widerfahren ist, nicht mehr existiere. Dass ich nichts mehr wert bin.«

Ich musterte sein Gesicht. Die gerade, schmale Nase, die nur ganz am Ende ein wenig schief war, die hervortretenden

Wangen- und Kieferknochen. Ich kannte seine Züge mittlerweile auswendig. Und ich vergaß leicht, wie unbekannt er sich selbst sein musste, ohne den Anker, der die Vergangenheit, und vor allem auch seine Zwillingsschwester, für ihn hätte sein können.

»Ich kann mir einfach nicht vorstellen, wie seltsam das alles für dich sein muss – vor allem die Sache mit deiner Zwillingsschwester. Wie einsam du dich fühlen musst.«

»Einsamer, als mit einem Zwillingsbruder wie deinem? Der dich bloßstellt, verletzt und einsperrt? Dagegen erscheint mir meine Einsamkeit eher als Glücksfall.«

»Aber du musst doch über deine Zwillingsschwester nachdenken«, sagte ich. »Dich fragen, wer sie ist.«

»Die Tatsache, dass ich nichts über meine Zwillingsschwester weiß, ist vermutlich das einzig normale in meinem Leben. Dein Fall ist eher außergewöhnlich. Heutzutage werden die Kinder so früh getrennt, dass die meisten Leute nur den Namen und den Geburtsort ihres Zwillings kennen.« Er schwieg eine Weile und betrachtete die vielen Menschen auf der Straße, von denen jeder einzelne seinen eigenen Makel mit sich trug. Ich wartete, dass er weitersprach. »Trotzdem denke ich manchmal an sie. Aber wenn ich ehrlich bin, sind das eher die üblichen Gedanken. Du weißt schon, so was wie, fällt sie bald von einer Klippe und reißt mich mit? Also hoffe ich, dass sie ein sicheres, langweiliges Leben führt und einer sicheren, langweiligen Arbeit nachgeht, bei der sie nicht unter einen Pflug geraten oder in einen ernsthaften Streit verwickelt werden kann.«

»Und dass sie sich gesund ernährt und früh schlafen geht«, ergänzte ich.

»Dass sie Hühner hält, um sich ihren Lebensunterhalt zu verdienen. Oder Teppiche webt.«

»Aber mit der Hand. Ein Webstuhl wäre zu gefährlich.«

»Jetzt kommst du der Sache näher«, sagte er und drehte sich zu mir, um mir einen Kuss auf die Stirn zu drücken.

Dann standen wir auf, um weiter durch die Menge zu spazieren.

Am nächsten Tag brannte die Sonne vom Himmel und ich beschloss, unseren geplanten Spaziergang zum Rand des Kraters zu verschieben.

Kip brach gleich nach dem Frühstück mit einer Wasserflasche und den Taschen voller frischer Feigen auf, doch ich stieg zu der kleinen Terrasse hoch, die sich auf halbem Weg zum Turm hinauf befand und die wir am Tag zuvor entdeckt hatten. Die Steinstufen waren von den jahrzehntelangen Fußtritten abgenutzt und an den Kanten abgerundet. Es war erst Vormittag, doch die Pflastersteine auf der Terrasse hatten sich bereits aufgeheizt. Ich legte mich in die Sonne und dort, wo mein Hemd an der Hüfte etwas hochgerutscht war, brannten die Steine auf meiner Haut. Ich aalte mich in dem hellen Licht. Seit meiner Flucht aus den Verwahrungsräumen hatten die Sonne und der offene Himmel für mich nichts von ihrer Anziehungskraft verloren – selbst unsere höllische Bootsfahrt hatte mir das Gefühl der Freude, die Sonne auf meiner Haut zu spüren, nicht verleiden können. Und es war schön, einmal nur auf meine körperlichen Empfindungen zu achten. Die Machenschaften und Verwicklungen zu vergessen und mich stattdessen auf das Gefühl der Sonne auf der Haut und meinen Rücken auf den warmen Steinen zu konzentrieren. In den Verwahrungsräumen hatte ich Zuflucht im Schmerz gesucht, um der finsteren Landschaft meiner Visionen und Ängste zu entkommen. Nun waren es schöne Dinge, die mich ablenkten. Es war die Insel, die mir diese einfachen Freuden ermöglichte. Selbst in den Straßen von New Hobart, wo es vor Omegas gewimmelt hatte, waren Minderwertigkeitsgefühle, Angst und Scham allgegenwärtig gewesen. Jeden Augenblick konnte ein Soldat des Rates durch die Straße reiten oder ein Steuereintreiber uns an unsere Untertänigkeit erinnern. Ich sah an Kip, wie sehr sich unsere Körperhaltung auf der Insel verändert hatte. Er hatte das verstohlene Verhalten abgelegt, die Unsicherheit, die wir während der Monate auf der Flucht mit uns getragen hatten. Ich dachte erneut an Piper, seinen stolz erhobenen Kopf, seine breiten Schultern. Langsam erkannte ich, dass ein Teil der Freude, die es mir bereitete, mit Kip zusammen zu sein, auf die Insel und die selbstbewussten Omegas zurückzuführen war, die hier lebten. Von allen Geschenken, die uns die Insel gemacht hatte, hatten wir das wohl am wenigsten erwartet: unsere Körper zu akzeptieren wie sie waren.

Am Vortag hatte ich einen kleinen blauen Fleck an meinem Hals entdeckt, wo Kips spielerische Bisse zuerst in einen Kuss und dann wieder in ein zärtliches Knabbern übergegangen waren. Als der Fleck im Morgenlicht schließlich sichtbar geworden war, hatte er sich dafür entschuldigt, doch ich war seltsam froh darüber gewesen. Mein Körper trug viele Narben, die ich mir nicht ausgesucht hatte. Das Brandzeichen. Die Blässe aus den Verwahrungsräumen. Die Schürfwunden, Blasen und hervorstehenden Knochen, die unsere lange Reise uns beschert hatte. Doch dieser blaue Fleck an meinem Hals war aus reinem Glücksgefühl entstanden. Und nun lag ich auf den warmen Steinen, ließ einen Finger darüber gleiten und lächelte.

Ich weiß nicht, wie lange ich gedöst hatte, doch als sich schließlich ein Schatten vor meine geschlossenen Augen schob, fuhr ich ruckartig hoch. Ich war zwar vollständig bekleidet, dennoch fühlte sich die Ungehemmtheit, mit der ich mich der Wärme hingegeben hatte, an, als ob ich bei etwas

Intimem ertappt worden sei. Obwohl ich vor dem Hintergrund der herabbrennenden Sonne nur eine Silhouette sehen konnte, handelte es sich unverkennbar um Piper.

»Entschuldige«, sagte er und trat weiter auf die Terrasse heraus. »Ich wollte dich nicht erschrecken.«

»Das hast du nicht«, sagte ich und wollte aufstehen.

»Bleib sitzen«, sagte er und ließ sich neben mich sinken. »Man hat mir gesagt, dass ich dich hier oben finden würde, aber ich wusste nicht, dass du schläfst.«

»Ich habe nicht wirklich geschlafen«, sagte ich. »Das tue ich eigentlich nie sehr viel.«

»Die Visionen?«

Ich nickte. Er machte es sich mit überkreuzten Beinen bequem und hielt das Gesicht in die Sonne.

»Ich schlafe auch weniger, seit du und Kip hierhergekommen seid, falls dir das ein Trost ist. Ihr habt die gesamte Versammlung in Aufruhr versetzt.«

»Wir? Es ist ja nicht gerade so, als hätten wir die Stadt erobert. Wir sind bloß zwei weitere hungrige Omegas. Der einzige Unterschied zu den anderen ist, dass wir alleine hergefunden haben.«

»Nicht *ihr* habt hierhergefunden – das warst du, nicht Kip.«

»Wir haben es gemeinsam geschafft.«

»Ja, das scheint das Besondere an euch beiden zu sein.«

Er warf einen schnellen Blick auf den blauen Fleck an meinem Hals, dann wechselte er das Thema. »Du musst das verstehen – ihr seid alleine und unangemeldet hier aufgetaucht. Das macht den Menschen Angst, denn der Schutz dieses Ortes basiert auf strenger Geheimhaltung.«

»Wegen mir und Kip solltet ihr euch die wenigsten Sorgen machen«, sagte ich. »Immerhin sucht die Beichtmutter nach euch.« Der Gedanke an sie schien den Steinen unter mir jegliche Wärme zu entziehen.

»Wenn die Dinge, über die ich mir Sorgen machen muss, nur irgendwo ein Ende nehmen würden«, seufzte er. »Du weißt nicht, wie sehr sich die Situation auf dem Festland während der Jahre, die du in Gefangenschaft verbracht hast, verschlimmert hat.«

»Ich konnte mir in New Hobart ein Bild davon machen.«

»Was dort geschehen ist, entspricht in etwa dem, was wir überall sonst beobachten konnten. Mehr Beschränkungen für Omegas, höhere Steuern, das Abschotten ihrer Siedlungen. Die Neuigkeiten, die uns erreichen – Auspeitschungen, ganze Siedlungen, die beinahe verhungern – das alles ergibt keinen Sinn. Der Rat baut zwar die Reservate aus, aber warum machen sie uns von ihnen abhängig? Wenn sie die Steuern senken und diese unangemessenen Kontrollen beenden, brauchen wir keine Reservate und sie müssen sie uns nicht zur Verfügung stellen.« Einen Moment lang sah er müde aus. »Vielleicht verstehst du jetzt, warum deine Ankunft die Versammlung nervös macht. Die Menschen treten Sehern im besten Fall mit Argwohn gegenüber. Und wir brauchen jetzt mehr denn je die Gewissheit, dass die Insel ein sicherer Ort ist.«

»Kip und ich sind doch keine Bedrohung für euch.«

»Ich habe dir bereits erklärt, dass ich nicht der Meinung bin, dass *du* eine Gefahr für uns bist.«

»Und Kip? Vertraust du ihm denn nicht?«

Er zuckte mit den Schultern. »Ich weiß nichts über ihn. Und er weiß nichts über sich selbst.«

»Aber das ist nicht seine Schuld.«

»Ich weiß. Aber es macht ihn nicht wirklich nützlich für mich.«

»Teilst du die Menschen tatsächlich so ein? In nützliche und nicht nützliche?«

Er stritt es nicht ab. »Ich muss die Dinge so sehen. Das ist mein Job.«

»Aber was ist mit dir selbst? Außerhalb deiner Verpflichtungen?«

Er lachte. »Vielleicht gab es früher einmal einen Punkt, an dem meine Verpflichtungen endeten und ich begann. Aber jetzt bin ich mir nicht mehr so sicher.«

»Aber du wolltest das hier doch – du hast dich dafür entschieden, der Anführer zu sein.«

»Ich wusste, ich kann es besser als die anderen. Und ich hatte recht.« Er stützte die Ellbogen auf seinen hochgezogenen Knien ab und senkte den Kopf, sodass die Sonne die Haut in seinem Nacken wärmte. »Sobald ich das wusste, hatte ich keine wirkliche Wahl mehr.«

Wir saßen eine Weile schweigend nebeneinander. Ich war so gewöhnt daran, mit Kip alleine zu sein, der alles über mich wusste, dass ich es seltsam fand, so viel Zeit mit Piper zu verbringen. Wann immer wir zusammen waren, war ich mir dieses einen tiefen Grabens zwischen uns mehr als bewusst: sein Unwissen über die Identität meines Zwillingsbruders. Er zog sich durch die Mitte all unserer Gespräche. Es war wie mit dem Krater der Insel – alles hing von ihm ab. Wenn wir das Thema außen vor ließen, fühlte ich mich wohl in seiner Nähe. Es war einfach, sich in seinem Lächeln zu sonnen und sich unter seinem autoritären Blick sicher zu fühlen. Doch als wir dort zusammen in der angenehm warmen Sonne saßen, wanderten meine Gedanken wieder einmal zu Zach. Zu Pipers totem Vorgänger. Zu den Messern, die an seinem Gürtel glänzten.

Er hob den Kopf. »Und was ist mit dir? Gibt es einen Ort, an dem du als Seherin frei bist? Einen Punkt, wo die Visionen enden und du beginnst?«

»Es ist kein Job, und ich habe mich nicht dafür entschieden. Eine Seherin zu sein ist nichts, was man tut. Es ist das, was man ist.«

»Vielleicht ist es bei mir ähnlich.«

»Und wenn du die Wahl hättest – würdest du dich noch einmal dafür entscheiden?«

»Würdest du dich dafür entscheiden, eine Seherin zu sein?«

Darauf konnte ich ihm keine Antwort geben.

In unserem Zimmer standen zwei getrennte Betten, doch ich hockte am Ende von Kips, und wir redeten bis tief in die Nacht hinein.

»Er hat heute wieder versucht, mehr über meine Visionen herauszubekommen – was ich von der Insel gesehen habe, bevor ich hierherkam. Aber er hat nicht nach Zach gefragt. Nicht direkt zumindest.«

»Das bedeutet aber nicht, dass er es nicht herausfinden will. Er ahnt, dass wir ihm nicht alles erzählt haben.«

»Glaubst du wirklich, er hätte uns einen Schlüssel zur Festung gegeben und würde uns unbehelligt über die Insel spazieren lassen, wenn er uns nicht vertrauen würde?«

»Das ist doch der perfekte Weg, um uns im Auge zu behalten«, sagte Kip. »Hier wimmelt es nur so vor Wachen.« Ich dachte an das, was Piper am Vormittag auf der Terrasse zu mir gesagt hatte: *Man hat mir gesagt, dass ich dich hier oben finden würde.* Doch Kip sprach bereits weiter: »Und ich wette, dass wir sehr schnell herausfinden würden, dass wir nicht so frei sind, wie wir glauben, sollten wir uns irgendwann einmal in die Nähe eines Bootes wagen. Ihm gefällt, dass er dich gleich zur Hand hat, um seine kleinen Verhöre durchzuführen.«

»Man kann das doch kaum als Verhöre bezeichnen. Wir reden miteinander. Er erzählt mir auch gewisse Dinge. Wenn er uns nicht vertrauen würde, säßen wir irgendwo in einem Verlies.«

»Das sind wir immerhin schon gewohnt.« Er griff nach dem Weinkrug auf dem Tisch und ich hielt die Becher, während er einschenkte. »Also, was erzählt er so?«

»Dinge über die Insel. Und auch über die Situation auf dem Festland.«

»Irgendetwas, das du nicht ohnehin aus deinen Visionen kennst?«

»Jede Menge. So funktioniert meine Gabe als Seherin nicht, das habe ich dir doch schon so oft erklärt. Es ist viel vager. Ich sehe keine zusammenhängenden Geschichten.« Ich nippte an dem Wein und leckte mit der Zunge einen Tropfen von meiner Oberlippe.

»Er wird die Sache mit Zach herausfinden. Er weiß mittlerweile bestimmt, dass dein Zwillingsbruder eine wichtige Position innehat. Wer sonst hätte Zugang zu den Verwahrungsräumen?«

»Ich weiß. Aber trotzdem bleiben noch Hunderte Männer, die es sein könnten, wenn nicht sogar noch mehr. Er weiß nicht, was Zach ist, oder besser, was er genau vorhat.« Ich hielt inne. »Nicht einmal ich weiß das.«

»Aber du hast eine ziemlich gute Vorstellung davon. Nur wie lange glaubst du, es noch vor Piper geheim halten zu können? Er wird es herausfinden, auch wenn die Mitglieder des Rates vielleicht unter anderen Namen bekannt sind. Er ist schließlich nicht dumm.«

»Und trotzdem versuchst du die meiste Zeit, mich davon zu überzeugen, dass Piper ein hirnloser Soldat ist.«

»Sei nicht albern, Cass. Ich mag ihn vielleicht nicht, aber das bedeutet nicht, dass ich ihn für einen Idioten halte. Früher oder später wird er herausfinden, dass dein Zwillingsbruder hinter allem steckt – hinter den Dingen, die mir und den anderen im Tank angetan wurden. Und was dann?«

»Willst du, dass ich hochgehe und Piper erzähle, dass ich

Zachs Zwillingsschwester bin, damit er sich uns beider entledigen kann? Fühlst du dich dann besser? Nach allem, was dir widerfahren ist?«

»Ich habe ja nicht einmal eine Ahnung, *was* mir widerfahren ist.« Er merkte, dass er geschrien hatte, und senkte seine Stimme wieder zu einem Flüstern. »Ich will bloß nicht, dass Piper etwas gegen dich in der Hand hat. Sie werden dich benutzen, um an Zach heranzukommen, und das weißt du auch.«

»Nein, das tue ich nicht. Und du kannst es auch nicht wissen.«

»Warum hast du es ihm dann noch nicht gesagt?«

Ich ließ mich gegen die Wand sinken und starrte hinunter auf meine Füße, die seitlich aus dem Bett hingen. Er lehnte sich zu mir, doch er berührte mich nicht. Ich drehte meinen Kopf zur Seite, um ihn anzusehen. »Erschöpft dich das nicht manchmal? Dass du niemandem vertrauen kannst?«

»Es spielt keine Rolle, ob ich Piper vertraue oder nicht«, sagte er. »Zach ist dein Zwillingsbruder, es ist deine Entscheidung. Ich mache mir nur Sorgen um dich. Du glaubst immer an das Gute im Menschen. Denk nur daran, was Zach dir antun konnte, obwohl deine Mutter dich vor ihm gewarnt hatte.«

»Hätte ich Zach nicht vertraut, und hätte er mich nicht in die Verwahrungsräume gesteckt, dann hätte ich dich niemals in diesem Tank gefunden. Du wärst niemals befreit worden.«

Er lachte. »Nur du schaffst es, vier Jahre in einer Zelle als Entschuldigung für deine vertrauensselige Art anzuführen.« Er nahm meine Hand.

Ich zog unsere ineinander verschränkten Hände näher zu mir heran und küsste langsam jeden seiner langen Finger.

»Also, was wirst du jetzt tun?«

»Ich weiß es nicht. Ich habe das Gefühl, dass die Entscheidung nicht bei mir liegt.« Ich seufzte. »Ich glaube, du hast recht, was Piper betrifft. Nicht unbedingt damit, dass wir ihm nicht vertrauen können, aber damit, dass er nicht dumm ist.«

20

AM NÄCHSTEN TAG ließ Piper uns beide zu sich rufen. »Wurde aber auch Zeit«, murrte Kip, aber ich wusste, dass er froh war, nicht wieder außen vor zu bleiben.

Es war früher Nachmittag, und im Versammlungssaal tummelte sich eine große Menschenmenge. Die Wachen kamen und gingen und erstatteten den Mitgliedern, die sich vor dem Podest mit dem leeren Stuhl versammelt hatten, immer wieder Bericht.

Piper stand wie so oft etwas abseits. Er war in ein Gespräch mit Simon, einem der Versammlungsmitglieder, vertieft. Er war doppelt so alt wie Piper und seine Schläfen waren bereits grau. Unter dem rechten Arm hing ein dritter, der ihm einen Ruf als gefürchteter Krieger eingetragen hatte. Er strahlte dieselbe Kraft aus wie Piper. Oft wenn ich in den Saal gekommen war, hatte ich die beiden in ein Gespräch vertieft vorgefunden. Der ältere Mann scheute sich nicht davor, heftig mit Piper zu diskutieren. Ich nahm an, dass das der Grund war, warum Piper Simons Gesellschaft jener der ehrerbietigeren Versammlungsmitglieder vorzog. Das eine oder andere Mal hatte ich beobachtet, wie die beiden eine hitzige Debatte führten, sich ständig unterbrachen und wild gestikulierend über Karten oder Dokumente beugten, doch sie trennten sich danach immer wieder in aller Freundschaft.

Simon sammelte seine Unterlagen zusammen und verschwand mit einem höflichen Nicken in meine Richtung.

Nachdem er gegangen war, führte Piper uns zu einem Tisch unter den Buntglasfenstern auf der anderen Seite der Halle, der sich außer Hörweite der anderen Anwesenden befand. Er schenkte uns beiden ein kleines Glas Wein ein und bat uns, Platz zu nehmen.

»Ihr seid sehr geduldig mit uns gewesen. Die ständigen Vorladungen, die andauernden Fragen«, sagte er. »Die Versammlung und ich würden euch in Ruhe lassen, wenn es nicht so immens wichtig wäre.«

»Offensichtlich aber nicht wichtig genug, um mich damit zu belästigen«, sagte Kip säuerlich.

Piper ignorierte ihn. »Unsere Situation hat sich verändert. Die Informationen, die ihr uns geliefert habt, waren neu, scheinen aber das zu bestätigen, was wir teilweise selbst schon beobachten konnten. Eine neue Stimmungslage, die im Rat ihren Ausgang nimmt. Es begann in den Dürrejahren. Wenn die Menschen hungrig und verzweifelt sind, sind sie leichter gegeneinander aufzubringen, und der Rat hat das ausgenutzt, um gegen die Omegas Stimmung zu machen. Seit damals hat sich unsere Lage zusehends verschlimmert, doch in den letzten Jahren hat die Situation nahezu dramatische Ausmaße angenommen. Höhere Steuern und weitere Reformen, die von der Generalin angetrieben wurden. Immer mehr Omega-Dörfer wurden von fruchtbarem Land oder aus der Nähe der Alpha-Siedlungen vertrieben. In den Dörfern im Osten, wo die Omegas fünf, sechs Jahre oder sogar noch länger bleiben durften, werden sie nun bereits als Kleinkinder fortgeschickt. Es gibt Raubzüge, Getreide wird gestohlen oder verbrannt. Das alles scheint darauf abzuzielen, die Omegas in die Reservate zu treiben. Natürlich habe ich das Cass alles schon erzählt.«

»Und sie hat es mir weitererzählt«, erklärte Kip demonstrativ.

Piper ließ sich nicht beirren. »Dann hörten wir plötzlich weitere Gerüchte. Unsere Leute wurden entführt und von ihren Zwillingen – oder deren Feinden – gezielt für ihre Zwecke missbraucht.«

»Die Verwahrungsräume«, murmelte ich.

»Ja. Und diese werden nicht nur von den Ratsmitgliedern selbst genutzt. Es gibt zahlreiche Berichte, wonach wohlhabende Alphas, die nichts mit dem Rat zu tun haben, viel bezahlen, um ihre Zwillinge dort ›zu ihrer eigenen Sicherheit‹ einzusperren.«

Ich fragte mich, wie viele jetzt noch immer dort waren, gefangen in einer Zelle wie meiner.

»Dann wurde es noch schlimmer«, sagte Piper. »Vor etwa fünf Jahren begann der Rat, die Registrierungen voranzutreiben und bestand darauf, jederzeit zu wissen, wo wir uns aufhielten.«

»Es gibt einen Grund, warum sie so vehement darauf bestehen«, sagte ich und erinnerte mich an den Mann, der in New Hobart ausgepeitscht worden war. »Es hat alles damit zu tun, dass sie die Verbindung zwischen den Zwillingen nutzen wollen, um uns zu manipulieren. Sie brauchen die Informationen, um zu entscheiden, wer für sie von Nutzen und wer wertlos ist. Ich weiß nicht, wie sie das alles registrieren und überwachen können, aber es ist der Schlüssel zu dem, was sie vorhaben.«

Piper nickte. »Das glaube ich auch. Aber die Registrierungen waren bloß der Anfang. Von überallher erreichten uns neue Nachrichten. Omegas, die in die Reservate gingen und nie wieder herauskamen. Und dann die Gerüchte über entführte Kinder. Experimente. Es schien, als würden ihnen die Siedlungen und die Verwahrungsräume nicht mehr reichen.«

Kip schob geräuschvoll seinen Stuhl zurück. »Das haben

wir dir doch alles schon erzählt. Wir haben dir Details verraten, nicht bloß Gerüchte weitergetragen.«

Ich legte eine Hand auf Kips Arm, während Piper antwortete. »Ja, das habt ihr. Und die Informationen, die ihr uns gegeben habt, sind unbezahlbar. Sie haben unseren Verdacht bestätigt, dass sich die Gesinnung im Alpha-Rat geändert hat. Eine Veränderung, die wir bereits kommen gesehen haben.«

»Ihr habt es kommen sehen?«, sagte Kip. »Vielen Dank auch für die Vorwarnung.«

»Wir wussten ja nicht genau, was vor sich ging. Außer, dass es eine neue Macht im Rat gibt, die es sogar mit der Generalin aufnehmen kann. Einen jungen Alpha. Er ist dem Rat sehr früh beigetreten und rasch aufgestiegen – man nennt ihn ›den Reformer‹.«

Mein Griff um Kips Hand wurde einen Moment lang fester.

Piper fuhr fort. »Schon von Beginn seiner steilen Karriere an hat er seine radikale Anti-Omega-Agenda vorangetrieben. Es gab immer mehr Beschränkungen. Neue Gesetze, die uns in die abgeschotteten Siedlungen oder Reservate treiben sollten.«

»Steht er mittlerweile dem Rat vor?« Ich war überrascht, dass ich es schaffte, so ruhig zu bleiben.

Piper schüttelte den Kopf. »Nein. Er ist zu jung, zu extrem.« Er zog ein großes Blatt Papier aus dem Stapel an Landkarten und Dokumenten vor uns auf dem Tisch. Auf den ersten Blick sah es aus wie ein Familienstammbaum. Es war eine Liste mit mehr als sechzig Namen, jeder mit einer Zeichnung versehen und alle durch zahllose Pfeile untereinander verbunden. Er sah Kip an. »Kannst du lesen?« Kip nickte ungeduldig. Piper legte einen Finger auf den oberen Rand der Seite.

»Der Richter«, las ich laut vor und betrachtete die Zeichnung daneben: das Gesicht eines alten Mannes mit auffällig dickem weißem Haar.

Piper nickte. »Er regiert seit mittlerweile über zehn Jahren. Zu Beginn war er sehr mächtig, aber wir vermuten schon lange, dass er nur noch eine Marionette ist. Sie brauchen ihn, da ihm die Alphas vertrauen und er recht beliebt ist, sogar bei einigen in unseren Reihen. Aber er war schon immer eher moderat. Zu Beginn seiner Amtszeit hat er sich sogar gegen Steuern ausgesprochen und ein Zusammenleben in den östlichen Regionen erlaubt. Diese neuen Gesetze stammen nicht von ihm.«

»Dann wird er mittlerweile im Rat überstimmt?«, fragte Kip.

»Oder sie haben sich seine Zwillingsschwester geschnappt«, erklärte ich nüchtern.

Piper stimmte mir zu. »Das wäre denkbar. Es ist unwahrscheinlich, dass ein Mann mit der Überzeugung des Richters die Verwahrungsräume nutzt, um sich selbst zu schützen. Wir glauben, dass sie seine Zwillingsschwester gefangen halten und ihn auf diese Weise manipulieren.«

»Und wer sind ›sie‹?«, fragte ich, obwohl ich die Antwort bereits kannte.

Piper fuhr mit dem Finger die Seite hinunter bis zu einer Gruppe von Namen. »Hier sitzt seit den letzten paar Jahren die wahre Macht im Rat: die Generalin, der Dompteur, der Reformer. Allesamt jung und radikal.«

Ich lehnte mich nach vorne, um die Zeichnungen neben den Namen zu betrachten. Das Gesicht des Dompteurs sah merkwürdig harmlos aus. Unter seinen dichten, gewellten schwarzen Haaren blickten zwei freundliche Augen hervor und seine Lippen umspielte ein Lächeln. Die Zeichnung links von ihm zeigte die Generalin. Sie hatte ihre langen blassblonden Haare aus dem schmalen Gesicht gekämmt und ihre Gesichtszüge wirkten geradezu übertrieben: stark gewölbte Brauen, kantige Wangenknochen. Ihren Augen fehlte die Lebendigkeit denen des Dompteurs. Stattdessen war ihr Blick scharf und kontrolliert.

Piper beobachtete mich, während ich ihr Bild genauer betrachtete. »Hast du schon von ihr gehört?«, fragte er.

Ich nickte. »Das hat wohl jeder.«

»Ich wünschte, ich hätte es nicht«, sagte er. »Sie ist so skrupellos, dass es kaum vorstellbar ist. Gegen sie erscheint der Dompteur wie ein Omega-Freund.«

Dann sah ich Zachs Gesicht. Der Reformer. Die Zeichnung war einfach, aber seine Augen gut getroffen. Die Entschlossenheit, die abwehrende Haltung darin waren deutlich zu erkennen.

»Erkennt ihr eines dieser Gesichter wieder? Oder die Namen? Sagen sie euch irgendetwas?« Er schob das Blatt Papier weiter in meine Richtung. Die Geste erinnerte mich an die Sitzungen mit der Beichtmutter und ihrer Landkarte.

Ich achtete penibel darauf, die anderen Gesichter mit der gleichen Sorgfalt zu mustern, doch meine Gedanken und mein Blick wanderten immer wieder zum Reformer. Ich dachte darüber nach, wie schlimm es sein musste, sich so zu verstecken, eine neue Persönlichkeit zu kreieren und sie immerzu aufrechtzuerhalten. »Ich habe von diesen beiden gehört«, sagte ich und bemühte mich, das Zittern in meiner Stimme zu unterdrücken. »Dem Dompteur und dem Reformer. In New Hobart wurde von ihnen gesprochen.«

Und dann sah ich sie. Die Zeichnung war nicht mit dem baumähnlichen Gebilde der anderen verbunden. Der Name und das Bild schwebten am linken Rand der Seite. Piper folgte meinem Blick zu der Zeichnung, dem grinsenden, ansonsten jedoch scheinbar völlig ungerührten Gesicht.

»Ich habe mich schon gefragt, wann du sie entdecken würdest. Die Beichtmutter. Deine alte Freundin.«

»Nicht ganz«, sagte ich. Ich konnte meinen Blick nicht von dem Bild lösen. Es war beeindruckend, wie diese wenigen kunstvollen Tintenstriche alles wieder zum Leben erweckten: die schreckliche Intimität der Sitzungen in den Verwahrungsräumen, das Bohren in meinem Kopf.

Piper fuhr fort: »Sie tauchte vor etwa sechs Jahren auf. Wir glauben, dass der Reformer sie angeworben hat.«

»Warum arbeitet sie für die Alphas?«, fragte Kip.

»Ich weiß es klingt abartig, dass sie mit jenen Leuten gemeinsame Sache macht, die Menschen wie sie loswerden wollen. Menschen wie uns«, sagte Piper. »Aber ich glaube, sie arbeitet eher *mit* ihnen als *für* sie. Sie ist sehr mächtig – und ich denke, sie erkennen das an, indem sie ihre Gabe für ihre Zwecke nutzen. Sie ist keine Schachfigur.«

Ich betrachtete seinen Finger, der noch immer neben dem Gesicht der Beichtmutter lag, und erinnerte mich an die unterschwellige Angst in Zachs Stimme, wenn er von ihr gesprochen hatte. »Ich verstehe, warum sie sie brauchen. Ich weiß, wie mächtig sie ist«, sagte ich. »Aber was will sie von ihnen? Wie Kip schon sagte, warum tut sie so etwas?«

Piper lachte. »Glaubt ihr, alle Omegas sind gut? Dass alle für eine bessere Menschheit kämpfen? Dass wir nicht käuflich sind, wenn uns Gold, Macht oder Sicherheit versprochen werden?«

Ich sah ihm in die Augen. »Und was ist mit den Alphas? Glaubst du, sie sind *alle* böse?«

Er ignoriert mich und blickte wieder hinunter auf das Blatt Papier. Dann klopfte er so vehement auf Zachs Zeichnung, dass ich mich zwingen musste, nicht zusammenzuzucken.

»All unsere Quellen liefern uns dieselben Nachrichten –

der Reformer ist der Schlüssel. Die Generalin ist auf ihre eigene Art Furcht einflößend und der Dompteur war nie ein Freund der Omegas, doch der Reformer ist die treibende Kraft hinter den neuen Plänen. Wir können nicht mit Sicherheit sagen, dass er derjenige ist, der die Zwillingsschwester des Richters gefangen hält, aber er ist es auf jeden Fall, der den Ton angibt.«

Während ich mein Bestes tat, meinen Blick von Zachs Bild zu lösen, sah ich, dass Kips immer wieder zu ihm zurückwanderte. Er blinzelte aufmerksam. Piper fiel es ebenfalls auf.

»*Er* ist es, Kip. Vor etwa fünf Jahren, nachdem er seine Stellung im Rat gefestigt und die Beichtmutter dazu gebracht hatte, für ihn zu arbeiten, begannen unsere Leute zu verschwinden. Nicht nur die Zwillinge der Ratsmitglieder, sondern auch andere. Menschen wie du.«

Kip sah ihn scharf an. »Unbedeutende Menschen, meinst du?«

»Ich meinte Menschen ohne direkten Bezug zum Rat. Natürlich besteht die Möglichkeit, dass auch deine Zwillingsschwester eine Verbindung dazu hat. Aber das schränkt die Zahl nicht so stark ein, wie du vielleicht vermutest. Es gibt mehrere Hundert Ratsmitglieder, beinahe die Hälfte davon sind Frauen. Und dann sind da noch andere Alpha-Frauen, die den Ratsmitgliedern wichtig genug sind, um sie zu schützen: Ehefrauen, Töchter, Beraterinnen, Freunde. Sie alle könnten eventuell ihre Omega-Geschwister in einen Tank gesperrt haben. Aber es ist wahrscheinlicher, dass du keine Verbindung zum Rat hast. Dass du einer der vielen Omegas warst, die für Experimente herangezogen wurden. Omegas ohne sichtbaren Wert.«

»Ohne sichtbaren Wert«, wiederholte Kip.

»Aus der Sicht des Rates seid ihr genau das«, erwiderte Piper ungeduldig. »Größtenteils junge Versuchsobjekte, die kein Risiko darstellen, wenn etwas schiefgeht.«

»Wenn sie getötet werden, meinst du. Du musst für uns nichts beschönigen«, sagte ich. »Ich kenne die Tanks, und Kip war in einem davon eingesperrt. Wir haben die Knochen auf dem Boden der Grotte darunter gesehen.«

Piper nickte. »Es ist schwer, den Überblick zu behalten, denn sie haben Tausende mitgenommen, aber wir haben Hunderte bestätigte Todesfälle. Von den Omegas, die für Experimente entführt wurden, starben so viele Zwillinge, dass plötzlich sogar die Alphas begannen, Fragen zu stellen.« Er richtete den Blick auf Kip. »Du hast überlebt. Vielleicht hattest du mehr Glück als dir bewusst ist.«

»Ich bin wirklich überaus dankbar«, sagte Kip.

»Aber das alles beantwortet nicht die eine große Frage«, wandte ich ein. »Die Art, wie uns der Rat behandelt, ergibt trotzdem keinen Sinn. Was bringt es ihnen, uns so zu quälen und beinahe in den Hungertod zu treiben? Ihr eigenes Leben hängt von uns ab. Das ist die einzige Sache, an der sich nichts ändern lässt.«

»Diese Tatsache ist Segen und Fluch zugleich«, sagte Piper. »Die Verbindung zwischen den Zwillingen ist unsere einzige Versicherung, aber es wiegt die Omegas auch in falscher Sicherheit. Deshalb fällt es uns so schwer, Menschen für den Widerstand zu begeistern. Sie denken, dass der Rat uns nie wirklichen Schaden zufügen kann. Selbst als die Situation in den letzten Jahren schlimmer und schlimmer wurde, wussten wir immer, dass die Alphas zu sehr von uns abhängig sind, um uns verhungern zu lassen. Die Reservate sind ein Beleg dafür. So sehr es den Leuten auch widerstrebt, sich dorthin zu begeben – die Kontrolle über ihr Leben abzugeben –, sind die Reservate doch ein Sicherheitsnetz und ihr Ausbau in den letzten Jahren hat die Menschen beruhigt.

Niemand ist so dumm, dem Rat Glauben zu schenken, wenn er behauptet, die Reservate aus selbstloser Wohltätigkeit zu betreiben. Aber selbst wenn sie offensichtlich den Interessen der Alphas dienen, sind sie ein Bekenntnis, dass das, was uns die Alphas antun können, auch eine Grenze hat, die sie nicht überschreiten können.«

»Mir scheint, als würden sie diese Grenze mittlerweile sehr entschieden überschreiten«, sagte Kip.

»Aber warum?«, fragte ich. »Warum jetzt? Was hat sich geändert?«

»Eine Zeit lang glaubten wir, dass sie vielleicht versuchen würden, die Verbindung zwischen den Zwillingen zu kappen«, sagte Piper. »Solange ich denken kann, gibt es Gerüchte darüber: Zuchtprogramme, Experimente, alle möglichen Versuche, Kinder zu zeugen, die nicht mit einem anderen in Verbindung stehen. Aber nichts davon hat bisher funktioniert. Zumindest für die Ratsmitglieder ist die Möglichkeit, ihre Zwillinge in einen Tank zu sperren, die zweitbeste Lösung.«

Ich nickte abwesend. »Was hast du vorhin gesagt? Darüber, dass sie die Reservate ausbauen? Du hast auf der Terrasse schon einmal so etwas erwähnt.«

»Sie bieten bei Weitem nicht genug Platz für all die Menschen, die darauf angewiesen sind«, antwortete Piper wegwerfend. »Nicht einmal annähernd. Sieh selbst.« Er blätterte durch den Berg aus Papieren auf dem Tisch und breitete schließlich eine Karte über die anderen. Sie war in einem wesentlich größeren Maßstab gezeichnet als die der Küste, die er mir bisher immer gezeigt hatte. Auf dieser hier war eine Ansammlung von Gebäuden und Feldern zu sehen, die von einem doppelten Zaun umgeben waren. »Das ist Reservat eins, etwas südlich von Wyndham gelegen.« Seine Hand schwebte über dem rechten Rand der Karte, wo sich zahllose

Gebäude um ein riesiges rechteckiges Gebilde scharten, das beinahe halb so groß war wie der Rest des Reservats. »Dieser Komplex hier ist vollkommen neu – sie haben letztes Jahr mit dem Bau begonnen. Ähnliche Veränderungen gibt es auch in den anderen Einrichtungen, die wir beobachten konnten. Aber die neuen Gebäude haben trotzdem nicht annähernd genug Kapazitäten, um die immer größeren Menschenmengen zu beherbergen, die mittlerweile freiwillig in die Reservate ziehen. Es sind Tausende. Diese neuen Kasernen sind riesig, aber sie reichen nicht aus.«

»Warum sollten sie die Verantwortung für so viele von uns übernehmen wollen?«, fragte Kip. »Es wäre einfacher – und vermutlich auch billiger –, wenn der Rat dafür sorgte, dass wir außerhalb der Reservate überleben können.«

»Zweifellos. Aber die Bevölkerung gefangen zu halten hat auch Vorteile. Es geht um Kontrolle.«

»Nein«, unterbrach ich Piper. »Ich meine, du hast recht, aber es ist mehr als das.« Ich dachte an das, was Mum über Zach gesagt hatte, als sie in die Siedlung gekommen war, um mich zu warnen: *Er ist ehrgeizig.* Ich hörte Zachs Worte, oben auf den Befestigungsmauern: *Ich habe etwas angefangen, und das muss ich zu Ende bringen.* Und ich erinnerte mich an das, was er zu mir gesagt hatte, als Alice und Dad im Sterben lagen: *Kannst du nicht irgendwas tun?* Und plötzlich verstand ich es. Das hier war Zachs Versuch, auf seine eigene wahnsinnige Art etwas gegen die fatale Verbindung zwischen den Zwillingen zu unternehmen. Ich warf noch einmal einen Blick auf die Karte des Reservats und den riesigen neuen Komplex. »Du hast gesagt, die neuen Gebäude seien nicht groß genug, dass Tausende darin leben könnten. Aber sie wollen auch gar nicht, dass wir darin leben. Sie wollen nur, dass wir *am* Leben bleiben.«

»Macht das einen Unterschied?«, fragte Piper.

»Ja, mittlerweile schon – dank der Tanks.« Als ich die Augen schloss, sah ich es vor mir: zuerst einen einzelnen Glasbehälter, wie er schon so oft in meinen Visionen aufgetaucht war. Doch dann trat ich zurück und je weiter ich mich von dem Tank entfernte, desto mehr konnte ich erkennen. Reihe um Reihe voller Tanks, eine riesige Halle, gegen die der Raum, in dem ich Kip gefunden hatte, klein wirkte. Die Behälter waren leer. Sie warteten. Ich atmete tief ein und fragte mich, ob meine Gedanken wohl lächerlich klingen würden, sobald ich sie in Worte fasste. »Sie wollen uns alle in die Tanks sperren. Irgendwann einmal. Jeden einzelnen Omega.«

Pipers sonst so lässiges Lächeln war vollständig verschwunden. Er erhob sich. »Bist du dir sicher?«

»Sie werden es so weit treiben, wie nur irgendwie möglich«, sagte ich. »Du hast es selbst gesagt. Sie haben versucht, die Verbindung zwischen den Zwillingen zu kappen. Und nachdem ihnen das nicht gelungen ist, haben sie eine andere Lösung gefunden. Denk mal darüber nach. Eine Welt voller körperlich einwandfreier Alphas, die ihre makellosen Leben führen, bis sie in ihrem weichen Federbett an Altersschwäche sterben.«

»Aber das funktioniert doch nicht«, sagte Kip.

»Ich habe ja auch nicht gesagt, dass es einfach ist«, sagte ich. »Oder dass sie schon so weit sind. Aber was, wenn das ihr Ziel ist? Die gesamte Omega-Bevölkerung sorgfältig einzustufen, zu dokumentieren und schließlich in die Tanks zu sperren.«

»Und die Reservate …«, sagte Piper. »Sie sind mittlerweile keine Arbeitslager mehr, sondern bloß Auffangeinrichtungen für die Tanks.«

Ich nickte. »Und wenn sie es jetzt noch nicht sind, dann werden sie es irgendwann einmal sein.«

»Alle Omegas?«, fragte Kip. »Ist das wirklich ihr Ziel?«

Ich schämte mich für Zach, wenn ich nur daran dachte, geschweige denn, wenn ich es laut aussprach. Dennoch wusste ich, dass es stimmte. »Es ist die einzige Möglichkeit, wodurch die Art, wie sie uns behandeln, einen Sinn ergibt. Wenn es ihnen gelingt, werden sie uns von Geburt an in die Tanks sperren. Stellt euch das einmal vor. Sie könnten uns sofort loswerden, um eine reine Alpha-Welt zu schaffen.«

Kip verzog das Gesicht. Ich wusste, er dachte an dasselbe wie ich. Den winzigen Schädel auf dem Boden der Grotte, reingewaschen nach Jahren im Wasser. An die Babys, die Elsa gestohlen worden waren.

»Sie haben bereits mit den Versuchen begonnen«, sagte ich.

Mit einer wütenden Handbewegung wischte Piper die Unterlagen zu Boden.

»Wenn du recht hast, ändert das alles. Wir haben uns die ganze Zeit in falscher Sicherheit gewogen. Selbst nach den schleichenden ›Reformen‹ waren wir immer der Meinung, dass sie uns nie einer tatsächlichen Gefahr aussetzen würden. Aber das, was du uns gerade erzählt hast, widerlegt die Vorstellung einer Abhängigkeit. Jegliche Art gegenseitiger Verpflichtung existiert nicht mehr. Dem Rat sind keine Grenzen gesetzt. Wenn es ihr Ziel ist, uns alle in diese Tanks zu sperren, dann glaube ich nicht, dass es ihnen etwas ausmacht, wenn einige von uns aufgrund des derzeitigen Systems sterben. Bis jetzt war es eine Katastrophe und untragbar. Doch nun ist es nur noch eine zeitlich begrenzte Nebenwirkung ihres Plans. Sie unterdrücken uns, und selbst wenn dadurch einige Alphas sterben, ist das lediglich ein kurzfristiges Problem.«

Ich nickte. »Aber die Art, wie sie uns Omegas zurzeit behandeln, ist nicht nur eine Begleiterscheinung, sie ist Teil des

Plans. Je stärker sie uns unterdrücken, je mehr wir hungern, je geschwächter und mutloser wir sind, desto mehr von uns ziehen freiwillig in die Reservate – und desto einfacher wird es für sie, uns alle in die Tanks zu sperren.«

Am nächsten Tag rief Piper erneut nach mir, doch der Wachmann, der die Nachricht überbrachte, schickte mich nicht in den Versammlungssaal, sondern zum Turm. Als ich am Ende der Wendeltreppe ankam, stand er an der niedrigen Festungsmauer, die die riesige runde Plattform umgab, von der aus man die Stadt überblicken konnte. Er wandte sich nicht um, obwohl er mich sicher gehört hatte.

»Von hier oben hat man eine wunderschöne Aussicht, aber zur Verteidigung ist sie nutzlos«, sagte er. »Man sieht nur die Stadt, nicht das Meer. Sobald ein Angreifer an unseren Ufern landet, ist es ohnehin vorbei. Wer auch immer diesen Ort erbaut hat, wusste, dass die geheime Lage der Stadt ihr bester Schutz ist. Selbst wenn man sich innerhalb des Riffs befindet, gibt es keine Anzeichen einer Besiedelung der Insel, nicht, bevor man das Hafenbecken erreicht. Ich weiß nicht, warum überhaupt ein Aussichtsturm gebaut wurde. Ganz zu schweigen von den Zinnen. Sie kamen sich wohl wichtig dabei vor.«

»Aber dir scheint es hier oben zu gefallen.«

Er zuckte mit den Schultern und hatte mir noch immer den Rücken zugewandt. »Es ist ruhig hier oben. Und ich sehe gerne auf die Stadt hinunter – auf alles, was wir erreicht haben.«

Ich zögerte, zu ihm nach vorne zu treten. Die Erinnerung an jene tragischen Minuten auf den Befestigungsmauern in Wyndham war noch zu frisch. Doch schließlich wandte er sich zu mir um und bedeutete mir, zu ihm zu kommen, weshalb mir nichts anderes übrig blieb. Zusammen sahen wir hinunter auf die steilen Hänge der Stadt, emsig und immer in Bewegung. Seine breite Hand mit den starken Fingern lag auf dem Wall, gleich neben meiner. In den Monaten, seit ich die Verwahrungsräume verlassen hatte, war meine Haut dunkler geworden, doch sie war nicht einmal annähernd so gebräunt wie Pipers.

Ich brach das Schweigen zuerst. »Warum hast du nach mir rufen lassen? Geht es um das, was ich gestern gesagt habe?«

Er nickte. »Zum Teil. Die Vollversammlung saß beinahe die ganze Nacht zusammen, um darüber zu diskutieren. Manche können es nicht glauben, andere sind überzeugt, dass es stimmt.«

»Und du?«

»Ich wünschte, ich würde es nicht glauben«, sagte er. »Das Projekt ist so umfangreich und grausam, dass es nahezu unglaublich scheint. Aber wenn man bedenkt, wie sie uns die letzten Jahre behandelt haben – das kam uns ebenso unglaublich vor. Bis du uns von den Tanks erzählt hast. Wenn es darauf hinausläuft, dann ergibt alles einen Sinn.«

»In gewisser Weise ist es ein perfekter Plan. Sie erhöhen die Steuern und treiben uns damit beinahe in den Hungertod und schließlich in die Reservate. Gleichzeitig kommen sie jedoch auch an genug Geld, um alles zu finanzieren. Die neuen Gebäude in den Reservaten, die Entwicklung der Tanks – die Omegas zahlen für all das, es sind ihre Steuergelder, die sie schließlich in die Tanks sperren.«

Ich bewunderte ihr Vorhaben auf dieselbe Art wie Zachs Trick, mit dem er mich damals im Dorf dazu gebracht hatte, mich als Omega zu erkennen zu geben. Ein einfacher und gerade deswegen vollkommen wahnsinniger Plan.

»Und was wird deine Versammlung dagegen unternehmen?«

»Genau darüber haben wir letzte Nacht diskutiert«, sagte er. »Es muss sich herumsprechen, dass die Menschen die Reservate um jeden Preis meiden sollen. Das ist der erste

Schritt. Doch selbst das ist leichter gesagt als getan. Die Omegas machen sich die Entscheidung, in die Reservate zu gehen, ohnehin nicht leicht. Und wenn sie kurz davor sind, zu verhungern, und verzweifelt genug, wird es schwer werden, sie davon abzubringen. Es sei denn, wir bieten ihnen eine Alternative.«

»Habt ihr die denn?«

»Wir könnten sie hierherholen.« Er deutete hinunter auf die Stadt unter uns. »Aber die Insel ist kaum groß genug für die Menschen, die bereits hier leben. Erst in den letzten Jahren haben wir es geschafft, unabhängig zu werden, davor mussten wir Nahrung mit dem Schiff vom Festland hierherbringen. Und jetzt ist auch dieser Ort in Gefahr, wenn sich die Beichtmutter tatsächlich der Suche nach uns verschrieben hat, wie du sagst. Ich kann nicht aufhören, daran zu denken, was es für uns bedeuten würde, wenn sie die Insel findet.«

»Dann weißt du ja, wie ich mich die meiste Zeit über fühle«, sagte ich. »Seit meiner Flucht ist sie ständig in meinen Gedanken. Ich weiß, dass sie nach mir sucht.«

»Spürst du es?«

Ich nickte. Selbst jetzt, während ich dort neben ihm im hellen Licht der Insel stand, konnte ich fühlen, wie sie mich jagte. Den prüfenden Blick ihres Verstandes, so tückisch wie die unerwünschte Berührung durch fremde Hände. »Die ganze Zeit. Es ist sogar schlimmer als damals, als sie mich verhört hat.«

»Und du weißt nicht warum?«

»Ist das nicht offensichtlich? Ich habe es geschafft zu entkommen.«

Er lächelte und schüttelte den Kopf, bevor er sich zu mir umwandte. »Du glaubst, sie ist hinter dir her, weil du es geschafft hast, zu entkommen? Du glaubst, wenn irgendjemand anderes geflohen wäre, würde sie das genauso irritieren? Du hast wirklich keine Ahnung, wie viel du wert bist.«

»Wert? Ich stehe doch nicht zum Verkauf. Und wenn du das schon denkst, dann hör wenigstens auf, mich so herablassend zu behandeln.«

Er musterte mich sorgfältig. »Du hast natürlich recht. Es ist nur so, dass du mich immer ein wenig sprachlos machst. Die Art, wie du deine Macht unterschätzt. Denk bloß an den Wert, den die Beichtmutter für den Rat hat, die Gefahr, die sie für uns darstellt. Sie jagen uns seit dem Zeitpunkt, als die ersten Omegas diese Insel entdeckten – seit über einem Jahrhundert. Aber sie können nicht den ganzen Ozean durchkämmen. Und jetzt, wo sie die Beichtmutter haben, müssen sie das auch nicht mehr. Sie wird uns früher oder später finden, so wie du auch.«

»Ich bin nicht wie sie.«

»Das betonst du immer wieder. Und ich weiß, was du meinst. Aber wenn du anerkennen würdest, wozu du fähig bist, dann wärst du eine echte Gefahr für sie. Denk an das, was du bisher schon erreicht hast.«

»Erreicht? Wir haben es bloß geschafft, uns nicht erwischen zu lassen.«

Seine Art, mir direkt in die Augen zu sehen, war beunruhigend. »Du hast vier Jahre lang den Verhörmethoden der Beichtmutter standgehalten. Du bist aus den Verwahrungsräumen geflohen. Du hast die Sache mit den Tanks in deinen Visionen gesehen, sie sogar selbst gefunden und jemanden lebend daraus gerettet. Du bist aus New Hobart entkommen, obwohl die Stadt gerade abgeriegelt wurde, und hast die Situation noch hinausgezögert, indem du den halben Wald niedergebrannt hast. Du hast den Weg zu einem Ort aufgespürt, der die letzten hundert Jahre durch vollkommene

Geheimhaltung und ein unüberwindbares Riff geschützt war, und du hast uns vor den Plänen des Rates gewarnt, der uns alle in Tanks sperren will.« Er hob eine Augenbraue. »Mir scheint, als hättest du genug getan, um sie auf Trab zu halten.«

»Aber das ist mir alles einfach passiert. Ich habe es nicht geplant, um dem Rat zu schaden. Es war kein Akt des Widerstandes. Bevor ich hierherkam, wusste ich nicht einmal mit Sicherheit, dass es so etwas wie eine Omega-Bewegung überhaupt gibt.«

»Aber jetzt weißt du es. Deshalb stellt sich nun die Frage, was du dazu beitragen kannst. Und beginnen sollten wir damit, dass du mir verrätst, wer dein Zwillingsbruder ist.«

Ich schwieg. Die Geräusche der Stadt wehten zu uns hoch. Darunter schmiegte sich der See in die Mulde im Zentrum des Kraters. Um den See herum und auf der der Stadt abgewandten Seite des Kraters waren die Weizen- und Maisfelder bereits abgeerntet und voller Strohballen. In der Stadt selbst zogen die Bewohner sogar auf Dächern, Fensterbrettern und winzigen terrassenförmig angelegten Gärten Kürbisse, Tomaten und Spinat.

»Sind noch weitere Seher in der Stadt?«, fragte ich.

»Derzeit nicht. Bisher haben zwei hier gelebt. Sie waren uns beide auf unterschiedliche Arten nützlich. Einen konnten wir zu uns holen, bevor er gebrandmarkt und fortgeschickt worden war. Deshalb ist er unbezahlbar für verdeckte Ermittlungen auf dem Festland. Es gibt auch einige andere Omegas, die auf den ersten Blick als Alphas durchgehen, mit weniger sichtbaren Behinderungen, die unter der Kleidung versteckt werden können. Aber sie sind nicht so überzeugend wie Seher. Die andere Seherin war bereits gebrandmarkt, weshalb sie als Spionin nicht infrage kam. Ihre Fähigkeiten entsprachen nicht deinen, glaube ich. Sie hätte niemals den

Weg hierher alleine gefunden. Aber sie war nützlich bei der Planung von Rettungsaktionen. Sie half uns, Neugeborene aufzuspüren oder andere Omegas, die Hilfe brauchten, und sie warnte uns vor den Patrouillen des Rats entlang der Küste. Aber das letzte halbe Jahr war sie bereits ziemlich verrückt.« Die meisten Menschen mieden dieses Thema in meiner Gegenwart oder beschönigten es: *Nicht ganz stabil,* hieß es oder, *Du weißt ja, wie manche Seher sind.* Piper jedoch war so direkt wie immer. »Die Visionen waren zu viel für sie. Ich glaube, sie wusste letzten Endes nicht mehr, was real war.«

Ich dachte an meine letzten Monate in den Verwahrungsräumen, gequält von den Visionen über die Tanks und den bohrenden Verhören der Beichtmutter. An das Gefühl, dass mein Verstand mich bald verlassen würde. »Du sprichst in der Vergangenheit von ihr«, sagte ich. »Hat sie der Rat in die Finger bekommen?«

Er schüttelte den Kopf. »Nein. Ihr Schiff sank auf dem Heimweg vom Festland im stürmischen Meer. Wir haben zehn Leute verloren.«

»Das tut mir leid.«

»So etwas kommt vor. Es ist der Preis, den wir für unsere Lage hier zahlen.«

»Du sagst es schon wieder: der Preis. Als könnte man den Wert eines Lebens berechnen.«

»Können wir das denn nicht?« Schon wieder dieser eindringliche Blick. »Es ist meine Pflicht, das zu tun, was der Mehrheit unserer Leute von Nutzen ist – nicht was einem Einzelnen hilft.«

Ich wich zurück, fort von den Zinnen und ihm. »Das ist das Problem mit dir. Du sagst ›unsere Leute‹. Deshalb kann ich dir nicht erzählen, wer mein Zwillingsbruder ist. Du verstehst es einfach nicht, genauso wenig wie der Rat.« Ich wollte davonstürmen, blieb aber am Treppenabsatz noch einmal stehen und drehte mich zu ihm um. »Zwanzig Menschen starben an jenem Tag, als das Schiff sank. Nicht nur zehn.«

Ich stieg die Treppe hinunter und hoffte insgeheim, dass er mir folgen oder mir nachrufen würde. Doch ich hörte nur den Klang meiner eigenen Schritte.

In der darauffolgenden Woche rief Piper mich täglich zu sich. Er erwähnte unseren Streit auf dem Turm mit keinem Wort. Seine Fragen waren konkret und detailliert. Er erkundigte sich nach dem Grundriss der Verwahrungsräume, den geheimen Höhlen und Tunneln unter Wyndham. Er brachte mich dazu, Zeichnungen der Tanks anzufertigen, von jedem Detail, an das ich mich erinnern konnte. Und er fragte mich nach den Knochen, die ich am Boden der Grotte gesehen hatte. Oft gesellten sich andere Versammlungsmitglieder zu uns, die ebenfalls Fragen stellten. Wie detailliert die Karten gewesen waren, die mir die Beichtmutter gezeigt hatte, und welche Küstenabschnitte darauf zu sehen gewesen waren? Wie viele Soldaten ich in New Hobart gesehen, welche Waffen sie getragen hatten, und wie viele von ihnen beritten gewesen waren? Ich beantwortete sie alle bis auf die eine, auf die Piper immer wieder zurückkam. Jene nach meinem Zwillingsbruder.

Etwa zehn Tage nach unserer Ankunft rief er erneut uns beide zu sich.

»Gute Nachrichten«, sagte er, als wir in die riesige Versammlungshalle geführt wurden, die abgesehen von Piper dieses Mal vollkommen leer war. »Ich dachte mir, es würde vielleicht euch beide interessieren.« Vor ihm auf dem Tisch lagen Unterlagen. Er schob sie zur Seite und rutschte ein wenig mit seinem Stuhl zurück, als wir uns setzten. »Wir können den Reformer ausschalten. Wir haben einen Mann in den Ratskammern, der ihn schon seit langer Zeit im Auge hat.«

»Einer von uns?«

»Einer wie du«, antwortete Piper und wandte sich zu mir. »Der Seher, von dem ich dir erzählt habe, der ohne Brandzeichen. Er ist mittlerweile siebzehn und infiltriert den Rat seit seiner Abreise vor zwei Jahren. Seine seherischen Fähigkeiten haben ihm geholfen, obwohl er zwischenzeitlich Angst hatte, die Beichtmutter könnte ihn womöglich aufspüren.«

»Wie tief ist er vorgedrungen?«, fragte ich und bemühte mich angestrengt, das Zittern in meiner Stimme zu unterdrücken.

»Er arbeitet als Dienstjunge im Privathaushalt der Generalin. Aber es ist nicht nur der direkte Zugang zu ihr – er hat Kontakte zu vielen Ratsmitgliedern, bedient sie bei privaten Treffen mit dem Dompteur, dem Richter und einigen anderen.« Er sah mich nun direkt an. »Vergangene Nacht brachte ein Schiff Neuigkeiten von ihm. Er hat nun auch Zugang zum Reformer und war mittlerweile auch einige Male alleine mit ihm. Er ist in einer Position, die es ihm erlaubt zuzuschlagen. Ich muss nur noch den Befehl geben, und wir können den Reformer töten.«

Piper griff nach der Glocke am Rand des Tisches und läutete sie, wobei er seinen Blick unverwandt auf mich gerichtet hielt und ihn auch nicht abwandte, als zwei Wachen den Raum betraten.

Auch Kip beobachtete meine Reaktion.

Ich sagte nichts. Ich fühlte mich mit einem Mal unendlich erschöpft, es war eine körperliche Müdigkeit, wie ich sie seit unserer Ankunft auf der Insel nicht verspürt hatte.

Mit einem für ihn typischen lässigen Kopfnicken deutete Piper auf die Wachen, die aufmerksam, aber außer Hörweite warteten.

»Also, was meinst du?«, fragte er mich. »Soll ich den Befehl erteilen?«

Kip wandte sich ihm zu. »Warum fragst du uns das? Dir ist doch sowieso egal, was wir dazu zu sagen haben.«

Piper antwortete Kip, hielt seinen Blick jedoch auf mich gerichtet. »Darauf würde ich nicht wetten.«

21

BEVOR KIP NOCH die Treppe erreicht hatte, die zu unserem Zimmer hinaufführte, hatte ich bereits die Tür zugeschlagen. Als er oben ankam, hörte er wahrscheinlich gerade noch, wie ich auf der anderen Seite den Schlüssel im Schloss drehte.

»Ich musste es tun, Cass«, rief er durch die Tür.

»Es war nicht deine Entscheidung«, schrie ich.

Von seinem Standpunkt hörte er vermutlich, wie die Weinflasche, die Becher und der Spiegel zu Bruch gingen. Ich schleuderte die Lampe gegen die Tür. Der metallene Fuß sprang zu mir zurück, das Glas zerbarst.

»Was hätte ich denn tun sollen?«

Als Antwort ertönte ein weiteres Krachen, als ich den kleinen Tisch zwischen unseren Betten niedertrat.

»Glaubst du, du bist jetzt der große Held«, schrie ich. »Einfach dazwischenzugehen und ihm zu sagen, dass Zach mein Zwillingsbruder ist? Das war nicht deine Entscheidung.«

»Glaubst du, *du* bist die große Heldin? Einfach ruhig zu bleiben und zuzulassen, dass er Zach und dich tötet?«

Ich stieg über das zerbrochene Glas, schloss die Tür auf und riss sie so schnell nach innen auf, dass Kip beinahe über mich gestolpert wäre. »Kapierst du es denn nicht?«, fragte ich. »Er hat gar keinen Seher in Wyndham. Dafür ist die Beichtmutter zu gut. Und selbst wenn er es an ihr vorbeigeschafft hätte, dann hätte ich es gefühlt, dass Zach und ich in Gefahr sind.

Ich hätte es kommen gespürt. Er hat geblufft. Warum glaubst du wohl, dass er wollte, dass du auch dabei bist?«

»Ist dir nie in den Sinn gekommen, dass er vielleicht wirklich Wert auf meine Meinung legen könnte? Dass ich als Einziger hier, der tatsächlich Teil der Experimente deines Zwillingsbruders war, ein Recht darauf habe zu erfahren, was vor sich geht?«

Ich hob eine Augenbraue und schwieg.

»Ach, verdammt!« Kip ließ sich aufs Bett fallen. »Er wusste, dass ich versuchen würde, ihn aufzuhalten.« Er schloss die Augen. »Er hatte nie wirklich die Gelegenheit, Zach zu töten. Aber jetzt …«

Ich hatte mich wieder etwas beruhigt und setzte mich neben ihn. »Genau.«

»Und er braucht dafür keine Spione, Informanten oder Auftragsmörder.«

»Nein. Nur mich.«

Er ließ den Kopf gegen die Wand sinken. Ich tat es ihm gleich.

»Auf dem Fensterbrett steht noch ein Becher, den du vergessen hast«, sagte er. »Lust, ihn zu zerschlagen?«

»Vielleicht später.« Ich lächelte müde und schloss die Augen.

Nachdem wir die Glas- und Keramikscherben aufgesammelt hatten, lagen wir schweigend in unseren Betten. Unter der Tür hindurch konnten wir den geduldigen Schatten des Wachmannes sehen, der dort sofort nach unserer Rückkehr aus der Versammlungshalle postiert worden war. Vor dem Fenster stieg der schmale Pfeifenrauch des Soldaten auf, der darunter auf dem Schutzwall stand.

Kip sah zu mir herüber. »Ich will ja nicht die Stimmung verderben oder so …« Ich schnaubte. »Aber warum haben sie dich nicht schon längst umgebracht?«

»Das habe ich mich auch schon gefragt.«

»Aber das ist doch gut, oder?«

Ich musste lachen. »Ja, ich bin wirklich froh, dass ich noch nicht tot bin.«

»Du weißt, was ich meine. Dass es ein gutes Zeichen ist, dass er dich nicht sofort umgebracht hat.«

Ich rollte mich auf die Seite, um ihn anzusehen. »Wann haben wir den Punkt erreicht, dass wir uns über solche Akte der Gnade freuen?« Ich betrachtete sein Gesicht, seine angsterfüllten, müden Augen. »Aber du hast recht, glaube ich. Er denkt wohl, dass wir ihm noch von Nutzen sein könnten.«

»Du musst mich nicht in Schutz nehmen. *Du* bist es, die nützlich für ihn ist. Was kann ich ihm schon geben?« Er hielt inne. »Oder dir.«

»Du musst dich nicht dauernd entschuldigen.«

»Wirklich nicht? Denn von all den Dingen, für die man sich entschuldigen sollte, steht die Tatsache, dass man jemanden dem sicheren Tod ausgeliefert hat, doch sicher ganz oben auf der Liste.«

Ich schwieg.

»Es tut mir leid«, sagte er. »Das hätte ich nicht sagen sollen.«

Ich richtete mich auf. »Darf ich rüberkommen?«

»Sicher. Obwohl ich nicht weiß, womit ich das verdient habe.« Er rutschte zur Seite, um Platz zu machen. Ich legte mich neben ihn auf den Rücken, meine Schulter berührte seine.

»Ich mag es, wenn du auf dieser Seite liegst«, sagte er. »Dann spüre ich deinen Arm neben mir und es fühlt sich irgendwie so an, als hätte ich dort auch einen.«

»Ich habe mich für diese Seite entschieden, weil du dann nicht fummeln kannst.«

Wir mussten beide lachen.

»Warum bist du nicht wütender auf mich?«, fragte er nach einer Weile.

»Weil er recht hat.«

»Piper? Du verteidigst ihn sogar jetzt noch, nachdem er uns reingelegt hat?«

»Oh, er hat nicht mit allem recht. Aber mit dem, was dich betrifft, schon.«

»Ja, es stimmt, ich bin ein Idiot.«

»Nein. Es stimmt, dass du alles tun würdest, um mich zu beschützen.«

Am nächsten Tag blieb unsere Tür verschlossen. Die Wache ignorierte unsere lautstarken Forderungen nach Informationen. Am Nachmittag wurde schließlich doch geöffnet. Einer der Soldaten blieb im Türrahmen stehen, während der andere in den Raum trat. Kip sprang auf und stellte sich vor mich.

»Mach dir keine Sorgen«, sagte ich. »Piper schickt sicher niemanden, um es für ihn zu erledigen.«

Der Wachmann stellte ein Tablett auf den Tisch neben der Tür und verschwand wortlos.

»Er würde es selbst tun«, sagte ich.

»Wie kannst du dir da so sicher sein?«, fragte Kip, nahm das Tablett und trug es zu meinem Bett.

»Er ist kein Feigling.«

»Na klar, weil es wirklich Mut braucht, eine unbewaffnete Gefangene zu töten.«

Nachdem wir zwei weitere Tage eingesperrt gewesen waren, verlangte ich von dem Wachmann, Piper zu fragen, ob wir wenigstens kurz an die frische Luft dürften. Ich bekam keine Antwort, doch am späten Nachmittag kamen vier Männer und begleiteten uns den Turm hinauf, wo sie auf der Treppe auf uns warteten.

Ich stand bei den Zinnen und blickte hinunter. Die Stadt

sah genauso aus wie einige Tage zuvor, als ich mit Piper hier gewesen war. Doch nun wirkte sie mehr wie ein Gefängnis als wie ein sicherer Hafen. »Vielleicht wäre es besser so«, sagte ich. »Dann wären sie mich los und Zach ebenfalls. Logisch betrachtet kann ich nichts dagegen einwenden.«

»Sei nicht albern. Es ist weder unlogisch noch egoistisch sich zu wünschen, am Leben zu bleiben.«

»Ich bin nicht albern. Es scheint mir bloß die naheliegende Lösung. Zach steckt hinter all dem, was dir und den anderen Omegas angetan wurde. Wir wissen nicht, wie viele es sind. Vielleicht Hunderte oder Tausende. Es scheint eine einfache Rechnung zu sein – mein Leben für das all dieser Menschen.«

»Das hier ist keine mathematische Gleichung, Cass. So einfach ist das nicht.«

»Das habe ich Piper vor gar nicht langer Zeit auch gesagt. Aber was, wenn es doch auf eine einfache Rechnung hinausläuft? Was, wenn ich es nur komplizierter mache, weil ich dadurch selbst vom Haken springen kann?«

Kip seufzte. »Manchmal kann ich nur schwer glauben, dass du eine beeindruckende Seherin sein sollst.«

»Was meinst du damit?«

»Seit wann ist es dir wichtig, dich selbst zu retten? Darüber hast du dir doch noch nie Gedanken gemacht. Du hast den Tank zerstört, um mich zu befreien, anstatt einfach abzuhauen. Dafür hättest du wieder in den Verwahrungsräumen landen können. Und dasselbe gilt für all die Male auf unserer Flucht, als ich dich behindert habe.«

»Aber wenn wir zum Kern des Problems kommen, dem sich die Insel gegenübersieht – dem Problem, wegen dem du in dem Tank gesteckt hast, dann könnte ich es jetzt sofort lösen.« Ich deutete auf den Abgrund vor uns. Etwa hundert Meter unter uns gingen die Menschen in der Stadt nichtsahnend ihren Geschäften nach.

»Das würdest du nicht tun«, sagte Kip. Er ging zurück zur Treppe. »Glaubst du, Piper hätte uns hier raufgelassen, wenn er der Meinung wäre, du würdest springen? Und er hat recht mit seiner Vermutung, obwohl er den wahren Grund dafür nicht kennt. Er glaubt, dass du versuchst, dich selbst zu schützen und ihm deshalb Zachs Identität verschwiegen hast.«

»Und du meinst, dass er damit falschliegt?«

»Natürlich.« Er drehte sich nicht einmal um, während er mir antwortete. »Du schützt nicht dich – sondern Zach.«

Ich rief ihm nach. »Aber ist das nicht in gewisser Weise auch egoistisch und feige?«

Er drehte sich auf der obersten Stufe noch einmal zu mir um. »Du hast schon immer von einer Welt geträumt, in der Zwillinge einander nicht hassen. Eine Welt ohne Aufsplittungen, in der wir keinen Ort wie diese Insel brauchen. Vielleicht ist das feige. Vielleicht ist es aber auch sehr mutig.«

Meine Visionen raubten mir, seit ich denken konnte, jede Nacht den Schlaf, doch in dieser war es besonders schlimm. Immer wenn sich der Wachmann vor der Tür bewegte, sah ich die kleinen Messer an Pipers Gürtel vor mir. Kip konnte ebenfalls nicht schlafen. Ich spürte, wie er sich bei jedem Geräusch vor der Tür oder dem Fenster versteifte. Wenn wir uns küssten, erlebten wir nicht mehr denselben Freudentaumel wie während unserer ersten zaghaften Annäherungen und es war auch nicht mehr wie in der sanften Erkundungsphase in den Wochen darauf, als wir uns in unsere neue Intimität einfanden. Mittlerweile hatten die Küsse dagegen an Dringlichkeit gewonnen, denn wir spürten, dass alles jeden Moment vorüber sein könnte. Der Schlüssel im Schloss, das Messer. Der Gedanke an meinen Tod war so viel grausamer, jetzt, da Kip und ich einander gerade erst entdeckten. Weil es Stellen an seinem Hals gab, die ich noch nicht geküsst hatte, weil das

Gefühl, meine Finger in seinen Haaren zu vergraben, sich immer noch neu anfühlte. Ich sagte mir, dass das alles bloß Kleinigkeiten waren, um die ich trauerte, wenn man an all die Jahre dachte, die ich bereits gelebt hatte und an das, was ich zu verlieren hatte. Doch in jener Nacht, dort in diesem Bett, fühlte es sich nicht trivial an, und als ich schließlich zu weinen begann, war es nicht wegen des drohenden Messers, sondern weil ich nie wieder seine Hand auf meiner Haut oder das sanfte Reiben seiner Bartstoppeln auf meiner Schulter spüren würde.

Am nächsten Tag ließ Piper nach mir rufen. Der Wachmann nahm mich ohne ein Wort mit und führte mich rasch aus dem Raum, bevor Kip und ich mehr als einen flüchtigen Blick wechseln konnten.

Ich wurde in die Versammlungshalle geführt, wo sich zahlreiche Mitglieder eingefunden hatten. Simon war da, und ich kannte auch einige der anderen Männer und Frauen. Im Laufe der letzten Wochen hatten sie mich ausführlich befragt, doch niemals aggressiv oder ohne Mitgefühl. Doch dieses Mal begrüßten sie mich nicht, sondern beendeten lediglich ihre Gespräche, als ich den Raum betrat. Selbst Simon stand nur schweigend da und hatte seine drei Arme vor der Brust verschränkt.

Piper saß nicht wie sonst immer an seinem Tisch neben der Tür. Der Wachmann führte mich zu einer Tür auf der anderen Seite des Saals. Dahinter lag ein winziger Raum, nicht viel größer als ein Schrank, doch ich erkannte an den Karten, die an die Wände gepinnt waren, und an dem ungezwungenen Durcheinander, dass das hier Pipers Reich war. In der Ecke lag eine nachlässig zusammengerollte Schlafmatte, daneben war eine Decke verstaut.

»Schläfst du hier?«

»Manchmal.« Als die Tür geöffnet wurde, war Piper von

seinem Stuhl aufgesprungen. Er schickte den Wachmann mit einem Wink fort und durchquerte den Raum mit ein paar Schritten, um die Tür hinter mir zu schließen. Er blieb mit dem Rücken dazu stehen und bedeutete mir, mich zu setzen. Die Messer klimperten an seinem Gürtel.

»Du hast doch sicher mehr als alle anderen ein Recht auf ordentliche Gemächer?« Ich setzte mich und warf einen Blick auf die Schlafmatte in der Ecke. Es erschien mir seltsam rührend, dass er noch schnell versucht hatte, sie zu verstauen. »Zumindest auf ein ordentliches Bett?«

Er zuckte mit den Schultern. »Meine Gemächer sind im Obergeschoß. Aber ich bin gerne hier. Näher bei den Soldaten, näher bei dem hier.« Er deutete auf das Durcheinander. Manche der Karten waren anstatt mit Reißzwecken mit Wurfmessern an den üppigen Teppichen befestigt, mit denen der Raum tapeziert war. »Wie auch immer«, fuhr er fort. »Das ist unwichtig.«

»Okay«, sagte ich.

Er lehnte seinen Kopf gegen die Tür. Zum ersten Mal spürte ich, dass er nervös war. In diesem Moment wusste ich, dass er mich nicht hierhergebracht hatte, um mich zu töten.

»Du hast mich also nicht rufen lassen, um mit mir über deine Schlafsituation zu sprechen.«

»Nein«, antwortete er, doch mehr sagte er nicht.

»Dann sprechen wir doch über *meine* Schlafsituation. Darüber, dass Kip und ich noch immer in unserem Zimmer mit einer Wache vor der Tür eingesperrt sind.«

»Und einer unter dem Fenster«, sagte er ruhig.

»Ich sollte mich wohl geschmeichelt fühlen, dass du wirklich glaubst, es seien zwei Soldaten nötig, um uns in Schach zu halten.«

Er hob eine dunkle Augenbraue. »Du glaubst, ihr könntet es mit einem dieser Männer aufnehmen? Du und Kip?« Er lachte.

»Wir haben es immerhin bis hierher geschafft«, gab ich zu bedenken.

Er seufzte ungeduldig. »Die Wachen sind nicht da, um zu verhindern, dass ihr das Zimmer verlasst.«

Ich brauchte einige Sekunden, bis ich verstand. Ich dachte daran, wie mich die Leute draußen im Versammlungssaal angestarrt hatten. Ich wusste jetzt, woran mich die Situation erinnert hatte. An den Gesichtsausdruck der Kinder, die ich an dem Tag getroffen hatte, als ich das Dorf meiner Eltern verlassen musste.

»Wie viele wissen, wer mein Zwillingsbruder ist?«

»Bis jetzt nur die Versammlung«, sagte er. »Aber ich habe keine Ahnung, wie lange das noch so bleiben wird.«

»Sie wollen, dass ich sterbe.«

»Du musst das verstehen.« Es gab nur einen Stuhl, weshalb er sich auf die zusammengerollte Schlafmatte setzte und sich zu mir nach vorne lehnte. »Lewis, mein ältester Berater …«

»Ich kenne Lewis«, sagte ich. Ich dachte an den Respekt einflößenden grauhaarigen, etwa fünfzigjährigen Mann, der mich viele Male befragt hatte.

»Seine Nichte – die Omega-Tochter seiner Zwillingsschwester, um die sich Lewis seit ihrer Geburt kümmert – war eine derjenigen, die entführt wurden. Warum glaubst du, hat er so beharrlich nach Details über den Tankraum gefragt, in dem du Kip gefunden hast?«

»Ich habe nur eine Handvoll Menschen dort gesehen«, sagte ich. Die unerwartete Verantwortung, die ich bei seinen Worten spürte, machte mich wütend. »Er kann nicht erwarten, dass ich mich an alle erinnere – es waren so viele.«

»Genau«, flüsterte Piper eindringlich. »Es sind so viele. Gebrandmarkt, entführt, getötet. Alle dort draußen haben jemanden durch den Reformer verloren. Alle auf dieser Insel wissen, dass er uns sucht. Hast du einmal den Kindern zugehört, wenn sie spielen? Eins, zwei, drei …«

»… er kommt herbei.« Ohne nachzudenken hatte ich den Reim beendet, der mir von dem Kreischen der auf der Straße spielenden Kinder, das jeden Morgen und Abend aus der Stadt hinauf zu unserem Fenster drang, so vertraut war.

Piper nickte. »Er ist es, der kommt, um sie zu holen. Der Reformer. Es gibt noch andere Ratsmitglieder, die eine aggressive Anti-Omega-Agenda vertreten – vor allem die Generalin. Aber niemand ist so schlimm wie der Reformer. Wenn die Kinder auf dieser Insel in der Nacht schreiend aus einem Albtraum erwachen, dann haben sie von ihm geträumt.«

Ich hätte beinahe gelacht, so unmöglich erschien es mir, Zach mit dieser albtraumhaften Gestalt in Verbindung zu bringen. Zach, der geweint hatte, weil er sich den Finger am Kuchenblech verbrannt hatte. Zach, der sich hinter Dads Beinen versteckt hatte, als sie einen Bullen über den Marktplatz trieben. Doch mein Lachen blieb mir im Hals stecken. Tief in meinem Innern wusste ich, dass sie ein und dasselbe war: Zachs Angst als Kind und die Angst, die ich in dem Kinderreim erkannte. Die eine war der Ursprung der anderen. All die Dinge, an die ich mich in Bezug auf Zach erinnern konnte – daran wie zärtlich er meine Brandwunde gereinigt hatte, wie er von Schluchzern geschüttelt wurde, als unser Vater im Sterben lag – lagen tief in mir begraben. Ich glaubte an sie, wie ich während der Jahre in der Zelle an den Himmel geglaubt hatte. Aber ich wusste auch, was er getan hatte, ich hatte es selbst gesehen. Die unmissverständlichen Glas- und Metallflächen im Tankraum, die Gebeine in der Grotte waren der Beweis. Ich konnte nicht erwarten, dass irgendjemand sonst die Zärtlichkeit und die Angst verstand, die unter der Hülle des Reformers verborgen waren. Und ich wusste, dass niemand sie vehementer verleugnen würde als Zach selbst.

Der Reformer war seine Kreation. Was war von dem Jungen geblieben, der draußen vor dem Schuppen, in dem Alice im Sterben lag, nach meiner Hand gegriffen und mich um Hilfe angefleht hatte? Während meiner Zeit in den Verwahrungsräumen hatte ich den Glauben an den Himmel behalten, und als ich aus der Zelle getreten war, hatte ich gesehen, dass er auf mich gewartet hatte. Aber existierte auch dieser ängstliche Junge, mein Bruder, noch irgendwo in dem Reformer? Und konnte ich meinen Glauben an ihn bewahren, ohne Piper und die Insel zu verraten?

Ich sah Piper in die Augen. »Versuchst du zu rechtfertigen, warum du mich töten musst?«

Er lehnte sich weiter nach vorne, seine Stimme ein eindringliches, geflüstertes Zischen. »Du musst mir einen guten Grund geben, es nicht zu tun. Einen den ich Simon, Lewis und den anderen vorlegen kann. Der ihnen begreiflich macht, warum ich es noch nicht getan habe.«

Wieder spürte ich das Gewicht der Erschöpfung auf meinen Schultern. Ich fühlte mich ausgewaschen wie die Steine am Ufer der Insel, wo sie vom Meer umspült wurden. »Dies sollte der eine Ort sein, wo wir unser Recht auf Leben nicht begründen müssen.«

»Halt mir keinen Vortrag über die Insel. Ich versuche, sie zu schützen. Das ist meine Aufgabe.«

»Aber wenn du mich tötest oder einsperrst, dann existiert sie nicht mehr. Es wäre wie in den Verwahrungsräumen, nur mit Meerblick. Die Versammlung wäre wie der Rat – mit einem anderen Namen. Und du wärst nicht besser als Zach.«

»Ich habe eine Verantwortung gegenüber den Menschen hier.« Er wandte den Blick von mir ab.

»Aber nicht gegenüber mir?«

»Du bist eine einzelne Person, aber ich bin allen Omegas auf der Insel verpflichtet.«

»Das habe ich Kip auch gesagt. Aber er meinte, das sei nicht so einfach. Es sei keine Frage von Zahlen.«

»Natürlich hat er das gesagt. Er hat ja nicht meinen Job.«

Ich sah an ihm vorbei zu den Landkarten an den Wänden. Sie waren alle mit zahllosen Anmerkungen in schwarzer Tinte versehen, die sowohl auf die Stützpunkte des Rats, die Reservate und die Dörfer, Siedlungen und geheimen Verstecke hinwiesen. Es war das gesamte Netzwerk, auf das sich der Widerstand stützte, um Leute auf die Insel zu holen. Und alle diese Menschen vertrauten auf Piper.

»Wenn es deine Aufgabe ist, warum hast du mich dann nicht schon längst getötet?«

»Du musst mir einen Grund geben, es nicht zu tun.«

Meine Stimme war ruhig. »Ich habe dir alles gesagt, was ich über Wyndham und die Beichtmutter weiß. Ich habe dich davor gewarnt, dass Zach vorhat, noch mehr Omegas in die Tanks zu sperren.«

»Es muss noch mehr geben. Informationen darüber, dass sie die Insel suchen.«

Ich schüttelte den Kopf. »Du wusstest doch schon, dass sie auf der Suche danach sind und sie auch irgendwann finden werden. Es stellt sich nur noch die Frage, wann.«

Er griff nach meinem Arm. »Dann sag es mir. Gib mir Details.«

Ich machte mich von ihm los. »Ich habe dir nichts mehr zu sagen. So funktioniert das nicht. Ich kenne kein Datum und ich habe auch keine genauen Karten im Kopf. Meine Visionen kann man nicht an die Wand pinnen, sie sind oft völlig unzusammenhängend. Manchmal weiß ich, was passiert, und dann habe ich wieder keine Ahnung.«

»Aber du hast uns – die Insel – gefunden.« Er hielt inne und sprach dann leiser weiter. »Was ist mit dem Land auf der anderen Seite?«

Ich schüttelte den Kopf. »Was meinst du? Es gibt nichts auf der anderen Seite. Es befindet sich alles im Osten.«

»Alles, von dem wir wissen. Aber so war es nicht immer. Was, wenn es weiter im Westen Land gibt? Oder vielleicht sogar im Osten, hinter dem Ödland.«

»Du meinst das Anderswo? Das sind doch Märchen. Niemand hat es je gefunden – weil es nichts zu finden gibt.«

»Die meisten Menschen auf dem Festland glauben auch, die Insel sei nur ein Märchen, ein Gerücht.« Sein Gesicht war vollkommen ernst.

»Weißt du etwas über das Anderswo?«

»Nein. Ich hatte gehofft, dass du uns vielleicht helfen kannst.« Er nahm eine Karte von der Wand und legte sie vor mir auf den Boden.

Den Großteil der abgebildeten Landschaft kannte ich bereits. Da war die Küste, die ich von den Karten der Beichtmutter und denen kannte, die man mir hier gezeigt hatte. Und ich erkannte die Insel selbst, ein winziger Fleck der einige Zentimeter vor der Westküste im Meer trieb. Doch diese Karte war anders. Das Festland selbst fehlte, abgesehen von dem Küstenstreifen auf der rechten Seite sah man nur Meer, das jedoch von Bleistiftstrichen durchzogen war: Strömungen, Riffe – eine komplizierte Verästelung, die sich von der Insel aus weit Richtung Westen erstreckte.

Ich sah zu ihm hoch. »Du schickst Schiffe aus, um nach dem Anderswo zu suchen.«

»Nicht ich. Zumindest nicht nur ich. Sie hatten bereits damit begonnen, bevor ich an die Macht kam. Aber ja, wir suchen seit etwa fünf Jahren danach. Während wir hier sprechen, befinden sich zwei Schiffe dort draußen – unsere beiden größten. Beim nächsten Vollmond werden sie einen Monat unterwegs sein.«

»Und du glaubst wirklich, dass es etwas zu finden gibt?«

Er sprach leise, aber ich konnte seinen Ärger spüren. »Manche Schiffe sind nicht zurückgekommen. Denkst du, ich würde dieses Risiko eingehen, wenn ich nicht glauben würde, dass es das Anderswo gibt?«

Ich wich seinem Blick aus und sah wieder auf die Karte.

»Hilf uns, Cass. Wenn du etwas spürst – irgendetwas – dann könnte das alles verändern.«

Ich merkte, dass ich eine Handfläche auf die Karte gepresst hatte, als könnte mir das helfen, die vielen Seemeilen mit meinem Verstand zu überwinden. Ich schloss die Augen und versuchte, den unkartierten Raum zu erforschen. Ich konzentrierte mich, bis ich spürte, wie das Blut in meiner linken Schläfe pochte. Doch ich sah nur den unbeugsamen Ozean, die graue See, die sich viele Kilometer weit in alle Richtungen erstreckte. »Es ist zu weit«, sagte ich, zog meine Hand von der Karte und lehnte mich erschöpft zurück.

»Nein, im Vorher war es das nicht. Sie hatten größere und schnellere Schiffe.« Er griff nach meiner Hand und presste sie auf die Karte, fester dieses Mal. »Versuch es noch einmal.«

Ich tat mein Bestes, zwang meinen Verstand, wie ich es auf dem Boot getan hatte, als wir im Riff festsaßen. Ich stellte mir das Ufer und das offene Meer vor, dann arbeitete ich mich weiter nach Westen. Mein ganzer Körper stand unter Spannung, und als Piper schließlich meine Hand losließ, sah ich, dass ich einen feuchten Abdruck auf der Karte hinterlassen hatte. Aber ich sah nichts, fühlte nichts.

»Es tut mir leid«, sagte ich. »Wenn es dort draußen etwas gibt, dann ist es zu weit weg für mich. Ich habe es noch nie gespürt.«

»Mir tut es auch leid«, sagte Piper. Obwohl seine Hand bis vor einem Augenblick noch auf meiner gelegen hatte, wirkte er plötzlich sehr distanziert. »Es hätte die Sache sehr viel einfacher gemacht, wenn du uns hättest helfen können.«

Er warf einen schnellen Blick zur Tür, hinter der laute, aggressive Stimmen zu hören waren. »Sie wollen den Reformer beseitigen, und du bist der Preis, den sie dafür gerne zu zahlen bereit sind. Für sie ist es keine schwere Entscheidung.«

»Aber für dich schon?«

»Ich glaube, dass dein Tod vielleicht ein zu hoher Preis ist. Ich denke, wir brauchen dich. Du und deine Visionen könnten alles verändern.«

»Aber du lässt uns nicht gehen.« Es war keine Frage.

»Ich kann nicht. Aber ich kann für eure Sicherheit sorgen.«

»Muss ich jetzt dankbar sein, dass du mich als Geisel hältst, um Zach davon abzubringen, euch anzugreifen?«

»Daran hatte ich zuerst gedacht«, sagte er rundheraus. »Aber wenn wir ihm sagen, dass wir dich haben und versuchen, ihn damit im Zaum zu halten, dann ist es sehr wahrscheinlich, dass seine eigenen Leute ihn umbringen. Er steht dem Rat nicht vor – zumindest noch nicht. Wenn es nur den geringsten Hinweis darauf gäbe, dass wir ihn in der Hand haben, würden sie ihn töten. Wir wären ihn dann zwar los, aber es gäbe andere, die uns jagen würden. Außerdem wärst du dann ebenfalls tot.«

»Und das wäre eine Schande.«

Er sah mich an. »Ja, das wäre es tatsächlich.«

Piper führte mich zurück durch die Halle, wo die Versammlungsmitglieder abrupt alle Gespräche beendeten und uns misstrauisch anstarrten. Er legte eine Hand auf meine Schulter, während er mich durch die Schar an Männern und Frauen führte, doch ich schüttelte sie ab.

Einer der Männer beugte sich zu mir vor. Es war Simon, Pipers engster Vertrauter. »Ich würde ihn an deiner Stelle nicht so leichtfertig abschütteln«, sagte er. »Es scheint, als sei er das Einzige, was dich am Leben hält.«

Ein anderer Mann lachte. Ich wandte mich ihm zu. Er war

untersetzt, hatte einen dunklen Bart und trug eine Krücke unter dem Arm. »Da hat er recht«, sagte er. »Wenn ich hier das Sagen hätte, wären du und dein Zwillingsbruder längst tot.«

Meine Stimme war leise, als ich ihm antwortete. »Mein Bruder hat mich in die Verwahrungsräume gesperrt, damit ich nicht gegen ihn verwendet werden kann. Wenn ihr mich tötet, gebt ihr den Alphas recht damit, dass wir eine Belastung, ein Risiko für sie sind. Dass sie uns wegsperren müssen, um sich selbst zu schützen.« Niemand sagte etwas, doch alle Blicke waren auf mich gerichtet. »Ihr wollt mich töten? Warum geht ihr nicht weiter und entledigt euch gleich der gesamten Alphas? Sicher, ihr würdet uns damit alle umbringen, aber das ist es doch wert, nicht wahr?« Ich hatte zu schreien begonnen, und Piper zerrte mich aus der Halle.

22

ALS PIPER FRÜH am nächsten Morgen in unser Zimmer kam, war ich zwar wach, hatte die Augen aber noch geschlossen. Etwas hatte mich einige Augenblicke zuvor geweckt – ein Traum oder eine Vision – und ich konzentrierte mich darauf, drückte die Augen fest zu und versuchte, weiter im Halbschlaf zu bleiben, um mir Klarheit über das zu verschaffen, was ich gerade gesehen hatte.

Ich hörte, wie Kip aus seinem Bett aufsprang und sich zwischen mich und die Tür stellte, als sich der Schlüssel im Schloss drehte.

»Entspann dich«, sagte Piper. »Ich bin nicht gekommen, um ihr wehzutun.«

»Leise«, flüsterte Kip. »Sie findet nachts kaum Ruhe, oft schläft sie erst am Morgen ein.«

»Und wie viel Schlaf bekommst du, wenn du sie die ganze Nacht beobachtest?«, fragte Piper. Er hatte seine Stimme gesenkt, doch ich konnte mir vorstellen, wie er die Augenbrauen hochzog.

»Weck sie einfach nicht auf.«

»Eigentlich bin ich wegen dir hier.«

»Das wäre das erste Mal«, flüsterte Kip.

Ich hörte, wie er sich von meinem Bett wegbewegte und riskierte zwischen halb geschlossenen Lidern einen Blick. Sie standen am Fenster und hatten mir den Rücken zugewandt. Draußen versperrten die Wände des Kraters den Blick auf die aufgehende Sonne, doch das Licht der Morgendämmerung schimmerte rot über seinen Rand.

Kip sah hinunter zu dem Wachmann, der sich wahrscheinlich wie üblich auf der Balustrade unter dem Fenster gegen die Wand lehnte. »Ich nehme an, der da unten schläft auch nicht gerade viel.«

»Würdest du es darauf ankommen lassen?«

»Ich weiß es nicht«, antwortete Kip ruhig. »Ehrlich gesagt ist die Aussicht, darauf zu warten, dass deine Kumpel von da oben kommen, um uns zu töten, auch nicht gerade verlockend.« Er warf einen Blick auf die Messer an Pipers Gürtel. »Cass und ich haben genug Zeit in Gefangenschaft verbracht, bevor wir hierherkamen. Wir hatten nicht erwartet, dass es uns auf der Insel genauso ergehen würde.«

»Du weißt doch gar nicht, wie lange du in dem Tank eingesperrt warst«, gab Piper zu bedenken.

»Das stimmt. Stell dir vor, ich finde heraus, dass es bloß zwanzig Minuten waren. Das wäre nach all der Aufregung ziemlich peinlich.«

Piper lachte, wenn auch nur kurz. »Der Versammlung – meinen ›Kumpel da oben‹ – bist *du* ziemlich egal, denke ich.«

»Das habe ich mir während der vielen Male, die ich hier alleine saß, während ihr euch mit Cass beraten habt, schon gedacht.«

»Ich will damit nicht sagen, dass du nicht wichtig bist«, sagte Piper. »Du bist der Einzige, der in den Tanks war. Wir wollen alle herausfinden, was dort wirklich geschieht. Ich möchte dir nur versichern, dass ich nicht glaube, dass dir Gefahr droht.«

»Vielleicht nicht von eurer Seite, aber ich wette, dass es auf dem Festland einige Alphas gibt, die mich sehr gerne wieder in die Finger bekommen würden.«

»Also bleibst du lieber hier, unter Bewachung?«

»Das klingt, als hätten wir eine Wahl.«

»Die hast *du* tatsächlich.« Piper griff nach seinem Gürtel.

Ich wollte schon aufspringen, weil ich dachte, er greife nach einem seiner Messer, doch dann sah ich, dass er Kip einen Schlüssel geben wollte. Ich schloss schnell die Augen, als sich Kip umdrehte, um einen Blick auf mich zu werfen.

»Du weißt, dass sie zu wertvoll für mich ist, um sie gehen zu lassen«, sagte Piper. »Aber es gibt keinen Grund, warum du ebenfalls hierbleiben solltest.«

»Und dass du mich gehen lässt, ist vollkommen uneigennützig und hat nichts damit zu tun, dass du mich aus dem Weg schaffen willst, um Cass für dich alleine zu haben, nicht wahr?«

»Wenn ich dich loswerden wollte, wärst du längst nicht mehr hier.«

»Also hat es nichts mit deinen Gefühlen für sie zu tun?«

Pipers Stimme klang unbekümmert. »In einer Stunde legt ein Boot ab, auf dem noch ein Platz für dich frei ist. Es spielt keine Rolle, was du über meine Motive denkst.«

»Du hast recht«, erwiderte Kip ruhig. »Es spielt keine Rolle. Aber glaubst du wirklich, ich würde sie verlassen? Oder dass sie dir dankbar wäre, wenn du mich gehen lässt?«

»Nicht wirklich.«

Ich öffnete erneut ein Auge, um einen Blick auf die beiden zu werfen. Piper hatte sich von Kip abgewandt und sah wieder aus dem Fenster. Über dem Rand des Kraters flogen einige Gänse in V-Formation am heller werdenden Himmel.

»Hast du jemals einem Vogel beim Brüten zugesehen?« fragte Piper, als das Quaken der Gänse leiser wurde.

Ich konnte die Frustration in Kips Stimme hören. »Sicher, genau daran erinnere ich mich – nicht an meinen Namen oder meine Zwillingsschwester – ich habe nur sehr lebhafte Erinnerungen an brütendes Federvieh.«

»Wenn man dem Weibchen das Ei wegnimmt, bevor es zu brüten beginnt, dann folgt das Küken, nachdem es geschlüpft ist, dem ersten Lebewesen, das es zu Gesicht bekommt. Es läuft ihm nach, als wäre es seine Mutter. Als wir noch Kinder waren, hatten wir ein Entenküken, das meine Zwillingsschwester beim Schlüpfen beobachtet hatte. Danach ist es ihr überallhin gefolgt.«

»Und ich bin das Entenküken in deiner kleinen Allegorie, oder wie? Aus dem Tank geschlüpft und Cass blindlings hinterhergestolpert.«

Piper hielt Kips Blick unverwandt stand. »Das ist vielleicht auch ein Grund dafür, ja. Aber ich bin mir nicht sicher, ob es schlecht ist oder nicht.«

»Für dich sicher nicht. Du hast mich doch bereits benutzt, um sie dranzukriegen, indem du darauf abgezielt hast, dass ich dir verrate, wer ihr Zwillingsbruder ist.«

»Das ist richtig. Ich habe dich einem Test unterzogen, und du hast so reagiert, wie ich es erwartet hatte. Aber ich weiß nicht, ob das zwangsläufig bedeutet, dass du versagt hast.«

»Und jetzt testest du mich erneut.« Kip warf einen Blick auf den Schlüssel, den Piper auf das breite steinerne Fensterbrett gelegt hatte. »Überrascht?«

»Nein.« Piper nahm den Schlüssel wieder an sich und steckte ihn ein. »Ich habe nicht erwartet, dass du gehen würdest, obwohl ich es gehofft hatte. Ich weiß noch immer nicht, ob du für sie eine Belastung bist.«

»Sicher«, sagte Kip und verdrehte die Augen. »Deine Beweggründe sind vollkommen selbstlos.«

»Natürlich nicht. Oder warum glaubst du, habe ich hier getrennte Betten aufstellen lassen?« Piper grinste schief und warf einen Blick auf mich. Ich schloss mein rechtes Auge schnell wieder und hoffte, dass er die kleine Bewegung nicht gesehen hatte. »Aber ich glaube langsam auch, dass du bei ihr bleiben solltest. Ich denke, das musst du sogar.«

»Dann bin ich also doch keine Belastung?«, fragte Kip provozierend.

»Ich weiß es nicht. Aber wenn du eine bist, dann ist dies gleichzeitig der Grund dafür, warum du bleiben solltest.«

»Es ist wirklich sehr großmütig von euch beiden, dass ihr hier entscheidet, wer oder was das Beste für mich ist«, sagte ich, schlug die Decke zurück und schwang meine Beine so heftig aus dem Bett, dass meine Füße mit einem dumpfen Poltern auf dem Boden aufkamen. »Aber habt ihr schon einmal daran gedacht, dass ich vielleicht in dieser Sache eine eigene Meinung haben könnte?« Ich rieb mir das Gesicht, wo das Kissen einen Abdruck hinterlassen hatte.

Kip fand als Erster die Sprache wieder. »Ich habe schon einmal darüber nachgedacht.«

»Und ich auch«, fügte Piper rasch hinzu.

»Sprich mich bloß nicht an«, sagte ich. »Du schleichst hier herein und versuchst, mit uns zu spielen wie mit den dämlichen Nadeln, die du oben in deine Landkarten steckst.«

»Genau das habe ich ihm auch gesagt«, sagte Kip.

Ich wandte mich ihm zu. »Und du hältst auch den Mund. Du bist um keinen Deut besser. Warum bist du nicht gegangen?«

Er warf einen unsicheren Blick auf Piper, der hämisch den Mund verzog.

»Grins nicht so«, sagte ich zu Piper. »Entenküken? Ernsthaft? Himmelherrgott! Natürlich sollte Kip gehen, aber du bist ein Idiot, wenn du glaubst, er würde es jemals in Erwägung ziehen.«

»Dann *willst* du also, dass ich gehe?«, fragte Kip vorsichtig.

»Ja, natürlich. Weil es zu *deinem* Besten ist. Aber mehr als alles andere will ich, dass ihr beiden mit diesem Blödsinn aufhört. Ich versuche verzweifelt, einen klaren Kopf zu behalten, am Leben zu bleiben, zu sehen, was auf uns zukommt, und ihr beiden benehmt euch, als wäre ich ein Preis, den es an einer Jahrmarktbude zu gewinnen gibt. Als hätte ich dabei kein Wörtchen mitzureden.«

Piper räusperte sich. »Es tut mir leid. Vor allem, weil ich so töricht war. Ich wusste, dass Kip nicht fortgehen würde.«

»Halt die Klappe«, sagte ich.

»Ich meine es ernst.«

»Nein, halt endlich den Mund. Ich muss nachdenken. Abgesehen von deinem Gelaber über Entenküken hat mich etwas anderes aus dem Schlaf gerissen, kurz bevor du hereingekommen bist. Etwas Wichtiges.«

»Ist das hier denn nicht wichtig für dich?«, fragte Kip.

»Du weißt, was ich meine. Ich hatte eine sehr eindringliche Vision.« Ich schloss erneut die Augen und versuchte, die Bilder aus den Tiefen meines Gehirns zu locken. »Ein Mann … er weint … er versteckt ein Messer in seinem Schuh.« Ich sah rasch auf. »Er kommt.«

Piper war zum Fenster gestürzt und hatte die Fensterläden zugeworfen, bevor ich noch zu Ende gesprochen hatte, doch stattdessen erzitterte die Tür, als etwas von außen dagegen geschleudert wurde. Der Schlüssel drehte sich im Schloss, der Riegel hob sich und die Tür, die von dem Gewicht des toten Wachmanns aufgedrückt wurde, öffnete sich so langsam, dass es beinahe komisch wirkte.

Kip war auf halbem Weg zum Eingang, als der Eindringling bereits über den toten Wachmann hinwegsprang und mit dem noch blutigen Messer in der Hand auf mich zu rannte. Im selben Moment, in dem er sich auf mich stürzte, bohrte sich Pipers Wurfmesser in seinen Hals, und als er zu Boden ging, riss er mich mit sich. Ich klammerte mich an der Brust des Mannes fest und spürte, wie ein Beben durch seinen

Körper ging, als ein weiteres Wurfmesser in seinem Rücken landete. Dann schlug ich mit dem Kopf auf dem Steinboden auf und einen Moment lang verschwamm der Raum um mich herum.

Es dauerte einige Sekunden, bis Piper und Kip den Angreifer von mir heruntergezogen hatten. Sie legten ihn auf den Rücken, doch sein Blick war noch immer auf mich gerichtet. Als ich wieder klar sehen konnte, erkannte ich, dass es Lewis, Pipers Berater, war. Das kleine Messer in seinem Nacken pulsierte mit jedem seiner Herzschläge, doch er blutete kaum, bis Piper sich zu ihm herunterbeugte und die Waffe ruhig herauszog. Daraufhin spritzte das Blut rhythmisch aus der Wunde.

Ich rappelte mich auf, stürzte nach vorne und presste meine Hand darauf. Verzweifelt sah ich zu Piper hoch. »Hör auf damit. Ich weiß, warum er hier ist.«

Kip schnaubte. »Das ist ja wohl offensichtlich.«

Ich schüttelte den Kopf. »Ja, aber ich meine, warum er es getan hat. Es ist wegen seiner Nichte, dem Mädchen, das entführt wurde.«

»Er hat dich doch bereits nach ihr gefragt, als du vor der Versammlung Rede und Antwort gestanden hast«, sagte Piper und sah angewidert zu, wie ich mich über Lewis beugte.

Zwischen meinen Fingern pulsierte das Blut und ich war entsetzt, wie heiß es sich anfühlte. Lewis' einst grauer Bart war von der dunkelroten Flüssigkeit getränkt.

»Lewis, kannst du mich hören?«

Er war blass. Seine Augen blickten ins Leere, doch er blinzelte langsam.

»Falls sie noch am Leben ist, werde ich alles tun, um sie zu finden. Um dem ein Ende zu bereiten, was mein Zwillingsbruder getan hat. Das verspreche ich. Kannst du mich hören?«

Sein Kopf fiel zur Seite. Piper schob vorsichtig seinen

Stiefel darunter und hob ihn an. Als er ihn wegzog, sackte der Kopf zurück auf den Boden. Piper wandte sich ab. »Er ist tot.«

Ich sah hinunter auf meine Hände und auf Lewis' Wunde, die bereits aufgehört hatte zu bluten. Ich weinte, und als ich mir übers Gesicht wischte, verschmierte ich das Blut darauf.

»Er hätte dich getötet«, wandte Kip ein.

»Er hat mich hintergangen – und die Versammlung auch«, fügte Piper hinzu.

»Ich weiß.« Ich schlang die Arme um meine Knie und zog sie eng an mich.

»Bist du verletzt?«, fragte Kip.

Ich sah an mir hinunter. Meine Hände waren voller Blut, das sich um die Fingernägel bereits schwarz verfärbte. »Es ist alles von ihm«, sagte ich. Meine Ärmel waren bis zu den Ellbogen rot getränkt.

»Wird das jetzt zur Gewohnheit, dass du allen, die versuchen, dich zu töten, vor ihrem Tod noch Versprechungen machst?«, erkundigte sich Kip. »Ich frage nur, weil es sein kann, dass dabei in Zukunft einige Verpflichtungen zusammenkommen.«

Piper, der sich gerade über den toten Wachmann beugte, wandte sich zu ihm um. »Es sind gerade zwei Männer gestorben, Kip. Einer meiner Versammlungsmitglieder und ein guter Soldat. Jetzt ist nicht die Zeit für Scherze.«

»Vier«, sagte ich.

Kip und Piper sahen mich verständnislos an.

»Nicht nur zwei. Es sind gerade vier Menschen gestorben.«

Nach Lewis' Angriff wurden wir noch stärker bewacht. Als ich drei Tage später schreiend erwachte, standen zwei Soldaten im Zimmer, bevor Kip noch zu meinem Bett stürzen konnte. Einer der beiden schlug ihn zu Boden, und erst nachdem sie einige Fackeln entzündet hatten, konnte ich die Wachen überzeugen, sich wieder zurückzuziehen.

Kip rieb sich die Wange, wo ihn die Wachen auf den Steinboden gepresst hatten, und setzte sich auf den Rand meines Bettes.

»Ich muss mit Piper sprechen«, sagte ich zu einem der Männer, bevor er die Tür wieder versperren konnte. »Er soll sofort kommen.«

»Kannst du es denn nicht mir erzählen?«, fragte Kip leise.

Ich schüttelte wütend den Kopf. »Es geht nicht darum, wer von euch beiden meine Hand halten darf. Das war nicht nur ein böser Traum. Es ist wichtig.« Ich konnte nicht stillhalten. Hektisch blickte ich mich im Zimmer um, während ich versuchte, mich an die Details meiner Vision zu erinnern.

»Ich denke, es besteht wohl keine Hoffnung, dass du zur Abwechslung einmal etwas Gutes gesehen hast?«, fragte er und rückte näher. Mein Nachthemd war feucht vom Schweiß und meine Lippen trocken. »Ein echt gutes Frühstück zum Beispiel«, fuhr er fort. »Oder dass die Aprikosenernte dieses Jahr hervorragend ausfällt? Solche Dinge eben …«

Mein Lachen glich eher einem schnellen Ausatmen, aber mein Körper entspannte sich ein wenig, und ich lehnte mich an ihn. Er küsste meine Schulter, doch ich schüttelte den Kopf. »Ich muss mich konzentrieren.« Ich schloss die Augen und bewegte schnell aber lautlos die Lippen.

»Kannst du es mir denn nicht erst erzählen?«

Ich schüttelte den Kopf. »Ich darf den Gedanken nicht verlieren.«

Wir blieben so sitzen, bis Piper wenige Minuten später ins Zimmer stürzte.

Ich sprang auf, bevor er noch etwas sagen konnte. »Sie kommen. Die Alphas. Und ich weiß wann und wie.«

Ohne sich umzudrehen, versetzte Piper der offenen Tür hinter ihm einen Fußtritt, sodass sie mit einem Krachen zufiel. Er presste sich einen Finger auf den Mund. Dann sagte er flüsternd: »Ich dachte, so funktioniert das nicht? Kein Datum, keine Details – das waren deine Worte.«

Ich schüttelte den Kopf, mein Blick zuckte schon wieder unkoordiniert hin und her. »Ich habe es gesehen. Ich konnte den Mond sehen und wie voll er …«

»Sei still. Sag nichts – sag es mir nicht.«

»Du verstehst nicht. Ich habe alles gesehen.« Ich rieb mir die Augen. Durch den Nebel aus Rauch und Blut, der meinen Traum begleitet hatte, konnte ich Piper und Kip nur noch undeutlich erkennen.

Dieses Mal unterbrach mich Kip. »Warum tust du das?«

»Genau«, flüsterte Piper flehend. »Das ist dein Pfandbrief – gib ihn nicht so einfach auf.«

Kip warf einen argwöhnischen Blick auf Piper und dann auf mich. »Er hat recht, du musst deine Vision für deine Zwecke einsetzen. Du solltest der Versammlung sagen, dass du ihnen erzählst, was du gesehen hast, wenn sie dich dafür gehen lassen.«

Ich senkte die Stimme, doch es klang mehr wie ein Zischen als ein Flüstern. »Hört mir zu. Das hier ist zu wichtig, um Spielchen zu spielen. Du musst die Versammlung *sofort* verständigen. Ihr müsst die Evakuierung planen. Sie kommen in …«

Piper hielt mir den Mund zu und sah Kip flehend an. »Mach, dass sie aufhört. Wenn sie es mir sagt, dann muss ich reagieren.«

»Sieh mich an«, sagte Kip, schob Piper zur Seite und legte seine Hand an meine Wange. Er beugte sich zu mir hinunter, sodass sich sein Gesicht dicht vor meinem befand. »Sie werden dich niemals gehen lassen.«

Ich schüttelte ihn ab und wich zurück. »Das spielt keine Rolle.« Ich flüsterte nicht mehr. »Piper, hör mir zu. Bring deine Leute von der Insel. Jetzt sofort! Sie kommen bei Vollmond.«

Wir sahen alle drei zum Fenster hinaus auf den beinahe vollen Mond.

»Zwei Nächte. Vielleicht drei«, sagte Piper.

»Zwei«, sagte ich.

»Und unsere Verteidigung?«

Ich schüttelte abwesend den Kopf. »Nutzlos. Der Krater verdeckt zwar die Sicht von der Küste aus, aber sobald sie euch gefunden haben, verwandelt er sich in eine Falle. Das hast du immer schon gewusst. Sie kommen aus dem Norden. Es sind zu viele Soldaten. Ihr könnt sie nicht aufhalten.«

»Sag mir, was du sonst noch siehst.«

Ich schloss die Augen und bemühte mich, den Lärm und die verschwommenen Bilder meiner Vision in Worte zu fassen. »Feuer in den Straßen, Menschen, die in ihren Häusern gefangen sind. Blut auf den Pflastersteinen.«

»Also kommen sie, um uns zu töten, nicht nur, um Gefangene zu nehmen?«

»Das ergibt doch keinen Sinn«, sagte Kip. »Überall werden plötzlich Alphas tot umfallen. Es wird einen Aufstand unter ihren eigenen Leuten geben.«

Ich presste die Augen noch fester zusammen. Die Bilder weigerten sich, langsamer zu werden und sich irgendeinem Sinn oder einer Ordnung zu unterwerfen. »Sie nehmen einige Leute auf ihren Booten mit«, sagte ich. »Die anderen töten sie.« Ich sah zu Piper hoch. »Kip hat recht, es ist verrückt. Damit kannst du doch unmöglich gerechnet haben?«

»Ich wünschte, ich könnte das verneinen. Aber ich wusste immer, wenn sie uns finden, dann kommen sie, um ein Exempel zu statuieren. Sie wollen den Omega-Widerstand um jeden Preis niederschlagen, selbst wenn es Alpha-Leben kostet.«

Ich nickte. »Genau darum geht es in der Vision. Diese Menschen sind so wütend. Sie wissen, dass sie mit dem Angriff auch ihre eigenen Leute umbringen, aber es ist ihnen egal.

Und selbst wenn es das nicht wäre, würden sie uns die Schuld daran geben, als wäre diese Entscheidung eine weitere Bürde, die wir ihnen aufgeladen haben.«

Piper warf einen hektischen Blick aus dem Fenster. »Läutet die Glocken«, rief er der Wache darunter zu. »Sofort!«

In Haven gab es einen Turm mit einer riesigen Glocke, die das Öffnen und Schließen der Stadttore ankündigte. Und auch bei einem der wenigen Male, die ich in Wyndham auf den Befestigungsmauern gestanden hatte, war ab und zu Geläut aus der Stadt zu mir heraufgedrungen. Doch das hier hatte nichts mit dem melodischen Klang gemein, an den ich mich erinnern konnte. Zuerst war nur die große Glocke im Turm zu hören. Sie zerschnitt die Stille des Morgengrauens nicht nur, sie zerschmetterte sie geradezu. Es war ein furchtbarer Lärm, so laut und tief, dass meine Lunge bei jedem Gong erzitterte. Bald schon stimmten überall in der Festung weitere Glocken mit ein. Kurz darauf hörte man unten in der Stadt Menschen von Fenster zu Fenster rufen, das Knallen von Töpfen, ein metallisches Poltern, eindringlich und unmelodisch. Es klang wie damals in New Hobart, als eines der Kinder durch die Küche gelaufen war und einen Stapel Pfannen umgeworfen hatte. Nur dass das hier minutenlang andauerte und den ganzen Krater in einen einzigen großen Klangkörper verwandelte.

»Wir beginnen sofort mit der Evakuierung«, rief Piper über den Lärm hinweg. »Ich muss gehen und es der Versammlung erklären – und die Wachen instruieren.«

»Wir können nicht gegen sie kämpfen.«

Piper nickte. »Sie werden mit doppelt so vielen Soldaten kommen, wie wir hierhaben. Sie sind besser trainiert, gut genährt und schärfer bewaffnet – in jeder Hinsicht …« Er warf einen Blick auf seine linke Schulter und grinste. »Aber unsere Wachen kennen die Gegend. Wir sollten es zumindest schaffen, sie eine Weile hinzuhalten.«

»Das habe ich nicht gemeint«, sagte ich. »Der wahre Grund, warum es keinen Sinn macht zu kämpfen, ist, weil es keinen Gewinner geben kann. Jeder Alpha, den ihr umbringt, bedeutet, dass irgendwo einer von uns tot umfällt.«

»Aber das gilt für ihre Seite genauso. Wir können uns jetzt nur um die Insel kümmern. Darum, was hier passiert, wenn sie uns überfallen.«

»Dann betrachtest du wieder nur eine Hälfte des Ganzen.«

Er schüttelte den Kopf. »Aber es ist der Teil des Ganzen, für den ich verantwortlich bin. Ich bin den Menschen *hier* verpflichtet. Wenn der Rat uns entdeckt hat, können wir nicht darauf hoffen, dass es uns gelingt, die Insel zu verteidigen. Dafür sind wir nicht stark genug. Aber wir können Zeit gewinnen, um so viele Menschen wie möglich von hier fortzuschaffen.«

»Habt ihr genügend Boote für alle?«, fragte Kip.

»Nicht einmal annähernd. Die Menschen sind über Jahrzehnte hierhergebracht worden. Unsere Flotte ist ohnehin klein, und zwei der größeren Schiffe sind noch immer nach Westen unterwegs. Wenn wir die Boote so vollmachen, wie wir es gerade noch wagen können, muss trotzdem jedes von ihnen zweimal hin und her segeln, um alle zu evakuieren, die nicht kämpfen können.«

»Wie lange wird das dauern?«

Er blickte aus dem Fenster und beobachtete, wie sich die Umrisse der Baumkronen auf dem Rand des Kraters im Wind bewegten. »Wenn wir Glück haben, schaffen wir es, innerhalb von zwei Tagen zwei Schiffsladungen von der Insel fortzubringen. Doch derselbe Wind, der uns auf dem Rückweg zur Hilfe kommt, unterstützt auch die Flotte des Rats. Und selbst wenn wir diejenigen evakuieren, die nicht kämpfen können, bleiben Hunderte zurück.«

Wieder sah ich die Bilder aus meinem Traum vor mir. Das

Blut. Sie kamen, um *mich* zu holen, und die Insel würde dafür bezahlen müssen.

Piper ging ohne ein weiteres Wort zur Tür. Doch bevor er uns verließ, wandte er sich noch einmal an Kip.

»Du«, sagte er zu ihm. »Pass auf sie auf. Sieh zu, dass sie keinen Blödsinn macht.«

Vom Fenster unseres versperrten Zimmers aus sahen wir zu, wie die Insel in Bewegung geriet. Nachdem die Sonne endgültig aufgegangen war, wurde das Läuten der Glocken von den Schlägen und dem Klirren der Waffen- und Eisenschmiede abgelöst. Schwerter und Äxte wurden eingesammelt, geschliffen und wieder ausgeteilt. In Blau gekleidete Wachen trugen Balken zu den Toren, um sie zu verstärken, und das Dröhnen der Hammerschläge hallte durch die Morgenluft, als die Fensterläden in den Erdgeschossen vernagelt wurden. Und über den ganzen Lärm hinweg leerte sich die Stadt langsam. Zuerst kamen die Kinder, die Ältesten und jene, deren Behinderungen es ihnen unmöglich machte zu kämpfen. Manche wurden getragen, andere stützten sich auf Stöcke oder Krücken. Es gab weder genug Zeit noch Platz, um persönliche Gegenstände mitzunehmen, nur eilig zusammengeschnürte Bündel mit Nahrung und Wasserflaschen kamen mit auf die Schiffe. Auch für Tränen war der Aufbruch zu hastig – selbst die kleinsten Kinder bewegten sich schnell und schweigend vorwärts, angetrieben von den Wachen, die die Flucht organisierten. Jene, die auf die zweite Fuhre warten mussten, wurden in die Festung geführt, wo sie Unterschlupf fanden, falls die Ratsflotte früher als unsere eigenen Boote auf der Insel landete.

Es war eine komplizierte Choreografie des Schutzes und der Verteidigung, in der Kip und ich keinen Platz fanden. Wir standen stundenlang Hand in Hand am Fenster und sahen dem Auszug zu. Unser Gefühl der Hilflosigkeit wurde noch durch das verstärkt, was ich in meinen Visionen gesehen hatte. Es war schwer vorstellbar, dass die gewissenhaften Vorbereitungen, die unter uns stattfanden, etwas an dem ändern konnten, was ich bereits gesehen hatte – was ich immer noch sah, wenn ich die Augen schloss. Flammen, die sich in den Blutlachen auf dem Boden spiegelten. Dichter Rauch in den Tunneln und schmalen Gassen.

Wir beobachteten, wie drei Wachen einen primitiven Fahnenmast am Rande des Kraters errichteten.

»Das passt wohl kaum zu dem ganzen Konzept eines ›geheimen Rückzugortes‹«, sagte Kip zynisch.

»Es spielt keine Rolle mehr. Sie kommen ohnehin – jetzt, wo sie wissen, wo wir sind.«

Ich dachte an die Wandteppiche im Versammlungssaal. In früheren Schlachten hatten die Menschen vielleicht unter reich bestickten Bannern aus dickem Stoff gekämpft, doch diese Flagge wirkt im Vergleich dazu kärglich: ein Bettlaken, auf das mit dem Teer, welches die Seeleute für ihre Schiffsrümpfe verwendeten, das Omega-Symbol gemalt worden war. Die Fahne war an einem alten Schiffsmast befestigt, und die Wachen kämpften gegen den starken Wind, als sie versuchten, die Stange sicher im Boden zu verankern.

»Angesichts der drohenden Invasion lässt Piper sie Zeit damit verschwenden, die Insel neu zu dekorieren?«

»Das ist keine Zeitverschwendung«, sagte ich. »Die Flagge wird das Erste sein, was die Ratsflotte sieht, wenn sie in Sichtweite kommt. Sie sendet ihnen eine Botschaft.«

»Das ist zumindest effizienter als die sinnlose Ziegen-Revolte«, sagte Kip.

Die Wachen hatten den Mast in einen Spalt zwischen den Felsen gerammt und schichteten Steine darum, um ihn aufrecht zu halten.

»Bei diesem Wind steht er sicher nicht länger als ein paar Tage«, sagte Kip.

Als Antwort hörten wir nur das Flattern der provisorischen Flagge im Wind. Keiner von uns beiden musste aussprechen, was wir bereits wussten: In ein paar Tagen würde ohnehin alles vorbei sein.

23

WIR HÖRTEN SCHRITTE auf der Treppe und Piper, der sich mit dem Wachmann unterhielt, dann wurde die Tür aufgesperrt.

»Sie sind fort«, sagte er. »Die erste Flotte. Die kleinsten Kinder und jene mit den größten Beeinträchtigungen. Außerdem eine Handvoll Erwachsene, die ihnen auf dem Festland helfen sollen.«

»Und jetzt?«

»Jetzt warten wir.«

Ich hatte noch nie so sehr auf den Wind geachtet wie in der darauffolgenden Nacht. Während der Stunden, die wir wartend verbrachten, rief mir jede Böe das Bild der Flotte ins Gedächtnis. Die Boote, die in vollem Tempo auf die Küste zusegelten. Und irgendwo dort draußen befanden sich auch die Schiffe des Rats und brachten den Tod mit sich. Ich hatte Angst einzuschlafen, gleichzeitig aber auch, es nicht zu tun, falls sich mir im Traum irgendetwas Nützliches offenbaren sollte. Letzten Endes spielte es jedoch keine Rolle. Die Vision kam, als ich gerade kurz vor dem Einschlafen war. Kip hielt mich eng umschlungen. Eine Flotte, die bedrohlich am Horizont auftauchte. Die Schiffe waren größer, als alle, die ich bis dahin gesehen hatte – und um vieles größer, als das längste Schiff der Inselflotte. Auf den Decks lagen festgezurrte Stapel kleinerer Boote mit dem Bug nach oben. Es war jedoch nicht nur die schiere Größe der Schiffe, die mir Angst einjagte, es war vor allem die Fracht, die das erste Schiff der Flotte an Bord hatte.

Ich rief nach dem Wachmann, damit er Piper holte. Obwohl es noch einige Stunden bis zur Morgendämmerung waren, stand er innerhalb weniger Minuten in unserem Zimmer.

»Ihre Schiffe – sie sind zu groß, um durch das Riff zu kommen, aber sie haben kleinere Boote dabei, die sie zu Wasser lassen können.«

»Landungsboote«, nickte Piper. »Das wird sie zumindest auf den letzten Seemeilen etwas bremsen. Und das Riff? Wie schaffen sie es, den richtigen Weg zu finden?«

»Ich dachte zuerst, dass sie vielleicht eine Karte haben, dass sie es geschafft haben, jemanden zu bestechen oder zu foltern. Aber sie werden nichts von dem brauchen.« Ich schloss die Augen und dachte wieder an das, was ich gespürt hatte. »Sie ist da – die Beichtmutter. Sie befindet sich auf einem der Schiffe und weist ihnen den Weg.«

»Sie kann uns ohne Karte finden, so wie du?«, fragte Kip.

Ich nickte, obwohl es mir seltsam vorkam, unsere eigene planlose Reise auf der Jolle mit dem entschlossenen Vordringen der riesigen Ratsflotte zu vergleichen. Es war nicht bloß die Tatsache, dass die Beichtmutter sie zur Insel dirigierte, die mich beunruhigte. Es war das Wissen, dass sie selbst hierherkommen würde. Ich hasste den Gedanken, dass sie einen Fuß auf diesen friedlichen Ort setzen würde. Piper hatte einmal zu mir gesagt, dass unsere Ankunft die Insel verändert habe. Doch die Anwesenheit der mächtigen Seherin wäre sicher ihr Ende.

»Wie lange dauert es noch, bis unsere Schiffe wieder hier sind?« Ich merkte, dass meine Stimme zitterte.

»Sie werden es vielleicht bis zum Mittag schaffen«, sagte er. »Zumindest die Schnellsten, aber nur, wenn alles gut gegangen ist. Es geht nicht nur darum, zum Festland zu segeln und wieder zurück. Sie müssen auch einen sicheren Anlegeplatz außer Sichtweite der Alphas finden und die Flüchtlinge an Land bringen. Wir sprechen hier von Hunderten Kindern und denjenigen von uns, die am schwersten beeinträchtigt und am langsamsten sind.«

»Und die beiden Schiffe auf dem Meer, die nach dem Anderswo suchen? Du meintest, sie seien die schnellsten, die ihr habt.«

»Wenn ich sie zurückrufen könnte, glaubst du nicht, ich hätte es schon längst getan?« Er senkte den Blick. Einen Moment lang bekam ich eine Vorstellung davon, wie er vielleicht aussah, wenn er alleine in seiner notdürftigen Kammer war, außer Sichtweite der erwartungsvollen Blicke – ernüchtert, müde. Er rieb sich mit der Handfläche über die Stirn und fügte leise hinzu: »Sie sind seit einem Monat unterwegs. Wir wissen nicht einmal, ob sie überhaupt noch irgendwo dort draußen und am Leben sind.«

Ich schloss die Augen und durchkämmte den Ozean nach der heimkehrenden Inselflotte und nach den Schiffen, die nach Westen unterwegs waren. Nichts. Einzig die Gewissheit, dass die Ratsflotte immer näher kam. Die Aussicht darauf war beängstigend genug, doch die Anwesenheit der Beichtmutter machte es noch ungleich schlimmer. Wenn sie hier ankam, bevor unsere eigene Flotte zurückkehrte, würde sich die Insel in eine Falle verwandeln. Die verbleibenden Kinder und diejenigen, die nicht kämpfen konnten, hätten nicht die geringste Chance. Ich fragte mich, ob sie wohl schon genügend Tanks gebaut hatten, um sie alle darin einzusperren.

Um die Mittagszeit brachte mir der Wind eine neue Vision, doch die Boote, die ich sah, schienen weit entfernt und ich konnte sie nicht genau erkennen. Es war, als würde ich ins Sonnenlicht blinzeln – es waren nur Umrisse und gleißendes

Licht zu sehen. Ich wusste, dass es sich um Schiffe handelte, aber zu wem gehörten sie? Es dauerte eine weitere Stunde oder zwei, bevor ich Details erkennen konnte. Auf einem der Boote lag ein verheddertes Fischernetz. Ein gelb und blau gestreifter Schiffsrumpf. Ein Segel, so voller Flicken, dass es aussah wie ein bunter Quilt.

»Es ist unsere Flotte«, sagte ich zu Kip. »Sie sind in der Nähe.«

Wir riefen die Wache, damit sie Piper holte.

»Bring sie hinunter zum Hafen«, sagte ich, als er gerade die Türe hinter sich schließen wollte. »Unsere Schiffe kommen zurück. Sie haben die ersten Flüchtlinge sicher ans Festland gebracht. Sie sind bald wieder da.«

Er schüttelte den Kopf. »Die Aussichtsposten erstatten mir jede halbe Stunde Bericht. Dort draußen ist nichts.«

»Vielleicht sind sie noch nicht in Sichtweite«, sagte Kip. »Aber wenn sie die Schiffe spürt, dann kommen sie auch.«

»Noch ist Zeit«, sagte ich. »Wenn du jetzt handelst, dann bekommen wir die nächste Gruppe sicher von der Insel. Bring sie hinunter und stell sicher, dass sie auf die Schiffe können, sobald sie angelegt haben.«

Piper schüttelte erneut den Kopf. »Wenn die Ratsflotte zuerst ankommt, dann sitzen unsere verwundbarsten Leute vollkommen schutzlos im Hafen fest. Dort unten gibt es keine Rückzugsmöglichkeit – wir könnten sie genauso gut gleich für die Soldaten deines Zwillingsbruders fesseln und auf einem Silbertablett servieren. Denk daran, von wem wir hier sprechen. Einige von ihnen können nicht gehen, ganz zu schweigen davon, dass sie durch die Tunnel hierherfliehen könnten. Sie würden es niemals zurück in den Krater schaffen, und in die Festung schon gar nicht.«

»Deswegen musst du sie jetzt sofort dort hinunter bringen und klar für die Abreise machen. Das braucht seine Zeit.

Wenn du wartest, bis die Schiffe in Sichtweite sind, ist es zu spät. Dann schaffen sie es nicht mehr.«

»Aber zumindest haben sie den Schutz der Festung.«

»Du weißt genauso gut wie ich, dass die Mauern um uns herum – die ganze Stadt, die Insel – zur Falle werden, sobald die Ratsflotte hier ist.«

»Aber wir können die Festung verteidigen, zumindest eine Weile lang«, sagte er. »Solange ich nicht sicher weiß, dass unsere Flotte vor ihnen da sein wird, kann ich das Risiko nicht eingehen.«

»Sie weiß es ganz sicher«, sagte Kip, doch Piper war bereits wieder halb aus der Tür.

»Warte«, rief ich ihm nach. »Gibt es ein Schiff mit blauen und gelben Streifen auf dem Rumpf?«

Er blieb im Türrahmen stehen.

»Die *Juliet*«, sagte er. Er erlaubte sich den Anflug eines Lächelns. »Hast du sie in deiner Vision gesehen? War das Bild so genau?«

Ich nickte. »Bring sie hinunter zum Hafen.«

Er sagte nichts mehr, doch nur wenige Minuten, nachdem er die Tür versperrt hatte, sah ich, wie sich die letzten Zivilisten in eine Reihe stellten, um die Festung zu verlassen. Es waren die älteren Kinder und noch mehr Menschen, die nicht kämpfen konnten. Sie bewegten sich zögerlicher vorwärts als die ersten Flüchtlinge. Die Kinder hielten sich an den Händen, und die Erwachsenen hatten die Köpfe gesenkt. Keine Flotte wartete im Hafen auf sie – nur die Hoffnung auf die eine und die Angst vor der anderen. Ich beobachtete, wie sie losmarschierten, und hoffte inständig, dass ich sie nicht in ihr Verderben geschickt hatte.

Eine Stunde später ertönten die Glocken erneut. Einen Moment lang war das Dröhnen des Herzens in meiner Brust so laut wie das Läuten selbst. Doch dieses Mal klang es anders. Es waren nicht die stufenförmig angelegten Töne, die wir am Tag zuvor gehört hatten, stattdessen erschollen drei einzelne hohe Schläge. Wir hörten die Rufe der Soldaten im Innenhof. Schreie drangen von den Aussichtsposten herab: »Sie sind in der Nähe des Riffs. Alle. In voller Fahrt.«

Kip und ich stimmten nicht in den Jubel mit ein, stattdessen legte ich den Kopf auf seine Schulter und atmete so tief aus, dass mein ganzer Körper erzitterte.

Eine oder zwei Stunden später kam Piper zu uns. »Ich verlege euch in ein anderes Zimmer«, sagte er ohne lange Vorrede. »Dieses hier ist zu nahe an den Außenmauern.«

»Die zweite Flüchtlingsflotte – ist sie unterwegs?«, fragte ich.

»Das letzte Schiff sollte bald das Riff hinter sich gelassen haben.«

In seiner Stimme schwang Erleichterung mit, doch der Ausdruck in seinen Augen war ernst. Wir waren nun auf uns alleine gestellt, es bestand keine Aussicht darauf, ein drittes Mal Richtung Festland zu segeln. Der Vollmond erhob sich bereits in den Nachmittagshimmel. Seine weiße Silhouette zeichnete sich vor dem blauen Hintergrund über der Omega-Flagge am Rande des Kraters ab.

»Gibt es noch Boote?«

»Keine, die groß genug für die Überfahrt sind«, sagte er. »Wir haben sie in den Höhlen östlich des Hafens versteckt. Aber es sind nur Flöße, Jollen und ein paar kleine Beiboote, in denen die Kleinsten Segeln lernen.«

Mittlerweile gab es keine Kinder mehr auf der Insel. Würden in der versteckten Stadt jemals wieder ihre Stimmen erklingen?

»Packt eure Sachen«, fuhr Piper fort. »Wenn sie die Festung einnehmen, muss ich euch in Sicherheit wissen.« Er gab uns eine Minute, um unsere wenigen Besitztümer in einem

Beutel zu verstauen, dann warf er uns zwei Kapuzenmäntel zu, wie sie die Wachen trugen. »Tragt die hier. Nach der Sache mit Lewis ist es zu gefährlich für euch, erkannt zu werden.« Er begleitete uns hinaus und blieb nur kurz stehen, um dem Wachmann vor der Tür etwas zuzuflüstern.

Durch die Kapuze erhaschte ich nur einige kurze Blicke auf die Umgebung. Ein Schmied polterte mit einer Ladung Äxte auf der Schulter an uns vorbei. Soldaten eilten die Flure entlang. Als ein junger Wachmann stehen blieb, um vor Piper zu salutieren, knurrte dieser: »Wir haben keine Zeit für solchen Unsinn. Geh auf deinen Posten!« In den unteren Stockwerken der Festung hatte man die Fenster verbarrikadiert, und abgesehen von dem Licht, das durch die Schießscharten fiel, war es dunkel. Wir kamen an einem Bogenschützen ohne Beine vorbei, der auf einer umgedrehten Kiste saß und Pfeile zuspitzte, während er wartete.

Das Zimmer, in das Piper uns schließlich führte, war klein – eine massive Kammer, auf halbem Weg den Turm hinauf, mit einem schmalen Fenster in der äußeren Steinmauer.

Piper bemerkte, wie ich die mit dicken Balken verstärkte Tür musterte. »Denk nicht einmal dran«, sagte er. »Siehst du die da?« Er deutete auf die Fässer, die entlang einer Wand aufgestapelt waren. »Hier lagern wir die Weinvorräte für die Wachen. Dieser Raum verfügt über das massivste Schloss in der ganzen Festung.«

Ich dachte an Lewis und wusste nicht, ob ich mich sicher oder doch eher eingesperrt fühlen sollte.

»Wenn die Festung fällt, komme ich zu euch. Wenn irgendjemand sonst versucht, die Tür zu öffnen, selbst eines der Versammlungsmitglieder, gebt ihr mir durch das Fenster ein Zeichen. Winkt mit einem der Mäntel.«

»Du bist dort unten?« Ich sah in den Innenhof hinunter. »Nicht im Versammlungssaal?«

»Soll ich von dort oben Befehle erteilen, wenn ich nicht einmal sehe, was unten vor sich geht? Nein. Ich werde mit den anderen Wachen am Tor warten.«

Ich stellte mich auf die Zehenspitzen, um einen Blick aus dem Fenster zu werfen, von dem aus man den Innenhof, das Haupttor und die Straßen dahinter sehen konnte. Die Wachen warteten bereits auf ihren Posten. Einige hockten auf dem Wall, der den Innenhof umgab, und wippten unruhig auf den Ballen. Andere marschierten neben dem verstärkten Tor auf und ab. Eine Frau ließ ihr Schwert von einer Hand in die andere gleiten.

»Wir könnten kämpfen«, sagte Kip. »Lass uns raus und wir helfen.«

Piper hob den Kopf. »Meine Soldaten sind ausgebildet. Erfahren. Glaubst du, du kannst einfach zum ersten Mal ein Schwert in die Hand nehmen und gleich ein Held sein? Das hier ist keine Geschichte, die ein Barde dir erzählt – du wärst dort draußen nur eine Belastung. Wie auch immer, ich kann nicht riskieren, dass Cass etwas zustößt. Es sind nicht nur die Soldaten des Rates, die für euch eine Gefahr darstellen.«

Ich dachte wieder an Lewis. An das Blut, das von Pipers Messer getropft war.

Kip wollte gerade etwas erwidern, als die Glocken erneut ertönten. Dieses Mal war es wieder der klirrende Alarm von vor zwei Tagen. Wir befanden uns so hoch oben im Turm, dass sogar die Steine zu pulsieren schienen. Meine Zähne fühlten sich lose im Mund an, als sie im rhythmischen Klang des Geläuts vibrierten.

»Sie sind da«, sagte Piper. Und Sekunden später gesellte sich das Donnern der zugeschlagenen Tür zum Lärm von draußen.

Nachdem er die Tür versperrt hatte, fühlte sich der winzige Raum wie vollgestopft an und der Geruch des Weines und das ohrenbetäubende Tönen der Glocken schienen ihn geradezu sprengen zu wollen. Wir schleppten ein Weinfass unter das Fenster und knieten nebeneinander darauf, während wir die Wangen aneinanderpressten, um hinaus in die hereinbrechende Nacht zu sehen. Wir hatten zwei Tage auf die Ankunft der Ratsflotte gewartet, doch die wenigen Stunden zwischen dem Alarm und dem Erscheinen der ersten Ratssoldaten am Rand des Kraters fühlten sich länger an.

Während wir warteten, stellte ich mir vor, was sich außerhalb des Kessels abspielte: die Flotte, die immer näher kam, die Landungsboote, die zu Wasser gelassen wurden und durch das Riff manövrierten, das erste Zusammentreffen mit den Inselwachen unten im Hafen. Doch es war so dunkel und die Geschehnisse so weit entfernt, dass ich keine klaren Visionen davon bekam, sondern nur Bruchstücke. Ein schwarzes Segel, das eingeholt wurde. Ruder, die das Wasser durchschnitten. Ein Licht am Bug eines Bootes, dessen Schein in den Wellen reflektierte.

Die ersten Berichte von den Gefechten im Hafen erreichten uns, als einige verwundete Wachen aus dem Tunnel gegenüber der Stadt stolperten. Wir sahen sie im Licht der Fackeln, blutend und humpelnd, wie sie von anderen Soldaten zurück zur Festung begleitet wurden. Kurz darauf kam es zum Massenrückzug aus dem Hafen. Mehrere Hundert Wachen strömten aus dem Tunnel und zogen sich auf die Posten in der Stadt zurück.

Etwa zwölf Stunden, nachdem die Glocken den Untergang der Insel eingeläutet hatten, sahen Kip und ich die ersten Ratssoldaten. Es war am frühen Morgen, als eine Bewegung am südlichen Rand des Kraters unsere Aufmerksamkeit erregte. Einige unserer Wachen versuchten, eine Front aus rot gekleideten Angreifern zurückzudrängen. Etwa zur selben

Zeit musste wohl auch der erste Tunnel gefallen sein, denn die Ratssoldaten stürmten nun auch die Stadt selbst.

Das ist keine Geschichte, die ein Barde dir erzählt, hatte Piper gesagt, und das, was an diesem Tag auf der Insel geschah, gab ihm recht. Wenn die Barden von alten Schlachten sangen, klang es, als handelte es sich um eine Art Tanz. Als ob dem Kampf eine Schönheit innewohnte, ein melodiöses Aufeinandertreffen der Schwerter, während die Soldaten einander geschickt auswichen und sich einzelne Soldaten durch Geschick und Mut auszeichneten. Doch das, was ich hier sah, ließ keinen Raum für solche romantischen Vorstellungen. Es war zu real – und zu schrecklich. Schläge mit den Ellbogen und Tritte mit den Knien. Schwertgriffe, die Wangenknochen zerschmetterten. Zähne, die wie Würfel über Pflastersteine kullerten. Kein Kampfgeschrei, keine Parolen, nur Stöhnen, Fluchen und Schmerzensschreie. Messergriffe, glitschig vom Blut. Doch die Pfeile waren das Schlimmste. Sie waren weder leicht noch glitten sie elegant durch die Luft. Sie waren dick und flogen so schnell, dass es beinahe unmöglich war, ihnen auszuweichen. Mit Entsetzen sah ich, wie ein Ratssoldat mit der Schulter an eine Holztür genagelt wurde. Jedes Mal, wenn ein Pfeil über die Mauer des Innenhofes geschossen wurde, ertönte ein grauenvolles Zischen, das scharf die Luft zerschnitt. Wir befanden uns etwa zwölf Meter über dem Hof, doch der Geruch nach Blut drang bis zu unserem Fenster und vermischte sich mit der Luft, die bereits schwer vom Wein war. Ich fragte mich, ob ich jemals wieder einen Krug würde heben können, ohne Blut darin zu schmecken.

Unsere Wachen kämpften, um zu töten. Ich sah wie eine von ihnen ihre Axt so tief in den Nacken eines Ratssoldaten schlug, dass sie sich mit dem Fuß auf seinem toten Körper abstützen und die Waffe dreimal aushebeln musste, bis sich die Klinge löste. Ein Zwerg reckte sich nach oben, um den Bauch eines Soldaten aufzuschlitzen. Seine Gedärme fielen ihm in die Arme, während er versuchte, sie festzuhalten. Pfeile bohrten sich in Oberkörper, Bäuche, Augen. Ich dachte daran, dass immer zwei Menschen starben. Jedes Mal, wenn ein Alpha-Soldat getötet wurde, fühlte ich, wie auf dem Festland ein Omega zu Boden ging. Und manchmal sah ich es sogar. Ein Soldat unter mir bekam einen Schwerthieb ab, der sein Gesicht wie einen Teller aus Porzellan zerschmetterte. Ich schloss die Augen und sah eine blonde Frau, die mitten auf einem Kiesweg zusammenbrach und dabei einen Eimer Wasser fallen ließ. Eine Ratssoldatin, die gerade eine der Außenmauern der Festung hochkletterte, wurde von einem Pfeil in die Brust getroffen, doch als ich zusammenzuckte und meine Augen schloss, sah ich einen Mann, der in einem Badetrog lag und plötzlich stumm unter Wasser glitt. Jeder Tod hatte ein Echo, und ich hörte und sah sie alle, bis nur noch Kips Hand, die meine auf der Fensterbank umklammert hielt, mich davon abhielt loszuschreien.

Obwohl unsere Wachen bereit waren zu töten, waren die Ratssoldaten zahlenmäßig und aufgrund ihrer unbeeinträchtigten Körper auch physisch überlegen. Unsere einarmigen Kämpfer konnten ein Schwert oder ein Schild halten, aber nicht beides, und die Bogenschützen, die zum größten Teil entweder keine Beine hatten oder lahm waren, konnten zwar aus der Entfernung zielsicher töten, doch als die Ratssoldaten die äußere Mauer einnahmen und sich auf sie stürzten, konnten sie nicht rechtzeitig fliehen. Wenn sie im Nahkampf unter Druck gerieten, teilten die Ratssoldaten tödliche Hiebe aus, doch es wurde schnell deutlich, dass sie so oft wie möglich versuchten, Gefangene zu nehmen. Mittlerweile waren bereits mindestens zehn unserer Wachen verletzt hinter die feindlichen Linien gebracht worden. Dort, wo eine der

Wachen an den Beinen davongeschleift worden war, sah man noch immer die Blutspur auf der Straße. Hoch oben am Rand des Kraters erkannten wir die Umrisse der Bogenschützen, doch sie hielten sich zurück und vermieden es, willkürlich aus weiter Entfernung zu töten. Alle Pfeile kamen hauptsächlich von der Festung.

»Ich kann nicht mehr hinsehen«, sagte Kip und wich vom Fenster zurück. Ich beneidete ihn. Ich wusste, dass die Bilder in meinem Kopf bleiben würden, auch wenn ich mich abwandte. Einige davon kannte ich bereits aus meinen früheren Visionen.

»Kannst du sie sehen?«, fragte er.

»Die Beichtmutter? So wertvoll wie sie für die Alphas ist, würden sie es nicht riskieren, sie in den Kampf zu schicken. Aber sie ist dort draußen – vielleicht noch auf einem der Schiffe. Ich kann sie spüren.« Ihre Anwesenheit füllte den Raum wie der Geruch nach Blut und Wein. Doch noch hielt sie sich zurück. Ihre Bösartigkeit wirkte wie ein Sturm, der sich über dem Meer zusammenbraute und die Insel zu überrollen drohte. »Sie wartet.« Das Schlimmste war die Ruhe, die in ihrer gespannten Erwartung lag. Ich konnte keine Nervosität in ihr spüren, lediglich tödliche Geduld. Sie hatte vermutlich denselben Ausgang vorausgesehen wie ich und wartete darauf, dass die Insel vernichtet wurde – so gleichgültig wie jemand, der das Lied eines Barden hörte, dass er bereits kannte.

In dem Chaos, das im Gemetzel um die Stadtgrenzen herrschte, konnte ich Piper nicht ausmachen, doch ich sah ihn immer wieder, wenn er sich aus dem Kampfgeschehen löste und in den Innenhof zurückzog, wo er sich mit den ranghöheren Wachen und den Versammlungsmitgliedern beriet. Über das Durcheinander des Kampflärms war immer wieder seine Stimme zu hören, die brüllend Befehle erteilte:

»Mehr Bogenschützen auf die Südseite – deckt den Tunneleingang ab!« »Wasser zum westlichen Tor. Sofort!« Und als die Stunden vergingen, drang ein Wort immer häufiger zu uns herauf: »Rückzug«. Wieder und wieder hörten wir es, und Pipers Stimme wurde mit der Zeit heiserer, als Stunden um Stunden im Kampf vergingen: »Rückzug vom westlichen Tunnel.« »Rückzug vom Marktplatz.« »Rückzug zur dritten Mauer.«

Aufgrund der steilen Kraterwände ging die Sonne in der Stadt schnell unter. Zuerst färbte sich der Horizont über dem westlichen Rand des Kraters rosa, als ob das Blut auf den Straßen auch den Himmel erreicht hätte. Dann wurde es schnell dunkel, und die Kämpfe wurden nur noch von den Feuern erhellt, die sich von der Stadt Richtung Festung ausbreiteten. Die Kampflinie hatte sich mittlerweile nahe an die Festung heran verlagert. Die rot gewandeten Gestalten hatten die östliche Hälfte der Stadt eingenommen, und die meisten unserer Wachen hatten sich im äußersten Kreis der Festung versammelt, obwohl auch die Kämpfe in den Straßen davor anhielten. In der hereinbrechenden Dunkelheit waren die Soldaten nur noch als Silhouetten vor den Flammen erkennbar. Ich konnte Piper nicht mehr ausmachen, und auch seine Stimme hatte ich schon lange nicht mehr gehört. Ich war beinahe davon überzeugt, dass sie ihn erwischt hatten, als er plötzlich die Tür unserer Kammer öffnete und schnell wieder hinter sich schloss.

Er schien unverletzt, auch wenn sein Gesicht voller Blut war. Die feinen Spritzer auf einer Wange erinnerten mich an Zachs Sommersprossen als Kind.

»Ich muss euch der Versammlung übergeben«, sagte er.

»Folgst du jetzt schon ihren Befehlen?«, fragte Kip. »Bist du denn nicht mehr ihr Anführer?«

»So funktioniert das nicht«, antworteten Piper und ich

gleichzeitig. Er sah mich einen Moment lang an, dann wandte er sich wieder an Kip. »Ich bin vielleicht der Anführer, aber ich arbeite auch für sie. Selbst wenn ich wollte, könnte ich ihren Entscheidungen nicht zuwider handeln.«

Kip trat zwischen mich und Piper. »Aber es ist zu spät. Wenn die Versammlung sie tötet, dann sind sie zwar Zach los, aber das würde den Rat nicht aufhalten. Es würde dem, was dort draußen geschieht, kein Ende setzen.«

»Die Versammlung will euch nicht töten.«

Jeden anderen hätte das wohl beruhigt, doch für Kip und mich, die die Tanks und die Verwahrungsräume gesehen hatten, entzogen Pipers Worte dem Raum sämtliche Luft.

»Aber Kip hat recht«, sagte ich. »Selbst wenn ihr uns ausliefert, werden sie die Insel nicht verschonen. Du weißt, dass sie seit Jahren nach euch suchen. Sie haben damit angefangen, lange bevor wir hierhergekommen sind.«

»Nach allem, was sie getan hat, kannst du sie doch nicht dem Rat übergeben«, rief Kip. »Ohne sie hätte euch niemand gewarnt. Ihr hättet niemals die Möglichkeit gehabt, irgendjemanden von der Insel zu schaffen, geschweige denn zwei Schiffsladungen.«

Ich konnte ihm nicht zuhören, ohne daran zu denken, wofür ich noch verantwortlich war. Hatte ich die Beichtmutter hierhergelockt? Hatte ich die Insel in diese Situation gebracht? Niemand sprach es aus, doch der Gedanke klang durch den Raum, so schrill wie die Alarmglocken am Tag zuvor.

»Würdest du es tun?«, fragte ich Piper. »Würdest du uns ausliefern, wenn du die Wahl hättest?«

Unter uns brannte die Stadt, und er kam direkt aus dem Kampf, doch zum ersten Mal sah ich, dass er nervös war.

»Ich habe bereits zu viel von diesen Menschen verlangt.

Sie sind zurückgetreten, während die Kinder, die Alten und Kranken gerettet wurden. Alles, was wir hier seit Jahrzehnten aufgebaut haben, wird nun vor ihren Augen zerstört. Du bist unser einziger Pfandbrief. Wie könnte ich euch da nicht ausliefern?«

»Die Insel ist ein Zufluchtsort für Omegas«, sagte ich leise. »Und Kip und ich gehören auch dazu. Wenn ihr uns ans Messer liefert, geht heute nicht nur die Insel unter. Es bedeutet, das alles endet, wofür sie jemals stand.«

»Sieh zum Fenster hinaus, Cass«, sagte Piper. »Verlangst du wirklich von mir, den Prinzipien treu zu bleiben, während meine Leute dort draußen bluten und sterben?«

Es waren nicht die Schreie, die mir Angst einjagten, sondern diese beiden Worte: *meine Leute*. Es war wie in jener Nacht, als Kip und ich den Tanz im Schuppen beobachtet hatten. Wir standen wieder einmal auf der falschen Seite der Wand. Verfolgt von den Alphas, zurückgewiesen von den Omegas.

Langsam zog Piper ein Messer aus seinem Gürtel, das etwa dreimal so lang war wie die schnittigen Wurfmesser, die an seinem Rücken hingen. Es glänzte scharf im Licht der Fackeln, und ich zuckte zusammen, als ich das Blut sah, das an der Unterseite klebte.

»Die Versammlungsmitglieder wissen doch sicher, dass du uns bewachen lassen hast, um uns vor ihnen zu beschützen. Warum sollten sie dir also jetzt vertrauen, dass du uns tatsächlich zu ihnen bringst?«

Er wog noch immer das Messer in seiner Hand. »Das tun sie nicht. Sie haben sechs Männer geschickt, um euch zu holen.« Das Lächeln auf seinem blutverschmierten Gesicht wirkte verzerrt. »Aber ich habe ihnen nicht gesagt, dass ich euch woanders hingebracht habe. Sie haben die Wachen zu eurem alten Zimmer geschickt.« Mit einer schnellen Armbewegung drehte Piper das Messer, sodass der Griff in meine Richtung zeigte. »Es wird uns höchstens einige Minuten verschaffen. Aber ich kann hier niemanden entbehren, um euch zu begleiten. Und selbst wenn, ich kann im Moment keinem meiner Leute vertrauen. Findet ihr den Weg zur Küste, ohne gesehen zu werden?«

Ich nickte. »Ich glaube schon.«

»Sie schafft das«, erklärte Kip.

»Der Rat hat die beiden größten Tunnel unter Kontrolle, und Simons Truppe kann sie gerade noch am Eingang zum Nordtunnel in Schach halten. Das ist zwar schlecht für die Stadt, aber gut für euch. Sie kommen durch den Berg, anstatt die Felswände hochzuklettern. Wenn ihr es über den Kraterrand schafft, solange es dunkel ist, dann habt ihr eine Chance.«

»Und dann?«

»Die kleinen Boote in den Höhlen östlich vom Hafen. Wir haben die Überfahrt darin noch nie gewagt, aber sie sind nicht viel schlechter als die Badeschüssel, in der ihr hierherkamt. Wenn das Wetter hält, schafft ihr es vielleicht.«

Ich nahm das blutige Messer und die Scheide, die er von seinem Gürtel gelöst hatte, schweigend an mich. Dann sagte ich: »Wenn sie herausfinden, dass du mich hast gehen lassen, wirst du nicht mehr über die Insel herrschen.«

Piper lachte kurz auf. »Über welche Insel?«

Ich gab Kip das Messer. Er warf es in den Beutel zu den anderen Habseligkeiten, die wir aus unserem früheren Zimmer mitgenommen hatten: eine Wasserflasche, etwas Essen und eine Decke. Während ich meinen Pullover über den Kopf zog, wandte ich mich wieder an Piper, der neben der Tür stand: »Der nördliche Tunnel wird kurz nach Mitternacht fallen. Verlasst euch nicht auf ihn. Und behaltet die Feuer im Auge – sie werden sich rasch ausbreiten.«

Piper griff nach meinem Arm, strich meinen Ärmel glatt und ließ seine Hand darauf ruhen.

Ich fuhr fort: »Ihre Bogenschützen werden schon bald brennende Pfeile auf die Festung abfeuern. So werden sie es am Ende auch schaffen, das Haupttor einzunehmen.«

Er drückte meine Schulter. »Ich werde den Rest unserer Leute von der Insel schaffen.«

Ich schüttelte den Kopf. »Du musst mich nicht anlügen«, sagte ich leise. »Ich habe es bereits gesehen.«

Er fing meinen Blick auf und nickte. »Sobald ihr das Riff durchquert habt, segelt nicht in südöstliche Richtung, aus der ihr gekommen seid, sondern nach Nordosten. Legt dort an, wo der Miller River ins Meer mündet. Dann schlagt euch nach Osten ins Landesinnere durch, in Richtung Spine Mountains. Die Berge sind zwar von der Küste aus nicht zu sehen, aber ihr werdet sie trotzdem finden, nicht wahr? Es ist der größte Fluss in dieser Gegend und der einzige, der auf diesem Küstenabschnitt ins Meer mündet.« Ich nickte. »Wir haben Leute in dieser Region stationiert«, sagte er. »Sie werden euch finden. Wenn wir es von der Insel schaffen und es danach noch eine Widerstandsbewegung gibt, dann werden wir dich brauchen.«

Ich löste mich von seiner Hand, hielt sie jedoch noch einen Augenblick fest, bevor ich mich abwandte.

Wir trugen wieder unsere Mäntel, doch wir kamen ohnehin ungehindert durch die Festung. Die oberen Stockwerke waren beinahe leer, abgesehen von den Bogenschützen vor den Schießscharten, die sich nicht einmal umdrehten, als wir vorbeirannten. Als wir auf Höhe des Innenhofes angelangten, waren die Flure voller Verletzter und jenen, die sich um sie kümmerten, doch niemand verschwendete auch nur einen zweiten Blick an zwei weitere Gestalten in Blau, die sich ihren Weg durch die Menge bahnten. Als wir in den Hof hinaustraten, sahen wir, wie die Feuerpfeile der Ratssoldaten Flammen in den Nachthimmel zeichneten, und wir hielten uns nahe an der Mauer. Die Kämpfe hatten beinahe das Haupttor erreicht. Die äußere Festung hielt noch stand, doch die Pfeile hatten Spuren darauf hinterlassen, und innerhalb der Mauern loderten bereits einige Feuer. Wir kamen gerade rechtzeitig zu dem Tor, das seitlich aus dem Innenhof führte, um uns unerkannt einer Gruppe Wachen anzuschließen, die als Verstärkung nach draußen eilten. Erst als wir den letzten Kontrollpunkt im äußersten Festungskreis erreichten, hielt uns ein Soldat, der das Tor bewachte, auf, um uns zu befragen. »Zum Nordtunnel?«, rief er und beugte sich mit hoch erhobener Fackel zu uns vor. Wir hielten die Köpfe gesenkt.

»Ja«, antwortete Kip. »Als Verstärkung für Simons Truppe.«

Der Wachmann grunzte. »Zwei Mann? Da braucht es wohl mehr als euch. Ich habe gehört, die Übernahme steht kurz bevor.« Er spuckte aus, sein Speichel war schwarz vom Rauch. Dann hob er den Bolzen, schob den Riegel beiseite und winkte uns durch.

Als wir die Festung hinter uns gelassen hatten, kam der Lärm von rechts, wo sich die Kämpfe auf den Eingang zum Nordtunnel konzentrierten. Wir machten uns auf den Weg die Hänge hinauf, umrundeten die äußere Festungsmauer und hielten uns an die engen Gassen. Einmal mussten wir umkehren, weil Flammen uns den Weg versperrten, ein anderes Mal versteckten wir uns in einem Hausflur, der glücklicherweise unversperrt war, und warteten atemlos eine ganze Minute lang, während ein Vorpostengefecht an uns vorbeizog. Es waren zwei Wachen auf dem Rückzug, die von drei Ratssoldaten verfolgt wurden. Wir kauerten hinter der Tür im Haus eines Fremden und hörten, wie Schwerter aufeinander schlugen. Jeder Hieb wurde von einem Stöhnen begleitet. Die

Gasse war so eng, dass die Klingen mit jedem Schlag auf die Holzfassaden an beiden Seiten trafen. Es dauerte nur wenige Augenblicke, bis die kämpfenden Männer vorbei waren und sie einander brüllend den Hügel hinunterjagten. Als wir die knarrende Tür schließlich öffneten, offenbarte das Mondlicht einen frischen mehrere Zentimeter tiefen Hieb im Holz, und auf dem weiß getünchten Türrahmen prangte ein blutiger Handabdruck.

Es musste fast Mitternacht gewesen sein, als wir den Rand des Kraters erreichten, von wo aus sich der von den Felsen umrahmte Nachthimmel zu den Weiten des Horizonts über dem Ozean ausbreitete. Im Osten verschwand der Mond, der mittlerweile voll war, beinahe hinter dem Rauch, der aus der Stadt hochstieg. Ab und zu hörten wir Kampfgeschrei, und ich fragte mich, ob Pipers Stimme wohl darunter war. Unter uns schmiegte sich der Hafen an die Westküste der Insel. Er war vollgestopft mit den schnittigen dunklen Landungsbooten der Ratsflotte, die in dem winzigen Hafenbecken so nahe beieinanderstanden, dass es aussah, als könnte man es überqueren, indem man von einem Boot aufs andere sprang. Im Osten, etwa zwei Seemeilen hinter dem ruhelosen Riff, lag die Flotte vor Anker, die riesigen Segel eingerollt.

Ohne den Vollmond hätten wir es unmöglich geschafft, die Klippen hinab zur Küste zu klettern. Es gab mehrere Pfade, die im Zickzack hinunterverliefen, doch die Inselbewohner benutzten häufiger die Tunnel als diese Wege, die einen Umweg bedeuteten, und hielten sie absichtlich so schmal, damit sie vom Meer aus nicht zu sehen waren. Wir mieden die Pfade ebenfalls so gut es ging, da wir Angst hatten, auf Soldaten zu stoßen, egal ob in Rot oder Blau. Stattdessen versuchten wir unser Glück über die steilen, zerklüfteten Felsen. Die Steine waren manchmal so scharfkantig, dass sie sich anfühlten wie Messerklingen, wenn wir daran

Halt suchten, und an anderen Stellen waren sie wiederum so voller Vogelkot, dass sie glitschig und rutschig waren. Trotz vollster Konzentration schaffte ich es nicht, uns um sämtliche Kluften und Spalten in den Felsen zu manövrieren. Wir kletterten mehr auf allen Vieren, als dass wir gingen und pressten uns dabei so nahe an die Felsen, dass meine Wange bald zerkratzt war und der Beutel, den ich trug, immer wieder an den Steinen hängen blieb. Selbst als wir endlich wieder aufrecht gehen konnten, war es so steil, dass ich zweimal stolperte und mich gerade noch festhalten konnte, bevor ich über die gnadenlosen Felsen unter uns in den Abgrund geschlittert wäre. Die Vorstellung, dem Kampf entkommen zu sein, um dann an etwas so Banalem wie einem Sturz zu sterben, war schon beinahe komisch. Doch während wir die steilen Klippen hinunterkletterten, war die Gefahr zu real, um amüsant zu sein.

Als wir schließlich in die Nähe des Wassers kamen, blies uns ein leichter Wind entgegen und im Osten drängte das Licht des Morgengrauens die Dunkelheit zurück. Es bereitete mir keine weiteren Schwierigkeiten, die Ausbuchtungen, die sich etwa achthundert Meter östlich des Hafens befanden, zu finden, dennoch war es nicht einfach, dort hinzugelangen. Es waren keine wirklichen Höhlen, eher eine Ansammlung oberflächlicher Felsspalten, die von oben leicht auszumachen waren, vom Meer aus jedoch von den von unten emporragenden zerklüfteten Felsplatten verdeckt wurden. Sie lagen nur etwa fünfzehn Meter über dem Meeresspiegel, nahe genug, damit die Gischt die Felsen noch heimtückischer machte, und im Licht des Morgengrauens fühlten wir uns plötzlich vollkommen ungeschützt, als wir zu den Höhlen hinuntereilten. Es wurde von Augenblick zu Augenblick heller, und wir nahmen immer weniger Rücksicht auf unsere schmerzenden Körper. Wir bewegten uns so schnell, dass es beinahe wirkte, als wären wir vor dem Licht auf der Flucht. Wir konnten den Hafen mit den Landungsbooten nicht sehen, doch die großen Schiffe zeichneten sich immer noch unscharf hinter dem Riff ab, und die Gewissheit, dass sich die Beichtmutter ganz in der Nähe befand, verstärkte das Gefühl, vollständig ausgeliefert zu sein.

Die Boote, die für eine Überfahrt zu unsicher erschienen, waren eilig außer Sichtweite gebracht worden. Einige lagerten übereinander, andere steckten seitwärts in schmalen Felsspalten. Es waren winzige wackelige Beiboote, aber vor allem Flöße und Jollen für die Kinder und einige Kanus, die zum Fischen im Riff verwendet worden waren. Wir entschieden uns für das kleinste Boot mit Segel, das wir finden konnten. Es war eine schmale Jolle, mit einem schlammfarbenen Segel und einer grauen Lackierung, die bereits abblätterte.

Ein wesentlicher Schutzfaktor der Insel war die Schwierigkeit, irgendwo sonst außer in dem verborgenen Hafenbecken anzulegen, und wir bemerkten schnell, dass auch das Ablegen nicht viel einfacher war. Wir würden es nicht schaffen, das Boot fünfzehn Meter weit über die beinahe senkrechten Felsen hinunterzutragen. Also versuchten wir es mit dem Tau, das am Bug befestigt war, abzuseilen, doch es war zu schwer, und nachdem es einige Meter lang immer wieder an den Felsen vorbeigeschrammt war, rutschte es plötzlich so schnell die glitschigen Steine hinab, dass uns das Seil die Hände versengte. Doch Kip schaffte es zumindest, nicht loszulassen, und das Boot landete mit der richtigen Seite nach oben, ohne von einem der Felsen aufgespießt zu werden, die aus den Wellen unter uns ragten.

Wir banden das Tau um Kips Hüfte und folgten dem Boot, indem wir uns an die Steine klammerten, die von der Meeresgischt so rutschig wie Glas waren. Nach einigen Metern waren die Felsen dich mit Muscheln bewachsen. Ihre scharfen

Schalen zerschnitten unsere Finger, doch zumindest fanden wir daran Halt. Jedes Mal, wenn eine kleine Welle das Boot traf, drohte Kip nach unten in Richtung der Felsen gerissen zu werden. Irgendwie schaffte er es jedoch, sicher hinunterzuklettern und in die kleine Jolle zu springen.

Ich hingegen rutschte auf den letzten Metern aus und landete im wogenden Meer. Das Platschen war noch nicht verklungen, als sich der Beutel auf meinem Rücken und die Decke darin bereits mit Wasser vollgesogen hatten und mich zusammen mit dem Gewicht der Wasserflasche in die Tiefe zogen. Ich strampelte, um wieder an die Oberfläche zu gelangen, doch die Felsen unter Wasser schnappten bereits mit ihren scharfen Zähnen nach mir. Seetang wickelte sich um meine blutigen Beine, und ich konnte nur noch an die Verhöre der Beichtmutter denken. Daran, wie sich die Tentakel ihrer Gedanken um meinen Verstand gewickelt und mich, genauso wie jetzt der Tang, in die Tiefe gezogen hatten. Die Erinnerung daran und das Wasser, das über mir zusammenschwappte, versetzten mich endgültig in Panik.

Doch dann spürte ich, wie Kip mich packte, an die Wasseroberfläche zog und an dem Beutel festhielt, bis ich mich genug beruhigt hatte, um ihn abzustreifen und ihn ihm zu geben. Das Boot war so winzig, dass er sich zur anderen Seite hinauslehnen musste, um mein nasses Gewicht auszugleichen, während ich mich hinaufzog.

Kip schob die Ruder in die Verankerungen und verstaute den Beutel unter dem Sitz.

Eine Minute lang balancierte ich stehend auf dem Boot. Während das Salzwasser rosafarben aus meinen Wunden rann, blickte ich zur Insel hinauf. Von hier unten sah sie riesig und leer aus. Doch aus dem Krater stieg noch immer Rauch empor, und in seinem Inneren war nichts als Blut und Feuer.

Kip streckte die Hand aus, um mich zu stützen, als ich einen Schritt zurück machte und mich zu ihm auf die Bank in der Mitte des Bootes setzte.

Wir machten uns rasch auf den Weg, in die entgegengesetzte Richtung zu den dicht gedrängten Reihen der Ratsflotte, hinaus in die scharfe Umarmung des Riffs.

24

ICH VERSUCHTE GAR nicht erst, meine Tränen vor Kip zu verbergen. Er hatte mich nach meinen albtraumhaften Visionen weinen gesehen, er hatte bemerkt, wie ich das Gesicht verzogen hatte, nachdem ich im Moor rohe Garnelen gegessen hatte, er hatte mich auf der Insel vor Wut laut brüllen gehört. Doch das Schluchzen, das meinen Körper erbeben ließ, während ich ruderte, war neu. Wenigstens sagte er nichts und versuchte auch nicht, mich zu trösten. Er ruderte einfach und folgte meinen Wegbeschreibungen, selbst wenn sie über mein Weinen hinweg kaum verständlich waren.

Wir bahnten uns unseren Weg durch das Netzwerk an halb aus dem Wasser ragenden Felsen in Richtung Norden und versuchten, so viel Abstand wie möglich zwischen uns und der Flotte zu halten, die am östlichen Rand des Riffs vor Anker lag. Aufgrund der ruhigen See war es diesmal leichter zu überwinden, doch ich brauchte trotzdem meine volle Konzentration, um uns hindurchzusteuern, weshalb meine Tränen schließlich versiegten.

Sobald wir das offene Meer erreicht hatten, setzten wir das kleine Segel und stellten uns dabei weit weniger tollpatschig an als bei unserer ersten Reise. Die Brise war schwach aber beständig genug, um das Tuch zu spannen. Ich setzte mich in den vorderen Teil des Bootes und überließ uns dem Wind.

Es dauerte mehrere Stunden, bis ich wieder sprechen konnte. »Weißt du, was das Schlimmste ist?«, fragte ich. »Es sind nicht einmal die Menschen, die noch auf der Insel sind, die mir Sorgen bereiten. Ich meine, ich denke natürlich an sie und habe Angst um sie. Auch um Piper. Aber deshalb habe ich nicht geweint, sondern wegen mir selbst – wegen uns. Weil ich so glücklich war, endlich einen Ort gefunden zu haben, an dem wir in Sicherheit sind. Wo unsere Flucht ein Ende hat.«

»Und da sind wir nun«, sagte er und deutete mit dem Kopf auf das Meer, das uns umgab. »Ich weiß, wie du dich fühlst.«

»Offensichtlich bin ich doch keine so tolle Seherin. Ich hätte es kommen sehen müssen.«

»Aber das hast du doch. Hätte es dich nicht gegeben, hätte niemand die Menschen auf der Insel gewarnt. Sie wären alle ausgelöscht worden.«

»Das meinte ich nicht. Ich meinte, ich hätte es von Anfang an wissen müssen – als wir uns auf den Weg zur Insel gemacht haben. Ich hätte sehen müssen, dass es nicht der Zufluchtsort ist, auf den ich gehofft hatte. Und schlimmer noch, dass ich die Insel mit unserer Ankunft sogar in Gefahr bringen würde. Ich hätte wissen müssen, dass es für uns dort kein Happy End gibt.«

»Es wird niemals ein glückliches Ende geben. Zumindest nicht für dich. Nicht, solange Zach dort draußen ist und die Regeln aufstellt. Wann siehst du endlich ein, dass er das Problem ist?«

Ich starrte über den Schiffsbug hinweg auf das grauschwarze Wasser. »Und du? Wie sieht es mit deinem Happy End aus?«

Er zuckte mit den Schultern. »Für mich gibt es auch keins. Nicht, solange Zach die Fäden in der Hand hält.«

»Weil du mich nicht im Stich lassen wirst? Oder weil Zach und seine Leute auch nach dir suchen?«

Ein erneutes Schulterzucken. »Macht das denn einen Unterschied? Wir können beides nicht ändern.«

Wir schwiegen eine lange Zeit. Die Stunden verrannen in der Monotonie des Wellenganges. Obwohl es mittlerweile Herbst war, war die Sonne noch so heiß, dass wir um die Mittagszeit Schutz im Schatten der Decke suchten. Doch der Wind war auf unserer Seite und blies uns widerstandslos Richtung Nordosten. Als die Dunkelheit hereinbrach, legte ich mich zusammen mit Kip ins Heck des Bootes und wir verbrachten die Nacht aneinandergeschmiegt in einem Dämmerzustand zwischen Schlafen und Wachen.

Den nächsten Tag über starrten wir nur hinaus auf den unendlichen schwarzen Ozean und sprachen kaum ein Wort. Das Meer kümmerte sich nicht um unser Schweigen, doch das Klatschen des Holzrumpfes, wenn er in den Wellentälern aufschlug, war unerbittlich. Das Boot war zu klein für Wellen dieser Größe, selbst bei diesem ruhigen Wetter, und das Wasser schwappte immer wieder ins Innere, sodass wir uns damit abwechselten, es herauszuschöpfen. Am Nachmittag war schließlich die Wasserflasche leer, und die Sonne ließ uns ausgebrannt und durstig zurück. Dennoch beschwerten wir uns nicht, denn wir wussten, was im Gegensatz dazu jene erwartete, die wir auf der Insel zurückgelassen hatten.

»Es sind nicht die Kämpfe, die mich am meisten beunruhigen. Es ist der Gedanke daran, dass *sie* dort ist – die Beichtmutter.«

»Sie ist schlimmer als das, was wir durch das Fenster gesehen haben?«, fragte Kip und verzog bei der Erinnerung das Gesicht. »Das ist schwer vorstellbar.«

Ich wusste, was er meinte. Aber wenn ich die Wahl gehabt hätte, hätte ich mich eher dem Feuer und den Schwertern gestellt, als der seelenruhigen Zerstörung meines Verstandes durch die Beichtmutter.

»Genau das hat Piper gemeint«, sagte Kip, als ich versuchte, es ihm zu erklären.

»Die Beichtmutter?«

»Nein«, antwortete er. Er straffte das Segel und fixierte das Tau mit den Zähnen. »Dich. Das, was du erreichen kannst.«

Er gab mir das Seil, und ich wickelte es um die Klemme. »Seit wann stimmst du Piper zu?«

»Es ist nicht bloß er, sondern das alles hier.« Er blickte hinaus auf den Ozean, der uns umgab. »Die Tatsache, dass wir wieder auf der Flucht sind. Und das Gefühl, als wäre es niemals anders gewesen. Aber du kannst das ändern. Indem du nicht nur auf Zachs Angriffe reagierst, sondern gegen ihn kämpfst. Du musst etwas tun, um die Spielregeln zu verändern. Du hast diese große Macht …«

Ich lachte schnaubend und deutete auf das kleine Boot um uns herum, unsere roten Augen und die sonnenverbrannte Haut. »Ja, klar. Sieh mich nur an. Ich strotze vor Kraft.«

»Das stimmt nicht. Du fürchtest die Beichtmutter, doch was sie für die Alphas ist, könntest du für die Omegas sein – wenn du nicht solche Angst hättest, gegen Zach zu kämpfen. Du glaubst, du bist zurückhaltend und bescheiden, aber das stimmt nicht. Du willst ihn schützen.«

»Behaupte ja nicht, ich sei wie sie.« Ich ließ das Ende des Seils auf den Boden fallen.

»Natürlich nicht. Du würdest nie tun, was sie tut. Aber du könntest etwas anderes machen. Warum glaubst du, ist sie hinter dir her? Es ist nicht nur deshalb, weil Zach um seine eigene Sicherheit besorgt ist. Damit würde er wahrscheinlich nicht den Einsatz all dieser Männer rechtfertigen können. Es ist wegen dir. Sie wissen, welche Bedrohung du für sie sein könntest. Eine Seherin mit deiner Macht, die frei herumläuft.« Kip lehnte sich an die Pinne, und der Wind fuhr in das Segel.

»Die Vorstellung, dass sie auch hinter mir her sind, und nicht bloß hinter Zach, beruhigt mich aber nicht gerade.«

Er musste in die untergehende Sonne blinzeln, um mir in die Augen sehen zu können, doch er tat es trotzdem. »Ich versuche ja auch nicht, dich zu beruhigen. Ich will dir zeigen, wozu du fähig bist.«

»Du klingst schon wieder wie Piper.«

»Gut. Ihn hast du zumindest immer ernst genommen.«

»Was erwartest du von mir?« Ich hasste den Klang meiner eigenen Stimme, als ich Kip über den Wind hinweg anbrüllte, doch ich konnte mich nicht mehr zurückhalten. »Ich dachte, ich würde helfen, Zach Einhalt zu gebieten. Ich habe uns auf die Insel gebracht, weil ich dachte, ich könnte die Menschen dort unterstützen und uns gleichzeitig retten. Stattdessen habe ich die Alphas zu der Insel geführt. Das alles ist mein Werk.« Ich wandte mich ab und ließ mir die Haare vom Wind ins Gesicht wehen, damit Kip nicht sah, dass ich schon wieder weinte.

»Du hast immer noch nicht verstanden, warum du eine Gefahr für sie bist. Den wahren Grund, warum du alles ändern kannst. Der Rat – und sogar Piper – sie alle liegen falsch. Sie glauben, dass du eine Gefahr bist, weil du eine Seherin und Zachs Zwillingsschwester bist. Aber das ist es nicht. Es gibt schließlich noch andere Seherinnen, andere Omegas mit mächtigen Zwillingen.« Kip schrie, seine Stimme vom böigen Wind zerschnitten. »Es ist die Art, wie du die Welt siehst. Die Tatsache, dass du Alphas und Omegas nicht als gegensätzlich betrachtest. Ich habe es dir schon auf der Insel versucht zu sagen, oben im Turm. Diese Sicht macht dich so anders. Sie jagen dich aus den falschen Gründen, und Piper hat dich aus den falschen Gründen beschützt. Sie glauben, dass es eine Schwäche ist, dass du dich um Zach sorgst. Dass es für dich nicht heißt: wir gegen sie. Aber genau darin liegt deine Stärke.«

Ich sah ihn nicht an. »Vielen Dank, aber ich brauche nicht *noch* einen Grund, um mich anders zu fühlen.«

Die zweite Nacht auf dem Boot war schlimmer als die erste. Obwohl wir die Insel bereits weit hinter uns gelassen hatten, hingen die Gedanken an die Beichtmutter und das, was Kip gesagt hatte, unheilvoll zwischen uns in der salzigen Luft.

Ich hielt mich wach, weil ich Angst hatte, dass ich erneut den Angriff auf die Insel sehen würde, wenn mich der Schlaf übermannte. Als der Nachthimmel am östlichen Horizont langsam dem ersten Morgenlicht wich, hörte ich an Kips Atemzügen, dass er ebenfalls wach war, doch keiner von uns sagte etwas. Wir schwiegen den ganzen Tag über, abgesehen von meinen gemurmelten Wegbeschreibungen: »Mehr in diese Richtung.« »Geradeaus.«

Um die Mittagszeit kamen wir an einigen Felsen vorbei, die jedoch lediglich von ein paar Möwen besiedelt wurden. Doch einige Stunden später sahen wir zum ersten Mal die Küste. Ganz anders als die Steilküste, von der wir vor wenigen Wochen abgelegt hatten, fiel die von Buchten zersetzte Landschaft hier flach zum Meer ab.

Ich dirigierte Kip eine Weile am Ufer entlang, bis sich vor uns eine breite Bucht öffnete, an deren Seiten sich schilfbedeckte Dünen erhoben. Wir holten das Segel ein und ruderten die letzten hundert Meter in die Bucht, in der ein breiter Fluss ins Meer mündete. Doch anstatt flussaufwärts weiterzusegeln, fuhren wir in Richtung Ufer, sprangen aus dem Boot und wateten durch das Wasser, um es aus der Flussströmung und auf die sandige Böschung zu ziehen.

Ich kniete mich hin und spritzte mir Wasser aus dem Fluss ins Gesicht. Es war immer noch ein wenig salzig, aber kühl, und es fühlte sich nach den Tagen, die wir schutzlos Salz, Wind und Sonne ausgesetzt waren, unglaublich weich an.

»Glaubst du, sie können die Festung noch halten?«, fragte Kip.

Ich nickte. »Ich glaube schon«, sagte ich. »Aber sie werden nicht mehr lange durchhalten.«

»Wirst du spüren, wenn sie fällt?«

»Ich weiß es nicht«, sagte ich – doch in der folgenden Nacht sollten wir es herausfinden.

Wir zogen das Boot auf eine Düne, wo es hinter dem hohen Pampasgras nicht zu sehen war. Dann machten wir uns auf den Weg flussaufwärts, wo die Dünen allmählich in Wald übergingen und das Flusswasser schließlich trinkbar wurde. Als die Bäume um uns herum dichter wuchsen und wir uns geschützt genug fühlten, zogen wir uns ins Dickicht zurück, um uns auszuruhen. Es war noch immer hell, doch wir hatten während der Tage auf dem Boot kaum geschlafen und bewegten uns vor Müdigkeit nur noch stolpernd fort. Wir hatten keine Möglichkeit, ein Feuer zu entzünden, weshalb wir nur ein wenig von dem steinharten Brot aßen, Flusswasser tranken und uns schließlich im Schutz eines struppigen Busches auf den Boden legten.

Nach Mitternacht wachte ich mit einem erstickten Schrei auf.

Kip hielt mich fest, bis ich nicht mehr zitterte. »Die Insel?«, fragte er.

Ich konnte nicht antworten, doch er wusste es ohnehin. Als er versuchte, mich zu küssen, schob ich ihn fort. Nicht, weil ich es nicht wollte. Wie gerne hätte ich mich in seiner Umarmung verloren und von unseren aneinandergeschmiegten Körpern von meinen Visionen ablenken lassen. Aber ich schaffte es einfach nicht, ihn zu berühren. Ich wollte ihn nicht mit dem beschmutzen, was ich gesehen hatte. Mit dem, was ich getan hatte, indem ich die Beichtmutter zur Insel geführt hatte.

In jedem Augenblick dieser furchtbaren Nacht sah ich, was auf der Insel passierte. Wie das riesige Tor der Festung den Flammen nachgab. Wie die Tore eingetreten wurden, die lodernden Flammen im Innenhof. Ich hörte das metallische Schaben, als Schwerter gezogen wurden und kurz darauf die ersten Hiebe. Ich sah den Marktplatz, wo Kip und ich die Pflaumen gegessen hatten. Die Pflastersteine glänzten vom Blut.

25

AM NÄCHSTEN MORGEN konnte ich immer noch kaum sprechen. Wir saßen am Ufer des Flusses und kauten auf einem Stück Brot herum, das noch von dem Proviant übrig war, den wir von der Insel mitgebracht hatten. Die Rinde war bereits so hart, dass ich mir den Gaumen daran aufschnitt. Ich blickte immer wieder hinunter, wo der Fluss ins Meer mündete. Außer dem Brot hatten wir nur noch ein wenig Dörrfleisch, aber Kip erinnerte sich, dass er auf dem Boot eine Angelschnur gesehen hatte, weshalb wir noch einmal zu den Dünen hinunterstiegen, um sie zu holen, bevor wir uns auf den Weg flussaufwärts machen wollten.

Wir waren am Abend zuvor nicht weit gelaufen, und bald schon kniete Kip in dem scharfkantigen Gras neben der Jolle und griff tastend unter die Bank, wo sich die Angelschnur verfangen hatte, während ich mich umdrehte, um auf die Flussmündung und den weiten Ozean dahinter hinauszusehen. Es war eine riesige, ruhige Fläche. Die Insel war nicht einmal als winziger Punkt am Horizont auszumachen. Nichts zeugte von meinen Visionen der letzten Nacht, doch ich konnte trotzdem nicht aufhören, das Meer zu beobachten.

Vielleicht sah ich den Mann deshalb nicht kommen, obwohl ich ihn spürte, bevor ich noch das Knirschen des Sandes unter seinen Füßen hörte. Ich drehte mich gerade noch rechtzeitig um, um zu bemerken, wie er von oben so schnell die Dünen hinunter auf Kip zustürzte, dass er keine Chance mehr hatte, auf meinen Warnschrei zu reagieren. Der Mann griff Kip nicht nur an, er rannte ihn regelrecht nieder, und sie rollten zusammen über den sandigen Boden. Als ich schließlich bei ihnen war, hatte der Mann die Angelschnur bereits um Kips Hals geschlungen. Ich sah, wie sie sich in das Fleisch grub, das sich bereits weiß färbte, wo das Blut abgeschnürt war. Ich blieb stehen und hob beschwichtigend die Hände, doch der Mann brüllte mich trotzdem an.

»Ich schneide ihm den Kopf ab. Du weißt, dass ich es tun werde.«

Kip gab keinen Laut von sich. Ich wusste nicht, ob er es überhaupt gekonnt hätte. Er schien nur schwer Luft zu bekommen, und sein Kopf sah aufgedunsen aus. Die geschwollene Vene auf der linken Seite seines Halses pulsierte und flatterte hektisch wie eine Motte vor einem geschlossenen Fenster.

»Hör auf damit. Wir tun, was immer du von uns verlangst. Aber lass ihn los.« Ich hörte meine eigene Stimme, bevor mir überhaupt bewusst wurde, dass ich etwas gesagt hatte.

»Verdammt noch mal, natürlich tut ihr das, was ich von euch verlange.« Der Mann hatte sich hinter Kip gestellt, der vor ihm auf dem Boden kniete. Er war ein grobschlächtiger Alpha mit einem dichten Bart und dicken blonden Haaren, die ihm vom Kopf abstanden und aus seinem Hemdausschnitt wucherten. Als er die Angelschnur lockerte, keuchte Kip wie ein Tier. Man konnte die Einkerbung sehen, die sie in der Haut hinterlassen hatte. Kip umklammerte seinen Hals und stand vorsichtig auf. Er hatte sich mir zugewandt, weshalb er das Messer nicht sah, das der Mann inzwischen gezogen hatte und hinter Kips Nacken in die Höhe hielt.

Ich versuchte, so ruhig wie möglich zu bleiben, damit Kip nicht in Panik geriet.

Der Mann hielt das Messer weiter erhoben, während er sprach. »Ihr beiden kommt mit mir. Wenn einer von euch eine Bewegung macht, die mir nicht gefällt, schlitze ich ihn auf wie einen Fisch.«

Ich nickte schnell. Der Mann scheuchte mich mit dem Messer vorwärts, mit der anderen Hand hielt er immer noch die Angelschnur um Kips Hals fest. »Geh vor, damit ich dich im Auge behalten kann. Die Düne hinauf in diese Richtung. Und wenn ich merke, dass du dich aus dem Staub machen willst, dann versickert sein Blut im Sand, bevor du fünf Schritte gemacht hast.«

Ich nickte erneut und ging langsam den Sandhügel hinauf. Der Boden unter mir war so rutschig, dass ich stolperte. Ich wandte mich um, doch ich konnte Kip kaum einen Blick zuwerfen, bevor der Mann mich wieder anbrüllte.

»Du brauchst dich gar nicht nach deinem kleinen Freund hier umsehen, es sei denn, du möchtest, dass ich auch seinen anderen Arm abschneide.«

Ich wandte mich ab und stolperte weiter die Düne hinauf. Ich dachte an mein eigenes Messer in der Seitentasche des Beutels, den ich mir über die Schulter geworfen hatte. Doch als ich versuchte, unauffällig nach hinten zu greifen, um es herauszuziehen, merkte ich, dass es sinnlos war. Der Mann war nicht alleine. Ich spürte, dass sich jemand im langen Gras ganz in der Nähe versteckte und uns beobachtete.

Die junge Alpha-Frau trat uns in den Weg, als wir den höchsten Punkt der Düne erreichten. Sie hatte die Arme vor der Brust verschränkt, doch die beiden scharfen Messer in ihren Händen glänzten im Morgenlicht. Ich befand mich ein paar Meter unter ihr und hörte Kip und den Mann hinter mir straucheln, als sie abrupt anhielten.

»Du wirst es nicht schaffen, die beiden lebend in die nächste Stadt zu bringen. Zumindest nicht so.« Die junge Frau wirkte gelassen. Sie war groß und unter ihrer dunklen Haut zeichneten sich sehnige Muskeln ab. Sie trug einen Beutel auf dem Rücken und hatte die gelockten Haare im Nacken lose zu einem dicken Knoten zusammengesteckt. Selbst als sie sprach, stand sie extrem still, als wäre sie vollkommen entspannt und unbeeindruckt von der Szene, die sich zu ihren Füßen abspielte.

Der Mann grunzte und trat so nah an mich heran, dass ich Kip und ihn hinter mir atmen hören konnte. Ich konzentrierte mich auf meine rechte Hand, die sich furchtbar langsam in die Tasche meines Beutels vortastete. Ich konnte bereits den Griff des Messers spüren und versuchte, ihn mit den Fingerspitzen zu erreichen, ohne zu offensichtlich zuzupacken.

»Ich teile die Belohnung sicher nicht mit einer Fremden«, rief der Mann der jungen Frau zu. »Such dir deine eigenen Freaks. Die Soldaten haben gesagt, dass noch mehr von ihnen kommen werden.«

»Das haben sie. Aber du wirst diese beiden hier nicht alleine zu ihnen bringen können.«

Der Mann begann wieder zu brüllen. »Ich hab dir doch schon gesagt, dass ich die Belohnung mit niemandem teilen werde, und schon gar nicht mit einer so frechen Göre wie dir. Ich habe alles unter Kontrolle. Hau ab!«

Während er abgelenkt war, wagte ich es, tiefer in die Tasche zu greifen. Mittlerweile hielt ich das Messer in der Hand und umklammerte den kühlen Griff mit meiner zitternden Faust.

Die junge Frau wandte sich ab. »Dann lass ich dich eben in Ruhe.« Sie begann, den Kamm entlang davonzuschlendern, dann rief sie über die Schulter: »Es sei denn, es macht dir etwas aus, dass die Frau dort bereits ein Messer zur Hälfte aus dem Beutel gezogen hat, den du anscheinend nicht für nötig befunden hast, ihr abzunehmen.«

Ich spürte den Schlag, bevor ich noch richtig verstanden hatte, was die Frau gesagt hatte. Als ich hinunter auf meine Hand sah, war sie leer und mein Messer lag im Sand. Daneben steckte ein weiteres, das die junge Frau nach mir geworfen hatte. Etwas Blut war zu Boden gespritzt, als das Wurfmesser mir meines aus der Hand geschlagen hatte, doch ich kümmerte mich nicht weiter darum, sondern fuhr herum, um nach Kip zu sehen.

Der Mann hatte ihn an der Angelschnur zurückgerissen. Die Messerspitze bohrte sich in Kips Kehle und über der gespannten Angelschnur staute sich bereits wieder das Blut in seinem Kopf. Ich schrie auf, doch der Mann würdigte mich keines Blickes, sondern starrte nur in Richtung der jungen Frau auf dem Kamm.

Ihre Stimme klang gelassen, als sie sagte. »Du kannst ihm die Kehle durchschneiden, wenn du willst, und vermutlich schaffst du es, die andere einzufangen und zumindest die Belohnung für sie zu kassieren. Aber die Soldaten werden nicht allzu erfreut sein, wenn sie hören, dass du einen von ihnen getötet hast – du weißt ja, dass sie darauf bestehen, dass wir sie ihnen lebend bringen. Wir könnten sie aber auch gemeinsam abliefern, die Belohnung für beide einstreichen und zusätzlich auch noch einen Bonus, wenn ihre Befragung etwas Interessantes ans Tageslicht bringt.«

Der Mann grunzte unwillig, doch ich sah, dass der Druck des Messers an Kips Hals ein wenig nachließ. Ich starrte so angestrengt auf die beiden, dass ich die blassen Haare auf der Hand des Mannes und das schmutzige Leder erkennen konnte, das er um den Messergriff gewickelt hatte. »Aber abzüglich deines Anteils, nehme ich an?«

Sie zuckte mit den Schultern. »Ich mache das schließlich nicht aus reiner Nächstenliebe. Du hättest einen von ihnen, vielleicht aber auch beide verloren, wenn ich nicht aufgetaucht wäre. Ich nehme die Hälfte, aber du kannst den Bonus behalten, falls es einen geben sollte. Ich werde nicht so lange warten, bis sie die Befragung beendet haben.«

Der Mann ließ die Angelschnur los und schubste Kip zu Boden, wo er auf den Knien landete und würgte. Ich rannte zu ihm, um ihm zu helfen, die dünne Leine von seinem Hals zu wickeln. Als ich mich wieder umdrehte, hatte der Mann beide Messer aufgehoben und betrachtete das der Frau eingehend.

»Das ist ja ein hübscher Trick«, sagte er, bevor er es ihr reichte. Dann wandte er sich wieder an mich und Kip, der mittlerweile aufgestanden war. »Ich denke, ihr beiden werdet in ihrer Gegenwart wohl keine faulen Tricks mehr versuchen?«

Die junge Frau beachtete ihn nicht weiter, sondern stand bloß da und klopfte mit dem Messer auf die Knöchel ihrer linken Hand. »Wirf den Beutel herüber«, fuhr sie mich an. Ich nahm ihn von den Schultern und ließ ihn dort zu Boden fallen, wo eben noch die Messer gelegen hatten. Die roten Spritzer im Sand erinnerten mich daran, nach meiner Hand zu sehen, doch der kleine Kratzer über meinen Fingerknöcheln, wo die Klinge mich gestreift hatte, blutete kaum noch.

Die junge Frau drehte den Beutel um und leerte den Inhalt auf den Boden. Da waren die Decke und die Wasserflasche, die ich an diesem Morgen am Fluss neu aufgefüllt hatte. Ich zuckte zusammen, als unser letztes Stück Dörrfleisch im Sand landete, doch dann schalt ich mich selbst dafür. Hunger war im Moment wohl kaum unser größtes Problem. Sie betrachtete die Gegenstände, dann warf sie mir den leeren Beutel wieder zu. »Pack die Sachen ein und nimm ihn mit.«

»Warum gibst du ihn ihr wieder zurück?«, grunzte der Mann.

»Ich werfe doch nichts Brauchbares weg. Und willst du ihn etwa tragen?«

Er wandte sich ab und spuckte in den Sand. Die Alpha-Frau gab mir mit einem Nicken zu verstehen, dass ich unsere Habseligkeiten verstauen sollte. Als ich mich wieder erhob, schubste sie Kip zu mir nach vorn. »Ihr beiden geht voraus – schön gleichmäßig! Und redet nicht miteinander, es sei denn ihr wollt, dass sich ein Messer in euren Nacken bohrt.«

Ich versuchte, zu Kip hinüber zu sehen, ohne den Kopf zu offensichtlich zu drehen. Um seinen Hals verlief noch immer eine tiefe Einkerbung, und seine Augen waren aufgrund der geplatzten Adern blutunterlaufen. Ich nahm seine Hand und spürte, wie er den Druck erwiderte.

»Wie süß«, schnaubte der Mann hinter uns.

Als wir schließlich am höchsten Punkt der Düne angekommen waren, sahen wir die Straße unter uns. Zu unserer Linken verlief sie entlang der hinteren Seite der Düne, parallel zur Küste. Zu unserer Rechten führte sie vom Meer weg in ein etwas höher gelegenes, leicht bewaldetes Gebiet. Der Abstieg von der Düne war viel einfacher als der Aufstieg. Die junge Frau warnte uns zweimal, es langsamer angehen zu lassen, doch als wir schließlich die Straße erreicht hatten, und der Mann hinter uns schrie, dass wir uns links halten sollten, schätzte ich, dass unsere Geiselnehmer mindestens zehn Schritte hinter uns waren.

Ich hielt den Blick geradeaus gerichtet, während ich Kip zuflüsterte: »Irgendetwas stimmt nicht mit ihr.«

»Man muss keine Seherin sein, um das zu bemerken. Hast du eine Idee?«

»Ich dachte, ich könnte es vielleicht mit ihm aufnehmen. Aber sie ist eine ganz andere Nummer.«

Kip berührte seinen Hals. »Er ist mir aber auch nicht gerade sympathisch, um ehrlich zu sein.« Er überlegte kurz. »Wohin bringen sie uns?«

»Ganz in der Nähe gibt es eine große Stadt.«

»Kannst du sie fühlen?«

Ich spürte die prüfenden Blicke hinter uns und bemühte mich, nicht den Kopf zu schütteln. »Mehr oder weniger. Aber es ist vor allem die Straße – sieh sie dir doch an. Breite Wege wie diesen hier findet man nicht im tiefsten Niemandsland. Irgendwo in der Nähe muss es eine ziemlich große Stadt geben.«

Kip blickte blinzelnd auf die Straße vor uns. »Wir könnten einfach loslaufen. Hinter der nächsten Kurve, wo mehr Bäume stehen.«

»Du hast doch gesehen, was sie mit ihren Messern macht. Wir wären tot, bevor wir zehn Schritte getan hätten.«

»Aber wenn sie uns in die Stadt bringen, dann ist es vorbei«, sagte er. »Was uns dort erwartet ist schlimmer als der Tod.«

»Irgendetwas geht hier vor. Etwas an ihr ist seltsam.«

»Abgesehen von dem ganzen Kopfgeldjäger-Psycho-Gehabe?«

»Es hat mit Piper zu tun.«

Kip ließ meine Hand los. »Piper wird uns hier nicht helfen. Er hat eigene Probleme.«

»Hör auf zu reden, ich muss nachdenken.« Ich spürte Pipers Gegenwart, da war ich mir sicher. So sicher, wie ich wusste, dass er sich noch auf der Insel befand. Die Straße war eben genug, dass ich die Augen schließen konnte, während wir weitergingen; so konnte ich mich darauf konzentrieren, was ich fühlte. Und sobald ich das tat, wusste ich, was es mit der jungen Frau auf sich hatte.

26

ICH WANDTE MICH zur Seite, um Kip zu erzählen, was ich über die Frau herausgefunden hatte, und als der Mann aufschrie, dachte ich einen Moment lang, er meinte mich. Doch als er abrupt verstummte, und wir uns nach hinten umsahen, lag er auf der Straße und ein dunkler Fleck breitete sich im Staub unter seinem Nacken aus.

Die Alpha-Frau hielt noch immer das Messer in der Hand. Sie betrachtete es angeekelt, dann kniete sie nieder und wischte es zweimal mit einem Zipfel des Hemdes sauber, das der tote Mann trug.

»Musstest du ihn wirklich töten?«, fragte ich.

Sie steckte das Messer wieder zurück in ihren Gürtel. »Willst du, dass er überall herumerzählt, wen er gesehen hat?«

»Hätten wir ihn nicht fesseln können oder so?«

»Sie hätten ihn gefunden. Oder er wäre langsam verdurstet. Ich habe nur getan, was du vorhattest, als du in den Dünen nach deiner Waffe gegriffen hast. Du solltest mir dankbar sein.«

Kips Blick wanderte von mir zu der jungen Frau und wieder zurück, dann lachte er empört auf. »Oh ja, wir sind dir wirklich sehr dankbar. Du hast das doch nur getan, damit du die Belohnung für uns alleine kassieren kannst.«

»Nein«, sagte ich. Ich legte ihm eine Hand auf den Arm und wandte mich an die junge Frau: »Du bist Pipers Zwillingsschwester.« Ich drehte mich wieder zu Kip um. »Erinnerst du dich an das Wurfmesser?«

»An das Messer, das sie vor fünf Minuten auf dich geworfen hat? Das würde ich wohl kaum so schnell vergessen.«

Die Frau unterbrach uns. »Ihr beiden könnt nachher weiterstreiten. Jetzt müsst ihr mir erst einmal helfen, den Körper zu verstecken.« Sie griff nach einem Bein und begann, den Toten rückwärts in Richtung Straßenrand zu ziehen. »Aber du hast recht, was meinen Bruder betrifft«, sagte sie zu mir, ohne den Kopf zu heben.

Ich nickte und beugte mich hinunter, um das andere Bein des Mannes zu packen. Als ich dabei an ihr hochsah, bemerkte ich, dass an ihrem Gürtel noch mehr kleine Messer hingen.

»Was machst du da?«, rief Kip. »Es spielt doch keine Rolle, wessen Zwillingsschwester sie ist. Sie ist eine Alpha. Hat Zach dir denn gar nichts beigebracht?«

Die Frau sah auf. »Wenn du euch beide nicht ins Verderben stürzen willst, dann solltest du besser die Klappe halten, wenn es um Cass' Zwillingsbruder geht.«

»Ja genau, weil es dir um unsere Sicherheit geht. Cass, sie hat ein Messer nach dir geworfen, Himmelherrgott!«

»Ich weiß.« Ich ließ das Bein des Toten fallen und hielt meine Hand in die Höhe, um ihm den Schnitt entlang der Fingerknöchel zu zeigen, auf dem sich bereits eine Kruste gebildet hatte. »Ich hätte es gleich danach kapieren müssen. Sie hätte meine Hand durchbohren können, aber ich habe kaum einen Kratzer abbekommen. Sie hat mir nur das Messer aus der Hand geschlagen.«

»Aber warum hat sie das getan, wenn sie doch auf unserer Seite ist?«

Sie lachte. »Ich wollte nicht das Risiko eingehen, dass sie sich auf ihn stürzt.« Sie warf einen Blick hinunter auf den toten Körper. »Und ich wollte ihn nicht angreifen, solange er dir ein Messer an die Kehle hält. Wenn du jetzt also mit dem Meckern fertig bist, dann hilf uns lieber, das hier zu Ende zu bringen.«

Kip sah mich an, doch ich hatte bereits wieder das Bein des Mannes in der Hand und schleifte ihn gemeinsam mit der jungen Frau von der Straße. Kip rief uns nach: »Verrätst du uns wenigsten deinen Namen?«

»Zoe«, antwortete die junge Frau. »Und ich weiß bereits, wer ihr seid. Schieb mit dem Fuß etwas Sand über den Blutfleck. Wenn sie Hunde dabeihaben, werden sie ihn so oder so finden, aber das verschafft uns zumindest etwas Zeit.«

Wir machten uns nicht die Mühe, ihn zu vergraben, sondern legten ihn in eine Mulde neben einem umgestürzten Baum. Ein besseres Versteck konnten wir in der kurzen Zeit, die uns blieb, nicht finden. Bevor wir den Körper mit Zweigen bedeckten, durchsuchte Zoe seine Taschen und durchschnitt mit dem Messer geschickt die Schnur, an der ein kleiner Lederbeutel um seinen Hals hing.

»Reicht es nicht, dass du ihn umgebracht hast? Musst du ihn auch noch ausrauben?«, fragte Kip.

»Hätte ich ihn nicht getötet, hättet ihr spätestens heute Abend in einer der Zellen des Rates gesessen. Wenn sie ihn finden, soll es wie ein Raubüberfall aussehen.«

»Glaubst du, sie werden ihn finden?«, fragte ich.

Zoe leerte den Beutel aus, steckte die wenigen Münzen ein und ließ den leeren Beutel neben den Mann fallen. Dann kniete sie erneut nieder und nahm ihm das Messer aus der Hand, das er immer noch umklammert hielt. »Ziemlich sicher. Wir befinden uns keine halbe Tagesreise von der Stadt entfernt. Aber nach allem, was hier im Moment passiert, werden sie vielleicht nicht sofort nach ihm suchen.« Sie gab Kip das Messer, der zwar das Gesicht verzog, es aber dennoch in seinen Gürtel steckte.

»Nach allem, was hier passiert?«, fragte er.

Zoe schob mit dem Fuß einige trockene Blätter über den Körper. »Gestern kamen Ratssoldaten hier durch. Sie haben alle entlang der Küste verständigt, dass womöglich Omegas auf Booten hier anlegen könnten, und haben eine Belohnung auf sie ausgesetzt. Die meisten Alphas im Umkreis von achtzig Kilometern sind wohl jetzt gerade dort draußen und suchen nach euch.«

»Nach uns im Speziellen?«

Zoe schüttelte den Kopf. »Nein. Die Belohnung wurde auf alle Omegas ausgesetzt, die sich entlang der Küste aufhalten. Dieser Idiot«, sie warf einen letzten Zweig auf den Körper, »hatte keine Ahnung, dass er den Jackpot geknackt hat. Aber Piper hat mir von euch erzählt, deswegen wusste ich, nach wem ich Ausschau halten muss. Und selbst wenn ich mir vorher noch nicht sicher gewesen wäre, hätte ich sofort Pipers Messer wiedererkannt«, sagte sie und zog die scharfe Waffe, die sie mir vorhin aus der Hand geschlagen hatte, aus dem ledernen Gurt, den sie um die Hüfte geschlungen trug. »Trag es ab sofort am Gürtel«, sagte sie und gab es mir. »Wenn die Dinge außer Kontrolle geraten, hast du keine Zeit mehr, es aus deiner Tasche zu kramen.« Sie warf einen letzten prüfenden Blick auf den halb verdeckten Körper. »Und jetzt müssen wir weiter.«

»Warum hat uns Piper nichts von dir erzählt?«, fragte ich, während wir ihr folgten.

»Hast du ihn denn jemals nach mir gefragt?«

»Nein, ich weiß auch nicht, warum.«

»Ich schon. Weil du angenommen hast, dass eine Alpha ohnehin nichts mit ihm zu tun haben will. Und schon gar nicht mit dem, wofür er steht.«

Ich widersprach ihr nicht. »Aber warum hat er nichts von sich aus gesagt?«

»Nach allem, was ich gehört habe, warst du auch nicht sehr mitteilsam, wenn es um deinen Zwillingsbruder ging.«

»Es war zu gefährlich«, sagte Kip.

»Genau. Deshalb hängen wir es nicht an die große Glocke. Ich bin bloß von Nutzen, wenn die Menschen nicht wissen, wer ich bin und was ich tue. Ihr glaubt, die Alphas gehen hart gegen die Omegas vor? Sie wären sogar noch unnachgiebiger, wenn sie herausfänden, dass eine von ihnen für den Widerstand arbeitet. Und selbst einige Omegas auf der Insel, die davon wissen, sind nicht gerade begeistert.«

Wir wanderten den ganzen restlichen Tag über weiter und rannten sogar, wann immer es das niedrige Buschwerk zuließ. Zuerst kehrten wir zum Fluss zurück, wo wir angelegt hatten, dann schlugen wir uns flussaufwärts durch, wo der Wald schnell dichter wurde. Als die Sonne hoch am Himmel stand, aßen wir im Gehen das Dörrfleisch, von dem wir, so gut es ging, den Sand abgewischt hatten. Trotzdem knirschte er noch immer zwischen meinen Zähnen. Wir sprachen kaum miteinander, abgesehen von den kurzen Diskussionen, die Zoe und ich über den weiteren Weg führten. Erst als es vollkommen dunkel war und wir uns mitten in einem dichten Waldstück befanden, legten wir eine Pause ein.

Zoe verließ die kleine Lichtung, um die Wasserflaschen im Fluss aufzufüllen, der zu unserer Rechten immer noch zu hören war. Kip und ich ließen uns auf den mit Blättern bedeckten Lehmboden sinken.

»Hättest du den Kerl getötet«, fragte er mich, »wenn du dein Messer schnell genug herausbekommen hättest?«

Ich zuckte mit den Schultern. »Ich hasse den Gedanken, dass ich ihn und seine Zwillingsschwester getötet hätte. Und ich weiß nicht, ob ich es geschafft hätte. Aber ich hätte es versucht.«

Wir saßen eine Weile schweigend nebeneinander, bevor er weitersprach. »Woher weißt du, dass wir ihr vertrauen können?«

»Erstens wärst du mittlerweile tot, wenn ihr es nicht

könntet«, sagte Zoe, die im selben Moment auf die Lichtung getreten war. Sie ließ sich uns gegenüber nieder und warf uns eine schwere Wasserflasche zu. »Und zweitens, woher weiß ich, dass ich euch beiden vertrauen kann?«

Kip verdrehte die Augen. »Du bist doch diejenige mit den tollen Messertricks.«

Ich stupste ihn sanft mit der Schulter an. »Sie hat uns Waffen gegeben, Kip.«

»Vielleicht. Aber wir wissen beide, dass sie uns filetieren würde, sollte es zu einem Kampf kommen.«

»Sieh es doch einmal von meinem Standpunkt aus«, sagte Zoe. »Ich bekomme einmal in der Woche Nachricht von Piper, wenn das Kurierschiff anlegt. Vor ein paar Wochen ließ er mir berichten, dass sie überraschenden Besuch auf der Insel bekommen hätten.« Sie lehnte sich an einen Baum und spielte geistesabwesend mit einem der Messer an ihrem Gürtel. »Das waren sehr bedeutende Neuigkeiten, denn bis dahin hatte es niemand ohne Karte dorthin geschafft.« Mit einer einzigen Bewegung, die sowohl flink als auch lässig wirkte, warf sie die Waffe in unsere Richtung, sodass sich die Klinge nur ein paar Zentimeter über unseren Köpfen in einen Baumstamm bohrte. »Dann hörte ich erneut von ihm. Er war vollkommen aus dem Häuschen, berichtete, dass eine der Neuankömmlinge eine tolle Seherin sei; das Beste, was den Omegas auf der Insel je passiert sei.«

Kip schnaubte. »Ich hatte immer den Eindruck, als hätte Piper die Rolle des großen Retters sich selbst zugedacht.«

Zoe ignorierte ihn. »Dann schickte er die Nachricht, dass er herausgefunden hatte, wer dein Zwillingsbruder ist – unser alter Freund, der Reformer. Doch diese Woche blieben weitere Nachrichten aus, und kein Boot ankerte an der üblichen Stelle.« Ein weiteres Messer bohrte sich direkt unter dem ersten in den Baum. »Vor ein paar Tagen landeten schließlich die ersten Flüchtlinge an der Küste. Zuerst hier in der Nähe, dann eine weitere Schiffsladung weiter südlich. Eine ganze verdammte Flotte, wenn man den Gerüchten Glauben schenken wollte. Die Ratssoldaten schwärmten aus und setzen eine Belohnung auf alle Omegas aus, die gefangen wurden. Also sagt mir eines.« Ein drittes Messer zischte über unsere Köpfe hinweg, so dicht, dass ich ein leichtes Ziehen spürte, als einige meiner Haare an den Baumstamm genagelt wurden. »War mein Bruder zu Unrecht so in Aufregung wegen dir? Es scheint mir ein großer Zufall zu sein, dass der Rat es so kurze Zeit nach deiner Ankunft geschafft hat, die Insel zu finden. Und wie kommt es, dass ihr beiden sicher hier gelandet seid, während mein Bruder und der Rest der Omegas dort gerade vermutlich abgeschlachtet werden?«

»Wenn du die bist, für die du dich ausgibst, dann geht es Piper anscheinend gut«, sagte Kip.

Sie unterbrach ihn. »Er ist vielleicht am Leben, aber es macht einen Unterschied, ob jemand nur atmet oder ob es ihm tatsächlich gut geht. Gerade du solltest das nur allzu gut wissen. Piper hat mir von dem Tank erzählt, aus dem sie dich gerettet hat.«

Ich drehte den Kopf zur Seite und zuckte kurz zusammen, als sich meine eingeklemmten Haare von dem Messer lösten. »Wir haben sie gewarnt«, erwiderte ich. »Ich habe gespürt, dass der Angriff bevorsteht und ihnen gesagt, dass sie die Insel räumen sollen. Piper hat uns fortgeschickt.«

»Wenn du die bist, für die du dich ausgibst, hätte er dich als Geisel benutzen können.«

»Das hätte er«, sagte ich. »Und viele der Versammlungsmitglieder hatten genau das vor. Am Ende hätten sie uns ausgeliefert. Aber Piper wollte das nicht. Es stellt sich also nicht die Frage, ob du uns, sondern ob du ihm vertraust.«

Zoe musterte uns eindringlich, dann stürzte sie plötzlich

nach vorne. Bevor Kip Zeit hatte, sein Messer zu ziehen, hatte sie ihre drei bereits aus dem Baumstamm gezogen und war wieder zurückgetreten.

»Wenn du eine Seherin bist, dann kennst du die Antwort darauf bereits.« Sie ließ die Messer wieder in ihren Gürtel gleiten. »Schlafenszeit«, sagte sie, streckte sich auf dem Boden aus und drehte uns den Rücken zu.

Ich erwachte früh, doch Zoe war bereits aufgestanden. Sie saß auf einem Baumstamm und säuberte einige große Pilze mit einem ihrer Messer. Ich richtete mich auf, und sie warf mir zwei der runden Knollen zu.

»Ich habe auch einen Hasen gefangen, aber wir befinden uns noch immer zu nahe an der Küste, um ein Feuer zu riskieren. Vielleicht heute Abend.«

Sie erinnerte mich so stark an Piper, dass ich mich fast dafür schämte, sie nicht früher erkannt zu haben. Es waren nicht nur der Glanz ihrer dunklen Haut und die dicken schwarzen Haare, sondern noch vielmehr ihre Körperhaltung. Der trotzige Mund. Die Art, wie jede ihrer Bewegungen zielgerichtet und träge zugleich wirkte. Die Verbindung zwischen den beiden war offensichtlich, selbst wenn sie getrennt lebten. Als ich sie beobachtete, verstand ich, warum ich mich in Pipers Gegenwart so wohlgefühlt hatte, obwohl es mehrere gute Gründe gegeben hatte, Angst vor ihm zu haben. Ich wusste nicht, wie sie es geschafft hatten, aber irgendwie waren er und Zoe sich nahe geblieben. Die Ähnlichkeit in ihrem Verhalten und ihren Bewegungen zeugte von Jahren der Intimität und einer Verbindung, die aus Gewohnheit und nicht nur aus der Entscheidung dazu entstanden war. Ich dachte an das, was Piper zu Kip gesagt hatte, als ich ihr Gespräch auf der Insel belauscht hatte. Es erklärte vielleicht auch, warum er beschlossen hatte, an mich zu glauben. Trotz seiner zweckgerichteten Einstellung und den Anforderungen, die seine Rolle auf der Insel an ihn stellten, hatte er lange Zeit eng mit Zoe zusammengearbeitet und musste wissen, wie es war, wenn man seinen Zwilling nicht als Gegensatz zu sich selbst betrachtete. Ich hatte geglaubt, meine Erfahrungen in dieser Hinsicht wären mehr oder weniger einzigartig. Wenn ich Zoe zusah, fühlte ich mich Piper näher und gleichzeitig weiter von ihm entfernt. Er war so präsent in jeder ihrer Bewegungen, dass seine Abwesenheit dadurch noch deutlicher spürbar wurde. Ich blickte auf Zoes Finger und das Messer darin und dachte an Pipers Hand auf meinem Arm, als wir ihn zum letzten Mal gesehen hatten.

Kip gähnte und rollte sich auf die andere Seite. Zoe starrte zu ihm hinunter. »Piper hat mir auch von ihm erzählt.«

»Mithilfe des Kurierschiffes?«, fragte ich.

Sie nickte. »Die Insel funktioniert ohne eine gewisse Kommunikationsmöglichkeit mit dem Festland nicht. Neuigkeiten über geplante Rettungsaktionen, Warnungen vor Küsten-Patrouillen, Omegas, die auf die Insel gebracht werden müssen – über all das muss Piper informiert sein. Das Schiff nimmt auch Lebensmittel zur Insel mit, obwohl sie es in den letzten ein oder zwei Jahren geschafft haben, sich mehr oder weniger selbst zu versorgen und das meiste selbst anzubauen.«

Die Gegenwartsform, die sie benutzt hatte, hing über der Lichtung. Ich dachte an die sorgsam gepflügten Felder um den See am Fuße der Stadt, die terrassenförmig angelegten Gärten, die sich entlang der steilen Kraterhänge drängten, und an die Ziegen auf dem Marktplatz.

»Doch dann kamt ihr beiden«, sagte sie, »und alle Neuigkeiten handelten plötzlich nur noch von euch. Wie ihr auf die Insel gekommen seid, ohne zu einem der geheimen Unterschlüpfe oder jemandem aus dem Netzwerk Kontakt gehabt zu haben. Darüber, was das für die Sicherheit der Insel bedeutet.«

»Ich denke, die Alphas haben den Zufluchtsort auf dieselbe Weise gefunden«, sagte ich. »Auch auf ihrer Seite steht eine Seherin – sie war auf einem der Schiffe des Stoßtrupps.«

»Die Beichtmutter«, sagte Zoe, und ich nickte.

Kip war mittlerweile aufgewacht. Er setzte sich auf und fing den Pilz, den Zoe ihm zuwarf. »Das Netzwerk hier auf dem Festland, von dem du gesprochen hast«, fragte er mit vollem Mund, »sind da noch andere Alphas dabei?«

»Spielt das eine Rolle?«, fragte Zoe.

»Zumindest schien es für alle anderen Alphas, die wir getroffen haben, eine Rolle zu spielen.«

»Ich bin nicht wie alle anderen Alphas, die ihr getroffen habt«, sagte sie und warf ihm einen weiteren Pilz zu.

»Im Ernst!«, sagte er.

»Die Beichtmutter arbeitet schließlich auch für den Rat«, sagte Zoe. »Das sollte Beweis genug dafür sein, dass es nicht immer darauf ankommt, ob jemand Alpha oder Omega ist.«

»Das stimmt nicht«, sagte ich.

Zoe erhob sich. »Verteidigst du sie etwa?«

»Nein. Ich meinte, es stimmt nicht, dass sie *für* den Rat arbeitet. Dafür ist sie zu mächtig. Sie ist diejenige, die die Fäden zieht. Vielleicht nicht im Vordergrund, aber viele der neuen Errungenschaften der Alphas stammen von ihr.«

Zoe bedeutete uns aufzustehen. »Aber sie ist nicht die Einzige, wie ich gehört habe.«

Wir erhoben uns langsam, und ich warf mir den Beutel über die Schulter. »Du kannst doch nicht wirklich glauben, dass ich mit dem, was mein Zwillingsbruder tut, einverstanden bin oder etwas damit zu tun habe.«

»Dann haben wir zumindest etwas gemeinsam«, sagte Zoe. »Ich hätte nie wie Piper gehandelt und euch von der Insel fliehen lassen.« Sie deutete mit dem Kopf in Richtung Fluss. »Fünf Minuten, um eure Wasserflaschen zu füllen und euch zu waschen. Dann gehen wir weiter.«

Am darauffolgenden Abend war Zoe der Ansicht, dass wir die Küste nun weit genug hinter uns gelassen hätten, um ein Feuer zu machen.

Ich war es gewohnt, zusammen mit Kip in unserem eigenen Tempo unterwegs zu sein, doch Zoe hatte uns unerbittlich vorangetrieben. Ich blickte durch das flackernde Licht des Feuers zu ihm hinüber und erkannte, dass er so müde aussah, wie ich mich fühlte, obwohl den ganzen Tag über keiner von uns um eine zusätzliche Pause gebeten hatte, oder darum, langsamer zu gehen. Zoe saß auf der anderen Seite des Feuers und häutete den Hasen. Ich war dankbar für das Fleisch, musste aber dennoch den Blick abwenden, als sie das Fell abzog. Ich dachte erneut an den toten Kopfgeldjäger, an seine offenen Augen und die klaffende Wunde an seinem Hals.

Später, als unsere Hände fettig vom Hasenfleisch waren, saßen wir um das Feuer herum und sahen zu, wie es niederbrannte. Zoe reinigte ihre Fingernägel mit einem ihrer kleinen Messer, und Kip beobachtete sie aufmerksam.

»Die Sache mit den Messern«, sagte er. »Piper und du habt das zusammen gelernt, oder?«

»Es ist kein Zufall, falls du das meinst«, sagte Zoe, ohne den Blick zu heben.

»Wurdet ihr denn nicht gesplittet?«, fuhr Kip fort.

»Natürlich, du hast doch sein Brandzeichen gesehen.«

Kip und ich nickten. Ich sah Pipers Gesicht vor mir, wie es in jener letzten Nacht auf der Insel ausgesehen hatte. Die Blutspritzer auf seinem Brandzeichen.

»Ich dachte, dass ihr womöglich im Osten aufgewachsen seid?«, wagte ich mich weiter vor. »Ich habe gehört, dass es dort besser war. Dass sie die Omegas nicht immer fortgeschickt haben. Oder zumindest nicht so früh.«

»So war es einmal«, sagte Zoe. »Aber heute nicht mehr. Wir haben Kontakte in dieser Gegend, hören ab und zu von ihnen. Es scheint, als hätte der Rat in den letzten zehn Jahren auch den Osten auf seine Seite gebracht. Selbst die am weitesten abgelegenen Siedlungen am Rande des Ödlandes.«

»Aber Piper und du …«

»Ja, wir kommen aus dieser Gegend und wir wurden spät gesplittet, wie ihr bereits vermutet habt. Er war zehn, als unsere Eltern ihn fortschickten.«

Ich sah sie an. »Und du warst die Glückliche.«

»Sicher, mich hat niemand hinausgeworfen.« Sie warf uns über das ausgehende Feuer einen Blick zu und grinste. »Aber ich bin trotzdem am nächsten Tag abgehauen.«

Kip grinste ebenfalls. »Zwei Zehnjährige … Wie habt ihr es geschafft zu überleben?«

Zoe zuckte mit den Schultern. »Wir haben schnell gelernt – jagen, stehlen. Und es gab Menschen, die uns geholfen haben.« Sie streckte die Arme aus, gähnte hemmungslos und sah mich an. »Glaubst du jetzt immer noch, dass ich die Glückliche war?«

»Ja«, sagte ich und stockte. »Denn du konntest mit deinem Zwilling zusammenbleiben.«

Zoe schnaubte und legte sich hin. »Für mich klingt es nicht gerade so, als wäre dein Bruder die beste Gesellschaft.«

»Glaub mir«, sagte Kip. »Ich habe schon versucht, ihr das klarzumachen.«

Ich verdrehte die Augen. »Und ich habe es verstanden. Aber wenn die Dinge anders gelaufen wären, wenn er nicht in ständiger Angst vor der Trennung aufgewachsen wäre, dann wäre er nicht so geworden. Das System hat ihn zu dem gemacht, der er heute ist. Es führt dazu, dass sich die Alphas gegen uns wenden.«

Kip räusperte sich. »Offensichtlich nicht alle Alphas.«

»Freu dich nicht zu früh«, sagte Zoe. Als ihre Zähne durch das breite Lächeln blitzten, erinnerte sie mich einmal mehr an Piper.

Später am Abend, als die Dunkelheit beinahe undurchdringlich geworden war, fragte Kip, wohin wir unterwegs waren. »Versteh mich nicht falsch, es ist nicht so, dass ich nicht gerne den ganzen Tag wie verrückt durch einen Wald stolpere, aber ich habe mich gefragt, was das Ziel unserer Reise ist.«

»In dieser Gegend hier wimmelt es von Soldaten, die euch töten wollen oder Schlimmeres mit euch vorhaben«, sagte Zoe. »Und da sie jetzt auch die einheimischen Alphas mit hineinziehen, müssen wir die Küste meiden. Im Umkreis von achtzig Kilometern gibt es keinen Ort, wo ihr sicher seid.«

»Wir bewegen uns vom Meer weg, das habe ich schon kapiert. Aber wohin?«

»Das hängt davon ab. Piper und ich haben mehrere Treffpunkte. Normalerweise liegen sie an der Küste, aber wenn es zu unsicher ist, dann gibt es einen Ort auf der anderen Seite der Berge. Wenn er kann, dann kommt er dorthin oder schickt zumindest eine Nachricht. Danach seid ihr wieder euch selbst überlassen.«

»Wir werden in Bewegung bleiben, das ist sicherer«, sagte ich. »Vielleicht versuchen wir, uns nach Osten durchzuschlagen.«

»Und das war's dann?«, fragte Zoe. »Ihr bleibt einfach weiterhin auf der Flucht?«

»Wir haben versucht, sesshaft zu werden. Auf der Insel. Aber die Sache ist nicht gerade gut ausgegangen«, sagte Kip.

»Doch, das ist sie – für euch zumindest«, sagte sie leise.

Eine Zeit lang war nur das träge Knistern der Glut zu hören.

Ich sprach zuerst wieder. »Wir hätten die Insel nicht retten können.«

»Vielleicht doch – wenn Piper euch benutzt hätte.«

»Wenn er sie getötet hätte, meinst du?«, fragte Kip. »Und damit auch Zach?«

»Nicht unbedingt. Aber er hätte es zumindest androhen können, damit sie sich zurückziehen.«

»Piper ließ uns von der Insel fliehen«, sagte ich. »Wenn sie uns jetzt erwischen, dann ist alles vorbei – alles, was er getan hat, wäre umsonst gewesen.«

»Aber welchen Sinn hatte es, wenn ihr immer weiter auf der Flucht bleibt? Er ließ euch gehen, weil er dachte, dass ihr etwas erreichen, uns helfen könnt.«

Meine Stimme zitterte. »Ich habe versucht, euch zu unterstützen, aber das einzige Ergebnis war, dass ich von der Versammlung eingesperrt worden bin und die Beichtmutter auf die Insel gelockt habe. Ich verstehe nicht, was ihr noch von mir erwartet; warum ihr denkt, dass ich euch eine Hilfe sein kann.«

»Ich auch nicht, wenn ich ehrlich bin – zumindest noch nicht. Die ganze Aufregung um dich ist mir ein Rätsel. Aber Piper hat etwas in dir gesehen. Und die Alphas haben immerhin auch einen Weg gefunden, eine Seherin für ihre Zwecke zu nutzen. Deswegen glaube ich, dass Pipers Opfer und das all dieser Menschen auf der Insel keinen Sinn hatte, wenn ihr einfach weiter flüchtet.«

»Cass hat sie gewarnt«, sagte Kip. »Sie wussten es zwei Tage vorher, was ohne sie nicht der Fall gewesen wäre. Alle, die flüchten konnten, haben ihr ihr Leben zu verdanken.«

»Aber ist das wirklich alles, wozu du von Nutzen bist? Ist das die Geheimwaffe, in die Piper genug Vertrauen gesetzt hat, um die letzte Chance der Insel auszuschlagen?«

Ich schloss die Augen. »Ich habe es mir nicht ausgesucht. Ich wollte nie eine Geheimwaffe sein.«

»Das weiß ich«, sagte Zoe. »Aber vielleicht solltest du mal darüber nachdenken.«

Wir lagen so nahe bei der Glut, dass ich hören konnte, wie die Asche leise raschelnd in sich zusammenfiel. Kips Atem neben mir wurde sanfter und gleichmäßiger, als er in den Schlaf hinüberglitt.

Über die Glut hinweg sah ich Zoes verschwommene Umrisse, ich wusste, dass sie noch wach war. Ich flüsterte, um Kip nicht zu wecken. »Abgesehen von Piper wollten alle Versammlungsmitglieder meinen Tod. Warum sollte sich daran etwas ändern, wenn ich mich nun wieder dem Widerstand anschließe? In dem Moment, wo sie herausfinden, wer ich bin, werden sie mich töten, denn damit nütze ich ihnen am meisten. Das Einzige, was ich für sie tun kann, ist mich, und damit auch Zach, zu opfern. Und das kann ich ihm nicht antun. Du solltest von allen am besten wissen, was einem sein Zwilling bedeutet.«

Zoe ließ den Kopf auf die verschränkten Arme sinken. »Im Moment harre ich darauf, ob es deinem Bruder gelingt, meinen zu töten – und damit auch mich. Und da erwartest du allen Ernstes, dass ich dich und deinen Zwilling als Paradebeispiel für eine Aussöhnung akzeptiere?«

»Aber du und Piper hängt doch aneinander. Du kannst dir doch nicht wirklich eine Welt wünschen, in der Zwillinge getrennt werden.«

Zoe lachte leise. »Warum glaubst du, dass die Welt irgendetwas mit dem zu tun hat, was ich oder du wollen? Die Welt ist, wie sie ist. Wenn die Alphas die Omegas so behandeln, wie sie es eben tun, dann brauchen die Omegas einen Ort für sich. So ist es sicherer. Das war die ursprüngliche Idee hinter der Insel.«

»Also suchen wir uns einfach einen neuen Ort, an den wir flüchten können? Und dann noch einen, wenn die Alphas auch diesen zerstört haben?«

»Hast du eine bessere Idee?«

Ich schloss die Augen und dachte an das, was Kip auf der Insel zu mir gesagt hatte: *eine Welt ohne Aufsplittungen, in der wir keinen Ort wie diese Insel brauchen.* »Ich habe keine wirkliche Lösung. Ich glaube nur, dass irgendwann keine Inseln mehr zu finden sein werden, und dann wirst du merken, dass das wahre Problem noch immer da ist.«

»Halt mir keine Vorträge«, zischte sie. »Du kannst so oft davon reden, wie du willst, wie es wohl wäre, wenn Alphas und Omegas zusammenleben würden. Aber während du die letzten Jahre sicher verwahrt warst, haben Piper und ich ganz genau gesehen, wozu dein Zwillingsbruder und seine Leute in der Lage sind. Und wir haben dagegen angekämpft. Glaubst du wirklich, du kannst die Einstellung von Menschen ändern, die gesehen haben, wie Kinder entführt, eingesperrt und in Experimenten getötet wurden?«

Wir schwiegen eine Weile. »Ich habe es mit eigenen Augen gesehen. Nicht alles natürlich, aber du weißt, dass ich die Tanks kenne.« Ich hielt erneut inne. »Kip versteht mich. Er stimmt mir nicht immer zu, aber er kann meine Einstellung nachvollziehen – und das nach allem, was er durchgemacht hat.«

Zoe schnaubte. »Was er durchgemacht hat? Sein Problem ist, dass er nicht weiß, was er durchgemacht hat. Piper hat es mir erzählt – er ist wie ein leeres Blatt Papier. Du kannst ihm alles einreden.«

Ich merkte gar nicht, wie ich hochfuhr und über die Glut hinweg auf Zoe zustürzte. Ich drückte sie zu Boden und schlug wie wild auf sie ein.

Sobald sie sich von ihrer Decke befreit hatte, bekam sie eines meiner Handgelenke zu fassen und rang mich auf die Seite, aber es war Kips Schrei, der mich schließlich innehalten ließ.

»Was zum Teufel ist hier los?« Er war aufgestanden und starrte mit müden Augen über die Glut hinweg auf unsere ineinander verkeilten Umrisse.

Zoe schubste mich weg.

»Hat sie dich angegriffen?«, fragte er mich, als ich mich langsam wieder auf die andere Seite der Feuerstelle zurückzog.

Zoe verdrehte die Augen. »Ja, klar. Ich habe euch beide gerettet, damit ich dann im Schlaf über euch herfallen kann.« Sie zog unsere Decke zu sich, deren eine Ecke in der Glut gelandet war, stampfte den glühenden Stoff aus und warf sie uns wieder zu. »Keine Sorge. Sie hat bloß deine Ehre verteidigt.« Dann rollte sie sich zusammen, als wäre nichts weiter passiert.

Kips Blick wanderte von mir zu Zoe und wieder zurück.

Ich schüttelte die Decke aus, rümpfte die Nase, als ich die verbrannte Wolle roch, und legte mich hin.

»Es ist süß von dir, dass du dir die Mühe gemacht hast«, sagte er, als er sich neben mich kuschelte. »Aber das nächste Mal lass mich lieber weiterschlafen.«

27

AM NÄCHSTEN MORGEN regnete es. Wir entzündeten das Feuer nicht wieder, sondern kauerten uns im Schutz der Bäume am Rand der Lichtung zusammen und aßen die kalten Reste des Hasen. Das Fett war mittlerweile geronnen und klebrig weiß.

Als wir uns auf den Weg machten, wollte Kip erneut dem Fluss folgen, doch Zoe schüttelte den Kopf. »Weniger als einen Tagesmarsch flussaufwärts befindet sich eine große Stadt. Wir können nicht riskieren, ihr noch näher zu kommen. Außerdem nehme ich an, dass sie auch das Tal im Auge behalten. Wenn ich alleine unterwegs wäre, würde ich die Straße durch die Ebene nehmen, aber mit euch beiden ist das zu riskant.«

Ich richtete den Blick auf die Bäume um uns herum. Hinter uns bahnte sich der Fluss seinen Weg ins Meer und das Tal wurde immer breiter. Vor uns verengte es sich hingegen, wo es von den Bergen, die sich an beiden Seiten in den Himmel erhoben, immer dichter umschlossen wurde. Die Baumgrenze befand sich etwa auf halbem Weg die Hänge hinauf, darüber wurden Felswände und Geröllfelder sichtbar.

Kip seufzte und sah mich an. »Du hast nicht zufällig eine Vision, in der ein geheimer Tunnel vorkommt, der uns die Kletterei erspart?«

Ich lächelte. »Dieses Mal nicht, tut mir leid. Aber Zoe hat recht – flussaufwärts befindet sich eine Stadt. Und es sind überall Leute unterwegs.«

Sie nickte. »Es gibt dort einen großen Markt. Am Wochenende kommen Menschen von überall dorthin. Wenn wir über die Berge wollen, wäre das auf dieser Seite des Flusses am einfachsten.« Sie deutete auf eine Senke zwischen den Gipfeln zu unserer linken Seite. »Aber diese Route wird sicher überwacht. Deshalb sollten wir hier den Fluss und dann den Höhenpass hinter diesem Gipfel überqueren.«

Ich folgte ihrem Finger mit meinem Blick und sah den Berg empor, der sich auf der anderen Seite des Fluss erhob. Ich schüttelte den Kopf. »Dahinter befindet sich eine weitere Stadt, noch größer als die in diesem Tal. Hast du den Verstand verloren?«

»Eine von uns hat das sicher.« Zoe hatte sich bereits auf den Weg hinunter zum Fluss gemacht.

»Du hast keine Ahnung, was du da sagst«, rief Kip »Sie kann solche Dinge sehen.«

»Ich weiß, dass sie das kann«, rief Zoe zurück. »Und wenn sie diese Stadt spüren kann, dann ist sie sogar besser, als ich gedacht hätte.«

»Sie hat sich noch nie geirrt«, sagte Kip und folgte ihr, um nicht schreien zu müssen.

»Ich behaupte ja auch nicht, dass sie sich irrt.« Zoe drehte sich zu uns um. »Aber ihr Timing stimmt nicht ganz. Es *gab* dort einmal eine Stadt. Sie war riesig, sogar noch größer als Wyndham. Aber das war im Vorher.«

Ich schüttelte den Kopf. »Ich hätte schwören können, dass sie noch da ist. Ich spüre sie sehr stark.«

»Tausende Menschen – Hunderttausende vermutlich – haben Hunderte Jahre dort gelebt.« Sie zuckte mit den Schultern. »Das hinterlässt sicherlich Spuren.«

»Das spielt keine Rolle«, sagte Kip. »Es ist ein Tabu. Ich wage mich sicher nicht in die Nähe einer Stadt aus dem Vorher.«

»Machst du dir etwa Sorgen, dass du damit die Gesetze des Rates brichst? Dafür ist es mittlerweile wohl etwas zu spät«, erwiderte Zoe spöttisch.

»Das hier ist etwas anderes. Es geht nicht ums Gesetz, sondern um das Vorher. Man darf sich nicht in die Nähe solcher Dinge begeben.«

»Und gerade deshalb hat Zoe recht«, fiel ich ein. »Niemand wird ihr zu nahe kommen. Wenn die Passstraße durch diese Stadt verläuft, ist es die sicherste Möglichkeit, die Berge zu überqueren, ohne gefangen genommen zu werden.«

»Es gibt einen Grund, warum niemand dort hingeht. Es ist verseucht. Tödlich. Du hast doch die Schilder gesehen.«

»Ja«, sagte ich. »Aber ich habe auch die Plakate gesehen, auf denen wir als gefährliche Pferdediebe abgebildet waren – und wie viel Glauben man denen schenken durfte, weißt du nur zu gut.«

»Nicht zu vergessen die, auf denen Omegas als wertlos, gefährlich und als eine Bürde für die Alphas dargestellt werden«, fügte Zoe hinzu.

Ich nickte. »Selbst wenn das Tabu seine Berechtigung hätte, könnte es kaum gefährlicher sein als unsere anderen Alternativen.«

Er seufzte und machte sich auf den Weg zum Fluss. »Ich würde ja nichts sagen, wenn sich die Stadt nicht auch noch auf diesem verdammten Berg befände.«

Den Rest des Tages redeten wir nicht viel. Es war ein steiler Anstieg, und wir mussten oft durch dichtes, kratziges Unterholz klettern.

Zum Mittagessen aßen wir eine Handvoll zähe Pilze, die Zoe gefunden hatte, danach ließ sie uns beinahe eine Stunde alleine, bevor sie schließlich mit einem Hasen und zwei kleinen Vögeln zurückkam, die an ihrem Gürtel baumelten.

»Normalerweise hätte ich mehr mitgebracht, aber ich habe Leute im Tal gesehen. Ein Spähtrupp Ratssoldaten und zahlreiche einheimische Alphas, die auf das Kopfgeld aus sind.«

»Glaubst du, sie haben viele der Menschen erwischt, die von der Insel geflohen sind?« Ich stand auf und streckte die Beine durch.

»Einige, vermutlich«, sagte sie und schulterte ihre Tasche. »Die Flüchtlinge haben sich vermutlich aufgeteilt und versucht, die geheimen Unterschlüpfe zu erreichen. Aber es sind viele Alphas unterwegs, die auf der Suche nach ihnen sind. Die gute Nachricht ist, dass sie so verdammt laut sind, dass ich sie früh genug gehört habe, und dass sie auf den niedrigeren Hängen gleich oberhalb des Flusses bleiben. Dummerweise haben sie dabei jedoch die Hälfte der Wildtiere verscheucht; weiter oben gibt es kaum etwas zu jagen.«

»Was glaubst du, wie lange wir noch bis zum Pass brauchen?«, fragte Kip.

Sie zog die Nase kraus. »So, wie ihr beiden mich aufhaltet, schätze ich drei Tage. Vielleicht auch mehr, wenn die Kopfgeldjäger doch noch höher steigen und wir auf Nummer sicher gehen und ihnen ausweichen müssen.«

Den Rest des Nachmittages wanderten wir schweigend, doch wir kamen gut voran. Wir schlugen unser Nachtlager kurz vor der Baumgrenze auf. Wir trauten uns nicht, ein Feuer zu machen, und obwohl Kip und ich schworen, dass wir nichts von dem rohen Fleisch essen würden, das Zoe uns anbot, würgten wir am Ende widerwillig doch ein wenig davon hinunter. Das Wasser war unser größeres Problem. Wir hatten die Flaschen im Fluss aufgefüllt, doch seitdem waren wir an keiner Quelle vorbeigekommen und nippten nur noch möglichst sparsam an ihnen.

Ich saß an einen Baumstumpf gelehnt, der zu schmal war, um bequem zu sein, und zuckte jedes Mal zusammen, wenn ich eine weitere winzige Dorne aus meinen Beinen zog, die von den Kratzern wie schraffiert wirkten. Immer wieder fuhr ich mir mit der Zunge über die Zähne, die von Hitze und Durst klebrig von innen an meinen Lippen hingen. Ich versuchte, nicht an das zähe Fleisch und die rohen Fettfasern zu denken, die sich dazwischen verfangen hatten.

Zoe, die mir gegenübersaß, durchbrach die Stille: »Glaubst du, dass es schon vorbei ist?«

»Die Kämpfe auf der Insel?« Ich schloss einen Moment lang die Augen. »Ich weiß es nicht. Seit der Nacht, bevor du uns gefunden hast, und ich gesehen habe, wie das Tor fiel, habe ich nichts mehr gespürt. Aber ich weiß nicht, ob es vorbei ist, oder ob wir nur zu weit entfernt sind, dass ich nichts mehr spüren kann.«

Sie säuberte ihre Nägel mit einem Messer – mittlerweile ein vertrauter Anblick. »Zu weit entfernt? Ich sag es ja nicht gerne, aber nachdem ich euch beiden mitschleppen muss, sind wir nicht gerade schnell unterwegs. Wie auch immer, ich glaube nicht, dass die Entfernung wirklich eine Rolle spielt. Immerhin hast du gespürt, dass sie auf die Insel kommen, bevor ihre Schiffe überhaupt abgelegt hatten. Das hast du zumindest gesagt.«

Ich sah hinunter auf meine Hände. »Ja, das habe ich. Aber meine Visionen hängen von vielen Dingen ab, die Entfernung ist eines davon. Und die …«, ich suchte nach dem richtigen Wort, »… die Intensität. Nimm zum Beispiel die Beichtmutter, die nach mir sucht. Sie konzentriert sich so sehr auf mich und geht so entschlossen vor, dass ich sie die ganze Zeit über spüren kann, egal wo ich gerade bin.«

Eine Zeit lang war nur das Kratzen von Zoes Messer unter ihren Fingernägeln zu hören. Schließlich sagte Kip: »Es ist nicht Cass' Schuld, dass es nicht so funktioniert, wie wir es uns wünschen.«

Sie sah ihn an. »Sagst du das, weil sie deine Zwillingsschwester bis jetzt noch nicht gefunden hat?«

»Ich bin mir nicht einmal sicher, ob ich wissen will, wer sie ist. Aber die ganze Sache mit den Visionen – sie sind nicht so eindeutig. Du hast ja selbst erlebt, wie sie jede Nacht schreiend aufwacht. Es ist nicht leicht für sie.«

»Die Tatsache, dass sie jede Nacht aufwacht, ist für niemanden von uns leicht«, sagte sie und wandte sich wieder mir zu. »Und wenn du es heute wieder machst, dann versuch wenigstens, die Sache mit dem Schreien sein zu lassen. Es sind immer noch Leute auf der Suche nach dir.«

Ich lächelte verlegen. »Es tut mir leid. Auch dass ich dir nicht mehr über die Insel sagen kann – oder über Piper. Aber ich glaube, er hätte sich nicht lebend gefangen nehmen lassen.«

Zoe zuckte mit den Schultern. »Man muss keine Seherin sein, um das zu erraten.«

»Aber es sind trotzdem gute Nachrichten, oder nicht? Wir wissen, dass er noch lebt. Und wenn das bedeutet, dass er auch nicht gefangen genommen wurde, dann besteht die Möglichkeit, dass es ihm gut geht.«

»In ein paar Tagen finden wir es heraus, nehme ich an. Wenn es irgendwie möglich ist, dann wird er zum Treffpunkt kommen.«

Ich legte mich neben Kip und schlang die Decke enger um uns beide. »Ich glaube dir nicht«, sagte ich leise, »dass du nicht wissen willst, wer deine Zwillingsschwester ist.«

Zoe, die sich ein paar Meter entfernt niedergelassen hatte, mischte sich ein. »Ich bin nicht gerne mit Cass einer Meinung, aber ich glaube dir ebenfalls nicht. Wie kannst du es nicht wissen wollen?«

»Das ist nicht so ungewöhnlich, wie ihr vielleicht glaubt«, sagte er. Er lag hinter mir, und wenn er sprach, spürte ich seinen warmen Atem in meinem Nacken. »Im Vorher haben die Menschen Tausende Jahre ohne Zwillinge gelebt.«

Zoe schnaubte. »Und sieh nur, wohin das geführt hat.«

Über Nacht hatte es leicht geregnet, und als wir am nächsten Morgen unsere Sachen packten und aufbrachen, lag dichter Nebel über dem Tal. »Das ist gut«, meinte Zoe, als ich mich über das Gewicht der nassen Decke beklagte. »Gegen Mittag werden wir die Baumgrenze hinter uns gelassen haben, und der Nebel gibt uns Deckung. Natürlich nur, wenn er so lange anhält.«

»Das wird er«, sagte ich.

Wir konnten nur einige Meter weit sehen, und sämtliche Geräusche wirkten gedämpft. Einmal rutschte ich aus und griff nach einem schmalen Baumstamm, um mich daran festzuhalten, doch die Rinde war so morsch und feucht, dass sie sich unter meiner Hand löste. Nach etwa einer Stunde konnte ich uns zu einem kleinen Wasserlauf führen; eigentlich war er nur ein Rinnsal, das allerdings durch den Regen der vergangenen Nacht angeschwollen war. Wir füllten unsere Flaschen auf, tranken gierig und füllten sie noch einmal, bevor wir weiter durch den immer lichter werdenden Wald kletterten. Nach ein paar Stunden waren die Bäume vollständig verschwunden und hatten Geröll und Felsbrocken Platz gemacht, die uns dazu zwangen, uns noch vorsichtiger und langsamer vorwärts zu bewegen. Wir mussten zweimal umdrehen, um eine begehbare Route zu finden, bevor Zoe schließlich widerwillig mir die Führung überließ.

Die Geröllfelder waren das Schlimmste, denn die Steine gaben oft völlig unvermittelt unter den Beinen nach, sodass man drohte, den Hang hinabzurutschen. Mehrere Male zuckten wir zusammen, als sich eine kleine Lawine löste und das Gestein trotz der schalldämpfenden Wirkung des Nebels polternd in die Tiefe donnerte. Wir versuchten, uns an die größeren Felsen zu halten, doch wir kamen nur langsam voran und kletterten inzwischen mehr, als dass wir gingen. Obwohl sich Kip nie beklagte, erschwerte sein fehlender Arm ihm das Klettern so offensichtlich, dass selbst Zoe ihm von Zeit zu Zeit half und die Hand ausstreckte, damit er sich an sie klammern und die steilsten Stücke mit ihrer Hilfe überwinden konnte.

Die Bedingungen waren so schlecht, dass wir nicht mehr weitergehen konnten, sobald das Licht schwächer wurde. Es regnete zwar nicht mehr, doch der Nebel hatte eine durchdringende feuchte Schicht auf den Steinen hinterlassen. Wir beschlossen, ein Feuer zu riskieren, doch es war schwer, Holz zu finden, das nicht vollkommen durchnässt war, denn oberhalb der Baumgrenze wuchsen nur einige wenige karge Sträucher. Wir brauchten eine halbe Stunde, um genug Äste zu sammeln, doch es brannte gerade lange genug, um den Hasen zu braten, und die knisternde, flackernde Flamme gab mehr Rauch als Hitze ab.

Mein Körper war so müde, dass ich fast eine Art Befriedigung in der Erschöpfung an sich empfand, als ich mich neben dem Feuer niederließ, meine Beine ausstreckte und meine zahllosen schmerzenden Muskeln untersuchte. Es war kalt, und als ich mich eng an Kip schmiegte, erinnerte mich der feuchte Wollgeruch der Decke an den muffigen Geruch der Pferde und an die ersten Tage, die wir gemeinsam auf der Flucht verbracht hatten. Ich war nun schon viele Tage und Wochen mit Kip zusammen, ich schätzte, dass es mindestens drei Monate waren. Die Jahre davor – das Dorf, die Siedlung, die Verwahrungsräume – fühlten sich unendlich weit entfernt an. Ich dachte daran, dass für ihn diese Zeit, abgesehen von den verschwommenen, grauenhaften Erinnerungen an den Tank, alles war, woran er sich klammern konnte. Doch ihm fehlte nicht nur der Anker, den die Vergangenheit bot, sondern auch seine Zwillingsschwester, was das Seltsamste an allem war. Es schien merkwürdig, dass er nichts über sie wissen wollte, auch Zoe war es aufgefallen, und ich fragte mich, ob das Band zwischen uns die Leere für ihn füllte. Die vermeintliche Verbindung, die uns seit dem Augenblick untrennbar zusammenschweißte, als er mir durch das gewölbte Glas des Tanks in die Augen gesehen hatte. Das Problem war nur, es gab keine Symmetrien zwischen uns. Ich rollte mich von ihm weg und zog die Decke höher. Wir waren nicht nur zu zweit. Seine Zwillingsschwester war uns vielleicht unbekannt, aber mein Bruder war immer da, so eindringlich und lebendig wie Kip, der neben mir lag und dessen ruhige Atemzüge mir verrieten, dass er bereits schlief.

Am nächsten Tag blieb es feucht, doch um die Mittagszeit durchbrachen wir schließlich den Nebel. Über uns spannte sich der klare blaue Himmel, während das Tal unter uns vollkommen unter den düsteren grauen Wolken versank. Der Weg war noch immer steil, aber wir bewegten uns jetzt sicherer vorwärts. Wir hatten die Felsbrocken und Geröllfelder hinter uns gelassen, und vor uns breiteten sich glatte Steinplatten aus.

Ich kannte die Welt nur so, wie die Explosion sie geformt hatte. Krater, die groß genug waren, um einen eigenen Horizont darüber zu bilden, Trümmerhaufen, Klippen und sogar ganze Berge, die wie Sandbänke in sich zusammengebrochen waren. Es gab jedoch Orte, wo man noch immer eine Welt entdecken konnte, die von anderen, weiter zurückliegenden Kräften geformt worden war. Die Insel war ein solcher Ort gewesen. Ich war mir sicher, dass der Krater bereits vor der Explosion dort gewesen war. Und auch hier waren die Schichten der Steinplatten über Jahrhunderte hinweg entstanden und ragten auf eine Weise aus der Erde, die von langen, unerbittlichen Verschiebungen zeugte.

Ich fühlte mich vollkommen ausgeliefert, als wir zu dritt die nackte Bergwand erklommen, doch Zoe gab zu bedenken, dass wir für alle, die sich unter den Wolken aufhielten, unsichtbar waren. »Im Vorher gab es hier oben eine Straße«, sagte sie. »Und der Anstieg führte gerade hinauf.«

»Damals gab es viele Dinge«, erwiderte Kip.

Innerhalb der nächsten Stunde erreichten wir ein Plateau, von dem aus wir die ersten Anzeichen sahen: drei Metallpfähle, die parallel zueinander im exakt gleichen Winkel auf dem Boden lagen. An ihren geschmolzenen Grundfesten sah man, wo die Explosion sie umgerissen hatte. Dann das Fundament einer Mauer, die entlang eines großen Bereichs des Plateaus verlaufen sein musste und fast komplett dem Erdboden gleichgemacht worden war. Und schließlich die Stadt selbst, die sich tief in eine Mulde auf dem Gebirgspass schmiegte. Nur dass es keine Stadt mehr war. Es handelte sich vielmehr um die Umrisse, die sie einst geformt hatten. Metallstangen von Gebäudefundamenten ragten aus der Erde, gebogen wie die Rippen der toten Rinder, die während der Dürrejahre am Straßenrand gelegen hatten. Einige Wände und Betonplatten waren noch so weit intakt, dass sie einen Eindruck von ihrer einstigen Größe erahnen ließen, die mittlerweile nicht mehr existierte.

Jahre zuvor hatte ich in unserer Siedlung einmal eine Maschine aus dem Vorher gesehen. Ich hatte gewusst, wie riskant es war, eine Bronzemünze zu bezahlen, um die Wanderausstellung zu besuchen, die vorgab, ein echtes Artefakt in ihrem Besitz zu haben. Doch als der schäbige Wagen schließlich da war, stellte ich mich wie alle anderen in der Siedlung in die Schlange und bezahlte, um einen Blick darauf zu werfen. Es war ein kühler Morgen, und die Erntezeit war längst vorbei. Als ich an der Reihe war, schickte mich der Sohn des Marktschreiers in das Zelt, in dessen Mitte eine Säule stand. Darüber war ein rotes Tuch gebreitet, doch es reichte nicht einmal bis zum Zeltboden, sodass ihr Sockel sichtbar war. Der Marktschreier hatte am Morgen behauptet, es handle sich um eine Maschine aus einer Tabu-Stadt im Westen. Zuerst dachte ich, sie befände sich in der zerstörten Metallkiste, die auf der Säule stand und sichtbar wurde, als das rote Tuch heruntergezogen worden war. Doch dann öffnete der Marktschreier feierlich den Deckel, und ich erkannte, dass die Kiste selbst die Maschine war. Der obere Teil war mit Scherben gefüllt, die aussahen, als stammten sie von einer getönten Glasscheibe. Der untere Teil war verformt, ein einziger geschmolzener schwarzer Klumpen. Aus der Kiste ragte ein Kabel, das sich zu einem Draht verdünnte. »Für die Elektrik«, flüsterte der Mann verschwörerisch.

Ich hatte schon davon gehört. Davon, wie die Elektrik während der Explosion plötzlich verschwunden war und im Vorher nichts mehr funktioniert hatte. Häuser und ganze Städte voller nutzloser Maschinen, jede einzelne mit einem eigenen traurigen Kabel versehen.

Nichts in dieser Gebirgsstadt war so gut erhalten wie die Kiste damals. Das Seltsamste an diesem Ort war die fehlende Verbindung zwischen der Stadt – diesem zerstörten, verlassenen Ort – und der Fülle an Eindrücken, die sie umgaben. Für mich glich die Masse der Menschen, die hier gelebt hatten, einem Brüllen. Ihre Abwesenheit war genauso stark spürbar, als wenn sie noch da gewesen wären. Es fühlte sich nicht an wie in meinen anderen Visionen, nicht einmal wie in denen von der Explosion. Es war mehr wie ein Nachhall einer Glocke, der noch zu hören war, obwohl sie bereits wieder stillstand.

Ich hob den Blick und bemerkte überrascht, dass Zoe und Kip völlig unbeeindruckt schienen. Sie stiegen vorsichtig über die Trümmer, und Kip blickte immer wieder über die Schulter, doch es war offensichtlich, dass keiner der beiden dieselbe lautlose Kakofonie hörte, die mich verfolgte.

Kip fiel jedoch auf, wie ich instinktiv meine Hände auf die Ohren presste, obwohl das vollkommen sinnlos war. Er stieg über einen verbogenen Metallträger und gesellte sich zu mir. »Wenn du die Stadt schon vom Tal aus spüren konntest, dann muss das Gefühl hier oben ziemlich stark sein, nehme ich an?«

Ich nickte, sagte aber nichts.

»Das alles ist sehr lange her.« Er nahm meinen Arm.

Ich nickte noch einmal. »Ich weiß. Aber sie wissen es nicht. Es ist …« Ich stellte sicher, dass Zoe außer Hörweite war, »… als wenn ihnen niemand gesagt hätte, dass sie tot sind.«

Er senkte den Blick, drehte einen kleinen Betonbrocken mit dem Fuß um und sah zu, wie grauer Staub aufwirbelte und sich wieder legte. »Wir müssen nicht hier durch. Wir können zurückgehen und die Stadt umrunden.«

Ich schüttelte den Kopf. »Es ist schon in Ordnung. Ich hatte nur nicht erwartet, dass es so heftig sein würde.«

Ich hielt mich weiter an seinem Arm fest, während wir zu Zoe aufschlossen und ihr durch die Trümmer folgten. Manchmal waren die alten Straßen gut sichtbar und wir kamen leicht voran. Oftmals waren sie jedoch unter Schutt begraben, durch den wir uns mühsam einen Weg bahnen mussten. Zahlreiche Gebäude waren in ihre Keller gestürzt, sodass nur tiefe Löcher voller Mauerwerk und Glas von ihnen übrig geblieben waren. Wir bewegten uns mehr oder weniger durch das Zentrum. Ich erwartete jeden Augenblick, dass wir die Ruinen endlich hinter uns ließen, doch die Stadt schien endlos, und nach mehr als einer Stunde hielten wir an und setzten uns auf die Überreste einer niedrigen Mauer, um etwas zu trinken.

»Es ist ein komisches Gefühl zu wissen, dass es noch mehr Städte wie diese hier gibt«, sagte Kip.

»Sehr viele mehr«, sagte Zoe. »Ich war in einigen von ihnen.«

»Waren sie so riesig wie die hier?«

»Noch größer. An der Südküste gibt es eine, in der zehnmal so viele Menschen gelebt haben müssen. Viele Teile davon liegen mittlerweile unter Wasser, aber wenn man mit dem Boot hinausfährt, kann man sie unter der Oberfläche sehen. Und bei Ebbe ragen einige der höheren Gebäude noch immer aus dem Meer.« Sie gab mir die Flasche, doch das Wasser war warm und wirkte kaum noch erfrischend.

»Und glaubst du, dass es dort irgendetwas gibt? Ein Tabu, meine ich«, fragte er.

»Die Ruinen sehen alle aus wie die hier.« Zoe machte eine ausgreifende Bewegung mit dem Arm, um die Trümmer einzuschließen, die uns umgaben. »Eher nutzlos als Furcht einflößend. Es gibt nicht viel, was geborgen werden kann. Das, vor dem die Leute warnen – die gefährliche Strahlung – hat früher vielleicht einmal existiert, aber jetzt nicht mehr.« Sie warf einen Stein gegen eine Eisenplatte, die halb im Staub steckte. Ein dumpfes Dröhnen erklang. »Mittlerweile ist es bloß noch ein Haufen Schrott. Aber die Menschen haben Angst vor dem, wofür es steht: das Vorher, die Explosion. Diese Dinge eben.«

»Und die Maschinen?«

»Sie funktionieren ohnehin nicht mehr. Selbst wenn du einige davon wieder zusammenbauen könntest, bräuchtest du dazu auch Elektrik.«

»Die haben sie«, sagte ich. »Zumindest die Alphas in Wyndham. Nicht nur in den Tankräumen, sondern auch in den Zellen und in manchen Fluren.«

Ich berichtete ihr, was ich bereits Piper erzählt hatte. Von der Glaskugel, die in meiner Zelle von der Decke hing, von dem regungslosen kalten Licht.

Sie nickte. »Das habe ich mir schon gedacht. Es gäbe einen Aufstand, wenn die Leute davon Wind bekämen, aber ich bin mir sicher, dass sie sich schon seit Jahren mit diesen Dingen befassen, wenn auch nur dilettantisch. Es überrascht mich nur, dass ihnen bisher nicht mehr gelungen ist. Die Menschen erzählen, dass es im Vorher Maschinen gab, mit denen man reisen und fliegen konnte. Viele Dinge, die manche der Ratsmitglieder sehr gerne wieder bauen würden, wenn die Leute es akzeptieren würden, könnte ich mir vorstellen. Doch nach der Explosion sitzt die Angst zu tief. Der Rat will kein weiteres Fegefeuer riskieren.«

Plötzlich ertönte ein gedämpftes metallisches Kreischen, und wir drehten uns beide gleichzeitig um. Kip hatte die Überreste einer Tür zur Seite gehievt, die in einen Betontunnel führte, dessen Eingang halb in der Erde verborgen lag.

Zoes Hand wanderte sofort zu ihren Messern, doch abgesehen von einer Staubwolke, die kurz hochstieg und sich gleich wieder senkte, konnten wir nichts Bedrohliches erkennen. Kips Haare, Augenbrauen und Schultern waren kalkweiß vom Staub. Sie seufzte und wandte sich wieder mir zu. »Er könnte noch mehr Lärm machen. Doch dazu müsste ich ihm erst eine Trommel und eine Trompete in die Hand drücken.«

Ich hielt den Blick jedoch weiter auf Kip gerichtet. Er wirkte wie erstarrt. Seine staubbedeckte Hand war immer noch ausgestreckt und umklammerte die Tür. Als ich mich neben ihn stellte, bewegte er sich immer noch nicht.

Es dauerte eine Weile, bis ich erkannte, was er anstarrte, vor allem weil Zoe, die zu uns getreten war, das letzte Licht, das durch den Türrahmen in den Tunnel fiel, blockierte. Als ich sah, was sich im Inneren befand, verstand ich nicht gleich, warum Kip so heftig darauf reagierte. Auf den ersten Blick wirkte der Anblick harmlos. Ein Kasten, der an der Wand hing und dessen Vorderteil explodiert oder hinuntergefallen war. Aus seinem Inneren quollen zahllose Kabel in den dunklen Raum. Ihre Farben waren verblasst, aber immer noch zu unterscheiden: rot, blau und gelb. Einige waren zusammengebunden, andere hingen lose herab. Ein weiteres Überbleibsel der unbekannten Welt des Vorher. Doch plötzlich wurde mir klar, dass es kein vollkommen unbekanntes Bild war. Ich dachte an die Kabel, die sich entlang der Wand über den Tanks geschlängelt hatten. Sie waren an einigen Stellen zusammengebunden gewesen, an anderen jedoch verzweigt wie ein Efeubusch. Die Drähte, Kabel, Schläuche und die vollkommen runde, noch immer sichtbare Narbe auf Kips Handgelenk, wo einer der Schläuche in seinen Körper gedrungen war – das alles erinnerte ihn an den Tankraum.

Ich versuchte, ihn von der Tür fortzuziehen, doch sein ganzer Körper war steif. Ich musste beide Arme um ihn schlingen, um ihn zurück ins Licht zu zerren. Ich hielt ihn weiter umklammert, während ich mich zur Seite beugte, um ihm ins Gesicht zu sehen, doch seine Augen fixierten immer noch die Tür. Er war vollkommen still, und sein Gesicht wirkte ausdruckslos.

»Mach sie zu. Mach die verdammte Tür zu«, schrie ich.

Zoe reagierte schnell. Hinter mir hörte ich ein Kreischen und dumpfes Poltern, als sie die Türe schloss.

Ich bewegte mich nicht und ließ Kip nicht aus den Augen. Ich dachte an unsere erste Begegnung. Der verzweifelte Blick, mit dem er mich damals durch das Glas des Tanks angestarrt hatte, hatte lebendiger gewirkt als jetzt, wo er noch immer vollkommen ausdruckslos über meine Schulter starrte. Wir standen minutenlang eng umschlungen, doch er sagte nichts und bewegte sich keinen Zentimeter.

Zoe brach schließlich das Schweigen. »Wir haben unsere Deckung zu lange aufgegeben. Wenn er schon einen Nervenzusammenbruch haben muss, dann muss er damit leider warten, bis wir einen Unterschlupf gefunden haben.«

Ich war dankbar, dass sie keine Fragen stellte. Wir führten und zerrten Kip durch die Trümmer, bevor wir schließlich in einer Nische zwischen zwei umgestürzten Betonplatten Zuflucht fanden. Um uns herum hatten, wie überall in der Stadt, niedrige Pflanzen Wurzeln geschlagen. In dieser Höhe wuchsen keine hohen Bäume, doch die Ritzen im Beton waren von Schling- und Klettergestrüpp durchzogen.

»Kannst du mir erklären, was das gerade sollte?« Sie hatte die Frage an mich gerichtet, doch es war Kip, der ihr antwortete.

»Es war wie in dem Tankraum – die Kabel und das ganze Zeug.« Er blickte uns entschuldigend an. »Ich denke, ich hatte wohl nicht erwartet, so etwas je wieder zu sehen.«

Zoe hob eine Augenbraue. »Es sah genauso aus?«

»Nein, nicht genauso«, sagte ich. »Nicht die Tanks oder so. Aber die Kabel. Der Raum, in dem ich ihn fand, war voll mit diesen Dingern.«

Sie kräuselte die Nase. »Piper hat einmal eine Gruppe Ratssoldaten in einer Tabu-Stadt im Westen beobachtet. Sie haben Dinge hinausgetragen und ganze Wagenladungen davongekarrt.«

»Aber der Tank, in dem sie mich gefunden hat …«, sagte Kip. »Ich habe noch nie gehört, dass es so etwas im Vorher gegeben hat.«

»Ich will damit auch nicht sagen, dass sie Maschinen wie diese hatten. Aber die Technologie, die die Alphas verwenden, die gab es im Vorher. Sieh dich doch nur um«, sagte Zoe. »All die Dinge, von denen Cass Piper erzählt hat – die Tanks, die Schläuche, die Maschinen. Glaubst du wirklich, der Reformer und seine Ratskumpel haben das alles von Grund auf selbst erfunden? Sie wagen sich vielleicht nicht an die Öffentlichkeit damit, aber sie perfektionieren diese Dinge seit Jahren – und die Grundlagen dafür stammen aus dem Vorher.«

»Aber sie sind doch diejenigen, die das Tabu durchgesetzt haben«, sagte er. »Wenn der Rat Dinge aus dem Vorher nutzen will, warum ändert er dann nicht einfach das Gesetz?«

Ich schüttelte den Kopf. »Denk doch daran, was du vorhin gesagt hast. Darüber, warum du keinen Fuß in eine Tabu-Stadt setzen möchtest. Es geht nicht um das Gesetz. Die Menschen hassen alles, was mit dem Vorher zu tun hat. Sie würden es niemals akzeptieren, auch nicht irgendetwas, das nur im Entferntesten damit zu tun hat. Der Rat kann nicht riskieren, dass die Menschen erfahren, dass er die Technologien des Vorher wieder einsetzt.«

»Oder«, fügte Zoe hinzu, »sie wollen, dass sie die Einzigen bleiben, die sie nutzen können.«

»Vermutlich trifft beides zu«, sagte ich.

Kip war noch immer blass, aber Zoe wies darauf hin, dass wir bereits zu lange angehalten hatten. Als wir uns schließlich durch die Randbezirke der verschwundenen Stadt bewegten, wurde das Licht bereits schwächer, und die Ruinen warfen lange, zerklüftete Schatten in den Staub.

»Wie lange noch bis zum Treffpunkt?«, fragte Kip.

»Wir könnten es diese Nacht bis dorthin schaffen, wenn das Mondlicht stark genug ist, um etwas zu erkennen.«

Er nickte.

Ich wusste, dass er sich nach Schlaf sehnte, danach, seine Augen vor der Welt zu verschließen, die ihn aus dem Hinterhalt mit den Erinnerungen an seine Zeit in den Tanks überfallen hatte. Aber es war auch klar, dass Zoe keine Rast einlegen würde. Mondlicht oder nicht, ich wusste, dass wir diese Nacht weitergehen würden, bis wir am Treffpunkt angelangt waren. Ich versuchte, einen Hinweis darauf zu erhaschen, ob Piper dort sein würde, aber meine Gedanken wurden von den lärmenden Toten und dem Gefühl von Kips geballter Faust in meiner vollkommen eingenommen. Doch da war noch etwas anderes. Die Drähte und Kabel, die Kip aus der Fassung gebracht hatten, hatten auch in meinem Kopf etwas ausgelöst. Sie hatten uns beide an den Tankraum erinnert, aber auch den Raum vor meinem inneren Auge heraufbeschwört, den ich während meines letzten Treffens mit der Beichtmutter in den Verwahrungsräumen kurz in ihrem Kopf aufblitzen gesehen hatte. Und plötzlich wusste ich, wo er sich befand. Nicht die Kabel, die die Wände nach oben verliefen, sondern die Wände selbst hatten mich auf seine Spur gebracht – die Wölbung. Ich war mir sicher, dass ich noch nie zuvor in diesem Raum gewesen war. Doch ich wusste, dass ich ihn von außen kannte. Er befand sich in einem der alten Silos, zu denen Zach und ich immer gegangen waren, als wir noch Kinder gewesen waren.

28

DER AUFSTIEG WAR anstrengend gewesen, doch auch der Abstieg hielt einige Herausforderungen für uns bereit. Der Mond schien hell, aber sobald wir die Baumgrenze passiert hatten, gingen wir größtenteils im Dunkeln und stolperten oft. Zoe war sich des Weges sehr sicher, oder aber ihre Vorfreude machte sie leichtsinnig, auf jeden Fall führte sie uns schnell voran, ohne auch nur einmal zu zögern.

Ich hatte mir Sorgen gemacht, ob Kip so lange durchhalten würde, doch er schien das Tempo zu genießen. Die Notwendigkeit, den Anschluss nicht zu verlieren und unter Bäumen hindurch und über Felsbrocken zu klettern, lenkte ihn scheinbar von seinen düsteren Gedanken ab. Mehrere Male hörte ich ihn hinter mir stolpern oder ausrutschen. Steine wurden zur Seite geschleudert, und er ächzte, während er über den Boden kroch oder die Hand nach etwas ausstreckte, um sich daran festzuhalten.

Plötzlich erstarrte Zoe vor uns. In der Dunkelheit bemerkten wir erst, dass sie angehalten hatte, als Kip und ich beinahe über sie fielen. Sie musste uns nicht darauf hinweisen, still zu sein. Die abrupte und vollkommene Bewegungslosigkeit ihres Körpers war Warnung genug.

In der Stille, die folgte, wurde mir erst bewusst, wie laut wir bei unserem Abstieg gewesen waren. Schlimmer noch – im selben Augenblick erkannte ich, dass wir nicht die Einzigen waren, die in der Dunkelheit warteten. Irgendwo in der schwarzen Nacht zu unserer Linken bewegte sich etwas zwischen den Bäumen, hielt inne und setzte dann seinen Weg fort. Den ganzen Tag über hatten mich so viele schreckliche Dinge verfolgt, dass ich nicht wusste, wovor ich am meisten Angst hatte: den Alphas, die uns jagten, oder den ruhelosen Toten der Tabu-Stadt, die in der Dunkelheit wieder zum Leben erwacht waren.

Neben mir hielt Kip den Atem an. Ich fühlte und sah gleichzeitig, dass Zoe langsam den Arm hob und mit dem Daumen nach hinten deutete. Ich machte einen Schritt zurück, Kip tat es mir gleich. Ich starrte weiter auf Zoes Hand. Im Schein des Mondes erkannte ich den Umriss ihres wurfbereiten Messers.

»Stopp!« Meine Stimme erschreckte mich selbst genauso wie die anderen. Die Gewissheit war so plötzlich und ohne jeden Zweifel gekommen, dass ich nicht einmal innehielt, um einen klaren Gedanken zu fassen. »Es ist Piper.«

Keine zehn Meter entfernt trat Zoes Zwillingsbruder als Schatten aus der Dunkelheit, nur an seiner Stimme zu erkennen. »Ich rede mir gerne ein, dass sie sich immer noch einmal vergewissert, bevor sie ihr Messer wirft«, sagte er.

»Darauf würde ich nicht wetten«, erwiderte Zoe. »Du bringst uns noch beide um, wenn du weiter so in der Nacht herumschleichst.« Sie trat auf ihn zu. Das Geschwisterpaar umarmte sich nicht, sie berührten sich nicht einmal, doch selbst in der beinahe vollständigen Dunkelheit hatte ich das Gefühl, mich abwenden zu müssen, so intim erschien mir die Begegnung.

Der Moment dauerte nur einige Sekunden an. Ich vergrub das Gesicht an Kips Schulter, bis ich hörte, dass Piper zu uns trat. Er streckte die Hand aus, umfasste mein Kinn und drehte mich zu sich. Es war zu dunkel, um sein Gesicht deutlich erkennen zu können, doch ich spürte, wie er mich musterte. Er betrachtete mich mit der Intensität eines Liebhabers – oder

der eines Käufers auf dem Markt, der Ware nach Mängeln untersucht. Er ließ den Daumen über meine Wange gleiten und drückte so fest zu, als wollte er sich vergewissern, dass alle meine Knochen noch am richtigen Platz saßen. Als er schließlich langsam ausatmete, nahm ich seinen warmen Atem auf meiner Wange überdeutlich wahr, auch wenn Kip noch immer meine Hand hielt. Piper ließ mich nicht aus den Augen, als er sagte: »Danke, dass du sie beschützt hast.«

»Das habe ich nicht wirklich«, sagte Kip.

»Ich habe mit meiner Schwester gesprochen.« Er ließ seine Hand sinken und wandte sich an Kip. »Du hast es also auch geschafft, wie ich sehe.«

»Ich hätte nie gedacht, dass du die Nettere in eurer Familie sein könntest«, sagte Kip zu Zoe, die zu uns getreten war.

»Erzähl uns von der Insel«, sagte sie.

Piper schüttelte den Kopf. »Nicht jetzt. Wir müssen weiter. Ich bin nicht der Einzige, der euch entdecken könnte.«

Sie nickte. »Wir sind ohnehin bereits in der Nähe des Treffpunktes. Wir schlagen dort unser Nachtlager auf.« Sie gingen nebeneinander weiter.

Kip und ich folgten ihnen. »Es ist das erste Mal, dass ich so etwas sehe«, flüsterte er mir zu.

»Was?«

»Zwillinge – zusammen.«

Ich wusste, was er meinte. Auch ich fühlte mich von dem Paar vor uns wie gebannt. Die Symmetrie ihrer Bewegungen, das vollkommen gleiche Tempo. Beide hätten der Schatten des jeweils anderen sein können.

Nach nicht einmal einer halben Stunde wurde der Abstieg steiler und felsiger. Zoe und Piper führten uns scharf nach rechts einen Grat entlang, über den sich zu unserer Rechten eine Felswand erhob. Die Höhle selbst lag gut versteckt hinter Efeu und niedrigen Büschen. Zoe schob einige Äste zur

Seite, und wir drückten uns hinein. Piper und Zoe konnten nicht einmal aufrecht darin stehen, doch es war genug Platz, damit wir alle vier liegen konnten. Die Dunkelheit im Inneren war so undurchdringlich, dass jedes Geräusch um ein Vielfaches lauter wirkte. Kip und ich richteten unser Nachtlager ein, schoben einige lose Steine beiseite und schüttelten die Decke aus. Ich konnte hören, dass Zoe und Piper anscheinend dasselbe taten. In dem kleinen Raum war der Geruch unserer nassen, verbrannten Decke allgegenwärtig, und ich hatte die Befürchtung, dass mein Körper mindestens genauso auffällig roch. Ich konnte mich nicht erinnern, wann ich mich das letzte Mal sorgfältig gewaschen hatte. Selbst das hastige Bad im Fluss lag mittlerweile Tage zurück. Ich wusste, dass Kips Gesicht, im Tageslicht betrachtet, eine Schmutzschicht überzog, die in den Falten um seine Augen und an seinem Nacken dunkler wirkte.

Die Zwillinge hatten sich schnell eingefunden, es war deutlich, dass sie diesen Ort gut kannten. Jetzt verstand ich auch, warum sich Piper auf der Insel in seiner kleinen Kammer mit der dünnen, zusammengerollten Matratze so wohlgefühlt hatte.

»Erzähl uns, was passiert ist«, sagte ich.

Seine Stimme war leise, er klang erschöpft. »Möchtest du nicht lieber schlafen, als die Einzelheiten zu hören?«

»Wenn ich schlafe, träume ich ohnehin davon.«

Zoe seufzte. »Dann erzählst du es uns besser gleich. Wenn sie wieder eine Vision im Schlaf hat, findet keiner von uns Ruhe.«

»Okay.« Er schwieg lange. »Nun, zahlenmäßig ist es besser gelaufen, als du es vorhergesehen hast. Wir haben es geschafft, die zweite Fuhre von der Insel zu schaffen.«

»Und sonst?«, fragte ich.

»War es schlimmer. Wegen dem, was sie uns angetan haben.«

»Aber als wir noch auf der Insel waren, haben sie doch vor allem Gefangene genommen, soweit wir das sehen konnten. Sie schienen sich zurückzuhalten.«

»Ich weiß.« Piper rutschte auf dem Steinboden hin und her. »Sie haben niemanden getötet. Zumindest nicht zu Beginn. Nachdem sie die Außenmauern der Festung eingenommen hatten, trieben sie alle Soldaten im Innenhof zusammen. Wir mussten uns in die höheren Bereiche zurückziehen. Ich stand auf den Befestigungsmauern und habe alles gesehen. Sie haben sie gefesselt, selbst die Verwundeten. Dann glichen sie die Gefangenen mit einer Liste ab, einen nach dem anderen. Sie waren auf der Suche nach bestimmten Kennzeichen. Manche nahmen sie zur Seite und brachten sie hinunter auf die Schiffe. Andere wurden an Ort und Stelle getötet. Sie schnitten ihnen die Kehle durch, während die anderen warteten, und eine Frau mit einer Liste die Reihe abging und jeden überprüfte.«

Ich konnte es vor mir sehen. Ich hatte während unserer ersten Nacht zurück auf dem Festland, als ich Kip mit meinem Schrei geweckt hatte, bereits Fragmente davon in einem Traum durchlebt. Doch wie die meisten meiner Visionen war es eine Abfolge verschwommener Bilder gewesen. Nun verfestigten Pipers Worte das, was ich gesehen hatte und tauchten die undeutlichen grauen Momentaufnahmen in schreckliche realistische Farben.

»Aber woher wussten sie, wer wer war? Und wer ihre Zwillinge?«, fragte Zoe. »Auf der Insel gab es doch keine Registrierungskarten.«

»Du darfst nicht unterschätzen, wie viele Informationen sie gesammelt haben«, sagte er. »Wir hatten schon lange den Verdacht, dass sie eine Liste der Leute erstellen, die sie auf der Insel vermuten. So, wie sie die Omegas derzeit im Auge behalten, wird es immer schwieriger, einfach zu verschwinden.

Aber ja, sie wussten nicht, wen sie töten konnten«, sagte er. »Zumindest nicht sofort.«

»Die Frau mit der Liste«, sagte ich und sah zu, wie sich die Szene hinter meinen geschlossenen Augen aufbaute. »Das war sie.«

»Ich konnte ihr Brandzeichen von den Befestigungsmauern aus nicht sehen«, sagte er. »Aber es muss die Beichtmutter gewesen sein. Es war an der Art zu erkennen, wie die Ratssoldaten Abstand zu ihr hielten – sie war keine Alpha. Trotzdem folgten sie ihren Befehlen. Sie glich die Gefangenen mithilfe ihrer Liste ab, aber sie beugte sich auch oft zu ihnen nach vorne und legte ihnen mit geschlossenen Augen eine Hand auf die Stirn. Nachdem sie hatte, was sie brauchte, musste sie bloß mit dem Kopf nicken, und ein Soldat trat vor und schlitzte die Kehle auf.«

Ich sah alles vor mir. Ihr Nicken wirkte brutaler als die Klingen der Soldaten, die in das Fleisch der Gefangenen drangen. Sie schien so gleichgültig, wenn sie einem der wartenden Soldaten beiläufig mit dem Kopf das Zeichen gab und sich dabei bereits abwandte, um den Nächsten zu überprüfen.

Zoe durchbrach unser entsetztes Schweigen. »Wie viele konnten von der Insel fliehen?«

»Mehr als zwei Drittel haben es sicher auf die Boote geschafft. Alle Kinder und fast alle Zivilisten. Aber die zweite Fuhre war zu überstürzt aufgebrochen und überladen. Eines der Schiffe lief auf dem Riff auf. Wir konnten drei Menschen mithilfe der kleineren Boote retten, bevor wir sie in den Höhlen versteckt haben.« Er lachte düster. »Es hat den dreien nicht viel gebracht. Sie waren auf der Insel, als die Alphas in der darauffolgenden Nacht kamen.«

In der Stille, die auf Pipers Worte folgte, erlebte ich den Kampf noch einmal in meinen Gedanken. Es war so real, dass ich erneut das Blut und den Wein riechen konnte. Ich wusste, dass auch Kip und Piper die Bilder nicht aus ihren Köpfen bekamen.

»Ihr habt ja gesehen, wie die Kämpfe begannen«, sagte er. »Nachdem ihr fort wart, lief alles in etwa so ab, wie du es vorhergesehen hattest. Der Nordtunnel fiel nach Mitternacht, aber zumindest hatten wir dahinter Barrikaden errichtet. Danach nahmen sie den ganzen Krater ein. Der Großteil der Kämpfe fand in den Straßen statt – meistens im Nahkampf. Aber die Alphas waren sehr vorsichtig. Sie töteten, aber nicht wahllos. Oft legten sie Feuer, um die Leute auszuräuchern.«

»Und wie ging es zu Ende?«, fragte Zoe.

»Wir wurden einfach überrannt. Nach einer Weile war klar, dass nichts mehr übrig war, was zu verteidigen gewesen wäre. Sie hatten die Stadt niedergebrannt und die Tunnel blockiert. Nachdem das Haupttor zur Festung eingenommen war, konnten wir zuerst noch die oberen Bereiche verteidigen. Und nachdem sie die meisten Gefangenen im Innenhof niedergemetzelt hatten, waren noch etwa neunzig von uns übrig, die noch am Leben und nicht gefangen genommen worden waren. Dem entgegen standen vielleicht sechshundert ihrer Männer. Wir wären niemals aus der Festung hinausgekommen, wenn sie sich nicht zumindest mit dem Töten zurückgehalten hätten. Ich hätte nie gedacht, dass ich der Beichtmutter einmal dankbar sein würde.« Er spie ihren Namen regelrecht aus. »Aber sie ließ niemanden umbringen, wenn es sich vermeiden ließ. Nicht, bevor sie ihn gefesselt und ihr vorgeführt hatten. Als wir uns also im Dunklen aus der Festung schlichen, hatten sie es nicht allzu eilig, uns aufzuspüren. Der Rauch der vielen Feuer gab uns Deckung. Zu diesem Zeitpunkt hatten sie die halbe Stadt niedergebrannt. Sie dachten ohnehin, dass wir in der Falle saßen, da sie nichts von den Booten in den Höhlen wussten. Nachdem wir es über den Rand des Kraters geschafft hatten, formierten sie sich neu, um den Hafen zu sichern. Als wir jedoch in Richtung Osten weiterflohen, dachten sie wohl, wir würden versuchen zu schwimmen.« Erneut erklang sein düsteres Lachen. »Die Ratssoldaten sind keine Seeleute, so viel steht fest. Sobald wir die kleinen Beiboote und Kanus im Riff zu Wasser gelassen hatten, schafften sie es mit ihren großen Schiffen nicht in unsere Nähe. Viele ihrer Landungsboote kenterten, als sie versuchten, uns zu folgen. Sie erwischten uns nicht, nicht einmal in unseren lächerlichen Kähnen. Wir waren wohl die zerlumpteste Flotte, die man je gesehen hat. Wir hätten es nie bis zum Festland geschafft, wenn wir das Riff nicht in- und auswendig kennen würden. Die Alphas schafften es nicht, in der Dunkelheit an uns heranzukommen. Die Flotte, die vor dem Riff vor Anker lag, war kaum bemannt, abgesehen vom Boot mit den Gefangenen. Wir enterten zwei ihrer Schiffe, bevor sie wussten, wie ihnen geschah, und die anderen hatten nicht genügend Leute an Bord, um uns zu folgen. Aber ich denke, dass sie bis dahin ohnehin wussten, dass sie nicht finden würden, wonach sie suchten.«

»Wie konnten sie das wissen?«, fragte Kip.

»Die Beichtmutter muss es vorhergesehen haben«, sagte ich. »Sie hat es gefühlt, da bin ich mir sicher.«

»Vielleicht. Aber sie hätten sie gar nicht benötigt – sie haben einfach gefragt.«

»Ich wusste gar nicht, dass ihr so dick befreundet seid?«

Piper ignorierte Kips bissigen Kommentar. »Nachdem sie alle Gefangenen zusammengetrieben hatten und noch bevor sie begannen, sie zu töten, schrien die Soldaten vom Innenhof zu uns hoch.«

Piper schwieg, doch ich wusste bereits, was er als Nächstes sagen würde.

»Sie riefen, sie würden alle verschonen, wenn wir euch beide auslieferten.«

Ich spürte Kips Atem an meiner Schulter, als er keuchend die Luft ausstieß. Ich schloss die Augen, doch in der Dunkelheit machte es keinen Unterschied – die schrecklichen Bilder waren immer da.

Ich wachte früh auf und war überrascht, dass ich überhaupt geschlafen hatte. Ich war dankbar, einige Minuten für mich zu haben, während ich den ruhigen Atemzügen der anderen in der Höhle lauschte. Doch als ich mir durch die taunassen Schlingpflanzen am Eingang den Weg hinausbahnte, sah ich, dass Piper bereits aufgestanden war. Mit geübten Bewegungen schliff er eines seiner Messer an dem Stein, auf dem er saß.

Ich hatte ihn seit unserer letzten Begegnung auf der Insel noch nicht im Tageslicht gesehen. Es dämmerte gerade erst, aber es war hell genug, um seine Wunden erkennen zu können. Eines seiner Augen war zu zwei Dritteln zugeschwollen, und er hatte einen langen Schnitt am Arm.

»Es ist nicht so schlimm, wie es aussieht. Zoe hat kaum etwas gespürt«, sagte er. »Und das mit dem Auge war ein Unfall. Ich habe mir selbst ein Ruder ins Gesicht geschlagen, als wir versuchten, die kleinen Boote aus den Höhlen ins Wasser zu lassen.«

»Du musst mich nicht anlügen«, sagte ich.

Er sah mich an und lächelte leicht. »Wie es scheint, hat es keinen Sinn, es auch nur zu versuchen.« Er berührte den Rand der Schwellung um sein Auge. »Wir wussten beide, dass es ein Risiko war, dich gehen zu lassen. Als ich der Versammlung sagte, was ich getan hatte, ließen mich einige von ihnen mehr als deutlich spüren, was sie davon hielten. Das blaue Auge habe ich Simon zu verdanken.«

»Es tut mir leid«, sagte ich. »Das war's dann für dich mit dem Widerstand, oder?«

Er zuckte mit den Schultern. »Das war's für mich als Anführer. Aber es spielt keine Rolle. Ich mache weiter – wenn es noch einen Widerstand gibt, für den ich kämpfen kann.«

»Aber das hier«, sagte ich und deutete auf die Wunde auf seinem Arm, »waren nicht deine eigenen Leute.« Als ich mich näher heran beugte, konnte ich erkennen, dass die Wunde – wenn auch ungeschickt – genäht worden war.

»Nein, das war ein Ratssoldat.« Er folgte meinem Blick. »Ich weiß, es sieht nicht gerade schön aus. Aber fairerweise muss man sagen, dass die Wunde von einer einarmigen Frau auf einem wackeligen Boot genäht wurde.«

Ich lachte, während er zur Seite rückte, um auf dem flachen Stein Platz für mich zu machen. »Es tut mir leid, ich sollte nicht lachen«, sagte ich. »Ich am allerwenigsten.«

Er musterte mich aufmerksam. Es verunsicherte mich, dass sein Gesicht so nah an meinem war, dass ich seine Bartstoppeln hätte zählen können. Als ich den Blick senkte, sah ich, wie die Haut um die Wunde auf seinem Arm um jeden Stich Falten warf.

»Du hast letzte Nacht nicht viel geschlafen, oder?«, fragte er.

Ich schüttelte den Kopf. »Aber wenig ist besser als gar nichts.« Wir schwiegen einen Moment. »Die anderen, die mit dir von der Insel fliehen konnten – wie die Frau, die dich genäht hat –, wohin sind sie gegangen?«

»Wir haben uns aufgeteilt. Unsere Schiffe haben nicht einmal zusammen am Festland angelegt. Die anderen sind nach Osten unterwegs. Aber das Netzwerk ist weit verzweigt, wenn man die miteinbezieht, die vorher flüchten konnten. Wenn sie sicher das Meer überquert und es geschafft haben, ins Landesinnere zu kommen, werden unsere Verstecke bald überrannt. Ich bin mir sicher, dass ich nicht der Einzige von der Insel bin, der die letzte Nacht auf hartem Untergrund geschlafen hat.«

Ich stellte die Frage, obwohl ich die Antwort fürchtete. »Wie viele waren es?«

»Die getötet wurden? Vielleicht vierhundert auf der Insel. Manche im Kampf, aber die meisten im Innenhof. Vielleicht zehn oder fünfzehn wurden gefangen genommen. Was den Rest betrifft, kommt es darauf an, ob sie sicher angelegt haben. Wir haben dreißig Leute auf dem Boot verloren, das im Riff sank. Und wir werden erst in ein paar Wochen wissen, was mit den anderen Schiffen geschehen ist.« Ich spürte, dass er mich erneut musterte. »Es war meine Entscheidung, Cass. Nicht deine. Ich hätte dich nicht gehen lassen müssen.«

Ich nickte, hielt den Kopf aber immer noch gesenkt.

»Meinst du, ich hätte es nicht tun sollen?«

Ich konnte nicht sprechen, nur atmen. Die Worte hatten mich verlassen.

»Ich glaube, ich habe die richtige Entscheidung getroffen«, fuhr er fort. »Wenn vielleicht auch aus den falschen Gründen. Ich glaube noch immer, dass wir dich brauchen – dass du eine mächtige Waffe des Widerstandes sein kannst. Aber das war nicht der einzige Grund ...« Er hielt inne. »Erinnerst du dich, als ich dir auf der Terrasse auf der Insel sagte, dass ich nicht wüsste, ob es einen Punkt gibt, wo meine Aufgabe auf der Insel endet und ich beginne?«

Ich nickte.

»Ich habe es herausgefunden, als die Versammlung entschied, dich auszuliefern. Was ich tat, war das Richtige, aber ich habe es nicht für die Insel getan. Menschen haben für meine Entscheidung ihr Leben gelassen.« Als er es aussprach, wusste ich, dass er es erneut vor sich sah – das Blut, das auf den Pflastersteinen gerann. Er blickte mir fest in die Augen, ohne jede Scham. Er wusste, dass ich spürte, was ihn quälte; dass ich in meinen Visionen gesehen hatte, wie die Beichtmutter das Massaker anführte. Es brachte uns einander näher, trennte uns aber zugleich auch. Was auch immer er sich gedacht hatte, worauf er gehofft hatte, als er seine Entscheidung traf, wie auch immer seine Gefühle jetzt aussahen – das Blut im Innenhof der Festung würde er niemals vergessen, und es ließ alles andere gewichtig und belanglos zugleich werden.

»Jetzt ist es vorbei«, sagte er.

In den Bäumen über uns riefen die Vögel die ersten Sonnenstrahlen des Tages herbei. Ich erinnerte mich an eine Geschichte, die ich in der Siedlung gehört hatte. Als die Welt explodierte, wurden alle Vögel in der Luft, die nicht sofort tot waren, blind. Ich versuchte mir vorzustellen, wie diejenigen, die nicht landen konnten, so lange weiterflogen, bis sie vor Erschöpfung abstürzten. Ich dachte an ihren blinden, unaufhaltsamen Fall.

»Zoe meinte, du läufst davon, weil du Angst hast«, sagte er.

»Das stimmt«, sagte ich. »Dass ich Angst habe, meine ich.«

»Aber nicht, dass du davonläufst?«

»Nein.« Denn es hatte nun keinen Sinn mehr. Niemals könnte ich so weit laufen, dass mich das Wissen um das, was auf der Insel geschehen war, nicht eingeholt hätte. Ich würde nirgendwo mehr in Sicherheit sein – vor allem nicht vor meinen Erinnerungen.

29

ALS DIE ANDEREN beiden schließlich ebenfalls wach waren, machten wir ein kleines Feuer und aßen etwas.

»Und jetzt?«, fragte Zoe. Ich war überrascht, dass sie die Frage an mich und nicht an Piper gerichtet hatte.

»Wir müssen zurück in Richtung Wyndham. Es wird Zeit, dass wir zurückschlagen.«

Kip seufzte. »Wir waren nicht gerade sehr erfolgreich, was das betrifft. Die letzten Monate haben wir damit verbracht, uns so weit wie möglich von diesem Ort zu entfernen. Ich hätte nie gedacht, dass ich noch einmal zu den Tanks zurückkehren würde.«

Ich fiel ihm fast ins Wort: »Das wirst du auch nicht.«

»Du wirst nicht ohne mich dorthin gehen.« Es war eine Feststellung, keine Frage, obwohl sein Blick kurz von mir zu Piper und wieder zurücksprang.

»Natürlich nicht. Vielleicht sollte ich tatsächlich einen heldenhaften Soloauftritt planen, aber daran hatte ich gar nicht gedacht. Ich meinte, dass wir nicht wieder zu den Tanks gehen werden.«

»Was hast du dann vor?« Piper und Zoe sahen genauso erstaunt aus wie Kip.

»Denk mal darüber nach«, sagte ich zu Kip. »Du warst der Einzige in diesen Glasbehältern, der bei Bewusstsein war. Ich habe dich befreit, doch es war reines Glück – oder es ist der Tatsache zu verdanken, dass ich eine Seherin bin –, dass ich dich gefunden habe. Wir wissen jedoch nicht, in welchem Zustand sich die anderen Gefangenen dort befinden. Außerdem haben wir es nur knapp geschafft zu fliehen, und seit damals haben sie die Sicherheitsvorkehrungen sicher noch einmal verstärkt. Wir können nicht zurück.«

»Dann lässt du alle anderen also einfach im Stich?«

Ich schüttelte den Kopf. »Du hast mir doch damals erzählt, dass du in dem Tank bei Bewusstsein warst, dass du die anderen in den Behältern neben dir gesehen hast. Aber niemand weiß, wie lange du hinausgestarrt hast. Vielleicht jahrelang. Und nie hat irgendjemand deinen Blick erwidert.«

Er senkte den Blick. »Ich war nicht immer bei Bewusstsein. Vielleicht habe ich es nicht bemerkt.«

Eines von Zoes Messern klimperte, als sie es unter ihren Fingernagel schob. Ich ignorierte sie.

»Du hast diesem Kerl auf der Insel etwas versprochen«, sagte Kip. »Du hast ihm gesagt, dass du all diesen Menschen helfen wirst.«

»Lewis. Ja, ich weiß. Und du hast damals behauptet, es sei dumm gewesen. Hör zu, ich will sie doch befreien, und zwar alle. Doch selbst wenn wir hineinkämen, wissen wir nicht, ob wir sie lebend hinausbekommen. Sie sind womöglich nicht so stark wie du.« Piper und Zoe schnaubten gleichzeitig. »Es könnte sie töten – und ihre Zwillinge ebenfalls. Und selbst wenn sie die Flucht aus den Tanks überleben, wie soll es dann weitergehen? Eine Flucht aus dem Zentrum von Wyndham, wo es vor bewaffneten Wachen wimmelt, erscheint mir nicht sehr aussichtsreich. Ich kann nicht jedes Mal einen geheimen Fluchtweg aus dem Hut zaubern, wenn wir einen brauchen, vor allem nicht mit Hunderten halb toten Gedächtnislosen im Gepäck.«

»Vielleicht haben sie ja gar nicht das Gedächtnis verloren.«

»Genau das meine ich. Vielleicht reagieren sie auf die Tanks nicht so wie du. Ich kann das Risiko nicht eingehen, wenn ich nicht einmal weiß, ob und in welchem Zustand ich sie dort hinausbekomme.«

Piper unterbrach mich. »Wir müssten dann auch dafür sorgen, dass sie am Leben bleiben. In der Vergangenheit hätten wir unser Netzwerk an geheimen Unterschlüpfen genutzt, sie versteckt und später vielleicht sogar auf die Insel geschmuggelt. Doch diese Möglichkeit wurde zerstört. Die Insel existiert nicht mehr, das Netzwerk versinkt im Chaos.«

Kip würdigte Piper keines Blickes, sondern sah weiterhin mich an. »Dann lassen wir sie dort?«

»Das müssen wir. Zumindest im Moment.«

»Das ist also dein toller Plan?«, fragte Zoe. »Den Tank-Komplex *nicht* anzugreifen?«

»Wenn es so einfach wäre«, sagte ich. »Aber ich glaube, es gibt ein anderes Ziel, das genauso wichtig ist, und wo die Chancen, dass jemand bei der Aktion stirbt, geringer sind.«

Piper unterbrach mich. »Wir können uns keine Gedanken darüber machen, ob wir jemanden töten. Das tun sie auch nicht.«

»Und genau das ist das Problem«, fuhr ich ihn an. »*Sie* und *wir*. Warum verstehst du nicht, dass es keinen Unterschied macht, wen du tötest? Du löschst immer beide aus. Nur dass du dein kleines Messer eben immer nur in einen von ihnen rammen musst.«

»Unsere ›kleinen Messer‹ haben dir schon mehr als einmal den Hintern gerettet«, sagte Zoe. »Wirf uns nichts vor, was du dich selbst nicht traust.«

Ich schüttelte den Kopf und versuchte es noch einmal. »Es gibt ein Ziel, das nicht bewacht wird. Oder zumindest kaum. Die Kabel, über die Kip in der Tabu-Stadt gestolpert ist, haben mich auf die Idee gebracht. Sie erinnerten mich an den kurzen Blick, den ich in die Gedanken der Beichtmutter werfen konnte. Der Ort ist wichtig für sie. So wichtig, dass sie regelrecht ausflippte, als sie merkte, dass ich ihn gesehen hatte.«

»Eine Waffe? Vielleicht eine Bombe?«

»Schlimmer noch, zumindest auf gewisse Weise. Es ist der Ort, an dem sie alle Namen aufbewahren – und die Zwillingspaarungen.«

»Die Registrierungen?« Piper hob den Kopf.

»Na und? Die Menschen wissen doch ohnehin, wer ihre Zwillinge sind. Selbst jene, die jung gesplittet wurden. Er ist der einzige Mensch, den ich jemals getroffen habe, der nichts über sein Geschwisterkind weiß«, sagte Zoe und deutete auf Kip. »Und er ist nicht gerade normal.«

»Sicher, die meisten kennen sich«, sagte ich. »Auch wenn viele nicht wissen, was nach der Trennung aus ihrem Zwilling wurde. Sie haben nur die Informationen, die auf den Registrierungskarten stehen: den Namen und den Geburtsort. Doch selbst wenn die Menschen diese Daten ihrer Geschwister kennen, ist das nicht dasselbe, wie wenn sie auch dem Rat vorliegen.« Ich wandte mich an Kip. »Du hast gesehen, was sie dem Mann in New Hobart angetan haben, nur weil er nicht registriert war. Warum glaubst du, ist das so wichtig für sie?«

»In den letzten Jahren haben wir immer öfter davon gehört«, sagte Piper. »Sie sind skrupellos, wenn es darum geht, die Registrierungen voranzutreiben – noch strenger als bei den Steuern.«

»Ich verstehe immer noch nicht, warum ein paar Blätter Papier eine größere Gefahr für uns darstellen sollten als die Tanks«, sagte Kip.

»Das sind nicht nur *ein paar* Blätter Papier«, erwiderte ich. »Es sind Millionen, und sie bilden die Grundlage für das ganze System. Was glaubst du, wie sie entscheiden, wer in die Tanks kommt? Oder wie sie Leute wie mich mit mächtigen Zwillingen ausfindig machen?«

»Und die Liste von der Insel«, ergänzte Piper, »die die Beichtmutter verwendete, um zu bestimmen, wer getötet und wer fortgebracht werden sollte – was ist damit?«

»Es klang so, als wäre die Entscheidung von der Beichtmutter ausgegangen und nicht von den Namen auf der Liste«, sagte Zoe.

»Sie ist ein wichtiger Teil davon«, räumte ich ein. »Sie scheint eine Art Zentrum zu sein – deshalb war sie so schockiert, dass ich den Raum in ihren Gedanken gesehen habe. Sie steht diesen Dingen nahe, sie bedeuten ihr etwas. Sie, die Registrierungskarten, die Liste und diese Kammer – das alles habe ich in ihrem Kopf gesehen. Es sind alles Teile derselben Sache. Sie nutzen diese Informationen, um alles zu manipulieren. Alles über uns – wer wir sind, was wir getan haben, wer unsere Zwillinge sind – das alles wird dort aufbewahrt, um von ihnen auf jegliche Art genutzt zu werden.«

»Aber auf welche Art?«, fragte Zoe. »Wie du schon sagtest, es müssen doch Millionen Registrierungen sein. Wie können sie da den Überblick behalten?«

»Die Maschinen. Das ist es, was ich in der Kammer gesehen habe – die Kabel und die Metallkisten. Sie nutzen sie, um die Informationen zu verwalten. Sie könnten auch Papier verwenden, damit haben sie es jahrhundertelang geschafft. Aber mithilfe der Technik sind sie unendlich viel effizienter. Mehr Informationen, die schneller abrufbar sind. Es ist tödlich. Die ganze Zeit über herrschte die Angst, dass es in einer weiteren Explosion enden würde, wenn die Menschen wieder die Maschinen aus dem Vorher benutzen. Aber nun stellt sich heraus, dass es viel einfacher ist. Die Informationen sind alles, was sie brauchen.«

»Was ist mit der Technik im Tankraum? Glaubst du, sie ist nicht wichtig?«

»Natürlich.« Ich nahm Kips Hand. »Aber woher haben sie

die Informationen, wen sie in die Tanks stecken und an wem sie herumexperimentieren können? Die Information ist der erste Schritt. Alles andere basiert darauf. Wenn sie die Tanks nicht hätten, hätten sie euch alle eben in eine Zelle gesperrt.«

»Das ist nicht dasselbe.«

»Nein, das ist es nicht, ich weiß. Und wenn wir sie nicht rechtzeitig aufhalten, werden sie eines Tages in der Lage sein, uns alle in Glasbehältern einzusperren. Egal, wer wir sind. Aber so weit sind sie noch nicht – nicht einmal annähernd. Und bis dahin sind sie auf die Informationen angewiesen. Jedes Mal, wenn sie entscheiden, wer leben darf und wer sterben muss, wer sich frei bewegen kann, wer ausgepeitscht, eingesperrt oder in die Tanks verbannt wird, nutzen sie sie.« Ich beugte mich zu ihm vor. Nahe genug, um die winzigen dunkelbraunen Fleckchen auf seiner Iris zu sehen, die geweiteten, zuckenden Pupillen. »Wenn sie die Namen und die Paarungen nicht hätten, wüssten sie nicht, hinter wem sie her sein müssen und wo sie den Zwilling finden können. Das ist die Quelle von allem.«

»Ich dachte, dein Zwillingsbruder sei die Quelle«, sagte Zoe.

»Das ist er, und ich bestreite es auch gar nicht. Er, die Beichtmutter und andere, wie etwa die Generalin, sind der Schlüssel. Aber die Sammlung der Informationen hat ihnen all das erst ermöglicht. Und ich weiß, wo wir sie finden.«

Wir waren zwei Wochen ohne Unterlass unterwegs, bis wir die Vororte von Wyndham erreichten. Nachdem Kip und ich von dort geflohen waren, waren wir wochenlang in südwestlicher Richtung unterwegs gewesen und hatten die Spine Mountains gemieden. Die Gebirgskette verlief von Norden nach Süden quer durch den gesamten Landstrich, bis sie in die Moorlandschaft Richtung New Hobart abflachte. Nachdem wir dieses Mal aber viel weiter oben an der Westküste angelegt und gemeinsam mit Zoe die Spine Mountains überquert hatten, ging es nun von der Höhle aus beinahe direkt in östlicher Richtung zurück nach Wyndham.

Wir liefen meist nachts, obwohl wir uns in den menschenleeren Ebenen östlich der Berge auch am Tag voranwagten und nur jeweils ein paar Stunden schliefen, wenn wir einen geeigneten Unterschlupf fanden. Und selbst dann hielten wir abwechselnd Wache. Kip und ich hätten es alleine niemals geschafft, das hohe Tempo aufrechtzuerhalten, doch im Gegensatz zu unserer Flucht waren wir nie hungrig. Zoe und Piper fingen Vögel und Hasen, und eines Morgens brachte Piper eine Schlange mit, die er jedoch alleine verspeisen musste, auch wenn er schwor, dass sie köstlich sei. Doch selbst mit vollem Magen war die Reise anstrengend, und in den ausgedörrten Ebenen machte uns der Durst zu schaffen. Zoe und Piper liefen abwechselnd voraus, um die Lage auszukundschaften, und ich führte uns zu den wenigen spärlichen Quellen, die ich erspüren konnte, um dort unsere Wasserflaschen aufzufüllen. Wir sprachen wenig, selbst wenn wir unser Lager aufgeschlagen hatten. Es fühlte sich an wie das Delirium, das ich während der ersten Tage meiner Flucht mit Kip im Tunnel erlebt hatte: aufwachen, gehen, schlafen, aufwachen, gehen, schlafen. Ich sah, wie müde Kip war. In der Nacht, wenn wir Rücken an Rücken aneinandergeschmiegt dalagen, drückte sich seine Wirbelsäule hart gegen meine. Keiner von uns wünschte sich jedoch, wir würden weniger schnell vorankommen. Unsere Reise hatte eine eigene Dynamik bekommen, einen Sinn, der uns in der Vergangenheit gefehlt hatte. Ich dachte an Kips Feststellung vor ein paar Monaten: Weit weg ist nicht unbedingt ein Ziel. Aber jetzt kennen wir es, dachte ich, obwohl wir nicht wissen, was uns dort erwartet.

Trotz der neuen Sinnhaftigkeit unserer Reise wirkte Kip unruhig. Er sprach nur wenig, selbst wenn wir beide in der

Nacht etwas abseits von Piper und Zoe lagen und uns aneinanderkuschelten. Ich dachte zuerst, sein Schweigen käme von der Erschöpfung, doch müde waren wir auch vorher schon gewesen – man hatte uns quer durch das ganze Land und wieder zurück gejagt –, aber er war nie so still gewesen. Die Bürde, die er wie ein Gewicht mit sich herumzuschleppen schien, hatte sich erst in der Tabu-Stadt auf dem Gipfel des Berges über ihn gelegt. Die Kabel dort hatten ihn zurück zu den Tanks geführt, und er war nie wirklich wieder aus der Erinnerung daran aufgetaucht. Vielleicht hatte ich das, was ihm die Gefangenschaft angetan hatte, während all der Monate, die wir zusammen verbracht hatten, unterschätzt. Über seine Witzeleien und das schiefe Lächeln vergaß man leicht, was er durchgemacht hatte. Sein Körper hatte sich schnell erholt. Er war zwar noch immer schlank, aber stark, und seine Bewegungen waren nicht mehr so tollpatschig wie in der ersten Zeit unserer Flucht. Doch die schiere Panik, in die er angesichts der Ruine auf dem Berg mit all den sich windenden Kabeln geraten war, hatte mich daran erinnert, dass etwas in ihm noch immer zerbrochen war. Etwas, das in all den Tagen und Nächten, die wir zusammen verbracht hatten, nicht einmal begonnen hatte zu heilen.

Eines Morgens flüsterte er mir etwas zu. So leise, dass ich es im Halbschlaf kaum hören konnte. »Was, wenn alles wiederkommt, und mir gefällt nicht, woran ich mich erinnere?«

Ich rollte mich näher an ihn heran. Sein Herz unter meiner Hand schlug viel zu schnell, als wäre es gefangen.

»Was, wenn ich kein guter Mensch bin?«, fuhr er fort. »Was, wenn ich mich erinnere, und die Person, die ich einmal war, ist jemand, der ich nicht sein will?«

»Erinnerst du dich denn an etwas?«

Ich spürte, wie er den Kopf schüttelte. »Nein. Aber wir haben doch immer angenommen, dass es eine gute Sache wäre, wenn ich mich an meine Vergangenheit erinnerte. Was, wenn es das doch nicht ist?«

Ich klopfte ihm sanft auf die Brust und versuchte, seinen Puls dazu zu bringen, sich dem Rhythmus meiner Hand anzupassen. Wie oft war ich schreiend aus meinen Visionen erwacht, und er hatte mir genau auf dieselbe Weise beruhigend über den Rücken gestreichelt? Und was hatte ich ihm im Gegenzug geboten? Was hatte ich ihm gegeben, um den leeren Raum seiner Erinnerung zu füllen, außer der Last meiner eigenen, mit schrecklichen Vorahnungen erfüllten Nächte, Verfolgung und den Anblick der Kämpfe auf der Insel?

»Du entscheidest, wer du bist«, sagte ich.

»Und das glaubst du wirklich?«

Ich lehnte den Kopf an seine Schulter und nickte. »Ich kenne dich, Kip.«

Irgendwann nahmen die ausgedörrten Ebenen ein Ende. Ein Netzwerk an Wasserläufen durchzog die Landschaft, und hin und wieder gab es Anzeichen einer Besiedelung. Zunächst waren es nur einige wenige Häuseransammlungen auf dem trockenen, aber dennoch bebaubaren Land. Karge Omega-Außenposten, von denen manche nur aus ein paar Schuppen bestanden. Dennoch hielten wir einen Sicherheitsabstand, umgingen jede Siedlung weitläufig und machten in der Nacht kein Feuer.

Als die Landschaft schließlich fruchtbarer wurde, tauchten die ersten Anzeichen eines Alpha-Dorfes auf: gepflegte Felder und große von Obstgärten umgebene Gebäude. Wir sahen Menschen, die auf den Feldern arbeiteten oder die Straßen entlangritten. Dennoch blieb die Landschaft weitläufig genug, dass wir unsere nächtlichen Wanderungen unbehelligt fortsetzen konnten, solange wir die geschäftigsten Straßen mieden.

Piper und Zoe berichteten uns, dass sich zwei Tagesreisen vor Wyndham ein geheimer Unterschlupf befand. Es war ein einsames Omega-Haus in einem fruchtbaren Tal, das einem Paar gehörte, das sich dem Widerstand angeschlossen hatte. Dort könnten wir endlich einmal wieder in einem Haus schlafen, uns waschen und Zuflucht vor dem Gefühl der Beobachtung finden, das uns in der offenen Landschaft ständig verfolgte. Während wir in der Nacht weiterwanderten, stellte ich mir immerfort vor, wie es wäre, wieder in einem weichen Bett zu schlafen. Ich dachte an den Luxus, nicht vom Wetter abhängig zu sein. Doch als wir kurz vor Sonnenaufgang das Tal erreichten, hießen uns nur noch einige verkohlte Balken des Hauses willkommen, von denen noch immer Rauch aufstieg, und ein Tümpel, der schwarz vor Asche war.

»Irgendjemand wurde hier wohl unvorsichtig«, sagte Piper, während wir uns auf dem Hügel oberhalb des Hauses niederkauerten. »Nach dem Überfall auf die Insel hatte ich bereits befürchtet, dass so etwas passieren würde. Zu viele Flüchtlinge, die verzweifelt nach einem Unterschlupf suchen. Die Alphas haben sie wahrscheinlich entdeckt und sind ihnen gefolgt.«

»Oder es hat sie jemand verraten«, sagte Zoe. »Vielleicht die Geiseln, die sie auf der Insel genommen haben.«

»Vielleicht.« Piper sah hinunter auf die Ruine. »Ich glaube nicht, dass wir noch näher herangehen sollten. Vielleicht wird das Haus beobachtet.« Er wandte sich an mich. »Ist dort unten noch irgendjemand am Leben?«

Ich schüttelte den Kopf. Es stieg kein Gefühl aus dem Tal auf, nur Rauch. »Ich kann niemanden spüren. Aber das muss nicht bedeuten, dass sie getötet wurden. Vielleicht haben sie sie mitgenommen.« Seit wir von den Tanks und ihrer Bestimmung wussten, war dieser Gedanke allerdings wenig beruhigend.

»Wir müssen weiter, einen Unterschlupf suchen. Aber es scheint so, wie ich es befürchtet hatte. Womöglich ist bereits das ganze Netzwerk aufgedeckt worden.«

Zwei Tage später erblickten wir Wyndham zum ersten Mal wieder. Mir wurde bewusst, dass ich es noch nie von außen gesehen hatte. Als ich in der ersten Nacht dort angekommen war, hatte ich einen Sack über dem Kopf, und die einzigen Blicke, die ich danach auf die Stadt werfen konnte, waren von den Mauern der Festung hinunter gewesen. Nun kamen wir vom Westen und hinter der Stadt ging die Sonne auf. Bis hinauf zur Festung klammerten sich die Gebäude an den Hügel wie Muscheln an einen Stein. An seinem Fuß entsprang ein Fluss, der sich Richtung Norden wand. Etwa einen Tagesmarsch flussabwärts erwarteten uns die Silos. Und noch etwas weiter dahinter befand sich das Dorf, in dem ich meine Kindheit verbracht hatte. Und meine Mutter. Unsere Mutter. Auf der Südseite des Berges, die wir momentan nicht sehen konnten, floss ein weiterer Fluss, an den ich nicht ohne Dankbarkeit zurückdachte: jener Strom, dem Kip und ich vor Monaten, während der ersten Tage unserer Flucht, gefolgt waren.

Zoe blickte abschätzend zum höchsten Punkt der Stadt empor. »Diese Festung ist voller Soldaten, und ihr drei steht ganz oben auf ihrer Fahndungsliste. In der Stadt wimmelt es sicher auch von ihnen.«

»Und was ist mit dir?«, fragte ich.

Sie zuckte mit den Schultern. »Das kommt darauf an, wie weit sie seit dem Angriff in unser Netzwerk vorgedrungen sind. Wir haben unser Bestes gegeben, aber man kann nicht das tun, was ich all die Jahre getan habe, ohne dass einige Leute etwas davon mitbekommen. Ich habe jahrelang Flüchtlinge zu den Treffpunkten gebracht, wo sie abgeholt wurden, ich habe mich mit Boten getroffen und selbst welche ausgeschickt.

Der Rat hat Geiseln genommen, und die Chancen stehen gut, dass jemand mittlerweile etwas ausgeplaudert hat. Sie wissen vielleicht noch nicht, dass ich Pipers Zwillingsschwester bin, aber ich würde sagen, dass sie zumindest eine Ahnung haben, wer ich bin und was ich tue.«

»Aber sie erwarten sicher nicht, dass wir gerade hierher zurückkehren«, sagte Piper.

»Du solltest die Beichtmutter nicht unterschätzen«, warnte ich ihn. »Trotzdem glaube ich, dass du recht hast. Sie wissen, dass wir bis vor Kurzem noch auf der Insel waren. Ich denke auch nicht, dass sie uns hier vermuten – schon gar nicht so schnell.«

Fast den ganzen Tag über ruhten wir uns im Schutz eines struppigen Wäldchens aus, und als wir uns am Nachmittag schließlich auf den Weg machten, mieden wir erneut die Straßen. Als sich die Dunkelheit über das Tal senkte, übernahm ich die Führung. Wir umrundeten die Stadt in Richtung Norden und schlugen dann den Weg zum Fluss hinunter ein.

»Was glaubst du, wie weit flussabwärts es ist?«, fragte Piper.

»Einen Tagesmarsch, würde ich sagen. Die Silos befinden sich einen halben Tag flussaufwärts von meinem Heimatdorf, und Wyndham ist noch einmal einen Tagesmarsch weiter. Weit genug fort, dass wir niemals dort waren.«

Einige Stunden nach Mitternacht kamen wir an einem kleinen verschlafenen Außenposten vorbei, von dem aus eine Schlucht vom Fluss wegführte. Er bestand aus kaum mehr als einem Stallgebäude und einer einzelnen langen Baracke, auf der eine Alpha-Flagge prangte, die in der stillen Nachtluft schlaff hinunterhing. Diesen Standort hatte es in meiner Kindheit noch nicht gegeben.

»Hier ist Platz für etwa fünfzig Soldaten, vielleicht auch mehr«, sagte Piper. »Diese Wachposten sprießen neuerdings wie Unkraut aus der Erde.«

Wir schlugen uns durch die von Felsen zersetzte Schlucht, und etwa eine Stunde später tauchten die drei Silos auf. Sie hatten flache Dächer, eine rundliche Form und waren so riesig, dass sie die Sicht auf die Sterne hinter ihnen verdeckten. Wie in meiner Erinnerung gab es noch immer keine Fenster, aber sie waren mittlerweile durch Stege miteinander verbunden, die unter dem oberen Rand verliefen. Dort, wo an ihrem Fuße einst leere Türöffnungen geklafft hatten, befanden sich nun an allen drei Silos geschlossene Tore: dunkle Rechtecke aus Metall, die sich von der blassen, gefleckten Betonoberfläche der Gebäude abhoben.

»Sind sie aus dem Vorher?«, fragte Kip.

Ich nickte. »Die Türen und Stege sind neu. Aber sonst sehen sie aus wie damals, als mein Bruder und ich öfter hierher kamen.«

»Warum werden sie nicht bewacht?«, fragte Zoe leise.

»Aus demselben Grund, aus dem sie sich so weit draußen befinden – kilometerweit entfernt von Wyndham. Sie wollen nicht, dass irgendjemand davon erfährt. Außerdem sind sie ein Tabu, also müssen sie sich keine Sorgen machen, dass zufällige Besucher vorbeischauen. Der Außenposten ist zwar nicht weit entfernt, doch das hier ist das Lieblingsprojekt von Zach und der Beichtmutter. Sie vertrauen niemandem.«

»Aber selbst wenn wir uns keine Gedanken um Wachen machen müssen, was ist mit den Türen?«

Zoe grinste. »Ich habe euch doch erzählt, wie Piper und ich uns als Kinder durchgeschlagen haben. Ich breche Schlösser auf, seit ich zehn war. Ich kann uns da reinbringen.«

»Du kannst Kip und mich reinbringen«, sagte ich. »Ihr beide kommt nicht mit.«

Sie verdrehte die Augen. »Zuerst möchtest du nichts mit der Widerstandsbewegung zu tun haben, und jetzt willst du plötzlich die Märtyrerin spielen?«

»Ich will nicht die Märtyrerin spielen. Wenn es so wäre, würde ich Kip nicht mit hineinziehen. Das hier wird nicht in einem Kampf enden. Es ist eine Maschine, keine Armeebasis. Ich habe euch doch schon gesagt, dass Zach zu paranoid ist, auch nur einem Soldaten genug zu vertrauen, um ihn in die Nähe der Silos zu lassen.«

Piper schüttelte den Kopf. »Aber er ist nicht dumm. Du solltest nicht alleine hineingehen.«

»Ich werde nicht alleine sein – ich habe Kip. Wir müssen möglichst unauffällig sein und es schnell hinter uns bringen. Ich kenne den Weg und weiß, was ich tun muss.«

»Das ergibt Sinn«, sagte Zoe zu Piper. »Denk doch einmal darüber nach. Wenn sie versagen, dann können wir immer noch mit unserer Arbeit weitermachen.«

»Schön, dass du dich so um uns sorgst«, sagte Kip.

»Aber sie hat recht«, sagte ich. »Seit dem Angriff zerfällt die Widerstandsbewegung. Flüchtlinge von der Insel werden von Kopfgeldjägern und Soldaten gejagt, das Netzwerk der geheimen Unterschlüpfe bricht zusammen. Was Kip und ich hier vorhaben, ist wichtig. Aber es ist nicht das Einzige, was zählt. Du und Zoe müsst die Dinge wieder zum Laufen bringen.«

Piper sah mich abschätzend an. »Du musst hier nicht das, was auf der Insel geschehen ist, wiedergutmachen.«

»Bringt uns einfach da rein.«

»Und dann?«

»Wenn wir wieder rauskommen, müssen wir so schnell und weit von hier weg wie möglich – noch vor dem Morgengrauen. Glaubt ihr, ihr schafft es zurück zum Stützpunkt der Ratssoldaten, um dort ein paar Pferde zu stehlen, ohne den Alarm auszulösen?«

Zoe nickte. »Wir könnten innerhalb einer Stunde zurück sein und euch beim Eingang zur Schlucht treffen, wo es ein wenig Deckung gibt. Aber wir können nicht allzu lange auf euch warten, dafür sind wir zu nahe an dem Außenposten. Wenn wir die Pferde stehlen, werden sie Alarm schlagen, sobald die ersten Soldaten aufgestanden sind. Wenn ihr nicht bis zum Morgengrauen zurück seid, müssen wir ohne euch weiter.«

»So rücksichtsvoll wie eh und je«, sagte Kip.

»Das trifft aber auf beide Seiten zu«, sagte Piper. »Wenn wir nicht dort sind, geht ohne uns weiter. In Richtung Osten, wenn nötig bis zum Ödland.«

Ich murmelte zustimmend, während ich die Riemen meines Beutels enger schnallte. Piper sah nach, ob sein Messer noch immer an meinem Gürtel hing. Kip tastete ebenfalls nach seinem.

Wir bewegten uns langsam auf die Silos zu. Die letzten vierzig Meter gab es keine Deckung mehr. Selbst die kargen Sträucher, die einst entlang der Schlucht wuchsen, waren mittlerweile verschwunden. Die Silos hatten jedoch keine Fenster, von denen aus uns jemand hätte beobachten können. Trotzdem meldete sich das vertraute Gefühl, verfolgt zu werden. Wieder spürte ich den unerbittlich prüfenden Blick der Beichtmutter, die nach mir suchte.

Ich führte uns zur Tür des größten Silos. Sie hatte keinen Griff, nur ein Schloss durchbrach den genieteten Stahl. Piper presste sein Ohr daran, wartete einige Augenblicke und nickte Zoe schließlich zu. Sie kniete sich nieder, zog zwischen den Messern an ihrem Gürtel ein winziges Werkzeug aus Metall hervor und fummelte ein paar Sekunden an dem Schloss herum. Ihre Zunge stahl sich ein kleines Stück aus ihrem Mundwinkel, und sie hatte die Augen geschlossen. Ihre Hand bewegte sich schnell und ruckartig. Es erinnerte mich an Kip, wenn er schlief. An die Art, wie sein Körper zuckte und dann wieder stillhielt. Zwei Sekunden später ertönte ein befriedigendes Klicken, und das Tor sprang auf.

Zoe stand auf. Es gab keine große Verabschiedung, wir sahen uns in der Dunkelheit nur noch einmal tief in die Augen.

»Am Eingang der Schlucht – noch vor dem Morgengrauen«, sagte Piper und strich kurz über meinen Arm.

»Noch vor dem Morgengrauen«, wiederholte ich, als wäre es eine Zauberformel.

Dann verschwanden Piper und Zoe in der Nacht, und Kip und ich wandten uns der Tür zu.

unter und das Metall landete mit einem Krachen auf dem Betonboden. Im Inneren befand sich eine Miniaturausgabe des Raumes, in dem wir uns befanden. Kleinere Einheiten, die mit Kabeln verbunden waren, die auf den ersten Blick chaotisch wirkten, aber dennoch einem Muster zu folgen schienen. Als Kip und ich uns mit Händen und Messern an die Arbeit machten, das Ding zu zerstören, stieg Rauch auf. Die Lichter am Boden der Kiste begannen hektisch zu blinken, bevor sie schließlich erloschen.

Als trotz des Krachens und der Blitze niemand auftauchte, wurden wir mutiger. Kip hielt ein schmales Metallgehäuse wie ein Brecheisen in der Hand und hieb damit auf die Bedienfelder der Maschinen ein. Mittlerweile wurde der Hall unserer Schritte von den Glasscherben, die wir aus den Maschinen hinausschlugen, vervielfacht. Obwohl mein Hals vom Rauch zu schmerzen begann, war ich schockiert, wie sehr ich unsere Zerstörungswut genoss, die Deckel von den Maschinen zu zerren und ihre zartes, verkabeltes Inneres herauszureißen.

Nachdem wir die Kammer umrundet hatten, begannen wir, die Wendeltreppe hochzusteigen, und zerschnitten auf unserem Weg alles, was in Reichweite hing. Die durchtrennten Enden der dickeren Stränge schlugen mit einem befriedigenden Krachen auf die Maschinen an der gegenüberliegenden Wand. Der Rauch, der von der Verwüstung unten aufstieg, war hier dünner, aber dennoch dicht genug, um die Sicht auf den Boden, der immer weiter unter uns lag, zu beeinträchtigen und mir das Atmen zu erschweren.

Als wir beinahe oben angekommen waren, hielt ich plötzlich inne und streckte die Hand aus, damit Kip ebenfalls stehen blieb. Ich blinzelte und schloss die Augen. Über uns ragte die Plattform etwa sechs Meter aus der Wand und verdeckte ein Drittel der Decke. Unter ihr liefen alle Kabel zusammen.

Ich blickte hinauf zu der Stelle an der Wand, an der die Wendeltreppe die Plattform durchstieß. Von meinem Standpunkt aus konnte ich lediglich eine quadratische Öffnung erkennen, durch die der helle Schein der Lichter dahinter drang.

»Da oben ist jemand.«

Er hob eine Augenbraue. »Wenn sie uns das alles haben durchgehen lassen, dann sind sie wohl nicht gerade auf Streit aus.«

Ich schüttelte den Kopf. »Es ist nicht immer so einfach.« Ich merkte, dass wir flüsterten, und mir kam in den Sinn, wie absurd es war, wenn man bedachte, welchen Lärm wir in den letzten zehn Minuten veranstaltet hatten. »Ich weiß es nicht sicher. Ich spüre sie schon seit langer Zeit sehr stark. Und dieser Ort stinkt ohnehin nach ihr und Zach. Aber ich glaube, sie könnte es sein.«

»Die Beichtmutter?«

Ich nickte.

»Und jetzt?« Kip stand eine Stufe unter mir. Er glitt mit der Hand das Geländer hoch und drückte meine.

»Ich glaube nicht, dass wir das hier zu Ende bringen können, ohne hinaufzugehen und ihr gegenüberzutreten.«

»Ich hätte nie gedacht, dass ich Piper und Zoe einmal vermissen würde, aber sollten wir nicht lieber später noch einmal mit ihnen gemeinsam zurückkommen?«

Ich schüttelte den Kopf.

»Cass, ich bin mir sicher, du kannst eine Furie sein, wenn es darauf ankommt. Aber wenn du sagst, dass du das hier ›zu Ende bringen‹ willst, glaubst du dann nicht, es wäre besser, wenn ein paar – du weißt schon – todbringende, messerwerfende Rebellen bei uns wären?«

»Nein. Wir haben sie schon tief genug mit hineingezogen – wir können sie nicht in solche Gefahr bringen. Der ganze Widerstand hängt zu sehr von ihnen ab. Und abgesehen davon wird ein Kampf mit der Beichtmutter mit dem Verstand geführt. Ich glaube kaum, dass sie nahkampferprobter ist als wir beide. Als ich sagte, dass wir das hier ›zu Ende bringen‹, meinte ich nicht, dass Blut vergossen werden muss, sondern …« Ich hielt inne und kämpfte um die richtigen Worte, die es ihm erklären würden. »Ich meinte, dass wir das hier begonnen haben. Ich habe die ganze Zeit gespürt, dass *sie* mich verfolgt. Mehr noch als Zach. Wir können nicht länger vor ihr davonlaufen. All das hier …« Ich deutete auf die Kammer voller Maschinen unter uns. »Sie ist das Herzstück. Wir können das hier nicht zu Ende bringen, ohne ihr gegenüberzutreten.« Ich ließ das Messer wieder in die Scheide an meinem Gürtel gleiten.

Kip behielt seins in der Hand und trat neben mich. Die Wendeltreppe war so schmal, dass wir nebeneinander beinahe stecken blieben und das Gleichgewicht verloren, aber ich war froh, ihn an meiner Seite zu spüren, als wir die letzten Stufen erklommen und auf die Plattform traten.

An der Wand neben einer geschlossenen Stahltür befand sich ein großes Bedienfeld, vor dem die Beichtmutter in einem Drehsessel saß. Ihre Augen waren geschlossen, doch ich sah, dass sie sich unter den zitternden Lidern hektisch hin und her bewegten, während ihre Hände über die Tastatur glitten und Knöpfe und Ziffern drückten. Um ihre Stirn verlief ein Metallreifen, ein stählerner Heiligenschein, von dem ein einziges Kabel zum Hauptbedienfeld verlief.

»Ist sie das?«, fragte Kip neben mir.

Ich nickte.

Die Beichtmutter drehte sich ohne Eile in ihrem Stuhl zu uns herum. »Ich habe mich schon gefragt, wann ich dich wiedersehen würde.«

Ich öffnete den Mund, um zu antworten, doch dann bemerkte ich, dass sie mich noch keines Blickes gewürdigt hatte.

Stattdessen starrte sie Kip an, während sie aufstand, den Metallreifen abnahm und die Augen zusammenkniff. Dann lächelte sie. »Wir hatten schon vermutet, dass es Schäden geben würde. Aber es ist seltsam, dir persönlich gegenüberzustehen. Und es ist schlimmer, als ich angenommen hatte. Du bist wirklich wie ein leeres Blatt Papier, nicht wahr? Bemerkenswert.«

»Was wissen Sie über Kip?«, fragte ich. Meine Stimme hallte von der Decke des Silos wider.

»Kip – nennen sie dich jetzt so?« Sie trat näher an ihn heran, bis nur noch wenige Schritte zwischen ihnen lagen. »Ich hatte früher auch einen anderen Namen, aber das ist so lange her, dass ich mich kaum noch daran erinnern kann. Ich bin also irgendwie wie du, verstehst du?«

»Sie sind nicht wie er.« Ich sprang vor und riss ihr den Metallreifen aus der Hand, trennte ihn von dem Kabel und schleuderte ihn von der Plattform. Der Lärm war ohrenbetäubend. Das Gerät schlug an der gegenüberliegenden Seite des Silos an die Wand, bevor es nach unten fiel und mit einem letzten widerhallenden Krachen auf dem Boden landete.

Die Beichtmutter hatte sich nicht gerührt, sondern nur die Arme erhoben und mit den Schultern gezuckt. »Ihr könnt so viel Dampf ablassen, wie ihr wollt. Ich habe die Hochspannungsleitung gekappt, als ihr begonnen habt, euch unten auszutoben. Die Kabel mit bloßen Händen herauszureißen oder sie mit einem Messer zu zerschneiden, das ist wirklich mutig. Ihr hattet Glück, dass ihr euch nicht selbst umgebracht habt. Dann habe ich die Hilfsgeneratoren in Betrieb genommen.« Wir verstanden kein Wort von dem, was sie da sagte, aber sie ignorierte unsere ratlosen Gesichter. »Gerade genügend Strom, um euch ein nettes Feuerwerk zu bescheren und zu beschäftigen. Und natürlich genügend Zeit für mich, um zur Gegensprechanlage zu greifen, deinen Bruder anzurufen und ihm zu sagen, dass seine verlorene Schwester wieder aufgetaucht ist.« Sie warf einen schnellen Blick über den Rand der Plattform auf das rauchende Chaos darunter. »Nebenbei bemerkt ist der Schaden größtenteils nur oberflächlich. Die Computer sind eine große Hilfe, aber die wirklich wichtigen Dinge sind hier drin.« Sie tippte sich mit einem Finger an den Kopf, bevor sie mich ansah. »Aber das wusstest du natürlich ohnehin schon.«

»Sie müssen uns nicht *noch* einen Anreiz geben, um Sie zu töten«, sagte Kip.

Sie lachte. »Glaub mir, das willst du nicht wirklich.«

Ich deutete mit der Hand auf das Bedienfeld und die Maschinen unter uns. »Wie können Sie das Ihren eigenen Leuten antun?«

»Das ist auch nicht verwunderlicher, als Alphas, die sich dem Omega-Widerstand anschließen.«

»Wir werden Ihnen sicher nichts über sie erzählen«, sagte Kip.

»Ach, du meinst deine Freundin Zoe, Pipers Zwillingsschwester. Ja, wir wissen alles über sie. Und ich bin mir sicher, dass ihr Aufenthaltsort – und der ihres Bruders – Teil eurer baldigen Befragungen sein wird. Aber eigentlich habe ich nicht von ihr gesprochen.«

Kip und ich sahen uns ratlos an.

»Und was ›meine eigenen Leute‹ angeht«, fuhr sie fort, »solltest gerade du wissen, dass das für eine Seherin nicht so einfach ist. Die Omegas verübeln uns, dass wir nicht so deformiert sind wie sie. Und die Alphas haben Angst vor uns. Wir sind wie sie, nur besser. Wir gehören nirgendwohin.«

»Ich schon«, sagte ich.

»Wohin denn? Zu deinen Eltern, die so erpicht darauf waren, dich endlich loszuwerden? Oder in die trostlose kleine Siedlung, in die du gestolpert bist, nachdem dich deine Familie hinausgeworfen hatte? Oder vielleicht auf die Insel? Obwohl, wenn du wirklich dorthin gehört hättest, ist es doch sehr seltsam, dass du dich aus dem Staub gemacht hast, während die anderen abgeschlachtet wurden.«

»Zu mir!«, sagte Kip. »Sie gehört zu mir. Und zu Piper und Zoe.«

Die Beichtmutter lachte leise. »Wie süß. Aber du bist nicht wirklich eine von ihnen, nicht wahr, Cass? Du bist mehr wert als sie. Zumindest dieser Piper muss erkannt haben, was du für sie bedeuten könntest, sonst hätte er dich gleich getötet, als er dich in die Finger bekam, um Zach loszuwerden.« Sie neigte leicht den Kopf, während sie mich anstarrte. »Obwohl ich mich langsam frage, ob ich dich nicht überschätzt habe. Ob wir das nicht alle getan haben. Ich bin mir sicher, du hast deine Momente. Ich denke, die Evakuierung der Insel haben wir wohl dir zu verdanken, und vielleicht auch das Feuer in New Hobart. Aber ich wundere mich immer wieder über deine Schwachpunkte. Mir scheint, du nutzt noch immer nicht dein ganzes Potenzial.«

Sie war noch näher an uns herangerückt, doch wie immer war es ihre psychische Präsenz, die am beunruhigendsten war. Ihr abschätzender, ruhiger Blick, das Wühlen in meinem Kopf, unter dem ich es nur mit Mühe schaffte, nicht zusammenzuzucken.

»Du enttäuscht mich, Cass. Genau wie die Maschinen hier. Es stellte sich heraus, dass sie nicht alles können, worauf wir gehofft hatten. Oh, sie sind wunderbar, um Informationen aufzubewahren. Es ist alles dort unten.« Sie deutete vage auf das Wirrwarr unter uns. »Du hättest die Registrierungskammern in Wyndham sehen sollen, bevor Zach und ich alles in den Computern hier untergebracht haben. Sie enthielten zwar die Informationen, aber es war unendlich schwer, sie zu verarbeiten. Wenn ich jetzt etwas finden möchte, klappt das außerordentlich schnell. Denk nur an die Tausende von Beamten mit Millionen von Akten unter den Armen, die wir bräuchten, um nur die wichtigsten Dinge im Auge zu behalten. Durch die Computer ist nun alles in einem System zusammengefasst. Es ist wie ein Lebewesen. Ich kann es anzapfen, mit ihm interagieren und die Informationen so schnell abrufen wie meine eigenen Gedanken. Wenn wir uns auf die Registrierungskarten aus Papier verlassen müssten, hätten wir nie das erreicht, wo wir jetzt stehen.«

»Das wäre natürlich ein herber Verlust.«

Die Beichtmutter ignorierte Kip vollkommen. »Aber die Computer haben noch immer ihre ... Wie soll ich sagen? ... Grenzen. Bei komplexen Dingen wie Vorhersagen oder Schlussfolgerungen sind sie nicht mit dem menschlichen Gehirn vergleichbar. Sie werden es eines Tages sein – und vielleicht waren sie es im Vorher schon einmal. Obwohl ich stark bezweifle, dass sie jemals zu den Leistungen eines Sehers fähig waren. Aber das, was sie damals erreicht haben – ihr würdet es nicht glauben.«

»Oh, ich bin mir ziemlich sicher, dass wir alle gesehen haben, was sie erreicht haben.«

Erneut schien sie die Unterbrechung kaum zu registrieren. »Im Vorher waren all diese Informationen, die ganze Macht, in einer einzigen Maschine gespeichert, die nicht größer war als einer dieser Generatoren. Wir sind noch nicht soweit, unter dem Mantel der Geheimhaltung ist es doppelt so schwer. Die Menschen sind noch nicht bereit, die Vorteile anzuerkennen. Das ist vielleicht unsere eigene Schuld. Wir haben das Tabu womöglich zu eifrig und zu lange aufrechterhalten. Also arbeiten wir im Moment mit dem, was wir haben. In aller Stille. Und wenn es um die wirklich komplexen Dinge geht, betrete ich das Feld.« Sie lächelte zufrieden. »Wir hätten dich ebenfalls gebrauchen können, wenn du mit mir zusammengearbeitet hättest. Du hättest ein Teil davon sein können. Ich bin alleine und habe Zugang zu all diesen Informationen, es gibt also nicht viel, wozu ich nicht in der Lage bin. Es ist noch so viel mehr möglich, als das, was ich auf der Insel getan habe. Überleg doch mal. Ein Omega-Volksverhetzer im Osten, der dem Rat Schwierigkeiten mit den Steuern bereitet und eigene Widerstandskämpfer als Leibwache an seiner Seite hat? Wir können seine Alpha-Zwillingsschwester, die unter anderem Namen an der Südküste arbeitet, in einer Stunde ausfindig machen und ihm einen halben Tag später das Messer ansetzen. Ein Alpha aus Wyndham, der in einer Wahl gegen deinen Bruder antritt? Du würdest dich wundern, wie schnell er sich auf sein Landhaus zurückzieht, sobald wir seine Zwillingsschwester in Gewahrsam haben. Und es kommt noch besser: Wir können Gefahrenherde viel früher ausfindig machen. Wir haben hier Berechnungsmöglichkeiten, mit denen wir alles aufzeichnen. Tag für Tag. Auf eine Art, wie es uns noch nie zuvor möglich war. Wir behalten Städte im Auge, in denen die Registrierungszahlen niedrig und die Steuereinnahmen unregelmäßig sind. Dann können wir früh genug einschreiten, und den Ort auslöschen, bevor es zu einem Aufstand kommt. Zach konzentriert sich auf die Tanks. Doch ohne die Maschinen hier wäre das alles nicht möglich.«

»Warum sind die Silos dann nicht besser bewacht? Warum konnten wir beide einfach hier reinkommen?«

»Die Leute sind nicht gerade neugierig. Eine Tatsache, die uns in die Hände spielt. Und selbst Ratsmitglieder und Soldaten haben Angst vor dem Tabu. Niemand *will* Genaueres über diese Anlage wissen. Sie haben sehr wohl eine gewisse Vorstellung davon, aber sie kennen nicht das ganze Ausmaß.« Sie deutete auf den Boden tief unter uns. »Die Generatoren dort unten und in den anderen Silos erzeugen die Elektrizität für halb Wyndham. Die meisten Ratsgebäude sind mittlerweile in irgendeiner Weise verkabelt, und die Ratsmitglieder wissen auch von den Tanks. Es sind alle Heuchler. Sie freuen sich über elektrisches Licht in ihren Privatgemächern und schicken ihre Zwillinge in die Tanks, aber sie würden sich nie öffentlich gegen das Tabu aussprechen. Das wagen sie nicht. Und sie sehen auch nicht das Potenzial, um es weiter voranzutreiben. Dein Bruder und ich haben jedoch noch viel weitreichendere Visionen; Pläne, die Sache zu einem logischen Ende zu führen. Deshalb halten wir das hier geheim. Es gehört uns. Wenn wir es bewachen ließen, würden plötzlich alle darüber Bescheid wissen wollen.«

»Das logische Ende«, wiederholte ich. »Wir alle in den Tanks, das meinen Sie. Und Sie und Ihre Alpha-Freunde leben dann, als hätten wir nie existiert.«

»Sie ist etwas melodramatisch, nicht wahr?«, sagte die Beichtmutter zu Kip. »Es ist um einiges komplizierter. Denkt nur an die Logistik. Wir müssten uns um Millionen Omegas kümmern. Selbst nach unseren letzten Experimenten mit Massentanks wäre dafür eine riesige Infrastruktur notwendig. Das gelingt nicht über Nacht, egal wie sehr Zach es sich wünscht. Deshalb haben wir uns auf diese Datenbank konzentriert, darauf, die Tanks im Moment nur strategisch zu nutzen und nur die wichtigsten Zielpersonen einzusperren. Und dann sind da natürlich noch die unbedeutenden Menschen, die wir für Experimente heranziehen. Es waren drei Jahre harte Arbeit, bis wir die ersten Tanks realisieren konnten. Und wir haben ziemlich schwere Verluste im Entwicklungsprozess erlitten.«

»*Ihr* habt schwere Verluste erlitten?« Kip war die ganze Zeit über näher gerückt. Er hielt sein Messer fest umklammert.

»Sie hat einen Zwillingsbruder, Kip«, flüsterte ich und hielt ihn am Hemd fest.

»Genauso, wie all die Menschen, die sie umgebracht hat. Sie ist das System. Wenn wir sie töten, dann zerstören wir es. Denk daran, was wir erreichen würden. Das war unser Plan, als wir hierherkamen.«

»Nein. Als wir hierherkamen, wusste ich nicht, dass das System ein Mensch ist.«

»Sie zählt doch wohl kaum als Mensch.«

»Genau so sehen uns die Alphas«, sagte ich. »Wir dürfen nicht auch so sein.«

»Aber das müssen wir.« Dann warf er sich nach vorne.

Ich stürzte hinter ihm her, ohne nachzudenken. Neben meinem eigenen hämmernden Herzschlag hörte ich das Poltern, als Kip die Beichtmutter zu Boden schleuderte und ihr Stuhl in das Bedienfeld krachte. Er war über ihr, drückte sein Knie auf ihren Brustkorb und zielte mit dem Messer auf sie. Die Beichtmutter griff blitzschnell nach seinem Arm und verdrehte ihn so, dass das Messer in seine Richtung zeigte. Mit nur einem Arm konnte Kip es nicht mit ihrer Kraft aufnehmen und er musste sich zur Seite rollen, um der Attacke auszuweichen, sodass sie mit nur einer geschmeidigen Drehung über ihm war.

Ich sah mich um. Das Messer in meinem Gürtel war zu gefährlich. Auf der gesamten Plattform waren überall nur Glas und Stahl, weshalb der Stuhl als einzige Alternative übrig blieb. Ich ächzte unter dem Gewicht, als ich ihn hochhob, dann schwang ich ihn nach hinten und schleuderte ihn der Beichtmutter auf den Kopf.

Zuerst dachte ich, ich hätte versehentlich auch Kip getroffen. Die Beichtmutter sackte zusammen, fiel auf die Seite und ihr Kopf schlug auf die Plattform. Kip erging es ähnlich. Seine Schultern knallten auf den Boden und seine Zähne schlugen aufeinander, als sein Kopf hart auf der Metallfläche aufkam. Das ergab keinen Sinn. Ich war mir sicher, dass der

Stuhl ihn nicht berührt hatte. Ich hatte genau gesehen, wie ich die Beichtmutter seitlich am Kopf getroffen hatte, bevor der Stuhl auf die andere Seite der Plattform geschlittert war, wo er nun mit drehenden Rollen auf der Seite lag.

In der Stille, die folgte, wurde mir plötzlich klar, was ich übersehen hatte. Der Gedanke stieg so plötzlich an die Oberfläche meiner Gedanken wie Kips Gesicht aus dem trüben Wasser des Tanks vor all den Monaten. Und ich fragte mich, ob ich es nicht wie damals, als meine Mutter mich vor Zach gewarnt hatte, schon die ganze Zeit über gewusst hatte.

31

DIE BEICHTMUTTER ERLANGTE als Erste das Bewusstsein wieder. Sie blinzelte einige Male, schüttelte den Kopf und verzog das Gesicht. Als sie schließlich ihre Augen vollständig geöffnet hatte, galt ihr erster Blick nicht mir, obwohl ich mich über sie beugte, sondern Kip, der noch immer bewusstlos war.

»Die ganze Zeit über«, sagte ich, »habe ich gespürt, dass Sie nach mir suchen. Seit mir die Flucht gelang.«

»Seit *ihm* die Flucht gelang«, korrigierte mich die Beichtmutter.

»Die ganze Zeit über habe ich geglaubt, Sie würden nach *mir* Ausschau halten. Aber ich verstehe noch immer nicht, wie das überhaupt möglich ist. Ihr könnt doch nicht beide Omegas sein.«

»Wir mussten ihm den Arm amputieren, das Brandzeichen war nicht genug«, sagte sie und richtete sich auf. »Die geniale Idee stammte von Zach. Selbst unter denjenigen, die für das Tank-Projekt arbeiten, hätte sich wohl Widerstand geregt, wenn wir einen Alpha hineingesteckt hätten. Und wir konnten nicht zulassen, dass man ihn mit mir in Verbindung bringt – das wäre ein zu großes Risiko gewesen. Also mussten wir ihn wie einen Omega aussehen lassen. Der Gedächtnisverlust ist eine Art Bonus, mit dem wir nicht gerechnet hatten. Es wurde bisher noch nie jemand wieder aus den Tanks herausgeholt. Die Auswirkungen waren deswegen vollkommen unbekannt.«

»Und es war Ihnen egal, was es mit ihm machen würde.«

»Ich habe dafür gesorgt, dass es ihn nicht umbringt.« Sie betastete vorsichtig ihren Kopf und sah angeekelt auf das Blut, das an ihrer Hand klebte. »Jetzt weißt du, warum ich keine Angst davor hatte, dass ihr beiden mich hier findet. Ich wusste, ihr haltet zusammen. Wenn du etwas für ihn empfindest, würdest du mich niemals verletzen. Aber ich habe die Auswirkungen des Tanks unterschätzt. Ich habe gespürt, dass er gewisse Beeinträchtigungen erlitten hat, aber nicht, dass er wirklich alles vergessen hat. Und ich habe dich überschätzt. Ich nahm an, du hättest es bereits herausgefunden.«

»Ich war so blind.«

Die Beichtmutter griff sich erneut an die geschwollene Schläfe und zuckte zusammen. »Das waren wir beide. Ich hätte es dir sofort sagen sollen, anstatt so unüberlegt zu handeln.« Sie richtete ihren Blick erneut auf Kip, der sich benommen auf dem Boden wand. »Aber er hat sich verändert. Der Feigling, den ich kannte, hätte mich nie auf diese Weise angegriffen.«

»Sie kennen ihn nicht. Er ist vielleicht Ihr Zwillingsbruder, aber er hat nichts mit Ihnen gemeinsam.«

»Vielleicht nicht. Genauso wenig wie du mit Zach. Wir wurden beide mit Zwillingen gestraft, denen unser Ehrgeiz fehlt.«

Ich kniete mich hinter Kip und hob seinen Kopf gerade weit genug an, um meinen Arm darunter zu schieben und ihn langsam hochzuziehen, bis seine Schultern und sein Kopf auf meinen Knien lagen.

Er presste die Augen fester zu, bevor er sie schließlich öffnete und zusammenzuckte, als er ins helle Licht blinzelte. »Sie?«, sagte er. »Aber das ist unmöglich!«

Ich schüttelte den Kopf. »Sie haben dir den Arm amputiert, Kip, damit es niemand bemerkt. Es tut mir so leid.«

Er schloss die Augen für eine lange Zeit. Mehrere Male bewegten sich seine Lippen, als wollte er etwas sagen. Als er sie schließlich wieder öffnete, sah er mir direkt in die Augen. »Ist das wirklich wahr?«

Ich nickte, und er schwieg erneut.

»Ich schätze, das bedeutet, dass ich dir deinen Zwillingsbruder nicht mehr länger vorhalten kann«, murmelte er und starrte an mir vorbei auf die Beichtmutter, die gerade aufstand. »Es sieht so aus, als hätten wir, was unsere Geschwister betrifft, beide den Jackpot geknackt.«

Er musterte sie, und sein Gesichtsausdruck wirkte entschlossener als je zuvor. Als würde er sich selbst in ihr wiedererkennen und könne auf ihrer blassen Haut sämtliche Geheimnisse seiner verlorenen Vergangenheit lesen.

Ihre Augen, die für gewöhnlich so voller Hass waren, musterten ihn neugierig. »Selbst jetzt kannst du dich noch immer an nichts erinnern?«

Er schüttelte den Kopf. »Warum? Willst du etwa in gemeinsamen Geschichten unserer Kindheit schwelgen?«

»*Unsere* Kindheit gab es nicht«, sagte sie. »Ich wurde mit acht Jahren fortgeschickt, als ich meine Visionen nicht mehr länger verbergen konnte. Aber das hat dir natürlich genauso wenig gereicht wie das hier.« Sie strich mit der Hand über das Brandzeichen auf ihrer Stirn. »Dass ich gebrandmarkt wurde und mein Leben in einer fremden Siedlung fristen musste, während du Mum und Dads Farm übernommen und ein angenehmes Leben geführt hast, schien dir immer noch nicht genug. Wenn es darum ging, mich zu hassen, bist du wirklich zu Hochformen aufgelaufen. Darum hast du vor drei Jahren beschlossen, dass ich keine Gefahr mehr für dich sein sollte. Du bist zum örtlichen Ratsbeamten gegangen und hast ihn um Hilfe gebeten, mich aufzuspüren. Du hattest gehört, dass wohlhabende Bürger ihre Zwillinge gegen

Bezahlung in den Verwahrungsräumen ›in Sicherheit‹ bringen konnten.«

Piper hatte mir auf der Insel davon erzählt. Aber ich konnte mir nicht vorstellen, dass Kip so etwas getan haben sollte. Schon mich mit der Vorstellung anzufreunden, dass er ein Alpha war, fiel mir schwer, doch die Person, die die Beichtmutter beschrieb – boshaft und grausam – erkannte ich überhaupt nicht wieder.

»Das war nicht ich«, schrie er und setzte sich auf. »Ich weiß nicht einmal, wer ich damals war. Das, was du mir angetan hast, hat mir sämtliche Erinnerungen gestohlen.« Ich hatte ihn noch nie zuvor weinen gesehen, doch jetzt malten die wütenden Tränen Streifen auf seine schmutzigen Wangen. »Es ist nicht einmal der Arm«, sagte er und zuckte mit der Schulter oberhalb seines Stumpfes. »Es sind die Erinnerungen – du hast mir alles genommen.«

»*Ich* habe *dir* alles genommen?« Ihr Lachen war so scharf wie eine geschwungene Klinge. »Und was ist mit mir, die mit acht Jahren fortgeschickt wurde? Du hast dir nie Gedanken um mich gemacht. Das, was ich mit dir gemacht habe, hättest du mir ebenso angetan.«

Da war er wieder, der Hass, der uns seit unserer Flucht verfolgte. Er hatte nichts mit mir zu tun. »Ich wusste, dass du mich eines Tages aufspüren würdest«, sagte sie. »Jemand, der so bösartig ist wie du. Ich wusste, dass du mir diese ersten acht Jahre unseres Lebens nie verzeihen würdest.« Ihre Stimme war gefährlich leise, sie hatte die Augen zu schmalen Schlitzen zusammengekniffen und ihr Mund war so schmal, dass ihre Worte gepresst klangen. »Ich musste einen Weg finden, um mich selbst zu schützen. Das ist einer der Gründe, warum ich an Zach herangetreten bin, warum ich begonnen habe, mit ihm zu arbeiten. Vielleicht funktionieren wir deshalb so gut zusammen. Er musste genauso mit den Erfahrungen zurechtkommen, die eine späte Aufsplittung mit sich bringen. Ich verstehe, was Zach antreibt, denn ich habe dieselbe Angst und Boshaftigkeit in dir gesehen, auch wenn du nie so ehrgeizig und klug warst wie er.«

Ich überlegte, ob sie die Welt tatsächlich so sah. Nicht Alpha gegen Omega, sondern die Ehrgeizigen, Kampfbereiten gegen alle, die nicht so rücksichtlos sein wollten wie Zach und sie.

»Ich kann mit dir nicht über unsere Vergangenheit diskutieren.« Kips Stimme war so leise, dass ich ihn kaum hören konnte. Jedes Wort klang seltsam dumpf in dem Silo – wie ein Stein, der in einen tiefen Brunnen fällt. »Es ist nichts mehr übrig. Alles ist fort. Das hast du mir angetan.«

»Nein.« Sie schüttelte den Kopf. »Das hast du *mir* angetan. Du hast mich zu dem gemacht, was ich bin.«

»Sie kennen Kip nicht«, sagte ich.

»Er ist mein Zwillingsbruder«, sagte sie. »Ich kenne ihn besser, als du es jemals tun wirst.«

Ich wollte gerade widersprechen, doch Kip war schneller: »Cass hat recht. Du kennst mich nicht. Und ich habe dir nichts mehr zu sagen.« Er drehte sich demonstrativ zu mir um.

Die Beichtmutter stand zwischen uns und der Treppe. Eine argwöhnische Stille legte sich über die Szenerie. Ich warf einen Blick auf die Stahltür in der Wand, doch ich wusste bereits, dass eine Flucht aussichtlos war, noch bevor die Beichtmutter zu sprechen begann.

»Mach dir nicht die Mühe. Sie ist versperrt.« Sie konzentrierte sich wieder auf Kip. »Ich war manchmal dort, um einen Blick auf dich zu werfen«, sagte sie. »Als du in dem Tank warst. Es war beruhigend, dich so zu sehen – fast schon ein friedliches Bild. Wie ein Frosch, den man in einem Glas hält.«

»Das ist doch krank«, sagte ich und dachte daran, wie Kip in dem Tank geschwebt war. An den maschinengesteuerten, gedämpften Schrecken der Szene.

»Er hätte mir dasselbe angetan«, sagte sie. »Er hat versucht, mich gegen Geld in eine Zelle stecken zu lassen.« Sie wandte sich wieder an ihn. »Wenn ich dich beobachtet habe, wirktest du lebendiger als die anderen. Manchmal hätte ich schwören können, dass du meinen Blick erwiderst. Und die Techniker haben es auch bemerkt. Anzeichen, dass du vielleicht bei Bewusstsein bist. Natürlich wussten sie nicht, warum – sie hatten keine Ahnung, dass du kein Omega warst wie all die anderen.«

Ich beugte mich über Kip und versuchte, sie auszublenden und mich nur auf ihn zu konzentrieren. »Die Dinge, die sie über deine Vergangenheit erzählt«, sagte ich eindringlich. »Ich weiß, dass das nicht du warst. Ich weiß, dass das nicht die Person war, die du bist.«

»Es tut mir leid«, sagte er.

»Nein.« Ich schüttelte den Kopf. »Sag so etwas nicht. Das warst nicht du.« Ich erinnerte mich an das, was er ein paar Nächte zuvor zu mir gesagt hatte: *Was, wenn die Person, die ich einmal war, jemand ist, der ich nicht sein will?*

Kip ahnte, woran ich gerade dachte. »Ich wusste es nicht«, sagte er schnell. »Aber nach der Tabu-Stadt und all den Kabeln sah ich immer wieder Dinge in meiner Erinnerung aufblitzen. Nichts Bestimmtes und auch keine Gedanken an sie oder daran, dass ich ein Alpha sein könnte. Es war mehr so, als steckte ich in der Haut eines anderen – eines Menschen, den ich nicht mochte. Ich dachte immer, die Ungewissheit sei das Schlimmste, aber das war noch viel schrecklicher. Die Person, die ich in mir spürte, war so voller Ekel. Und Angst.« Er senkte den Blick. »Es tut mir leid.«

»Das bist nicht du«, sagte ich laut genug, damit es auch die Beichtmutter hören konnte. Ich wollte, dass sie es wusste. »Es muss dir nicht leidtun. Ich kenne dich«, sagte ich. Ich zeichnete sein Brandzeichen mit dem Finger nach. »Es macht keinen Unterschied, ob du ein Alpha bist oder nicht.« Ich senkte meine Stimme wieder, um uns einen Augenblick Privatsphäre unter dem starren Blick der Beichtmutter zu ermöglichen. »Obwohl ich bereits anfing zu glauben, dass du auch etwas von den Fähigkeiten eines Sehers besitzt.«

Er schüttelte den Kopf. »Dann sollte man wohl meinen, dass ich *das hier* hätte kommen sehen müssen.«

Ich hatte es kommen sehen, dachte ich. Die ganze Zeit über hatte ich es gespürt. Ich war bloß zu dumm und mit mir selbst beschäftigt gewesen, um zu erkennen, was das Gefühl bedeutet hatte.

»Das hier hast du vielleicht nicht gespürt«, sagte ich. »Aber es gab andere Dinge. Kleinigkeiten. Du wusstest immer, was ich dachte oder fühlte. Wie oft hast du ausgesprochen, was ich gerade sagen wollte.«

»Ich denke, dafür gibt es vielleicht ein anderes Wort«, sagte er, und da war wieder das schiefe Lächeln, das mir inzwischen so vertraut war.

»Dann ist euer kleines Abenteuer nun also zu Ende«, unterbrach uns die Beichtmutter. »Und jetzt warten wir einfach. Du kannst nichts gegen mich unternehmen.« Sie hob das Messer auf, das Kip aus der Hand gefallen war. Ich erhob mich, um ihr gegenüberzutreten, als sie damit auf mich zukam. Sie ließ es meinen Hals hinauf und wieder hinuntergleiten, um in dem Grübchen zwischen meinen Schlüsselbeinen innezuhalten.

Ich dachte an die vielen Nächte, in denen Kip und ich uns aneinandergeschmiegt hatten, und er seine Nase genau in jener Kerbe vergraben hatte, in der nun das Messer ruhte.

»Die Tür ist verschlossen. Zach ist ganz in der Nähe. Er arbeitet in einem anderen Gebäude nicht weit von hier. Die Soldaten werden kurz nach ihm eintreffen. Es bleibt ihm überlassen, was er mit dir anfangen will, aber ich könnte mir vorstellen, dass ihr, nach allem, was passiert ist, beide in die Tanks wandert.«

»Ich kehre nicht wieder dorthin zurück.« Kip erhob sich, noch ein wenig wackelig auf den Beinen.

»Oh, sie werden euch nicht gleich dorthin verfrachten – vor allem dich nicht. Sobald eure Befragungen beendet sind, werden wir sicher einige Tests durchführen. Du bist eine medizinische Seltenheit. Weder haben wir zuvor schon einmal einen Alpha in einen Tank gesperrt, noch jemanden wieder herausgeholt. Es ist eine Reise ohne Wiederkehr. Aber nachdem wir unsere Neugier gestillt haben, werden wir dich sicher wieder darin unter Verschluss halten.«

Das Messer bohrte sich ein wenig tiefer in mein Fleisch. Ich spürte keinen Schmerz, nur das Blut, das aus der Wunde tropfte, und ein leichtes Kitzeln, als ein Tropfen zwischen meinen Brüsten hinunterrann. »Wie ist sein richtiger Name?«, fragte ich.

Die Beichtmutter wollte gerade antworten, doch Kip schnitt ihr das Wort ab. »Das spielt keine Rolle.«

»Bist du denn überhaupt nicht neugierig?«, fragte sie.

Wegen des Messers an meinem Hals konnte ich den Kopf nicht drehen, doch ich verdrehte meine Augen so weit es ging nach rechts, sodass ich Kip gerade noch sehen konnte.

»Das war ich einmal«, sagte er. »Vor ein paar Monaten hätte ich alles gegeben, um zu erfahren, wer ich bin. Aber jetzt ist es egal.« Er rückte langsam weiter in mein Blickfeld, in Richtung der Treppe am gegenüberliegenden Rand der Plattform. »Mittlerweile weiß ich, wer ich bin.«

Die Beichtmutter wandte sich um und hielt mir weiterhin das Messer an den Hals, während sie sich hinter mich schob. »Wenn du nur einen Schritt die Treppe hinunter machst, töte ich sie.«

»Ich weiß«, sagte er und rückte noch näher an die Stufen heran.

Die Beichtmutter verstärkte den Druck auf meinen Hals. »Das hatte ich nicht erwartet – und das heißt schon etwas, wenn man bedenkt, wer ich bin.« Immer mehr Blut rann aus der Wunde, es hatte bereits die Vorderseite meines Hemdes durchtränkt. »Wie sieht es mit dir aus, Cass? Hättest du jemals gedacht, dass er dich derart im Stich lassen würde?«

Ich sah Kip in die Augen und plötzlich wusste ich, was er vorhatte – mit derselben Sicherheit, mit der ich zuvor seine Verbindung zur Beichtmutter erkannt hatte.

»Tu es nicht«, sagte ich.

Er machte einen Schritt nach hinten, und ich blickte ihm weiterhin fest in die Augen. Ich registrierte kaum, wie er leicht mit den Schultern zuckte und einen Satz über die niedrige Brüstung hinter sich machte. Als er fiel, weigerte ich mich, zu blinzeln oder die Augen zu schließen. Als könnte ich ihn alleine durch meinen Blick festhalten, als wäre er ein Seil, das seinen Fall auffangen würde. Die Beichtmutter schrie, doch ich gab keinen Laut von mir. Ohne es zu merken, war ich zum Rand der Plattform getreten, um ihm nachzusehen, bis der Betonboden des Silos schließlich meinen Blick zerschmetterte.

Als ich die Augen wieder öffnete, lag ich zusammengekauert auf dem Boden, das kalte Metall drückte gegen meine Wange. Nicht einmal einen Meter entfernt befand sich das regungslose Gesicht der Beichtmutter, die mich aus leeren Augen anstarrte.

32

WOMÖGLICH TAUCHTE ZACH bereits wenige Sekunden später auf. Vielleicht waren es aber auch Minuten. Ich hörte Geräusche, nicht von unten, sondern vom Silo nebenan – schnelle Schritte, einen Schlüssel in der Metalltür. Vielleicht hätte mich seine Anwesenheit nach so langer Zeit bestürzen sollen, doch das würde wohl nie der Fall sein. Es war stets seine Abwesenheit gewesen, die mir seltsam vorkam.

Aber er hatte sich verändert, sah älter und dünner aus. Er war durch die Tür auf die Plattform getreten, sein Kopf zuckte hektisch hin und her. Zuerst sah er über die Brüstung hinunter auf Kip. Dann trat er zu mir und beugte sich über mich. Sein Blick sprang von der Beichtmutter zu mir und wieder zurück. Seine Hände und Lippen schienen niemals stillzustehen, seine hageren Finger zuckten, als würde er gerade eine schwierige Rechenaufgabe lösen. Und immer wieder griff er nach seinem Hals und rieb die Stelle, wo mich das Messer verletzt hatte.

Ich bewegte mich nicht. Dort, wo mein Gesicht den Boden berührte, erwärmte sich das Metall langsam. Meine Regungslosigkeit glich jener der Beichtmutter. Der Augenblick, als ich Kip zum ersten Mal gesehen hatte, kam mir wieder in den Sinn. Sein Gesicht, das durch das Glas des Tanks langsam in mein Blickfeld geschwebt war. Mich jetzt zu bewegen und die Symmetrie mit seiner Zwillingsschwester zu brechen, hieße, mich noch weiter von diesem Moment zu entfernen. Mich in eine Welt zu begeben, in der er nicht mehr existierte.

»Steh auf.« Zachs Stimme hatte sich nicht verändert, obwohl sie in dem runden Gebäude seltsam vervielfacht widerhallte.

»Nein.« Ich schloss die Augen. Unter uns wurde die Tür zum Silo geöffnet. Rufe und Schritte hallten empor. »Das sind doch sicher deine Männer. Sie können mich ja forttragen, wenn es nötig ist, aber ich werde mich nicht bewegen.«

»Sie sind auf dem Weg hierher, du Idiotin. Du musst gehen.«

Jetzt hob ich doch den Kopf. »Wovon sprichst du?«

»Wenn sie herausfinden, dass du deine Finger im Spiel hattest, dann bin ich erledigt. Selbst wenn ich dich eigenhändig einsperre, würden sie dich finden oder mich direkt töten. Du hast es vermasselt. Sie war unser größter Trumpf.« Er deutete auf den Körper der Beichtmutter. »Wenn sie ihren Tod mit mir in Verbindung bringen, dann war es das für uns beide.«

»Das spielt keine Rolle mehr«, sagte ich. »Zumindest nicht für mich.«

»Du kapierst es einfach nicht.« Die Geräusche kamen näher. Die Soldaten waren mittlerweile auf der Treppe. »Wenn du verschwindest, kann ich ihm die Schuld daran geben. Ich kann es eindämmen, ihnen erzählen, dass es nur ein Omega war, der verrückt geworden ist und auf Rache aus war. Ihr beide wurdet auf der Insel nicht zusammen gesehen. Aber du musst von hier verschwinden – jetzt sofort.« Er fummelte an seinem Gürtel herum und drückte mir einen kleinen Lederring mit zwei Schlüsseln in die Hand. »Nimm die hier. Geh den Weg zurück, den ich hereingekommen bin. Mit dem großen Schlüssel kommst du hinaus auf den Steg zwischen den Türmen. Der Kleinere ist für die rote Tür zu meinem Büro im Silo nebenan. Geh hinunter ins Erdgeschoss, der Schlüssel passt auch in die Tür nach draußen. Sie wird nicht bewacht. So bist du innerhalb weniger Minuten verschwunden. Und sie werden nie erfahren, dass du jemals hier gewesen bist.«

Ich setzte mich auf und sah ihn an. »Du könntest mit mir kommen. Fort von alldem.«

»Warum?« Ich war mir nicht sicher, ob er mich fragte, warum ich es ihm anbot oder warum er das Angebot annehmen sollte. Doch bevor ich antworten konnte, schüttelte er erneut den Kopf. »Ich kann nicht. Es ist schon zu weit fortgeschritten. Ich muss noch einige Dinge erledigen.«

Seine Hand zitterte mittlerweile so stark, dass die Schlüssel, die er mir entgegenhielt, zu Boden fielen. Ich sah, wie sie zwischen mir und dem Körper der Beichtmutter liegen blieben.

Unter uns war lautes Rufen zu hören, das Poltern der Schritte auf den Stahlstufen kam immer näher. Es fühlte sich alles langsamer an, als hätte Kips Sturz die Zeit außer Kraft gesetzt.

»Bitte«, stieß Zach hervor, und es glich mehr einem Seufzen als einem Wort.

Ich sah zu ihm hoch, während ich die Schlüssel aufhob. »Ich mache das hier nicht für dich.«

»Schneller.« Er schrie laut genug, damit ihn die Soldaten auf der Treppe hören konnten, doch eigentlich meinte er mich.

Ich stand auf. Ich wusste, dass ich, wenn ich nach unten blickte, und Kip sah, meinen Blick nie mehr abwenden können würde. Also lief ich, sowohl vor dem Anblick seines Körpers weg, der zusammengesackt auf dem Boden des Silos lag, als auch vor den Schreien der Soldaten, die bald am Ende der Treppe angelangt sein würden.

Sobald ich die Tür hinter mir abgeschlossen hatte, war es genauso, wie Zach gesagt hatte: der schmale Stahlsteg zwischen den Gebäuden, die rote Tür, sein Büro, das den oberen Teil des Silos einnahm und in dem üppige Teppiche hingen, die vor der industriellen Schlichtheit der Wände seltsam opulent wirkten. Auch hier gab es, wie im Gebäude nebenan, eine Wendeltreppe, doch diese hier führte hinunter in einen riesigen, leeren Raum, eine Betonröhre unter der Plattform, die von einem kargen elektrischen Licht ausgeleuchtet wurde. Im Erdgeschoss fand ich die Tür, durch die ich in die Nacht hinaustrat. Etwa dreißig Meter zu meiner Linken, wo sich das größere Silo in die Dunkelheit erhob, hörte ich Stimmen und auch die vertrauten Geräusche der Pferde. Ich selbst war hinter dem Turm, aus dem ich gerade gekommen war, jedoch nicht zu sehen. Ich schloss die Tür hinter mir ab und sah ungläubig zu, wie meine Hand den Schlüssel drehte. Ich konnte nicht glauben, dass ich nach allem, was passiert war, noch immer funktionierte, mich noch immer bewegen konnte. Ich ging durch die Schlucht, fort von den Silos, und wunderte mich über den Klang meines Atems und meiner Schritte, die über den Pfad schlurften. Es erstaunte mich, dass mein Körper nach wie vor in der Lage war, derart normale Geräusche zu produzieren.

Als ich hörte, dass von hinten Reiter in schnellem Tempo auf mich zukamen, beschleunigte ich. Mein Körper reagierte, ohne dass mein betäubter Geist dazu in der Lage gewesen wäre. Es lag immer noch mehr als ein Kilometer zwischen mir und dem Treffpunkt. Und selbst wenn ich es bis dorthin schaffte, konnte ich nicht riskieren, die Soldaten, die mich verfolgten, auch auf Pipers und Zoes Spur zu bringen. Ich sprang von dem Pfad in einen Graben voller Brombeersträucher, die mir die Haut zerkratzten, rappelte mich auf und versteckte mich im hohen Gras, das dahinter wuchs. Doch die Reiter waren mir in den Graben gefolgt. Bevor ich mich noch nach einer besseren Deckung umsehen konnte, hatten sie mich bereits erwischt. Genau wie vor all den Jahren wurde ich hochgehoben und quer über den Sattel geworfen.

»Wir waren dabei, die Pferde zu holen, als in der Baracke

der Alarm losging«, rief Zoe und hielt mich fest umklammert. »Wir haben es gerade noch vor ihnen hierher geschafft. Ich glaube nicht, dass sie uns gesehen haben. Wo ist Kip?«

Es war nicht der Schock oder die Erleichterung, die mir die Sprache verschlugen, sondern sein Name. Ich blieb stumm.

Auch wenn ich Zoe nicht sehen konnte, spürte ich, wie sie sich über meinen Rücken beugte. Piper, der sein Pferd neben unseres lenkte, während wir das Tempo ein wenig drosselten, kam in mein Blickfeld. Zoe zog mich in eine aufrechte Position. Ich spürte, wie mein Körper gehorchte und ich ein Bein über den Rücken des Pferdes schwang.

»Habt ihr es geschafft?«, fragte Piper. »Was ist mit der Maschine?«

»Sie ist zerstört«, sagte ich. »Es ist zu Ende.«

»Was ist mit Kip?« Ich spürte Zoes Atem an meinem Nacken, während sie sprach.

Ich fing Pipers Blick auf und schüttelte den Kopf.

Er zögerte nicht. »Los!«, rief er Zoe zu.

Ich schloss die Augen und spürte, wie mein Körper zurückgedrückt wurde und sich dem Schwung des Pferdes anpasste, dessen rhythmische Bewegungen mich durch eine Welt trugen, die nun zweimal für mich zerbrochen war.

33

LANGE ZEIT KONNTE ich nicht sprechen. Es war, als wären alle meine Worte dort auf dem Boden des Silos liegen geblieben. Was passiert war, hatte meine Sprache zerschmettert. Selbst als Zoe mich schüttelte und Piper mir Wasser ins Gesicht spritzte, um mir eine Erklärung zu entlocken, konnte ich keine Silbe von mir geben.

Wir ritten drei Tage und Nächte durch und hielten nur einoder zweimal am Tag für eine halbe Stunde an. Die Pferde wirkten geschwächt und müde und stolperten mit schweren Beinen voran. Der Schaum um ihre Mäuler sah aus wie Seifenblasen auf schmutzigem Wasser.

Nach dem zweiten Tag änderte sich die Landschaft allmählich. Ich war noch nie so weit im Osten gewesen, wir näherten uns dem Ödland. Hier wirkte die Erdoberfläche wie gehäutet. Es gab keine Bäume, kein Erdreich. Nur Feuersteinplatten, auf denen die Hufe der Pferde klapperten und rutschten, und graue Asche, die endlos im heißen Wind herumwirbelte. Und auch die Farbe war hier von der Erde gewichen, sie schien lediglich aus Schwarz- und Grauschattierungen zu bestehen. Unsere Kleider und Haut waren die einzigen Farbtupfer, doch die vom Wind aufgewirbelte Asche färbte bald auch diese schwarz. Dunkler Staub sammelte sich in den Augenwinkeln der Pferde, um ihre Mäuler und Nüstern herum. Die einzigen Wasserquellen waren ölige, flache Pfützen, deren Oberflächen von einer Ascheschicht bedeckt waren. Am Rande dieser kleinen Teiche wuchs graues Gras, doch es war so spärlich, dass unsere Pferde jedes Mal alles ausrupften, wenn wir haltmachten. Unseren eigenen Hunger mussten wir aushalten. Piper und Zoe versuchten erst gar nicht zu jagen, denn es war klar, dass hier draußen nichts mehr lebte.

Wir schafften es gerade noch rechtzeitig zum schwarzen Fluss, bevor wir und die Pferde vor Erschöpfung zusammengebrochen wären. Die Tiere stolperten nur noch vorwärts, und wir waren trunken vor Müdigkeit. Zoe und Piper mussten mir gemeinsam aus dem Sattel helfen.

Der Fluss bewegte sich nur träge, doch das flache Tal, das ihn umgab, versprach uns eine kleine Verschnaufpause. An den Ufern wuchsen Gras, Sträucher und sogar ein oder zwei knorrige Bäume.

»Man kann es trinken«, versicherte mir Piper, als wir uns über das dunkle Wasser beugten. »Schließ einfach die Augen und ignorier die Asche.« Doch zu diesem Zeitpunkt hätte ich ohnehin alles getrunken. Und als Zoe nach einer Stunde auf der Jagd mit einer dürren Eidechse wiederkam, zögerten wir keine Sekunde und rissen die Streifen hellen Fleisches noch halb roh vom Feuer.

Als an jenem Abend die Dunkelheit hereinbrach, fand ich schließlich meine Sprache wieder. Zuerst noch zögernd, doch dann mit einer immer größeren Dringlichkeit. Vielleicht war es das Essen oder das Wasser oder der Schein des Feuers, der alles sanfter wirken ließ. Ich wollte ihnen berichten, was passiert war. Was Kip für mich getan hatte. Ich erzählte ihnen aber auch von Zachs Plan, die Zerstörung Kip in die Schuhe zu schieben und meine Anwesenheit im Silo zu vertuschen. »Das erklärt, warum wir nicht verfolgt wurden, zumindest nicht am Anfang«, sagte ich. »Aber ihr habt zwei Pferde gestohlen. Selbst wenn sie Zach zu Beginn geglaubt haben, wissen sie mittlerweile, dass Kip nicht alleine war.«

Zoe schüttelte den Kopf. »Wir haben die Türen der Stallungen geöffnet und so viele Pferde wie möglich freigelassen – es müssten fast alle geflohen sein. Das hat die Soldaten vermutlich aufgehalten, nachdem der Alarm ausgelöst worden war. Wir hatten es bereits um die Silos herum geschafft, bevor die Ersten eintrafen. Sie haben uns nicht gesehen.«

»Und nachdem so viele Tiere verschwunden sind, werden sie nie wirklich feststellen können, ob mehr als eines gestohlen wurde«, fügte Piper hinzu. »Wenn Zach bei seiner Geschichte bleibt, gibt es nichts, was das Gegenteil beweisen könnte.«

»Gab es in den Stallungen denn keine Wachen?«

Piper nickte, aber er sah mir dabei nicht in die Augen. »Zwei.«

Er wirkte erleichtert, als ich nicht weiter nachfragte, doch dann mischte sich Zoe ein. »Wir haben keines unserer Messer in ihnen stecken lassen, falls dir das Sorgen bereitet. Nichts deutet auf eine Verbindung zu uns hin.«

Piper sah sie kopfschüttelnd an, und sie verstand den Wink. »Kips fehlender Arm«, sagte er. »Ich habe nie eine Narbe gesehen. Da war doch keine, oder?« Er starrte nachdenklich ins Feuer.

»Nein, da war nichts.« Ich erinnerte mich daran, wie ich Kips Schulter über dem Stumpf geküsst hatte, an die feste Haut und die Konturen der Muskeln und Knochen unter meinen Lippen. Sollte es eine Narbe gegeben haben, war sie sorgfältig versteckt, vielleicht in der Falte seiner Achselhöhle. Ich konnte die gewissenhafte, sorgsame Pflege, die nötig war, um eine Wunde so makellos zu heilen, nicht mit der Brutalität in Einklang bringen, ihm den Arm abzuschneiden und ihn in einen Tank zu sperren.

»Zweifellos gibt es noch mehr Technologien, die sie unter Verschluss halten. Wer weiß, welche medizinischen Fortschritte sie inzwischen gemacht haben, wenn es ihnen bereits gelingt, Menschen in den Tanks am Leben zu erhalten.«

Zoe spuckte ins Feuer, das ihr mit einem Zischen antwortete. »Denkt nur, was sie für die Omegas tun könnten – für alle, die krank oder verletzt sind –, wenn sie diese Dinge einem höheren Zweck widmen würden.«

Piper nickte. »Doch egal, wie tadellos sie die Wunde vernäht haben, die Beichtmutter muss den Schmerz gespürt haben.«

»Es hat sie nicht von ihrem Weg abgebracht«, sagte ich. »Sie war zäher, als ihr euch vorstellen könnt.« Ich hasste es, in der Vergangenheit von ihr zu sprechen. Denn dieses eine Wort – »war« – löschte auch Kip für immer aus.

»Gibt es so weit im Osten noch geheime Unterschlüpfe?«, fragte ich.

Zoe lachte. »An diesem Ort gibt es keine Häuser, ob geheim oder nicht. Dieses Tal ist der letzte Streifen Leben vor dem Ödland, Cass. Hier ist nichts mehr.«

Mir war es recht. Wir blieben beinahe eine Woche und kampierten am Ufer des schwarzen Flusses. Es gab genug Gras für die Pferde; Piper und Zoe fanden ausreichend Nahrung für uns, auch wenn unsere Mahlzeiten größtenteils aus graustichigem öligem Echsenfleisch bestanden. Wenn die beiden nicht gerade auf der Jagd waren, schmiedeten sie Pläne. Sie hockten zusammen am Wasser und führten lange, detaillierte Diskussionen über die Insel, überlegten, einen neuen Zufluchtsort zu finden und den Widerstand wiederaufzubauen. Sie zeichneten Karten in den Sand und jonglierten mit Zahlen: geheime Unterschlüpfe, Verbündete, Waffen, Schiffe.

Ich hielt mich aus allem raus. Schwerfälligkeit hatte von mir Besitz ergriffen. Ich war so apathisch wie der mit Asche bedeckte Fluss, auf den ich den größten Teil des Tages hinunterstarrte. Zoe und Piper waren so klug, mich in Ruhe zu lassen.

Sie waren einander als Zwillinge selbst genug, und ich fühlte mich in ihrer Anwesenheit allein, auch wenn wir in den kühlen Nächten eng beieinander schliefen, um uns gegenseitig zu wärmen.

Ich hatte ihnen alles berichtet, was geschehen war, abgesehen von den Dingen, die mir die Beichtmutter über Kips Vergangenheit erzählt hatte. Ich konnte kaum einen klaren Gedanken fassen, und schon gar keine Worte dafür finden. Nach dem, was Kip im Silo getan hatte, redeten Piper und Zoe wenigsten nicht mehr abfällig über ihn. Ich konnte es nicht ertragen, ihnen zu erzählen, was die Beichtmutter gesagt hatte, und ihn dadurch wieder ihrem Urteil aussetzen. Außerdem hätte es damit eine neue Realität angenommen, und ich hätte selbst ein Urteil fällen müssen. Ich hatte ihn bereits in dem Silo zurückgelassen. Ich konnte nicht zulassen, ihn durch die Offenbarungen der Beichtmutter ein weiteres Mal zu verlieren. Die Neuigkeiten über seine Vergangenheit waren ein felsiges Riff, das ich nicht durchsegeln konnte – zumindest noch nicht. Lieber verdrängte ich die Worte seiner Zwillingsschwester.

Während Piper und Zoe Pläne schmiedeten, dachte ich über die Insel und alles nach, was dort geschehen war. Ich erinnerte mich an das, was Alice kurz vor ihrem Tod zu mir gesagt hatte. Dass die Insel vielleicht nur eine Vorstellung sei, damit aber möglicherweise schon ihren Zweck erfülle. Ich dachte an die beiden Schiffe, die noch immer im Ozean nach dem Anderswo suchten. Ich dachte an das Versprechen, das ich Lewis gegeben hatte, nämlich jenen zu helfen, die noch immer in den Tanks trieben. Und ich erinnerte mich immer und immer wieder an das, was Zach im Silo zu mir gesagt hatte: *Ich muss noch einige Dinge erledigen.* Doch am häufigsten dachte ich an Kips Worte auf der Insel und im Boot, als wir von dort geflüchtet waren: dass meine Schwäche meine Stärke sei. Dass ich die

Welt anders sah, weil ich Alphas und Omegas nicht als gegensätzlich betrachtete. Ich überlegte, welchen Preis er für diesen anderen Blickwinkel gezahlt hatte, und ob dieser es jemals wert sein würde. Und ob ich nach allem, was Zach und die Beichtmutter getan hatten, die Welt immer noch auf diese Weise sehen konnte. Kip war der Einzige gewesen, der langsam begonnen hatte zu verstehen, was ich für meinen Zwillingsbruder empfand. Doch sein zerschmetterter Körper auf dem Boden des Silos hatte alles verändert.

Die Wunde, die mir das Messer am Hals zugefügt hatte, heilte nicht. Bis zum Ende der Woche hatte sie sich entzündet und pulsierte im Rhythmus meines Herzens. Jeder Schlag schmerzte wie ein neuer Stich in das gerötete Fleisch. Nach einem seiner Ausflüge in die Umgebung kam Piper mit ein wenig schmutzig grünem Moos zurück, das er zu einer Paste zerkaute. Er kniete vor mir nieder und presste die scharf riechende, gummiartige Masse in die Spalte, wo meine Haut sich weigerte zusammenzuwachsen.

Zoe sah ihm über das Feuer hinweg zu. »Gib dir keine Mühe«, sagte sie zu ihm. »Die Wunde wird nicht heilen, solange sie daran herumfingert.«

Mir war nicht bewusst gewesen, dass es ihr aufgefallen war, aber es stimmte. Immer, wenn ich mich unbeobachtet fühlte, konnte ich nicht aufhören, die Wunde nachzuzeichnen. Meine Finger fuhren ständig tastend über die schorfigen Ränder und entzündeten den verlässlichen Schmerz des offenen Fleisches. Es war die letzte Berührung der Beichtmutter gewesen, und ich konnte sie nicht loslassen.

Piper zog meine rechte Hand zu sich und drehte sie um. Sie war schmutzig – wie alles andere an uns auch –, doch zwei meiner Fingernägel, mit denen ich in der Wunde gebohrt hatte, waren verräterisch blutverkrustet.

Ich dachte, er würde mich anschreien, doch er seufzte nur

laut. »Wir können es uns nicht leisten, dass sie sich infiziert. Nicht hier draußen, nicht zu diesem Zeitpunkt.«

Er sprach es nicht aus, doch ich wusste, was er meinte. Nicht, nachdem all diese Menschen gestorben sind, um dich zu retten. Als würde ich nicht ohnehin ständig an sie denken. Nicht nur an Kip, sondern auch an die toten Inselbewohner. Das Gewicht ihres Blutes lastete auf mir und ließ mein eigenes in den Adern gefrieren. Seit wir am Fluss angekommen waren, hatte ich mich kaum bewegt.

Er nahm das feuchte Tuch, mit dem er meinen Hals abgetupft hatte, und säuberte damit sanft meine Hände.

»Sag es ihr«, forderte Zoe ihn auf.

Er nickte, ohne sich zu ihr umzudrehen, und hielt kurz inne, bevor er zu sprechen begann. »Wir brechen auf.«

Ich antwortete nicht. In den letzten Tagen wogen meine Worte zu schwer. Die wenigen Male, wenn ich sprach, erwartete ich jedes Mal, dass sie mir vor die Füße fallen und sich mit der Asche vermischen würden.

»Wenn wir Zach aufhalten wollen, dann müssen wir *jetzt* handeln. Die Maschine im Silo zu zerstören war ein riesiger Schritt. Sie werden versuchen, sie wieder aufzubauen, doch nach dem, was dir die Beichtmutter erzählt hat, war sie der Schlüssel zu allem. Sie stand im Zentrum vieler Dinge, die sie getan haben – immerhin war sie diejenige, die die Alphas zur Insel geführt hat. Sie zu töten war der schwerste Schlag, den du dem Rat zufügen konntest.«

»Das war nicht ich«, sagte ich. »Es war Kip.«

Piper nickte. »Und es war enorm wichtig. Der Rat wird ins Schwanken geraten sein, nachdem er sie *und* die Maschinen verloren hat. Die Tatsache, dass Zach solche Angst hatte und dass er deine Beteiligung an der Sache verheimlichen musste, um sich selbst zu schützen, zeigt, was für ein Schlag eure Vernichtungsaktion für sie bedeutet.«

»Aber es ist nicht genug«, sagte Zoe. »Wir müssen wieder zuschlagen, während sie noch mit der Behebung dieses Problems beschäftigt sind.«

»Sie hat recht«, sagte Piper. »Wir müssen wieder nach Westen und uns dem Widerstand anschließen ...«

»... zumindest dem, was davon noch übrig ist«, fügte sie hinzu.

»Wir können hier nicht untätig rumsitzen. Es ist riskant, aber es wäre fatal, wenn wir uns einfach nur verstecken. Die Omega-Versammlung wird sich neu formieren, um zu sehen, was nach der Insel noch übrig ist.«

Ich schwieg noch immer.

»Wir können dich nicht zwingen, mit uns zu kommen«, sagte er.

Zoe rutschte ungeduldig hin und her. Hinter ihr ging die Sonne unter. Durch die Aschewolken wirkten ihre letzten Strahlen wie ein Lichtblitz, der auf einen geschwärzten Spiegel fiel – wunderschön und schrecklich zugleich. Ich wünschte, Kip könnte es sehen.

Ich sah zu Piper hoch. »Wir sollten noch heute Nacht aufbrechen. Wir müssen zurück an die Küste und versuchen, etwas über die verschwundenen Schiffe zu erfahren.«

»Das ist jetzt nicht das Wichtigste«, sagte Zoe. »Wir wissen nicht einmal, ob es dort draußen etwas zu finden gibt. Doch hier und jetzt brennen gerade Häuser und damit auch Verstecke nieder, Menschen treiben in Glasbehältern.«

»Ich weiß«, sagte ich. »Und ich werde alles tun, was in meiner Macht steht, um den Widerstand zu unterstützen und etwas gegen die Tanks zu unternehmen. Aber wenn wir zurückschlagen und die Omega-Bewegung nach der Insel wieder aufbauen wollen, dann müssen wir den Leuten etwas geben, worauf sie hoffen können. Eine Alternative. Wir müssen ihnen mehr bieten als das hier.« Ich deutete auf das verkohlte Tal.

»Hast du etwas gespürt? Hattest du eine Vision vom Anderswo?«, fragte Piper.

Ich schüttelte den Kopf. »Nein. Das hat nichts damit zu tun, dass ich eine Seherin bin. Ich habe keine Garantie. Das Anderswo ist nach wie vor nur eine vage Vorstellung. Aber die Insel war vor langer Zeit genau dasselbe – bevor ihr Aufbau überhaupt begonnen hatte.«

Zoe stocherte wieder einmal mit dem Messer unter ihren Fingernägeln herum. Piper hingegen kniete noch immer vor mir, sein Gesicht ganz nah an meinem.

»Du weißt, dass ich an das Anderswo glauben möchte«, sagte er. »Ich bin derjenige, der die Schiffe ausgesandt hat. Aber es ist ein Akt des Vertrauens – und das weißt du auch.«

Ich dachte an Kips Vertrauen, mit dem er mir auf die Insel gefolgt war, ohne zu wissen, ob sie wirklich existierte. Und auch seine letzte Tat war ein Beweis seines Glaubens in mich gewesen. Er hatte daran geglaubt, dass meine Rettung sein Opfer wert sein würde.

»Was, wenn die Schiffe nicht wieder zurückkehren?«, fuhr Piper fort. »Wenn wir das Anderswo nicht finden?«

Ich stand auf. »Dann müssen wir es selbst erschaffen.«

Wir ritten noch vor Mitternacht los. Wir befanden uns so nahe am Ödland, dass die Dunkelheit um uns herum nur eine Fortsetzung der rußbedeckten Schwärze der Landschaft zu sein schien. Nach der Trägheit der letzten Woche fühlte es sich gut an, wieder in Bewegung zu sein. Ich spürte Zoes hochgewachsenen, warmen Rücken vor mir, und ich hörte Pipers Pferd, das uns voranlief, auch wenn ich es nicht sehen konnte. Wir waren wieder gen Westen unterwegs, zurück in Richtung der Insel, wo das Blut noch die Pflastersteine der leeren Straßen überzog. Zurück in die Nähe von Wyndham, wo Zach wartete. Und zurück zum unbeeindruckten Ozean, wo zwei Schiffe der Omega-Flotte immer noch auf der Suche nach etwas waren, das vielleicht gar nicht existierte.

Danksagung

ES IST MIR eine Freude, jene Leser und Leserinnen zu würdigen, deren Ratschläge und Enthusiasmus mir bei der Gestaltung dieses Romans geholfen haben. Für ihr unbezahlbares Feedback ergeht mein aufrichtiger Dank an: Andrew North; Sally, Alan und Peter Haig; Clara Haig-White; Sharyn Pearce und Lucy Carson. Darüber hinaus habe ich von den einsichtigen Vorschlägen meines Lektors und meiner Lektorinnen profitiert: Emma Coode und Natasha Bardon von Harper-*Voyager* (Großbritannien) und Emilia Pisani und Adam Wilson von Gallery Books (USA).

Besonderer Dank gilt meiner brillanten Agentin, Juliet Mushens, einer leidenschaftlichen Fürsprecherin und scharfsinnigen Leserin. Danke auch an Sasha Raskin, die den Roman in den USA so professionell präsentiert hat, und an Rich Green, der die Filmrechte schwungvoll abwickelte.

Ich bin sehr dankbar, dass ich 2010 am Hawthornden Fellowship teilnehmen konnte, was mir die Möglichkeit gegeben hat, an diesem Roman zu arbeiten. Darüber hinaus hatte ich das Glück, finanzielle Unterstützung von der Fakultät für Geisteswissenschaften und dem Fachbereich Englisch der Universität von Chester zu erhalten, die es mir ermöglichten, in der wundervollen Gladstone's Bibliothek zu schreiben.